U0374280

诗学拾零集

中国语言文学文库·荣休文库

吴承学 彭玉平 主编

孙立 著

中山大学出版社
SUN YAT-SEN UNIVERSITY PRESS
·广州·

图书在版编目（CIP）数据

诗学拾零集/孙立著．—广州：中山大学出版社，2022.12
（中国语言文学文库．荣休文库/吴承学，彭玉平主编）
ISBN 978-7-306-07668-7

Ⅰ.①诗…　Ⅱ.①孙…　Ⅲ.①诗学-文集　Ⅳ.①I052-53

中国版本图书馆 CIP 数据核字（2022）第 251106 号

出 版 人：王天琪
策划编辑：嵇春霞
责任编辑：林梅清
封面设计：曾　斌
责任校对：陈晓阳
责任技编：靳晓虹
出版发行：中山大学出版社
电　　话：编辑部 020-84110283，84113349，84111997，84110779，84110776
　　　　　发行部 020-84111998，84111981，84111160
地　　址：广州市新港西路 135 号
邮　　编：510275　　传　　真：020-84036565
网　　址：http://www.zsup.com.cn　E-mail：zdcbs@mail.sysu.edu.cn
印 刷 者：佛山市浩文彩色印刷有限公司
规　　格：787mm×1092mm　1/16　26.25 印张　440 千字
版次印次：2022 年 12 月第 1 版　2022 年 12 月第 1 次印刷
定　　价：88.00 元

中国语言文学文库

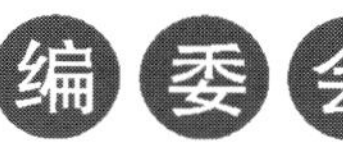

总　序

吴承学　彭玉平

中山大学建校将近百年了。1924 年，孙中山先生在万方多难之际，手创国立广东大学。先生逝世后，学校于 1926 年定名为国立中山大学。虽然中山大学并不是国内建校历史最长的大学，且僻于岭南一地，但是，她的建立与中国现代政治、文化、教育关系之密切，却罕有其匹。缘于此，也成就了独具一格的中山大学人文学科。

人文学科传承着人类的精神与文化，其重要性已超越学术本身。在中国大学的人文学科中，中国语言文学学科的设置更具普遍性。一所没有中文系的综合性大学是不完整的，也几乎是不可想象的。在文、理、医、工诸多学科中，中文学科特色显著，它集中表现了中国本土语言文化、文学艺术之精神。著名学者饶宗颐先生曾认为，语言、文学是所有学术研究的重要基础，"一切之学必以文学植基，否则难以致弘深而通要眇"。文学当然强调思维的逻辑性，但更强调感受力、想象力、创造力和语言表达能力。有了文学基础，才可能做好其他学问，并达到"致弘深而通要眇"之境界。而中文学科更是中国人治学的基础，它既是中国文化根基的重要组成部分，也是中国文明与世界文明的一个关键交集点。

中文系与中山大学同时诞生，是中山大学历史最悠久的学科之一。近百年中，中文系随中山大学走过艰辛困顿、辗转迁徙之途。始驻广州文明路，不久即迁广州石牌地区；抗日战争中历经三迁，初迁云南澄江，再迁粤北坪石，又迁粤东梅州等地；1952 年全国高校院系调整，始定址于珠江之畔的康乐园。古人说："艰难困苦，玉汝于成。"对于中山大学中文系来说，亦是如此。百年来，中文系多番流播迁徙。其间，历经学科的离合、人物的散聚，中文系之发展跌宕起伏、曲折逶迤，终如珠江之水，浩浩荡荡，奔流入海。

康乐园与康乐村相邻。南朝大诗人谢灵运，世称"康乐公"，曾流寓广州，并终于此。有人认为，康乐园、康乐村或与谢灵运（康乐）有关。这也许只是一个美丽的传说。不过，康乐园的确洋溢着浓郁的人文气息与诗情画意。但对于人文学科而言，光有诗情是远远不够的，更重要的是必须具有严谨的学术研究精神与深厚的学术积淀。一个好的学科当然应该有优秀的学术传统。那么，中山大学中文系的学术传统是什么？一两句话显然难以概括。若勉强要一言以蔽之，则非中山大学校训莫属。1924 年，孙中山先生在国立广东大学成立典礼上亲笔题写“博学、审问、慎思、明辨、笃行”十字校训。该校训至今不但巍然矗立在中山大学校园，而且深深镌刻于中山大学师生的心中。“博学、审问、慎思、明辨、笃行”是孙中山先生对中山大学师生的期许，也是中文系百年来孜孜以求、代代传承的学术传统。

一个传承百年的中文学科，必有其深厚的学术积淀，有学殖深厚、个性突出的著名教授令人仰望，有数不清的名人逸事口耳相传。百年来，中山大学中文学科名师荟萃，他们的优秀品格和学术造诣熏陶了无数学者与学子。先后在此任教的杰出学者，早年有傅斯年、鲁迅、郭沫若、郁达夫、顾颉刚、钟敬文、赵元任、罗常培、黄际遇、俞平伯、陆侃如、冯沅君、王力、岑麒祥等，晚近有容庚、商承祚、詹安泰、方孝岳、董每戡、王季思、冼玉清、黄海章、楼栖、高华年、叶启芳、潘允中、黄家教、卢叔度、邱世友、陈则光、吴宏聪、陆一帆、李新魁等。此外，还有一批仍然健在的著名学者。每当我们提到中山大学中文学科，首先想到的就是这些著名学者的精神风采及其学术成就。他们既给我们带来光荣，也是一座座令人仰止的高山。

学者的精神风采与生命价值，主要是通过其著述来体现的。正如司马迁在《史记・孔子世家》中谈到孔子时所说的：“余读孔氏书，想见其为人。”真正的学者都有名山事业的追求。曹丕《典论・论文》说：“盖文章，经国之大业，不朽之盛事。年寿有时而尽，荣乐止乎其身，二者必至之常期，未若文章之无穷。是以古之作者，寄身于翰墨，见意于篇籍，不假良史之辞，不托飞驰之势，而声名自传于后。”真正的学者所追求的是不朽之事业，而非一时之功名利禄。一个优秀学者的学术生命远远超越其自然生命，而一个优秀学科学术传统的积聚传承更具有“声名自传于后”的强大生命力。

为了传承和弘扬本学科的优秀学术传统，从 2017 年开始，中文系便组织编纂中山大学“中国语言文学文库”。本文库共分三个系列，即“中国语言文学文库・典藏文库”“中国语言文学文库・学人文库”和“中国语言文学文库・荣休文库”。其中，“典藏文库”主要重版或者重新选编整理出版有较高学术水平并已产生较大影响的著作，“学人文库”主要出版有较高学术水平的原创性著作，“荣休文库”则出版近年退休教师的自选集。在这三个系列中，“学人文库”“荣休文库”的撰述，均遵现行的学术规范与出版规范；而“典藏文库”以尊重历史和作者为原则，对已故作者的著作，除了改正错误之外，尽量保持原貌。

一年四季满目苍翠的康乐园，芳草迷离，群木竞秀。其中，尤以百年樟树最为引人注目。放眼望去，巨大树干褐黑纵裂，长满绿茸茸的附生植物。树冠蔽日，浓荫满地。冬去春来，墨绿色的叶子飘落了，又代之以郁葱青翠的新叶。铁黑树干衬托着嫩绿枝叶，古老沧桑与蓬勃生机兼容一体。在我们的心目中，这似乎也是中山大学这所百年老校和中文这个百年学科的象征。

我们希望以这套文库致敬前辈。

我们希望以这套文库激励当下。

我们希望以这套文库寄望未来。

2018年10月18日

吴承学：中山大学中文系学术委员会主任、教授，长江学者特聘教授
彭玉平：中山大学中文系系主任、教授，长江学者特聘教授

前　言

本书是本人多年以来在诗学领域研究的论文结集，是除了已出版的《明末清初诗论研究》《日本诗话中的中国古代诗学研究》《中国文学批评文献学》等学术专著外的单篇论文自选集，大致反映了本人数十年来在诗学领域的研究轨迹。书名中“拾零”二字，既表示其文零碎，不成体系；亦有专著以外零篇碎章之意。

学术研究既要着眼于前沿问题，或开创新的研究领域，使其具有当下的价值；也要重视在学术史链条中承上启下，使其具有更长远的价值。前沿，意味着被很多研究者重视。但前沿并不一定有长远的价值，有些领域和课题，有时很热门，但斗转星移，很快就销声匿迹了，原因就在于它也许本不是问题，没有大的价值，而只是某个时期学者们关注的具有短期效应的热点。开创新的研究领域，也不意味着都是填补空白领域；填补空白很重要，但不是所有的空白都具有价值。因此，价值，是学术研究追求的根本。

对学者而言，兴趣是很重要的。过去我们有很多具宏博气象的学者，文史哲打通，古今连贯，成为真正的大家。现在，随着科学的发展，尤其是自然科学的发展，其理念和方法日渐渗透进文科领域，其明显的表征是出现了更多的细分专家，他们在自己的那片领域内持续地深耕细作，钻得深，研究得细，有专门之学，成为专家。无论是宏通的大家，还是深耕细作的专家，都令人敬重。能成为大家，或者专家，应该都基于他们能发现真问题，并具有研究的兴趣。兴趣，是推动学者前进的内在动力。

因此，价值作为永恒的标准，是学者追求的目标；兴趣作为研究的动力，是学者的学术生命可以持久的保证。在当今的文史研究界，有的学者穷其一生研究一个领域，成为某一领域的专家；有的学者游走多方，终究未能成为专家，而成为杂家。我以为，无论是专家还是杂家，只要研究的是真问题，有价值，凭其兴趣的转移，能对学术做出贡献，都值得肯定。

我之涉足中国古代文学研究，初亦凭兴趣，非有学者之想。“文革”十年，失学亦十年，所幸爱读书，广搜博览，文史哲三科所猎颇多，但亦仅凭兴趣而已。1977 年高考，文科可选者，经济为政治经济学，不喜。文史哲三科，哲学蹈于虚，史书虽我所爱，但父母均学史，却嘱余勿学。年少时，亦以其枯寂，不喜。唯文学尤其是古代文学合我好动之天致兴趣，所以1977年报读中文专业。起初并不以学者为志业，只因其触人之感性，加上好读书，能写文章，且较易入人性情而已。其后，随着年龄渐长，读书渐多，兴趣慢慢从泛览杂书及中国古诗而移至精读理论书籍，开始喜欢研究些理论问题。我的本科毕业论文题目为《马恩文艺研究中的历史与比较方法研究》，可见我彼时之兴趣。后转至学习中国文学批评史，恰是素喜中国古代文学与其后倾心于理论研究的完美结合。述及此，可见我研究中国古代诗学的初衷和来路。其后，毕业留校，从事中国古代文学与文学批评的研究和教学，其部分研究，聚成此书。

本集共分六编，第一编是古代诗学理论与范畴研究，第二编是文体与文体理论研究，第三编是《庄子》与《诗经》研究，第四编是明清诗学研究，第五编是域外诗学研究，第六编是诗学短论。六编计五个方面，以古代诗学理论为中心，旁涉域外诗学研究及古代文体与文体理论，在过去及现在，都是学术界较为前沿且成一定系统的问题。关于这些文章，有些背景和情况还值得说一说。

第一编的《周济对张惠言词论的修正》一文，是本人正式发表的第一篇论文，时在1985年，发表在《河南大学学报》上。这是一篇来自先师邱世友先生的词学课程的小论文，时至今日，虽显谫陋，却是自己从事学术研究的起步，也是唯一记录从师习得之纪念。《“诗无达诂”论》和《“诗无达诂”与中国古代学术史的关系》两文，专注于古代诗学的阐释学问题。20世纪80年代至90年代初，国门初开，西学输入，接受美学和读者反应批评成为前沿领域。在此启发下，我关注中国古代的阅读理论，发现“诗无达诂”是一个影响久远且未得到深入开掘的问题，所以有了上面所说的两篇文章。前者发表在《文学遗产》上，主要辨析“诗无达诂”的核心要义及其理论价值。文章发表后，产生了一定的影响，广东省古代文学理论研究会在当年的年会中，专门以“诗无达诂”为会议主题。也正是此次会议，促使我撰写了后面一篇文章参会，主要研究“诗无达诂”与中国古代学术史的关系，阐释其背后更广阔的知识背景。在今天看来，两文在问题和研究方法上，虽然稚嫩，但有锐气，仍然具有价值。《释“勢”——一个经典范畴的形成》和《论咏史诗的寄托》两文，分别研究“势”与“寄托”，加上第六编论及的“文德”“本位”“养气”，均属于研究古代诗学范畴的文章。

第二编的5篇论文写于不同时期，论题不甚集中，且具体而微。若归纳起来，约分为两类：一是文体体制及其变迁的研究，如《论问答体的衍变》和《从元和体到宋体——许学夷论元和体及其与宋诗的关系》；二是不同文体的写作方法的剖析和研究，如《中国古代辞赋中的虚拟叙述模式》一文。

值得一提的还有第三编有关老庄故里及文化归属的讨论，其中《老庄故里及文化归属考辨》一文对当时流行的老庄代表了战国南方文化的意见进行了辩驳，从两人的故里到其所代表的文化进行了新的研究和分析，认为老庄的故里在战国中期以前仍属北方，虽在战国晚期沦为楚国之地，但其文化并非随着楚人的进入就立刻发生变化，其理论及文化品格仍属北方，更何况在老庄在世时，楚人尚未进入宋地。论文发表后，暨南大学刘绍瑾教授提出了不同的讨论意见，这才催生了《〈庄子〉与齐——对〈庄子〉文化归属问题的再思考》这篇文章的发表。今天看来，虽本人看法并未改变，但拙文也存在着论据和分析不足的问题。该编的其他5篇文章均集中讨论《诗经》"兴"的问题。"兴"在中国诗学中，是一个历史悠久且历久弥新的问题，从汉代至今，仍然有各种讨论，这从一个侧面说明了它既传统又现代，是一个有价值的问题。本人的研究主要侧重在《诗经》中的"兴"与"比"的关系问题，提出"兴皆兼比"的结论，自信这是一个令人信服的结论。

本人的研究，除了诗学理论与范畴及先秦时期的诸子和《诗经》外，在文学批评史领域，对明清之际的诗学也多有用力。我在这方面的研究，由王夫之诗学研究起步。其时，清初三大家为热门，王夫之是三人中于诗下力最多者，留下的相关著述也最多，我的硕士毕业论文即以此为题。本集第四编中的4篇研究王夫之诗学的论文即撰写于此期，发表在《中国古代文学理论研究》丛刊上，其中两篇还是连载。这一系列论文受到学界关注，蒋述卓先生等主编的《20世纪中国古代文论学术研究史》一书对拙文有较好的评价。王夫之外，本人对明末清初的其他诗家和诗学现象也进行了研究，成书《明末清初诗论研究》，并以此为题承担了广东省的社科基金规划项目。对明清时期的其他诗人、诗学家如陈献章、许学夷、钟惺、谭元春、屈大均、王士祯等人的诗学理论，也做了一定的研究，只是孤章单篇，未太受人注目而已。

21世纪以后，我的主要研究精力转向日本汉诗学与留存日本的中国诗学文献的研究。转移的契机，端在新世纪元年我赴日本九州大学任外籍教授的机缘。其后数年，有机会辗转于福冈、冲绳、京都、东京等地的大学，接触到相当多的留日中国古代诗学文献及日本汉诗研究的材料，遂将研究视线移至域外诗学。多年来，相继承担了省、部及国家社科基金项目，资助的项目均与日本汉诗学、文章学相关，出版了《日本诗话中的中国古代文学研究》一书，发表了多篇研究论文。本集第五编所收录的4篇论文，曾分别在中国古代文学理论学会年会及香港中文大学举办的国际会议上宣读过，发表后有3篇被中国人民大学复印报刊资料转载或被其他数种论文集收录，可见其受到学界的一定承认。近年来，域外诗学成为前沿研究，本人能侧身其中，有幸亦有荣焉！

回望本人数十年间的研究，颇感惭愧，不仅分量不足，数量亦欠奉。所幸研究的问题，多是自己感兴趣的。几部著作涉及的领域，除近年热闹的域外汉学外，多非热门。著作面世后，虽有中华书局《书品》和《中华读书报》的专文评介，学界中亦有多位先生、同行勗勉，但整体而言，没有大的成绩。本人就学过程中，曾同时师从黄海章、邱世友二先生。两人治学，风格迥异，海章师通脱简明，要言不烦；邱先生研精几深，胜义复隐。比较起来，行文方面我受海章师影响更多一些，不喜烦琐论证，深厌冗辞连缀，喜欢简要流畅一路。当然较之先师，才力所限，也难钩玄入深。

本集论文从我所发表的60余篇论文中拣出，勉编为集，不成专家之学，仅能见鄙人从学之轨迹路径。于我，可做留念；于读者，若蒙不弃而勉观其陋，亦所望也。幸甚至哉！书以志之。

孙 立

辛丑年冬于康乐园

目　录

第一编　古代诗学理论与范畴研究

第二编　文体与文体理论研究

第三编 《庄子》与《诗经》研究

第四编 明清诗学研究

第五编　域外诗学研究

第六编　短论四篇

第一编

古代诗学理论与范畴研究

“诗无达诂”论

一部作品一经问世，它的命运便掌握在读者手中。古拉丁语有句话：“每本书都有自己的命运。”① 周亮工引徐世溥语曰：“诗文之传，有幸有不幸焉。”② 诗文命运的幸与不幸，受制于读者的阅读和接受活动。从文学作品传播的过程看，虽然文学作品的文本是一个常量，是确定的，但它的传播却是变量，是一个流动不居的过程。作者在文本中所蕴含的意旨与文学接受者之间往往存在着不同的反应，或相合，或相乖，或不及，或过之，随之也带来了不同的价值判断，造成了种种“诗无达诂”的现象。“诗无达诂”作为一种文学传播和文学接受的现象，其中蕴含着重要的理论因素，值得我们重视。本文不揣浅陋，试图进一步挖掘它的基本理论，显示出其价值和意义，以就教于方家学者。

一、诗无达诂与断章赋诗

“诗无达诂”作为一种理论的总结，最初见于西汉董仲舒《春秋繁露》卷五《精华》篇：“所闻《诗》无达诂，《易》无达占，《春秋》无达辞。从变从义，而一以奉人。”③《说文解字·言部》：“诂，训故言也。”段玉裁注：“释故言以教人是之谓诂。”④ 《说文通训定声》引《毛诗·周南·关雎》诂训传疏：“诂者，古也，古今异言，通之使人知也。”⑤ 所说均指以今言释古语，侧重于语言的通训，这是“诂”之本义。但其实际运用却并不限于一般语辞的通释，《春秋公羊传》、《尔雅》、《字林》、《广雅》、《汉书·扬雄传》注、《后汉书·桓谭传》注在通古言、释故言之外，也兼指通“义”。联系上引董仲舒的“从变从义，而一以奉人”，可见“诗无达诂”

---

① ［意］弗·梅雷加利：《论文学接受》，见胡经之、张首映主编《西方二十世纪文论选》第三卷，中国社会科学出版社 1989 年版，第 207 页。

② 周亮工：《书影》第一卷，上海古籍出版社 1981 年版，第 25 页。

③ 董仲舒：《春秋繁露》，中华书局 2011 年版，第 58 页。

④ 许慎著，段玉裁注：《说文解字注》第三卷第二篇上，商务印书馆 1930 年版，第 26 页。

⑤ 朱骏声：《说文通训定声》，武汉古籍书店 1983 年版，第 411 页。

既指诗语字面的无通释，也指一首诗诗义的无定解。前人引“诗无达诂”，往往忽略了后文的“从变从义，而一以奉人”一语，其实，这是董仲舒提出的解决“无达诂”的方法。“从变从义”，即解诗既应考虑诗语诗义的变迁，注意理解的历史性；又要合宜，使之符合文本的基本旨义。因此，董仲舒既承认了“诗无达诂”这一理解的历史性原则，充分肯定了读者之“变”的主观随意性，又顾及了文本的客观有效性，二者综合而生成的“一”才是董仲舒所提倡的解诗方法。

“诗无达诂”是汉人通行的看法。除董仲舒外，刘向《说苑·奉使》也有一则记载：“传曰：《诗》无通诂，《易》无通吉，《春秋》无通义。”[①] 据其文中所论，刘向也主张读者理解应用的变通性，不能拘于章句。王充《论衡·书虚篇》认为“传书之言，多失其实”，使听者、览者失其真旨，《语增篇》更申论语言的夸饰易生误解，因而主张读者应“通览”[②]。王充虽是从“疾虚妄”的角度申说书之不能尽信，但也暗含了文本是一个开放性的结构，应以变通之法去阅读的思想。这是理论方面的倡导。在实践上，则有《韩诗外传》的引诗述理。引诗述理也是解诗的一种形式。《韩诗外传》引诗之不符《诗》义，历来为人诟訾。问题是，这种不尽合《诗》本义的解诗方法是否有其存在的合理性呢？班固《汉书·艺文志》有“取《春秋》、采杂说，咸非其本义”[③] 之语，訾其不合《诗》义。而《史记·儒林传》则称：“韩生推诗人之意，而为内、外《传》数万言，其语颇与齐鲁间殊，然其归一也。”[④] 言辞之间，颇为赞赏。元钱惟善《韩诗外传序》更称其书“断章取义，要有合于孔门商赐言《诗》之旨”[⑤]。王先谦《诗三家义集疏序例》也说韩诗“夫诗《三百篇》中，迩之事父，远之事君，兴观群怨之旨，于斯焉备”[⑥]，对《韩诗外传》的立足于文本又脱离文本的解法予以肯定。陈澧《东塾读书记》卷六更申论《孟子》《坊记》《中庸》《表记》《缁衣》《大学》引《诗》者，多似《外传》，并说：“其于诗义，

① 刘向：《说苑》，王天海、杨秀岚译注，中华书局2019年版，第613页。

② 王充撰，黄晖校释：《论衡校释》，中华书局1990年版，第1160页。

③ 班固撰，颜师古注：《汉书·艺文志》，中华书局1962年版，第1708页。

④ 司马迁：《史记·儒林传》，中华书局1959年版，第3124页。

⑤ 钱惟善：《韩诗外传序》，见钱惟善《江月松冈集·文录》，收入杨讷编《元史研究资料汇编》第67册，中华书局2014年版，第202页。

⑥ 王先谦撰，吴格点校：《诗三家义集疏序例》，中华书局1987年版，第10页。

洽熟于心，凡读古书，论古人古事，皆与《诗》义相触发。”① 这说明解《诗》用《诗》者，应撮其大要，举其大义，既不完全脱离文本，又不限于文本。不脱离文本，就要对诗义洽熟于心；不限于文本，则要与诗义相触发，能引类而譬之，于诗义有新的发明。

汉人“诗无达诂”的理论与“以己意说诗”的实践，实乃春秋赋诗断章与孔门说诗的承传。春秋鲁定公以前，群臣外交谈判，燕享酬酢，常常赋诗言志。所引之诗，虽为当时人们所熟习，但引诗者却别有所指。《左传·襄公二十八年》记载卢蒲癸言曰：“赋诗断章，余取所求焉。”② 就是当时人引诗的通例。有趣的是，引诗者所引虽不合于诗本义，但听者会心，皆能明其所指。《左传·襄公二十七年》载，郑七子赋《诗》言志，人赋一首，赵孟听了，居然通晓其志，并一一作覆。这种情况在《左传》中多有记录，曾异撰所谓：“左氏引《诗》，皆非诗人之旨。”③ 说明春秋时“以己意说《诗》”的现象非常普遍，虽言人人殊，但无人不晓。当然，春秋断章赋诗者引用《诗》句，并非出于文学鉴赏的目的，而是为了适应政治和社交的需要，孔子所谓：“诵《诗三百》，授之于政，不达；使于四方，不能专对；虽多，亦奚以为?”④ 是把《诗》作为政治生活的工具看待。章实斋《文史通义》所说“六经皆史”，就指出了《诗》作为王官之学的特征⑤，也说明所谓断章赋诗是在“用诗”，而非“读诗”。但一种风气的开创，流风所及，其影响往往超出作俑者，《韩诗外传》的说诗“咸非诗人本义”，就是在春秋断章赋诗的基础上进一步发扬光大的结果，而董子的“诗无达诂”更使这一现象理论化。

再看孔门说诗。儒家诗说，最重读者自悟，孔子、孟子均有所论。这大概与儒家的“内省”精神相符，也可能与春秋断章赋诗、各取所需的风习有关。商、赐说诗，深得孔子赞许，就是因为他们能于诗义有新的发明，善于用诗。子贡以“如切如磋，如琢如磨”引证“富而好礼”，被孔子称为“始可与言《诗》已矣”⑥。子夏以“礼后乎”体会“巧笑倩兮，美目盼兮，

---

① 陈澧：《东塾读书记》卷六，清光绪刻本。

② 左丘明著，杜预注：《左传》，上海古籍出版社 2016 年版，第 650 页。

③ 曾异：《纺授堂集》，明崇祯刻本，文集卷五。

④ 朱熹：《四书章句集注》，中华书局 1983 年版，第 143 页。

⑤ 钱穆：《中国文学讲演集》，巴蜀书社 1987 年版，第 98 页。

⑥ 朱熹：《四书章句集注》，中华书局 1983 年版，第 53 页。

素以为绚兮”，孔子也认为“起予者商也”①，说明孔门说诗，也是“咸非诗人本义”，而重在读者对诗义的感触兴发，能引譬连类，自证自悟。孔门另一大师孟子也不例外，《孟子》一书引《诗》三十，论《诗》者四②，也多有断章取义、以诗证史者。他所批评的“固哉高叟”与主张的“以意逆志”“尽信书，则不如无书”，无一不是倡导读者积极参与的精神。孔门诗说的这一传统对“独尊儒术”的汉人来说，无疑具有巨大的影响力。

因此，从断章赋诗、孔门说诗到“诗无达诂”、四家诗说，展示了“诗无达诂”理论初期的发展轨迹。尽管董仲舒的“诗无达诂”有为儒家经生进行功利主义和道德化说教铺路的嫌疑，但它毕竟在理论上揭示了文学阅读活动中读者与作者理解不一致的现象。所以，它虽然原是由一种政治的需要所造成，但最终却超出了政治的范围，如细流入海，其始也微，其终也大，遂发展成为一种广有影响力的诗说理论。

二、古调独弹难索解

汪康古曾慨叹“古调独弹难索解”③，说明了读者解诗之难。综观解诗者，无非两端。一是寻绎诗之定解本旨，为之矻矻不倦者。历代皓首穷经、固守章句为一类，知人论世、以史证诗者为另一类。前者由诗语文字的考订训诂求绝对定解，所谓：“书之义，兼复深奥，训诂成义，古人所以为典雅也。”④ 后者借助于诗外功夫以求本旨⑤（以《诗序》为代表）。但无论哪一类，自以为有得，都不免招人讥刺。二是以为诗本身不存在所谓定解，解法可因人而异者。卢文昭所谓“《诗》无定形，读诗者亦无定解”⑥，伽达默尔所谓诗歌“始终具有一种独特的非确定性”⑦。二者相较，应该说后者更为接近阅读现象的实际。“诗无定形”，意味着诗之为言，虽有一定的给定性，但诗语的多义性、包容性，诗体结构的跳跃性，使文本有大量的非确定

---

① 朱熹：《四书章句集注》，中华书局1983年版，第63页。

② 陈澧：《东塾读书记》卷三，清光绪刻本。

③ 汪孟锠：《读编修诸草庐先生近诗》，见《厚石斋集》卷七，收入《清代诗文集汇编》第348册，上海古籍出版社2010年版，第296页。

④ 傅亚庶：《孔丛子校释》，中华书局2011年版，第132页。

⑤ 朱熹：《诗集传》，中华书局1980年版，第1页。

⑥ 卢文昭：《抱经堂文集》卷三，乾隆六十年（1795）刻本。

⑦ ［德］伽达默尔著，王才勇译：《真理与方法》，辽宁人民出版社1987年版，第209页。

因素，由此决定了诗体有形而“无定形”，留给读者大量的想象空间。罗大经《鹤林玉露》所谓：“大抵古人好诗，在人如何看，在人把做什么用。”“只把做景物看亦可，把做道理看，其中亦尽有可玩索处。”[①] 在这个意义上，诗确实是无定形的，而读者的理解也因此而有了相当的灵活性，这也许正是诗之“难索解”的症结所在。伽达默尔也有类似的说法：“无疑，文学以及在阅读中对它的接受，就表现出一种最大限度的非制约性和灵活性。”[②] 新批评派领袖艾·阿·瑞恰兹也说：“交流或许绝不是完美的，因此第一种和最后一种经验将存在差异。……就每一首十四行诗而论，有多少读者就有多少不同的诗。”[③] 用江淹的“别虽一绪，事乃万族”[④] 一语来形容读者的这种万花筒般的阅读反应是非常合适的。

自汉人发明“诗无达诂”之后，魏晋隋唐间所论较少。至宋，这种言论开始多了起来。从文人笔记诗话的记录来看，胪列诗无达诂现象的，既有读者与读者理解的不一致，也有读者与作者理解的不一致。前者如姚元之《竹叶亭杂记》卷五所记，钱萚石与翁覃谿交密，“每相遇必话杜诗，每话必不合，甚至继而相搏。”[⑤] 黄庭坚《书林和靖诗》：“欧阳文忠公极赏林和静（靖）‘疏影横斜水清浅，暗香浮动月黄昏’之句，而不知和静（靖）别有咏梅一联，云：‘雪后园林才半树，水边篱落忽横枝’似胜前句，不知文忠公何缘弃此而赏彼。文章大概亦如女色，好恶止系于人。”[⑥] 后者如欧阳修所说：“披图所赏，未必得秉笔之人本意也。”[⑦] 朱熹所说：“学者观书多走作者。”[⑧] 贺贻孙所说：“凡他人所谓得意者，非作者所谓得意也。”[⑨]

无达诂的原因也五花八门，有历时性差异造成的无达诂，有以诗喻史、穿凿附会造成的无达诂，也有因读者好尚、趣味不同或门户之见而造成的无达诂，还有因复义（ambiguity）现象造成的见仁见智的无达诂，以及因文字的误读而造成的无达诂。王山史《山志》初集卷二云：“余幼时喜言钟

① 罗大经，王瑞来点校：《鹤林玉露》乙编卷之二，中华书局1983年版，第149页。

② ［德］伽达默尔著，王才勇译：《真理与方法》，辽宁人民出版社1987年版，第237页。

③ ［英］艾·阿·瑞恰兹著，杨自伍译：《文学批评原理》，百花洲文艺出版社1992年版，第205页。

④ 萧统编，李善注：《文选》，中华书局1977年版，第237页。

⑤ 姚元之：《竹叶亭杂记》卷五，中华书局1982年版，第125页。

⑥ 黄庭坚：《豫章黄先生文集》卷二六，《四部丛刊》景宋乾道刊本。

⑦ 欧阳修：《欧阳文忠公集·集古录·跋尾》卷五，《四部丛刊》景元刊本。

⑧ 黎靖德编，王星贤点校：《朱子语类》，中华书局1986年版，第178页。

⑨ 郭绍虞编选，富寿荪校点：《清诗话续编》，上海古籍出版社1983年版，第178页。

谭，其文集皆细加丹铅。今每翻及，面为之赤。”[①] 是老而悔少，因阅历加深，而改变初衷。袁伯长《清容居士集》卷四十六《跋朱文公与辛稼轩手书》云：“尝闻先生盛年以恢复为最急，议晚岁则曰：‘用兵当在数十年后。’辛公开禧之际，亦曰：‘更须二十年。’阅历之深，老少议论，自有不同焉者矣。”[②] 周亮工《因树屋书影》卷一亦云：“古文人初持其一偏之说，与人凿凿不相下；殆识益高，心亦下，未有不翻然自悔者。”[③] 则是对这种历时性差异的说明。贺贻孙《诗筏》评杜牧《李昌谷诗序》云：“唐人作唐人诗序，亦多夸词，不尽与作者痛痒相中。”[④] 是因时人同好所蔽而造成的无达诂。王世贞《读书后》卷四《书苏诗后》云：“苏长公之诗在当时，天下争趣之，若诸侯王之求封于西楚，一转首而不能无异议。至其后则若垓下之战，正统离而不再属。今虽有好之者，亦不敢公言于人。”[⑤] 是说因读者好尚、时移势异而造成的无达诂。另外还有因读者修养不同而造成的无达诂，陆机所谓：“虽浚发于巧心，或受欰于拙目。”[⑥] 谭献所谓：“阅乐天诗，老妪解，我不解。”[⑦] 像“所谓《序》者，类多世儒之误，不解诗人本意处甚多”[⑧]，此则是穿凿索隐而造成的无达诂。

上述现象无疑说明了“诗无达诂”在阅读活动中是一个普遍的客观存在。这种现象的产生，首先在于文学作品在客观上是一个开放性的结构，而不是一个人人均有共识的终极真理“标本”。这个开放性结构从纵向上讲是发展变化而无定形的，在不同的历史阶段有不同的接受历史，所谓“诗文之传，有幸有不幸焉”；从横向上讲，文学作品一经出世，就要面对所有读者，“书本是为一切人而不是为一人的，这是针对每一本书——并不仅仅是针对某本著名的书——所说的”[⑨]。因此，面对众多的不同阶层的读者，它表现出“最大限度的非制约性和灵活性”，这是文学作品文本的给定性与阅读的开放性的统一。任何文学作品都是这二者的统一，概莫能外。昔者司马

---

① 王山史：《山志》初集卷二，清初刻本，第 19 页。

② 袁伯长：《清容居士集》卷四十六，台北中华书局 2016 年版，第 3 页。

③ 周亮工：《因树屋书影》卷一，清康熙六年（1667）刻本。

④ 郭绍虞编选，富寿荪校点：《清诗话续编》，上海古籍出版社 1983 年版，第 190 页。

⑤ 王世贞：《读书后》卷四，《景印文渊阁四库全书》第 1285 册，台湾商务印书馆 1986 年版，第 48 页。

⑥ 陆机著，金涛声点校：《陆机集》，中华书局 1982 年版，第 4 页。

⑦ 谭献撰，范旭仑、牟晓朋整理：《谭献日记》，中华书局 2013 年版，第 235 页。

⑧ 黎靖德编，王星贤点校：《朱子语类》，中华书局 1986 年版，第 2068 页。

⑨ ［德］伽达默尔著，王才勇译：《真理与方法》，辽宁人民出版社 1987 年版，第 235 页。

相如作《大人赋》，欲以讽谏汉武帝的服食求仙，文章的给定性应是明确的，但武帝读之“反飘飘有凌云之志”，正说明了文学作品具有开放性的结构。

从读者的角度而言，每个读者的阅读又有其主观随机性。这个随机性既不是读者的凭空想象，也不是整齐划一的千人一腔，而是带有各自历史条件制约的随机性。读者的阅读一方面是主观的再创造活动，另一方面又受其自身历史条件的制约。从这个意义上说，读者的阅读活动，是历史性原则与读者自我创造的统一。阅读的历史性原则是西方接受美学和读者反应批评的一个重要的理论支柱，它指出读者的头脑并非被动接受的一片空白，文学阐释者都出自各自不同的历史及文化环境，这种不同的背景，使得不同的人对作品有不同的理解和阐释，这是造成“诗无达诂”现象的一个重要原因。《韩非子》中有一则著名的寓言：“郢人有遗燕相国书者，夜书，火不明，因谓持烛者曰：‘举烛。’而误书‘举烛’。举烛，非书意也。燕相国受书而说之，曰：‘举烛者，尚明也；尚明也者，举贤而任之。’燕相白王，王大悦，国以治，治则治矣，非书意也。”[①] 燕相之所谓“举烛者，尚明也；尚明也者，举贤而任之”诸语，是明显的误读、曲解。这种误读，是由他的身份、地位及政治需要而决定的。在阅读活动中，像这类明显的误读都会发生，何况读者面对的是以夸饰增华为特征的文学语言呢？

三、片言可以明百意

西方的新批评派及阐释学派都注意研究文学语言的特性，区别出“科学语言”“散文语言”与“情感语言”的不同，像瑞恰兹在《文学批评原理》一书中说：“就科学语言而论，指称方面的一个差异本身就是失败：没有达到目的。但是就情感语言而论，指称方面再大差异也毫不重要，只要态度和情感方面的进一步影响属于要求的一类。”[②] 中国古代的诗论家在肯定“诗无达诂”时，也注意到了诗语、诗体的独特性。冯班《钝吟杂录》卷五说：“诗者言也……但其言微不与常言同耳……但其理元（按：元当为玄，

① 王先慎撰，钟哲点校：《韩非子集解》，中华书局 1998 年版，第 279 页。

② ［英］艾·阿·瑞恰兹著，杨自伍译：《文学批评原理》，百花洲文艺出版社 1992 年版，第 244 页。

因避讳而改元）或在文外。”① 何良俊《四友斋丛说》卷一云：“余尝谓《诗经》与诸经不同。故读《诗》者亦当与读诸经不同。盖诗人托物引喻，其辞微，其旨远。故有言在于此而意属于彼者。不可以文句泥也。”② 张翰风《宛邻文》卷一《古诗录自序》亦云：“诗道之尊，由于情深文明，言近指远。”③ 所谓辞微旨远，正是诗的特性，也是诗体别于诸经文体之所在。文学语言，尤其是诗语，往往具有深广的包蕴性，它的“能指”虽是给定的，“所指”却是无限的。像月之为言，可喻愁绪：“雨过月华生，冷彻鸳鸯浦。”④（柳永《甘草子》）可指恋人之心：“愿逐月华流照君。”⑤（张若虚《春江花月夜》）也可指怀乡之情：“举头望山月，低头思故乡。”⑥（李白《静夜思》）使读者举一隅而三隅反，咀嚼不尽。诗语的片言只字，波诡云谲，五光十色，“横看成岭侧成峰”，足令读者见仁见智。古人云：“片言可以明百意，坐驰可以役万景。”⑦ 正是诗语具有丰富包蕴性的说明。

诗的多义性是诗体开放性结构的基础和作者历史性理解的前提，没有诗语的多义性，诗体的开放性结构没有意义，读者的见仁见智也无从表现。所以，文学语言的多义性与“诗无达诂”是相与表里，互为因果的。

汉语向有以简驭繁、一以当十的表达习惯，这在古诗中有更突出的表现。中国诗人无论赋事、写景、言情，均以含蓄为尚。含蓄者，以少总多，寄直于婉、摧刚为柔之谓也，也就是将众多的意绪缩于片言，将直言的义理托于婉讽，使读者在有限的文辞之外，领悟到深细微婉的意蕴。刘勰《文心雕龙·隐秀》所谓“情在词外曰隐”“隐以复义为工”⑧；张玉田所谓“数句之中，已具数十句不了之势，数十句之后，尚留数十句不了之味”⑨；贺贻孙所谓“悠然情深，令读者低回流连，觉尚有数十句在后未竟者”⑩；均要求诗体能义兼多项，文蕴复义，篇有余味，令读者流连深思，别有所

① 冯班：《钝吟杂录》卷五，商务印书馆1937年版，第66页。

② 何良俊：《四友斋丛说》卷一，中华书局1959年版，第5页。

③ 张琦：《宛邻集》卷三，见《续修四库全书》第1486册，上海古籍出版社2002年版，第184页。

④ 柳永撰，薛瑞生校注：《乐章集校注》，中华书局1994年版，第15页。

⑤ 彭定求编：《全唐诗》，中华书局1960年版，第1184页。

⑥ 彭定求编：《全唐诗》，中华书局1960年版，第1709页。

⑦ 刘禹锡：《刘禹锡集》卷十九《董氏武陵集纪》，中华书局1990年版，第237页。

⑧ 刘勰著，范文澜注：《文心雕龙注》，人民文学出版社1958年版，第632页。

⑨ 张炎：《乐府指迷》卷上，明保颜堂秘笈本。

⑩ 郭绍虞编选，富寿荪校点：《清诗话续编》，上海古籍出版社1983年版，第185页。

得。中国诗人常用的咏史、引典、比兴、寄托、婉讽等手段，都是力图在片言之中孕有丰富的意蕴。因此，在中国旧诗中，咏史和用典已不仅是诉说前朝旧事，而是“以史为咏”“搅碎古今巨细，入其兴会”[①]。比兴也“非流连花鸟，叙述情景止也”[②]，而是“墨气所射，四表无穷，无字处皆其意也”[③]。常州词派论词讲求比兴寄托，上溯“诗之比兴，变风之义，骚人之歌”[④]。间取《花间》《尊前》香草美人、闺帷儿女以抒失志落魄、家国兴衰、政教隆污之慨，倡言微辞托兴，以有寄托入，以无寄托出，也是要创制“金碧山水、一片空蒙”[⑤]，富有包孕性的词境，以令读者“意感偶生，假类毕达”，“万感横集，五中无主”[⑥]，“指事类情，仁者见仁，知者见知”[⑦]。中国古诗的这一“片言可以明百意”的特点，无疑使之具有更能动的开放性结构，也使“诗无达诂”有了更广泛的基础。

值得注意的是，中国古代批评家们不仅要求诗体具有多义的功能，而且把诗的多义与读者的反应结合在一起，使之成为一种文学价值判断的标准。叶燮《原诗》说：“诗之至处，妙在含蓄无垠，思致微渺，其寄托在可言不可言之间，其指归在可解不可解之会；言在此而意在彼，泯端倪而离形象，绝议论而穷思维，引人于冥漠恍惚之境，所以为至也。”[⑧] 李渔《笠翁文集·答同席诸子》亦云：“自谓帘内之丝，胜于堂上之竹；堂上之竹，又胜于阶下之肉……大约即不如离、近不如远；和盘托出，不若使人想像于无穷耳。”[⑨] 由此看来，“诗之至处，妙在含蓄无垠”是因为它能“引人于冥漠恍惚之境”，令读者在可言不可言之间、可解不可解之际去体悟自得。而“即不如离，近不如远”，也是因为即和近不如离和远那样能令读者“想像于无穷”。沈德潜所谓：“古人之言，包含无尽，后人读之，随其性情浅深高下，各有会心。如好《晨风》而慈父感悟，讲《鹿鸣》而兄弟同食，斯为得之。董子云：‘诗无达诂。’此物此志也。”[⑩] 诗语的包含无尽与读者的

① 王夫之评选，周柳燕校点：《明诗评选》，上海古籍出版社 2011 年版，第 60 页。
② 郭绍虞编选，富寿荪校点：《清诗话续编》，上海古籍出版社 1983 年版，第 205 页。
③ 王夫之撰，戴鸿森笺注：《薑斋诗话笺注》，人民文学出版社 1981 年版，第 138 页。
④ 张惠言：《词选·序》，清道光十年（1830）宛邻书屋刻本。
⑤ 程千帆主编：《清人选评词集三种》，齐鲁书社 1988 年版，第 149 页。
⑥ 周济：《宋四家词选·序》，清滂喜斋丛书本。
⑦ 周济：《介存斋论词杂著》，清光绪四年（1878）刻本。
⑧ 叶燮著，霍松林校注：《原诗》，人民文学出版社 1998 年版，第 30 页。
⑨ 李渔：《答同席诸子》，见《李渔全集》第一卷，浙江古籍出版社 1992 年版，第 198 页。
⑩ 沈德潜编：《唐诗别裁集·凡例》，中华书局 1975 年版，第 3 页。

各有会心便联系在一起，成为一首好诗的衡量标准。

新批评派的瑞恰兹也有类似的说法："无论如何可以肯定一味仔细研究交流的可能性，同时又极其强烈地渴望交流，但却缺乏诗人的冲动与读者可能产生的冲动之间息息相关的自然感应，那是绝对不足以交流的。所有十分成功的交流都包含着这种感应，任何策划也无法取而代之。"[①] 伽达默尔也说："不涉及接受者，文学的概念根本就不存在。"[②] 因此，文学的多义性是和读者的反应密切相关的，文学作品如果没有包含无尽的多义性，读者的反应将逊色得多；反过来，如果没有读者的参与，作品也显现不出它那五彩斑斓的意义。在这个意义上，任何一部成功的作品都应包含文本与读者之间强烈的呼应，这在中西方都是一样的。

四、作者未必然，读者何必不然

从董仲舒的"诗无达诂"意识到文学作品面对读者的开放性，从肯定读者理解的历史性应"从变从义"，到众多理论家意识到文学作品的多义性与读者多重理解的合理性，表明中国古代诗论家对读者积极参与阅读，重建文学作品意义的认可。在此基础上，一些理论家更明确地鼓励、倡导读者的再创造活动。像朱熹记陈君举云："陈君举说《春秋》云：'须先看圣人所不书处，方见所书之义。'"[③] 主张读者从无字处领悟、重建书中之意。宋于庭《洞箫楼诗纪》卷三《论词绝句》之一云："引申自有无穷意，端赖张侯作郑笺。"自注云："张皋文先生《词选》申太白、飞卿之意，托兴绵远，不必作者如是。是词之精者，可以仁者见仁，智者见智也。"[④] 其对张惠言《词选》的"申太白、飞卿之意"大为赞赏，以为无穷之意正赖说诗者的作笺引申。张惠言《词选·序》也自述其说词是"义有隐幽，并为指发"[⑤]。张氏《词选》固然有穿凿失实之处，但其理论倡导却不无可取之处。因为

---

① ［英］艾·阿·瑞恰兹著，杨自伍译：《文学批评原理》，百花洲文艺出版社1992年版，第22页。

② ［德］伽达默尔著，王才勇译：《真理与方法》，辽宁人民出版社1987年版，第237页。

③ 黎靖德编，王星贤点校：《朱子语类》，中华书局1986年版，第2067页。

④ 宋翔凤：《洞箫楼诗纪》，见《清代诗文集汇编》第513册，上海古籍出版社2010年版，第100页。

⑤ 张惠言：《词选·序》，清道光十年（1830）宛邻书屋刻本。

"书不尽言，言不尽意"①，读者须"虑而后能得"②，否则，"尽信书，则不如无书"③。读者只有主动参与，才能领悟教外别传，妙处悬解，生成新的意蕴。

文学作品意义的重建，要求读者能创造性地对待作品的文本。杨时《龟山先生语录》卷三云："仲素问诗如何看？曰：诗极难卒说。大抵须要人体会，不在推寻文义……惟体会得，故看诗有味，至于有味，则诗之用在我矣。"④ 刘辰翁说："凡大人（指杜甫）语不拘一义，亦其通脱透活自然……观诗各随所得……同是此语，本无交涉而见闻各异。"⑤ 刘辰翁曾批点杜诗，他的注杜实践了他的读诗理论。其所注杜诗，虽不必尽合本旨，也可略备一说。但后人对刘氏注杜却有不同看法。钱谦益批评刘辰翁之评杜："点缀其尖新隽冷。近日之评杜者，钩深摘异，以鬼窟为活计，此辰翁之牙后慧也。"⑥ 指责他超越文外，"点缀尖新"。而胡元瑞则针锋相对："千家注杜，犹五臣注选。辰翁解杜，犹郭象注庄，即与作者语意不尽符，而玄言玄理，往往角出，尽拔骊黄牝牡之外。"⑦ 赞扬他能于"骊黄牝牡之外"，别得"玄理"，尽管"与作者意不尽符"。刘辰翁生当宋亡之际，宋室覆亡之后，他自著诗文或批点诸集，往往眷怀麦秀，寄托遥深。其虽批点杜诗"意取尖新，太伤佻巧"⑧，但"以他人之酒杯浇自己之块垒"，托意婉讽，也不无可取者。而且辰翁为人鲠直，宋亡后拒不做官，其经历与钱之官仕"伪朝"殊不相类，钱之斥刘，抑有不可言说之苦衷也未可知。何况诗之为言，见仁见智，由《晨风》而悟慈父，由《鹿鸣》而感兄弟同食，"所言在此，反若不必在此"⑨，不必以文义拘也。

林希逸云："彻底书须随字解，造微诗要似禅参。"⑩ 指出读文与读诗之不同。文为说理之用，故书须彻底，尽量不留游移未定之点，读文者也应随

① 王夫之撰，王孝鱼点校：《周易外传》，中华书局1977年版，第177页。

② 朱熹：《四书章句集注》，中华书局1983年版，第3页。

③ 朱熹：《四书章句集注》，中华书局1983年版，第364页。

④ 杨时：《龟山先生语录》卷三，商务印书馆1934年版，第24－25页。

⑤ 刘辰翁：《须溪集》卷六，《文渊阁四库全书》本。

⑥ 杜甫撰，钱谦益笺注：《钱注杜诗·注杜诗略例》，上海古籍出版社2009年版，第4页。

⑦ 胡应麟：《诗薮》杂编卷五，上海古籍出版社1958年版，第322页。

⑧ 永瑢等：《四库全书总目》，中华书局1965年版，第1409页。

⑨ 吴省钦：《白华前稿》卷十二，清乾隆刻本。

⑩ 林希逸：《即事》，见曹庭栋编《宋百家诗存》卷三十二，《景印文渊阁四库全书》第1477册，台湾商务印书馆1986年版，第805页。

字作解，亦步亦趋。诗则言情造微，“其称名也小，其取类也大”[①]，读者读诗也应像禅家之参活句，不脱也不粘，方为上者。袁中郎云：“古之为诗者有泛寄之情，无直书之事；而其为文也，有直书之事，无泛寄之情，故诗虚而文实。”[②] 但有很多人不明“诗虚而文实”，唐代李远有“青山不厌三杯酒，长日唯销一局棋”一联，《幽闲鼓吹》记令狐绹荐李远为杭州刺史，宣宗曰：“我闻远有诗云：‘长日唯销一局棋。’岂可以临郡哉?”绹对曰：“诗人之言，非有实也。”[③] 宣宗的“岂可以临郡哉”可编入文苑笑谭，但相信在读诗人中也非特例。这种情况更说明倡导读者积极参与阅读的必要性。

在这方面，宋明理学家的言论值得重视。如果说汉人仅是对“诗无达诂”现象进行了一种客观总结的话，宋明理学家则因重视人的主观精神强调“格物致知”（朱熹语）、“心即是理”（陆九渊语）、“心外无理”（王阳明语），因此比汉人更为明确地主张读者自身的体验。宋以后才开始大量出现“诗无达诂”的言论，并波及明清两代，不能不说是宋明理学家的功劳。宋明理学家自身也有读诗传习之语，朱熹说：“解《诗》，多是推类得之。”[④]“古人说‘《诗》可以兴’，须是读了有兴起处，方是读《诗》。若不能兴起，便不是读《诗》。”[⑤] 强调读者的“兴发志意”。王阳明也有类似的主张：“门人有私录先生之言者，先生闻之，谓之曰：‘圣贤教人，如医用药，皆因病立方，初无定说……若拘执一方，鲜不杀人矣……’”[⑥] 这些倡导以读者之心去体悟文本的主张，作为宋以后在思想上占统治地位的宋明理学体系的一部分，无疑对“诗无达诂”理论的传播起了推波助澜的作用。过去的论者研究“诗无达诂”，常常根究于《易》、庄、禅，将其作为理论来源，自然是非常有道理的。但真正使这一理论发扬光大，并直接推动其发展的，当首推宋明理学家的思想。联系“诗无达诂”理论的发展脉络，其意可明矣。

明清二代，尤其是清人，多有主张读者创造活动的。著名的像王夫之说：“作者用一致之思，读者各以其情而自得。”“人情之游也无涯，而各以其情遇，斯所贵于有诗。”[⑦] 谭献说：“作者未必然，读者何必不然。”“侧

① 王弼注，孔颖达疏：《周易注疏》卷十二，《文渊阁四库全书》本。
② 袁宏道：《雪涛阁集·序》，见《袁中郎全集》，台北世界书局2009年版，第6页。
③ 钱锺书：《谈艺录》，中华书局1984年版，第388页。
④ 黎靖德编，王星贤点校：《朱子语类》，中华书局1986年版，第2128页。
⑤ 黎靖德编，王星贤点校：《朱子语类》，中华书局1986年版，第2086页。
⑥ 王阳明撰，邓艾民注：《传习录注疏》，上海古籍出版社2012年版，第1页。
⑦ 王夫之撰，戴鸿森笺注：《薑斋诗话笺注》，人民文学出版社1981年版，第4、5页。

出其言，傍通其情，触类以感，充类以尽。甚且作者之用心未必然，而读者之用心未必不然。”[①] 这些看法更为鲜明地确定了读者在艺术鉴赏活动中的重要地位，它们把文本与读者看作艺术创作过程的两端：“作者用一致之思”，创作出文本；读者则以各自的思想与经验去发扬文本。二者互相联系，又互为补充，构成艺术创作的全过程。由于读者个体的情形千差万别，“各以其情遇”，就会出现阐释的差异。这种差异在王夫之和谭献看来，不仅是允许的，而且是更理想的——“斯所贵于有诗”。

在这个方面，西方文论也有相应的论述。T. S. 艾略特说：“一首诗对不同的读者或许是有非常不同的意蕴，而且所有这些意蕴大概也与作者原意不符。读者的阐释也许不同于作者，但同样正确有效，甚至会更好。一首诗所包含的意蕴比作者意识到的丰富。”[②] 伽达默尔也说：“所有理解性的阅读，始终是一个再创造和解释。”[③] 因此，文学的阅读活动不可能没有读者的参与，而读者的参与又不可能不是一种理解性的再创造和解释。在这个意义上，所谓绝对权威性的“定解”是不存在的。而且，这种再创造和解释对诗的鉴赏而言，是好事而非坏事，“作者未必然，读者何必不然”的意义也许正在于此。

五、阅读的自由与限制

不管承认与否，读者理解的多重性是一个客观存在。在批评史上，也有众多的理论家肯定读者阐释多样性的合理合法。但是，这绝不意味着阅读可以由此导向阐释的绝对自由。因为作品的文本虽是一个开放性的结构，读者的理解也可因人而异，但阅读活动毕竟有它相对的客观规定性，在阅读过程中，文本的客观性与读者的随机性是相互制约、互为补充的。如果过分强调阅读的随意性，或者胸中先有一定见，再去文本中寻绎与之相合的例证，就必然会导致文学作品客观规定性的丧失，甚至使阅读活动犹同猜谜射覆，滑入歧途。

这种情况在中国古代的阅读活动中并不鲜见。远的像汉儒说诗，动辄牵

---

① 谭献：《复堂词话》，见郭绍虞、罗根泽主编《介存斋论词杂著·复堂词话·蒿庵论词》，人民文学出版社1959年版，第19页。

② 译自 T. S. Eliot：*On Poetry and Poets*，Faber 1969，p. 30。

③ ［德］伽达默尔著，王才勇译：《真理与方法》，辽宁人民出版社1987年版，第236页。

入君臣父子、伦理教化之义，变《关雎》为“咏后妃之德”，《静女》成“男女之大防”，索隐曲说，遗人笑柄。近的像谭友夏《古诗归》评诗，割裂字句，附会文义，“常语看作妙，浅语说作深”[①]。常州词派以比兴说词，劣者亦沦为比附说词。这些人的说诗解词，“多是心下先有一个意思了，即将他人说话来说自家底意思，其有不合者，则硬穿凿之使合”[②]。其结果自然是完全脱离了文本的客观规定性，将香艳之篇淆于美刺之史论。中国古代向有以诗证史的传统，如运用不当，就会“井画而根掘之”[③]，像谢叠山评韦应物《滁州西涧》，将言情之什穿凿为“考槃在涧”“小人如流”“国家患难”[④]，就明显地超出了文本之“能指”，使镜花水月多成粘皮带骨，也可算诗之一厄。英美新批评发展到后期，威廉·K. 维姆萨特和蒙罗·C. 比尔兹利二人在1948年写的《意图谬见》一文中，对瑞恰兹的读者反应批评进行反批评，认为它“将诗与诗的结果相混淆……其始是从诗的心理效果推衍出批评标准，其终则是印象主义和相对主义”[⑤]。说明不适当地强调读者反应的能动性，将使诗作为一个批评的客观对象趋于消失，可谓一针见血，应引以为戒。

文学作品的客观规定性是指由文字构成的情景结构的大致指向，这是读者所依据的基础。读者无论怎样发挥主观创造性，都不能离开这个基础。在这个方面，王若虚的话说得最为透彻：“圣人之意，或不尽于言，亦不外于言也。不尽于言，而执其言以求之，宜其失之不及也。不外于言，而离其言以求之，宜其伤于太过也。”[⑥] 可见，仅执其言，则失之不及，外于言，又恐伤于太过。正确的方法应是既执其言，又外其言。执其言者，由文字出发；外其言者，又于文字之外，别有所得。这正是阅读的自由与限制的和谐统一，二者缺一不可。以前的论者注意到庄子的“得意而忘言”一说，似乎言意割裂，殊不知“言者所以明象”“象者，所以存意”[⑦]。读者须先由言而明象，由象而得意，先资言语，再资象喻，然后意乃可得。张惠言所

---

① 钱锺书：《谈艺录》，中华书局1984年版，第306页。

② 黎靖德编，王星贤点校：《朱子语类》，中华书局1986年版，第185页。

③ 王夫之撰，戴鸿森笺注：《薑斋诗话笺注》，人民文学出版社1981年版，第5页。

④ 谢枋得注，赵蕃、韩淲编：《谢注唐诗绝句》，浙江古籍出版社1988年版，第1页。

⑤ 赵毅衡选编：《“新批评”文集》，中国社会科学出版社1988年版，第228页。

⑥ 王若虚：《滹南遗老集》卷三，《四部丛刊》景旧钞本。

⑦ 王弼著，楼宇烈校释：《王弼集校释》，中华书局1980年版，第609页。

谓："夫不尽见其辞而欲论其是非，犹以偏言决狱也。"[①] 清代张萧亭在《师友诗传录》中答郎廷槐问亦云："《易》曰：'书不尽言，言不尽意。'若能因言求意，亦庶乎其有得欤?"[②] 都强调了读者的理解与阐释先须立足于文字。朱熹也说读者读诗"如人入城郭，须是逐街坊里巷，屋庐台榭，车马人物，一一看过，方是"[③]。如未仔细看过，便说都知道了，甚且随意发挥，强作解人，就匪夷所思了。

因此，文学作品虽是一个开放性的结构，语言及诗意虽然具有多义性的特点，读者的参与阅读更使作品显示出万花筒般的意蕴，但并不因此就表明读者的理解阐释是绝对自由而无限制的。读者既有参与创造的权力，也有服从文本相对客观性的义务，既要"从变"，也要"从义"，二者的有机结合，才是正确的解诗方法。

（原载《文学遗产》1992 年第 6 期）

---

① 张惠言：《茗柯文编》二编卷上，清同治八年（1869）刻本。
② 郎廷槐：《师友诗传录》，商务印书馆 1936 年版，第 12 页。
③ 黎靖德编，王星贤点校：《朱子语类》，中华书局 1986 年版，第 2086 页。

“诗无达诂”与中国古代学术史的关系

“诗无达诂”理论的产生和发展，与中国学术史的演进有着密切的因缘关系。透视二者的因缘可以看出，一种文学理论的产生，有赖于一定的学术气候；它的发展，也离不开与之相宜的学术思想和方法。

一

“诗无达诂”作为一种理论的总结，最初见于西汉董仲舒《春秋繁露》卷三《精华》篇：“所闻《诗》无达诂，《易》无达占，《春秋》无达辞。”[①]“诂”字，据《说文解字》《说文解字段注》《说文通训定声》诸书的释义，均指以今言释古语，侧重于语言文字的通训。今人也多以为董氏的“诗无达诂”偏重于语言文字的歧异。这固然是其中一个方面，但《春秋公羊经传》、《尔雅》、《字林》、《广雅》、《汉书·扬雄传》注、《后汉书·桓谭传》注在指出“诂”为通古言、释故言之外，也兼指通“义”，说明“诂”在实际运用中并不限于一般语词的通释，也兼指语义的变化。因此，董仲舒的“《诗》无达诂”既指诗字面的无通释，也指一首诗语义的无定解。

“诗无达诂”是汉人通行的看法，除董仲舒外，稍后刘向的《说苑·奉使》也有记载：“传曰：《诗》无通诂，《易》无通吉，《春秋》无通义。”[②]据其文所论，“《春秋》之辞，有相反者四。”刘向认为，对《春秋》中的抵牾之处，不能拘于字面语义，读者必须考诸史乘，撮其要义，以自家心理体悟阐发，才能变抵牾为无碍。读《诗》也是如此。刘向诸多著述中，引《诗》多据《韩诗》[③]，以撮取《诗》中大义为主，并不拘于字词原有的意义。这说明刘向论诗，也主张“《诗》无达诂”。

“诗无达诂”的理论产生于西汉，与当时《诗》学的传统有密切关系。

---

① 董仲舒：《春秋繁露》卷三《精华》，清武英殿聚珍版丛书本。

② 刘向：《说苑》卷十二《奉使》，《四部丛刊》景明钞本。

③ 参见王引之撰《经义述闻》卷七，江苏古籍出版社1985年版，第182页。

西汉《诗》学，自武帝起，“招方正贤良文学之士，自是之后，言《诗》于鲁则申培公，于齐则辕固生，于燕则韩太傅”①。三家诗均属西汉经今文学派，说诗以微言大义为主，不专注于章句训诂，与后起的古文学派《毛诗》面目不同。三家诗今已亡佚，现仅存《韩诗外传》。《韩诗外传》虽不专在解《诗》，但由其引诗可见出它与今文学派的诗学倾向。王先谦《诗三家义集疏序例》云：“《史记》称：‘韩生推诗人之意，为内、外《传》数万言，颇与齐鲁间殊，然其归一也。’所谓‘其归一’者，谓三家《诗》言大恉不相悖耳。”② 说明《韩诗》内、外传与齐诗、鲁诗虽有小异，但其治经的途径与寻绎微言大义的方法大致相同。《外传》采孔子之言与《春秋》杂说，或引《诗》以证事，或引事以明《诗》，触类引申，断章取义，不专于解经，不拘于章句，专取《诗》义之大较者。如《韩诗外传》卷一第七章，以不仁、不忠、不信者当杀无赦，来发明“人而无礼，不死何为”的诗义。从阐释学的角度而言，它不符合由字到词、由词到句、由句到义的正常解诗程序，是抛离章句、直揭本原的解诗方法，与《毛诗》的马注郑笺立足于章句训诂的方法大相径庭。皮锡瑞《经学历史》认为《韩诗》是“推演诗人之旨”，所谓推演，就不是丁卯分明的精解，而是借题发挥、举一反三。他还认为三家诗“所以有用者在精而不在博，将欲通经致用，先求大义微言”③，清楚地说明了《韩诗》等三家今文诗派有别于古文学派的一个明显标志，是着重于用诗，而不是倾心于字斟句酌地读诗，是取诗“要言妙道”之精，而不是取“烦言碎辞”之博。这是《诗》今文学派的精髓和基本的诗学倾向。

基于这种目的，今文学家虽不废章句训诂，其取向却不在章句训诂，而在诗的微言大义；正像古文家虽不废义理，却倾向于章句训诂一样。为了通经致用，方便解诗者寻绎微言大义，今文家就不能固守《诗》的精解，而只能承认文本的开放性与读者见仁见智的合法性。因为如果拘于章句，不许读者自由兴发，就在客观上堵住了说经者寻绎微言大义的路子。所以，今文家论《诗》虽各有门派，三家用语虽殊，但推演诗人之志，通经致用，却是一致的。所谓“《诗》无达诂，《易》无达占，《春秋》无达辞”就是指

---

① 司马迁：《史记》卷一百二十一《儒林列传》，清乾隆武英殿刻本。

② 王先谦撰，吴格点校：《诗三家义集疏序例》，见《诗三家义集疏》，中华书局 1987 年版，第 5 页。

③ 皮锡瑞著，周予同注释：《经学历史》，中华书局 1959 年版，第 90 页。

在通经致用的前提下，训释章句、分文析义，仁者见仁、智者见智，要在以《诗》为用，以《易》为用，以《春秋》为用。这是今文学派的共同特征，也是西汉解经、用经的一般风气。昌邑王师王式面对昌邑王“行淫乱废”，不上谏书而以《诗经》三百零五篇为谏书，就是汉人取《诗》之微言大义以劝谏的一例[①]。在这种通经致用的风气下，以章句训释为要务、以精解定说为目的的古文学家也就没有了市场，而主张“诗无达诂”、微言大义的今文学家却大行其道[②]，说明“诗无达诂”的产生与今文学派有着同源共脉的关系。

汉人“诗无达诂”的理论与《韩诗》等三家诗派“以己意说诗”的实践，一方面是吻合了当时客观情势之“缘”，一方面也自有内在之“因”，这就是春秋以来赋诗断章的风习与孔门说诗的传统。春秋鲁定公以前，君臣外交谈判，燕享酬酢，常赋《诗》言志。所引之诗，虽为当时人所熟习，但引诗者却别有所指。《左传·襄公二十八年》记载卢蒲癸言曰：“赋《诗》断章，余取所求焉。”[③] 就是当时引《诗》言志的通例。引《诗》者的引用虽不合诗之本义，但听者会心，皆能明其所指。《左传·襄公二十七年》载，郑七子赋诗言志，人赋一首，赵孟听了，居然能通晓其义，一一作覆。这种情况在《左传》多有记录，说明春秋时“以己意说诗”非常普遍。春秋断章赋诗，与汉人引诗、说诗，都不是出于文学鉴赏的目的，而是政治和社交的需要，即孔子所谓：“诵《诗》三百，授之以政，不达，使于四方，不能专对。虽多，亦奚以为哉?”[④] 汉人说诗的“咸非其本义”[⑤]，在春秋断章赋诗的基础上又发扬光大，董氏的“诗无达诂”则使这一现象理论化、合法化。

孔门说诗，最重读者自悟，赐、商深得孔子赞许，就是因为能对诗义有新发明，善于用诗。子贡以“如切如磋、如琢如磨”引证“富而好礼”，被孔子称为“始可与言诗已矣”[⑥]。子夏以“礼后乎”体会“巧笑倩兮，美目盼兮，素以为绚兮”，孔子也认为“起予者商也”[⑦]。《孟子》一书引《诗》

---

① 参见班固《汉书》卷八十八《儒林传》，清乾隆武英殿刻本。

② 王先谦《诗三家义集疏序例》云：“盖自东京中叶以前，博士弟子所诵习，朝野群儒所称引，咸于是乎在。与施、孟、梁丘之《易》，欧阳、夏侯之《书》，公羊、穀梁之《春秋》，并旁薄世宙者几四百年。”（第11－12页）

③ 杜预注，孔颖达疏：《附释音春秋左氏注疏》卷第三十八《春秋左传正义》，清嘉庆二十年（1815）南昌府学重刊宋本《十三经注疏》本。

④ 何晏集解：《论语》卷七，《四部丛刊》景日本正平本。

⑤ 班固：《汉书》卷三十《艺文志》，清乾隆武英殿刻本。

⑥ 何晏集解：《论语》卷一，《四部丛刊》景日本正平本。

⑦ 何晏集解：《论语》卷二，《四部丛刊》景日本正平本。

三十，论《诗》者四[①]，也多有断章取义，以诗证史者。他所批评的“固哉高叟”，与其主张的“以意逆志”“尽信书，则不如无书”的读书原则，无一不是倡导读者积极参与阅读的精神。陈澧《东塾读书记》卷六更举出《孟子》《坊记》《中庸》《表记》《缁衣》《大学》等儒家典籍引《诗》者，多似《韩诗外传》，并说：“其于诗义，洽熟于心，凡读古书，论古人古事，皆与《诗》义相触发。”[②] 说明自春秋至汉千余年中，儒家读《诗》用《诗》的风习一脉相传，绵延不衰。这对“独尊儒术”的汉代经生来说，无疑有巨大的影响力。“诗无达诂”的理论正是儒家说诗用诗传统的传承，是孔子以来儒家学术思想合乎逻辑的必然发展，也是汉代经今文学派学术趋尚滋润的结果。

二

自东汉以至北宋，文学批评史上的一个奇怪现象就是“诗无达诂”的理论几成绝响。造成这一现象的原因当然有多种，但学术思想与学术趋向的转移，无疑是一个重要原因。

东汉以来，随着今文学派的没落、古文学派的崛起，“诗无达诂”遂失去了它赖以继续成长的土壤。其间起关键作用的人物，在西汉末年有刘歆，东汉有郑玄。刘歆是古文经学派的创始人，自称发现《周礼》《左传》《毛诗》等古文经，并提议立为学官，但当时遭到今文博士的抵制。王莽篡政后，始立古文经博士，《毛诗》取代三家《诗》，《左氏春秋》取代《公羊》《穀梁》，并立为学官，预示着经今文派的式微。东汉时，郑玄又加强了古文家的优势。郑玄早年入太学学今文，后转从马融学古文。郑曾为《毛诗》作笺，内容以古文为主，兼采今文，被李兆洛指为“汉儒败坏家法之学”[③]。李兆洛为清常州今文经派的后学，他指责郑玄败坏家法，实则攻击他倒向古文一派。自郑笺风行以后，三家今文诗派更一落千丈，皮锡瑞所谓：“郑《诗笺》行而鲁、齐、韩之诗不行矣。”[④] 古文学派的兴起，今文学派的衰落，显示出一代学风的转变。在这一更迭中，今文学家倡导的一字褒贬、微

① 参见陈澧《东塾读书记》卷三，清光绪刻本。
② 陈澧：《东塾读书记》卷六，清光绪刻本。
③ 皮锡瑞著，周予同注释：《经学历史》，中华书局1959年版，第151页。
④ 皮锡瑞著，周予同注释：《经学历史》，中华书局1959年版，第149页。

言大义的治经方法被古文家们目为“专己守残”“党同门，妒道真”[1]，从学术思想到治经方法均受到古文家的抨击。在这种风气之下，“诗无达诂”失去了经今文学（也称“今文经学”）的支撑，也就无回天之力了。

延及魏晋，经学又为之一变。但这一变化，并非由古返今，而是古文家的地位得到进一步确立。其间关键人物为魏之王肃，王善古文家贾、马之学，本与郑玄师出同门，但王不满于郑学之羼入今文，故大加攻讦。攻讦的结果，是由魏到晋，古文家学更为盛行，今文学派进一步衰落。晋永嘉以后，“施氏、梁丘之《易》亡，孟、京、费之《易》，人无传者”[2]，“齐诗，魏代已亡；鲁诗亡于西晋；韩诗虽存，无传之者”，“《公羊》《穀梁》浸微，今殆无师说”[3]，可见今文经学在魏晋已成明日黄花。到南北朝，经学分为南学与北学，而南北二家于《诗》亦“并主于毛公”，于“《公羊》《穀梁》二传，儒者多不厝怀”[4]。北朝习《公羊春秋》者只有梁祚一人，刘兰甚至排毁《公羊》，直斥董仲舒之虚妄。而其时江左习王弼、何晏玄虚之学，晚岁更以文学自矜，多学释氏，今文学更置而勿论。总之，自魏晋以来，定于一尊的儒学崩坼，今古文的纷争，外来佛学以及本土老庄的冲击，使学术思想处于诸侯力政时期，驳杂而未有一统。今文学家在交锋中败下阵来，使“诗无达诂”的理论失去了立锥之地。

当时的文学理论界正处在繁荣时期，但诸家对“诗无达诂”均未置一词，足见今文学派的衰落对“诗无达诂”理论所造成的冲击之大。此期数位大家之中，曹丕、陆机、钟嵘三人未见染于经学，于今文学家更无干系。刘勰《序志》一篇，言及注经，对古文一脉，颇有赞辞，所谓“马郑诸儒，宏之已精”。《征圣》《宗经》二文，《诗》用毛诗郑笺，《春秋》用左氏传，说明刘勰所习经学，为古文家法无疑。古文经学虽以章句训诂为主，但自郑玄以来，兼采今文家说，故于解经之中，也有即经明理，即事说义者，如《公羊传序》《穀梁传序》《左传序》中均有“一字褒贬”之语，《毛诗》与三家诗也都以诗证史，寻绎微言大义，此乃儒家学术的共性。故刘勰在《宗经》《征圣》诸文中，也言及“明理以立体，隐义以藏用”，“《春秋》

---

① 刘歆：《移书让太常博士》，见严可均校辑《全上古三代秦汉三国六朝文·全汉文》，中华书局1958年版，第348页。

② 陆德明：《经典释文》卷一《序录》，清抱经堂丛书本。

③ 魏徵：《隋书》卷三十二《经籍一》，清乾隆武英殿刻本。

④ 李延寿：《北史》卷八十一《儒林上》，清乾隆武英殿刻本。

一字以褒贬，丧服举轻以包重”[1]，“诗主言志。……温柔在诵，故最附深衷矣”，“《春秋》则观辞立晓，而访义方隐”[2]，说明刘勰所取资的是兼采了今文家说的古文学派。但古代经学最重师法门派，今古文自东汉以来，虽驳杂，但在治经的方法与义理的讨究上仍有很大区别，古文家对今文学的“诗无达诂”也颇不以为然。因此，在以董仲舒为代表的儒学今文派日益衰落的时期，刘勰追寻的无疑还是郑马一派的古文显学，他对董氏的“诗无达诂”未置一词也就不足为奇了。

从文学理论自身的发展来看，魏晋南北朝虽属文学自觉时代，但文学的独立尚处于“草创未就”阶段：诗人在为文学挣脱经学、史学的束缚而制作美文；文评家忙于为文学正名，为文学立体，目光多集中于辨析文体、研讨诗文体性、品评作家作品等方面，对读者的接受与反应未能倾注更多精力。所以，这一时期的文论家关心更多的是文学的创作与形式问题，诸如文笔的区分，作家的构思、兴感，文学表达的言与意，文学形式的骈偶、声律、夸张、用典、字形等。即使有论者偶然涉及文学鉴赏，也多从追寻文本的定解与客观性入手，反对读者各取所需、偏尚己好。像曹丕《典论·论文》讥讽贵远贱今、闇于自见，刘勰《文心雕龙·知音》对慷慨者、酝藉者、浮慧者、爱奇者“各执一隅之解、欲拟万端之变”的风习十分不满，说明他们均以作品的客观存在为鉴赏和批评的出发点，对“诗无达诂”的现象有所发现，但颇有微词。曹植《与杨德祖书》引丁敬礼语云：“敬礼谓仆：‘卿何所疑难？文之佳恶，吾自得之，后世谁相知定吾文者耶！’”[3] 言辞之间，流露出对后世读者误读己作的隐忧，但仍认为“文之佳恶，吾自得之”，与后世读者无关。再如葛洪说：“文章微妙，其体难识。夫易见者粗也，难识者精也。”[4] 虽然暗含了文学作品有多义性的思想，但在理论上并未与“诗无达诂”联系在一起。说明当时文评家并没有意识到文学作品“言不尽意”“文蕴复义”的特性与读者理解不一致之间的关系。此外，当时学界盛行的王弼《易》学、何晏《老》《庄》之学与外来佛学，对文学理论虽产生了至为深远的影响，但范围也多集中于对诗体的认识方面，没有

---

① 刘勰撰，黄叔琳辑注：《文心雕龙辑注》卷一《征圣第二》，《文渊阁四库全书》本。

② 刘勰撰，黄叔琳辑注：《文心雕龙辑注》卷一《宗经第三》，《文渊阁四库全书》本。

③ 曹植著，赵幼文校注：《与杨德祖书》，见《曹植集校注》卷一，人民文学出版社 1984 年版，第 154 页。

④ 葛洪：《抱朴子外篇》卷三十二《尚博》，《四部丛刊》景明本。

兼顾到读者反应不一致的问题。如陆机的“恒患意不称物、文不逮意”[1]、谢灵运的“但患言不尽意，万不写一耳”[2]、刘勰的“文外之重旨”“义生文外”[3]、钟嵘的“文已尽而意有余”[4]，均指作者与作品，或作品的言与意之间的关系。其中一些说法虽与“诗无达诂”有联系（如“义生文外”“文已尽而意有余”），但诗论家本身并未意识到这种联系，更未见有对“诗无达诂”肯定或提倡的。这一现象，说明在汉儒影响日渐衰微的魏晋南北朝时期，文论家为争取文学的独立，眼光多集中于文学创作和对文学体性的认识方面，而不是通经致用方面。

入唐以后，诗文等创作空前繁荣，学术发展相形失色。唐一代诗论，在魏晋六朝的基础上又有了长足的发展。皎然《诗式》、司空图《诗品》及众多散见的诗论，对诗的艺术特性有了进一步认识，但对读者的接受反应，依然鲜见明显的说辞。诗论家对诗体的体味是精微的，发掘出诗体所具有的“二重意”“味外之味”“象外之象”的特性。对诗体的这一认识，与理解读者感受的多重性、合理性只有一步之遥，但他们均未能跨出这关键的一步，未能将诗体与诗对读者的多重感发性结合起来，“诗无达诂”的理论并未随着人们对诗体认识的加深而复苏。造成这一现象的原因，一是诗论家关注的仍然是魏晋以来所关注的对诗的创作和品评的问题，未能将读者的反应拉入视野之内；另一方面，也是主要的方面，是与“诗无达诂”相关的经学研究陷入疏注的泥潭，学术研究缺乏蹈厉风发的主观探索精神。唐代科举有明经一科，但所谓明经取士，仅以孔颖达的《五经正义》为本，士人只能在疏注方面讨点残羹剩饭。皮锡瑞在《经学历史》中说“汉学重在明经，唐学重在疏注”[5]，“唐至宋初数百年，士子皆谨守官书，莫敢异议矣。故论经学，为统一最久时代”[6]。这种固守经书的风气，窒息了一代学人的理性思维，使唐代学术在历代之中最乏善陈，而疏不破注、注不破疏的治经方法，又使倡导读者自悟的“诗无达诂”理论失去了市场，以致唐一代有关读者见仁见智的诗论也非常鲜见。

---

① 陆机：《文赋》，见张少康撰《文赋集释》，上海古籍出版社 1984 年版，第 1 页。
② 引自沈约《宋书・列传第二十七》，中华书局 1974 年版，第 1760 页。
③ 詹锳：《文心雕龙义证》，上海古籍出版社 1989 年版，第 1483、1487 页。
④ 钟嵘撰，陈延杰注：《诗品注》，人民文学出版社 1961 年版，第 2 页。
⑤ 皮锡瑞著，周予同注释：《经学历史》，中华书局 1959 年版，第 186 页。
⑥ 皮锡瑞著，周予同注释：《经学历史》，中华书局 1959 年版，第 207 页。

三

“诗无达诂”的说法自宋人开始又多了起来，其契机是程朱理学的盛行。北宋初几十年，学术一仍东汉、唐以来的章句传注之风，“谈经者守训而不凿”[①]。自庆历年间，经学始一大变，不拘古义而明义理，为学术研究开创了新风气。在哲学思想上，周敦颐、程颐、程颢发轫于前，远绍孔孟、董仲舒的唯心主义学说，又摭取王弼《易》学及佛学经义，倡导以“理”为中心的主“诚”、言“静”、明“理”的思想，张扬人的主观精神。在学术思想上，他们也继承孔门重内省自悟的传统，重新拾起今文学派的治经方法。皮锡瑞说，“宋人不信注疏”[②]，“宋以后，非独科举文字蹈空而已，说经之书，亦多空衍义理，横发议论，与汉、唐注疏全异”[③]。这一时期的众多学人，诸如欧阳修、苏轼、司马光、刘敞、王安石等，均有讥经疑古之作，昭示着经学变古时代的到来。这一学术风尚又经过南宋朱熹的进一步推波助澜、明代王阳明“心学”的确立、清代常州经今文学派的张扬，一直延续了几个朝代，为“诗无达诂”理论的复苏提供了温床。

宋明理学家不仅以其思想开创了一代学风，其读书解诗的见解也对“诗无达诂”理论有直接影响。二程说：“凡解文字，但易其心，自见理。”[④] 这与汉唐以来拘于章句传注的学风有明显区别，而与孟子“以意逆志”的读诗之法非常接近。再如“思方有感悟处”[⑤] 也与《大学》“虑而后能得”的思想一致，均倡导读者的主观精神。重视读者主动参与阅读的结果，是把文本视为开放性结构，而不是终极不变的绝对真理。二程认为，“圣人之言，其远如天，其近如地”[⑥]。也就是说，圣人传下来的“经典”，是以读书人的学养、性情的深浅远近为转移的，即所谓“理只是人理”[⑦]，是靠人体会的。这一读书解经的指导思想，与孔门说诗的重在读者自悟非常吻合，与董仲舒《春秋公羊》学的解经方法也一脉相承。在此基础上，二

① 皮锡瑞著，周予同注释：《经学历史》，中华书局1959年版，第220页。
② 皮锡瑞著，周予同注释：《经学历史》，中华书局1959年版，第264页。
③ 皮锡瑞著，周予同注释：《经学历史》，中华书局1959年版，第274页。
④ 程颢、程颐著，王孝鱼点校：《二程集》，中华书局1981年版，第205页。
⑤ 程颢、程颐著，王孝鱼点校：《二程集》，中华书局1981年版，第186页。
⑥ 程颢、程颐著，王孝鱼点校：《二程集》，中华书局1981年版，第205页。
⑦ 程颢、程颐著，王孝鱼点校：《二程集》，中华书局1981年版，第205页。

程更认为："凡看书，各有门庭，《诗》《易》《春秋》不可逐句看，《尚书》《论语》可以逐句看。"[①] 这一分别，大有深意。《诗》《易》《春秋》是被经今文派认作圣人一字寓褒贬的微言大义之作，所以往往发抉幽隐，以寻绎微言大义为务。二程以为《诗》《易》《春秋》不可逐句看，与《尚书》《论语》不同体类。联系董子所谓"《诗》无达诂，《易》无达占，《春秋》无达辞"的说法，其前后相承的关系一目了然。值得注意的是，程门四弟子之一的杨时对读诗有着时人所不及的看法："仲素问诗如何看？曰：'诗极难卒说。大抵须要人体会，不在推寻文义。……惟体会得，故看诗有味，至于有味，则诗之用在我矣。'"[②] 这一说法，自东汉以来未曾见过，不能不说是二程影响的结果。

再看朱熹，他除了大胆驳弃古文家章句之说外，也有大量有关读诗解诗的具体论述。如《朱子语类》说："解《诗》，多是推类得之。"[③] 又云："古人说：'诗可以兴'，须是读了有兴起处，方是读《诗》。若不能兴起，便不是读《诗》。"[④] 均以读者之兴与推类为依归。所以，对《诗·郑风·溱洧》一诗，他在《诗集传》中记为"此诗淫奔者自叙之辞"，是对文本的"客观"解释。而在另一处又称："彼虽以有邪之思作之，而我以无邪之思读之，则彼之自状其丑者，乃所以为吾警惧惩创之资耶？"[⑤] 说明读诗应靠自家的心理去体味辨析，是非优劣，予取予舍靠读者自身的判断。朱熹早年学《诗》，亦主毛郑古文家学，及见郑樵《诗传辨妄》专攻毛郑，极诋《小序》，始改从郑樵之论，自变前说。其《诗集传》即后期自家心得，在不少地方拨开汉儒乌烟瘴气之说，还《诗经》的本来面目，在《诗经》研究史上有重要地位。他在《诗》学研究的成就，与他不师古人，倡导内省自悟的学风是分不开的。

古人云，一代之风气成于一时之好尚。"诗无达诂"的复兴正有赖于宋儒对古文家章句之学的廓清。在程学与朱学取得学术统治地位之后，与"诗无达诂"相类的说法逐渐多了起来，与北宋初年以前的沉寂形成鲜明对比。南宋刘辰翁说："凡大人语不拘一义，亦其通脱透活自然。……观诗各随所得，

---

① 程颢、程颐著，王孝鱼点校：《二程集》，中华书局 1981 年版，第 377 页。
② 杨时：《龟山先生语录》卷三，《四部丛刊续编》景宋本。
③ 黎靖德编，王星贤点校：《朱子语类》卷八十一，中华书局 1986 年版，第 2128 页。
④ 黎靖德编，王星贤点校：《朱子语类》卷八十，中华书局 1986 年版，第 2086 页。
⑤ 朱熹：《朱文公文集》卷七十《读吕氏诗记·桑中》，《四部丛刊》本。

别自有用。”[①] 言辞、语气与朱熹非常相似，反映了当时普遍的学术风气。其子刘将孙更上溯春秋赋《诗》传统，为之张目：“古人赋《诗》，犹断章见志，固有本语本意若不及此，而触景动怀，别有激发。”[②] 不仅倡言读者自得，而且涉及诗体能令人“触景动怀，别有激发”的特性。罗大经《鹤林玉露》卷八更申论好诗能提供给读者多侧面的视点：“大抵古人好诗，在人如何看，在人把做甚么用。……只把做景物看亦可，把做道理看，其中亦尽有可玩索处。”[③] 将读者的主观阅读与诗体的客观多样性兼而论之，尤见深入。这说明“诗无达诂”的理论在南宋时期更多地将读者的感受与诗体的特性结合起来，已不限于汉人所承认的读者多重阐释的合法性。这是值得注意的倾向。

明代由于心学的推动，“诗无达诂”理论更风行于世。王阳明在阐扬人的主观精神方面，比程朱走得更远，这方面的论述已多为人知，故仅录一段王阳明论对待圣贤之书的文字，以见一斑：“门人有私录先生之言者，先生闻之，谓之曰：‘圣贤教人，如医用药，皆因病立方，初无定说，若拘执一方，鲜不杀人矣。’”[④] 其意在劝诫门人应以不立文字、教外别传的精神去对待圣贤之书。[⑤] 实际上也就是提倡读者以一己之心去自悟自得，不要拘守经义。这种理论虽有偏颇，但对启发读书人的心智、解放被禁锢的思想，无疑起了积极作用。因此，在整个明代，先是程朱理学的影响，接着又受陆王心学的熏陶，读书人对解诗有了更通脱的看法，对“诗无达诂”以及“诗无达诂”与诗体的关系有了更明确的认识。如何良俊说：“余尝谓《诗经》与诸经不同。故读《诗》者亦当与读诸经不同。盖诗人托物引喻，其辞微，其旨远，故有言在于此而意属于彼者，不可以文句泥也。孟子曰‘以意逆志’，是为得之。”[⑥] 又说：“《左传》用诗，苟于义有合，不必尽依本旨。盖即所谓引伸触类者也。”[⑦] 所说比前人更进了一步。胡元瑞在《诗薮·杂编》卷五中，对诗注与作者意不尽符也予以肯定，理论上与南宋刘辰翁父子相呼应：“千家注杜，犹五臣注《选》。辰翁解杜，犹郭象注庄，即与作

---

① 刘辰翁：《须溪集》卷六《题刘玉田选杜诗》，《文渊阁四库全书》本。

② 《永乐大典》卷九百七十引刘序王荆公《唐诗选》，中华书局缩印本。

③ 罗大经撰，王瑞来点校：《鹤林玉露》乙编卷之二《春风花草》，中华书局1983年版，第149页。

④ 徐爱：《传习录序》，见王守仁《传习录》，《四部备要》本。

⑤ 已有学者指出王阳明心学中有不少释氏思想。

⑥ 何良俊：《四友斋丛说》卷一，明万历七年（1579）张仲颐刻本。

⑦ 何良俊：《四友斋丛说》卷二，明万历七年（1579）张仲颐刻本。

者语意不尽符，而玄言玄理，往往角出，尽拔骊黄牝牡之外。”[1] 言辞之间，颇有激赏。此外，明人中如谢榛、张岱、钟伯敬、王船山（亦深受宋明理学浸淫）等人对“诗无达诂”也多持肯定态度，在理论上有更深入的探讨，此处限于篇幅，不再作引。

总之，由于宋明两代哲学思想与学术风尚的转移，在理论上与之相通的“诗无达诂”一说遂姻缘结合，逐渐发展成一个能够体现诗体特点，并符合文学阅读规律的诗学范畴，产生了至为深远的影响。到了清代，这一影响不仅没有减弱，反而由于清代今文学派复兴，使这一古老的诗学命题更加发扬光大。其间提及或肯定这一命题的，如贺贻孙、叶燮、沈德潜、李渔、吴省钦、曾异撰、王先谦、张惠言、谭献……这些理论家，有的从事诗学研究，有的倾力于戏剧研究，有的则是经学家。尽管身份不同，研究对象有异，但都从不同侧面、不同程度地对“诗无达诂”的现象进行总结和阐发。其中有的结合诗体的艺术特性，分析读者见仁见智的多样化现象（如叶燮《原诗》、周济《介存斋论词杂著》）；有的则通过选本批评，倡导读者要能生发作者之意（如张惠言《词选》）；还有的复兴汉儒的《诗》学传统，以读者的无定解为标尺（如曾异撰《纺授堂文集》卷五、卢文昭《抱经堂文集》卷三所论），从诗学渊源上认定“诗无达诂”现象的合理合法。总之，清代诗学比起前代更重视读者的再创造活动。他们的理论无论在广度上还是深度上，都有新的开拓和创造。造成这一现象的原因，一是诗体的不断成熟，使人们的认识更为深切；一是宋明以来学术风尚影响的必然结果。此外，清代经学的发达也起了推波助澜的作用。清代经学在清初能兼采汉、宋，显示出独立不羁的学风，对学术研究颇有益处。嘉庆以后，今文经学复兴，在常州一带形成重镇，影响深远。张惠言为常州词派创始人，也是经今文学家，擅虞氏《易》。他本人及后学论词，均主比兴寄托，倡言读者的主观再创造，显示出今文经学与“诗无达诂”的内在联系。常州派后期理论家谭献晚年应张之洞之邀，主持经心书院，倾重于今文经学，在《复堂词录序》中主张“作者未必然，读者何必不然”[2]，成为人们耳熟能详的名言，也说明了经今文学的复兴对“诗无达诂”理论的拓展产生了较为直接的作用。其间的变化，显示出学术史的发展与一定的文学范畴有着内在的联系，值得我们注意。

（原载《学术研究》1993 年第 1 期）

---

① 胡应麟：《诗薮·杂编》卷五，上海古籍出版社 1958 年版，第 322 页。

② 谭献：《复堂词录序》，见施蛰存主编《词籍序跋萃编》，中国社会科学出版社 1994 年版，第 787 页。

释“勢”

—— 一个经典范畴的形成

有关“勢”的范畴，前人有过多方面的研究[①]。其可进一步开掘的空间，在于如何利用现有的材料，从发生学的角度，集中探讨“勢”这一范畴从发生到成形的变化轨迹，研究其“所指”与“能指”，从中可以更清楚地看到“勢”作为艺术范畴的内涵、外延。这在范畴研究中，是极为重要的。

中国艺术理论范畴的来源呈现出多元性的特色，具有复杂的综合背景。找到多种文献中潜在的意义关联，在不同义项中找到其共同具有的“能指”是其中的关键。因此，对早期文献的使用和研究是非常重要的。鉴于有关诗文领域的“勢”的研究相对充分，且书画理论相较于诗文，对“勢”的使用更早、更成熟，而相关的研究并不深入，所以本文拟以两晋前的文献为主要研究对象，从“勢”在书画领域使用的状况，探讨“勢”范畴的形成和理论意义。

一、“勢”：多种语源演进的轨迹

韩非曾云：“夫勢者，名一而变无数者也。”[②] 诚然！

“勢”，原作“埶”，许氏《说文解字》：“勢，盛力、权也。从力埶声。经典通用埶。”[③] 据钮氏新附考及郑珍新附考[④]，西汉碑文中已有隶书“勢”字，说明“埶”字“丸”下加“力”成为“勢”字，最迟在西汉就已创用。“勢”的主要义项是盛力、权，这在先秦文献中屡见使用。如《国语·

---

① 如涂光社《勢与中国艺术》，中国人民大学出版社1990年版。詹锳《文心雕龙的定勢论》，载《文学评论丛刊》1980年第5辑；吴承学《古代兵法与文学批评》，载《文学遗产》1998年第6期；汪涌豪《范畴论》，复旦大学出版社1999年版。另陈正俊博士在有关“勢”的字源研究方面有创见，有关诗文评、小说等领域“勢”的研究也取得了相当的进展。

② 韩非：《韩非子·难勢》，见梁启雄《韩子浅解》，中华书局1960年版，第394页。

③ 许慎：《说文解字》卷十三下，《文渊阁四库全书》本。

④ 丁福保编：《说文解字诂林》卷十三下，中华书局1988年版，第13446页。

吴语》："请王厉士，以奋其朋势。"[①] "势" 字指力量、势力。而《尚书·君陈》"尔惟弘周公丕训，无依势作威，无倚法以削"[②]、《尚书·仲虺之诰》"简贤附势"[③]、《荀子·解蔽》"申子蔽于埶而不知知"[④] 之"埶（勢）"则指权势、权力。

"埶"除作"勢"外，还作"蓺"解。《说文·丮部》："埶，穜也……《诗》曰：'我埶黍稷。'"学者陈正俊认为"埶"通"蓺"，"勢"是在"蓺"的基础上发展而来的[⑤]。此说有新见。但我以为"埶"一字二训，通"蓺"、通"勢"，或是更融通的解法。段玉裁注"埶"字云："唐人树埶字作蓺，六埶字作藝……然蓺、藝字皆不见于《说文》，周时六藝字盖亦作埶。"说明"蓺"字起源同样很晚，且并无证据说明"勢"字源起于"蓺"字。但"勢"与"蓺"皆源于"埶"是没有问题的，盖一字二训，"埶"因"亟种之"，从力，故后世出字作"勢"，又因"埶"本义为种植，故后世出字作"蓺"，再引申出"道藝"之"藝"[⑥]，以与"勢"字区分。

在先秦至西汉的文献中，"势"还有另一个义项并未被《说文》注出，即"形势""情势""状态""格局""局势"一类表示事物形状或状态的义项。如《周易》坤卦之"地势坤"[⑦]，其"地势"显然指的是地貌状态。其后《尚书·禹贡》孔传认为九江"甚得地势之中"[⑧]，亦指地形地貌。《史记·六国年表》"便行势利"[⑨]、《史记·秦纪》"（缪公）问其地形与其兵势尽察"等句之"势"也具有"形势""阵势"之义。对于这一特别的情况，以前并无多少学者注意到，五代时徐铉注《说文》引《玉篇》："势，舒曳切，形势也。"[⑩] 但其来历徐氏并未指出。翻检黄侃《说文笺识》，偶得一

---

① 韦昭注：《国语》卷十九，见《景印文渊阁四库全书》第406册，台湾商务印书馆1986年版，第170页。

② 孔颖达：《尚书正义》卷十八，见阮元校刻《十三经注疏》本，中华书局1980年影印本，第237页。

③ 孔颖达：《尚书正义》卷八，见阮元校刻《十三经注疏》本，中华书局1980年影印本，第161页。

④ 王先谦：《荀子集解》，中华书局1988年版，第392页。

⑤ 陈正俊：《"势"源考——兼论"审曲面势"涵义》，载《苏州大学学报》（工科版）2002年第6期。

⑥ 参见黄侃《说文解字斠诠笺识》三，见《说文笺识》，中华书局2006年版，第352页。

⑦ 陈梦雷：《周易浅述》卷一，上海古籍出版社1983年版，第82页。

⑧ 王先谦：《荀子集解》，中华书局1988年版，第392页。

⑨ 司马迁：《史记·六国年表》，中华书局1959年版，第685页。

⑩ 丁福保编：《说文解字诂林》卷十三下，中华书局1988年版，第13445页。

见，录以备考。该书《说文段注小笺六》“臬”字注：“臬，曲藝、六藝、形勢，本作臬。”① 又《说文段注小笺三》“埶”字注：“埶，技藝、形勢皆借为臬。”② 依黄侃意见，作为“形势”之义的“勢”，在先秦典籍中借用“臬”字。至其用例，参酌黄侃《文心雕龙札记·定势》：“《书》曰：‘汝陈臬事。’《传》曰：‘陈之藝极。’作臬、作槷、作埶（蓺即埶之后出字。）一也。言形势者，原于臬之测远近，视朝夕，苟无其形，则臬无所加，是故势不得离形而成用。言气势者，原于用臬者之辨趣向，决从违，苟无其臬，则无所奉以为准，是故气势亦不得离形而独立。”（按：所引版本为简体，为方便辨析，个别关键字改为繁体）③ 即黄氏以为早期作为“形势”义的“勢”借为“臬”。

又“臬”之为义，亦含格式、标准的意思。黄氏同书引《说文》“臬，射埻的也”而论曰：“（臬）其字通作藝。《上林赋》‘弦矢分，藝殪仆’是也。本为射的，以其端正有法度，则引申为凡法度之称。”④ 所以“勢”之含格式、样式、标准、法度之义，亦来自“臬”之借用。故以“勢”为篇名者，即取格式、形态、标准诸义，《孙子》之《兵势》、崔瑗之《草势》、蔡邕之《篆势》……一类，均取此义例。他如韩非子之《难势》《吕氏春秋》之《慎势》一类，则是另一种含义了。

战国以后，“勢”还延展出运动趋势的含义。《孟子·公孙丑上》：“齐人有言曰：‘虽有智慧，不如乘势，虽有镃基，不如待时。’”⑤ 其中的“勢”有变化中有利的态势、趋势之义。其源头，或可推至春秋晚期的《孙子》，其“兵势”二字虽然仍不出样势、形态、阵势之义，但其论兵势，无疑含有变动、趋向、时机等意思。此类义项，早期多出于论兵家者，班固在《汉书·艺文志》之《兵形势》篇云：“形势者，雷动风举，后发而先至，离合背乡（向），变化无常，以轻疾制敌者也。”⑥ 其中也有趁形势有利之机的意思。

汉代以后，对“勢”的运用更广泛，《淮南鸿烈·兵略训》：“兵有三势，有二权。有气势、有地势、有因势。将充勇而轻敌，卒果敢而乐战，三

① 黄侃：《说文笺识》，中华书局2006年版，第191页。
② 黄侃：《说文笺识》，中华书局2006年版，第181页。
③ 黄侃：《文心雕龙札记》，华东师范大学出版社1996年版，第139－140页。
④ 黄侃：《文心雕龙札记》，第139页。
⑤ 引自朱熹《四书章句集注》，中华书局1983年版，第228页。
⑥ 班固：《汉书》，中华书局1962年版，第1759页。

军之众，百万之师，志厉青云，气如飘风，声加雷霆，诚积逾而威加敌人，此谓气势。”[1] 其中“气势”一语尤值得注意。作者用多个排比句对“气势”进行说明，显示其具有威猛气壮之“勢”。“气势”的使用有开创性，此后王充《论衡·物势》云：“夫物之相胜，或以筋力，或以气势，或以巧便。小有气势，口足有便，则能以小制大；大无骨力，角翼不劲，则以大而服小。鹊食蝟皮，博劳食蛇，蝟、蛇不便也。蚊虻之力，不如牛马，牛马困于蚊虻，蚊虻乃有势也。”[2] 此文所用之“气势”一语不仅在语义上承续《淮南鸿烈·兵略训》，更论证了“勢”与“筋力”、“骨力”、物之大小的关系，说明“勢”不以大小区分，蚊虻能胜牛马，以其有“勢”，故有“气势”者能以小制大；而大无骨力、筋力者，则角翼不劲，反而以大输小。文中出现的“筋力”“气势”“骨力”“劲”诸语非常重要，虽然这些语汇在《论衡》中尚未成为文艺批评术语，但此后均成为使用广泛的艺术理论范畴。

三国以至晋代，“勢”之使用广泛化，除上述的经史子部以外，其他著述也时有使用，如曹植《柳颂序》有“辞势”之称[3]，嵇康《琴赋》有“体势”之论[4]，一指文辞，一指音乐，渐渐显示出“勢”这一术语浸入文艺领域的苗头。

还有一些“另类”的书籍对“勢”的使用也颇堪注意，其突出者有题东晋郭璞的《葬书》。《葬书》，顾名思义，是一部谈丧葬风水的书。然此著虽谈丧葬风水，但用以分析指导丧葬法的是传统的哲学思想，故抛其外壳，理其内核，仍有足可参照者。书中有关“勢”的部分有与文艺批评相关的地方，其中尤以论“形”与“勢”、“气”与“勢”、“勢”与“脉”“骨”的关系最值得注意[5]。

此外，汉晋间的《黄帝内经》也有四处使用到“勢”字，分指病人所处之地势、病人生平之位势、医效奇恒之势等[6]，并在后世发展成为“位”

---

① 刘安撰，刘文典集解，冯逸、乔华点校：《淮南鸿烈集解》，中华书局1989年版，第504页。

② 黄晖：《论衡校释》，中华书局1990年版，第154－155页。

③ 曹植：《曹子建集》卷九，《四部丛刊》景明活字本。

④ 嵇康：《嵇中散集》卷二，《四部丛刊》景明嘉靖本。

⑤ 此书始见著于《宋史·艺文志》，故《四库全书总目》疑此书或伪。但《四库全书总目》提要中也提及由晋至唐史籍中多有关于郭璞擅葬法的记载，故此书或由郭氏所论也不定。限于篇幅，原文不引，详参郭璞《葬书》，见《景印文渊阁四库全书》第808册，台湾商务印书馆1986年版，第11－12页。

⑥ 限于篇幅，不再引用。详参《四库全书》子部医家类《黄帝内经素问》卷四、卷二十三、卷二十四。

“数”“形”“势”等中医脉相的四科之学①，可见“勢”的范畴在中国传统文化中应用之广、影响之深。

由此可以看出，汉晋以后，“勢”之语义更加丰富，使用更加广泛，在政治、哲学、历史学、军事学、文学、艺术、风俗学、中医学等各个领域都有广泛的使用。在文学艺术领域，也开始用于形容文辞之“勢”、音乐之“体势”等。除单用之“勢”字外，衍生出“乘势”“气势”等词汇，并与“骨力”“骨法”“脉”“筋力”等发生关联，产生了一系列与后世文艺批评相关的术语，为此后其在艺术领域的使用开辟了疆域，提供了可能。

二、“勢”：书法笔触飞动之骨力

据现有的资料，文艺批评范畴的“勢”约创制于东汉，首先是此期出现了一批论述书法体制、笔法的著作，取书名曰“勢”，如崔瑗的《草书势》（一作《草势》）、蔡邕的《篆书势》（一作《篆势》）。崔瑗的《草势》在写作时间上早于蔡邕的《篆势》，其取名或受《孙子》中《兵势》的启发，在词义上取“格式”“形态”之义，与此前各种书籍中所使用的“山势”“水势”“兵势”等的用法基本一致，指书法的形制、用笔的特色、风格要求等。虽然如此，但《草书势》《篆书势》中的“勢”仍偏重格式、体制方面，尚未形成作为范畴意义的固定用语。但不可否认的是，它又与“勢”这一范畴的形成有内在的联系。这是因为，崔、蔡二人的文章对草书、篆书的笔触、结构进行了审美的描绘，其中相当的部分其实就是对书体笔势变化的解析。此外，崔文中有所谓“绝笔收势”，蔡文中有“势欲凌云”，都与后世逐渐形成的作为范畴的“勢”有一定的关系。而用“勢”不用“格”“式”“形”“则”“法”等词，也是因为“勢”字相较于前者的偏向于规矩法则，更多地与书体的变化、飞动有关。书法之成为艺术，是从篆到隶，从隶到草，形体不断变化、风格日趋张扬而逐步形成的，草书正呈现了这一特质。崔氏《草书势》说：“观其法象，俯仰有仪，方不中矩，员不副规。”正体现了这一变化的格局②。所以，从草书飞动的态势而言，崔

① 参见晚清周学海《重订诊家直诀》，见郑洪新、李敬林校《周学海医学全书》，中国中医药出版社 1999 年版。

② 崔瑗对草书的形成有卓越的贡献，也因此受到当时一些正统学者的抨击，详可参阅赵壹的《非草书》。

氏以“势”命名，看似偶然，也属必然。

崔氏《草书势》附在晋卫恒的《四体书势》[①] 中，对我们理解“势”范畴被引入文艺批评有重要的参考价值。我以为，欲考察某范畴的意义、特性，后世广泛使用的材料固然重要，其起初的创用更为重要，它可以使我们了解到一个范畴使用初期之所指、能指及边界。《草书势》文章虽短，信息却极丰富，节选于后，以便参酌：

> 草书之法，盖又简略，应时谕指，用于卒迫，兼功并用，爱日省力，纯俭之变，岂必古式。观其法象，俯仰有仪，方不中矩，员不副规。抑左扬右，望之若崎。竦企鸟跱，志在飞移，狡兽暴骇，将奔未驰。或黝黚点䵷，状似连珠，绝而不离；畜怒怫郁，放逸生奇。或凌邃惴栗，若据槁临危，旁点邪附，似蜩螗揭枝。绝笔收势，余綖纠结，若杜伯揵毒缘巇，腾蛇赴穴，头没尾垂。是故远而望之，摧焉若沮岑崩崖，就而察之，一画不可移，几微要妙，临时从宜。[②]

文章除指出草书的价值与功用外，最值得注意的是细致描述了草书的形体、姿态、用笔及审美价值。文中除“势”外，能成为范畴的术语莫过于“法象”一词，但熟悉文艺批评的人都知道，这个范畴在文艺领域并不流行。其起源也早，《周易·系辞》中有“是故法象莫大乎天地，变通莫大乎四时”[③]。“法象”为动宾结构，其后亦用作并列名词，汉徐干著有《中论·法象》：“夫法象立，所以为君子。法象者，莫先乎正容貌、慎威仪……夫容貌者，人之符表也。符表正，故情性治；情性治，故仁义存；仁义存，故盛德著；盛德著，故可以为法象。”[④] 至此已成为专用名词，常用于哲学[⑤]、中医学领域[⑥]，现代中医学甚至有“法象思维”的说法。“象”偏于外在的形体，“势”则偏重于内在的“神”气。书论家多取“势”而略象，在于

① 《四体书势》收录在房玄龄《晋书》卷三十六《卫瓘传》附传，中华书局1974年版，第1061－1066页。又《后汉书》亦著录崔瑗《草势》与蔡邕《篆势》。

② 房玄龄：《晋书》卷三十六，中华书局1974年版，第1066页。

③ 《周易·系辞》，见陈梦雷《周易浅述》卷七，上海古籍出版社1983年版，第1063页。

④ 徐干：《中论·法象》，见《四部丛刊初编·子部·中论》，商务印书馆缩印本，第8页。

⑤ 张载《正蒙·太和》云：“凡天地法象，皆神化之糟粕尔。”载《张子全书》卷二，见《景印文渊阁四库全书》第697册，台湾商务印书馆1986年版，第99页。

⑥ 何大任编《太医局诸科程文格》有近二十处用及“法象”一词，其卷五云：“外为阳而有轻清之性，内为阴而有重浊之体，岂非法象之自然欤？”详参《文渊阁四库全书》子部医家类该书。

好的书法作品，是以具有内在骨力神气的“勢”取胜。早期的汉字，因物象形，以象为主。至隶书逐渐摆脱了这种局限，更讲求字形之外的意、神气、势、骨力等笔势方面的东西。所以传统的文艺批评适应这种变化，对形神二元的取舍，更偏好于内在的“神”，而“勢”正是属于“神”之一类。观崔氏《草书势》一文，中间一段描摹草书的笔势：“抑左扬右，兀若竦崎，兽跂鸟跱，志在飞移，狡兔暴骇，将奔未驰。……若据高临危，旁点邪附，似蜩螗挶枝。绝笔收势，余綖纠结，若杜伯揵毒，看隙缘巇，腾蛇赴穴，头没尾垂。”通过对草书笔势形态变化的描绘，展现了草书已超出了日常书写的功用价值，而成为一种审美的对象。草书始于西汉，最初是潦草的隶书而已，至东汉，草书作为一种书体成熟起来。草书带来的变化，是略去了传统汉字对字形的拘泥，突破了古文字的“法象”，更讲求变化的笔触。以往古文字所讲求的均匀方正的造型因之被打破，随机的、变化的笔触现象，产生了流荡连绵、变动不居的笔势。由崔氏的描绘，草书的笔势有“兽跂鸟跱”“狡兔暴骇”“蜩螗挶枝”的万千变化，有“志在飞移”的勃勃生气，有“据高临危”的气势，有“状若连珠”的延绵不绝，体现了草书变、力、气、逸、奇等诸种笔势。由此，我们大略可以知道，“勢”之为义，在崔瑗的《草书势》中含有变化、力度、气势、动态等要素。这与我们今天对“勢”这一切范畴的了解也是一致的。

除了崔瑗，蔡邕也是一个值得注意的人物。其《篆书势》一文，亦有对篆书笔势的描绘：

> 或龟文针列，栉比龙鳞，纾体放尾，长翅短身。颓若黍稷之垂颖，蕴若虫蛇之棼缊。扬波振撇，鹰跱鸟震，延颈胁翼，势欲凌云。或轻笔内投，微本浓末，若绝若连，似水露缘丝，凝垂下端。纵者如悬，衡者如编，杳杪斜趋，不方不圆，若行若飞，跂跂翾翾。远而望之，若鸿鹄群游，骆驿迁延；迫而视之，端际不可得见，指㧑不可胜原。①

文章的规制写法略同于崔氏《草书势》。与《草书势》多写草书之奇、气、力、变不同的是，蔡文写出篆书种种刚柔相济的体势，如“纾体放尾，长翅短身”讲结体章法，“似水露缘丝，凝垂下端”讲笔画造型有“垂露”之状，二者在风格上都偏于轻柔，而“扬波振撇，鹰跱鸟震，延颈胁翼，势

---

① 房玄龄：《晋书》卷三十六，中华书局1974年版，第1061－1062页。

欲凌云”讲笔画字形的驻而欲动、蓄势待发，“若鸿鹄群游，骆驿迁延”是讲笔画字形“若飞若行”的动态，二者偏于飞动阳刚之属。

蔡邕除了《篆书势》，另有《笔论》《九势》二篇真伪难辨的书论存世。《九势》① 一篇讨论八种笔法：转笔、藏锋、藏头、护尾、疾势、掠笔、涩势、横鳞。八法之中有两种涉及“势”字，一为“疾势，出于啄磔之中，又在竖笔紧趯之内”。一乃“涩势，在于紧驶战行之法”。若“疾势”，从字面看，是迅疾之势。但所指绝非单纯的快，故云：“出于啄磔之中，又在竖笔紧趯内。”试例释之，如写“啄”字右边的撇、捺，先藏锋起笔，再折锋向右下作顿，转锋向左下力行，然后才以迅疾利锋撇出。又如“永”字竖画之出钩处，出钩前是顿笔，然后突然而起，有如武师出脚之力骤也。若“涩势”，从字面来看是顿涩不通之状，实则“涩势”之妙在“紧驶战行之法”，即以急速不停的笔力推而进之，形成沉着力进之势。这些论“势”之语，可补《篆势》之语意不足，“势”有多种，既有变化、顿挫、力量、气势之“势”，也有刚柔相济之“势”，还有似快实缓之“疾势”，有似涩实利之“涩势”。

因此，书法中的“势”主要指笔锋、笔触腾挪转动中所形成的钩镮盘纡、纵横牵掣、连绵不绝的笔势。其功能的实现，在于笔触、笔锋和内在骨力的变化。当汉人变隶为草之际，笔形之勾连断续，笔触之点、划，笔锋之顿、提、挑、勒，笔法多变，气象万千，形成往复循环之笔“势”。故“势”虽来自笔墨之外形，但其急、徐、利、涩，往往关乎书家的气力和对作品的章法布局。好的书法作品，满纸云烟，“形”是外在看得见的墨象，“势”则是深藏于墨象背后的内力。正因为“势”是行诸笔墨的内在动态趋势，不易于用简明的语言进行规范的表述，所以早期书论家往往借用物象去摹拟“势”的内涵。

崔、蔡之后，“势”被更多的书评家所使用，虽然南北朝尤其是唐人的书评中逐步加入了诸如骨力、精妙、风味、神韵、飘逸等更多的评语，但“势”的运用，几成通例，如钟繇的《隶势》、卫恒的《字势》、索靖的《草书势》、王羲之的《题卫夫人〈笔阵图〉后》《笔势论十二章》（按：有

---

① 近人沈尹默指出：“篇中所论均合于篆、隶二体所用的笔法，即使是后人所托，亦必有所根据。”见马国权编《沈尹默论书丛稿》，三联书店香港分店、岭南美术出版社 1981 年版，第 38 页。又，《九势》见《历代书法论文选》上册，上海书画出版社 1979 年版。宋代陈思所撰《书苑菁华》卷十九亦有收录，今有民国《翠琅玕馆丛书》本可参看。

疑其或伪者）、羊欣的《采古来能书人名》、袁昂的《古今书评》、萧衍的《古今书人优劣评》、张怀瓘的《书断》《六体书论》等，均不同程度地以“勢”论书体，或评各家书艺。并在其使用过程中，逐步脱离了以物象（体）比拟描摹为主要手段，换以直称的方式。如袁昂论薄绍之书云：“字势蹉跎，如舞女低腰，仙人啸树，乃至挥毫振纸，有疾闪飞动之势。”[①] 萧衍论王褒书：“凄断风流，而势不称貌，意深工浅，犹未当妙。”[②] 虞世南论草书云：“或体雄而不可抑，或势逸不可止，纵于狂逸，不违笔意也。”[③] 这些论述，较之东晋以前多以物象摹拟笔势以使读者意会的情况，有了很大的变化，即“勢”字本身，已包含了飞动、狂逸、趋势等意味。说明至南北朝时期，“勢”已成为一个意义相对固定且具有普适性的一个书评范畴。

三、“勢”：人物山水布局之“取势”

东晋以前，鲜见对画艺有深入评述者。“勢”在画论中的出现，也是在东晋以后。伴随着此期山水画的兴起，画论在评画的对象、使用的术语和艺术趣味方面都发生了质的变化。其间的关键人物是生于晋穆帝时的顾恺之[④]。顾恺之以前，鲜有单独作山水画者，中国有山水画，由恺之首创。而以“勢”论画，也由恺之所创。其言见于《论画》[⑤] 及《画云台山记》。

顾氏《论画》用“勢”者凡六见。其一评大荀（或即西晋画家荀勖）所画列女图，认为其画“骨趣甚奇，二婕以怜美之体，有惊剧之则，若以临见妙裁，寻其置陈布势，是达画之变也”。从引文内容看，大荀所画似为孙武训练列女图。《史记·孙子列传》记孙武到吴，吴王闻其善训女兵，故以宫女180人出列，其中二女为队长，训练中二女官先后大笑，孙武以其不逊杀之，此画或以此为本事。顾氏观此画，以为甚得骨趣，有奇势。其中二位女官画得身材要眇，为人怜爱，唯其听得斩杀之令，惊剧莫名。画中女官“惊剧”之变态、画面之动感、布局构置之巧妙，被顾氏称为“达画之变也”。由此可知，此处的“勢”字，指人物形象描绘及画面布置充满动态。

---

① 袁昂：《古今书评》，见《历代书法论文选》，上海书画出版社1981年版，第75页。

② 萧衍：《古今书人优劣评》，见《历代书法论文选》，上海书画出版社1981年版，第82页。

③ 虞世南：《笔髓论》，见《历代书法论文选》，上海书画出版社1981年版，第112页。

④ 东晋著名画家，画论家，穆帝至安帝时人［348（一说345）—409］，《晋书》有传。

⑤ 按张彦远《历代名画记》辑录顾氏《论画》诸文颇多舛误，本文所引据马采《顾恺之〈论画〉校释》，载《中山大学学报》1984年第2期。

其二评未详作者（一说作者为卫协）之画壮士，认为“有奔腾大势，恨不尽激扬之态”。知作者所画，已具壮士外在的豪壮奔腾之形，但不尽如人意的在于没画出壮士内在的激扬之态。可见，此处“奔腾大势”指的是人物的外形具奔腾之动态。

其三评史道硕画三马为“隽骨天奇，其腾罩（同‘踔’）如蹑虚空，于马势尽善也”。以为其有隽骨，得奇势，其腾踔有力，如蹑虚空，颇得飞马之态势。此处的马势，有腾踔飞动之势，且有奇骨隽力，可见所谓“马势”，属内外兼备的动态之势。

其四评卫协[①]所画“七佛”“夏殷”“大列女”等，以为其“伟（原文‘传’，当作‘伟’）而有情势”。“伟”者，阔大庄重之相；“情势”者，合乎佛及列女之情态形势也。那么，究竟是一种什么样的情势呢？顾氏所言过简，兹引谢赫《古画品录》以作旁解，其云：“古画皆略，至协始精。六法之中，迨为兼善，虽不备该形似，颇得壮气，凌跨群雄（原文无“群雄”，据《四库全书》本增补），旷代绝笔。”[②] 可见，卫协作画，并不以形似为务，而以壮气为重。因此，顾氏所说之“情势”，当指其所画佛图、列女颇得神似，有豪壮之气势。

其五评疑似晋明帝司马绍[③]所画清游池[④]，“势”字凡两见，认为其作“不见金（原文‘金’，当作‘京’）镐形势，见龙虎杂兽，虽不极体，以为举势，变动多方”。顾氏认为作者虽未到过镐京，但也能画出镐京一带的山水形势，画中还有各类龙虎杂兽，虽说画得不特别好，但画中的举动姿势也多有变化，仪态万方。参考谢赫评司马绍画云：“虽略于形色，颇得神气，笔迹超越，亦有奇观。”[⑤] 可见，顾氏所说“京镐形势”指画中京镐一带的山川形势，“举势”则指画中龙虎杂兽的举动态势，前者偏于外在的“形”，后者则指向内在的“神”。

综上所析，可知顾恺之评画所用之“势”，无论其指画面布局之态势、还是指人物、动物之外形姿势，或指龙虎飞马之气骨奇势，均具有内在的、

---

① 西晋画家，师曹不兴，擅绘道释人物故事。

② 谢赫：《古画品录》，见沈子丞编《历代论画名著汇编》，文物出版社1963年版，第18页。

③ 详参马采《顾恺之〈论画〉校释》，载《中山大学学报》1984年第2期。

④ 日人中村茂夫据《历代名画记》卷五“晋明帝”条所记《游清池图》，谓“清游池”当作“游清池”。（《中国画论の展开：晋唐·宋元篇》，中山文奉堂1965年版，第39页）又马采亦以为系“游清池”之误，录以备考。

⑤ 谢赫：《古画品录》，见沈子丞编《历代论画名著汇编》，文物出版社1963年版，第20页。

动态的、富有力度的含义。

除《论画》外，顾氏《画云台山记》还有三处用过“势”字。关于此文，前辈学者曾指出其系画前的设计、规划，因此颇能显其心思。兹录其涉“势”一段：

> 发迹东基，转上未半，作紫石如坚云者五六枚。夹冈乘其间而上，使势蜿蜒如龙。因抱峰直顿而上，下作积冈，使望之蓬蓬然凝而上。次复一峰，是石东邻白（按原文如此，疑作“向”）者峙峭峰，西连西向之丹崖，下据绝涧。画丹崖临涧，当使赫巘隆崇，画险绝之势。[①]

依马采先生的意见[②]，这幅画的构图是从东向西来画。作者是这样设计的，首先从东面的山基出发，转折向上，未到一半的地方，画紫色的石头五六块。再画一条山脊穿过这五六块紫石，蜿蜒直上，使它的势头像一条苍龙那样矫健有力。接下来，这条山脊抱着一座山峰挺拔高耸，峰下作层层山冈，使人望见，自下而上，气势磅礴。这第二个山峰，东与峙峭峰相邻，西与丹崖相接，下边是一绝涧。在涧上画一座丹崖，要画得有高大险峻之势。

这篇文章用了好几个“势”字，如“使势蜿蜒如龙”是起势，“画绝险之势”是承续之势，篇末又云“后为降势”。整幅画图，以势起，以势接，以势收。起势“蜿蜒如龙”，即体现出龙一般的气势。龙，在中国传统文化中有极重要的象征意义，它是阳气的、权势的，早期与氏族图腾相关，后与皇权相联系。《周易》以龙取象，龙在《乾》卦中始终象征着阳气、太阳。青绿色的五爪龙在汉代非常流行，也是阳气旺盛之象。画由东面展开，以龙起势，正符合东方阳气之上升。起势如龙，龙体蜿蜒起伏、具腾转矫健之姿，极有震撼力。画幅靠近中部的地方，在溪涧之旁，是一座绝地而起的巨型丹崖，顾氏设想要画出“绝险之势”。画幅的最后即右边，拟作“一白虎匍石饮水，后为降势而绝”。从画面看，左边亦即东方是蜿蜒起伏的青龙，右边亦即西方是饮水之白虎。我们当然不会生硬地以传统的四灵文化来比拟，但顾氏此作，在布局上，以龙为起势，以丹崖为承势，以白虎为收势，其中也颇有可琢磨者。

---

① 顾恺之：《画云台山记》，见沈子丞编《历代论画名著汇编》，文物出版社 1963 年版，第 9 页。

② 详参马采《顾恺之〈画云台山记〉校释》，载《中山大学学报》1979 年第 3 期。

从顾恺之《画云台山记》中所使用的“勢”来看，与早期书法理论主要以“勢”指笔触、笔势不同，更多的是指人物山水之形态及画面布局之“勢”。而其能指，则是共同的，即“勢”是有力的、阳刚的、蜿蜒不绝的气势。

“勢”在两晋以后的画论中也常有使用，其所指与能指，虽有扩大，但核心内涵并无根本变化。可注意者，是其后画论家对“勢”的认识更为深入，使用也较之前更为广泛。如唐人张远彦《历代名画记》“论顾陆张吴用笔”条提出张芝创制“今草”，其“体势一笔而成”，谓之“一笔书”，陆探微亦作连绵不断之“一笔画”①。从笔触的一笔，到全画幅的一笔，均从书画的“体势”着眼，指出了书画对“勢”的运用有共通性。五代荆浩对“勢”范畴的内涵进行了更深入的开掘，他在顾恺之所讲“骨法”“神气”的基础上，提出“凡笔有四势，谓筋、肉、骨、气”②，“势有形格，有骨格”③，“山水之象，气势相生”④，对“勢”的能指做了极为精彩的论述，对“勢”所包含的外在形势、情势（筋、肉）与内在的张力（骨、气）的关系提出了独到的见解。值得注意的是，由唐五代至明清，绘画之论势，除笔墨骨趣之势外，更多地取画面构置布局之“勢”。这一倾向，当也来自两晋画论所奠定的基础。如宋郭熙《林泉高致·山水训》论山水画构图须展现山水之形势气象与主次安排⑤，米芾论范宽山水“折落有势”⑥，元黄公望《论山水树石》屡用“勢”形容山、石、水之势⑦，明顾凝远所撰《画引》一文有“取势”一则讲画幅构图之“勢”⑧，等等，均可见“勢”与山水画论的密切关系。

因此，画论中的“勢”虽然在使用的时间上较书论为迟，“所指”有所不同，但其内在的“能指”却逐步统一，与“阳刚”“骨力”“神气”“劲健”“脉络”等相融合，广泛地应用于山水人物画尤其是山水画的评析上，并较多地与画面布局构图有关，成为画论中不可缺少的重要范畴。

---

① 张远彦著，俞剑华注释：《历代名画记》卷二，人民美术出版社1963年版，第23页。

② 荆浩：《笔法记》，见沈子丞编《历代论画名著汇编》，文物出版社1982年版，第50页。

③ 荆浩：《山水诀》，见沈子丞编《历代论画名著汇编》，文物出版社1982年版，第53页。

④ 荆浩：《笔法记》，见沈子丞编《历代论画名著汇编》，文物出版社1982年版，第49页。

⑤ 郭熙：《林泉高致》，见沈子丞编《历代论画名著汇编》，文物出版社1982年版，第64－65页。

⑥ 米芾：《画史》，见沈子丞编《历代论画名著汇编》，文物出版社1982年版，第111页。

⑦ 黄公望：《论山水树石》，见沈子丞编《历代论画名著汇编》，文物出版社1982年版，第164－165页。

⑧ 顾凝远：《画引》，见沈子丞编《历代论画名著汇编》，文物出版社1982年版，第233页。

结　　语

综上所论，“勢”乃由一种植之象的“埶”字生发而来，作为“势力”“权势”“格式”“样式”“情势”“气势”“趋势”之义的“勢”字在先秦以至汉晋有着广泛的使用。其用于书画领域，起自东汉，兴盛于两晋，定形于南北朝，终成为一个重要的艺术理论范畴。古人选择“勢”作为论书析画之“话头”，一则取其“样式”“格式”之意；二则“勢”在使用中逐渐增加的“气力”“趋势”等语义，非常切合书画等艺术门类在用笔、布局结构诸方面动态表现的特质，适合“意会”这一中国传统思维的模式，遂成为被广泛接受的艺术范畴。“勢”的所指，在书法领域，多拟笔触、笔势；在绘画领域，多拟人物、山水之形貌布局之“态势”。其能指，则多与气力、骨法、变化、趋势相关。由“勢”，我们可以更准确地体会中国传统艺术的精髓。

（原载《北京大学学报》2011 年第 6 期，中国人民大学复印报刊资料《文艺理论》2012 年第 2 期转载）

论咏史诗的寄托[①]

咏史诗是中国古代诗体中较有特色的一种，朱自清先生曾将之归为比体诗。他说："后世的比体诗可以说有四大类。咏史，游仙，艳情，咏物。"[②]这四类诗当然都是托诸他物以言情，非径情直语者。但若细分起来，它们又有层次与程度的不同。就咏史诗而言，有的只是吟咏本事，有的重在发论，而只有意含寄托的作品，才说得上是真正的比体诗。这类作品，在处理史实、运用史料方面，在史体与诗体的取舍上，表现出由史体逐步向诗体过渡的趋向，也体现出古代诗学观念逐步成熟的路向。

一、咏史辨体

上面说过，并非所有的咏史诗都属比体，而只有蕴含寄托的咏史诗才是真正的比体诗。那么，咏史诗中哪些或哪类作品才是有寄托的呢？这就需要辨别。

关于咏史诗的体制，前人已有多种分类。我们这里所关注的，是诗人对历史的切入点和对史实史料的运用，从这个角度入手，可以分辨出何种形式的咏史诗才是有寄托的比体诗。

我们通过对历代咏史诗的排比甄别，发现其运用史实史料的形式大致有以下三类。

一是以诗体传述历史，诗人对史实史料的采用多为一人一事，除对历史人物与史实作一般吟咏外，对史实之外的东西没有更多的议论和寄托。我们姑且把这类作品称为传体咏史。比较典型的是《文选》所录卢子谅的《览古》一诗：

赵氏有和璧，天下无不传。秦人来求市，厥价徒空言。
与之将见卖，不与恐致患。简才备行李，图令国命全。

---

① 本文所涉及的咏史诗是广义的咏史诗，包括怀古诗在内。

② 朱自清：《诗言志辨》，商务印书馆 2011 年版，第 88 页。

蔺生在下位，缪子称其贤。奉辞驰出境，伏轼径入关。
秦王御殿坐，赵使拥节前。挥袂睨金柱，身玉要俱捐。
连城既伪往，荆玉亦真还。爰在渑池会，二主克交欢。
……①

这首诗吟咏蔺相如渑池之会完璧归赵的故实。从诗中看，卢谌除了以诗句较为完整地记录蔺相如渑池之行、称其美德外，无其他托意。《文选》中另录有张协《咏史》一首，形式也与此相类。卢、张二人的咏史，反映了作者对史实史料的依赖，诗人除了对史料的熔裁取舍外，尚不能从一般的叙述历史进入对史料不即不离的运用，是典型的“以史为诗”。这一类作品，我们很难将其视为比体诗，充其量可以说它是诗体的历史。清何义门曾视卢张的传体咏史为正体，他说：“咏史者不过美其事而咏叹之，檃括本传，不加藻饰，此正体也。太冲多摅胸臆，乃又其变。”② 正变之说在中国古代文化史中向有轩轻高低之意，如汉儒以风雅正变说《诗》即是如此。但何义门此处以正变说张、左二人，却未必有轩轾之意。所谓咏史诗乃檃括本传，不加藻饰，是对从班固以来的咏史传统而言，以先起者为正，继起者为变，历史上也有其例。何义门说张、卢为正，即自有咏史以来，檃括本传，美其事而咏叹之的写法是咏史诗的传统写法，而到左思，这种写法发生了变化，是为何义门的正变之说。当然，像卢、张二人的传体咏史诗的写法，在同时及其后的咏史诗中依然存在，只不过其他类型的咏史出现之后，更受人欢迎，传体咏史反不为人重视。

二是论体咏史诗。它比之传体咏史有两个显著的变化，一是对史实史料的采用不一定限于一人一事，有的开始采用错综的历史人物和事件；二是在对史实的叙述中掺入了作者强烈的主观判断。这一类作品自左思以后非常多见，我们以左思的《咏史》其七为例：

主父宦不达，骨肉还相薄。买臣困采樵，伉俪不安宅。
陈平无产业，归来翳负郭。长卿还成都，壁立何寥廓。
四贤岂不伟？遗烈光篇籍。当其未遇时，忧在填沟壑。

① 萧统编，李善注：《文选》，上海古籍出版社 1986 年版，第 996－997 页。
② 何焯：《义门读书记》卷四十六“张景阳咏史诗”条，《文渊阁四库全书》本。

英雄有迍邅，由来自古昔。何世无奇才？遗之在草泽。[1]

在这首诗中，其一，作者吟咏了四贤——主父偃、朱买臣、陈平、司马相如，采写的对象已不止于一人一事，而是错综人事，混成一体；其二，作者处理史料也不再像卢、张咏史那样单纯叙史，而是史为己用，杂以议论，成为史论合一的体制。

第三类才是蕴含寄托的咏史诗，我们称之为比体咏史诗。其发端亦源自左思《咏史》，但至唐代以后才大量出现，这是在论体咏史的基础上咏史诗的新发展。这类诗一个很突出的特点是“搅碎古今”“入其兴会”[2]，诗人对史实史料的撷取，不再刻意求其实，也不着意于做一般的叙述，也不是借助史料做直露的宣泄，而是对史实取其一点，融入情景的描绘，令人生成篇终接混茫的艺术感受。这类咏史诗对史料的采用是蜻蜓点水式的，有时甚至如镜花水月，不粘着，不拘泥。其中成就较高者如李商隐，他的《隋宫》一诗堪称典范：

紫泉宫殿锁烟霞，欲取芜城作帝家。
玉玺不缘归日角，锦帆应是到天涯。
于今腐草无萤火，终古垂杨有暮鸦。
地下若逢陈后主，岂宜重问《后庭花》？[3]

诗中混用隋炀帝欲另取芜城作帝都，又欲从扬州南游会稽，以及在东都景华宫征求萤火虫数斛以光照山谷并开河植柳等故实，以讽刺炀帝贪图享乐、昏顽不明的品行。篇末点出陈后主、《后庭花》，与隋炀帝作比，更使人联想到唐末社会现实，寓意深远，颇有托意。诗中对若干引用的故实，并不做细密的铺叙刻画，而是点到即止，使读者自悟。这种处理史实的手法，有异于上述两种咏史诗较为单一的视角、较为质实的铺叙，而是融史实、情景、意绪于一体，包容性更强，意蕴更丰富，应是咏史诗的至高境界。

从上述三种体制的咏史诗来看，并非所有的咏史诗都属比体。像传体咏史，徒咏一人一事；论体咏史，体制如同史赞，均更近于史体，与诗的特质

① 萧统编，李善注：《文选》，上海古籍出版社 1986 年版，第 991 页。
② 王夫之：《明诗评选》卷二，上海古籍出版社 2011 年版，第 60 页。
③ 李商隐著，刘学锴、余恕成集解：《李商隐诗歌集解》，中华书局 1988 年版，第 1395 页。

尚有不小的距离。只有立足于史料，又不依赖于史料，融通于古今、飞越时空限制，在史料中寓有个人意绪情操的咏史诗，才是比体咏史。而这类作品，往往寓含寄托，是我们考察的重点。

二、寄托与咏史

咏史诗的寄托是一个复杂的问题，不易考辨，搞不好就会流于穿凿。其实，寄托应是一个较为宽泛的概念，钱锺书先生所谓："诗中所未尝言，别取事物，凑泊以合，所谓'言在于此，意在于彼'。"[①] 即可谓之有寄托。也就是说，咏史诗中，所言为旧事，所托为今事，所寓有己意者，均可谓之有寄托。至于所寄托的今事，有可资考索的，当然可以依据一定的史实发抉深衷，有些不一定有具体所指的，倒不一定坐实，否则就会流于穿凿。

以此为准则，就会发现有寄托的作品在咏史诗中占有较大的比重。咏史诗的发端很早，《诗经·大雅》及楚辞中已初露端倪，至班固《咏史》正式立体，其间已经历了相当长时期的孕育发展，但咏史诗一直未能摆脱对历史故实的一般吟咏，甚至在魏晋时期，单纯的咏史依然是咏史诗的主流。无论是咏一人一事，还是错综人事，都是围绕着史实而不越雷池半步。改变这一情形的应是左思。他的《咏史》八首，虽然其中仍有一些作品是单纯地咏史，但已经有个别篇章开始突破这种限制，或以发论，或以寓意，具备了寄托的基本条件。其中有代表性的是他的《郁郁涧底松》，何义门《义门读书记》说左太冲《咏史》"'郁郁'首，良图莫骋，职由困于资地，托前代以自鸣所不平也"[②]。《郁郁涧底松》一诗为大家所熟知，兹不引述，那是一首借先汉史实以抨击门阀制度、寄托牢骚的作品。除何义门指出左思咏史诗的寄托特征外，沈德潜也说："太冲《咏史》，不必专咏一人，专咏一事，咏古人而己之性情俱见，此千秋绝唱也。后惟明远太白能之。"[③] 也指出左思咏史的根本性转变在于他的咏史诗是"咏古人而己之性情俱见"，亦即有寄托。左思之外，东晋也只有陶渊明的咏史能摆脱对史料的依附，出史入诗，继左思之后，将咏史诗带入一个新的境界。沈德潜《说诗晬语》指出："陶

---

① 钱锺书：《管锥编》第一册，中华书局 1979 年版，第 108 页。
② 何焯：《义门读书记》卷四十六"左思咏史诗"条，《文渊阁四库全书》本。
③ 沈德潜：《古诗源》卷七，中华书局 1963 年版，第 166 页。

公以名臣之后，际易代之时，欲言难言，时时寄托，不独《咏荆轲》一章也。”[①] 以往人们论陶诗，多言其田园诗，且以恬淡的风格目之。其实从朱熹以来，就有不少诗论家看到陶诗金刚怒目与寄托的一面，只不过其光芒被田园诗所笼罩罢了。像他的《读〈山海经〉》《咏荆轲》二诗，借精卫、刑天以明补天济世之志，借荆轲以抒发壮志未酬之愤，不只是吟咏史实而已。所以明王圻《稗史》云：“《咏荆轲》一篇，盖借之以发孤愤耳。故朱子谓此篇始露本象。”[②] 指出了陶诗是在借咏古人而实发自己的孤愤，非徒咏史实者。应该说，中国古代咏史诗是经过了左思、陶渊明之后，才出现了一个新境界，而这个新境界的标志就是对史料不再尺尺而寸寸之，能够“托前代而自鸣其不平”，在吟咏故实中寄托诗人的情志意绪。自左、陶以后，以史言志寄托的作品逐渐多了起来，尤其是唐代，是咏史诗最为繁盛的时期，寄托一体也为不少诗人所习用，出现了大量的寓有寄托的咏史怀古诗。此后宋元之际、明清之际，时值国破家亡，以史寄托的作品也应运而生，成为与咏物、艳情等类别的作品并驾齐驱的比体诗，丰富了古代以比兴为特征的寄托传统。

在中国古代诗歌创作中，诗人的寄托一般借助咏物、咏史、艳情、游仙等几条路径。诗人的怀才不遇、牢骚不平，伤时念乱、家愁国恨，身在江湖、心存魏阙，凡斯种种，均可通过美人香草、深闺梦里、隐逸游仙、人神道殊等形式予以寄托。但如果说到与现实政治和仕途经济最易发生关联的，还属咏史最为便当。所以但凡个人遭际的不幸、政治的隆污治乱、国势的兴衰存亡，作者往往喜欢从过往的历史中寻觅借镜，在历史的唱叹中得到共鸣，而不采取香草美人、闺帷儿女的手法。

诗人通过咏史的形式寄托情志，一般都是“意在笔先”，作者先有了某种感触，或因为有难言之隐，不便明说，或是对现实有感，需借助史料而触类引申。总之，诗人的深曲隐衷，不得明言的，始托之于咏史。咏史诗中的寄托，一般出于下列三种情形：一是作者个人遭遇挫折，仕途不利，有志难伸，故借前代史实以自慰、自宽或抒发愤懑；二是社会鼎革、民族危难之际，以史寄寓兴亡之概；三是对社会政治机制不满，借历史故实暗寓己见。这三种情形，在沈德潜的《说诗晬语》中有较清晰的表述：

---

① 沈德潜著，王宏林笺注：《说诗晬语笺注》卷上，人民文学出版社2013年版，第125页。

② 参见陶澍《陶澍全集·靖节先生集注》所引，岳麓书社2017年版，第183页。

> 诗贵寄意，有言在此而意在彼者，李太白……《经下邳圯桥》，本怀子房，而意实自寓。《远别离》，本咏英、皇，而借以咎肃宗之不振，李辅国之擅权。杜少陵《玉华宫》云：“不知何王殿，遗构绝壁下”伤唐乱也。……他若讽贵妃之酿乱，则忆王母于宫中。刺花敬定之僭窃，则想新曲于天上。凡斯托旨，往往有之，但不如《三百篇》有小序可稽，在读者以意逆之耳。①

沈德潜所列举的三首诗，一为李白的《经下邳圯桥》，诗中明咏张良事，实以张良自比，诗中世无英雄之叹，当是作者自寓。《远别离》一诗咏舜之二妃女英、娥皇，间中透露出对朝纲不振的隐忧，是作者政治态度的表露。杜甫《玉华宫》通过对玉华宫兴衰的吟咏，影射安史之乱所带来的创伤，寄寓伤乱忧老之意。这三首诗在通过咏史寄寓作者的内在情志上有某种代表性：一为伤己之不遇，一为对社会政治运作的忧虑，一为寄寓国势兴亡之慨。这三个方面，也是咏史诗中最为常见的寄托内容。当然，这三方面的内容也存在于其他的比体诗中，如感怀不遇在咏物、艳情诗中通过香草美人的手法也有表现，另外两类虽然数量以咏史为多，但在其他比体诗中也不能说就没有，只是数量不多罢了。咏史诗中的这类寄托往往搅碎古今，突破时空，在对史料的吟咏唱叹之中寄托“神理”，具有更浓郁的历史感，风格凝重深厚，是其他比体诗的寄托所不及的。下面我们看咏史诗的作者是如何分解、运用史料，使之与作者的主观意绪相融合，体现寄托内容的。

古人写诗，个人的穷通隐达、仕途利钝，是一个永恒的主题。从屈宋开始，这一主题便绵延不绝。在咏史诗中，通过对史实的吟咏托寄不遇也是一个常见的现象。早期的作品以左思的《郁郁涧底松》为其滥觞。这首咏史诗的前半部是两种物象的对比：一是“涧底松”，喻有才能的庶族；一是“山上苗”，喻无能的士族。通过对比，说明无能的士族由于门阀制度的庇佑反而在社会地位上优于有才能的庶族。诗的前半段史实尚未介入，后半部才相继引入金日磾、张汤、冯唐等历史人物予以对比，说明由古至今才智之士的不幸，寄托自己备受压抑、有志难伸的愤懑。从左思的这首有代表性的作品来看，诗人对史实的处理还比较生硬，史料与兴寄还处于一种明而未融的状态，反映了早期咏史诗在运用寄托的技巧上还比较稚嫩。寄托一法到了

① 沈德潜：《说诗晬语》卷下，引自郭绍虞编《清诗话》下册，上海古籍出版社 1963 年版，第 554 页。

唐人手里，开始摆脱生硬稚嫩，进入一个运用自如、兴寄无端的境界。我们试举一例加以说明：

> 南登碣石馆，遥望黄金台。
> 丘陵尽乔木，昭王安在哉？
> 霸图怅已矣，驱马复归来。[①]

这首诗吟咏战国时燕昭王招纳贤才的故事，初看不一定觉得其中有何托寄，因为全诗浑然如一，没有明确的议论和主张。但熟悉燕昭王筑黄金台招纳天下贤才这一故实的人，联系到陈子昂当时在建安郡王处颇不得意的处境，自然会捕捉到诗中的托意。诗的前四句在对时光流逝的惋惜之中感叹燕昭王的不在，后两句诉说自己霸图难现的失意，古与今的碰撞，才智之士的不同遭际、诗人无可奈何的唱叹，如一层轻雾渐渐弥漫开来，使人兴寄无端。在这里我们可以进行两种比较，一是与传体咏史相比，这首诗并不专意于对历史的铺叙陈述，而是在对人物、地点的蜻蜓点水般的轻描淡写之后，将视野拉到今天的霸图，由燕昭王的黄金台到作者自身的霸图，其中的时空距离及内在联系，则要读者通过知人论世，以意逆之。所以，咏史诗的寄托往往是古代的史料、当代的现实、作者的身世、读者的知人论世四者合一的产物，是多种因素的复合体，它比传体咏史和论体咏史能提供给读者更多的东西。二是与咏物诗的寄托相比，咏史诗的托意是在品味历史之后才得以实现的，因此它的内涵要比咏物诗的寄托丰厚，涉及的时空也更广泛。但在诗的意境及风格的表现上，咏物诗的寄托会更擅胜场。

有关社会政治的隆污治乱、家国的兴亡寄慨也是一样，咏史诗的作者对史料的运用，注重与作者所要讽喻的现实之间的关联性和生发性，他不在意史料的大小或多少，重要的是使读者对诗中的史实能够触类旁通，引而申之。如李商隐的《齐宫词》：

> 永寿兵来夜不扃，金莲无复印中庭。
> 梁台歌管三更罢，犹自风摇九子铃。[②]

---

① 陈子昂：《燕昭王》，见徐鹏点校《陈子昂集》，上海古籍出版社 2013 年版，第 25 页。

② 李商隐著，刘学锴、余恕成集解：《李商隐诗歌集解》，中华书局 1988 年版，第 1378 页。

这二十八个字写南齐的覆亡与梁的立国。铃为齐朝旧物，新主入朝，犹自风摇旧铃，暗喻风物依旧，却山河改色，寄托作者对国事的隐忧。李商隐生当唐末，国势衰颓，故其诗中每每流露出“江山无限好，只是近黄昏”的意绪。这首咏史诗借南齐易代之事，分明影射唐末现实，具有极强的关联性和生发性，容易引起读者的联想。在史料的选用上，只是撷取了金莲、梁台、歌管、风铃等细物，不直接叙述历史，而历史的变迁却历历在目。这种用历史旧物以寄慨的写法在咏史诗中并不少见，像李贺的《金铜仙人辞汉歌》、陈子龙的《潼关》、吴西亭的《江行》等均不以叙史为手段，而是选取若干个物象以暗示时空的变化，这种写法是咏史诗中用以寄慨的常见手段。

总之，咏史诗的寄托作为中国古代比体诗中的一格，在古代诗体中具有独特的韵味。它徘徊于史实与诗体之间，采用历史的材料，又游离于历史的本体，在穿越古今时限的吟咏之中，生成无限感慨，成为咏史诗中艺术成就最高的一类。

三、诗评家眼中的咏史诗与寄托

咏史诗在古代诗评家那里，一直是个十分尴尬的角色。起初，诗评家并不注意它，尽管咏史诗的起源很早，在唐代又达到了很高的境界，无论数量还是质量都为后世所不及。但直到宋元时期还没有多少人对它留意过，即便一些诗评家论述到一些咏史诗及其作者，也并没有将之视为一种独立的诗体。宋人的一些诗话总集中也没有给它留有位置，甚至在《诗话总龟》前后两集一百卷五十多个门类中，也没有咏史的名分，而其他诸如咏物、言情、神仙之类，都赫然在榜。宋代的其他两种诗话总集如《诗人玉屑》《苕溪渔隐丛话》中也没有咏史诗的位置。这一情形说明，咏史诗在当时的诗评家的视野里，尚不入流。大约是到了明代以后，人们才开始注意咏史诗以及咏史诗中史与诗的关系，谈论咏史诗的也开始多了起来。

从目前所能见到的资料来看，诗评家从开始对咏史诗评头论足以来，多数人对咏史诗的要求竟是让咏史诗游离于历史，而非靠近历史。这是一个很有趣的现象，咏史诗本来是以史为咏，史料是咏史诗必不可少的素材，在史料的基础上对史实加以叙述赞叹，应是咏史诗本色当行的东西，这在前引何义门的话中表述得很清楚。但何义门之外的其他多数诗评家却并不以此为然，他们往往对以史为咏的传体咏史诗或论体咏史诗评价很低，而对相对游离于历史的比体咏史诗，亦即有寄托的咏史诗则评价很高。

兹摘引几段有代表性的言论以见一斑：

> 古人咏史，但叙事而不出己意，则史也，非诗也；出己意，发议论，而斧凿铮铮，又落宋人之病。……用意隐然，最为得体。[①]

这是清人吴修龄的一段话。文中所说“但叙事而不出己意”的作品，是传体咏史。对这一类咏史诗，吴修龄认为那只是历史，而非诗体，对它持否定态度；而出己意、发议论的咏史诗，又认为它落入宋人好议论的毛病。只有用意隐然的咏史诗，才是吴氏所欣赏的，而这一类用意隐然的作品，虽然不一定都是有寄托的，但有寄托的作品则多数是用意隐然的。所以吴修龄的价值观是以有寄托的咏史诗为最得体的。

再看清人方熏如何论说：

> 咏史诗今人皆杂议论，前人多有案无断之作，其讽刺劝意在言外，读者自得之耳。[②]

虽然文中没有明说寄托，但有案无断、讽刺劝诫、意在言外一类的作品，显然指的是有寄托的比体咏史诗，其审美取向与吴修龄并无二致。

下面两人所论也不出此路：

> 咏史不必专咏一人，专咏一事，己有怀抱，借古人事以抒写之，斯为千秋绝唱。后人粘着一事，明白断案，此史论，非诗格也。[③]

对专咏一人一事的传体与明白断案的论体均有非议。

> 凡怀古诗，须上下千古，包罗浑含，出新奇以正大之域，融议论于神韵之中，则气韵雄壮，情文相生，有我有人，意不竭而识自见，始非

---

① 吴乔：《围炉诗话》卷三，见郭绍虞编选《清诗话续编》第一册，中华书局 1983 年版，第 558 页。

② 方熏：《山静居诗话》，见丁福保辑《清诗话》下册，中华书局 1963 年版，第 961 页。

③ 原文载冒春荣《葚原诗说》卷二，见郭绍虞编选《清诗话续编》第三册，中华书局 1983 年版，第 1595 页。学生王勇（现为东莞理工学院副教授）校对时发现此段与本篇文章第二部分第二段所引沈德潜《古诗源》卷七中的论述近似，与沈德潜《说诗晬语》则基本一致。《说诗晬语》开头为“太冲《咏史》不必专咏一人”，后数句完全相同。见沈德潜著，王宏林笺注《说诗晬语笺注》卷下，人民文学出版社 2013 年版，第 349 页。怀疑冒春荣此语或许是抄袭得来。

史论一派。[1]

对议论虽不一概反对，但又要求意不竭而识自见，与史论一派固自不同。

由上述引文可以看出，古代的诗评家对咏史诗的要求是要游离于史实、远离于议论。虽为咏史，但要避免史法，要用诗体的特性去处理史料。咏史诗的三体之中，以传体最贴近史实，其陈述铺叙的形式也最近于史法；论体虽然是借古喻今，融入议论，但在史料的运用及形式的叙述方面，有类于史论；而只有比体咏史诗，虽借助于史实，却与史实处于不即不离的状态，在艺术上更接近于诗的特质。古代诗评家在对这三种咏史诗的取舍之中，显然更倾向于后者，更推重这种相对游离于史实、寓含寄托的咏史诗。

应该说古代诗论家对咏史诗的体会和要求是符合咏史诗的实际状况的。咏史诗中的寄托一体，体现了咏史诗由早期的单纯咏史向诗本体的回归，是咏史诗审美价值所在。早期的咏史诗从班固咏缇萦开始，只是对某一历史人物和某一历史事件的吟诵；其后魏杜挚的《赠左丘俭》错综人事，由一人一事转向数人数事，但依然是对历史的诗语叙述，更近于史而远于诗；只有到了"托古事而自鸣其不平者"的寄托之体的出现，才使咏史诗摆脱了对史料的过分依赖，游离于历史，又不完全脱离历史，尤其是贯穿古今，超越时空，在古今唱叹之中寓托要眇之思，使得咏史诗能够"咏古人而己之性情俱见"，充分发挥了咏史诗的审美功能，这是无论传体咏史还是论体咏史都无可比拟的。从各类比体诗来看，咏史诗以其深厚凝重的历史感和对社会人生的积极关注，在咏物、艳情、游仙诸种寄托类的作品中独树一帜，也是不容忽视的。

因此，咏史诗在其不断创作发展过程中，逐步成熟起来，它从开始的寄生于史料，依附于史料，渐渐过渡到游离于史料，使史料成为作者寄托情志的工具。这是中国古代诗艺成熟的标志，也是咏史诗由史学的附庸向诗学回归的标志。唯其如此，我们才能准确地认识寄托在咏史诗发展过程中的作用和定位，这也是我们研究咏史诗的寄托问题的价值所在。

（原载《中山大学学报》1997 年第 1 期，《新华文摘》1997 年第 9 期转摘，中国人民大学复印报刊资料《中国古代、近代文学研究》1997 年第 5 期转载）

---

① 朱庭珍：《筱园诗话》卷三，见郭绍虞编选《清诗话续编》第四册，中华书局 1983 年版，第 2377 页。

周济对张惠言词论的修正

常州派的创始人张惠言以上溯风骚而尊词体，以比兴寄托而救浙派空疏之弊，其功不可谓不大。但一种新理论的兴起，一方面有扭转风气之功，一方面又不够完善，常常矫枉过正，于是后起诸生补苴罅漏，使其论益为公允精到。张氏既殁，周济步武其后，一则恢弘其旨，一则补漏纠偏，遂使常州派比兴寄托、蕴藉柔厚之旨大畅，一直影响到清末词坛。周济对张氏词论的修正和发展，大致可于以下两点见出。

一、同尊词体而重“由衷之言”

词家尊词体由来已久，李清照以为词“别是一家”[①]，汪森以为“自有诗，长短句即寓焉，《南风》之操，《五子之歌》是已”[②]。正本清源，以古论今，是古人惯用的手法，常州派之尊词体，也采用这个方法。张惠言《词选序》曰：“盖诗之比兴，变风之义，骚人之歌，则近之矣。”[③] 这一方面是阐发比兴寄托之旨，一方面也是借风骚来提高词的地位。张惠言以为，词之后学往往不能通究风骚之义，“弥以驰逐，不务原其指意，破析乖刺，坏乱而不可纪”[④]。词家若能“塞其下流，导其渊源，无使风雅之士，惩于鄙俗之音，不敢与诗赋之流同类而风诵之也”[⑤]，这样，才能提高词体，与诗赋并驾齐驱。张氏以为温庭筠的词最高，深美宏约，原因之一就是温词最近风骚之义。他说温庭筠的《菩萨蛮》为“感士不遇也，篇法仿佛《长门赋》……‘照花’四句，《离骚》初服之意”[⑥]。他还说欧阳炯的《蝶恋花》

① 李清照著，徐培均笺注：《李清照集笺注》（修订本），上海古籍出版社2013年版，第289页。
② 朱彝尊、汪森编，李庆甲校点：《词综》，上海古籍出版社2005年版，序第1页。
③ 张惠言：《词选·附续词选》，中华书局1957年版，序第7页。
④ 张惠言：《词选·附续词选》，中华书局1957年版，序第8页。
⑤ 张惠言：《词选·附续词选》，中华书局1957年版，序第9页。
⑥ 张惠言：《词选·附续词选》，中华书局1957年版，第12页。

“忠爱缠绵，宛然骚辨之义”[1]。这些无非是说明词“非苟为雕凿曼辞而已”[2]，而是用来表现贤人君子的幽约怨悱、不能自言之情。张氏以为，词若能像温词那样，上溯风骚，原其指意，词体自然就尊了。提高词的地位，用意是好的，但不从词本身着眼，以词尊词，而是以风骚来比附，实在不算聪明的做法。

周济编选《宋四家词选》晚于张惠言《词选》35年，《词辨》（今佚，存自序及附于书后的《介存斋论词杂著》）晚于《词选》15年。从《词辨·自序》《介存斋论词杂著》和《宋四家词选目录序论》来看，同为尊词体，周济更重视的是词家本身的“性情学问境地”和“由衷之言”。在《介存斋论词杂著》中，他说：“感慨所寄，不过盛衰：或绸缪未雨，或太息厝薪，或已溺已饥，或独清独醒，随其人之性情学问境地，莫不有由衷之言。见事多，识理透，可为后人论世之资。诗有史，词亦有史，庶乎自树一帜矣。若乃离别怀思，感士不遇，陈陈相因，唾沈互拾，便思高揖温、韦，不亦耻乎！”[3] 周济认为，词和历来被奉为文坛正宗的诗一样，也有它自身的发展历史，词之有史，在于不同时代的词家将其对社会盛衰的感慨表现了出来，成为后人的“论世之资”。如果后代词家只是跟在前人的背后亦步亦趋，狭隘地表现贤人君子的离别怀思，感士不遇，陈陈相因，而没有由衷之言，便不能使词体自树一帜。周济的话实际上包含了对张惠言的批评，他认为尽管人的性情学问和所处的环境是不同的，但应物而感，只要能够将由衷之言表现出来，使人们从作家的感慨中感受到社会的兴衰存亡，那么，词作为后人的“论世之资”，词体自然也就尊了，而不必上溯风骚。正因为周济从词家的性情和所处的时代环境考虑，所以他认为作家只要有了真性情，对社会的盛衰和个人的遭际有所感慨，那么不论在何种情况下进行创作，都有可能写出好词，他说：“北宋有无谓之词以应歌，南宋有无谓之词以应社，然美成《兰陵王》，东坡《贺新凉》当筵命笔，冠绝一时。碧山《齐天乐》咏蝉，玉潜《水龙吟》之咏白莲，又岂非社中作乎？故知雷雨郁蒸，是生芝菌；荆榛蔽芾，亦产蕙兰。”[4] 据《词辨·自序》，周济原不喜清真词，后受董晋卿影响，以为清真词沉着拗怒，可比之少陵，遂督好清真。以清真比之少

① 张惠言：《词选·附续词选》，中华书局1957年版，第29页。
② 张惠言：《词选·附续词选》，中华书局1957年版，第7页。
③ 周济著，顾学颉校点：《介存斋论词杂著》，人民文学出版社1959年版，第4页。
④ 周济著，顾学颉校点：《介存斋论词杂著》，人民文学出版社1959年版，第3页。

陵，似嫌太过，但《兰陵王》一词之寄慨，还是有迹可寻的。其余如东坡之《贺新凉》、碧山之《齐天乐》、玉潜之《水龙吟》，都从不同侧面寄托了家国身世之感。所以，与张惠言相比，周济更多是从词本身的“意”着眼的。他在评中仙词时说：“中仙最多故国之感，故著力不多，天分高绝，所谓意能尊体也。”[①] “意能尊体”，一语道破了周济用心之所在。所以，周济之尊词体，没有上溯风骚，而是从作者的“由衷之言”“性情学问境地”着眼，强调“意能尊体”，这样，张惠言所主张的风骚之义的内容扩大了，词作为一种艺术形式的地位也就提高了。

此外，我们从张周二人选词的倾向上，也可以看出周济对张惠言的修正。张惠言《词选》录唐五代两宋词 116 首，词家 44 个，而仅温飞卿一家词就占 18 首之多，而辛词才 6 首，王沂孙词 4 首，吴文英词一首也无。《词选・序》以为宋之词家虽号为极盛，然而或“渊渊乎文有其质焉，其荡而不反，傲而不理，枝而不物”，或“各引一端以取重于当世”，不如五代词“近古”。[②] 在早年，周济受张惠言影响较大，他编选《词辨》十卷，以温飞卿为“正”。在《介存斋论词杂著》中，他说：“皋文曰：‘飞卿之词，深美宏约。’信然。”[③] 而把李后主、辛弃疾等人的词列为“变”。但在晚年，他的思想显然有所转变。二十年后，即道光十二年（1840），他编选《宋四家词选》，以碧山为入门陛阶，历梦窗、稼轩，还清真之浑化，虽系统不甚分明，但显然与张惠言把五代词作为词之极致不同。他晚年编《宋四家词选》，在某种意义上说也是为了纠正张惠言的错误，重申“意能尊体”的主张，所以，他选词不以古今为序，而以意为纲，分门别类。以周清真为集大成者，即反映了他打破古今顺序，以“意能尊体”为纲的主张，纠正了张惠言的复古思想。同时，《宋四家词选》也与他早年选编的《词辨》不同。在《词辨》中，辛词十首被列在变体一类中，而在《宋四家词选》中，辛则成为领袖人物，周济称他“敛雄心，抗高调，变温婉，成悲凉”[④]，地位显然提高。这种变化也说明周氏选词是由张氏入而从张氏出，最终以“意能尊体”为标准的。

所以，张惠言的尊词体，虽也重比兴寄托之意，但他上溯风骚，以温词

---

① 周济著，顾学颉校点：《介存斋论词杂著》，人民文学出版社 1959 年版，第 9 页。

② 张惠言：《词选・附续词选》，中华书局 1957 年版，第 8 页。

③ 周济著，顾学颉校点：《介存斋论词杂著》，人民文学出版社 1959 年版，第 5 页。

④ 周济著，顾学颉校点：《介存斋论词杂著》，人民文学出版社 1959 年版，第 12 页。

为极致，有较浓的复古意味，而且他的“意”范围狭窄，多涉及个人的恩宠得失，不能不说是偏颇之处。周济从张氏那里继承了重意的思想，但他抛弃了张氏上溯风骚的做法，认为词若能表现社会的盛衰和作家的感慨，便能自尊其体。而且，周济把比兴寄托的内容也扩大了，与张氏的重贤人君子的幽约怨悱相比，他更看重的是故国之感。

二、同主寄托而重浑厚之旨

寄托是常州派的一个重要主张，张惠言在《词选·序》中首倡之，以为词“缘情造端，兴于微言，以相感动”[①]，与诗之比兴，变风之义，骚人之歌近之。比兴之法原是诗歌创作中常用的手法，常州派所说的寄托是指诗词中运用比兴之法所寄寓的“微言大义”。张惠言认为，词不是雕凿曼辞，供人消遣的小道，而是用来寄托贤人君子幽约怨徘、不能自言之情的正道，其特点是低回要眇，以喻其致。张氏提倡比兴寄托，一方面有词史自身发展的原因，一方面也与他本人作为经学家，精通象数之学，善于“依物取类，贯穿比附”有关。张惠言以比兴寄托说词，力图纠正浙派空疏之弊，其功自不可泯，但比附强解以说词，又形成了常州派词人穿凿附会、卖弄学问的风气。在这种情况下，周济对张氏理论加以修止，就不能不是必要的。他在《介存斋论词杂著》中说：“初学词求有寄托，有寄托，则表里相宣，斐然成章。既成格调、求无寄托，无寄托、则指事类情，仁者见仁，知者见知。”[②] 有寄托是说词中必须有所寓意，无寄托是说其寓意空灵，不能拘泥于字句迹象求之，有寄托却又不见寄托的痕迹。严羽所谓“羚羊挂角，无迹可寻”[③]，谭献所谓“金碧山水，一片空蒙”[④]。因此，无寄托实际上是经过艺术的陶炼，使作家的寄托更为隐蔽和含蓄。无寄托就创作过程而言，是经过了有寄托之后而达到的意与象的高度融合和统一，它使词作成为一种浑涵深远的艺术境界；就艺术欣赏来说，它给读者的不是某种具体可指的寓意，而是通过具体物象而表现出的“象外之象”“言外之意”，读者可以根据自己的学问和阅历，或“发注而后见”，或“披文以入情”。因此，无寄

---

① 张惠言：《词选·附续词选》，中华书局 1957 年版，第 7 页。

② 周济著，顾学颉校点：《介存斋论词杂著》，人民文学出版社 1959 年版，第 4 页。

③ 严羽著，郭绍虞校释：《沧浪诗话校释》，中华书局 1961 年版，第 26 页。

④ 谭献著，顾学颉校点：《复堂词话》，见郭绍虞、罗根泽主编《介存斋论词杂著 复堂词话 蒿庵词话》，人民文学出版社 1959 年版，第 22 页。

托实际上是有寄托和无寄托两个对立面的矛盾统一，它体现了艺术的辩证原则。周济提出以有寄托入、以无寄托出的理论，无论是在创作还是在欣赏方面，都是对张惠言寄托说的修正和发展。

就创作方面来讲，张惠言以为词“感物而发，触类条鬯，各有所归”[①]，即作者感物的对象可以有所不同，表现的对象也可以有所不同，花鸟虫鱼、断桥烟柳，都必须归到贤人君子幽约怨悱的不能自言之情。这就是说，词家作词，要有寄托。有寄托，自然是对的，无寄托，则过于琐屑。作家只求对外部物貌声情的雕凿刻画，而对物貌声情所表现的意义却不够重视，这样，词只具表层意，而不具深层意，不能将物象本身的细节和它所能体现的内部意义结合起来，使物象有所依归。所以周济说“夫词，非寄托不入”，只有“有寄托，则表里相宣，斐然成章”[②]。这是一方面，也是张惠言提倡寄托说的意义所在。但只讲有寄托，而不考虑物象本身的特点能否与寄托之意相合，则往往使意与象游离或相乖，使寄托之意无所凭附，这就是周济所指出的“专寄托不出”的毛病。所谓不出，不是说寄托能不能出，而是说寄托能不能借物象而出。所以，“非寄托不入，专寄托不出”，归根结底是要求作家如何使意与象密切结合，使词成为一种既有表层意又有深层意的浑涵深远的艺术境界。周济认为，词家只有做到了“以有寄托入，以无寄托出”，才能“一物一事，引而伸之，触类多通”[③]。所以，周济要求初学词者，求有寄托，就是使词家懂得作词并非苟为雕凿曼辞，而必须胸中别有怀抱，把作词当作一种严肃的事情，使一物一事都有寓意。“既成格调、求无寄托”，是说学词者经过一段时间的练习之后，必须把胸中所有之寄托之意同物象更好地结合起来，使寄托自然地从物象中流露出来，而不要尽想着寄托，忽略了对物象本身的描绘，所以叫无寄托。周济认为，能够达到无寄托境地的词家，与仅做到有寄托的词家不同，后者斤斤于寄托，不能使寄托与物象相合无间，愈勾勒愈薄；而前者因为有寄托而不尽想着寄托，意在使之与物象融合为一，所以，愈勾勒愈浑厚，寄托之意也愈含蓄、愈感人。词家能达到这种浑化的境地方为至境。张惠言作为一个经学家，为了提高词体，强调作词的严肃性，而提出有寄托说，有他合理的一面。但仅强调有寄托，而不注意无寄托，只强调入，而不注意出，就不能使词达到浑化含蓄的境界，使之更

① 张惠言：《词选·附续词选》，中华书局1957年版，第7页。

② 周济著，顾学颉校点：《介存斋论词杂著》，人民文学出版社1959年版，第12页。

③ 周济著，顾学颉校点：《介存斋论词杂著》，人民文学出版社1959年版，第31页。

为感人。周济以“以有寄托入，以无寄托出”来修正和发展张氏的寄托说，更多地从艺术的角度去考虑词的比兴寄托，不能不说是一个进步。

从艺术欣赏方面来说，张惠言提倡寄托说，客观上造成了常州派词人比附说词的风气，其牵强附会不能不为后人所讥。周济提出“以有寄托入，以无寄托出”的理论，在艺术欣赏方面，也起到了纠正比附说词的作用。宗张氏而主有寄托者，往往于词中发掘“微言大义”，即便一些兴到之作，也深文罗织。本来词的寄托问题颇为复杂，它与词家所处的环境、学问、词中所用本事的考订等问题都有关系，所以，考究一首词有无寄托，必须从实际情况出发，“无征不信”，绝不能以意为之。自周氏倡“以有寄托入，以无寄托出”之后，词之有无寄托不再成为欣赏活动中的首要问题，读者对词的欣赏也不再仅仅成为一种考究活动。词之有寄托者，自然待有识者“发注而后见”，无寄托者，读者也尽可仁者见仁，智者见智。因此，周济的“以有寄托入，以无寄托出”的理论，是对张惠言比兴寄托之说的修正和发展，它使常州派理论更为完善，其功绩可用谭献的话作结：“常州派兴，虽不无皮傅，而比兴渐盛。故以浙派洗明代淫曼之陋，而流为江湖；以常派挽朱厉吴郭，佻染饾饤之失，而流为学究。……周介存有‘从有寄托入，以无寄托出’之论，然后体益尊，学益大。”[①] 谭献清楚地说明了周济对张惠言词论的修正和发展，也说明了他对词学所做出的贡献。

（原载《河南大学学报》1985 年第 2 期）

---

① 谭献著，顾学颉校点：《复堂词话》，见郭绍虞、罗根泽主编《介存斋论词杂著　复堂词话　蒿庵词话》，人民文学出版社 1959 年版，第 32 页。

如何看待及救治“失语”

——近代文学话语转型的启示

又逢世纪末，学界相继有人提出中国的文学理论患上了“失语症”，倡言中国人应该用自己的话语发出自己的声音。与19世纪末由文学革命所引致的全方位的文学话语转型相比，这次有关救治“失语”的声音多少显得有些单薄，又有些无奈。但从近百年文学理论的转型所带来的一些弱点乃至不足而言，这种呼吁未尝没有一定的道理。不管转型的努力能否最终取得成功，这种努力本身，我以为就是值得肯定的。值此世纪之交，聆听文学理论话语转型的呼吁，我们有必要对世纪之交文学转型的情形进行一番梳理，以资今日之借镜。

一、近代文学话语转型的非文学因素

综观中国古代文学批评两千余年的历史，在20世纪以前，无论其千变万化，基本的话语系统只有量的增删而无质的改变。究其原因，是中国文学批评长期以来在一个自足的体系中生长，在无外来文化的强力冲击的环境下，尽管它也有相当的变化，但其话语的母体并未受到任何质的损伤。近代以来，由于众所周知的原因，这一客观的外部环境发生了根本的变化，文学理论体系作为近代整个文学转型的一个组成部分，不可避免地也发生了转向。转型后新的与国际接轨的文学理论体系得以建立，并持续了近一个世纪的时间。

近代文学话语的转型，不仅是语言、概念、术语、范畴的西化，更重要的是内在价值系统的深刻变革。诸如对小说和戏曲的重视、对平民文学的提倡、对文学美的特征的认识、新的文学理论体系的逐步形成等等。这种内在价值观与概念、范畴等语言形式的同步变化，说明近代文学话语的转型如帕森斯所说，是一种价值类型的转变，是文学观念和体系的一个本质的变革，而不仅仅是一般理论术语的变化。（笔者以为，我们今天所说的要纠正中国文学理论的“失语”症，也应该指的是文学理论价值体系与理论术语的共同“失语”。）

我们关心的是，引起近代文学话语转型的根本动力和辅助手段是什么。福柯曾经说过：

> 为了弄清楚什么是文学，我不会去研究它的内在结构。我更愿去了解某种被遗忘、被忽视的非文学的话语是怎样通过一系列的运动和过程进入到文学领域中去的。这里面发生了些什么呢？什么东西被削除了？一种话语被认作是文学的时候，它受到了怎样的修改？①

这段话当然是谈广义的文学话语的变迁，但对我们分析和认识一种理论话语转型的客观机制也富有启发。一百年前开始的那场话语革命，其根本原因，我以为，并不在于中国文学或传统文学理论内部有什么变革的必然要求，而是在于文学之外的社会变革的要求，这些非文学的因素促使了文学话语的变迁。在这场文学话语的变迁当中，外来的文学观念又凭借着非文学的工具和途径输入文学领域，这种非文学的工具和途径有一些是我们今天所不具备的，有一些是今天具备但又难以像过去那样发挥巨大作用的。这诸多的因素，也许正是我们今天救治"失语"症的难点。

我们注意到，在近代文学转型期，对文学活动和理论建设起过直接或间接作用的大约有以下五种因素。

一是文学及文学理论为社会政治变革运动所左右，成为社会变革这个庞大的政治机器的一个组成部分，这是当时一个得天独厚的条件。如当时的一些理论家认为，欲新一国之民须新一国之小说，于是有梁启超的《译印政治小说序》和《论小说与群治之关系》，将小说视为政治变革的一个工具。这样一种观念的提出，竟对提高小说的地位和促进小说理论的发展起了重要作用。近代以来，小说及小说理论之发达，以及小说理论得以成为新的文学理论话语，与小说借助社会政治变革运动有极大的关系。可以说，小说理论之成为新的理论话语，是通过社会政治的渠道进入新的文学理论体系之中的。而此前在中国传统文论话语中，小说是被正统文论家所遗忘，并视为非文学话语的。在这个过程中，一方面是传统的小说形式得以继承，另一方面是产生大量先前所没有的小说形式和小说理论。

二是成立了各种类型的社团。社团在中国由来已久，其在中国政治及文

---

① ［法］米歇尔·福柯著，严锋译：《权力的眼睛——福柯访谈录》，上海人民出版社 1997 年版，第 90－91 页。

学上的作用不可低估。尤其是近代以来，社团在中国社会中的运作与明末的社团相类，均是政治的参与、学术的切磋与文学的唱和相兼，但所起的作用更大。如1898年由康有为等在北京成立的粤学会、林旭等在北京发起的闽学会、谭嗣同等创立的南学会、唐才常组织的湖南群萌学会，1900年东亚同文会在南京创办的同文书院，1901年丘逢甲在广东汕头创办的岭东同文学堂，1904年在长沙成立的华兴会、在上海成立的沪学会，等等。这些不同名称的学堂学会，往往是政治团体与学术文学团体的融合，尽管有些首先是政治团体，其次才是文学团体，但它们或多或少都参与了一些学术和文学活动。像沪学会的成立宗旨是“研究学术”，“以开通风气，交换知识，图谋学界之公益”。这说明近代的政治或文学社团都不同程度地把“开通民智、提倡学术”作为自己的目标之一。这些社团对传播新知、引进西学起了相当大的作用，一些新的学术与文学理论话语就是通过这样的渠道传布和流行的。

三是各类期刊成为传播新学、促进理论转型的一个有效机制。据曹聚仁《清末报章文学的起来和它的时代背景》一文所说，报刊在清末已经流行，而作为定期刊物，则以马六甲出版的《察世俗每月统计传》（1815年）为最早，它的宗旨是宣传耶稣教义。1872年创办的《申报》，最初实与定期刊物无大的分别，它每月出15期，相当于杂志的形式。[①] 其后，报纸与杂志渐相分离，各自拥有自己的个性。19世纪末至20世纪初，杂志与报纸如雨后春笋，日见其多。据阿英《中国新文学大系·史料·索引》，从“五四”到1927年，文学一类的杂志约有280种。这当然还只是文学类的刊物，如若将社科一类（因当时的一些社科类报刊也刊登文学一类内容）包括进来，其数量更不止于此。笔者据1994年上海教育出版社出版的《二十世纪中国文学大典》统计，从1897年至1920年，与文学、文学理论、文学活动相关的报刊约有450种。这个数目庞大的报刊阵地，大量刊播各类文学创作、译著、文学理论、文学批评论著，以及各种有关文学话语转型的西学新知，在冲击固有传统、建立新的文学话语系统中扮演了十分重要的角色。

四是译介西学之盛。清末民初是中国有史以来关注西学最为热情的时期。观其译作，最大量的是小说，其次是各类科学和社科著作，西人的文学论著和文学观念也经由不同的形式得到译介。众人热衷于翻译小说，一是认为小说有助于革新国民思想精神；二是通过接触西方，认识到小说乃文学重

---

① 参见金性尧《堕甑录》，载《读书》1997年第2期。

要之一支。小说的大量翻译，对提高小说地位、繁荣小说创作，起到了举足轻重的作用。据日人樽本照雄《新编清末民初小说目录》，这一时期翻译小说的数量加起来有 5346 种。[①] 这对小说得以进入新的理论话语体系，改变它在中国传统文学观念中不入流的局面颇为重要。而对西方文学观念与西方文学理论的译介，对于促进文学话语转型的作用也是不言而喻的。鲁迅先生曾说过："小说和戏曲，中国向来是看作邪宗的，但一经西洋的'文学概论'引为正宗，我们也就奉之为宝贝，《红楼梦》《西厢记》之类，在文学史上竟和《诗经》《离骚》并列了。杂文中之一体的随笔，因为有人说它近于英国的 Essay，有些人也就顿首再拜，不敢轻薄。"[②] 这说明西人的观念和理论一经引进中国，便对许多传统的东西进行了变更。

五是书面语语体的变革。应该看到，近代文学话语的转型与汉语语体由文言向白话的转变是同步的。白话的兴起，促成平民文学、山林文学等新的理论话语的形成；在翻译上，将西方话语对接于汉语，白话也比文言更为便利显豁。文言固然在语义的包容性与含混性上有其优势，但在理论的表述上，其明晰性及确定性显然要逊于白话。因此，在理论话语的转型上，如果失去语体的先行变革，话语的转型无疑将步履维艰。

我们上面谈到了近代文学话语转型的五个非文学因素，它们自然不是促成近代文学话语转型的所有因素，但我以为它们是转型的根本因素。福柯说："话语的制造是同时受一定数量程序的控制、选择、组织和重新分配的。"[③] 也就是说，一套特定话语的根本转变，不是靠它自身的能力，而是在一定的程序中才能够发生质的变化。就近代文学话语的转型来说，它不是近代文学内部的自然生长，而主要依赖的是外部现实政治的需要（如强国富民、变革社会）、社会若干机构组织的运作（如社团、报刊等）、某些与文学有连带关系的形态的变化（如白话）等。只有在这些因素的前提下，文学及文学理论的转型才有可能，仅仅依靠理论自身的力量是无法变更已形成定式的话语系统的。

---

① 参见［日］樽本照雄编《新编清末民初小说目录》，日本清末小说研究会 1997 年版。齐鲁书社 2002 年贺伟译本，第 2 页。

② 鲁迅：《徐懋庸作〈打杂集〉序》，见《鲁迅全集》第六卷，人民文学出版社 1981 年版，第 291－292 页。

③ ［法］米歇尔·福柯：《话语的秩序》，见许宝强、袁伟选编《语言与翻译的政治》，中央编译出版社 2001 年版，第 3 页。

二、转型过程中话语的增删与变更

在外部非文学因素的强力作用下，传统的话语开始发生变更，这种变更实际上就是一种传统的体系与新的外来语汇的对话或焊接。从近代以来新的理论话语的形成过程看，其形式不外乎两种，一是输入，二是嫁接。输入者，是原来所无的，靠引进；嫁接者，是原本有的，但语义有所不同，故以引进的语义嫁接至传统的语汇上，使原有的语义得以改变或丰富。

先说输入。1905 年，王国维在《教育世界杂志》上曾发表一篇题为《论新学语之输入》的文章，其中谈道：

> 言语者，思想之代表也。故新思想之输入即新言语输入之意味也。十年以前西洋学术之输入限于形而下学之方面，故虽有新字新语，于文学上尚未有显著之影响也。数年以来形上之学渐入于中国……处今日而讲学已有不能不增新语之势。[①]

王国维在政治上虽然是保守的，但时风所及，他在学术及文学上也认识到必须输入新的思想。而输入新思想，则必增加新的语言。新的语言从哪里来？当然是从西方和日本来。所以近代文人作家都注意到要“九流百氏浮屠之籍，欧西诸哲之书，披析钻研，审度稽贯”[②]，并以“欧和文化，灌输脑界”[③] 以求“撏扯新名词以自表异”[④]。因此，学习并输入欧美、日本新知新语，是当时多数学者的共识。征诸文献，十数年来所输入的西方文学及理论，约而言之，概分两类，一是新语新理念，二是新的理论架构。

新语新理念略举数端：

政治小说、写情小说、伦理小说、社会小说、哲学小说、道德小说、神怪小说、历史小说、科学小说、冒险小说、侦探小说、单独小说、复杂小说、悲情小说、喜情小说、理想派小说、写实派小说、虚构、空间、摩罗诗力、美术、喜剧、悲剧、抒情、写实、造境、写境、形象、模仿、国民文

---

① 王国维：《静庵诗文集·文集》，清光绪三十一年（1905）本。

② 徐震：《天放楼文言序》，见《天放楼文言》卷首，文海出版社 1969 年版。

③ 黄人：《清文汇·序》，见《清文汇》卷首，北京出版社 1996 年影印本，第 3 页。

④ 引自黄霖《近代文学批评史》，上海古籍出版社 1993 年版，第 366 页。

学、平民文学、山林文学、写实文学、社会文学、短篇小说、美学、表象主义、表现主义、浪漫主义、新浪漫主义、古典主义、写实主义、纯文学、纯艺派、快感、理想化、具体、抽象、艺术与生活、体裁、形式、美的制作、社会现象之反映、想化、创造。

上述这些新的理论话语，或是直接译自西语，或是以西人的观念对传统文学体制董理剖析，代之以新的名称。其中有的沿用至今，有的渐被新的语汇替代或淘汰（如摩罗诗力、想化、写境、造境、喜情小说、国民文学、山林文学等）。但就总体而言，近代以来的话语革命，彻底动摇了传统文学理论的根基，这些新的来自西方的学术语言，成为其后100年间广为接受的学术话语。

在输入新的学术话语的同时，新的理论构架也相继传入中国。中国传统的著述构架多是理论"轻骑兵"，随感辑要一类的居多，如题辞、序跋、书信、诗话、词话、曲话、史志、笔记、评点、目录、提要之类。结构稍大、体系稍严者如《文心雕龙》《诗品》《原诗》《诗源辩体》之类只占少数，且分类不明，或只是某种体制的专史专论，包容诗、文、小说、戏曲等诸种文学形式的总论性的专著却如凤毛麟角。至近代，西方逻辑严密、结构庞大的理论著述形式也随着新学新语的输入而受到中国学者的关注，于是开始有了新的文学史和文学理论的构架和论著形式。如林传甲于1904年所写的第一部受西人影响的《中国文学史》、别士1903年在《绣像小说》第3期上发表的《小说原理》、王国维1904年在《教育世界》上连载的《〈红楼梦〉评论》、鲁迅1908年发表的《摩罗诗力说》、王国维1912年所写的《宋元戏曲考》、玉儿1914年的《喜剧与悲剧》等，都不同程度地受到了西方观念的影响。至于结构严整的概论性质的专著，则在20世纪20年代后期陆续出现。像郁达夫的《文学概说》，1927年由商务印书馆出版，字数虽然只有2.5万，但五脏俱全。全书共分六章，包括艺术与生活、文学在艺术上所占位置、文学的定义、文学的内在倾向、文学在表现上的倾向、文学的表现体裁之分类等。这部著作在基本的理论构架和内容上已显示出它与西方理论体系的吻合，与传统的中国式的理论著作划然为二。与此前后相继出版的还有吕澂的《晚近美学思潮》（商务印书馆，1925）、陈望道的《美术概论》（民智书局，1927）、范寿康的《美学概论》（商务印书馆，1927）、徐庆誉的《美的哲学》（商务印书馆，1928），以及20世纪30年代巴人的《文学读本》、40年代蔡仪的《新艺术论》等。这些著作所受的思想影响不一，但在学术范式上明显抛离了传统学术重感悟、轻推理，重印象、轻理论，重具体、轻抽象，重专门、轻总论，重流变、轻本原，重形而下、轻形而上，重纵向连接、轻横向结构等特征，使中国传统学术范式发生了根本的转向。

再说嫁接。嫁接者，指的是语汇本属中国传统所固有，但经西方观念的渐入后，原有的语义发生变化，成为一个新语汇。其中最典型的是“文学”一语，传统“文学”如众所知起自先秦，泛指科艺辞章等，后来当然也有一些变化，但与今天的语义仍有较大距离。近人使用的“文学”一语则源自西人。据英人特里·伊格尔顿在《文学原理引论》一书中说：“‘文学’一词的现代意义只有到了十九世纪才真正开始流行。”[①] 鲁迅先生在《门外文谈》一文中也介绍过“文学”一语传入中国的来龙去脉：

> 用那么艰难的文字写出来的古语摘要，我们先前也叫“文”，现在新派一点的叫“文学”，这不是从“文学子游子夏”上割下来的，是从日本输入，他们的对于英文 Literature 的译名。会写写这样的“文”的，现在是写白话也可以了，就叫作“文学家”，或者叫“作家”。[②]

“文学”一语的引入嫁接，使时人加深了对文学的认识，知道文学一体不仅止于辞章之学，国人的眼界为之大开，文学的疆域渐行趋阔。《国朝文汇》黄人序云：“欧和文化，灌输脑界，异质化合，乃孳新种，学术思想，大生变革。”[③] 这种“异质化合”即我们所说的嫁接，它促成了“新种”的孳生滋长，使本国原有的传统在西学观念的观照下获得新生。除“文学”一语外，另像“灵感”一义，在陆机《文赋》中首被系统揭露，其后在多家诗说中提及，但用语淆乱，诸如“兴”“感兴”“兴会”“兴感”“神思”等均属此义，造成语义的混乱。近代始有人据英文 inspiration 译为“烟士披里纯”，嫁接到中国原有的“兴”“兴感”“神思”等语词中，后又统一为“灵感”，遂使固有的传统得以发扬光大。

嫁接有语词的化合或从西到中的焊接。在新旧交替之际，当一些倾心于西学的人介绍西方文化的时候，脑子里还装满了原有的中式话语，来不及清理，原有的一些经久训练的分析程式仍在左右着评析者的思路。故而在评析西人的著述时，往往不自觉地挟带着一些“私货”，使之成为亦中亦西、亦

---

① ［英］特里·伊格尔顿著，刘峰译：《文学原理引论》，文化艺术出版社 1987 年版，第 22 页。

② 鲁迅：《鲁迅全集》第六卷，人民文学出版社 1981 年版，第 93 页。

③ 黄人：《清文汇序》，见《清文汇》卷首，北京出版社 1996 年版，第 3 页。

新亦旧的东西。这种情况往往见于小说的介绍和诗歌的评析，如孙毓修的《司各德迭更司二家之批评》论迭更司（今译狄更斯）说：

> 迭更司少更患难，熟知闾阎情伪，故其小说，善摹劳人嫠妇之幽思、孤臣孽子之痛苦，虽穿窬乞丐者流读之，亦不啻其自叙。①

孙氏这一段话对于中国读书人来说不算陌生，他论西人小说，恍如论中国古诗，是将传统诗论的套路运用到小说评论上来。在近代，这种“合中西二文镕为一片”② 的做法不少，像林纾论西人小说之妙，就多用中国传统诗话文评的话语和方法，在他的诸多介绍西方小说的文章中，经常出现的析文语汇有“伏线处”“妙处”“接荀”“变调”“过脉”“点染”“运动”“历落有致”“支离”“缜密”“著色”“用笔”“繁丽”“精严”“高厉”“清虚”“绵婉”“雄伟”“悲梗”等，明眼人一看便知道，这完全是将桐城家法嫁接到西人小说之上。孙、林两人的做法，也许反映了世纪之交新旧、中西相互融汇之际，旧学者在急欲以西学救弊补阙的过程中，一时间还无法用全新的话语系统去替代旧的话语体系的情况，于是便出现了“中西合璧”的滑稽玩意儿。

输入也好，嫁接也好，均反映了近代门户开放，新思想、新风气对学者文人的巨大吸引力。面对西学的侵入，固然有如章太炎、钱玄同一类的保守派人物，他们唯恐西学的泛滥会淹没几千年的传统，故在文学话语体系上仍固守着传统的堡垒。但更多的人则欲“别求新声于异邦”，为西学的渐进而欢欣，对因循守旧者唾弃之。周树奎曾在1906年的《译书交通公会试办简章序》中说：

> 中国文学，素称极盛，降及晚近，日即陵替。好古之士，惄焉忧之，乃亟亟焉谋所以保存国粹之道，惟恐失坠，蒙窃惑焉！方今人类，日益进化，全球各国，交通利便，大抵竞争愈烈，则智慧愈出……苟非取人之长，何足补我之短！③

---

① 孙毓修编：《欧美小说丛谈》，商务印书馆1916年版，第29－30页。

② 林纾：《〈洪罕女郎传〉跋语》，见《洪罕女郎传》卷末，商务印书馆1905年版。

③ 周树奎：《译书交通公会试办简章序》，载《月月小说》1906年第1号，第263页。

周的说法在当时颇有代表性，不少人认为欲新我国民、兴我国威，必先新人思想，而新人思想最便捷的路径便是译介先进国家的先进思想，于是译介西学，阅读西人的著述成为一时之选，而就中尤以小说为尚。徐念慈《小说林缘起》一文说："伟哉！近年译籍东流，学术西化，其最歆动吾新旧社会，而无有文野智愚咸欢迎之者，非近年所行之新小说哉？"[①] 小说固然最受人欢迎，其他文学及社科读物也颇为走俏。这种强有力的时代思潮，使中国传统的文学理论话语得到有史以来最深入持久，也最彻底的变更。在这场变革中，传统的话语中有极少数被继承下来，有的被嫁接而得以幸存，有的则消失得无影无踪。这是自东土佛教传入中国以来，传统理论话语的一次极为彻底的"失语"。

三、何为"失语"及如何救治"失语"之症

"失语"者，依愚见约有二义，其一是失去语汇而不会说话，其二是失去话语的权利而不能说话。从目前学界所说的"失语"症而言，应指的是失去自己的语汇而用别人的话语去说话，也就是上面所说的第一种情况。如果说这种分别没有大的不妥，那么可以说从19世纪末开始，中国的文艺研究者已在渐渐地失去了自己的话语而用别人的语汇去思想和说话，即患上了"失语"症。

研究如何看待这种"失语"、它对中国文化的发展究竟起了什么样的作用，自然不是本文所能胜任的。我们只是注意到起自19世纪末的这场话语的变革，有着深刻的背景和不可避免的趋势。如若将一百年来失掉的语汇再重新捡起来，从而根治"失语"之症，且不说有无必要，即便真的实施起来，我认为也有极大的难度和障碍。

首先，一种话语的转变诚如福柯所说："它必须依赖一个交流、记录、积累和转移的系统，而这系统本身即是一种权力形式。"[②] 不具备福柯所说的一种权力的形式——就目前中国的语境而言——像传统理论话语在民众中广泛地交流与积累、西方话语向中国传统话语的转移等，就很难在根本上改变传统理论话语在当今语境中的弱势地位。

其次，我们不具备像近代几十年间社会变革时的巨大热情和动力，如上

① 徐念慈：《小说林缘起》，载《小说林》1907年第1期，第1页。
② 转引自赵一凡《福柯的话语理论》，载《读书》1994年第5期，第116页。

所述，它是推动近代话语变革的一个不容忽视的深刻背景。

再次，今天的文学理论话语基本适应近代白话文语体变革的现状，它是建立在现代语言文字之上的话语体系，而中国固有的传统话语则是建立在文言与以诗文为正宗的文学观念之上的。

最后，一百多年来，我们的文学创作格局发生了重大的变化，传统的以诗文为正宗的文学观已经被多元化的艺术形式所取代，现代诗、意识流小说、先锋戏剧，还有许多为我们所不知的先锋派、后现代派的艺术形式向传统理论发出挑战，这些都不是传统的理论所能解决的文学现象。

基于以上四种情况，欲全面回归到近代中国传统文论“失语”前的状态，不仅近乎天方夜谭，而且也无必要，新的文学现象需要新的理论体系是毋庸置疑的。

但这不是说我们在“失语”面前无所作为。我们目前要做的，一是厘清我们究竟在哪些方面“失语”，二是思索如何救治“失语”。

据我不成熟的考虑，我们目前的“失语”大概表现在两个方面：一是富有中国特色的理论体系的欠缺；二是包括概念、范畴、术语等基本话语的失落。一百多年来的话语变革是根本性的质变，以致目前我们所使用的文学理论从体系到基本话语都是从苏联和西方移植过来的。所以从理论上讲，话语的转换就不得不从这两个方面着手。但我们在讨论这个问题之前，首先必须考虑哪些是应该转换，并且是可以转换的。

应该看到，目前的文学理论体系在根本上是适应了目前文学实际的，这个方面的“失语”应该说是正常的，也是必须的。尽管多年来经过古代文论界几代人的努力，古代文学理论体系的面目已大致展现在我们面前，有关的文学本质论、文学形式论、文体论、风格论、创作论、鉴赏论都不同程度地得到了发掘，在某种意义上我们可以说，古代文学理论潜在的体系和基本框架已呼之欲出了；但同时，我们也对这样的一个框架能否适应当代文学的实际表示怀疑。比如，我们很难用“原道”“征圣”“宗经”“上以风化下”“下以风化上”等古代的文学教化论去作为我们今天文学本质论的一部分；同样，我们也很难用“文质彬彬，然后君子”的话语去作为今天的艺术形式论。因此，话语的转换是必要的，“失语”的病症是需要救治的。作为一个古代文学理论的研究者，我们也有责任将古代的文学理论发扬光大，不能让它像一具出土文物那样仅供后人欣赏，或只是作为少数专门研究者的“饭碗”。但话语的转换是复杂的，不能一概而论，而且也需要一个循序渐进的过程。

我以为，目前我们可以从两方面进行救治：一是在局部范围内，我们失去的一些中国传统中精粹的理论和批评形式；二是我们需要在理论上有自己的建树，几十年来我们没有创制出属于自己的理论，只是在译介别人的思想，我以为这是更根本的“失语”。

关于第一个方面，我们可以考虑在现有的理论体系中将一百年来西化过程中所失去的有价值的东西捡回来。今天的一些文学概论之类的教科书中其实已经包含这样的内容，只是分量尚轻，且扮演一个点缀的角色，给人的感觉似乎是可有可无。现在我们应该改变这种配角的身份，使之登堂入室，成为主角。这其中应该包括传统文论中一些精粹的理论、范畴，尤其是那些为西人所欠缺的有关美感体验方面的理论，有关辞章文法修辞方面的理论，以及诗话、词话、文话、评点等短小的批评形式等。几十年来，古代文论这个学科在几代人的努力下，已有了长足的进步，一些基础性的工作有了突破。目前，一方面需要继续进行基础工作，另一方面也需要集思广益，有计划、有重点、有针对性地对已有的成绩进行理论的整理和概括，以期能在结合现有理论构架的基础上，构造具有中国传统特色的新的文学概论体系。在这个方面，我主张“旧瓶装新酒”，也就是基本沿用现有的框架，不大修，只小补。同时，坚持“两条腿走路”的方针，一方面是修补现有的理论体系，另一方面是加强古代文学理论的应用和普及的工作。以往我们在发掘方面集中了较多的精力，但在应用和普及上做得不够。在这种情况下，且不说完全构造新的体系，就是大范围的修补，也要考虑除古代文学理论工作者之外大量读者的接受问题。

关于第二个方面，我们发现，近几十年来西方文学理论界的一个显著特点是新的理论方法层出不穷。新批评、现象学、阐释学、接受理论、结构主义、符号学、原型批评、后结构主义、精神分析学等，这些产生了巨大影响的理论并不着意于构建体系，也不是我们通常所理解的那种宏大的理论框架，而是侧重在分析文学现象的角度和方法。这对我们应该有所启发，我以为，我们欲在世界文学理论界发出自己的声音，所需要的也不一定就是可以作为教科书使用的一种大而全的理论体系，而是确实有价值和新见的某一种分析当今文学现象的角度和方法，它不一定大而全，但必须是可行的，而且是有用的。当然，前者也是需要的，至少在大学课堂上需要这样一种体系。但真正能在世界文学理论界产生影响的，我想还是某一种具体的可操作的理论方法。

关于这方面的创建，同样离不开对传统理论的挖掘整理。与西方近几十年的文学理论发展依托于当代自然科学、哲学、心理学等相邻学科不同，我们的优势在于我们有几千年的产生于民族文学基础上的文学批评传统，这是我们的长处。其实，古代文学理论一个非常突出的特点就是它的可操作性，我们为数众多的诗话、词话、曲话都是对具体作品的品评。但这些年来，虽然有一些研究者在这方面做了有益的尝试，但还远远不够。纯理论的研究比较多见，而结合作品进行更为贴切研究的高质量的成果还较少，而恰恰是在这方面，可能对我们理论的建树能够提供好的帮助。

总括以上所论，我们认为，类似于近代那种彻底的话语革命已不可能，也无必要。救治“失语”症的途径一是继续挖掘民族传统精华，通过各种传播途径予以普及，在局部范围内将一些有价值的话语予以重新“移植”，使现代理论话语体系具有自己的“声音”；二是从贴近民族传统的作品分析，从强调美感体验的诗文评中汲取营养，创制自己新的理论或理论体系。

当今世界愈来愈小，信息时代需要更多的沟通，当然也需要更多的通行话语，近代先贤的努力，其意义也正在于此。但通行的世界话语并不排斥个性，我们需要发出自己的声音，世界当然也需要聆听中国的声音，我想这也许就是救治“失语”症的意义。

（原载《东方丛刊》1998 年第 1 期）

第二编

文体与文体理论研究

从傅玄到刘勰

——关于二者的文体研究方法论

刘勰在《文心雕龙·序志》篇中说到他论析文体的方法是：

> 若乃论文序笔，则囿别区分；原始以表末，释名以章义，选文以定篇，敷理以举统；上篇以上，纲领明矣。[①]

由这一段话，可知刘勰是将上面的四种方法作为文体论“论文序笔”的纲领来看待。在《明诗》到《书记》的二十篇短文中，刘勰论述各种文体，始终坚持了这四项原则。

如众周知，刘勰的文体论受曹丕和陆机影响很大，挚虞的《文章流别志论》也广泛涉及了文体的区分和理论。但曹、陆二人的论述中没有涉及文体研究方法论的问题，挚虞有关文体的理论不齐备，从现存的佚文来看，他只是部分地涉猎了文体的释名和辨析，间或谈及文体的流变，至于在论文中“选文以定篇”与“敷理以举统”则未尝涉及。那么，刘勰的这个文体分析系统源自何处呢？我以为，西晋的傅玄是一个值得关注的人物。

傅玄其人，过去在文学史上人们较少注意到他，兹综合新旧《唐志》与《晋书》本传，对他的生平与著述叙述如下。

傅玄字休奕，晋司隶校尉。北地泥阳人。魏扶风太守干子。少时避难于河内，专心诵学。举秀才，除郎中，历安东卫军参军，转温令，迁弘农太守，领典农校尉。晋国建，封鹑觚男。武帝为晋王，迁散骑常侍，及受禅，进爵为子，加驸马都尉，迁侍中，免。寻拜御史中丞，迁太仆转司隶校尉，免。谥曰刚，追封清泉侯。玄早岁避难，后虽显贵，而著述不废。撰论经国九流及三史故事，评断得失，各为区别，名为《傅子》，为内、外、中篇，凡有四部六录，合百四十首，数十万言。并文集百余卷行于世。

《隋书·经籍志》杂家类著录《傅子》百二十卷，题晋司隶校尉傅玄撰，至《崇文书目》仅著录五卷二十三篇，可见散佚严重，至明亦仅见

---

① 刘勰著，杨明照校注：《文心雕龙校注》，中华书局1959年版，第608页。

《永乐大典》所收二十三篇又六条，此后不复著录。至于“文集百余卷”，《隋书·经籍志》集部著录仅十五卷，亦亡。严可均辑《全晋文》时“遍搜各书，得佚文数百条，重加排比”为四卷，其中，有文集残篇二卷，文类计有文、赋、疏、箴、铭、四言诗、拟楚辞等几种。

今存傅玄的著述中，有关文学批评的文章计有《七谟序》《连珠序》两篇。数量虽然不多，但由于可以看出它与刘勰文体方法学之间的关系，因此弥足珍贵。

先看《连珠序》：

> 所谓连珠者，兴于汉章帝之世，班固、贾逵、傅毅三子，受诏作之，而蔡邕、张华之徒又广焉。其文体，辞丽而言约，不指说事情，必假喻以达其旨，而贤者微悟，合于古诗劝兴之义。欲使历历如贯珠，易睹而可悦，故谓之连珠也。班固喻美辞壮，文章弘丽，最得其体。蔡邕似论，言质而辞碎，然其旨笃矣。贾逵儒而不艳，傅毅文而不典。（按：下疑有阙文。）[①]

文中关于连珠体兴于汉章帝之世有误，刘勰、沈约、任昉等均认为连珠起于扬雄，今扬雄仍存连珠两篇，可知傅说不妥。抛开这点不论，傅玄的这段序文在论说连珠体特性的时候有四点值得注意，下面分而叙之。

一是他采用了“释名以章义”的方法来说明文体之名的由来：“欲使历历如贯珠，易睹而可悦，故谓之连珠也。”这种说法有无道理呢？扬雄的连珠文今仅存两篇，且不完整，我们来看陆机的《演连珠》，其十三：

> 臣闻利眼临云，不能垂照；朗璞蒙垢；不能吐辉。是以明哲之君，时有蔽壅之累；俊乂之臣，屡抱后时之悲。[②]

其十八：

> 臣闻览影偶质，不能解独；指迹慕远，无救于迟。是以循虚器者，

① 傅玄：《连珠序》，见严可均辑《全上古三代秦汉三国六朝文》第二册，中华书局1958年版，第1724页。

② 陆机撰，金涛声点校：《陆机集》，中华书局1982年版，第93－94页。

非应物之具；玩空言者，非致治之机。[1]

陆机的《演连珠》由五十篇短文连缀而成，上面所录为其中的两篇。这五十篇中的每一篇文字都很短，诚傅玄所谓“易睹”也；而文辞明润朗丽，又所谓“可悦”也；短小而明润的文字相连，正可谓之连珠。傅玄由连珠体的“连珠”二字切入，分析连珠体的特性，对刘勰“释名以章义”的做法应有直接影响。

二是他在论述连珠体时采用了“原始以表末”的形式。尽管傅玄所说连珠一体兴于汉章帝有误，但他的思路是在“原始以表末”。比如说连珠兴于章帝之世，“班固、贾逵、傅毅三子，受诏作之，而蔡邕、张华之徒又广焉”，将连珠体的起源、继承与发展予以简略的说明，是典型的“原始以表末”。

应该说，在中国文学批评史上，有关文体的史的观念并非自傅玄起，推源以溯流，原始以察终，通古今之变，成一家之言，是中国史学的发达在文体研究上的一种表现。早在汉人有关诗、文、赋的序言中，已经有了这种“原始以表末”的萌芽，其中较著者如郑玄的《诗谱序》论述诗的源起：

诗之兴也，谅不于上皇之世。大庭、轩辕，逮于高辛，其时有亡，载籍亦蔑云焉。《虞书》曰：“诗言志，歌永言，声依永，律和声。”然则诗之道，放于此乎！有夏承之，篇章泯弃，靡有孑遗。迩及商王，不风不雅。……至于太王、王季，克堪顾天，文武之德，光熙前绪，以集大命于厥身，遂为天下父母，使民有政有居。其时诗风有《周南》《召南》，雅有《鹿鸣》《文王》之属。及成王，周公致太平，制礼作乐，而有颂声兴焉，盛之至也。[2]

这段文字虽然旨在表述诗的起源、《诗》的内容与政教伦理之间的关系，但也稍稍涉猎了“原始”一义，而“表末”则未尝涉及。班固《两都赋序》论赋之源起，情形与郑玄之论诗大略相同：

---

① 陆机撰，金涛声点校：《陆机集》，中华书局 1982 年版，第 94 – 95 页。

② 郑玄：《诗谱序》，见严可均辑《全上古三代秦汉三国六朝文》第一册，中华书局 1958 年版，第 926 页。

或曰："赋者，古诗之流也。"昔成、康没而颂声寝，王泽竭而诗不作。大汉初定，日不暇给。至于武、宣世，乃崇礼官，考文章，内设金马石渠之署，外兴乐府协律之事，以兴废继绝，润色鸿业。是以众庶悦豫，福应尤盛。……若司马相如、虞丘寿王、东方朔、枚皋、王褒、刘向之属，朝夕论思，日月献纳。……或以抒下情而通讽谕，或以宣上德而尽忠孝，雍容揄扬，著于后嗣，抑亦雅颂之亚也。①

班固之论赋，与郑玄之论诗，其形式与出发点几乎一模一样，都是从社会隆污、政教是否昌明入手去探究文体之起源。遗憾的是，他们在论述各种文体的时候，只是注意到了源，而未涉及流，只是做了"原始"的工作，而没有进入"表末"的程序。在这种情形下，傅玄的"原始以表末"虽说简略，但毕竟有首创之功。

三是他还通过对具体作家作品的摘评来说明连珠一体所宜有的风格特征。这一点与刘勰的"选文以定篇"是相类的。所谓"选文以定篇"，就是通过对所选诗文的评析，来确定某一文体所宜具有的特性（关于这一点，笔者与有些学者的看法不同，详后）。傅玄之文云："班固喻美辞壮，文章弘丽，最得其体。蔡邕似论，言质而辞碎，然其旨笃矣。贾逵儒而不艳，傅毅文而不典。"文中举了四个作家的连珠文予以说明，旨在由此确定连珠体的体性特征，其中包括：一要喻美，二要辞壮，三要弘丽。四个人中，只有班固的连珠文最符合连珠一体的文体要求；而其他三人虽各有偏胜，终非体要。傅玄通过对以上几个作家作品的评析，达到了说明文体特性的目的。

四是他通过"敷理以举统"的形式从理论上来说明连珠体的统系。文字如上引："其文体辞丽而言约，不指说事情，必假喻以达其旨，而贤者微悟，合于古诗劝兴之义。"在这一段文辞中，傅玄是以结论性的表述来说明连珠体所宜有的特性和理论要求"统"。比如，在文体体性上要辞丽而言约，不指说事情，假喻以达旨，使读者自悟；在理论体系上合于古诗劝兴之义。这种做法与前面的"选文以定篇"相为表里，互为印证，一从理论上说明，一从实际中印证。刘勰的文体方法学也与之同一机杼。

从上述可以看到，傅玄虽然没有用文字的表述来明确说明他研究文体的方法，但在实际运用上是采用了"释名以彰义，原始以表末，选文以定篇，敷理以举统"四个基本要素。这一做法不仅在《连珠序》中存在，在他的

① 班固：《两都赋序》，见萧统编、李善注《文选》，中华书局1977年版，第21页。

另一篇《七谟序》中也可以看到：

> 昔枚乘作《七发》，而属文之士若傅毅、刘广世、崔骃、李尤、桓麟、崔琦、刘梁、桓彬之徒，承其流而作之者纷焉，《七激》《七兴》《七依》《七款》《七说》《七蠲》《七举》《七设》之篇。于是通儒大才，马季长、张平子亦引其源而广之。马作《七厉》、张造《七辨》，或以恢大道而导幽滞，或以黜瑰奓而托风咏，扬辉播烈垂于后世者，凡十有余篇。自大魏英贤迭作，有陈王《七启》、王氏《七释》、扬氏《七训》、刘氏《七华》、从父侍中《七诲》，并陵前而邈后，杨清风于儒林，亦数篇焉。世之贤明，多称《七激》工，余以为未尽善也。《七辨》似也，非张氏至思，比之《七激》，未为劣也。《七释》佥曰妙哉，吾无间矣。若《七依》之卓轹一致，《七辨》之缠绵精巧，《七启》之奔逸壮丽，《七释》之精密闲理，亦近代之所希也。①

从这一段不长的文字来看，傅玄论述了七体的源流，评骘了七体作者的优劣，通过品评数篇作品确定了七体所应具有的卓轹一致、缠绵精巧、奔逸壮丽、精密闲理等文体风格。虽说其中包含的方法不如《连珠序》那么完整，但基本思想和方法是一致的，这也从一个方面说明傅玄的文体学不是偶然之念，而是相对成熟的文体研究思路。应该看到，傅玄的这一做法早于刘勰，也未见于其他文论家，因而具有开创之功。

不可否认的是，刘勰后出，所以他的文体方法论要更为明确而且成熟，是后出转精的理论。下面我们选择几篇为例，一方面说明刘勰的文体分析方法所自来，另一方面也为了见出刘勰对傅玄文体学的发展。

刘勰的“论文序笔”，诚如他本人所言，是由“释名而章义”开始的，这一原则贯穿了《文心雕龙》所论的大部分文体，如《明诗》：

> 诗者，持也，持人性情；三百之蔽，义归无邪，持之为训，有符焉尔。②

---

① 傅玄：《七谟序》，见严可均辑《全上古三代秦汉三国六朝文》第二册，中华书局1958年版，第1723页。

② 刘勰著，范文澜注：《文心雕龙注》，人民文学出版社1958年版，第65页。

《诠赋》：

赋者，铺也；铺采摛文，体物写志也。[①]

《颂赞》：

颂者，容也，所以美盛德也。……赞者，明也，助也。昔虞舜之祀，乐正重赞，盖唱发之辞也。[②]

这种"释名以章义"的方法，源自经生之注经。用以释文体之名，也起自汉人，如《诗纬·含神雾》之释诗云："诗者，持也。"[③] 孔安国《尚书序》释《九丘》："丘，聚也。言九州所有，土地所生，风气所宜，皆聚此书也。"[④] 郑玄《周礼·大师》注云："赋之言铺，直铺陈今之政教善恶。"[⑤] 但经生之以训诂之法释文体之名，并非自觉的文体研究，且多牵强附会。自傅玄之释名，始为自觉的文体研究，而且往往能结合文体的特性去予以说明，如释连珠一体为"历历如贯珠，易睹而可悦，故谓之连珠也"，就辞义昭然。刘勰的"释名以章义"如上所见，是以训诂为基础，以文体为依托，不少解说结合训诂，说明文体所自来，也能使辞义昭然。如《论说》：

说者，悦也；兑为口舌，故言资悦怿。[⑥]

《诏策》：

策者，简也；制者，裁也；诏者，告也；敕者，正也。[⑦]

---

① 刘勰著，范文澜注：《文心雕龙注》，人民文学出版社1958年版，第134页。
② 刘勰著，范文澜注：《文心雕龙注》，人民文学出版社1958年版，第155－156页。
③ 引自刘毓庆等撰《诗义稽考》第一册，学苑出版社2006年版，第4页。
④ 孔安国：《尚书序》，见萧统编《文选》卷四十五，中华书局1977年版，第638页。
⑤ 郑玄：《周礼·大师》，见《周礼注疏》卷二十三，《十三经注疏》本，中华书局1980年版，第158页。
⑥ 刘勰著，范文澜注：《文心雕龙注》，人民文学出版社1958年版，第328页。
⑦ 刘勰著，范文澜注：《文心雕龙注》，人民文学出版社1958年版，第358页。

《书记》：

> 故谓谱者，普也。注序世统，事资周普；郑氏谱《诗》，盖取乎此。[①]

此外，像“籍者，借也。岁借民力，条之于版；春秋司籍，即其事也”[②]、“录者，领也。古史《世本》，编以简策，领其名数，故曰录也”[③] 等都是如此，使人既明文体之谊，又知文体所自来，释名与章义相得益彰。

当然，刘勰的“释名以章义”，有时也有牵强的地方，如《论说》之“论者，伦也；伦理无爽，则圣意不坠”[④]；有时也不一定都采用释名的方式，如《乐府》；有时一篇之内论述两种文体，则仅释其一，如《祝盟》《铭箴》。但总体来说，刘勰的“释名以章义”，大多都能将训诂与准确的释义结合起来，使人既明文体之谊，又了解各种文体的起源。

其次，我们来看“原始以表末”和“选文以定篇”。

在《文心》所论的30多种文体中，大多都能溯源推流，从文体最初的萌芽，不厌其详地回溯到近世，使读者详观文体演变之鸟澜虎变。其中详情，有目共睹，毋庸赘述。

至于“选文以定篇”，有学者认为是“选取各体的文章来确定论述的篇章”[⑤]，这种说法值得推敲。前面我们讲过，刘勰论述文体的四个要素是一个纲领性的、完整的文体方法论，在这四个要素里面，每一个都围绕着一个共同的目的，就是讲述各类文体的特征和发展。在这个目的下，“选文以定篇”与其他三个原则一样，都是为了说明各类文体的根本特性，而不是为了“选取各体的文章来确定论述的篇章”。如果说刘勰的“选文以定篇”仅仅是选取一些来论述的文章的话，就失去了它用以论述各类文体根本特性的意义。因此，笔者认为，所谓“选文以定篇”，就是通过对所选诗文的评析，来确定某一文体所宜具有的特性。依此看法，刘勰在对历代作品渊源流变进行评析之后，便确立了某一文体所应具有的文体规范。这种规范，也就是对各种文体析论后的结论，亦即“敷理以举统”的“理”。比如《明

---

① 刘勰著，范文澜注：《文心雕龙注》，人民文学出版社1958年版，第457页。

② 刘勰著，范文澜注：《文心雕龙注》，人民文学出版社1958年版，第457页。

③ 刘勰著，范文澜注：《文心雕龙注》，人民文学出版社1958年版，第458页。

④ 刘勰著，范文澜注：《文心雕龙注》，人民文学出版社1958年版，第326页。

⑤ 刘勰著，周振甫译注：《文心雕龙今译》，中华书局1986年版，第456页。

诗》，通过选析由“葛天氏乐辞”到“宋初文咏”等诸多作品，确立了诗体“夫四言正体，则雅润为本；五言流调，则清丽居宗；华实异用，唯才所安。故平子得其雅，叔夜含其润，茂先凝其清，景阳振其丽；兼善则子建仲宣，偏美则太冲公干。然诗有恒裁，思无定位，随性适分，鲜能通圆”[①] 的诗学原则。这种方法显然也是受到了傅玄的影响。傅玄通过对连珠体的历史回顾，指出：“班固喻美辞壮，文章弘丽，最得其体。蔡邕似论，言质而辞碎，然其旨笃矣。贾逵儒而不艳，傅毅文而不典。”这种由对作家作品的点评分析，进而指出某类文体特性的做法，对刘勰的启发是显然的，只不过《文心雕龙》作为一部后出的专著，叙述得更为从容、更为精致而已。

最后说说“敷理以举统”。所谓“理”，不是形而上的空泛之理，而是在“选文以定篇”的基础上得出的文体的一般原理和特性。刘勰通过敷理，以说明各类文体之理论系统。如《诔碑》：

> 详夫诔之为制，盖选言录行，传体而颂文，荣始而哀终。论其人也，暧乎若可睹；道其哀也，凄焉如可伤。此其旨也。[②]

《哀吊》：

> 原夫哀辞大体，情主于痛伤，而辞穷乎爱惜……隐心而结文则事惬，观文而属心则体奢。奢体为辞，则虽丽不哀。必使情往会悲，文来引泣，乃其贵耳。[③]

《章表》：

> 表体多包，情伪屡迁，必雅义以扇其风，清文以驰其丽。然恳恻者辞为心使，浮侈者情为文使。繁约得正，华实相胜，唇吻不滞，则中律矣。[④]

---

① 刘勰著，范文澜注：《文心雕龙注》，人民文学出版社 1958 年版，第 67 页。
② 刘勰著，范文澜注：《文心雕龙注》，人民文学出版社 1958 年版，第 213 页。
③ 刘勰著，范文澜注：《文心雕龙注》，人民文学出版社 1958 年版，第 240 页。
④ 刘勰著，范文澜注：《文心雕龙注》，人民文学出版社 1958 年版，第 408 页。

在以上的论述中，刘勰对诔碑、哀吊、章表诸种文体的内在特性和风格要求进行了总结性的理论表述。比如诔文，要求将诔主写得“暧乎若可睹”，也就是如见其面；而为了适应诔文这种文体的独特要求，不光要写出人物的神采，使读者如见其面，还要写出哀伤的情绪，使读之者“凄焉如可伤”。这就既抓住了诔文有史传文的特性，所谓“传体而颂文”；又有其哀吊亡者的目的，所以要“荣始而哀终”。这种方法将诔文的文体特征述说得非常明确，这就是“敷理以举统”。

“敷理以举统”的做法应该说发端很早，只要研究者一接触某种文体，就不可避免地要对它的体制进行必要的梳理和叙述。所以在东汉时期，人们对某些文体的论述实际上已经接触到了体制特点的问题。比如蔡邕论述章、奏云：

> 章者，需头，称“稽首上书”，谢恩，陈事，诣阙通者也。
>
> 奏者，亦需头，其京师官但云“稽首下言”，“稽首以闻”；其中有所请若罪法劾案，公府送御史台，公卿校尉送谒者台也。[①]

蔡邕上面的叙述其实也是“敷理以举统”，他对章、奏的格式、写法、用法都进行了说明，使学之者对章、奏这两种文体的要求有所了解。只不过蔡邕对章、奏的说明更多地局限在格式及用法上，对文体自身的特性和风格特征却没有涉及。

在曹丕和陆机的文体论中，也有“敷理以举统”的表征，如曹丕说：“奏议宜雅，书论宜理，铭诔尚实，诗赋欲丽。”[②] 陆机说：“诗缘情而绮靡，赋体物而浏亮，碑披文以相质，诔缠绵而凄怆，铭博约而温润，箴顿挫而清壮，颂优游以彬蔚，论精微而朗畅，奏平彻以闲雅，说炜晔而谲诳。”[③] 这两段为人熟知的话语，其方法实际上也是刘勰所说的“敷理以举统”，只不过显得简略些而已。值得注意的是曹、陆二人对文体的“举统”更侧重在文体风格方面，这大概是文学观念演进的缘故。

与蔡邕论文体的侧重于格式用法、曹陆二人论文体的过于简略相比，傅

---

① 蔡邕：《蔡中郎集外集》卷四，《四部备要》本。

② 曹丕：《典论·论文》，引自郭绍虞主编《中国历代文论选》，上海古籍出版社 1979 年版，第 60 页。

③ 陆机：《文赋》，引自郭绍虞主编《中国历代文论选》，上海古籍出版社 1979 年版，第 67－68 页。

玄的“敷理以举统”则显得较为成熟，与刘勰的方法较为相近。傅玄说连珠体“其文体辞丽而言约，不指说事情，必假喻以达其旨，而贤者微悟，合于古诗劝兴之义”，与刘勰论诔文之“详夫诔之为制，盖选言录行，传体而颂文，荣始而哀终。论其人也，暧乎若可睹；道其哀也，凄焉如可伤。此其旨也”，可说是同一机杼。

显然，刘勰的文体方法论，在很大程度上是得益于傅玄的文体研究，尽管刘勰在《序志》篇中没有说明他的文体研究曾经受益于傅玄，但实际上与傅玄在《七谟序》和《连珠序》中对文体研究的做法是一致的。我们说刘勰大概是受了傅玄的影响，并非只是通过简单的类比得出的。事实上，刘勰对傅玄的著述是熟悉的。在《文心雕龙》中，刘勰曾有四处提到傅玄，原文如下：

> 逮于晋世，则傅玄晓音，创定雅歌，以咏祖宗。[①]（《乐府》）
> 故张衡摘史班之舛滥，傅玄讥后汉之尤烦，皆此类也。[②]（《史传》）
> 傅玄篇章，义多规镜；长虞笔奏，世执刚中。[③]（《才略》）
> 潘岳诡祷于愍怀，陆机倾仄于贾郭；傅玄刚隘而詈台，孙楚狠愎而讼府，诸有此类，并文士之瑕累。[④]（《程器》）

以上四条，前面三条对傅玄的作品多有肯定，后一条典出《晋书》本传：“玄天性峻急，不能有所容。”“转司隶校尉，……谒者以弘训宫为殿内，制玄位在卿下，玄恚怒，厉声色而责谒者。谒者妄称尚书所处，玄对百僚而骂尚书以下。御史中丞庚纯奏玄不敬，坐免官。”[⑤] 由上段故实可见傅玄是一个性情急躁的人。按晋制，司隶在殿外，坐在卿上，在殿内，坐在卿下。掌礼官（谒者）以弘训宫为殿内的理由，让傅玄坐在卿下，遭傅玄指责后就说是尚书安排的，玄性急，便又大骂尚书以下官员。这段故实虽说是刘勰指出的傅玄在做官为人上的瑕疵，但并未以此否定他在文学上的成就。相反，刘勰在《乐府》《史传》《才略》三篇中对傅的成就还多所肯定。

---

① 刘勰著，范文澜注：《文心雕龙注》，人民文学出版社 1958 年版，第 102 页。
② 刘勰著，范文澜注：《文心雕龙注》，人民文学出版社 1958 年版，第 286 页。
③ 刘勰著，范文澜注：《文心雕龙注》，人民文学出版社 1958 年版，第 701 页。
④ 刘勰著，范文澜注：《文心雕龙注》，人民文学出版社 1958 年版，第 719 页。
⑤ 房玄龄等：《晋书・傅玄》，中华书局 1974 年版，第 1322－1323 页。

综合上面四条材料，说明两个问题：一是刘勰对傅玄在文学上的创制是熟悉而且是肯定的；二是刘勰对傅玄的批评仅限于指出文人在性情上的瑕疵，并不影响他对其文学成就的价值判断。基于这样两点考虑，再加上刘勰的文体研究在方法上与傅玄的吻合，我们有理由相信这种吻合不是偶然的。刘勰论述文体的基本方法，包括“释名以章义，原始以表末，选文以定篇，敷理以举统”，在很大程度上是得自傅玄的文体研究。尽管傅玄的著述目前已不能窥其全貌，尽管傅玄本人对其文体研究的方法没有直接的文字表述，但从有限的材料里边、从他分析文体的具体操作方面，还是可以看出其与刘勰文体研究之间的蛛丝马迹。

在本篇小文写就之际，偶阅王运熙先生的《魏晋南北朝文学批评史》，发现“西晋文学批评”一章曾简略地谈到了傅玄与刘勰文体论之间的关系，录其中一段结论性文字，一示前贤对此问题已有所论，不敢掠美；二来借此以作结论，说明傅玄确实是刘勰之前驱。王文云：

> 刘氏所谓“原始以表末，释名以章义，选文以定篇，敷理以举统”（《文心雕龙·序志》）四者，可以说在傅玄《连珠序》中已经具体而微。因此，傅玄所论虽然还颇简略，但在文学批评史上，却是大辂椎轮，不应忽视的。①

（原载《中山大学学报》1998 年第 2 期，中国人民大学复印报刊资料《中国古代、近代文学研究》1998 年第 6 期转载）

---

① 王运熙等编：《魏晋南北朝文学批评史》，上海古籍出版社 1989 年版，第 78 页。

论问答体的衍变

问答体是古代散文及辞赋中常见的一种体式。在中国古代，问答体曾有过它辉煌的历史，其余波也渗透进近两千年来文人的写作，影响不可谓小。问答体虽发轫于散文，鼎盛于汉赋，但影响所及，在后代的辞赋、散文、论学文、早期的小说、一些游戏性的文章中，都不同程度地存在着问答体的形式。以往人们对问答体的源流注意较少，本文意在勾勒出其中的发展线索，以见出它的渊源流变，并就教于方家。

一、兴于战国诸子

也许由于较近自然的原因，问答体的起源很早。《诗经》及《论语》中均有问答的成分，但它们还处于自然形态，不是成熟的对话体。

当社会发展到战国之世，问答体骤然增多，成为此期散文发展中一个突出的现象。在当时的诸子文及楚辞中，问答体被多数作家所采用，一时间成为各文体中颇为流行的一种。

据笔者不完全统计，诸子文中的《商君书》中有《更法》《定分》二篇；《荀子》中有《儒效》《议兵》《强国》《赋篇》《大略》《宥坐》《子道》《法行》《哀公》《尧问》十篇；《鹖冠子》中有《世贤》等七篇；《韩非子》难一、难二、难三、难四，《说林》上下，内外《储说》；其余如《晏子春秋》《尹文子》《管子》《慎子》《尸子》《宋子》《孟子》《庄子》等诸子中，问答体也被广泛采用。值得注意的是，新近整理出来的长沙马王堆出土的战国道家文献《缪和》《昭力》中，采用的也是问答体①。另据闻，香港日前发现一册古本《老子》，体式与原自述体不同，为问答体，上海博物馆拟予收购，相信不久即可睹其尊容。由此可见，问答体在战国时期已形成风气，被诸子广泛采用。

这种局面的出现，与战国社会政治和士人风气的变迁有密切的关系。战国之世，诸侯力政，辩士云涌，形成一言九鼎、三寸之舌强于百万之师的局

① 释文见陈鼓应主编《道家文化研究》第六辑，上海古籍出版社 1995 年版，第 367－380 页。

面。唐刘知几《史通·言语》云：“战国虎争，驰说云涌，人持‘弄丸’之辩，家挟《飞钳》之术，剧谈者以谲诳为宗，利口者以寓言为主。”① 这段话至少有三点值得我们注意：一是战国之际辩士云涌的局面已经形成；二是辩士们或以谲狂恣肆为宗，或以寓言片谈为主；三是辩士蜂起对作家个人著述的形式、风格有直接影响。在春秋时期的语录体著作中，虽有对话一格，但较之战国文字，数量少且风格平实。至战国，这种情况有根本转变，问答形式被多数作家所采用，形成战国文学特有的面目。而这一情形的改变，即是战国之际辩士云涌，文人策士以善辩为尚的风气影响的结果。

诸子中的问答体，约略可分为两类：一类是借用问答的形式以说理，像《荀子》《管子》《慎子》《尹文子》《尸子》《商君书》《鹖冠子》《缪和》《昭力》等即是；二是有现实的影子，又加以夸饰虚拟，具有一定的戏剧性和故事性，像《孟子》《庄子》《晏子》《宋子》《韩非子》中的一些问答体即是如此。

诸子文以说理为主，上述前一类诸子文虽然采用问答体，但只是两个相互答话的传声筒，所以显得枯燥。后一类诸子文开始在问答之中加以文学性的虚拟，要么虚构故事，要么虚拟角色，问对之中充满情趣，是问答体中较具文学性的一种。如若细分起来，这后一类问答体又略有不同。孟子素以善辩著称，其著述中的问答，主要是他自己和齐宣王、梁惠王等君王、生徒以及士大夫之间的对话，一般是以作者为中心，再加上一个论辩对象。论辩对象一般都是当时实有之人，相信是在现实的基础上夸饰而成，其中如“王顾左右而言他”之类不难看出其虚拟性。比较而言，《庄子》文中的问答，虚拟的成分就多了。其中的对话角色——叔山无趾、哀骀它、支离疏、庖丁——多属虚构。《庄子》中还有一些虚拟的对答文字，充满机趣，像“孔子问礼于老聃”“庄周惠子游于濠梁之上”，或援引古人，或虚拟今事，一问一答之中，引人遐想。这些夹杂在长篇当中的问答小品，虽然在体制上尚不能称其为完整的问答体，却是可以独立成篇的。《韩非子》也是如此，其《说林》上、下，内、外《储说》中的不少寓言，都采用问答体的模式。《宋子》十八篇在《汉志》中被划归“小说”类，其书早就散佚，《隋书·经籍志》已不著录。据蒋伯潜《诸子通考·诸子著述考》“其书入小说家

① 刘知几撰，浦起龙通释，吕思勉评：《史通》卷六《言语篇》，上海古籍出版社2008年版，第108页。

者……故为浅近寓譬之言，使听者易晓欤?”[1] 说明其与《庄》《韩》一样，具有较强的故事性，大概因为其思想未自成一家，故归之于小说一门。因此，在战国诸子文中，既有《孟子》那样依托于现实又稍加夸饰的问答，又有《庄子》《韩非子》《宋子》《晏子》带有虚拟成分的问答。尤其后者，因其体近寓言小说，故而文学性、传播性更强。其他诸子的文章，或假设主客，或虚拟问答，形式各异，但都或多或少以问答成体，反映出时代风气对写作的影响。

战国中后期，受诸子文影响，问答体开始在纯文学中出现。此前《诗经》中的问答尚属孤立的、自然形态的东西，像《溱洧》和《女曰鸡鸣》中问答双方的角色为一男一女，虚拟的成分还不明显。而屈原的《离骚》，假托灵氛、巫咸降辞，在辞赋中创制虚拟问答的形式，成为辞赋中问答体的雏形。到了托名屈原的《卜居》《渔父》，托名宋玉的《风赋》《高唐赋》《神女赋》《对楚王问》，都已经成为独立的、完整的、成熟的问答体[2]，并对后世文赋产生影响。我们举一例以窥全豹：

> 楚襄王游于兰台之宫，宋玉、景差侍。有风飒然而至，王乃披襟而当之，曰：“快哉此风！寡人所与庶人共者邪?”宋玉对曰：“此独大王之风耳，庶人安得而共之?”王曰：“夫风者，天地之气，溥畅而至，不择贵贱高下而加焉。今子独以为寡人之风，岂有说乎?”宋玉对曰：“臣闻于师，枳句来巢，空穴来风。其所托者然，则风气殊焉。”[3]

这篇题名为宋玉的《风赋》据说是讽谏楚襄王骄奢生活方式的。篇中假托宋玉、景差侍应于襄王之前，以雄风、雌风作比，说明上层统治者与下层百姓生活的差异，内容还是有积极意义的。我们这里所注意的是这篇赋中所表现出的成熟的问答体制——开篇先介绍事件发生的地点、人物，由被游说者（一般充作主人）以设问的形式引出话题，再由游说者（一般充作客人）逐一回答，一问一答，组成全篇。这样一种问答模式，应该说已经构成了完善的问答体，后世的问答体散文、辞赋，实际上都是在这种基本模式下发展或加以变通的。因此，历来的研究者都注意到托名屈原、宋玉的这几篇作品对

---

① 蒋伯潜：《诸子通考·诸子著述考》，浙江古籍出版社 1985 年版，第 553 页。

② 这些作品的真伪历来都有争议，笔者以为它们最晚也不迟于战国末年。

③ 萧统编，李善注：《文选》卷十三，胡刻本。

以问答为特征的汉大赋的影响。但遗憾的是，这些研究者没有在综合考察战国之际的各体文学基础上，对集中产生于这个时期的问答体进行综合性的分析研究，得出相应的结论。

我们认为，问答体骤兴于战国并非一种孤立的现象。由社会情势而言，诸侯力政、处士横议、辩才云涌乃战国时代一个普遍的社会现象，社会上具备写作能力的文人策士无不受其影响，再加上不少纵横家本身就是舞文弄墨者，就很自然地将这种习气引入文章中。因此，我们首先在诸子的文章中看到问答体，然后才是受风气影响的文人作家运用它，说明问答体是先起于诸子，而后才进入纯文学领域。

二、盛于汉代辞赋

诞生于战国之际的问答体，在两汉度过了它最辉煌的时期。

问答体在汉代的繁盛，原因自然是多方面的。汉代文学取资于战国甚多，像司马迁《史记》之于《战国策》，《新序》《说苑》之于战国经史百家，汉赋之于楚辞，等等。在这种情形下，汉人借鉴战国文赋之问答一体，应当也是水到渠成的事情。

但这毕竟是概而言之，若追究其深层原因，首先在于文人策士由战国经秦入汉的历史境遇的变迁。唐刘知几《史通・言语》说：

> 逮汉、魏已降，周、隋而往，世皆尚文，时无专对，运筹画策，自具于章表；献可替否，总规于笔札。宰我、子贡之道不行，苏秦、张仪之业遂废矣。假有忠言切谏，《答戏》《解嘲》，其可称道者。①

显然，刘知几认为自战国以降，“时无专对”，战国公子挟飞钳之术以游说诸侯的历史已成过去，文人策士欲启奏主上，甚或忠言切谏，均赖于章表笔札。故尔战国诸子以三寸之舌规劝君王，今则以笔札为之。刘知几的这一看法，应源自《汉书・艺文志》中这样一段话：“古者诸侯卿大夫交接邻国……必称诗以谕其志。……春秋之后，周道浸坏，聘问歌咏，不行于列

---

① 刘知几撰，浦起龙通释，吕思勉评：《史通》卷六《言语篇》，上海古籍出版社2008年版，第108页。

国，学诗之士逸在布衣，而贤人失志之赋作矣。”[1] 赋的起因当然很多，未必如班固所言。但战国以后社会局势之变迁及游说之士地位的变化，却不能不对士子的进言方式产生影响。这一变化表现为入汉以后，地方诸侯或封建帝王身边的文人皆倾其所能，向藩王或帝王进赋，以表讽喻规劝之意（自然是打了折扣的）。因此，从战国诸子假主客以游说诸侯，到汉代文士假主客问对之辞以讽谕帝王，其深层的原因乃在于历史的变迁，即，由战国入秦，及至入汉，统一的帝国使原来的纵横之士失去了固有的市场，他们从过去风云际遇、笑傲诸侯，一变而为依附于地方藩王的俳优弄臣，“时无专对”的寂寞，加上不甘寂寞的心理，文人策士不得不放弃他们原本擅长的飞钳之术，而操笔率觚，向藩王、向帝王献上他们的忠心。献策的工具、形式虽然变了，但假托主客问对的模式却继承了下来。于是，在文、景时期，我们读到诸生向地方藩王的献辞，如枚乘的《七发》；在武帝时期，又看到汉赋巨擘司马相如向中央帝王的献辞——《子虚赋》《上林赋》。内容、气度虽有不同，但战国纵横遗风却没有改变，还是一样的剧谈谲狂，一样的假主客以首引。明乎此，我们就不难理解问答体在汉代复兴的深刻背景，依附于藩王、帝王的文人或为表明心迹，或为讽谕劝谏，或为歌功颂德，借用他们心向往之的战国诸子所常用的问答形式也许最为便捷。

其次，从地域文化而言，汉人于战国楚地文化颇多取资。想当年，楚汉相争，其实项羽、刘邦均为楚人，刘邦以“四面楚歌”撼项羽军心，实因刘邦以楚人之身度楚人之心，知己知彼也。高祖之《秋风辞》“大风起兮云飞扬”，亦众所周知之楚风。汉人立国后，在思想上汲取齐鲁文化的同时，对楚风的喜好未曾稍懈。例如，朱买臣、严助以识楚声而见重于武帝；贾谊虽是北人，但他在长沙任上所写的《鹏鸟赋》，从思想到主客问答的形式，又明显带有楚人《鹖冠子》的印记；枚乘因《七发》而受征招于武帝，巧合的是，《七发》中以主人身份出现的也是楚太子；其后西汉人模仿屈宋作楚辞；王逸、刘向整理编辑楚辞，并将汉人的仿作附于后。所有这些，都显示出汉人对楚文化及楚辞有一种不解的情结。汉人的模仿楚辞，一方面是楚辞的情韵格调，一方面也继承了主客问答的体式。

因此，问答体在汉代的复兴，一来在于社会情势之变迁，使得原来在各诸侯国之间往来奔走的文人策士一变而为依附于某个相对固定的藩王或帝王，他们从原来的主要依靠“三寸之舌”变为依靠“三寸之笔”，工具虽然

---

① 班固：《汉书》卷三十《艺文志》，清乾隆武英殿刻本。

变了，但专对问答的形式却继承下来了。二来汉朝立国之后，由于统治者乃楚人后裔，所以对楚国的地域文化，尤其是楚辞多有醉心，这也在客观上刺激了身边的文人模拟楚辞的体式去抒写心迹，或讽谕劝诫，问答一体遂风行起来。

为大赋发唱先声的是枚乘的《七发》。枚乘是淮阴人，战国时楚人灭九夷后淮阴属楚地。枚乘在文、景之时先后做过吴王、梁孝王的文学侍从，所以枚乘身上无疑更具有楚人的细胞，这从《七发》开篇即以楚太子为名目就可看出。《七发》在篇制上变《鹏鸟赋》的人禽问答为主客问答，作者借楚太子有疾，吴客往视之，以七件事情启发太子，说明奢侈的生活方式不如圣贤的“要言妙道”来得有益。在枚乘的这篇赋中，问答体的运用已十分纯熟，以至于文学史家视之为汉大赋主客问对模式的奠基之作。稍后于枚乘的司马相如开创了汉大赋的黄金时代，他的《子虚》《上林》二赋达到了汉赋的最高峰。细分之下，《七发》之问答与《子虚》《上林》之问答又有不同，《七发》为分段问答式，《子虚》《上林》为首尾问答式。采用问答形式，无论是分段式，还是首尾式，目的无非是避免呆板单调，使文章增添兴味。从《七发》到《子虚》《上林》，我们确实从一问一答之中，体味到烘托有致、波澜起伏、恢宏磅礴的文风。《史记》本传云：“相如以子虚，虚言也，为楚称；乌有先生者，乌有此事也，为齐难；亡是公者，无是人也，明天子之义。故空借此三人为辞，以推天子诸侯之苑囿，其卒章归之于节俭，因以讽谏。”[①] 从作赋的缘起、用意都说得很明白，司马相如当然是一个作赋的高手，但如果我们把眼光向前看，战国《慎子·外篇》其实已启其端倪：

> 翟王使使至于楚。楚王夸使者以章华之台，高广美丽无匹也。楚王曰：“翟国亦有此台乎?”对曰：“翟王茅茨不翦，采椽不刻，犹以为作之者劳，居之者佚。”楚王大怍。[②]

从形式到题旨，都可以将《子虚》《上林》视为此篇的扩展和张扬。《慎子》一书散佚严重，《汉书·艺文志》登录有四十二篇，到宋陈振孙《直斋书录解题》所称仅为五篇，今本乃明人捃摭杂录而成（用《四库全书总目》

---

① 司马迁：《史记》卷一百十七，清乾隆武英殿刻本。
② 慎到：《慎子·外篇》，《四部丛刊》景江阴缪氏藕香簃写本。

说），上面所引《外篇》也许经人拾掇过，但模拟所本，亦当是战国之旧。再看《晏子春秋·内篇谏上》：

> 景公畋于署梁，十有八日而不返。晏子自往见公，比至，衣冠不正，不革衣冠，望游而驰。公望见晏子，下而急带曰："夫子何为遽？国家无有故乎？"晏子对曰："不亦急也！虽然，婴愿有复也。国人皆以君为安野而不安国，好兽而恶民，毋乃不可乎？"公曰："何哉？吾为夫妇狱讼之不正乎？则泰士子牛存矣。为社稷宗庙之享乎？则泰祝子游存矣。为诸侯宾客莫之应乎？则行人子羽存矣。为田野之不僻，仓库之不实？则申田存焉。为国家之有余不足聘乎？则吾子存矣。寡人之有五子，犹心之有四支，心有四支，故心得佚焉。今寡人有五子，故寡人得佚焉，岂不可哉！"晏子对曰："婴闻之，与君言异。若乃心之有四支，而心得佚焉，可；得令四支无心，十有八日，不亦久乎！"公于是罢畋而归。①

这段谏辞，除了缺少大赋对名物的铺排渲染外，在体制、用意方面都对汉赋起了示范作用。司马相如之后的扬雄、班固、张衡，西晋左思等人的京都大赋，无一不是假设主客，错综成文。这种由战国延续下来的主客问对形式，在汉代成为大赋一个不可或缺的重要因素。清人刘熙载《赋概》云："赋之妙用，莫过于'设'字诀，看古作家无中生有处可见。如设言值何时，处何地，遇何人之类，未易悉举。"② 说明基于假设的主客问对形式对赋体的重要性。《汉书·艺文志》析赋为四类，其一是客主赋，共有十二家。刘师培在《论文杂记》中认为十二家客主赋实际上是汉赋的总集③，至于这十二家客主赋的总集我们今日已不得其详，但由此也可见主客问对的形式以其彰名较著而备受重视的情况。

在大赋极尽风骚的同时，主客问对的模式也在悄悄地浸淫着其他文体。其表征约有二端，一是影响了"设问"或"问对"一类的文体，二是产生了策问一体。

"设问"一体指的是东方曼倩的《答客难》《非有先生论》这样的文

① 晏婴：《晏子春秋·内篇谏上》，《四部丛刊》景明活字本。
② 刘熙载：《艺概》卷三《赋概》，清同治刻古桐书屋六种本。
③ 刘师培：《论文杂记》，朴社 1917 年版，第 19 页。

章。在古代文体分类上，从《昭明文选》开始就被归为“设问”或“问对”一栏，它主要是假主客问答的形式以自抒愤懑。以往人们往往将这类作品视为赋体，其实它是一种介乎于文和赋之间的文体。这类作品还有扬雄的《解嘲》、班固的《答宾戏》、张衡的《应闲》、蔡邕的《释诲》；汉以后还有阮籍的《大人先生传》、嵇康的《难自然好学论》《设渔者对智伯》《愚溪对》《起废答》等也属此类。陈懋仁《文章缘起注》谓：“盖对问者，载主客之辞，以著其意者也。”① 方熊《文章缘起补注》说：“按问对者，文人假托之辞，其名既殊，其实复异。……古者君臣朋友，口相问对，其词可考，后人仿之，设词以见志，于是有应对之文；而反复纵横，可以舒愤郁而通意虑。”② 这些都说明这类问对文字并非一般的赋作，它不着意于铺陈写物，而是假设主客以自抒情懑。自东方朔以后，此类文体不乏续作，成为大赋之外主客问答形式盛行的另一个表征。

其二是从西汉开始，朝廷以射策、对策取士，由主试者将政事或经义方面的问题，写在简策上，或由考生任意拈取简策答题（此为射策），或由考生按简策上的问题答卷（是为对策）。后来一些文人为应付考试，陆续有人模拟策问的形式写成文章。苏轼更进而有意以这种体制为文，形成策问一体，可视作问答体的一个支流。

诚然，现存汉代文、赋中的问答体并非占主流地位，即便是在传世的汉赋中，问答体也仅几十篇（笔者据费振刚等辑《全汉赋》统计）。但相信这非原貌，应该有大量的问答体作品在流传过程中相继散失了。其中《汉书·艺文志》登录作为总集的客主赋十二家，而今仅存几十篇；《汉书·艺文志》中入录的其他大量的赋家、赋作现今也所剩无几，内中也应有不少的问答体。问答的体式在汉赋中有重要的地位，所以刘勰《诠赋》篇开宗明义云赋乃“述主客以首引”，说明在当时或稍后的学者心目中，假设主客问答的形式对赋体是十分重要的。从目前保留赋作最多的几位作家来看，无论是司马相如、扬雄，还是张衡、班固的作品中，问答体都占了较大的比例，显示了它在当时流行的情况。

---

① 任昉撰，陈懋仁注：《文章缘起注》，见王云五主编《文章缘起及其他一种》，商务印书馆1937年版，第13页。

② 任昉撰，陈懋仁注，方熊补注：《文章缘起补注》，《邵武徐氏丛书初》刻本。

三、薪火代传光不绝

汉代以后，问答体的光焰逐步暗淡下来，不再像过去那样引人注目，它从一个高峰下滑、分流，再未形成一个时期的热点。究其因由，是因为战国以至汉代那种造成问答体兴盛的社会及文化方面的基因丧失了，文人生活方式的多样化、各种文体的相继成熟，使它不再成为众人争相采用的文体。但问答体自身并未消亡，它逐步呈现出一种多元化的态势，除在原有的辞赋中仍间有使用问答体外，在散文、小说、论学文、游戏文中，问答体也被一些作家所采用，并显示出与俗文学融汇的特点。这是问答体在后世发展中一个值得注意的倾向。

先看辞赋中的问答体。

自贾谊《鵩鸟赋》以来，后代有不少以鸟禽为对象的赋作。但由东汉以至魏晋六朝，这类作品大多演变为禽言赋或纯粹的咏禽赋，在形式上不采用问答的形式，只是单纯的咏物，或借禽兽发议论。但也有少量的小赋采用问答体，并且选取的问答角色新奇独特，富有俗文化特征，这是以往的问答体很少出现的。像曹植的《鹞雀赋》、苏轼的《黠鼠赋》，前者鹞雀互答，形同寓言；后者人鼠问对，趣味盎然，是后世问答体中少见的杰作。先看曹植的《鹞雀赋》：

> 鹞欲取雀。雀自言："雀微贱，身体些小，肌肉瘠瘦，所得盖少，君欲相噉，实不足饱。"鹞得雀言，初不敢语。"顷来轗轲，资粮之旅。三日不食，略思死鼠。今日相得，宁复置汝！"雀得鹞言，意甚怔营，"性命至重，雀鼠贪生；君得一食，我命是倾。皇天降监，贤者是听。"鹞得雀言，意甚怛惋。当死毙雀，头如蒜颗。不早首服，烈颈大唤。行人闻之，莫不往观。雀得鹞言，意甚不移。依一枣树，藂蕽多刺，目如擘椒，跳萧二翅。"我当死矣，略无可避。"鹞乃置雀，良久方去。二雀相逢，似是公妪，相将入草，共上一树。仍叙本末，辛苦相语："向者共出，为鹞所捕。赖我翻捷，体素便附。说我辨语，千条万句。欺恐舍长，令儿大怖。我之得免，复胜于兔。自今徙意，莫复相妒。"①

---

① 曹植著，赵幼文校注：《曹植集校注》，人民文学出版社1984年版，第302－303页。

这篇寓言赋应是曹植的首创，他取赋体主客问答的叙述模式，却改变了赋体以铺叙刻画为主的写法，用叙事和构造情节的方法讲述一段鸟禽相争的故事，文体上类似于寓言、小说，蕴藏着寄托和讽刺性。在写法上，注重情节的叙述，故事的编排，篇末公妪相语，充满喜剧性，颇类后世小说的写法。

此后西晋张敏的《头责子羽文》也表现出了这种俗文化的特征，作者假托头与作者姐夫秦子羽的对话，貌似游戏之作，滑稽调笑，其实寓有讽刺。在文学史上，以身体器官作为篇中主角的作品非常罕见，此前的汉乐府民歌《战城南》以死尸入诗，已属少有，此篇更截取人身的一部分作为问答一方，更是意出沈渊。兹摘出以奇文共赏：

> 维泰始元年，头责子羽曰："吾托为子头，万有余日矣。大块禀我以精，造我以形，我为子莳发肤，置鼻耳，安眉额，插牙齿。眸子摛光，双颧隆起。每至出入之间，遨游千里，行者辟易，坐者竦跽。或称君侯，或言将军，捧手倾侧，伫立崎岖，如此者，故我形之足伟也。……子欲为名高也？则当如许由、子威、卞随、务光，洗耳逃禄，千岁流芳。子欲为游说也？则当如陈轸、蒯通、陆生、邓公，转祸为福，令辞从容。子欲为进趣也？则当如贾生之求试，终军之请使，砥砺锋颖，以干王事。子欲为恬淡也？则当如老聃之守一，庄周之自逸，廓然离欲，志陵云日。……"①

这篇文字不为今人所重，文学史上也少被人提及，但实在是一篇奇文。洪迈以为"虽似谐谑，实有兴也""极为尖新，古来文士皆无此作"②，言之有理。这篇文字之所以被洪迈认为是古来文士皆无此作，除了文字、思想尖新之外，以头作为问对的角色，不能说不是造成文风怪奇的一个重要原因。《头责子羽文》的体式应该源自《答客难》《解嘲》一类，但风格有向谐趣通俗的方向发展的迹象。

唐以后，这一倾向得到了充分的表现。唐代通俗赋作如敦煌石室所藏《燕子赋》《茶酒论》《韩朋赋》《下女夫辞》，北宋苏轼的《黠鼠赋》，明代何景明的《东门赋》、王世贞的《老妇赋》、徐献忠的《布赋》，都以对话展现人生百态，完全脱离了原来赋体的轨迹，在形式上有和说唱文学融合之

---

① 刘义庆撰，刘孝标注：《世说新语・排调》篇注引，《四部丛刊》景明袁氏嘉趣堂本。

② 洪迈：《容斋五笔》卷四，《文渊阁四库全书》本。

迹象。读者可对比参阅《太平广记》卷二百四十八所引《启颜录》数条及敦煌变文中“杨素戏弄侯白”的故事，其中多见问答体，除了赋体尚用韵外，其角色的平民化、故事的通俗化，均有俗文学的印记。

在南朝写景小赋中，我们还可以看到另外一种问答模式，就是有意识地错综历史人物，典型的例子是谢惠连的《雪赋》和谢庄的《月赋》。我们先看《雪赋》的开篇：

> 岁将暮，时既昏，寒风积，愁云繁。梁王不悦，游于兔园。乃置旨酒，命宾友，召邹生，延枚叟，相如末至，居客之右。俄而微霰零，密雪下。王乃歌北风于《卫诗》，咏南山于《周雅》，授简于司马大夫曰：“抽子秘思，骋子妍辞，侔色揣称，为寡人赋之。”[①]

作者在文中将梁王、邹阳、枚乘、司马相如等罗织在一起，而不管历史上是否真有其事。谢庄的《月赋》也是这样，作者也是援引古人，而且文中所出现的陈思王、王仲宣在历史上并非同时，曹植封陈王时，王粲早与应、刘同岁俱没，所以文中二人同时出现有违历史真实，故尔颇受顾炎武、何焯等人非议。当然，赋之为言，“多假设之词”，无须计较。在中国文学史上，由春秋而至战国，从经文乃至诸子，无论孔子与弟子问答，还是庄周之斥鴳笑鹏，罔两问影，屈子渔父鼓枻，多所谓假设之辞，《月赋》只不过沿人之旧罢了，并无多可訾议之处。唐人罗隐写《后雪》，王昌龄写《吊轵道赋》，也是借古人之名，错综其事，反映出问答体中问答角色在后世的多样化。受其影响，其后在戏曲、说唱文学等艺术形式中，这种错综古今人物的做法更多。钱锺书先生对此言之颇详，此处不再赘述。[②]

问答体在各类赋作中固然有其世袭的领地，唐以后的散文、小说，乃至于论学文、游戏文，也可找到问答体的踪迹。散文方面，彰名较著者有韩愈的《进学解》，以往人们以为该文乃《答客难》《解嘲》一路，其实韩文要胜出许多，洪景庐誉为“青出于蓝而青于蓝”[③] 是有道理的。韩文之外，像柳宗元的《设渔伯对智者》《晋问》《愚溪对》，也是假主客以舒愤懑通意

---

① 萧统编，李善注：《文选》卷十三，上海古籍出版社 1986 年版，第 591 - 592 页。

② 详可参阅钱锺书《管锥编》第四册，中华书局 1979 年版，第 1299 页。

③ 吴讷著，于北山校点：《文章辨体序说》，见《文章辨体序说　文体明辨序说》，人民文学出版社 1962 年版，第 49 页。

虑。值得注意的是唐人小说中张文成的《游仙窟》，署张固撰的《幽闲鼓吹》，其中都有酬答问对的形式。尤其《游仙窟》中男女酬唱以言情的部分，构成小说的主体，显示出在通俗文体中，小说家受到文赋中问答形式的影响。此外，宋以后不少说诗论文谈理的文章，也采用问答的形式，像朱熹、二程语录，明人陈谟的《答或人》[①] 等，都是问答体的论学文。有意思的是，明太祖朱元璋也曾以问答体写过一些貌类游戏的讽谕文，像《秀才剁指》《医人卖毒药》[②]，通俗诙谐，有民间文学的风味。以上情形说明，问答体式在唐以后，逐步向其他体裁分流，虽然在后世的大赋当中继续有人模拟汉赋的规模，赋体中依然葆有问答的形式，但在其他类型的文体中，问答的形式渐行渗入，成为另外一些文体的表现形式之一。

问答体在唐以后向其他文体的分流，或说是被其他文体所吸纳，对问答体得以延续起了重要作用。我们看明人吴讷的《文章辨体》中所列五十九类文体、徐师曾的《文体明辨》中所列一百二十七类文体，许多都已消亡，其原因固然很多，但未能被其他文体所吸纳，也是造成其自生自灭的一个重要的原因。因此，问答体在唐以后的分流泛化，对保持其体制的存在和发展，具有重要的意义。

综上所述，由战国以至近古，主客问对的模式从初露端倪，到汉代蔚为大观，再到魏晋以降的未成高潮却不绝如缕、篇制风格呈多样发展的态势。问答体的这种多元化的发展趋向，使之免遭消亡的厄运，并成为古代文体中重要的一支。直到今天，我们在报章杂志上，还经常可以看到作者采用问答的形式作文，显示出其旺盛的生命力。

（原载《中国文学研究》1996 年增刊）

① 见钱伯城等主编《全明文》卷七十六，上海古籍出版社 1994 年版，第 695 页。

② 见钱伯城等主编《全明文》卷三十一，上海古籍出版社 1994 年版，第 702、711 页。

中国古代辞赋中的虚拟叙述模式

一般而言，传统诗文的叙述主体多是第一人称，或是第三人称，较少其他的叙述角色。寓言、叙事诗、小说、戏剧等叙事性作品中存在的虚构的叙述角色，是叙事性作品特有的形式。但在中国古代辞赋中，却存在着另一种现象，就是作者有意识地将自己这一叙述主体隐藏起来，而虚拟一个或数个并不存在的人物，在作品里面作为主角，代替自己发言。有的甚至打破时空限制，取某一个历史人物的名字作为作品中的叙述角色，使之成为自己的代言人，而不管这些角色原有的历史内涵。这种以惯常的寓言、小说、戏剧的手法写成的辞赋，往往会产生一种特殊的喜剧性效果，构成中国古代辞赋一种独特的结构形式。

此一情形的滥觞应追溯到战国时期，纵横家以飞钳之术游说诸侯时，往往虚拟论辩对手，以坚其说。所谓“战国虎争，驰说云涌，人持‘弄丸’之辩，家挟《飞钳》之术，剧谈者以谲狂为宗，利口者以寓言为主”[①]。其中的“寓言”，即寄言，借他人之口以寄言。所以在《孟子》《庄子》《韩非子》中，我们可以看到许多作者赖以寄言的虚拟角色，这些以虚拟角色的言行构成的章节有不少堪称为寓言。但这些章节，还只是散见在整篇文章之中，尚未独立。屈原《离骚》中，也同样可以看到虚拟的巫咸、灵氛等人物，以及香草美人等代言物。这些散见在战国诗文中的角色虚拟因素，尽管尚未形成独立的文字，但假设、虚拟的模式已孕育成熟了。有的学者甚至以为这种形式产生得更早。唐刘知几《史通·论赞》云：“《春秋左氏传》每有发论，假君子以称之。二传云公羊子、穀梁子。”[②] 无论如何，这种“假君子以称之”的虚拟手法在战国时期已被多数的文章家所掌握。于是到了战国晚期，荀子的《赋》篇，托名宋玉的《风赋》《高唐赋》《神女赋》

---

① 刘知几撰，浦起龙通释，吕思勉评：《史通》卷六《言语》，上海古籍出版社2008年版，第108页。

② 刘知几撰，浦起龙通释，吕思勉评：《史通》卷四《论赞》，上海古籍出版社2008年版，第59页。

《对楚王问》，托名屈原的《卜居》《渔父》，都已经成为完整的以虚拟角色为主要结构因素的赋篇，并对后世文赋产生影响。《文心雕龙·杂文》篇梳理问对一体的发展时说："宋玉含才，颇亦负俗，始造对问（按：指《对楚王问》），以申其志，放怀寥廓，气实使之。……自对问以后，东方朔效而广之，名为《客难》，托古慰志，疏而有辨。扬雄《解嘲》，杂以谐谑，回环自释，颇亦为工。"① 说的正是这一情况。

有了战国时期的孕育发展，到了汉代，虚拟模式在文赋中扮演着愈来愈重要的角色。可以说，没有虚拟叙述模式，就没有汉赋。汉赋作者"述主客以首引"的形式，就是以虚拟的主客对话的形式结构全篇，早期贾谊的《鹏鸟赋》，尚只是虚拟一个鹏鸟，与主人对话，使之成为叙述主体：

> 单阏之岁兮，四月孟夏。庚子日斜兮，鹏集予舍。止于坐隅兮，貌甚闲暇。异物来萃兮，私怪其故。发书占之兮，谶言其度，曰："野鸟入室兮，主人将去。"请问于鹏兮："予去何之？吉乎告我，凶言其灾。淹速之度兮，语予其期。"鹏乃叹息，举首奋翼；口不能言，请对以臆……②

这种人禽对话的形式，有类于寓言或童话，但内核是不同的。寓言、童话主要是通过一定的故事情节来蕴含某种教训，而贾谊的这篇《鹏鸟赋》却是借人禽对话的形式，来发抒自己的主观议论，并非以人禽的行为故事来寄托教训。值得注意的是，这篇原本枯燥的说理文字，因了人禽对话的形式而有了一种新的阅读趣味。

枚乘的《七发》被认为是汉大赋的奠基之作，在这篇文字之中，叙述的角色较之《鹏鸟赋》发生了变化，即从《鹏鸟赋》中的人禽对话形式，演变为两个人的对话——楚太子与吴客，其中的吴客自然是作者：

> 楚太子有疾，而吴客往问之，曰："伏闻太子玉体不安，亦少间乎？"太子曰："惫！谨谢客。"客因称曰……③

---

① 刘勰著，范文澜注：《文心雕龙注》，人民文学出版社 1958 年版，第 254－255 页。

② 费振刚、胡双宝、宗明华辑校：《全汉赋》，北京大学出版社 1993 年版，第 2 页。

③ 费振刚、胡双宝、宗明华辑校：《全汉赋》，北京大学出版社 1993 年版，第 16 页。

值得注意的是，自枚乘的《七发》以后，汉大赋除少数篇章外，其余大多采取虚拟的主客问对形式。司马相如的《子虚》《上林》以子虚先生、乌有先生、亡是公先生为假托，极尽铺排腾挪之势，渲染汉帝国声威，几近登峰造极。此后扬雄、班固、张衡，西晋左思等人的京都大赋，无一不是假设主客，错综成文，铸成大赋的基本套路。清人刘熙载《赋概》云："赋之妙用，莫过于'设'字诀，看古作家无中生有处可见。如设言值何时，处何地，遇何人之类，未易悉举。"[①] 汉大赋所虚拟的主客问对的叙述模式，不仅成为汉大赋的一个标志，更成为后世文赋的圭臬。

考察虚拟叙述模式在汉代确立的成因，当注意文人策士由战国经秦入汉的历史境遇的变迁。刘知几《史通·言语》说："逮汉、魏已降，周、隋而往，世皆尚文，时无专对，运筹画策，自具于章表；献可替否，总规于笔札。宰我、子贡之道不行，苏秦、张仪之业遂废矣。假有忠言切谏，《答戏》《解嘲》，其可称道者。"[②] 显然，从战国诸子假主客以游说诸侯，到汉代文士假主客问对之辞以讽谕帝王，其深层的原因乃在于历史的变迁。即由战国入秦，及至入汉，统一的帝国使原来的纵横之士失去了固有的市场，他们从过去风云际遇、笑傲诸侯，一变而为依附于地方藩王的俳优弄臣。"时无专对"的寂寞，加上不甘寂寞的心理，使文人策士不得不放弃他们原本擅长的飞钳之术而操笔率觚，向藩王、向帝王献上他们的忠心。献策的工具、形式虽然变了，但假托主客问对的模式却一如既往。于是，在文、景时期，我们读到诸生向地方藩王的献辞；在武帝时期，又看到汉赋巨擘司马相如向中央帝王的献辞。内容、气度虽有不同，但战国纵横遗风依旧，一样的剧谈谲狂，一样的假主客以首引。

在大赋极尽风骚的同时，以主客问对为特征的虚拟叙述模式也在悄悄地浸淫着其他文体。武帝时期东方曼倩的《答客难》《非有先生论》，今人多归为赋体，其实它是一种介乎于文和赋之间的文体，与赋体相比，其文风相对平实，语言较少夸饰，在风格上，类似战国诸子之论对。因此，将它视为赋的一种变体更恰当。《昭明文选》在目录编次上虽然受到后世不少学者的非议，其中当然也确实存在许多问题，但它将《答客难》、扬雄的《解嘲》、班固的《答宾戏》同列于设论之目，而没有贸然归之于赋，应该说是慎重

---

① 刘熙载：《艺概》卷三《赋概》，上海古籍出版社1978年版，第100页。

② 刘知几撰，浦起龙通释，吕思勉评：《史通》卷六《言语》，上海古籍出版社2008年版，第108页。

的。此后像张衡的《应闲》、蔡邕的《释诲》、阮籍的《大人先生传》、嵇康的《难自然好学论》《管蔡论》、郭璞的《客傲》、韩愈《送穷文》《进学解》、柳宗元《起废答》，均属此类。东方曼倩是武帝时一个有名的人物，他主要以巧言利齿、能言善辩、滑稽善谑著称。但我们从他的这两篇作品（《汉书》本传载有篇目十余种）来看，他其实也是个有血性的人，其作品能脱出大赋的窠臼，具有独创性。《答客难》以客人发难为始，以东方先生答难为继，形式上套用大赋的虚拟叙述模式，说明在大赋极盛期，其虚拟模式对其他文体的影响。但在风格上，却能一改大赋恢宏扬厉之格调，代之以短章微言。在内容上，则自抒失意之状，以“在青云之上”与“在深泉之下”、用则“为虎”、不用则“为鼠”作比，抒发怨忧哀愤，不乏机智深刻的讽谕意义。自东方朔以后，此类文体不乏续作（如上所述），成为大赋之外虚拟模式的另一个表征。

自贾谊《鹏鸟赋》之后，有不少以鸟禽为对象的赋作，但由东汉以至魏晋六朝，这类作品大多演变为禽言赋或纯粹的咏禽赋。主客问对的模式要么形同虚设，要么消失。值得注意的是曹植的《鹞雀赋》、苏轼的《黠鼠赋》，前者鹞雀互答，形同寓言，后者人鼠问对，趣味盎然。试举一例以窥全豹：

> 鹞欲取雀，雀自言：“雀微贱，身体些小，肌肉瘠瘦，所得益少。君欲相啖，实不足饱。”鹞得雀言，初不敢语：“顷来轗轲，资粮之旅。三日不食，略思死鼠。今日相得，宁复置汝。”雀得鹞言，意甚怔营：“性命至重，雀鼠贪生；君得一食，我命是倾。皇天降监，贤者是听。”鹞得雀言，意甚怛惋。当死毙雀，头如蒜颗。不早首服，烈颈大唤。行人闻之，莫不往观。雀得鹞言，意甚不移。依一枣树，藂蕽多刺，目如擘椒，跳萧二翅。“我当死矣，略无可避。”鹞乃置雀，良久方去。二雀相逢，似是公妪。相将入草，共上一树。仍叙本末，辛苦相语：“向者共出，为鹞所捕。赖我翻捷，体素便附。说我辩语，千条万句。欺恐舍长，令儿大怖。我之得免，复胜于免，自今徙意，莫复相妒。”①

这篇寓言赋，应是曹植的首创。他取赋体主客问答的叙述模式，却改变了赋体的基本内核，以叙事的手法去讲述一段鸟禽的故事，文体上类似寓言、小说，并且蕴藏着寄托和讽刺性。在写法上，注重情节的叙述、故事的编排，

---

① 曹植著，赵幼文校注：《曹植集校注》，人民文学出版社 1984 年版，第 302－303 页。

篇末公妪相语，充满喜剧性，颇类后世小说之调侃一格。曹植的这一创造意义深远，此后这类作品代有续作，在保持讽刺特点的同时，并逐步向通俗化方向发展。西晋张敏的《头责子羽文》假托头与作者姐夫秦子羽的对话，貌似游戏之作，滑稽调笑，其实寓有讽刺。唐代通俗赋作如《燕子赋》《茶酒论》《晏子赋》，宋代苏轼的《黠鼠赋》，明代何景明的《东门赋》、王世贞的《老妇赋》、徐献忠的《布赋》，将视角移向人生百态，讽刺现实，其意义又超出曹植的寓言小赋。在形式上有和小说及说唱文学融合之迹象，像何景明的《东门赋》，以乐府民歌《东门行》为题，叙写下层百姓的生活，在赋作中殊为醒目：

> 步出东门，四顾何有？敝塚培累，连畛接亩。有一男子，饥卧塚首，傍有妇人，悲挽其手。两人相语，似是夫妇。夫言告妇："今日何处，于此告别，各自分去。前有大家，可为尔主，径往投之，亦自得所。我不自存，实难活汝。"妇言谓夫："出言何绝！念我与君，少小结发，何言中路，弃捐决别，毕身事君，不得有越。……"①

像此类内容的作品，在诗中是常见的，但在赋中却极为少有。此外，其中对情节叙述的重视也是其他文赋所少见的。可见，成熟于西汉、以汉大赋为标帜的主客虚拟叙述模式，在进入魏晋以后，叙述的主角已经泛化，内容逐步转型，文体也发生了根本的变化。其标志一是角色由藩王或帝王的侍应弄臣向一般的历史人物、平民甚至是禽鸟转变，二是内容渐由宫廷田猎游乐向平民生活转移，三是赋风渐由"劝百讽一"向平实而真实的讽刺转移，四是赋体显示出与小说、说唱文学等通俗文艺融合的迹象。这一情形说明，汉赋从高峰期下滑之后，在葆有其传统的叙述模式的同时，各类型的赋作呈现出一种多样化的局面。

在南朝写景小赋中，我们还可以看到另外一种叙述模式，就是借用历史人物以错综其文。典型的例子是谢惠连的《雪赋》和谢庄的《月赋》。我们先看《雪赋》的开篇：

> 岁将暮，时既昏，寒风积，愁云繁。梁王不悦，游于兔园。乃置旨酒，命宾友，召邹生，延枚叟，相如末至，居客之右。俄而微霰零，密

---

① 何景明著，李淑毅等点校：《何大复集》，中州古籍出版社1989年版，第9－10页。

> 雪下。王乃歌北风于《卫诗》，咏南山于《周雅》，授简于司马大夫曰："抽子秘思，骋子妍辞，侔色揣称，为寡人赋之。"①

限于篇幅，不再援引。但由此已不难看出作者是在拉古人入伙，假前人立言，梁王、邹阳、枚乘、司马相如等均被作者网入文内。从赋中的旨意来看，该赋并无深意，但与此前的写景赋相比，它能从叙述角色的视角写出自然景物的风神，写出人对景物的感受，也算难能可贵。谢庄的《月赋》在这方面更胜《雪赋》一筹，赋月而重在写月夜之情，在艺术上自然要比《雪赋》为高。但我们要说的尚不在此，我们要注意的是在《月赋》中，作者依然援引古人，诸如陈思王、王仲宣。熟知这段历史的人都知道，曹植封陈王时，王粲早与应、刘同岁俱没，且赋中王粲不知避讳，谀颂东吴，有违伦常。故尔颇受顾炎武、何焯等人非议。当然，赋之为言，"多假设之词"，无须计较。但由此可以看出《月赋》在错综历史人物时，远较《雪赋》走得远。如果说《雪赋》援引古人尚是有其人而无其事的话，《月赋》则是有人而人非其人，事则任由作者天马行空了。其实，由春秋而至战国，从经文乃至诸子，无论是孔子与弟子问答，还是庄周之斥鷃笑鹏、罔两问影，抑或是屈子之渔父鼓枻，多所谓假设之辞。《月赋》只不过沿人之旧罢了，并无多可訾议之处。相反，这种错综历史人物的方法，尤其是援引古代名人的方法，提高了读者的阅读趣味，迎合了一般读者的心理，在艺术鉴赏学上未尝没有一定的道理。二谢之后，这种错综历史人物的方法并未绝种，后代的赋作中，我们仍能见到它的逸响。唐人罗隐慕《雪赋》之声名而写《后雪》，王昌龄写《吊轵道赋》，均是借古人之名，错综其事。说得更远一些，八股文揣摩古人语气，代圣人立言，是否也是虚拟叙述模式的另一种表现呢?

因此，由战国以至近古，虚拟叙述模式从初露端倪到汉代蔚为大观，再到魏晋以降的未成高潮却不绝如缕、篇制风格呈多样发展的情况来看，说虚拟叙述模式是我国古代辞赋一个相对稳定的传统格局应不为过。再者，古代辞赋的这一叙述模式，在形成篇章的文气、造成抑扬顿挫的文风、增强作品的阅读趣味方面，都起了很好的作用。在建设新文化的今天，我们重视并且研究古代辞赋的叙述模式，应该是一件有意义的事情。

（原载《古典文学知识》1996 年第 6 期）

---

① 萧统编，李善注：《文选》卷十三，上海古籍出版社 1986 年版，第 591－592 页。

从元和体到宋体

——许学夷论元和体及其与宋诗的关系

以往学者对明代复古派的研究，多重视其有关唐诗的理论，而有关复古派对宋诗的态度，则往往以笼统的否定态度来解读。其实，事情并非如此简单。

本文所要探讨的即是在复古派以唐诗为宗的风气之下，仍然有一些诗家能够以较平实的态度来看待宋诗。其中较典型者，是许学夷。与许氏一贯的作法一样，他对宋诗的研究是从其体制风格的来源着手的。因此，他特别注意中唐时期元和体与宋诗及宋诗人的关系，并一再强调元和诗人开创了宋诗的格调。这一点，以前的诗家未曾有过。本文拟从许学夷论元和体、许学夷论宋诗与元和体的关系及明代其他复古派诗人论宋诗这三个方面讨论这一问题。

一、许学夷论元和体

有关元和体的提法始于唐代，有广狭之分。狭义的元和体，专指元、白及新进小生模拟元、白的诗，语出元稹《上令狐相公诗启》：

> 某始自御史府谪官于外，今十余年矣，闲诞无事，遂专力于诗章。……唯杯酒光景间，屡为小碎篇章，以自吟畅。然以为律体卑下，格力不扬，苟无恣态，则陷流俗。常欲得思深语近，韵律调新，属对无差，而风情自远，然而病未能也。江湘间多新进小生，不知天下文有宗主，妄相仿效，而又从而失之，遂至于支离褊浅之间，皆目为元和诗体。某又与同门生白居易友善，居易雅能为诗，就中爱驱驾文字，穷极声韵，或为千言，或为五百言律诗，以相投寄。小生自审不能有以过之，往往戏排旧韵，别创新词，名为次韵相酬，盖欲以难相挑耳。江湘间为诗者，复相仿效，力或不足，则至于颠倒语言，重复首尾，韵同意等，不异前篇，亦自谓元和体也。①

① 董诰等编：《全唐文》卷六百五十三，中华书局1983年版，第6641－6642页。

又元稹《白氏长庆集序》：

> 予始与乐天同校秘书之名，多以诗章相赠答。会予谴掾江陵，乐天犹在翰林，寄予有百韵律诗及杂体，前后数十章。是后，各佐江、通，复相酬寄。巴蜀江楚间洎长安中少年，递相仿效，竞作新词，自谓为“元和诗”。①

又白居易于长庆三年（823）冬任杭州刺史时有《余思未尽加为六韵重寄微之》：

> 诗到元和体变新。（自注：众称元和为千字律诗，或号为元和格。）②

从中可以看出，元、白在提及元和诗体时，一是贬词，二主要指模仿元白之人的诗作，而不包括他们本人。但相信在拈出“元和诗”这一概念的人来看，元和诗当然也应包括元、白本人的相关诗作在内。从诗体来说，元、白自述中所涉及的元和体大约是指“杯酒光景间，屡为小碎篇章，以自吟畅”的短篇小章和穷极声韵的长篇排律。

到了文宗开成年间，李肇《唐国史补》所言之元和体，内涵已发生变化。从上引元稹、白居易有关元和体的论述中，他们所记述的元和体，尚多指诗体。而此后的诗家或史家，则始兼诗体与诗风而言之：

> 元和已后，为文笔则学奇诡于韩愈，学苦涩于樊宗师。歌行则学流荡于张籍，诗章则学矫激于孟郊，学浅切于白居易，学淫靡于元稹。俱名元和体。大抵天宝之风尚党，大历之风尚浮，贞元之风尚荡，元和之风尚怪也。③

显然，李肇所说的元和体，其内涵已有相当大的变化。在文体上既有文章，也有诗章；在诗体上既有歌行，也有律绝；在风格上既有奇诡、苦涩，也有流荡、矫激、浅切、淫靡；等等。凡此种种，俱可称之为元和体，既指诗，

---

① 董诰等编：《全唐文》卷六百五十三，中华书局 1983 年版，第 6644 页。

② 彭定求等编：《全唐诗》卷四百四十六，中华书局 1999 年版，第 5022 页。

③ 李肇：《唐国史补》卷下，上海古籍出版社 1979 年版，第 57 页。

也指文，既指体制，也指风格。而其总体特征，李肇则以一个“怪”字来形容。这就是所谓广义的元和体。

其后直至明代诸家提及元和体时，也多用的是广义的元和体，且各有侧重及增删。南唐张洎《张司业诗集序》：

> 元和中，公（张籍）及元丞相、白乐天、孟东野歌词，天下宗匠，谓之元和体。①

宋人晁公武说：

> 稹为文长于诗，与白居易齐名，号“元和体”，往往播乐府。②
>
> 籍性狷急，惟长于乐府警句，次有序。元和中与白乐天、孟东野歌辞，天下宗之，谓之元和体。③

严羽《沧浪诗话》中也有“元和诸公”，但含义与上述诸人不同，专论元、白诸公诗的风格。

以上诸人提到的元和体的作家大致有白居易、元稹、韩愈、孟郊、张籍、樊宗师六人。体制包括诗文二体，诗又有歌行、律绝、乐府等。

至许学夷，他在《诗源辩体》中用了三卷的篇幅来论述元和诗人和元和体，这是由唐至明最为集中的、篇幅最大的元和体的研究。与以往有关元和体的论述相比，许学夷的研究视角扩大了许多，一些提法也为前人所没有。概而言之，一是注意从诗体演变的角度去考察元和体：

> 大历以后，五七言古、律之诗，流于委靡。元和间，韩愈、孟郊、贾岛、李贺、卢仝、刘乂（叉）、张籍、王建、白居易、元稹诸公群起而力振之，恶同喜异，其派各出，而唐人古、律之诗至此为大变矣。亦犹异端曲学，必起于衰世也。④
>
> 大历以后，五七言律流于委靡，元和诸公群起而力振之，贾岛、王

---

① 董诰等编：《全唐文》卷八百七十二，中华书局1983年版，第9133页。
② 晁公武著，孙猛校证：《郡斋读书志校证》，上海古籍出版社1990年版，第896页。
③ 晁公武著，孙猛校证：《郡斋读书志校证》，上海古籍出版社1990年版，第886页。
④ 许学夷：《诗源辩体》卷二十四，人民文学出版社1987年版，第248页。

建、乐天创作新奇，遂为大变。①

元和诸公所长，正在于变。②

“诗到元和体变新”，是元、白以来诗家的共识。但对于这种变化，前人注意的多是诗章体制及内容方面的新奇怪异，对这种变化的意义则未有明确的结论。许学夷则能从诗史的发展予以考察，指出元和诗体大变，是由于大历以来五七言古律流于萎靡，故元和诸公变而振之，遂成新变，并特意强调这种变化不是一般的文体沿革的正变，而是大变。这样一种认识，在以往论者中还没有见过。

相较于此前的诗论家，许氏更为注意元和诗体新变的特殊性：

或问“唐人律诗以刘长卿、钱起、柳宗元、许浑、韦庄、郑谷、李山甫、罗隐为正变，古诗以元和诸子为大变，何也?”曰律诗由盛唐变至钱刘，由钱刘变至柳宗元、许浑、韦庄、郑谷、李山甫、罗隐，皆自一源流出，体虽渐降，而调实相承，故为正变；古诗若元和诸子，则万怪千奇，其派各出，而不与李、杜、高、岑诸子同源，故为大变。③

元和诸公，议论痛快，以文为诗，故为大变。④

二公（指张籍、王建）乐府，意多恳切，语多痛快，正元和体也。⑤

元和间五七言古，退之奇险，东野琢削，长吉诡幻，卢仝、刘义（叉）变怪，惟乐天用语流便，似若欲矫时弊，然快心露骨，终成变体。⑥

指出元和体的新变在于：一者元和诸公有意为之；二者其状万怪千奇，议论痛快，以文为诗，派别各出，与前此唐人律诗的相沿变革有着明显的差异，故许学夷用“大变”来区分它与唐人律诗体格相沿变化的“正变”。

元和诗风的新变，在过去诗家的眼中，是一种带有否定意味的颓变。许

① 许学夷：《诗源辩体》卷二十三，人民文学出版社 1987 年版，第 245 页。
② 许学夷：《诗源辩体》卷二十四，人民文学出版社 1987 年版，第 250 页。
③ 许学夷：《诗源辩体》卷三十二，人民文学出版社 1987 年版，第 306 页。
④ 许学夷：《诗源辩体》卷二十三，人民文学出版社 1987 年版，第 245 页。
⑤ 许学夷：《诗源辩体》卷二十七，人民文学出版社 1987 年版，第 267 页。
⑥ 许学夷：《诗源辩体》卷二十八，人民文学出版社 1987 年版，第 275 页。

学夷尽管对元和诗也基本持否定的态度，称其为“异端曲学”，但他还是少有的能从这种他所否定的“大变”中发掘出有价值的东西和值得肯定的地方。他说：

元和诸子之诗虽成变体，然其才识则固有过人者。[1]

元和诸公之诗，其美处即其病处，乐天谓“所长在此，所病亦在此”是也。然学者必先知其美，然后识其病。今浅妄者于退之五七言古实无所解，遽谓其诗不足观，闻者宁不绝倒！[2]

元和诸公五七言古，其资性庸下者既不能读，资性高明者又未可遽读。元和诸公如异端曲学，多纵恣变幻，资性高明者，未识正变而遽读之，不免为惑耳。……今或以元和诸公为陋劣者，既甚失之，或以为胜李杜者，则愈谬也。[3]

许浑、韦庄、郑谷、李山甫、罗隐，譬今世之儒；元和诸子，如老、庄、杨、墨。今世之儒，安可便与老、庄、杨、墨争衡乎？[4]

从上述所论我们可以总结出许学夷关于元和体的理论内涵：其一，许氏所论元和体的新变，主要指的是诗作技法与风格的变化，其中如“议论痛快，以文为诗”“用语流便”属技法方面的变化，而“奇险”“琢削”“诡幻”“意多恳切，语多痛快”则属风格上的变化。所以，许学夷对元和体的认识，更多地着眼于技法与风格的变化，而不是诗歌体制的革新与变化。其二，对元和体作家的评价，优劣互见。其优者，在于他认为元和诸子才识过人，富创造性；元和诸子的变，从其离开诗律诗格的约定成规方面来说，是其病处，但才大识高所创出的新意也是其美处。其三，对后世诗评家将元和诗或视为陋劣，或以为胜李杜者，均认为不妥。其四，元和诸公如老、庄、杨、墨，虽非正途，但胜于因循守旧且又低能的晚唐诸子。这是许学夷对元和诸家诗的整体评价，虽说总的诗学观念仍趋于保守，但他对元和诗人的有限的肯定，仍然是值得注意的，这也是文学批评史上最为系统的对元和诗人的研究。

---

① 许学夷：《诗源辩体》卷二十五，人民文学出版社 1987 年版，第 259 页。
② 许学夷：《诗源辩体》卷二十四，人民文学出版社 1987 年版，第 250 页。
③ 许学夷：《诗源辩体》卷二十四，人民文学出版社 1987 年版，第 248 页。
④ 许学夷：《诗源辩体》卷三十二，人民文学出版社 1987 年版，第 306 页。

此外，许学夷还扩大了元和体作家群的范围。以往学者论元和体，最初元稹所记述的，仅指元、白后学模仿元、白长篇排律及小碎篇什两类诗作的那一部分，后来李肇《唐国史补》中记述的元和体则指白居易、元稹、韩愈、孟郊、张籍、樊宗师六位作家的作品，含义与元氏所记已有明显的不同，文体也包括了诗文两类。到了许学夷这里，他所说的元和体作家，包括了韩愈、孟郊、贾岛、李贺、卢仝、刘叉、张籍、王建、白居易、元稹十人，但从文体而言，则主要指五七言古律及乐府各体诗，这一范围，也大致是当今学者们所论述的元和体的范围。

二、许学夷论宋诗与元和体的关系

许学夷不仅用了三卷的篇幅来论述元和体，而且其中也多有涉及元和体和宋诗的关系。在其后的第28卷至第30卷论宋诗的部分，也多有语涉两者的渊源师承。以这样的篇幅和精力来关注宋诗的来源，在明代尊唐的复古气氛中，在众多的诗家大多避谈宋诗、众多的选家不选宋诗的情况下，是弥足珍贵的，也是绝无仅有的。

在许学夷之前，也偶有明人注意过宋诗与唐诗的关系，其中较著名的是胡应麟。在《诗薮》中，他谈到过宋代诗人学唐诗的情况，如：

> 宋之学陈子昂者，朱元晦；学杜者，王介甫、苏子美、黄鲁直、陈无己、陈去非、杨廷秀；学太白者，郭功父；学韩退之者，欧阳永叔；学刘禹锡者，苏子瞻；学王右丞者，梅圣俞；学白乐天者，王元之、陆放翁；学李商隐者，杨大年、刘子仪、钱思公、晏元献；学李长吉者，谢皋羽；学王建者，王禹玉；学晚唐者，九僧；林和靖、赵天乐、徐照、翁卷、戴石屏、刘克庄诸人，亦自有近者，总之不离宋人面目。[①]

全方位地提及宋人学唐诗的情况，其中提及的元和诗人有韩愈、白居易、王建等，又：

> 如尤、杨、范、陆，时近元和。[②]

① 胡应麟：《诗薮·外编》卷五，上海古籍出版社1958年版，第215页。
② 胡应麟：《诗薮·外编》卷五，上海古籍出版社1958年版，第215页。

许学夷在《诗源辩体》中也提及元和体影响宋代诗人诗作的情况，大致分为这样几个方面。一是风格韵味方面的：

> 宋人体尚元和。①
>
> 乐天五、七言律、绝，悉开宋人门户，但欠苍老耳。②
>
> 退之五、七言古虽开宋人门户，然欧、苏而外无人能学；惟乐天律、绝，悉开宋人门户，而宋人实多学之，当时称为“广大教化主”是也。然但得其浅易耳。③

从许氏的文中看，所谓“宋人体尚元和”，所谓“悉开宋人门户”，着眼的并非诗歌体制方面的变化，而多在元和体的风格对宋诗的影响方面。又白居易荣膺“广大教化主”乃在晚唐张为的《诗人主客图》，意本指白氏讽喻诗开创风气，后多有登堂入室者。许学夷借用此语，所用的意思当不在此。王世贞的《艺苑卮言》卷四：“张为称白乐天‘广大教化主’。用语流便，使事平妥，固其所长，极有冗易可厌者。”④ 用语流便，使事平妥诸语，当与许氏借用此语之意较合，即许氏认为，宋人多学白居易用语流便，使事平妥之处，但又仅得其浅易而已。

二是用字造句方面的。其中像以文为诗：

> 白乐天五言古，其源出于渊明，但以其才大而限于时，故终成大变；其叙事详明，议论痛快，此皆以文为诗，实开宋人之门户耳。⑤
>
> 乐天七言古，《长恨》《琵琶》及《新乐府》虽成变体，然尚有唐人音调，至《一日日一年年》及《达哉乐天行》，则全是宋人声口，始为大变矣。⑥

指出白居易五七言古诗中的某些篇什以文为诗，或类宋人声口，或开宋人门户。所举《一日日一年年》及《达哉乐天行》多用散文句法，多用虚词，

---

① 许学夷：《诗源辩体》卷三十，人民文学出版社 1987 年版，第 285 页。
② 许学夷：《诗源辩体》卷二十八，人民文学出版社 1987 年版，第 275 页。
③ 许学夷：《诗源辩体》卷二十八，人民文学出版社 1987 年版，第 277 – 278 页。
④ 王世贞：《艺苑卮言》卷四，见《历代诗话续编》（中册），中华书局 1983 年版，第 1011 页。
⑤ 许学夷：《诗源辩体》卷二十八，人民文学出版社 1987 年版，第 271 页。
⑥ 许学夷：《诗源辩体》卷二十八，人民文学出版社 1987 年版，第 275 页。

确乎远离唐音，是常人所说的唐诗中的宋调。又指韩愈的作品也有类似情况：

> 退之五、七言律，篇什甚少……七言“三百六旬”一篇，则近宋人。……七言绝……《遣兴》《赛神》二篇，亦似宋人。①
>
> 《后山诗话》云：“诗文各有体，韩以文为诗，杜以诗为文，故不工耳。”愚按：退之五言古如“厓厓水帝魂”“猛虎虽云恶”……等篇，凿空构撰，“木之就规矩”，议论周悉，“此日足可惜”，又似书牍，此皆以文为诗，实开宋人门户耳。然可谓过巧，而不可谓不工也。“双鸟海外来”，中有似玉川处。②

除了以文为诗外，许学夷还指出元和诗人的以议论为诗：

> 中间入议论，便是宋人门户。③
>
> 乐天五言律，如“边角两三枝”“离离原上草”……等篇，尚为小变；如“巧未能胜拙，忙应不及闲”……等句，遂大入议论；如“寒衣补灯下，小女戏床头”“莫强疏慵性，须安老大身”……等句，则快心自得，宋人门户多出于此。④

还有以游戏为诗：

> 乐天七言律，如“万里清光”“岳阳楼下”“来书子细”等篇，亦为小变；如“我转官阶常自愧，君加邑号有何功？”……始入游戏；如“试玉要烧三日后，辨材须待七年期”……等句，亦大入议论；如“夜眠身是投林鸟，朝饭心同乞食僧”……等句，亦快心自得；如“新诗传咏”……等篇，则两股交串；如“昔年八月”……等篇，又隔句扇对；至“早闻元九”一篇，体制更奇，此皆以文为诗，实开宋人之门户耳。⑤

---

① 许学夷：《诗源辩体》卷二十四，人民文学出版社1987年版，第254页。
② 许学夷：《诗源辩体》卷二十四，人民文学出版社1987年版，第252－253页。
③ 许学夷：《诗源辩体》卷三十，人民文学出版社1987年版，第292页。
④ 许学夷：《诗源辩体》卷二十八，人民文学出版社1987年版，第275－276页。
⑤ 许学夷：《诗源辩体》卷二十八，人民文学出版社1987年版，第276－277页。

以上所有诸如风格的变化，以文为诗、以议论为诗、以游戏为诗，皆今人所知之宋诗的特点。这些看法，有的是受了《沧浪诗话》的启发，而有些则属于独创。他能从元和诗人那里一一剔抉发微，具体指出宋人所受元和诗人之影响，又以摘句的形式品评其优劣，使习诗之人明其源流，察其品性，确乎是前所未有，难能可贵，可见许氏目光之锐利。

许学夷曾经说过："予作《辩体》，于汉魏六朝初盛中晚唐，既详论之矣，而于元和诸公以至王、杜、皮、陆，亦皆反覆恳至，深切著明，正欲分别正变，使人知所趋向耳。宋朝诸公非无才力，而终不免于元和、西昆之流，盖徒取快意一时而不识正变之体故也。严沧浪云：'作诗正须辩尽诸家体制，然后不为旁门所惑。'今人作诗，差入门户者，正以体制莫辩也。"①说明其论述元和体之"大变"，乃至影响到宋诗的面目和发展，是为了使诗家能体会出诗体之正变关系，而不为其旁门所惑。

虽然许学夷仍抱持着保守的复古主义的观念，以元和体为曲端异学、以宋诗为旁门左道，但他对元和体及宋诗之间关系的来龙去脉，还是做了较为认真的梳理，有助于我们研究元和诗人及宋诗的面目，这也是《诗源辩体》的价值所在。

三、从明人论宋诗考察许学夷宋诗观的价值

以往在人们的印象中，明人尊奉唐诗，尤其是盛唐诗，特别讨厌宋诗，对宋诗不屑一顾。其实这是一种不完全的认识。在普遍尊唐的气氛中，其实还有另外一种声音。

景泰间，张方洲（宁）即反对全盘否定宋诗。《学诗斋卷跋》云：

> 先辈谓删后无诗，盖自有见，或者遂洞视近古，至谓宋儒之诗为无物，几欲一扫而空焉者，弃本逐末，弊一至此。夫文章固各有体，声韵亦自不同，然未有外理趣舍经典而可以言诗者。诗有清新者，亦有优逸者，有沈著者，有痛快流丽者，有豪宏放荡不可拘者，有摸拟想像捕风捉影奇怪百变者。有浅薄掇拾，随口滑稽，不经蹈履者。偏长彼善，自昔有之。使不切理达情，不根艺实，则淫哇巧艳，荒唐汗漫之言过耳。

① 许学夷：《诗源辩体》卷三十四，人民文学出版社 1987 年版，第 317－318 页。

辄了无复遗意于宋诗也远甚，况三百篇乎?[1]

即至成、弘间，复古主义盛行之际，蒙中子周瑛也在《跋陈可轩诗集》一文中对宋诗有较中肯的意见：

唐诗尚声律，宋诗尚理趣，元诗则务为绮丽以悦人。[2]

对苏东坡，周瑛也赞其“精见独识”“得意处无愧渊明”[3]。

这些评论都能见出宋诗不同于唐诗的特点且明人对宋诗予以了一定的肯定。至正德间，杨慎对宋诗也有一些肯定的言论，兹举其一二：

此诗（指刘原父《喜雨诗》）无愧唐人，不可云宋无诗也。[4]
知三诗（刘后村诗）皆佳，不可云宋无诗也。[5]
数诗有王维辋川遗意，谁谓宋无诗乎?[6]

当然，杨慎对宋诗的好评是有先决条件的，即他认为宋诗中有唐调者始为好诗，上举数诗均属此类。他还说过：“宋诗信不及唐，然其中岂无可匹休者？在选者之眼力耳。”[7] 这些看法，虽不能超出严羽在《沧浪诗话》中的看法：“然则近代之诗无取乎？曰，有之，吾取其合于古人者而已。”杨慎所取，即是合于唐人者。但无论如何，他改变了李何以来所谓“宋无诗”的看法，还是有积极意义的。我们还注意到，即便是后七子中的王世贞，也并非一概否认宋诗，而是有限度地肯定宋诗人中的某人某篇。他在《宋诗选序》中说：

余故尝从二三君子后抑宋者也，子正何以梓之，余何以从子正之请而序之，余所以抑宋者，为惜格也。然而代不能废人，人不能废篇，篇

---

① 张宁：《方洲集》卷二十一，《文渊阁四库全书》本。
② 周瑛：《翠渠摘稿》卷四，《文渊阁四库全书》本。
③ 周瑛：《翠渠摘稿》卷二《和陶诗序》，《文渊阁四库全书》本。
④ 杨慎：《升庵集》卷五十五《刘原父〈喜雨诗〉》，《文渊阁四库全书》本。
⑤ 杨慎：《升庵集》卷五十五《刘后村三诗》，《文渊阁四库全书》本。
⑥ 杨慎：《升庵集》卷五十七《宋人绝句》，《文渊阁四库全书》本。
⑦ 杨慎：《升庵集》卷五十七《宋人绝句》，《文渊阁四库全书》本。

> 不能废句，盖不止前数公而已。此语于格之外者也。……子正非求为佪宋者也，将善用宋者也。①

提出代不能废人，赞同编选宋诗选的人“善用宋”的态度。这一情况表明，即便是复古派中人，或接近于复古派的诗家，对宋诗也并非如李、何那样一概否定，唐音也并非有明一代唯一的声音。

及至胡应麟，他对宋诗的态度又趋于保守，倒是花了一些篇幅来讨论宋诗，但如上所引，他对宋诗的判断仍然是以唐诗作为标准。他历数宋人之学唐诗者，无论是学杜甫、学韩愈、学刘禹锡、学白居易，都认为诸家不能学到精处，只得其粗鄙，所以宋诗无论如何都不能与唐相提并论，就好像一个学生，无论如何都不能超越其师。这一观念使其所论有了很大的局限性。

与前此数家无论是尊唐者，或是间取宋诗者相比，许学夷虽然在整体诗学观念上仍未超出复古派的框架，但他在历数唐宋诗变迁时，多了一些明显的历史进化的观念。也就是他承认诗体是随时代的变化而变化，故有源流，有正变，有消长，有盛衰。但许学夷认为，并非所有的“变”都是好的。有些变是好的，如晋宋之陶、谢；有些变是不好的，如梁陈之宫体。判断诗体变化之是非优劣，有其一定的标准。诗虽然随时代而变化，但好诗的标准却是不变的。这一恒定的标准大概包含了诗应有情韵、有兴趣、合乎诗律等几个要素；他所反对的包括以议论、说理为诗，以怪涩为美等几个方面。对宋诗的判断，即以此为标准：

> 不主情而主意，则尚理求深，必入于元和、宋人之流矣。②
>
> 唐人既变而为轻浮纤巧，已复厌其所为，又欲尽去铅华，专尚理致，于是意见日深，议论愈切，故必至于鄙俗材陋耳。此上承元和而下启宋人，乃大变而大敝矣。③

在这里，他将元和诗人与宋诗人并列一起看待，基本持否定的态度。他认为，诗体之变是需要的，晚唐轻浮纤巧，需要变。但尽去铅华之后，又专尚理致，便走向了另一端。所以，从诗体的源流正变而言，许学夷认为宋诗的

---

① 王世贞：《弇州山人四部稿》卷四十一，《文渊阁四库全书》本。

② 许学夷：《诗源辩体》卷三十五，人民文学出版社1987年版，第341页。

③ 许学夷：《诗源辩体》卷三十二，人民文学出版社1987年版，第308页。

变虽是理势之自然，但专尚理致，便超出了诗体自身以情韵声律为基本体格的要求，故此大变遂成大弊。

那么，在许学夷眼中，宋诗及宋诗人是否一无可取呢？他与明代一般的复古派有没有不同呢？事实上，历经四十年诗学变迁，尤其是经历了万历公安三袁的冲击之后，许学夷对宋诗的态度较之前辈复古派有了稍显通融的眼光。他对宋诗之变并非一概否定，而是否定之中也有肯定，这是他超越一般复古派诗人的地方。许学夷与一般明人不同，他不是一提宋人诗就是“宋无诗”，对宋诗不屑一顾，而是先搜罗宋人诗集，自云花费三十余载，并逐首品阅，然后发论。所以他批评宋人，有理有据；他赞同宋人，也必佐以诗证，非一般耳食之言。他论七言律说：

> 宋人七言律虽着意变唐，然亦有自得之趣。[①]

七言律，明人直许杜诗为第一，从来视宋人七言律为无物。许氏认为宋人七言律也有“自得之趣”，准确地举出宋诗的优点，符合实际，也是较为平和公正的说法。又如论五七言古：

> 宋人五七言古，出于退之、乐天者为多，其构设奇巧，快心露骨，实为大变。而高才之士每多好之者，盖以其纵恣变幻，机趣灵活，得以肆意自骋耳。[②]

指出宋人的五七言古诗多出自韩退之、白乐天，其特点在于“构设奇巧，快心露骨”，又“纵恣变幻”“机趣灵活”“肆意自骋”。这些也都为当今宋诗研究者所认同。又评苏轼七言绝句：

> 子瞻七言绝，风调多有可观，气格亦胜永叔，自是宋人杰作。[③]

---

① 许学夷：《诗源辩体·后集纂要（卷一）》，人民文学出版社 1987 年版，第 385 页。
② 许学夷：《诗源辩体·后集纂要（卷一）》，人民文学出版社 1987 年版，第 376 – 377 页。
③ 许学夷：《诗源辩体·后集纂要（卷一）》，人民文学出版社 1987 年版，第 383 页。

又论谢皋羽五言古诗：

> 五言古匠心自恣，要亦宋人奇变，亦自足成家。[①]

于不合古训的奇变之中找出其自足成家的优点，也可见出其眼光的扩大和公正的评诗态度。

许学夷于宋代诗人中最不喜梅圣俞与黄鲁直，称二人为“千古诗道之厄”[②]。究其原因，以梅圣俞创为奇变，改变了三百篇以来诗以情韵声律为格的诗法，所以多有批评。所谓：

> 至梅圣俞，才力稍强，始欲自立门户，故多创为奇变。宋人好奇者，大都出此。[③]

但其编选《诗选》，仍认为“圣俞五言律，前十余卷格颇近正”，所以“入录为多”[④]。对于黄庭坚及江西诗派，则以其生涩拗僻、深晦底滞，而“良可深恨”。许氏对黄庭坚倒是没有任何的赦免之词，且认为较之于李贺的牛鬼蛇神还为可恶。这一点，当为时代局限，未可苛责。在当时，即便是以提倡宋诗著称的袁中郎在对待黄庭坚时也未能免俗[⑤]。

许学夷一方面在论述各体诗方面表露出了较为通脱的眼光。在对宋诗人的评价上、在对宋诗妙处的体会上，也有一些前人所没有达到的眼力。他曾分举元和、北宋四大诗人，称其识见才力凌跨百代：

> 诗至韩、白、欧、苏，可称大变。然其论则无不正者，盖四子识见、学力实皆凌跨百代，但以其才大不能束缚，故不得不然。[⑥]

指出从元和到北宋的这四大诗人，虽为诗之“大变”，但因其皆具有大才，

---

① 许学夷：《诗源辩体·后集纂要（卷一）》，人民文学出版社 1987 年版，第 390 页。

② 许学夷：《诗源辩体·后集纂要（卷一）》，人民文学出版社 1987 年版，第 385 页。

③ 许学夷：《诗源辩体·后集纂要（卷一）》，人民文学出版社 1987 年版，第 378 页。

④ 许学夷：《诗源辩体·后集纂要（卷一）》，人民文学出版社 1987 年版，第 378 页。

⑤ 许氏言：“中郎直举欧苏而置黄勿论，可为宋代功臣。”见许学夷《诗源辩体·后集纂要（卷一）》，人民文学出版社 1987 年版，第 382 页。

⑥ 许学夷：《诗源辩体》卷三十五，人民文学出版社 1987 年版，第 351 页。

识见学力凌跨百代，故能成就一代之风。同样的话还有：

> 宋人古诗、歌行多出于退之、乐天，体虽大变，而功力恒有过之。[①]

他还能用另一种眼光去审视宋诗，从而看出宋诗的妙处：

> 宋主变，不主正，古诗、歌行，滑稽议论，是其所长，其变幻无穷，凌跨一代，正在于此。或欲以论唐诗者论宋，正犹求中庸之言于释、老，未可与语释、老也。[②]

这样的评价具有特殊的意义。以往明人无论是否定宋诗的，还是肯定宋诗的，多是以唐诗的标准去衡量，否认者以其不合于唐诗的体格，肯定者则认为宋诗中也有合于唐调者。以唐诗的眼光去审视宋诗，所以很难读出宋诗的妙处。许学夷指出宋诗滑稽议论、变幻无穷，正是在宋言宋。他将以论唐诗者论宋诗比之为求中庸之言于释、老，是一针见血之论。

正由于此，他批评："元美、元瑞论诗，于正者虽有所得，于变者则不能知。袁中郎于正者虽不能知，于变者实有所得。"[③] 这一说法虽非石破天惊，但就诗体的演革变化，显示出较为清醒的认识，洵为持平之公论。又如：

> 刘后村云："欧公诗如韩昌黎，不当以诗论。"西清云："坡诗如方朔极谏，时杂滑稽，罕逢酝藉。"此论皆正，然可以论唐，而非可以论宋也。袁中郎云："诗至欧苏，滔滔漭漭，有若江河。"此又不分正变。故凡欧苏诗，美而知其病，病而知其美，方是法眼。[④]

这些说法均显示出经过万历年间的诗学思潮变迁之后，复古派的许学夷实际上成为一个综合复古与新变的诗论家，他既反对复古派的以唐论宋、一概否

---

① 许学夷：《诗源辩体·后集纂要（卷一）》，人民文学出版社 1987 年版，第 377 页。
② 许学夷：《诗源辩体·后集纂要（卷一）》，人民文学出版社 1987 年版，第 377 页。
③ 许学夷：《诗源辩体·后集纂要（卷一）》，人民文学出版社 1987 年版，第 381 页。
④ 许学夷：《诗源辩体·后集纂要（卷一）》，人民文学出版社 1987 年版，第 384 页。

定宋诗的做法，认为宋诗为大变、为大弊；但又认为宋代诗人中也有如欧苏这样的大家，并对宋诗的特性有所认识。同时，他又反对袁中郎机械的诗学进化观，认为他只知欧苏之美，而不知其病，是不分正变。在他看来，欧苏的诗虽有可取之处，但终非本色，所以不同意袁中郎所谓“诗至欧苏，滔滔漭漭，有若江河”的看法。

应该说，明代诗学至崇祯年间，复古与性灵、尊唐与崇宋，已显示出若干变化，许学夷的《诗源辩体》也已出现了二者融合的苗头。许氏对从元和体到宋诗的评析，显示出了这一新的变化。

（原载《湛江师范学院学报》2006 年第 1 期）

莱辛的诗画界说与中国古典抒情诗的空间结构

一、诗画一律与诗画界说

诗画是姊妹艺术，诗画的关系历来为人们重视。在西方，早在莱辛的《拉奥孔》之前，就有若干讨论诗画关系的论述，认为“诗画一律”①。

相反，中国早期的诗画论是强调言与画的区别。陆机曾说：“宣物莫大于言，存形莫善于画。”② 说明言与画各有擅长。到南朝宋，王微《叙画》一文开始将绘画与其他艺术并举：“图画非止艺行，成当于《易》象同体。”但王微的画与《易》象同体，不是从艺术形式上说的，他是试图将画体攀附上《易》体，以提高绘画的地位。到唐，张彦远的“书画同体而未分”③（《叙画之源流》），开始注意到绘画与其他艺术形式之间的联系，但仍没有谈到“诗画一律”的问题。到了宋代，由于起于唐代的南宗画的兴盛，以及此前唐诗所取得的巨大成就，人们开始注意到南宗画的空灵写意与唐诗的兴象风神有着十分相似的地方，开始逐渐将诗画并举，认为诗画是同貌而异体的孪生姊妹。有名的像郭熙的《林泉高致·画意》说：“更如前人言：‘诗是无形画，画是有形诗。’哲人多谈此言，吾人所师。”④ 苏轼也说过“诗中有画”“画中有诗”“诗画本一律”⑤（《书鄢陵王主簿所画折枝》）等。自此以后，“诗画一律”成为中国人论诗谈画的权威说法。

与中国的“诗画一律”自宋以来一直是权威说法不同，西方的理论到了15至17世纪，开始逐步出现了变化。先是达·芬奇开始注意诗与画的区

---

① 详请参阅［美］卫姆塞特、［美］布鲁克斯著，颜元叔译《西洋文学批评史》第13章，中国人民大学出版社1987年版。

② 张彦远：《历代名画记》卷一《叙画之源流》引，明津逮秘书本。

③ 张彦远：《历代名画记》卷一《叙画之源流》引，明津逮秘书本。

④ 郭熙：《林泉高致·画意》，见沈子丞编《历代论画名著汇编》，文物出版社1982年版，第72页。

⑤ 苏轼：《书鄢陵王主簿所画折枝》，见《东坡诗集注》卷十一，《四部丛刊》景宋本。

别，他认为："在表现言词上，诗胜画；在表现事实上，画胜诗。"① 所论与1200 年前陆机的说法略有相似。但达·芬奇的诗画界说仍是建立在"诗画一律"（均为模仿）的基础之上，在区别诗画各有擅长的同时，仍认为画是"哑巴诗"，而诗是"瞎子画"。真正对"诗画一律"的传统说法产生震撼力的是莱辛的《拉奥孔》，它全面检讨了诗与画在构思方式、模仿的媒介与对象、艺术表现的时间与空间等各个方面的区别，提出了"诗是时间的艺术""画是空间的艺术"。他认为，绘画使用的是"自然的符号"，即线条、颜色；诗则用"人为的符号"，是时间中发出的声音，即文字。"既然符号无可争辩地应该和符号所代表的事物互相协调；那么，在空间中并列的符号就只宜于表现那些全体或部分本来也是在空间中并列的事物，而在时间中先后承续的符号也就只宜于表现那些全体或部分本来也是在时间中先后承续的事物。"② 因此，绘画相应的就是"空间的艺术"，诗则是"时间的艺术"。

莱辛的诗画界说，源于他对古希腊雕塑群像的分析，但其根据则是西方自荷马史诗以来的诗歌的叙事传统。西方的诗歌虽然在古希腊时期就有品达和女诗人萨福的抒情琴歌，以后的若干年中也陆续有不少的抒情歌谣出现，但在文学史家和学者的心目中，诗的正宗仍是荷马史诗所奠定的叙事长诗的传统。亚里士多德的《诗学》讲到抒情诗时，连个正式的名称也没有（见《诗学》第一章），可见其不受重视的程度。就是在 19 世纪浪漫派兴起之后，情况也没有得到根本改变。因此，提起西方的诗歌，最为专家们称道的是《失乐园》《浮士德》《恰尔德·哈罗德游记》之类的鸿篇巨制。对于这些以叙事为主的史诗或长篇诗剧，确实如莱辛所说："他可以随心所欲地就他的每个情节从头说起，通过中间所有的变化曲折，一直到结局，都顺序说下去。"③ 而作为空间艺术的绘画却不能如此："画家根据诗人去作画，只能画出其中最后的一个画面。"④ 因此，诗与画各有所长，诗善于表现时间移动中的事物，而画长于表现空间景物。这一分界，就西方诗画而言，无疑是准确的。

中国的"诗画一律"，作为一个长期占主导地位的说法，也有它自身诗画传统的内在基础。中国诗从一开始，就与中国画，尤其是南宗画，有着非

---

① ［意］列奥纳多·达·芬奇著，戴勉编译，朱龙华校：《芬奇论绘画》，人民美术出版社 1980 年版，第 20 页。

② ［德］莱辛著，朱光潜译：《拉奥孔》，人民文学出版社 1979 年版，第 82 页。

③ ［德］莱辛著，朱光潜译：《拉奥孔》，人民文学出版社 1979 年版，第 23 页。

④ ［德］莱辛著，朱光潜译：《拉奥孔》，人民文学出版社 1979 年版，第 76 页。

常相近的特质。在《诗经·国风》中，已有如画的诗境。像“关关雎鸠，在河之洲”，犹如一幅有背景的花鸟画；“蒹葭苍苍，白露为霜。所谓伊人，在水一方”也像一幅人物风景画；而嵇中散的“目送飞鸿，手挥五弦”，简直就是一幅飘飘欲仙的人物画；其他像《敕勒歌》的草原风情画、《江南》的鱼戏图，都是诗情画意兼备。从这些诗的表现形式看，其空间结构，以及有关格调、韵律、音节、意趣的要求，与绘画的结构、视点、风神、气韵、节奏等，是完全相通的。中国诗与中国画一样，都不侧重于表现情节或动作，也不依照时间的顺序去描述事件的发展，而往往是选取一个小的场景，展现刹那间的空间意象。如果我们把莱辛的诗画界说运用到中国诗画上，就会有一种力不从心、格格不入的感觉。其原因，正在于中国诗与中国画有着同源共脉的关系，它更像是空间的艺术，而非时间的艺术。

二、中国抒情诗的空间结构形式

如上所述，中国抒情诗的结构是空间化的，其形式与画法相类。中国画的布局采用空间的散点结构法，无论亭榭楼台，还是山水树木，均可以“心灵之眼”去笼罩布置。远景可置之近，视线外之物可入之于内，千山万壑、山外青山均可摄于尺幅，以见出空间的辽阔绵远。中国诗也是如此，诗论家论诗时说“咫尺有万里之势”[①]，要求诗能在有限的空间里展现无限的空间意识。“北垞湖水北，杂树映朱栏。逶迤南川水，明灭青林端。”（王维《北垞》）将四方八面之景浓缩在五言四句之中，现出空间无限的包蕴性。这是画法，也是诗法，追求的都是空间的放大。还有一句论诗习语叫“抚千古于一瞬”，是说时间的，就是把漫长的时间收缩到一瞬之间，而不着意于表现时间的推移。空间的放大和时间的收缩，是中国诗画处理时空意识的准则，也是诗的空间结构的主要形式。

在中国人的意识里，因“诗画一律”，其评诗论画往往有着一致的标准。我们从诗画评论中可以看出中国人处理时空关系的情况。世传王维有雪中芭蕉图，张彦远评曰：“王维画物，多不问四时，如画花往往以桃杏芙蓉莲花同画一景。”[②] 四时不同的花卉同画一景，是打破时空界限、收缩时间的表现，虽有悖常理，却是中国画中的一个传统。这一传统在诗里也有表

① 王夫之著，戴鸿森笺注：《薑斋诗话笺注》卷二，人民文学出版社1981年版，第138页。
② 沈括：《梦溪笔谈》卷十七，《四部丛刊续编》景明本。

现，黄山谷诗云："折苇枯荷共晚，红榴苦竹同时。睡鸭不知飘雪，寒雀四顾风枝。"[①] 飘雪寒雀与枯荷红榴并举，也是收缩时间，四时异物共聚一诗的例证。至于放大空间，则见于王士祯所论王维诗："世谓王右丞画雪中芭蕉，其诗亦然。如'九江枫树几回青，一片扬州五湖白'，下连用'兰陵镇''富春郭''石头城'诸地名，皆寥远不相属。大抵古人诗画只取兴会神到。"[②]"九江枫树几回青"，淡淡一笔，蕴含九江一地数年历史变迁，是收缩时间的手法。而连用辽远不相属之地，则是诗人神骛八极、放大空间的写法。收缩时间并放大空间，在西洋人看来也许只是画法而不是诗法。但在中国人眼中，它们却是统一的。其原因正在于中国诗与中国画一样，都是以空间形式为主要结构形式的。"江山无限景，都聚一亭中"（张宣《溪亭山色图》诗），正是中国古代抒情诗空间结构形式的形象说明。

中国人写诗一般都撇开时空推移的过程，往往即目吟咏，即事抒情，或写一段心境，或写一片风景，通过描绘刹那的空间景物和诗人瞬间的感受，来展现时空的演进。也就是王船山说的："就当境一直写出，而远近正旁情无不届。"[③] 这种结构形式，在《诗经》中就已经具备了。像《召南·小星》："嘒彼小星，三五在东。肃肃宵征，夙夜在公。寔命不同。"时间仿佛被凝止，并且向空间渗透，三五在东的小星既是"宵征"的时间，也是对空间景物的描写。这种截断时间，让位于空间描写的结构，是《诗经》常用的一种形式。魏晋南北朝的山水田园诗也多采用空间结构的形式。最突出的是谢朓的山水诗，他的《晚登三山还望京邑》是典型的空间化结构。诗中抒情主人公的位置是固定的，时间被收缩在某一顷刻，目力向四周辐射透视，景物呈横向排列的顺序："白日丽飞甍，参差皆可见。余霞散成绮，澄江静如练。喧鸟覆春洲，杂英满芳甸。"完全是一幅可以入画的空间景象。这种空间物象的横向排列在谢朓诗中还有许多，像："日华川上动，风光草际浮。"（《和徐都曹新亭渚》）"叶低知密露，岩断识云重。"（《移病还示亲属》）"寒草分花映，戏鲔乘空移。"（《将游湘水寻句溪》）"规荷承日泫，彩鳞与风泳。"（《奉和随王殿下》）这些空间画面呈现出的是一种物象并列的状态，诗人的目光犹如画家的散点透视，将散见的景点结构化，构成有机

---

① 黄庭坚：《题郑防画夹五首》之四，《豫章黄先生文集》第十二，《四部丛刊》景宋乾道刊本。

② 王士祯：《池北偶谈》卷十八，《文渊阁四库全书》本。

③ 王夫之：《唐诗评选》卷三，见《船山全书》第十四册《楚辞通释 古诗评选 唐诗评选 明诗评选》，岳麓书社 1996 年版，第 1023 页。

的活泼鲜灵的生动画面，使人观诗如观画。这正体现了中国古典抒情诗的特性：不以时间的推移来展现事件的发展和作者情感变化的清晰脉络，而是以突现的情景结构来孕育空间断面，给人以充分的联想和美感。

这种创始于《诗经》，经过魏晋南北朝诗人发展并定形的空间结构形式，在唐以后，更成为诗歌常见的结构形式。它在构思方式、意境、风格等方面，日趋接近绘画的内在精神。“诗画一律”的说法始见于宋人，并一直流传下来，就是一个明证。

当然，我们说中国古代抒情诗更像空间的艺术，并不意味着它就排斥了时间。而是时间的表达采用了另外的一种方式，即时间向空间渗透，形成空间化了的时间，或时间化了的空间。它只是不以时间为序，而不是不表现时间。像杜诗的“星垂平野阔，月涌大江流”，“星垂”与“月涌”暗示了时间，但重点在空间意象，只是时间融入了空间，形成空间化了的时间。再如温庭筠的“鸡声茅店月，人迹板桥霜”，也是时间与空间物象同步，而非时空相继。

在这方面，中国古代抒情诗不仅与西方的长篇叙事诗不同，与抒情短诗也有不同。西方的抒情诗，由于受叙事文学的影响，诗的结构形式大多是时间性的。它以主人公的活动为序，通过各种时态的变化，展现事件发展及诗人情感变化的过程，使诗歌呈现出时间性的结构方式。像华兹华斯著名的抒情诗《云游》，就采用了以时间为序的结构形式。从诗中看，主人公的活动有一种纵向的承续性：“我”像一朵游云，四处飘荡，先是看到了金黄的水仙，接着看到闪烁的群星，海上的波浪……这一切，引起了“我”的遐想，然后，“我”躺在卧榻上陷入沉思。很明显，这种形式，很像莱辛所说，“诗人让我们历览从头到尾的一序列画面”①。这些类似于游览的过程，在中国诗人笔下，一般都是略去的，但在西人的抒情诗中，却要依据时间的顺序将它细致地记录下来。由此反映了两种不同的抒情诗传统。

在中国古代，能与西诗的结构形式相近的，大概唯有谢灵运的游记式山水诗之类的作品。他的诗不少是从宏观的角度对山水做远距离的跟踪透视，展示一天游历的过程。像《石壁精舍还湖中作》的结构形式就很像华兹华斯的《云游》：

---

① ［德］莱辛著，朱光潜译：《拉奥孔》，人民文学出版社 1979 年版，第 76 页。

昏旦变气候，山水含清晖。清晖能娱人，游子憺忘归。
出谷日尚早，入舟阳已微。林壑敛暝色，云霞收夕霏。
芰荷迭映蔚，蒲稗相因依。披拂趋南径，愉悦偃东扉。
虑淡物自轻，意惬理无违。寄言摄生客，试用此道推。

作者采用视线与时空同步移动的形式，从“出谷日尚早”到“入舟阳已微”，再到“愉悦偃东扉”，不惜笔墨地描述了一天循着山路、水路流连风景的情态，表现出与中国古代一般抒情诗不同的结构形式。他的其他作品，像《登石门最高顶》《泛湖出楼中玩月》等诗，也都大致描写了一般中国诗人所略写的部分，体现出时间性结构的特点。这一特例的产生，大概与此类诗专以记写游历有关。但应指出，这种结构形式在中国古代抒情诗中并不多见，从《昭明文选》将谢灵运的这类诗编入游览类就可见出。这也从反面说明不以时间为序的空间结构形式才是抒情诗结构的正宗。

三、中国抒情诗的空间结构功能

中国古代抒情诗在结构功能上，也显示出与西诗不同的面目。

中国的旧诗，一般都没有诗人的直接介入，也没有时态的变化，更不见诗人对心灵感悟过程的演绎。而这些因素在英诗中一般都是齐备的。像雪莱的《云雀》、华兹华斯的《云游》《孤独的收割女》，都明显地表现出诗人直接的介入，诗人详尽地叙述了自己何时、何故，看到了何种景物，自己的心灵又是如何同景物沟通，达到一种领悟，等等。这种以描述、铺叙、解析为主要抒情手段的时间性结构，一如中国古诗中的“赋”法，能把诗人的意绪表露得清清楚楚。而中国抒情诗一般虽不具备这些因素，但同样能够取得西诗的艺术效果。比如，中国旧诗没有诗人的直接介入，仍能毫不逊色地表达出深厚的意蕴，而且由于它的大容量和多义性，对读者有更深广的感发力量；它虽然缺乏时态的变化，但丝毫不影响其表现出凝重的历史感；它虽然不着意于演绎解析诗人的心灵，但又分明从物象中映出诗人的心灵。这一切，不能不说明中国古代抒情诗的空间结构有着独特的功能。

这种独特的功能首先体现在空间结构比时间结构具有更广阔的想象空间和多义性，具有易于增解的功能。近代西方新批评派常注意诗中的复义（ambiguity，又译作含混）现象，认为诗中的复义可使作品有多重理解，增添作品的魅力。但比较而言，西方人所说的复义仅限于字词所含有的多重意思与歧解①，而中国诗中所体现的复义却是多方位的。其中既有字词典故的复义，也有诗篇意趣、题旨的复义。这种现象的产生，端赖于中国古代抒情诗空间结构的特性。中国旧诗往往篇制短小，一以当十，运用与绘画相类的技法，多以不言为言，以景代情，寄言托意。而景物之所寄所托，不言与有言，往往是不确定的，再加上空间结构自身所具有的空白点，为读者的增解提供了多重可能性。所以，它虽然是就作者目力所见写出，是刹那间的空间画面，但"精骛八极，心游万仞"，篇中的意蕴往往是很丰富的。王船山在《夕堂永日绪论》里说："'君家住何处？妾住在横塘。停船暂借问，或恐是同乡。'墨气所射，四表无穷，无字处皆其意也。"② 这首小诗描写一个瞬间场景，全诗劈空而起，以虚写实，淳朴的民风、浓郁的乡情，甚或男女的爱慕，尽在言外。绘画也有这样的方法，笪重光《画筌》说："虚实相生，无画处，皆成妙境。"③ 都注重以空间的虚白来显现实境。再像李商隐的《锦瑟》诗，无疑也是一种空间结构的形式，八句分别描摹若干物象，各有不同的寓意。这些不夹杂作者主观介入的物象具有极大的随意性，能令读者见仁见智，各取所需。这些现象说明，以空间结构组成的中国抒情诗，由于多是展现瞬间的情境，着意的是意趣，就比展示情节动作为主的西诗更容易产生复义，更具有由单义向复义转换的功能，也就更具有艺术魅力。

其次，与西诗的解析演绎相比，中国抒情诗的空间结构显示出一触即觉的功能。中国诗人写诗与画家作画一样，取其"兴会神到"，视乎"当境"之所感所触，而不屑于义理的解析与时空的演绎。像王安石《六言绝句》之一：

> 杨柳鸣蜩绿暗，荷花落日红酣。
> 三十六陂春水，白头相见江南。

目力所见与心中所感瞬间融合，情景兼到。这种突现的情景结构是诗人"兴会神到"的产物，也使读者披文入情，一触即觉。王夫之在评杜甫《野望》诗时说："《野望》绝佳写景诗，只咏得现量分明，则以之怡神，以之

---

① 详见［英］燕卜荪《论复义七型》，中译本名《朦胧的七种类型》，中国美术学院出版社1996年版。

② 王夫之著，戴鸿森笺注：《薑斋诗话笺注》卷二，人民文学出版社1981年版，第138页。

③ 笪重光：《画筌》，见沈子丞编《历代论画名著汇编》，文物出版社1982年版，第310页。

寄怨，无所不可。”[①]“现量”为佛家语，有现在、现成、显现真实三层含义。现在，即“不缘过去作影”；现成，即“一触即觉，不假思量计较”；显现真实，即“彼之体性本自如此，显现无疑，不参虚妄”[②]。所谓“现量”，用在诗论上，就是诗人写诗，无须再现时间推移的过程，也无须“思量计较”，突现的空间情景结构已包含了读者领悟感发的可能性。因此，不假思索，便能理解“真实”，不缘过去，却能显现历史。它能使读者在不言不说中由此及彼，触类引申，举一反三，一触即觉。欧阳修说：“余尝爱唐人诗云：‘鸡声茅店月，人迹板桥霜。’则天寒岁暮，风凄木落，羁旅之愁，如身履之。至其曰：‘野塘春水慢，花坞夕阳迟。’则风酣日煦，万物骀荡，天人之意，相与融怡。读之便觉欣然感发，谓此四句，可以坐变寒暑。诗之为巧，犹画工小笔尔。”[③] 清楚地表明中国抒情诗的空间结构具有的一触即觉的功能。

再次，中国抒情诗的结构虽然是空间化的，但同样具有表达历史感的功能。比较而言，西诗是通过叙述时间的推移和物境的变迁来表现历史的纵深感，中国旧诗则多是通过自然景物的象征对比和运用典故来体现历史感。前者像：

> 秦时明月汉时关，万里长征人未还，
> 但使龙城飞将在，不教胡马渡阴山。（王昌龄诗）

“秦时明月汉时关”互文足义，指历史上秦汉两朝为防备胡而修筑的关隘，阴山则暗指现时唐人的关隘。一古一今的对比，说明时移而势同，从而在现实与历史之间建立了联系。同样，今日万里长征之“人”与汉代龙城之“飞将”也通过今古对比，建立了历史联系，表达作者思念骁将的迫切心情，从而体现出深邃的历史感。再像：

> 六朝文物草连空，天淡云闲今古同。
> 鸟去鸟来山色里，人歌人哭水声中。（杜牧诗）

---

① 王夫之：《唐诗评选》卷三，见《船山全书》第十四册《楚辞通释 古诗评选 唐诗评选 明诗评选》，岳麓书社1996年版，第1019页。

② 王夫之：《相宗络索·三量》，见《船山全书》第十三册《老子衍 庄子通 庄子解 相宗络索 愚鼓词 船山经义》，岳麓书社1996年版，第536页。

③ 欧阳修：《试笔》“温庭筠严维诗”条，见《欧阳文忠公集》，《四部丛刊》景元本。

“六朝文物”是历史遗迹，“天淡云闲”则是永恒的自然景观；后两句的“鸟去鸟来”是永恒的自然景观，“人歌人哭”则是短暂的现实场景。两组对比，沟通古今，说明斗转星移、物是人非，表达了作者的“忧唐之衰”，同样具有凝重的历史感。

后者像：

> 北极朝廷终不改，西山寇盗莫相侵。
> 可怜后主还祠庙，日暮聊为梁甫吟。（杜甫诗）

> 贾生年少虚垂涕，王粲春来更远游。
> 永忆江湖归白发，欲回天地入扁舟。（李商隐诗）

诗中“北极朝廷”“西山寇盗”“贾生年少”“王粲春游”，说的尽是前朝旧事，但由于典故的意蕴丰富，又与眼前的现实相类，或与作者自身的境遇相关，就会激发读者的想象。由古而今，又由今而古，将以往的历史内容与目前的现实境况浑融贯通，从而产生历史感。再如王建的《望夫石》：“望夫处，江悠悠，化为石，不回头。山头日日风复雨，行人归来石应语。”全诗纯是咏物，但千古恋情，岁月之感，悠悠不尽，胥在言外，也是历史感的一种表现。

中国旧诗表达历史感有其自身的特点，它不一定通过历史的有顺序的渐进描述来体现，而是通过若干意象和故实来暗示。诗的结构是空间化的，意象是散见的，但结构的功能却可以化跳跃的历史断面为连贯的历史进程，从而激荡出历史的回音。这样，诗的篇幅虽然没有加长，时空的容量却加大了，而且由于读者的参与增解，更增添了诗的艺术魅力。这也许正是中国抒情诗空间结构的优势所在。

（原载《东方丛刊》1992 年第 3 辑）

第三编

《庄子》与《诗经》研究

老庄故里及文化归属考辨

从几年前的“文化热”开始，学术界便有人在地域文化研究中把老庄看作南方文化的代表人物、创始人，认为他们的学说与《楚辞》共同形成了与代表中原文化的孔孟儒家思想大异其趣的南方文化。其立论的逻辑是，老庄是楚国人，楚人是南方人；南方山清水秀，故南人的思想多尚虚无，文辞空灵飘荡，柔婉精妙；作为南方人的老庄，其思想与文辞自然体现了南方文化的特征。因而，从老庄、《楚辞》以来，形成了中国古代的南方文化传统，云云。然而，自《隋书·文学传叙》以降，历代都有人专门论述过南北文化、文学之不同，其理论的正确性也毋庸置疑。问题是将南方文化的源头追溯至老庄身上，令笔者疑窦丛生，故于此提出异议，就教于方家。

一、老庄非南方人

国人对中国南北的划界，由先秦至现代都没有太大变化。春秋战国时期，人们所说的南方大致包括荆楚、巴、蜀、濮等所谓南蛮之地，亦即淮河汉水以南地区。《左传》载，昭公九年（前533年），王使詹桓伯辞于晋曰：“自武王克商……巴、濮、楚、邓，吾南土也；肃慎，燕、亳，吾北土也。”[①] 虽说这段文字是讲周人版图内的南土与北土，也可以看出南土除邓以外的地区均属江汉以南，而邓在成周时，由豫西的邓林迁至今湖北襄阳的邓城，西与楚、巴，南与濮相邻，虽未在江汉以南，但也与之隔江相望。而北土，则绝对是在江汉之北，像肃慎，韦昭注为东北夷之国；燕国，孔疏为今河北蓟州区[②]。历史上亳有南亳、北亳、西亳之称，南亳在今河南省商丘市东南，北亳在今河南省商丘市北大蒙城，西亳在今河南省偃师县西。据王国维考证，商汤时并无南亳、西亳之称，仅有北亳。北亳，史说为蒙，址在

---

① 杨伯峻编著：《春秋左传注》，中华书局1990年版，第1307－1308页。

② 见孔颖达《春秋左传正义》卷四十五，《十三经注疏》本。

今山东省曹县东南，河南省商丘市东北[①]。据此说，则北亳或许是春秋战国时宋国的蒙地，亦即庄子的居地。这说明庄子所在的蒙地，周人认为它属北土，而非南土。这从庄子门人处也可得到印证，《庄子·天下篇》曾言及南方人，指的是楚人。其文曰："南方有倚人焉，曰黄缭，问天地所以不坠不陷，风雨雷霆之故。"[②] 黄缭，姓黄名缭，楚人，战国辩士。《战国策》记载魏王使惠子于楚，楚中善辩者黄缭辈争为诘难。[③] 说明庄子及其后人既不自认为是楚人，亦不自认为南人，而自认为是北人，将楚人目为南人。这与春秋战国时期人们关于南北的概念是一致的。除了荆楚、巴、蜀、濮之外，南方有时还指东夷的吴、越之地，区划也无非是以长江为界。像《庄子·天下》云："南方无穷而有穷，今日适越而昔来。"[④] 就将越视为南方。汉人也是如此，《史记·货殖列传》云："楚越之地，地广人稀。饭稻羹鱼，或火耕而水耨……是故江淮以南，无冻饿之人，亦无千金之家。"[⑤]《史记·货殖列传》还说："江南卑湿，丈夫多夭。"[⑥] 均将江南作为异于中原的南方看待。其后三国两晋迄于近代，人们言及南北，也不外是以长江或淮河为分界。因此，由古至今，中国人所说的南方，均在江汉淮水以南，北方则指江汉淮水以北。其间虽小有差异，但大体如此。

明确了这一点，老庄究竟是南人还是北人就容易搞清楚了。老子的身世历来是学界由古到今的一个疑点，但对于老子的籍贯却意见比较一致，这就是《史记》本传中提出的"楚国苦县人"。苦县春秋时属陈国，战国时归楚，地望在今河南省鹿邑县。庄子为宋国蒙人，战国末宋为齐所灭。宋国蒙地今人多认为址在今河南省商丘市东北。老庄二人，分属陈、宋，地域均在长江、淮河以北，自然应是北方人。

至于楚国在战国时期逐步向北扩展，疆域北至于陈（今河南淮阳一带），东至于莒（今山东莒县一带），也并不能就此改变南人北人的概念。中国历史上多次出现过政体易鼎，北人南下主政的情况（如元代、清代），

---

① 见王国维《观堂集林》卷十二《说亳》，中华书局1959年版，第518－522页；又见杨宽《中国古代都城制度史研究》，上海古籍出版社1993年版，第39页。

② 庄周著，王先谦撰：《庄子集解》，上海书店1987年版，第104页。

③ 见徐廷槐《南华简钞》，引自陈鼓应《庄子今注今译》，中华书局1983年版，第961页。

④ 庄周著，王先谦撰：《庄子集解》，上海书店1987年版，第103页。

⑤ 司马迁：《史记》，中华书局1959年版，第3270页。

⑥ 司马迁：《史记》，中华书局1959年版，第3268页。按《汉书·地理志》与《史记·货殖传》同，亦云："江南卑湿，丈夫多夭。"见《汉书》，中华书局1962年版，第1668页。

但南北的划界并不以政权的交割而改变。人们依然把长江或淮河以南地区的人称为南方人，把长江或淮河以北的人称为北人。正好像我们不能因为清代广东为北方的清人所统治，就把广东人称为北人一样，也不能因为当时的陈国为楚所灭，陈人被楚人所统治，就把陈人称为南方人。

就中国地理文化而言，中国人心目中的南方一直都是长江以南的吴楚，即便战国时期楚国版图扩展至黄河以南地区，人们也依然将黄河下游地区视为中国、中原或北方；而将吴楚之地视作南方。《全晋文》卷五十四所载袁准《劝曹爽宜捐淮汉以南书》，就将江汉以南的吴楚视为中国相对的外化之民。按理说，晋代中原地区已与吴楚等边陲少数民族有了相当长时间的交往，传统的文化心理尚且如此顽固，何况在春秋战国时期，人们当然不可能将黄河中下游地区的陈、宋两国目为南方，将原属妫姓、子姓的华夏陈、宋之民视作南蛮。因此，无论从哪方面说，老庄都应是北方人，而不是南方人。

二、老庄亦非楚国人

有关老子的生平事迹，自20世纪20年代梁启超撰文提出质疑开始，就在当时的学术界引起一场大争论，论战资料收在《古史辨》第四册、第六册。其中和我们今天所论有关的问题有二：一是老子的籍贯问题，二是老子的生平活动时间与陈灭国的先后时间问题。如果这两个问题搞清楚了，老子是不是楚国人也就清楚了。

今人之认为老子乃楚国人，多是因为今本《史记》本传的缘故。《史记》曰："老子者，楚苦县厉乡曲仁里人也。"[①] 司马迁说"楚苦县"，其实是以战国之后的观念去加以归类的。在春秋战国文献中，称陈而不称楚，如《国语·郑语》就将陈国归为成周："当成周者，南有荆蛮、申、吕、应、邓、陈、蔡、随、唐。"[②] 列出成周洛邑以南的诸侯国，并未将陈归属于楚。《左传·宣公十二年》记载随武子论楚国，也是将陈、楚对举："昔岁入陈，今兹入郑，民不罢劳，君无怨言，政有经矣。荆尸而举，商家工贾不败其业。"[③] 说明春秋时期人们不以陈归楚，陈是陈，楚是楚，非常清楚。当然，

---

① 司马迁：《史记》，中华书局1959年版，第2139页。

② 董增龄：《国语正义》卷一，清光绪章氏训堂刻本。

③ 杨伯峻编著：《春秋左传注》，中华书局1990年版，第722页。

这不是说司马迁缺乏常识，因为陆德明《经典释文》谓《史记》又云老子乃“陈国相人也”。[①] 相，即苦县，春秋时苦县称相。《后汉书·郡国志》：“苦，春秋时曰相。”[②] 从唐陆德明所见《史记》与今本《史记》的记载有异来看，此段《史记》原文已经后人窜改。其实，《史记》本传此文字有无被人窜改，于此并不重要，因为有关老子的属国问题，由古至今的说法都不一致。像东汉边韶《老子铭》说老子是“楚相县人”[③]，河上公《老子注》说是“陈苦县厉乡曲仁里人”[④]。无论讲老子是陈相县人，还是楚苦县人，就老子的籍贯而言，都是一样的，即今河南省鹿邑县境内。

我们要确定老子究竟是楚人还是陈人，关键是看老子的生平活动时间是在战国以前，还是战国以后。如果是战国以前，那么当然是陈国人，如果是在战国以后，自然就是楚国人，因为陈被楚所灭是在公元前479年（即战国纪元前三年），三年后才进入战国纪元。一是以梁启超、冯友兰、顾颉刚、钱穆等人为代表的战国晚期或西汉前期说；二是以胡适、张季同、黄方刚、唐兰等人为代表的春秋晚期或战国初期说。梁、冯等人的战国晚期说为20世纪二三十年代的疑古风气的表征，是今文家学的再现，在20世纪30年代以至以后的数十年间，此派学说甚为风行，但今天看来，张季同、黄方刚等人的说法更符合实际，今人李学勤、陈鼓应两先生也认为《老子》一书的成书年代至迟也应在战国初期。李先生根据长沙出土的马王堆汉墓中的黄老帛书及其他相关资料，认定《老子》成书于战国初期以前[⑤]。陈先生的文章见于《〈老子〉注译及评介·增订重排本序》，文章从“关于使用名词”“关于引述”“关于文体”三个方面，对《老子》一书“成书年代不至晚于战国初”做了令人信服的论析。笔者完全赞同李、陈二位先生的意见，在无更新的资料发掘出来的情况下，《老子》一书最迟成书于战国初年以前的结论是公允而持平的。

在上述结论的前提下，老子的活动年代问题就容易确定了。如果说《老子》一书完成于战国初年以前，那么老子的活动年代也就应该在战国初年以前。而在公元前479年，陈国尚未被楚所灭，老子的一生大半的活动时

---

① 陆德明：《经典释文·序录》，抱经堂本。

② 《后汉书》卷一百十《群国志》，百衲本景宋绍熙刻本。

③ 洪适：《隶释》卷三引，《四部丛刊三编》景明万历刻本。

④ 司马迁著，裴骃集解，司马贞索隐，张守节正义：《史记》，中华书局1982年版，第2139页。

⑤ 李学勤：《申论〈老子〉的年代》，见《道家文化研究》第六辑，上海古籍出版社1995年版，第72-80页。

间都在陈国，他自然就难以被认定为楚国人。所以，从最保守的估计（《老子》成书于战国初年以前）而言，老子也应该是陈国人，而非楚国人。《列子·仲尼篇》就引陈大夫言，云陈国有圣人，为老聃之弟子，名亢仓子（《庄子》作庚桑楚）者[1]，亦可见战国时陈人依然视老子及其弟子为陈国人。明乎此，我们就可以理解为何最接近《老子》民间系统的河上公注（朱谦之语）[2]将老子说成是“陈苦县厉乡曲仁里人”。

同老子相比，庄子的生活年代及属国问题就清晰得多。有关庄子生活年代的意见虽不尽一致，但前后相关只有十数年，或曰前368年至前289年，或曰前375至前300年，对于我们要讨论的问题关系不大。关于庄子的属国问题，在汉代，《史记》只说庄子为蒙人，与梁惠王、齐宣王同时，而未言及庄子的属国问题。刘向《别录》《汉志》、张衡《髑髅赋》均谓庄子为宋之蒙人，故址在今河南省商丘市东北。《别录》因失传，原文见《史记》索引。《汉志》谓庄子“名周，宋人”。张衡的《髑髅赋》借髑髅之口说：“吾宋人也，姓庄名周。”均指庄子为宋国蒙人。至刘宋裴骃《史记》集解开始，《隋书·经籍志》《经典释文·序录》也陆续称其为梁人。出现这种情况的原因，人们猜测有二：一说由于蒙地在战国后期属魏，魏都大梁，故云梁人[3]（说见闻一多《古典新义》）；一说可能汉人置梁国于蒙地，故称庄子为梁人[4]（说见马叙伦《庄子宋人考》）。无论何种原因，称庄子为梁人，是由于蒙地后来的归属发生了变化，如也有人称庄子为齐人，但实际上与汉人所说庄子为宋人并不矛盾，只不过是同一地方由于时间问题而改变称呼而已。其实这个道理很简单，就好像杜甫为唐巩县（今河南巩义市）人，我们不能因为由唐入宋，就说杜甫是宋人。至宋，乐史《太平寰宇记》第十二卷《宋州》[5]、朱熹《朱子语类》开始指庄子为楚人。《朱子语类》第一百二十五卷云：“庄子自是楚人，想见声闻不相接。大抵楚地便多有此样差异底人物学问。”[6] 说庄子是楚人，乃想当然耳。庄子与齐宣王、梁惠王同时，其时楚国东北的疆界据谭其骧《中国历史地图集》虽已达莒地，正

① 列子：《列子·仲尼篇》，《列子》卷四，《四部丛刊》本。
② 朱谦之：《老子校释》，中华书局1984年版，第1－5页。
③ 闻一多：《古典新义》，上海古籍出版社2013年版，第189页。
④ 马叙伦：《庄子义证》附录，商务印书馆1930年版。
⑤ 乐史：《太平寰宇记》卷十二《宋州》，古逸丛书本。
⑥ 朱熹：《朱子语类》卷一百二十五，明成化九年（1473）陈炜刻本。

北方已达苦县，但宋地在公元前350年仍属完璧。[①] 何况齐灭宋时，庄子已不在人世。就《庄子》一书提供的资料来看，庄子也应当是宋人。《列御寇》中有两节文字说到庄子居宋，一为“宋人有曹商者，为宋王使秦，其往也，得车数乘，王说之，益车百乘，反于宋，见庄子曰：……”[②] 云云，一为“人有见宋王者，赐车十乘，以其十乘，骄稚庄子”[③] 云云。这些记载很明显表明庄子居于宋，为宋人。他既非梁人，也非楚人。

三、老庄思想非南方文化系统

关于老庄思想的文化系统归属，近代以来，倡导老庄属南方文化系统最有力、影响最大者当是梁任公。他在《中国学术思想变迁之大势》[④] 一文中详细说明了他对先秦学术流派的分类，其中将老庄划归南方学派。梁文的归类有许多牵强、引文错误乃至不可思议之处。兹仅择其荦荦较著者，如将同是春秋战国宋人的墨子、宋钘列为北派，而将其同乡庄子列为南派；又将老子、庄子、列子、杨朱及其他从老者指为南派正宗，将许行、屈原列为南派支流，此说殊不可解。梁另引《史记·儒林传》《史记·孟荀列传》中有一些原本不存在的文字，不知何故。梁氏之说，可置不论，笔者将从下列三个方面说明老庄思想不属南方文化系统。

1. 从地理上说，老子的地望鹿邑，庄子的籍贯商丘，二者相距不过二三百里[⑤]，与孔子的曲阜、孟子的邹县，周遭相去也不出五百里。这块地方，是古今人都认可的北方，何以说其思想为南方文化呢？如果说老庄的思想属南方文化系统的话，那么他们的近邻孔孟又如何归属呢？从地域文化上说，孔孟老庄，乃至于邹衍、墨子、管子、尹文子、宋钘等，都应该统归于大齐鲁文化圈，虽说他们的思想各不相同，但在这方圆五百里范围内，在前后相距时间不长的情况下，一下子涌现这么多思想家和学术流派，绝不是偶然的。讲地域文化不能不考虑地理问题，在划归学术流派的时候，应该先考虑相近的地域文化，不能舍近求远，将同属一个地域的不同学术流派划归南北不同的文化系统。当然这也不是绝对的，同一地域的思想家如果接触的传

---

① 谭其骧：《中国历史地图集》第一册，地图出版社1982年版。

② 庄周著，王先谦撰：《庄子集解》，上海书店1987年版，第92页。

③ 庄周著，王先谦撰：《庄子集解》，上海书店1987年版，第94页。

④ 梁启超：《饮冰室文集》卷二，天行出版社1949年版。

⑤ 1里=500米。

统和思想影响不同，也可能产生不同的地域文化系统，但这种归属必须建立在扎扎实实的影响研究之上，不能想当然。我们从《史记》的有关记载来看，老子的行迹仿佛是个隐士，庄子足不出齐、鲁、滕、宋、大梁之间，虽说战国时期各国交往增多，楚国势力又活动于此，但我们看不出老庄与哪些楚人交好，或受其影响。老庄的思想尽管与孔孟不同，学风不同，但其根底还是传统的华夏文化，与楚国的本土文化仍有相当大的距离。《庄子·天下篇》被视为最早的一篇学术史，其中对儒法墨名阴阳诸家均有所论，唯独没有提及楚人（如《鹖冠子》等）的思想。而对于孔子，虽然没有一句称扬的话，但有一大节文字以邹鲁为宗，以为邹鲁之士对《诗》《书》《礼》《乐》多能明之。甚至以为“其数散于天下而没于中国者，百家之学，时或称道之”[①]，说不上景仰，但还是尊重的。因此，仅从地理位置而言，老庄与华夏传统文化也应该有着比楚人更为优越的地缘优势。他们不可能隔山买牛，再隔山贩牛，成为楚文化的开创者。

从春秋战国的政治格局、文化格局来看，楚国、楚文化与中原各国，与中原文化有一个由敌对交锋到逐渐同化的过程。

2. 在政治格局上，楚人的扩张和向中原地区的渗透是从春秋中期才开始的。当时的陈、蔡两国，是周人抵御楚人北侵的重要门户，与楚人有多次的冲突。以陈国为例，自春秋晚期以来，与楚国及周遭的蔡、郑、宋、许、滕、卫、曹、杞等国有过多次的结盟或相互攻伐的历史，楚国曾先后两次灭陈。所以，在陈国于公元前478年被最后灭国之前，陈人对楚人应是既恨又怕。持有这种心态，很难说身为陈人的老子会对楚文化有什么好感。宋国的情形也跟陈差不多，与楚人也有过不少离合攻伐。宋文公十七年（前595），楚人围宋，使宋人易子而食，析骸而炊。《墨子·公输》中至今仍有一篇记载宋人如何跟楚人对垒的文字：“公输般（《吕览》高诱注：公输，鲁般之号，在楚为楚王设攻宋之具也）为云梯之械成，将以攻宋。墨子闻之，至于郢，见公输般。墨子解带为城，以牒为械。公输般九设攻城之机变，墨子九距之。公输般之攻械尽，墨子之守固有余。”[②] 墨子自然是一个身体力行者，庄子面对楚人，不会像墨子那样有实际的作为。虽说战国时期“国无定主，士无定君”，但楚人曾在短期的几次攻伐宋国之后，或派员进行统治，或带回宋人以作人质，所以，生为宋人的庄子身处此境，不可能对楚人

① 庄周著，王先谦撰：《庄子集解》，上海书店1987年版，第96页。

② 孙贻让：《墨子间诂》，中华书局1954年版，第487页。

还持有被殖民者的欢迎态度。传说楚威王曾礼聘庄子为相，且不说这一传说是否真实（有学者对此说持怀疑态度），即使实有此事，以庄子的思想和当时的实际处境，他自然也是不会接受的。

3. 在文化格局上，楚人在春秋时期被中原人视为蛮夷。《国语》《公羊传》《穀梁传》中均有记载。楚人也自视为蛮夷，《史记·楚世家》中有两个楚君都自称“我蛮夷也”。春秋中期以后，楚与晋逐鹿中原，兵锋所向，令诸夏惊异。这时楚国的地位提高，他们不再自视为蛮夷，但也不便径自称夏，但在文化上逐步向华夏文化靠拢。通过文化交往，楚人在思想上逐渐接近中原文化，这从屈原的《楚辞》就可以看得很明白；而在工艺、器具等方面，凡被楚人统治过的地方，又可见到楚文化的影响，这从近年出土的战国及汉墓的发掘整理中可以看得很清楚。但整体而言，依照马克思主义的观点，经济文化发展程度高的民族会同化发展程度低的民族，这同样适用于中原文化对楚文化的同化。这个问题在战国人心目中其实已是了然的事实。《孟子·滕文公上》说：“吾闻用夏变夷者也，未闻变于夷者也。陈良，楚产也，悦周公仲尼之道，北学于中国……闻出于幽谷，迁于乔木者，未闻下乔木而入于幽谷者。”[①] 而在《国语·楚语上》也记载着楚国贤大夫申叔时欲以六经去教导楚太子。所以，作为中原文化一个支流的老庄思想，不可能于楚文化中汲取更多的东西，它所代表的自然也不可能是与自己相距遥远，不属于同一文化系统的楚文化，而只能是传统的华夏文化，尽管它有着非常奇异的表现形态。

老庄的著述表现出来的思想和文法，也与楚文化不同。关于《老子》，我们没有在同期的楚人著述中发现有相同或相近的思想。至于战国楚人的《鹖冠子》，自唐就有人对其真伪提出疑问，即使它不是伪作，但有些篇章经过后人增益却是无疑的。据书中《博选》所载郭隗说燕昭王的话，可见作者的生平最早也要迟于燕昭王之后。而此时老子、庄子均已经去世，再加上此书在思想上以道为本，兼取各家，所以很有可能反而是受老庄思想的影响。而在文法上，早在20世纪40年代，就有学者通过文法的比较研究，认为《老子》一书“为齐鲁语言系统，而不能出自楚国”[②]，说明老子的思想和文风有异于楚文化而与齐鲁文化相近。至于后来楚人受老子影响，也不能

---

① 孟子：《孟子·滕文公上》，见《孟子注疏》卷五，清嘉庆二十年（1815）南昌府学重刊宋本。

② 季镇淮：《〈老子〉文法初探》，原载1940年1月26日《中央日报》昆明版《读书》14号，现收入《来之文录》，北京大学出版社1992年版，第3-8页。

说明老子就是楚文化或南方文化的创始人，因为受老子影响的不止楚人。关于庄子，历来有庄骚并称之说，但这只是就其文辞瑰丽、文思飘荡等外在形态而言的。就其思想体系来说，二者绝不搭界。屈原的思想，“上称帝喾，下道齐桓，中述汤武”①，再加上在社会政治中欲变法图强，是典型的儒法思想的结合，与庄子思想划然为二；就其对社会的批判而言，二者也绝不相类；如说语言、文法等内在形式，二者也不是一路。

由上述我们可以得出如下结论：老庄不是南方人，老庄不是楚国人，老庄思想及其文化形态不属于南方文化系统。他们归属于当时的齐鲁文化圈。

（原载《学术研究》1996 年第 8 期）

---

① 司马迁：《史记·屈原贾生列传》，中华书局 1959 年版，第 2482 页。

《庄子》与齐

——对《庄子》文化归属问题的再思考

拙文《老庄故里及文化归属考辨》发表后，承蒙刘绍瑾先生关注，他在1997年第11期的《学术研究》上对拙文提出了一些商榷的意见，引起我对这一问题的进一步思考。

一、再谈《庄子》的文化归属问题

拙文《老庄故里及文化归属考辨》的写作，是缘于对不少文章将老庄归为南方文化的代表一说的疑惑。在拙文中，笔者从老庄故里的考辨开始，说明老庄一不是南方人，二不是楚国人；再由老庄与战国中期以前楚文化的接触情况，说明不是南方楚国人的老子和庄子不应成为南方文化的代表。

对于拙文上述的主要论点，刘先生在文中是认可的，他说，“我们很难把老庄完全归于纯正的南方文化系统，更不用说他们是南楚文化的代表人物、创始人了”；又说“说老庄思想属于南楚文化系统，确实有些牵强”；等等。在认同老庄不属于南方文化系统的前提下，刘先生的文章与拙文在对一些问题的认识上也存在着分歧，最显著的乃在于刘先生认为《庄子》一书虽不属于南方文化系统，但“受到楚文化非常深刻的影响”。而我则认为，从《庄子》书中来看，无法确认庄子受到过某个楚人的影响，《庄子》作为中原文化的一个支流，“不可能于楚文化中汲取更多的东西”等。这一判断是基于拙文所引述的庄子生平前后一段时间中，有关史料（如《孟子》《国语》等）所记载的多是楚人向中原人学习先进的文化，而史料中却比较少见中原人是如何学习楚文化的。至于《庄子》曾受到楚文化的一定影响，这也是拙文并未否认的。我在文中曾说：“从春秋战国的政治格局、文化格局来看，楚国、楚文化与中原各国，与中原文化有一个由敌对交锋到逐渐同化的过程。”其中自然包括了楚文化与中原文化的双向影响，但相较而言，我以为中原文化对楚文化的影响显然要大于楚文化对中原文化的影响。刘绍瑾先生的文章突出强调了《庄子》与楚文化的关系，在一定程度上弥补了拙文因主要为辨析《庄子》不属于南方文化系统，而较少涉及这种联系的不足，这是应该向刘先生致谢的。但这种联系欲成为一种“深刻的影响”，甚至于动摇拙文有关《庄子》应属北方文化统系的结论，还有待更多的证据。我所说的《庄子》应归属于北方文化，是从根源、渊源和所受影响的主要方面而言的，在这个意义上，庄子与齐鲁等北方文化的关系自然要比与楚的关系密切得多。

刘先生认为楚文化对庄子的深刻影响至少表现在两个方面：一是认为楚地巫风盛行，产生了大量的神话和想象，对庄子产生深刻影响；二是他引述刘师培《南北文学不同论》及王夫之《楚辞通释序例》中的两段话以说明南方地理及山川的特征。第一点所讲楚地巫风等宗教习俗问题，可以说是学界人所周知的事实。《庄子》中有楚文化的印记也是有目共睹的，如《逍遥游》中的“楚之冥灵”、若干可考或不可考出自代拟的楚人及楚神话，这是不争的事实。但这些楚文化的因素在《庄子》中所占的比例究竟有多大，能否得出“深刻的影响”还是疑问。至于刘师培将庄子归属于南方文化统系，其不当处与梁启超相同，我已在拙文中予以辨析；王夫之的序例，主要是讲屈辞与楚地风物的关系，尚不足以引证庄子与楚的关系。

为了说明庄子与楚的关系，刘先生从《庄子》一书中找到一些例证，其中如说《庄子》中出现过不少楚人，庄子游历过楚地等，这是合乎实际的。但问题是，仅仅在书中出现过楚人，或游历过楚地，并不能证明庄子就一定受楚人“深刻的影响”。为解决这一问题，刘先生又进一步说到《庄子》中出现的楚人多为正面形象。对此，我们也要做具体的分析。刘先生所列举的楚人中，有些并不一定是楚人，如南郭子綦（又作南伯子綦、东郭子綦），近人朱桂曜引《徐无鬼》篇证其为齐人[①]；九方歅，据袁珂先生说，即善相马的伯乐，在《列子·说符》中又作九方皋，其原型一说为晋大夫王良，出自《国语·晋语九》韦昭注，一说为秦穆公子孙阳，出自《古今姓氏书辩证》引《英贤传》；伯昏瞀人也是无名氏寓托，并非楚人；而大致可确定为楚人的有些也不一定是正面形象，像刘文中提出的夷节、王果、叶公子高等人，多为中性人物，很难界定他们是正面形象；书中出现的楚王，有时也作为反面形象；《徐无鬼》中楚人谪阍造怨一事也不能说是正面形象。至于说庄子游历过楚地，而且可能游历楚地最久，这能否成为受楚文化深刻影响的根据，也值得商榷。相信在春秋战国诸子中，游历过楚地的

① 朱桂曜正补：《庄子内篇正补》，商务印书馆1935年版，第5－6页。

为数不少。《庄子》中就明言“孔子适楚”①、“仲尼之楚”②，我们也不能据此说孔子受过楚人“深刻影响”，甚至是南方文化的代表。荀子长期居于楚，并为楚兰陵令，学界也并未因此而视荀子为楚文化的代表，并将其归于南方文化系统。可见即便是与楚人有过交往，甚至是生活于楚，也不能作为受其深刻影响的重要根据。

刘先生又说“江淮一带是庄子及其学派的主要活动地区”，这一推断也可商议。如众周知庄子是宋地蒙人，蒙地过去通行的说法认为在商丘东北，我写《老庄故里及文化归属考辨》一文时即采用此说。近年来对庄子故里的研究又有了新的进展，经有关学者进行野外发掘，发现大量珍贵的历史遗迹和文物资料，认定庄子故里应在今山东省东明县北（按：此地更在原说蒙地的西北面）。1995 年 11 月，全国庄子讨论会召开，各地学者对庄子故里和生活地点依据新发现的材料进行了研讨，与会学者达成共识：“庄子故里在今山东省东明县，庄子为吏的漆园在今东明县裕州屯村一带，而庄寨村一带则是庄子长期生活和著述、归隐及死后安葬的地方。”③ 有关学者还考证了刘先生文中所认定的位于江淮一带的“濮水”。实际上，战国时它是由西南而东北流经今东明县北，《庄子》中多次提及的“河”即距东明北仅六七十里的黄河。这恰好可与《外物》篇中所说“庄子家贫，故往贷粟于监河侯”④ 一事相印证。至于刘先生文中提及的其他生活于江淮一带的材料诸如“庄子之楚”“庄子惠子游于濠梁”两条，“之楚”也好，“游于濠梁”也好，并不等于主要活动于楚或濠梁，更不能说明庄子因此就必然受到楚人的深刻影响。所以刘先生说“江淮一带是庄子及其学派的主要活动地区”是言之失据的，用以说明楚文化给庄子以深刻影响也觉乏力。

刘先生还对拙文中提及《庄子·天下篇》对孔子尊重的态度表示疑义。我在文中主要是为了说明在最能体现庄子学术思想的《天下篇》中，庄子对中原各家思想如儒法墨名阴阳诸家是熟悉的，并各有所论，而对楚人思想就没那么熟悉，甚至没有涉及。从《天下篇》的文字看，庄子以为邹鲁之士对《诗》《书》《礼》《乐》多能明之。甚至说“其数散于天下而没于中国者，百家之学，时或称道之”⑤。这表明庄子在《天下篇》中对待孔子及

① 庄周著，王先谦撰：《庄子集解》，中华书局第 1987 年版，第 44 页。
② 庄周著，王先谦撰：《庄子集解》，中华书局第 1987 年版，第 218 页。
③ 王萍：《全国庄子研讨会综述》，载《文史哲》1996 年第 1 期。
④ 庄周著，王先谦撰：《庄子集解》，中华书局 1987 年版，第 62 页。
⑤ 庄周著，王先谦撰：《庄子集解》，中华书局 1987 年版，第 96 页。

其学说还是尊重的，这段话恐不能说是“与事实相违”。此外，刘先生还指出《庄子》“诋訾孔子之徒”“剽剥儒墨”的问题，这也是稍读过《庄子》的人都知道的，而且庄子及其门徒为了独树其思想，在书中不止“剽剥儒墨”，尤其是在“借外论之”的寓言当中，他们对当时除老子外的各家显学均有诋毁。话说回来，即便是在寓言当中，孔子也并不都是作为反面人物，在不少篇目中，孔子也经常以正面人物出现，这是刘文所疏忽了的。因此，欲了解庄子对孔墨及其他学派的看法，当然应该联系全书，但相较而言，《天下篇》能以平和的态度研讨各家之说，所论也较持平，作为学术史的资料而言，我以为《天下篇》的可信度要高于“借外论之”的寓言。所以，庄子在“剽剥儒墨”的同时，在《天下篇》中不仅能以平和尊重的态度对待邹鲁之士，在谈到墨子的时候，一方面指出其“意则是，其行非也”，另一方面也说“墨子真天下之好也，将求之不得也，虽枯槁不舍也，才士也夫”①。表明庄子在寓言、重言、卮言之外，对各家之说还是能够有持平之论的。

以上回复了刘先生对拙文提出的主要质疑，文中还有个别问题这里也一并简略予以说明。一是刘文引用《庄子·天运》中的一段话，以为庄子隐然以南方之贤者与北方之贤者对举老子和孔子。需要辨析的是，这里“隐然以”南北方对举孔老，前提是老子当时在沛，沛即今江苏沛县，与孔子在鲁相比，自然是在南。但这段话明显是寓托，能否作为根据还在两可。二是刘文指出拙文“庄子足不出齐、鲁、滕、宋、大梁之间”一语大误，拙文此言主要是“从《史记》的有关记载来看”，说明老子的形迹仿佛隐士，而庄子拒绝楚威王礼聘，不欲之楚任职，再加上《史记》本传中也未说明庄子是否到过楚地，故以“足不出齐、鲁、滕、宋、大梁之间”来说明《史记》中未直接记载庄子与楚地有密切的关系。由于是借用朱熹的话，所以在表述上不够严谨，这是需要检讨的。三是刘文认为拙文提出的庄子应归属于大齐鲁文化圈令人难以接受。其实，认为庄子属国宋国归齐鲁文化圈的并非笔者一人，李学勤先生曾在《东周的七个文化圈》一文中②，认为齐鲁文化圈为当时七个文化圈之一，并认为“子姓的宋国也可附属于此”，另李先生在《东周与秦代文明》一书中曾指出宋人以东夷习俗安葬滕国等地俘虏，也可佐证此点。尽管战国社会起了很大的变化，但这种文化传统方面的

① 庄周著，王先谦撰：《庄子集解》，中华书局1987年版，第98页。

② 见李学勤《失落的文明》，上海文艺出版社1997年版，第109－110页。

联系并不会随之即刻割断。其二，庄子属国宋地不仅在地域上接近齐鲁，而且他还长期浸淫于有悠久历史传统的齐鲁文化之中，在《天下篇》中他评述最多的思想家就在此地，而对楚国的思想文化则几乎没有触及。其三是作为这个群体的一分子，庄子在思想上所关注的问题、书面语体等方面与齐鲁文化的关系要比与此前楚文化的关系更为密切（至于此后楚文化受到老庄极大影响又是后话了），关于这一点，拙文中已稍有涉及，下面两部分再集中叙述《庄子》与齐文化的关系，这样也许能一定程度上回答刘先生的质疑。

二、《庄子》与《邹子》的学风及民俗文化的关系

《庄子》与齐地的关系可以从远近两个方面说。从远处说，庄子故里蒙地在夏商时期属岳石文化区。岳石文化中既有中原文化的成分，也受东夷文化的影响，是一种中原文化与东夷文化相混合的文化形态。因此远在夏商时期，庄子所处的蒙就与东夷文化有过密切接触[①]。从近的方面说，据上文所引李学勤先生的意见，东周时子姓的宋国与齐鲁文化有千丝万缕的联系。到了战国时期，各国之间的文化交流增多，士这一阶层奔走于列国，思想与所受的文化熏染不限于一时一地。从《庄子》一书来看，其中有相当多的齐文化印记。历来的文评家都指出《庄子》具有浪漫的文风、虚拟的幻境和缥缈的玄想，这种独特的作风我以为与齐地的传统文化形态有着更密切的联系。

要通过现有齐人的文献来说明齐地文化的特征有一定的难度，因为具有齐地传统文化特征的《邹子》四十九篇、《邹子终始》五十六篇于隋时已亡。虽然其在汉人的著述中还残留极少量有待考究的佚文，但全貌已不能窥见。目前完整的齐地典籍传世不多，其中影响较大的有《管子》和《晏子春秋》，但这两部书的真伪问题在学术界颇有争议。有学者将《管子》视为齐学的代表，在目前没有其他更具代表性的著作的情况下，似乎也只有从这部经后人加工过的著作中去探究齐人的思想。现存《管子》的思想较为驳杂，但重视经世、强调法制为其突出的特点，文风也较为平实，这大约是由管仲特殊的政府官员身份所决定的。如从现存《管子》这部书而言，它与《庄子》一书在风格上有明显的区别。在齐文化中，除了《管子》之外，能

---

① 可参阅王迅《东夷文化与淮夷文化研究》，北京大学出版社 1994 年版，第 31 页。

体现齐文化特征的还有兵家（据李学勤先生意见[①]）及邹氏二子的阴阳五行文化。现存《淮南子·齐俗训》高诱注、《史记·平原君列传》裴骃集解引刘向《别录》等文字中有邹衍的片段佚文。从有限的文字中，可以看出邹衍善于用阴阳五行、五德终始的观念及各类自然物去附会历史和人事，并表示出对名家饰辞善辩的作风不满等。但现存的佚文在文风上尚看不出缥缈玄想的成分，因为佚文毕竟是有限的。从汉代学者的有关记录看，邹氏二子的著作在内容和文风方面则多有玄想夸饰的成分。由于记录者本人均读过邹著的原文，所以他们的记录有重要的参考价值。

邹衍的著作《汉书·艺文志》著录有两部，共一百余篇。《史记·孟荀列传》评述邹衍的学风说：

> 邹衍睹有国者益淫侈，不能尚德，若《大雅》整之于身，施及黎庶矣。乃深观阴阳消息而作怪迂之变，《终始》《大圣》之篇十余万言，其语闳大不经，必先验小物，推而大之，至于无垠。先序今以上至黄帝，学者所共术，大（及）并世盛衰，因载其禨祥度制，推而远之，至天地未生，窈冥不可考而原也。先列中国名山大川，通谷禽兽，水土所殖，物类所珍，因而推之，及海外人之所不能睹。称引天地剖判以来，五德转移，治各有宜，而符应若兹。[②]

涉及邹奭的有下面两段：

> 邹奭者，齐诸邹子，亦颇采邹衍之术以纪文。
>
> 邹衍之术，迂大而闳辩；奭也文具难施；淳于髡久与处，时有得善言。故齐人颂曰："谈天衍，雕龙奭，炙毂过髡。"[③]

从《孟荀列传》所叙述的邹氏二子的著述风格看，它与《庄子》一书有不少相类之处，概括来说有以下几点：一是文风都表现出浪漫怪异的特点；二是多用闳大广博之言；三是都善用飞潜动植等细物去推衍比附说理，

① 见李学勤《失落的文明》有关"东周的七个文化圈"的论述，上海文艺出版社1997年版。

② 司马迁著，裴骃集解，司马贞索隐，张守节正义：《史记》，中华书局1982年版，第2344页。

③ 司马迁著，裴骃集解，司马贞索隐，张守节正义：《史记》，中华书局1982年版，第2347－2348页。

精于小大之辨；四是两者的文章均极富文采，邹奭像雕龙一样精美的文章完全可与《庄子》相媲美。此外，邹子所说的“治各有宜，而符应若兹”二语，其中“符”“应”不仅为汉代谶纬神学所袭用，在《庄子》一书的篇名中也有体现，如《德充符》《应帝王》。对于《吕氏春秋》中的《应同》《召类》两篇，学界多认为是邹子后学的作品，篇中所说“类同相召”“声比则用”等话语，与《庄子》的《渔父》《徐无鬼》中的若干文字也有相像之处。

王先谦在《庄子集释序》中的一段话也值得注意，他在论及庄子时特别提到了其著作的特点：

> 夫其遭世否塞，拯之末由，神彷徨乎冯闳，验小大之无垠，究天地之始终。[1]

其中，“彷徨乎冯闳，验小大之无垠，究天地之始终”，与司马迁论述邹衍如出一辙。《盐铁论·论邹衍》一文说：“邹衍非圣人，作怪谈，惑六国之君以纳其说。”[2] 其中“非圣人”“作怪谈”，与《庄子》不颇为相近吗？又王充《论衡·案书篇》：“邹衍之书，瀇洋无涯，其文少验，多惊耳之言。”[3] 与庄子的寓言、卮言也颇有相像。扬雄《法言·问道》云：“或云：‘庄周有取乎？’曰：‘少欲。’‘邹衍有取乎？’曰：‘自持。’至周罔君臣之义，衍无知于天地之间，虽邻不睹也。”[4] 这一段话是扬雄作为一个儒者对庄子和邹衍的认识和评价。他认为，庄子可取的地方在于“少欲”，邹衍可取的地方在于“自持”，但庄子的非君臣之义、邹衍的阴阳五行侈谈天地而蔽于人事（《汉志》所谓“舍人事而任鬼神”），却是要否定的。扬雄在文中将庄子邹衍列在一起予以评说，正可以说明他认为二者有相通之处。扬雄还批评邹衍“迂而不信”（《法言·五百》），其中若就《庄子》中的寓言、卮言、重言来说，也可以移用到《庄子》身上。此外，《汉志》说阴阳家“舍人事而任鬼神”，《荀子·解蔽》中说庄子“蔽于天而不知人”。二者一信鬼神，一执于天道，但都蔽于不知人事或舍弃人事。荀子对庄子的看法尽

---

① 庄周著，郭庆藩撰，王孝鱼点校：《庄子集释》，中华书局1961年版，第1页。
② 引自沈钦韩《汉书疏证》卷九，清光绪二十六年（1900）浙江官书局刻本。
③ 王充：《论衡》卷二十九，《四部丛刊》本。
④ 扬雄：《扬子法言》卷四，《四部丛刊》本。

管不一定准确，但邹子与庄子在善用外物来说理方面无疑是相通的。

关于邹衍的生平，据《史记》记载，他曾与梁惠王“执宾主之礼”，如此则与庄子同时。但当今学界则多认为邹衍的生活年代应在齐宣王后期、齐湣王前期，这样他的生平活动期就略晚于庄子。从《史记》所述邹衍的著作情况来看，它与《庄子》有相类似的写作风格，但就其思想体系来说，二者虽在“天道”等自然宇宙观及对天、地、人三才的整体关注方面有相同的一面，但在总的思想倾向上却有明显的距离，而且他们之间未见有相互称引的文字。读过两人著作的司马迁、扬雄、桓宽、班固等人虽然有的注意到了他们之间的相类性，但也没有言及他们之间有直接的传承关系。近年国内有个别学者注意到邹子与道家黄老学派的关系，认为邹子在上述几个方面受道家的影响。对这一说法，可以参考。但我以为，邹子在可能受到道家思想影响的同时，在文风的相似方面，《庄子》《邹子》极大可能是有着共同的文化源头。

关于邹衍的阴阳五行说和他的大九州说，历来的学者都认为其源于齐燕神仙方术文化，这一点是无可怀疑的。至于庄子，过去人们较少注意这一问题，其实作为与邹衍具有相同文化形态的《庄子》，它的浪漫文风与邹子的著作一样，也应受到过齐地传统文化的影响。《庄子》一书中关于“真人”的描写、对《齐谐》一书的称引、对姑射山神人行事的叙述，以及有关“河伯”“野语”“南冥”“东海”的描绘、对“养生”的重视等，都体现了庄子对齐地神仙传说的熟悉。

除此之外，齐民俗文化的一些特点与《邹子》和《庄子》也是一致的。比如关于齐人的性格智慧在先秦两汉的典籍中多有记载，其较为集中和一致的看法是认为齐人多智、狡黠、善滑稽、喜制谜语（隐）等。《孟子》一书明显地嘲笑过两个国家的人：一是宋人，他们愚笨呆傻，做出过像“揠苗助长”“守株待兔”一类的愚傻之事；二是齐人，慕虚荣、好怪诞，像“齐人有一妻一妾”“齐东野人之语”等就明显地不同于宋人的愚笨。齐人的智商似乎是很高的，在秦以前的文献中保留了不少齐人所创制的寓言，如《战国策》中的“土偶人与桃梗”“海大鱼”，《晏子春秋》中的“二桃杀三士”“晏子论天下有极大极细”，庄子所读过的《齐谐》当然也应该保留不少寓言故事。就是到了汉代，齐人的多智也见于文籍。《史记·齐太公世家》：“吾适齐，自泰山属之琅邪，北被于海，膏壤二千里，其民阔达多匿知，其天性也。"[①]《汉书·地理志》也说齐人："舒缓阔达而足智。"[②] 齐人的多智一方面表现在他们创造了不少寓言故事，另一方面，滑稽幽默、长于隐语当然也是多智的一种表现，有名的如淳于髡，他的滑稽和善于论辩屡见于《孟子》《战国策》和《史记》；他长于隐语，以"大鸟止于王之庭，三年不蜚又不鸣"力劝齐威王发奋（事见《史记·滑稽列传》，淳于髡的滑稽至汉以东方朔为传人）。荀子以隐文写成的《赋》篇，也未尝不是他游学于齐的结果，这些事例足以说明齐人多智诚非虚言。齐人的多智还表现在齐地的诗歌极富想象力，《齐风·鸡鸣》的诙谐幽默，《小雅·大东》以"牵牛"不能拉车，"北斗"不能盛酒，"箕"星不能簸扬为喻，均显示出作者超凡的艺术创造力。

齐地的这些文化特征是鲜明的、独特的，与庄子、邹衍的风格十分相近。他们具有相类的喜言神仙、善用譬喻和推类法、富想象力、风格谲怪、狡黠聪慧的特点。这种情况恰恰说明了《庄子》一书与《邹子》一样，都受到过齐地土著文化的浸淫，与齐文化有着重要的联系。

三、《庄子》书中所见齐地之神话仙话

《庄子》中保存了不少各地的神话，其中直接或间接涉及在齐地流传的神话也为数不少。下面我们将有关的材料予以排列，并略加说明。

其一，《逍遥游》中"《齐谐》者，志怪者也。《谐》之言曰……"一段不仅说明庄子读过《齐谐》这本书，而且在文中还加以引用。有学者甚至认为从《逍遥游》的开篇直到"汤问棘"一段均是庄子引用《齐谐》的原文[③]，是"书名插在引文中间"的例子。如若《庄子》所引确为《齐谐》原文，那么它在文风上与《庄子》之间的联系就显而易见了。

其二，《庄子》中的《骈拇》《胠箧》《天地》等篇中屡见有关"离朱"的记载。"离朱"原为齐人的始祖鸟踆乌，踆乌又名三足鸟、太阳鸟等。在《庄子》里，"离朱"变为一个目力超人的明目人。袁珂先生说："是（指

---

① 司马迁：《史记》，中华书局1959年版，第1513页。

② 班固：《汉书》，中华书局1962年版，第1661页。

③ 参见徐仁甫《〈庄子〉辨证》"齐谐条"："按此引书而将书名插在引文中间。上文'北冥有鱼，其名为鲲'至'南冥者，天池也'一节，证以下文'穷发之北，有冥海者，天池也。'一节为'汤问棘'的引文，则此为引《齐谐》文可知。"全文收入《中国历史文献研究集刊》第三集，岳麓书社1983年版，第65－90页。

“离朱”）乃日中神禽即所谓踆乌、阳乌或金乌者。而世传古之明目人，又或冒以离朱之名，喻其如日之明丽中天、无所不察也。”[①] 说明“离朱”是由齐人的始祖神踆乌演变而来，庄子以其“如日之明丽中天”，而用以为明目人。但其根源则在齐地有关“离朱”这则始祖鸟的神话。

其三，《逍遥游》中有关于“姑射山”神人的记载，原文充满了浪漫的气息和缥缈的意境：“藐姑射之山，有神人居焉，肌肤若冰雪，淖约若处子，不食五谷，吸风饮露，乘云气，御飞龙，而游乎四海之外，其神凝，使物不疵疠而年谷熟。”[②] 这段为人熟悉的神话亦源自齐地的传说。《山海经·海内北经》所描述的许多景象是齐地的名物或流传于齐地的神话，由于整理者的原因误入《海外北经》，清人吴承志、今人袁珂先生都指出其中若干条应并入《海外东经》，像“列姑射在海河州中”，就是如此。郭璞注云：“山名也。山有神人。河州在海中，河水所经者。《庄子》所谓‘藐姑射之山’也。”[③] 其中“河水”云者，应指黄河，故姑射山所在之海应为黄河入海处之海，亦即春秋战国时期近齐燕之地的渤海。从《山海经》的记载来看，在当时的齐地应该已经流传有关于附近列姑射之山及山上神人的传说，庄子从齐人处听说并采用了这则神话。有关姑射山神人的记载，还见于《列子·黄帝》，内容与《庄子》所记大同小异。列子早于庄子，为郑人，在《庄子》一书中屡有称引，如《列子·黄帝》篇不属伪托的话。《庄子》中的相关记载引自《列子》一书也有可能，但其源头仍是齐地的神话传说。

其四，《秋水》篇有关河伯“顺流而东行”的记载是由中原到齐一带的景象，文曰：

> 秋水时至，百川灌河，泾流之大，两涘渚崖之间，不辨牛马。于是焉河伯欣然自喜，以天下之美为尽在己。顺流而东行，至于北海，东面而视，不见水端，于是焉河伯始旋其面目，望洋向若而叹曰：“野语有之曰：‘闻道百以为莫己若者。’我之谓也。”[④]

---

① 袁珂校注：《山海经校注》，上海古籍出版社1980年版，第204页。
② 庄周著，王先谦撰：《庄子集解》，上海书店1987年版，第4页。
③ 袁珂校注：《山海经校注》，上海古籍出版社1980年版，第321页。
④ 庄周著，王先谦撰：《庄子集解》，中华书局1987年版，第138页。

从文中记叙的百川灌河，到河伯顺流而东行，至于北海，东面而视，写的应该就是黄河在秋汛时节由中原向东而流，经齐入海的景象。关于这一点，顾易生先生曾敏锐地予以指出[①]。事实上，《庄子》中有不少地方涉及东海或黄河东注入海，其中相当多的部分与齐地沿海有关，如："故海不辞东流"[②]"适遇苑风于东海之滨"[③]"谓东海之鳖曰""东海之鳖""此亦东海之大乐也"[④]"东海有鸟焉"[⑤]等。《庄子》中的"东海"有时也指吴越之地的东海，如《外物》篇中的"我东海之波臣也""投竿东海"等，更多则指齐燕以东的渤海，说明庄子对由中原至齐沿海一带的情形是熟悉的。

其五，《庄子》书中对齐稷下先生和神巫方士也有记载。《逍遥游》中的宋荣子，即是稷下有名的宋钘；"汤之问棘"中的"棘"，多数人注为汤时贤人，但晋人崔譔的注值得注意，他说"棘"乃"《齐谐》之徒识冥灵大椿者名也"[⑥]。"棘"在《列子》中作"夏革"，与"棘"同一人。也许由于"汤之问棘"一段"棘"所描述的为齐地景象，而熟悉齐地景象的又莫过于齐人，故崔注以为"棘"为齐人，做了汤的大夫。《庄子》中所引"汤之问棘"一段，有学者认为出自《齐谐》原文[⑦]，如果这一点成立的话，"棘"是齐地人也不是没有可能。另据《史记·封禅书》，燕齐多神仙方术之士，这在《庄子》中也有记录。《应帝王》云："郑有神巫曰季咸，知人之死生存亡，祸福寿夭，期以岁月旬日，若神。"[⑧]而在《列子·黄帝》篇则记曰："有神巫自齐来，處于郑，命曰季咸。"[⑨]可见季咸原为齐人，后到郑国谋生。

其六，庄子对养生保命予以特别的关注，除了《庄子》各篇中散见的文字外，还专门有一篇《养生主》来探讨这一问题，此一情形为春秋战国其他诸子所罕见。其中固然有庄子生逢乱世、"怵然为戒"以苟全性命的原

---

① 参见王运熙、顾易生著《先秦两汉文学批评史》，上海古籍出版社1990年版，第188页。

② 庄周著，王先谦撰：《庄子集解》，中华书局1987年版，第219页。

③ 庄周著，王先谦撰：《庄子集解》，中华书局1987年版，第108页。

④ 庄周著，王先谦撰：《庄子集解》，中华书局1987年版，第147页。

⑤ 庄周著，王先谦撰：《庄子集解》，中华书局1987年版，第170页。

⑥ 郭庆藩辑：《庄子集释》，中华书局2006年版，第15页。

⑦ 参见徐仁甫《〈庄子〉辨证》"齐谐条"："按此引书而将书名插在引文中间。上文'北冥有鱼，其名为鲲'至'南冥者，天池也'一节，证以下文'穷发之北，有冥海者，天池也。'一节为'汤问棘'的引文，则此为引《齐谐》文可知。"全文收入《中国历史文献研究集刊》第三集，岳麓书社1983年版，第65－90页。

⑧ 庄周著，王先谦撰：《庄子集解》，中华书局1987年版，第47页。

⑨ 列子：《列子》卷二，《四部丛刊》本。

因，但不可否认也有齐地养生保命之风盛行的背景。战国中期以来，齐地一方面是邹衍阴阳五行与五德终始之说兴起，一方面是采药养生、炼金御女、羽化登仙的方士风行，威、宣二主更乐此不疲。《史记·封禅书》云：

> 自齐威、宣之时……邹衍以阴阳主运显于诸侯，而燕、齐海上之方士传其术不能通，然则怪迂阿谀苟合之徒自此兴，不可胜数也。
>
> 自威、宣、燕昭使人入海求蓬莱、方丈、瀛州。此三神山者，其傅在勃海中，去人不远，患且至，则船风引而去。盖尝有至者，诸仙人及不死之药皆在焉。其物禽兽尽白，而黄金银为宫阙。未至，望之如云；及到，三神山反居水下。临之，风辄引去，终莫能至云。①

从司马迁的记载来看，在齐威、宣二世，邹衍之说已显于诸侯。方士虽不能通达于诸侯，但依然风行，威宣二主甚至还派人到海上寻找三神山，可见神仙方术和方士的怪说不仅在民间，就是在齐燕两地的统治者中间都颇有市场。据《汉书·楚元王传》，邹衍也曾写有《重道延命方》，并在淮南一带士人中流传，但到东汉班固时期已不易见。即便这一延命方可能是出自伪托，但也表明神仙方士的行为在士人中也有影响。庄子对神仙方术的态度表现出复杂性，一方面在《庄子》一书中有关于仙人（如姑射山神人、真人等）的记载，说明他对流行于齐燕之地的神仙方术是了解的，也重视养生保命。但他又不赞同社会上所流行的神仙方士采药炼丹那一套办法，所以专设《养生主》一章倡导养生在于顺任自然，依乎天理，因其固然，而不在于刻意的炼丹食药。这种两面性，一方面说明庄子不赞成流行于齐地的采药炼丹的养生术，另一方面也显示出齐地流行的养生学引起了庄子的关注。

因此，齐文化对《庄子》的影响是广泛的，有直接的，有间接的。《庄子》一书所涉及的齐地的人物、神话和民俗，给《庄子》一书增添了浓郁的浪漫色彩，使之在战国诸子文中别具一番面目。我认为，这是《庄子》浪漫文风的一个来源，也是形成《庄子》独特文化品位的一个重要原因。

（原载《学术研究》1998 年第 9 期）

---

① 司马迁著，裴骃集解，司马贞索隐，张守节正义：《史记》，中华书局 1982 年版，第 1368－1370 页。

“六诗”之制与“兴诗”

一、先秦旧有典籍中以“兴”论诗的先例

“兴”是中国诗学一个非常重要的术语，自孔子称“诗可以兴”及汉代毛诗以“兴”来标识诗法以来，在历代诗歌批评中都产生了重要影响。以往学界对“兴”及“六诗”的含义及应用已经进行了较为充分的讨论，但对于“兴”这一概念及“六诗”之制的产生和使用时间则未见有充分的研究。本文拟通过先秦典籍中的相关文字和官制来考究这一问题，以期对此有所弥补。

在行文之前，先须厘清本文所要讨论的范围。“兴”在现代诗学中被认为有双重含义：其一是孔子所谓“诗可以兴”，主要指读者读《诗》所引起的感发或说是兴发；其二是毛传标识的“兴也”，今人多以为指作诗之法。本文所研究的“兴”，即作为诗法的“兴”。

在先秦典籍中，与诗有关系的“兴”字的用例仅见于《论语》和《周礼》，共计5处：

1. 诗可以兴。(《论语·阳货》)

2. 兴于诗，立于礼，成于乐。(《周礼·春官宗伯》)

3. 教六诗：曰风、曰赋、曰比、曰兴、曰雅、曰颂。(《周礼·春官宗伯》)

4. 以乐语教国子兴道讽诵言语。(《周礼·春官宗伯》)

5. 退而以乡射之礼、五物询众庶，一曰和、二曰容、三曰主皮、四曰和容、五曰兴舞。此谓使民兴贤出使长之，使民兴能入使治之。(《周礼·地官司徒》)

这五则“兴”例均用于言诗。其本义均为“起”，但外延却各有不同。

关于第1条中的“诗可以兴”和第2条的“兴于诗”，孔子的原意皆指读《诗》可以兴发人的意志和情感，指诗所具有的兴发读者的作用。孔安国注云：“兴，引譬连类。”[①]“引譬连类”可以有两方面的意思，它既可以

① 程树德：《论语集释》(第4册)，中华书局1990年版，第1561页。

指诗法上的比喻，也可以指读诗时的联想与兴发。所以孔安国的注严格来说并不完全符合孔子的原意，因为孔子的“诗可以兴”主要还是指读诗时的兴发，没有用“兴”来指称诗法之比喻。因此，孔子此处的“兴”义，与后来毛传所标识的“兴也”的写作方法是有区别的。

第3条“六诗”之“兴”与赋、比同列，今人多以为指称作诗之法，与本文所要讨论的毛传所标识的“兴体”之“兴”语义最为一致。

第4条“兴道”，郑玄注以为：“兴者，以善物喻善事。道，读曰导。导者，言古以剀今也。”贾公彦疏更申论曰：“云‘兴者，以善物喻善事’者，谓若老狼兴周公之辈，亦以恶物喻恶事。不言者，郑举一边可知。云‘道读曰导’者，取导引之义，故读从之。云‘言古以剀今’者，前若《诗》陈古以刺幽王、厉王之辈皆是。”① 郑、贾皆指“兴”“道”为作诗之法。但笔者以为，所谓兴道讽诵言语均指《诗》之用，而非《诗》之法，其中“兴道”之“兴”即第1条孔子所论读诗之“兴”。“道”，导也，与“兴”合称则指《诗》之兴发或兴导。这样，“讽诵”指诵读《诗》，“言语”指通过习《诗》提高语言应答的能力，“兴道”则指读诗有所感发，三者均与《诗》之用有关，细微处则各有所指。故而此条之“兴”指的也是读诗兴发之义。

第5条“兴舞”，贾疏云：“兴舞即舞乐。”② 按“兴舞”一词也出现在《周礼·地官司徒》“舞师”一条中，其中“兴”用作动词，指起舞。此处“兴舞”连用则系专用名词，是乡大夫询众庶的“五物”之一，似指一种用于祭祀场合的舞蹈，其与乡射之礼一样，具有考察官员、兴贤举能的作用。贾疏指其为舞乐，不知何据，但其为舞蹈当无疑问。上古诗乐舞合一，所以“兴舞”有歌有辞也不奇怪，但与毛诗所标识之“兴也”的诗法却无关系。

由以上可知，上述5条在先秦典籍中出现的与诗相关的“兴”字有三种不同的用例，一是指读诗之“兴”，见于《论语·阳货》中的“诗可以兴”、《论语·泰伯》中的“兴于诗”和《周礼·春官宗伯》大司乐中的“兴道”。二是指作诗之“兴”，见于《周礼·春官宗伯》大师之“六诗”。三是指乐舞之“兴”，见于《周礼·地官司徒》乡大夫询众庶的五物之一。

---

① 郑玄注，贾公彦疏：《周礼注疏》，见《十三经注疏》上册，上海古籍出版社1997年版，第787页。

② 郑玄注，贾公彦疏：《周礼注疏》，见《十三经注疏》上册，上海古籍出版社1997年版，第717页。

其中唯有《周礼·春官宗伯》“大师”一条中有关“六诗”的记载是现存最早用作兴体诗之“兴”的文献。

既然“六诗”中的“兴”是“兴体诗”最早的用例，那么考察“六诗”之制产生的时间就成为解开“兴”这一诗法的提出和应用时间的关键。由于学者公认《周礼》是在战国晚期才编成[①]，故“兴诗”之“兴”及大师教六诗之制产生的时间应该不会晚于此时。也就是说，“兴诗”之“兴”的概念最迟也应产生在战国晚期。

那么它的上限就是我们接下来要讨论的问题。

二、从“六诗”之制考察“兴诗”使用的时间

我们也许可以从大师教授“六诗”体制的时间来探讨这一问题。从现有文献来看，“兴诗”及大师教授“六诗”的体制不会产生得很早，因为《周礼·春官宗伯》中的“大师”一条的成文时间最早也应该是春秋中期以后的文献，原因有以下几点。

第一，依据现有的资料，“大师”最早见于西周中期以后。据张亚初、刘雨《西周金文官制研究》[②]，在西周金文中，“大师”一职仅出现在恭王以后，其上限不早于西周中期。而且，即便是西周中期以后设置了“大师”这一官职，也不代表“大师”就开始教授“六诗”。

第二，从西周到春秋末期，“大师”一职的职掌及含义有所变化。传世文献中记载的西周至春秋中期以前出现的“大师”多为王官，《诗·大雅》中的《节南山》、《常武》及《左传》“僖公二十六年”“文公元年”“文公六年”等所载之“大师”均为公族或国之重臣，所职之事或司盟，或行使诸国，或主祭祝等，与传授“六诗”的“大师”职掌不同。所以，教“六诗”之大师也不可能出现在春秋中期以前。

第三，又西周“大师”为师之长，郑玄注为“三公之一”，张亚初、刘雨《西周金文官制研究》一书所拟西周中期官司制系统表中，“大师”属卿事寮下参有司中司马伯大师，并认为其多为武官，也可见其与掌管传授

① 可参考崔述（东壁）《丰镐考信录》卷五《〈周官〉作于战国之世》，载杨家骆主编《中国学术名著第二辑》中《中国史学名著第四辑》之《考信录》上册《丰镐考信录》卷五，台湾世界书局 1968 年版，第 8－13 页。又见钱玄《三礼通论》中“周礼制作时代”一章（南京师范大学出版社 1996 年版）。

② 张亚初、刘雨：《西周金文宫制研究》，中华书局 1986 年版。

“六诗”的“大师”不同。

第四，《论语·微子》[①]、《左传》[②] 及《周礼》中所载的作为乐官的“大师”或“师”不见于西周金文，且与《诗》《左传》《书》中所记“大师”职掌不符，故作为乐官的“大师”或“师”这一类官职之设当在春秋中期以后。

第五，《周礼》所记乐官“大师”属春官宗伯，诸侯中也有此官，属于下大夫，且多由瞽、矇、瞍等盲人担任，所谓鼓师钟人之流亚也，地位较低，故“大师”也通称为工。作为乐工之瞽师地位之低亦可见于《淮南子·览冥训》中所云：“夫瞽师、庶女，位贱尚葈。”王引之注云：“尚葈，盖即《周官》‘典葈下士二人’者，典亦主也。言典葈本贱官，瞽师、庶女则又贱于典葈。”[③] 说明乐官之一的瞽师的地位比同庶女，尚贱于典葈之职。又依张亚初等所拟《周礼春官表》（张亚初、刘雨《西周金文官制研究》附），宗伯下为大司乐，大司乐下为大师及乐师，大师下则另有小师，小师下为瞽矇乐工及其他磬、笙、钥等乐工，亦可印证于此。

西周金文中的“师”基本为武职，与乐官相关者仅有师葈者（按：非大师），任贵族小学教职，铭文《师葈》条中有“王若曰：师葈，在昔先王小学，女敏可使，既令女更乃祖考司小辅，今余佳葈乃命，命汝司乃祖旧官小辅众鼓、钟”[④]，似与乐有关。这说明春秋时期职掌音乐的“大师”或“师”与西周作为三公或武官的“大师”是不同的。

第六，春秋时期作为乐官的“大师”一职设于何时不好确定，但“大师”教《诗》，必待《诗》编成册后始能为之。今定本《诗经》，所收之诗的下限在春秋中期。但此前应该先有一个粗略的辑本，因为从最初的辑本到最后的定本，应该有一个较长的时间过程。考察《诗经》的编纂情况，今人多注意《左传》引《诗》、赋《诗》的情况。根据《左传》赋诗的记载，最早者在隐公三年（前 720）卫人赋《硕人》[⑤]。由于赋诗必须有所依凭，且为了使各国使臣彼此均能了解诗义，此前应该有一个可供大家记诵使用的

---

① 《论语·微子》载春秋时周礼乐崩坏，“大师挚适齐，亚饭干适楚……”《论语集解》引孔安国注：挚，鲁哀公乐工。见程树德撰《论语集释》（第四册），中华书局 1990 年版，第 1289 页。

② 《左传·襄公十八年》记有晋国乐师师旷者。见杨伯峻《春秋左传注》（修订本）第 3 册，中华书局 1981 年版，第 1043 页。

③ 何宁：《淮南子集释》上册，中华书局 1998 年版，第 444 页。

④ 张亚初、刘雨：《西周金文官制研究》，中华书局 1986 年版，第 61 页。

⑤ 杨伯峻：《春秋左传注》第 1 册，中华书局 1981 年版，第 31 页。

册子存在。如果这一推论可以成立的话，那么在此时［即隐公三年（前720）左右］应该已有了一个粗略的《诗》的辑本。那么，“大师”教《诗》的时间最早也应在此前后，时间为进入春秋后五十年左右。

问题是，大师即便自有《诗》的辑本便开始教《诗》，也不意味着此时已开始教“六诗”。因为所谓的“六诗”之说，先秦文献中除见于《周礼》外，其他文献均无记载。此一情形的出现无他，盖因《诗》从编纂到成集，从成集到大师总结出“六诗”，需要相当的时间。故在《周礼》之前的文献中，“六诗”之说不仅未见，而且所称混乱，也不完全，显示出其时“六诗”的概念尚未有定说。如在《左传》《国语》《论语》《墨子》诸书中，有仅称诗、诗三百者，有称周南、召南者，也有单称风、称雅（或大雅、小雅、大夏、小夏）、称颂者（或周颂、鲁颂者），但未见有人合称“六诗”。而且孔子习奉周礼周制，其教弟子读《诗》，命其子学《诗》，也未闻有赋比兴者，《左传》记《诗》及周制，也未见称“六诗”者。如果春秋初大师即已教“六诗”、大司乐已教“兴道”的话，不该文献未见有足征者。而且《周礼》所载“六诗”之教，不但王官之大师、诸侯官之大师，即便是位居小师（仅为上士之职）之下普通的瞽矇之人也掌“九德六诗之歌”（《周礼·春官》“瞽矇”条），又大司乐教授“兴道”，乡大夫掌“兴舞”，其普及的程度于此可见。而如此之普及的“六诗”之教，除《周礼》外，其他文献竟一无所及，亦是不可思议之事。是故春秋中期以前大师教《诗》则有可能，教所谓“六诗”则甚可疑。综上所述，笔者首先以为，“六诗”及“兴诗”的概念绝不早于春秋中期。

三、“六诗”与诸义项产生之时间

那么，“六诗”及“兴诗”的概念是否出自春秋晚期呢？从“六诗”诸义项的使用情况来看，其产生的时间应该更晚。

“六诗”中的六个义项中，“雅”“颂”是最早出现的概念[①]，见于《论语》。其次是“风”，不早于春秋中期的襄公二十九年（前544）季札在鲁观乐时的相关记载，当鲁国人歌至《邶》《鄘》《卫》时季札说：“美哉渊乎！忧而不困者也。吾闻卫康叔武公之德如是，是其卫风乎！”[②] 其出现的

---

① 《论语》之“兴于诗”“诗可以兴”云云，皆指诗之功用，非诗法之“兴”，故不论。

② 杨伯峻：《春秋左传注》（修订本）第4册，中华书局1990年版，第1162页。

时间也不早于春秋中期。

令人奇怪的是，《周礼》所记大师教“六诗”，其中“风”“雅”“颂”分见于春秋战国若干种文献，意义均与今同；而“赋”“比”“兴”三词虽已在春秋战国文献中分别使用，但所指与《周礼》所说则不尽相同。如“赋”见于《左传》者指“赋诗”“答赋”，与今人所说的铺陈事物有较大的区别，说明今人所说的“赋”是在春秋赋诗断章之后，意义也有了变化。“比”见于《左传》《周易》《荀子》者指“比德”“比象”①，与今义相近。“兴”是更晚出的概念，在《论语》中，“兴”仅指兴发意志，意思与后来《周礼》所说“六诗”之“赋”“比”“兴”虽有联系，但与其具体的含义仍有较大的距离。这说明“六诗”中“赋”“比”“兴”三义显然是后起的概念，比“风”“雅”“颂”三者要晚得多。

此外，《周礼》之前，“六诗”的六项称谓散见于《论语》《墨子》《左传》《国语》等书中，且均不足六项。其中《论语》中出现过“雅”“颂”“周南”“召南”，《左传》中出现过“小雅”“大雅”“颂”“周颂”“商颂”“风”，《墨子》中有“大雅”，直至战国末期的《荀子》，于“六诗”的称谓也与《左传》等书差不多，即有“风”“国风”“小雅”“大雅”“颂”②，另外也使用了与“六诗”之“比”“赋”概念不尽相同的“比”字和“赋”字，但未见使用“兴”诗这一概念的“兴”。2001 年上海古籍出版社出版的《上海博物馆馆藏战国楚竹书》中的《孔子诗论》，无论其作者或记录者为谁③，学界普遍认为其内容是孔子的《诗》说无疑。而在这版《孔子诗论》中，涉及“六诗”各项的有“讼（颂）”“大夏”“小夏”“邦风（国风）”，没有“六诗”的称谓，也没有“赋”“比”“兴”诸说。这说明迟至战国初年，仍未有所谓“六诗”之称，也无“兴诗”之义。又汉四家诗中的鲁诗及毛诗均将其师承追溯至荀子，但《荀子》一书没有关于“六诗”的记载，仅有上述的“风”“雅”“颂”“比”四项。根据史实演变的愈后者愈繁、愈细、愈密的一般规则，疑“六诗”及“兴”的概念均产生在《荀子》及《周礼》编纂成书之前的战国中晚期，《周礼》所述之“六诗”

---

① 《左传·桓公二年》有“五色比象”之说，《易》云：“象曰：地上有水，比。”《荀子·法行》云：“夫玉者君子比德焉，温润而泽，仁也；栗而理，知也；……”

② 这些术语较集中出现在《荀子》中的《儒效》和《大略》篇中，梁启超先生在《要籍解题及其读法》中以为《儒效》“似出门弟子记录”，《大略》“疑认为汉儒所杂录”。今人多以为《儒效》系荀子作，《大略》则系后人杂录。兹记以备参。

③ 或以为是子夏，或是孔子弟子、再传弟子。

之制虽然可能早于此，但形成固定的词汇及语义则较为靠后。也就是说，“六诗”及“兴”义的出现大概在战国晚期《周礼》编成之前的一段时间。对此，我们尚可从近数十年来出土的战国思孟学派的相关著述中得到印证。

在1973年长沙马王堆汉墓出土的战国帛书和1993年出土的郭店战国楚简中，均有被称为是子思孟子学派的《五行》一文。值得注意的是，两篇文字，虽然内容大体一致，但其中引述《诗经》成句的两例当中却有一些引人深省的差异。现在学者一般认为，郭店楚简中的《五行》在年代上要早于帛书《五行》。竹简《五行》是在公元前207至前195之间所刻，而帛书《五行》则晚至战国末年。其中相异之处即在竹简《五行》引《诗经》之《曹风·鸤鸠》《邶风·燕燕》时有经无述，即只是引用二诗的原文，没有指称二诗所用之诗法①，而在马王堆汉墓帛书《五行》篇中，则指两诗均为“兴也”②。这也许是我们目前所能见到的最早的用“兴也”来指称诗法的用例。而马王堆帛书《五行》则是在战国末年所书写，其与竹简《五行》之别，一方面表明帛书本《五行》的内容要更完整，另一方面也说明用“兴”来指称诗法义例的做法要晚至战国中后期，而竹简《五行》与帛书《五行》正展示了这一发展过程。

当然，就目前所见文献而言，早期以“兴”来标识诗法义例的佐证仅见于战国楚帛书，但这并不意味着“兴”的观念也迟至战国中后期才发生，观念的产生要更早。事实上，孔子言“诗可以兴”，虽然所指在读者的兴发，但“兴发”这个词所具有的由此及彼、由内而外、由隐而显的语义当然也可以应用到创作方面的比喻兴发上来。所以，自孔子在春秋末期提出“诗可以兴”以来，虽然以“兴”标识诗法的例子几乎未见，但不用其字而

---

① 国家文物局古文献研究室编：《郭店楚墓竹简·五行释文》，文物出版社1998年版，第149页。

② “尸（鸤）叴（鸠）在桑，直也。其子七也。尸（鸤）叴（鸠）二子耳，曰七也，与〈兴〉言也。□□□其□□□□□人者□□者义也。言其所以行之义之一心也。能为一，然笱（后）能为君子。能为一者，言能以多为一以多为一也者，言能以夫五为一也。君子慎其蜀（独）。慎其蜀（独）也者，言舍夫五而慎其心之胃（谓）□□然笱（后）一。一也者，夫五夫为□心也，然笱（后）德之一也，乃德已。德犹天也，天乃德已。‘婴（燕）婴（燕）于（飞），（差）貤（池）其羽’。婴婴，与〈兴〉也，言其相送海也，方其化，不在其羽矣。‘之子于归，袁（远）送于野。詹（瞻）忘（望）弗及，泣涕如雨’。能（差）貤（池）其羽，然笱（后）能至袁（远），言至也。（差）貤（池）者言不在嚾（衰）绖，不在嚾（衰）绖也，然笱（后）能至哀。夫丧正绖修领而哀杀矣。言至内者之不在外也。是之胃（谓）蜀（独）。蜀（独）也者舍（体）也。”（国家文物局古文献研究室编：《马王堆汉墓帛书壹· 老子甲本古佚书》，文物出版社1980年版，第19页。）

隐含其义的用例却依然存在。近年发现的战国楚竹书《孔子诗论》[①] 被认为是孔子论《诗》之嫡传，其中相关的用例如论《关雎》："以琴瑟之悦，拟好色之愿。"（简 14）"《关雎》以色喻以礼。"（简 10）其中"喻"自然是比喻之意，但"兴"之为意，均义兼比喻，故孔颖达《毛诗正义》云："兴是譬喻之名，意有不尽，故题曰'兴'。"[②] 其区别唯在比者显，兴者隐，比者仅比，而兴兼发端。二者乃一物之两面，刘勰所谓"比显而兴隐"[③] 者也。《孔子诗论》也说过："其隐志必有以喻也。"（简 20）像这一类以某一种事物或意象来比拟一种隐曲的思想或志意，又兼有发端之用的义例，虽然没有用"兴也"或"以兴"之类的字眼，但实际又和后世毛诗所标"兴也"完全一致的用例，应该将其看作是"兴诗"的前驱。

由秦汉之际至西汉初年，此类以"兴"说诗的现象渐渐多了起来。现在一般认为，四家诗中唯毛诗讲赋、比、兴，其实西汉诗家中，毛传外，其他三家诗也有用"兴"来说诗的例子。秦汉之际陆贾的《新语・道基篇》，其文云："《鹿鸣》以仁求其群，《关雎》以义鸣其雄。"[④]（按：陆贾习鲁诗，参王利器校注）陆文虽然没有用"比兴"的字眼，但其意思显然是指《鹿鸣》一诗是用鹿的仁义（鹿为仁兽）起兴作比，拟君子能以仁求其群；《关雎》则以鸠鸟挚而有别来起兴作比，指后妃能以义来匹配君子。陆文未用"比兴"之辞，但已启用比兴解诗的端绪，如将陆文与其后《淮南子》所引鲁诗用"兴"字解《关雎》《鹿鸣》的例子相比较，就更清楚了。如《淮南子・泰族训》："《关雎》兴于鸟而君子美之，为其雌雄之不乘（原文作"乖"，据王念孙改，乘谓匹也）居也。《鹿鸣》兴于兽，君子大之，取其见食而相呼也。"[⑤]《淮南子》引《诗》亦系鲁诗说，鲁诗并与毛传同，传曰："兴也……鹿得苹（萍），呦呦然鸣而相呼，恳诚发乎中，以兴嘉乐宾客，当有恳诚相招呼以成礼也。"[⑥] 又魏王肃编《孔子家语・好生》篇复袭《淮南》之说："《鹿鸣》兴于兽，而君子大之，取其食而相呼。"[⑦] 说明

---

① 因马承源《上海博物馆馆藏战国楚竹书》的释文多有古文字，在排版上恐有烦难，故以下所用《孔子诗论》引文均出自周凤五《〈孔子诗论〉新释文及注解》，文见《上博馆藏战国楚竹书研究》，上海书店出版社 2002 年版，第 154－155 页。

② 孔颖达：《毛诗正义》，中华书局 1957 年版，第 55 页。

③ 刘勰著，范文澜注：《文心雕龙注》（下册），人民文学出版社 1998 年版，第 601 页。

④ 王利器：《新语校注》（卷上），中华书局 1986 年版，第 30 页。

⑤ 刘文典：《淮南鸿烈集解》卷二十，中华书局 1989 年版，第 675 页。

⑥ 毛亨传，郑玄笺，孔颖达疏：《毛诗注疏》（中册），上海古籍出版社 2013 年版，第 792 页。

⑦ 王肃：《孔子家语》卷二，明隆庆翻刻宋本，第 22 页。

从陆贾开始，鲁诗均将《关雎》《鹿鸣》二诗视为“兴诗”。

此外用“兴”解诗的还见于韩诗，王先谦《诗三家义集疏》引《芣苢》篇《韩叙》曰：“《芣苢》，伤夫有恶疾也。韩说曰：芣苢，泽写也。芣苢，臭恶之菜。诗人伤其君子有恶疾，人道不通，求己不得，发愤而作。以事兴芣苢虽臭恶乎，我犹采采而不已者，以兴君子虽有恶疾，我犹守而不离去也。”[①] 韩诗解《芣苢》诗的主旨虽与毛序不同，但说诗的方法及对“兴”义的运用则是一致的。

上述这些文例说明，大约在战国中晚期至秦汉之际，文献中开始出现用“兴”解诗的例子，而到了西汉初年，以“兴”义说诗才渐渐传布开来。

（原载《中山大学学报》2005 年第 4 期）

① 庄周著，王先谦撰：《诗三家义集疏》卷一，中华书局 1987 年版，第 47 页。

孔颖达《毛诗正义》“兴”义发微

——兼论“兴”之有比

“兴”者，起也，这是目前学者人所共知并予认同的说法。但对于“兴”是否兼有“比”义，现今的学者多采用朱熹的意见，即“兴者，先言他物以引起所咏之辞也”，认为“兴”与“比”无涉。也有少数学者虽不认同这种简单的判断，但也多含混论之，以为有些兼比，有些只是兴起下句，并非一定有意义上的关联，甚至以为有些兴句只是在韵律上起到引领下文的作用。这种看法貌似全面，其实也偏离了《诗经》“兴”法的用例，造成一些错误的理解。邓国光先生曾在其《唐代诗论抉原：孔颖达诗学》[①] 中论及孔颖达“兴必以类”的主张，对这一问题的厘清有重要价值，惜言之过简。鉴于“兴不兼比”之说在学界仍有广泛影响，而这一提法实际上有很大问题，本文拟以孔颖达的《毛诗正义》为主要对象，旁及毛注、郑笺及宋人《诗》说，做进一步的考释论证。

一、孔疏主张“兴必以类”

孔颖达的《毛诗正义》是历代《诗经》注本中最为重要的一种，其中对“兴”的解释也是历代注本中最为详细且最有创见的一种。从其疏注当中发掘其精义，对于“兴”这一范畴的认识具有相当高的价值。

其实，汉四家诗中，鲁、韩两家佚文中也有以“兴”解诗的，但唯毛诗专门标出兴体，并给后世文学创作和批评带来巨大影响。但毛公标“兴”，未就“兴”义予以说明，使得后世解说纷纭。

东汉郑玄为毛诗作笺，在《毛诗传笺》中所下的功夫之一，就是悉心发明毛诗的“兴”义，他在毛传中绝大部分标识“兴也”的地方进行了较为详细的说明。郑氏笺释“兴”义的特点是将毛传原有的小序和所标的“兴也”联系了起来，使“兴”与小序的意思相互呼应，互为解释。虽然郑氏笺注有不少地方牵强附会，但毛传中原来未予说明的“兴”义在郑氏作

---

① 见邓国光《文原》，澳门大学出版中心 1997 年版。

笺之后受到了人们的重视，这是郑笺的贡献。由郑笺及后来的孔疏，我们知道毛公所标之兴体，原来就是指从《诗》的各章首句所写的物象中能够引发出下文主旨的体例。

如《周南·樛木》："南有樛木，葛藟累之。乐只君子，福履绥之。"毛传云："南有樛木，葛藟累之。兴也。"郑笺云："木枝以下垂之故，故葛也藟也，得累而蔓之，而上下俱盛，兴者喻后能以意下逮妾，使得其次序。"[①]毛传标"兴也"的地方，一般都在首章首句之下，除少数外，毛传对"兴"义均未做说明，此诗即是如此。郑笺补云："兴者以樛木枝干下垂，葛藟攀援蔓延而上，上下缠绕，枝繁蔓荣，象征后妃能和好众妾，使得其次序。"郑笺对此诗的解说现今不为学者所接受，但他对"兴"的解析推导，却开启了此后有关"兴"的研究。郑氏笺的做法是用小序的意思去解"兴"。此篇小序说："樛木后妃逮下也，言能逮下而无嫉妒之心焉。"[②] 郑笺所谓"兴者喻后妃能以下意逮妾"即出于此。虽说笺义并不一定合乎原诗之意，但由此我们可以明白，"兴"所写的物象并非孤立的单句，它与下文内容多有意义上的比拟关系。这一看法尽管受到宋以后学者的非议，但抛开郑笺附会小序的解释，即使从《诗》的原文看，郑笺所解释的这种"兴"皆含有比义的体例，在总计116首兴诗中也大都可得到清楚的验证。关于这个问题，笔者另有专文讨论，兹不赘述。而从汉至唐，《诗经》学者论述"兴"义，亦皆以为"兴"者与比有密切关系。

孔颖达《毛诗正义》对"兴"的阐释正是在郑笺的基础上进行的，但他对"兴"各个方面的特征都做了较充分的说明，对郑笺也进行了许多补充修正，归纳起来，其补充修正约有以下四个方面。

（一）兴与美刺没有关系

《诗序》疏云：

> 兴云见今之美取善事以劝之，谓美诗之兴也，其实美刺俱有比兴者也。……兴者，兴起志意赞扬之辞，故云见今之美以喻劝之。……郑之所注，其意如此。诗皆用之于乐，言之者无罪，赋则直陈其事，于比兴云不敢斥言，嫌于媚谀者，据其辞不指斥，若有嫌惧之意，其实作文之

① 《毛诗注疏》卷一，清嘉庆二十年（1815）南昌府学重刊宋本《十三经注疏》本。

② 《毛诗注疏》卷一，清嘉庆二十年（1815）南昌府学重刊宋本《十三经注疏》本。

体，理自当然。非有所嫌惧也。[①]

郑玄关于兴者为美、比者为刺的说法在汉至唐有着广泛影响，唐人成伯玙仍说："以美喻比，谓之为兴。"（《毛诗断章》[②]）此说今人多不从，以为比兴之别，并不由美刺的不同所造成。而首先系统地辩驳郑说的，就是孔颖达。

（二）比显兴隐

比之与兴虽同是附托外物，比显而兴隐，当先显后隐，故比居兴先也。毛传特言兴也，为其理隐故也（按：此取资于刘勰之言）。……言篇中义多兴者以毛传于诸篇之中每言兴也，以兴在篇中，明比赋亦在篇中，故以兴显比赋也。[③]（《诗序》孔疏）

此言要义有三，一则指出比与兴都系托附外物，即以彼物托喻此物。二则解释毛传独标兴体，是因为比体比较明显，读者阅文即可领略，而兴则相对比较隐晦，故需要注疏者揭之以示兴之门径。这一看法当然并非孔氏先创，此前《文心雕龙·比兴》篇已有揭橥。三则独标兴体，意在以兴统领比赋，说明篇中有兴，亦有比、赋。以今观之，前二者所说颇合符契，第三条则略显牵强。又《春秋左传正义》释《王风·葛藟》篇毛传云：

此引《葛藟》，王风《葛藟》之篇也。彼毛传以之为兴，此云君子以为比者，但比之隐者谓之兴，兴之显者谓之比，比之与兴，深浅为异耳。此传近取庇根，理浅，故以为比。毛意远取河润，义深，故以为兴，由意不同，故比兴异耳。[④]（《春秋左传正义·文公七年》孔疏）

此段疏文显示出孔颖达对"兴"的看法是一贯的，依然坚持《毛诗正义》中对"兴"与"比"各自特性及相互关系的一贯意见。《左传》文公

① 《毛诗注疏》卷一，清嘉庆二十年（1815）南昌府学重刊宋本《十三经注疏》本。

② 此据孙诒让《周礼正义》引，见《周礼正义》第四册第四十五卷，中华书局1987年版，第9页。按：成氏有《毛诗指说》及《毛诗断章》二著，今本《毛诗指说》未见此文，疑出自《毛诗断章》一书，据《四库提要》，此书或已佚。

③ 《毛诗注疏》卷一，清嘉庆二十年（1815）南昌府学重刊宋本《十三经注疏》本。

④ 孔颖达：《春秋左传正义》卷十九上，清嘉庆二十年（1815）南昌府学重刊宋本《十三经注疏》本。

七年引乐豫之说，指出《葛藟》是比，与毛传标兴有异。孔颖达解释说，乐豫以葛藟庇根以喻君子善德，意义明豁，所以是比。而毛传取河润千里，所喻义深，所以是兴。二者的区别，只在于喻义深浅的不同，都有寓意这一点则是相同的。此说当然也是源自刘勰，刘勰不同意郑笺所说兴比之别在于美刺，但他并没有直接反驳郑说，而是提出“比显而兴隐”代替之。孔颖达在批驳郑笺的时候，采用了刘勰的意见。

（三）兴必以类、兴必取象、兴必以喻

“兴”与喻、“兴”与象具有很密切的关系，但由古至今注意这个问题的人不多。孔颖达在《毛诗正义》中多次论及于此：

> 兴是譬喻之名，意有不尽故题曰兴，他皆放此。[①]（《关雎》孔疏）
>
> 欲言水鸟居中，故去泾水名也。以凡喻皆取其象，故以水鸟之居水中犹人为公尸之在宗庙，故以喻焉。[②]（《大雅·凫鹥》孔疏）
>
> 诸言南山者皆据其国内，故传云周南山曹南山也。今此《樛木》言南不必己国，何者？以兴必取象，以兴妃上下之盛，宜取木之盛者。木盛莫如南土，故言南土也。[③]（《樛木》孔疏）
>
> 传言兴也，笺言兴者喻言。传所兴者，欲以喻此事也。兴喻名异而实同。[④]（《螽斯》孔疏）
>
> 兴必以类。“睍睆”是好貌，故以兴颜色也；音声犹言语，故兴辞令也。[⑤]（《凯风》孔疏）

（四）兴者，取一边相似耳

> 凡兴者取一边相似耳。不须以美地喻恶君为难也。[⑥]（《邶风·旄丘》孔疏）

---

① 《毛诗注疏》卷一，清嘉庆二十年（1815）南昌府学重刊宋本《十三经注疏》本。
② 《毛诗注疏》卷十七，清嘉庆二十年（1815）南昌府学重刊宋本《十三经注疏》本。
③ 《毛诗注疏》卷一，清嘉庆二十年（1815）南昌府学重刊宋本《十三经注疏》本。
④ 《毛诗注疏》卷一，清嘉庆二十年（1815）南昌府学重刊宋本《十三经注疏》本。
⑤ 《毛诗注疏》卷二，清嘉庆二十年（1815）南昌府学重刊宋本《十三经注疏》本。
⑥ 《毛诗注疏》卷二，清嘉庆二十年（1815）南昌府学重刊宋本《十三经注疏》本。

首章言蜉蝣之羽，二章言之翼，言有羽翼而已，不言其美，卒章乃言其色美，亦互以为兴也。[①]（《曹风·蜉游》孔疏）

以交于万物，则非止一鸟，故云兴也。言举一物，以兴其余也。[②]（《小雅·鸳鸯》孔疏）

不独于《诗》，在《周礼》《左传》中的“兴”字及与“兴”有关的文句之下，孔氏也有若干文字论及：

兴者以善物喻善事者，谓若老狼兴周公之辈，亦以恶物喻恶事，不言者郑举一边可知。[③]（《大司乐》孔疏）

戴震也有同样的说法，他在论述雎鸠为猛鸷不足以“兴”淑女时说：

《传》：“雎鸠，王雎也。鸟挚而有别。”《笺》云：“挚之言至也，谓王雎之鸟，雌雄情意至，然而有别。”震按：古字“鸷”通有“挚”。《夏小正》“鹰始挚”，《曲礼》“前有挚兽”是其证。《春秋传》郯子言少皞以鸟名官，雎鸠氏，司马也。说曰：“鸷而有别，故为司马，主法制。”义本《毛诗》，不得如《笺》所云明矣。后儒亦多疑猛鸷之物不可以兴淑女者，考《诗》中比兴，如《螽斯》但取于众多，雎鸠取于和鸣及有别，皆不必泥其物类也。[④]

又戴震论《葛生》一诗何以葛蔹可以兴妇人只身无托说：

震按：《汉书》云：“不以在亡辞”，亡此者，今不在此也。既言其夫不在此，而又曰：“谁与”，非义也。“谁与独处”，亦不辞，“与”当音“余”。“谁与”，自问也。“谁与独处”，与《檀弓》“谁与哭者”语同。其夫从征役不归，生死未可知，妇嗟无所依托，故以葛蔹之必得所依为兴，而言予所美之人不在此，留谁独处哉？反顾叹伤之辞，明其

① 《毛诗注疏》卷七，清嘉庆二十年（1815）南昌府学重刊宋本《十三经注疏》本。

② 《毛诗注疏》卷十四，清嘉庆二十年（1815）南昌府学重刊宋本《十三经注疏》本。

③ 《周礼注疏》卷二十二，清嘉庆二十年（1815）南昌府学重刊宋本《十三经注疏》本。

④ 戴震：《毛郑诗考正》卷一《关雎》，见《戴东原先生全集》（安徽丛书本），台北大化书局1987年版，第133页。

为一妇人只身无托也。[1]

有些兴诗除了兴中含比亦即有较为直接的比喻作用外，还有一些诗另有托意，也就是说由诗中的文句可“兴发”出超出诗句本意之外的意思，“由此及彼”。如《秦风·无衣》以“岂曰无衣，与子同袍”喻秦人同仇敌忾，说明“上与民同欲”，则“百姓乐致其死”，首句既起发端的作用，又含有比的成分。但这还只是诗之本意。托意则如毛序所说旨在讽刺秦康公“好攻战，亟用兵，而不与民同欲”，通过写“有道”之君来反衬“无道”之君（按：可印证于《左传·宣公十二年》），是言在此而意在彼，或说是美此而刺彼。此类毛诗序传所指有托意的“兴”与春秋断章赋诗的做法有相合之处，故见仁见智，常常产生歧义。但有托意的“兴”并非“兴”的必要条件，多数的“兴”诗是只含有比的成分而没有另外的托意，但“兴”必含比则是兴的必要条件，也就是孔颖达所说的“兴必以类”。

二、“兴不兼比”论者的失误

近年来，对毛诗“兴诗”说持最彻底否定且有较大影响的是疑古派的顾颉刚先生。他的观点很像是受了朱熹的启发[2]，但说得更具体：

数年来，我辑集了些歌谣，忽然在无意中悟出兴诗的意义。今就本集所载的录出九条于下（按：下仅取1、3、7三条，余略）：

1. 萤火虫，弹弹开。千金小姐嫁秀才。……（第19首）

3. 豆花开乌油油，姐在房中梳好头。……（第51首）

7. 阳山头上竹叶青，新做媳妇像观音。阳山头上竹叶黄，新做媳妇像夜叉。（第61首）

在这九条中，我们很可看出起首的一句和承接的一句是没有关系的。例如新做媳妇的美，并不在于阳山顶上竹叶的发青；而新做媳妇的难，也不在于阳山顶上有了一只花小篮。它们所以会得这样成为无意义

① 戴震：《毛郑诗考正》卷一《葛生》，见《戴东原先生全集》（安徽丛书本），台湾大化书局1987年版，第139页。

② 朱熹曾提出“兴无巴鼻”的说法，意即兴只起开头的作用，与比毫无关系。可参见拙文《读朱熹〈诗集传〉献疑——兼析其“兴”诗研究》。

的联合，只因“青”与“音”是同韵，“篮”与“难”是同韵。若开首就唱“新做媳妇像观音”，觉得太突兀，站不住，不如先唱了一句“阳山头上竹叶青”于是就有了陪衬，有了起势了。

…………

在苏州的唱本中，有两句话写尽了歌者的苦闷和起兴的需要：山歌好唱起头难，起仔头来便不难。①

朱熹说无巴鼻的“兴”在后人诗中犹有此体，顾颉刚先生在当今歌谣中找到了根据。顾氏此说在今人中颇有影响，钱锺书先生在《管锥编》中又找到幼儿园中的儿歌甚至是美国人游行的口号用数字“一、二、三……”起兴作例子，说明“兴”诗的起句与后边的句子没有意义上的关联。

但实际上“兴”的使用远不像顾、钱二位先生所说的那么简单，虽然在《诗经》及后世民歌中偶见“兴”体与下文没有意义关联的例子，但就《诗经》而言，情况要复杂得多，并且《诗经》的116首兴诗，这种无意义关联的兴法是极为少见的。如一概地说“兴”起首的一句与承接的句子完全没有关系，显然不符合事实。如再进一步地认定为一条普遍的理论法则更有悖于实际。故其后郭绍虞先生对“兴”的解释就较为折中，郭说见其在《诗序注》中的一条注文：

兴，起的意思。兼有发端和比喻的双重作用。何晏《论语集解》引孔安国说：“兴，引譬连类。”朱熹《诗经集传》说兴是“先言他物以引起所咏之辞也”。但兴亦有仅具发端而无比喻的作用的；也有喻意由于时代久远，已难明了的；也有仅具音律上的联系作用的。因此，兴的界说，比较纷歧。②

这一说法较之前说当然要全面。但郭说中也有两个问题需要辨析，一是郭说认为“兴”至少包含有三层意思，即发端兼比喻、发端无比喻、发端协韵。我们不否认有的“兴诗”是仅具发端而无比喻的作用，有的或仅具音律上的联系作用。但这类的“兴诗”在《诗经》中所占的比例是极低的，不能

① 顾颉刚：《起兴》，原载顾颉刚编《古史辨》第三册（台湾明伦出版社1970年版，第672－677页）；另载林庆彰编《诗经研究论集》（台湾学生书局1983年版，第63－67页）。

② 郭绍虞主编：《中国历代文论选》，上海古籍出版社1979年版，第32页。

因为极个别的“兴诗”可能仅具一般的发端及协韵作用便据之以为“兴诗”的标准之一。在这个问题上，我比较同意徐复观先生的意见，他曾驳顾氏之说及今人从其说者曰：

> 凡是引民歌以证明兴除了协韵外并无意义的人，忘记了一件眼前的事实，即忘记了在创作的实际活动中，诗有巧拙，诗中的赋比有巧拙，诗中的兴，自然更有巧拙的事实。顺着诗的本性来看兴是什么，这是一回事。能否顺着诗的本性来满足兴的条件，这是另一回事。拿着一种笨拙的，不能满足兴的条件的民歌，便以为兴本来便是如此，这好像拿一首徒有诗的形式而毫无诗的内容的汤头歌诀乃至打油诗之类，便认定诗本来就是如此，犯了同样的错误。[①]

而此前的宋人严粲对此也有相类的意见，认为“兴”本身就含有比的成分，不含比的成分的“兴”是“兴”的异例[②]。换句话说，兴兼比者为兴之正，兴而不兼比者为兴之变。这出自较早否定《诗序》的严氏之口，更值得注意。二是郭先生将有托义的“兴”释为发端兼比喻也不尽准确，因为“兴”所含的“比”并非一般的比喻，与一般的“直以物相比况”的比喻相比，“兴”更多地通过托物以指向诗句文字之外的意义，也就是说，由所“兴”之物往往可以生发出另外的意思，其义与常言之寄托相近。古人讲比兴常以托兴或托意（义）代之，道理也就在此。与“兴”相比，对“比”的理解较少有歧义，原因就在于“比”是由此物比彼物，类似于物理反应；“兴”则是由此物生彼义，类似于化学反应。毛诗所标之“兴”，虽不是全部都有托意，但大部分的诗句在发端、比喻之外，还有托意。小部分的“兴”诗是发端兼比喻，而只有发端，不含比喻的“兴”诗是几乎不存在的。“兴”通“作”，“作”者，始生、制造之谓。故“兴”之为义，除了“起”的本义外，本来也含有“始生”“生发制造”的意思。其与“比”仅是由此物到彼物是不同的。孙诒让曾注意到这一区别，他在《周礼正义》疏中云：

---

① 徐复观：《释诗的比兴》，见林庆彰编《诗经研究论集》，台湾学生书局1983年版，第81页。

② 严粲：“凡言兴也者皆兼比，兴之不兼比者特表之。”（见《诗缉》卷一《关雎》，《四库全书》本）

> 曰比曰兴，比者，比方于物也。兴者，托事于物者。《吕氏春秋·贵公篇》高注云：比，方也。又《大司乐》注云：兴者，以善物喻善事。此比方于物，谓直以物相比况。托事于物，谓托物发端，以陈其事。与后郑说略同。但比兴兼资事物，先郑偏就物为训，于义未备。①

孙诒让所说“兴”兼事，而比兼物，即说明“兴”是由物而生事（义），“比”则是由物而比物。二者是不完全相同的。这一点，在孔疏中有非常明确的阐释，也非常符合《诗经》中绝大部分“兴”诗的实际情况。观毛传所标之“兴”，多是指此句可以“兴发”出另外的意思，是引譬连类，由此及彼。而宋人以来的否定毛诗一派的学者，却多是坐实地说诗中没有这样的意思，将由此及彼变成了此就是彼。就好像毛诗说这是一个带酵母的面团，可以用它做成馒头，是由发酵的面团到成熟的馒头；否定毛诗的人说面团中没有馒头，是视面团就是馒头。显然，二者不是在同一个逻辑层面上讨论问题，说的其实不是同一件事情，后者将发酵的面团与已做好的馒头混在一起，显是犯了逻辑的错误。

因此，今人之所以对这一概念界说纷纭，主要的原因就在于：一是今人由于不信小序，故对毛传及其后郑笺、孔疏所标识的“兴”义也不予认同；二是如上所说，有的人将诗句文本所含的意思与文句所“兴发”的意思混为一谈，以此视角考察《诗》之“兴”，当然文本原本的意思与所“兴发”的意思是不同的，由此才会觉得毛诗所说的“兴”义不确或认为首句与后句没有意义的联系，产生“兴”只具有发端或仅具有协律作用的说法。

三、再论“兴”及其与“比”的关系

用“比兴”这一范畴解《诗》虽然较晚，但其缘起则较早。毛传虽标“兴也”，但未释“兴”义为何，自郑笺至孔疏，均以为“兴”者兼含比义。“兴”究竟是否含有比义是自宋以来学者争执的焦点，观毛传所标“兴”诗，《诗》章首句与后起的“兴”义之间基本上都有某种可以模拟的关系，亦即“兴”句与其后的正意确实往往兼具有比义，所以“兴”之与“比”，实为同一种东西的两面，其不同，主要视其所居位置，如置于篇章的首句则为“兴”，置于他处的则为“比”。这从早期评《诗》时比兴不分

---

① 孙诒让：《周礼正义》第四册第四十五卷，中华书局 1987 年版，第 9－10 页。

的情形可以见出，在“兴”义尚未出现之前，春秋时期讲“兴”的时候是用“比”这一字眼的。《王风・葛藟》首句毛传标“兴也”，《左传・文公七年》引乐豫言认为此句有比义：“昭公将去群公子，乐豫曰：‘公族，公室之枝叶也，若去之，则本根无所庇矣。葛藟犹能庇其本根，故君子以为比，况国君乎？”[①] 对于此诗，毛传以为是以葛藟起兴，言葛藟犹能庇其本根，而周室衰，平王却弃公室九族，是兴中兼比、举此以刺彼之例。毛传对此诗的解释与《左传》引乐豫之语是完全一致的，但毛传之所以仅标“兴”而未言比，是因为毛传视“兴”中已含有比义，故不言之。此例说明毛传与《左传》所引乐豫的看法是完全一致的，只不过《左传》书中尚无“兴诗”之义而已。

《诗》之“兴”义，由毛传发掘之。赋、比、兴三体，独标兴例，诚如前代学者所说，是因为“兴”有独特性，这个独特性如刘勰所说乃“比显而兴隐”。关于这句话所表示的意思，清代以前，除宋代朱熹等以外的历代学者的认识是统一的，即“兴”是一种特别的“比”，一般的“比”是直接的明比，唯有“兴”，除了起，即引起下文的作用外，还有隐秘的“比”义存在，这也是毛传“独标兴体”的原因。

我们不否认有的“兴诗”仅具发端而无比喻的作用，有的或仅具音律上的联系作用，但这类的“兴诗”在《诗经》中所占的比例是极低的，不能因为极个别的“兴诗”可能仅具一般的发端及协韵作用便据之以为“兴诗”的主要标准。

那么，“兴诗”的特征与判断标准究竟有哪些呢？在《诗经》学史上，有不少论及“兴”及兴体诗的，笔者以为，《毛诗正义》对“兴”的分析是迄今最为准确、最为全面的论述。兹结合《诗》例，予以说明。

其一曰：兴必取象、兴必以喻。

《诗大序》孔疏开宗明义：

> 兴者，起也。取譬引类，引发己心，诗文诸举草木鸟兽以见意者，皆兴辞也。[②]

这里指出兴的关键，其一为起、为引。起，一方面是起头、开头；另一方面

---

① 杨伯峻：《春秋左传注》，中华书局1990年版，第556－557页。

② 《毛诗注疏》卷一，清嘉庆二十年（1815）南昌府学重刊宋本《十三经注疏》本。

也是启，启发，引启之义。那么用什么来起头、引启呢？是以草木鸟兽等物象来取譬作引启，显然，兴的重点不止于开头，更重要的是在于用他物的取譬来开头，这就必然发生以物为喻的情况。所以，《关雎》孔疏又说："兴是譬喻之名。"①《螽斯》孔疏亦云："兴，喻名异而实同。"② 都将"兴"与譬喻相联系。《关雎》的例子为大家所熟知，兹不赘述。周南的《螽斯》或可一议：

螽斯羽，诜诜兮，宜尔子孙，振振兮。

抛开毛传迂腐的说法，即便就诗论诗，作者以螽斯的多子喻人的多子，喻义是很明显的。再如《小雅·菁菁者莪》云："泛泛杨舟，载沈载浮。既见君子，我心则休。"朱注云："兴也……犹言载清载浊，载驰载驱之类，以兴未见君子而心不定也。"③ 故舟之载沉载浮之意象与未见君子之心理有一种隐约的联系。因此，以象为喻，以物起兴，无论所兴起者是具体的人事，还是虚灵的人心，兴之为义，与物象之喻有明显的关系。

或曰，兴做开头引领无疑义，但如说"兴必以喻""兴必以象"则未必。实际上，在毛传所标举的116首兴体诗中，有113首都是以鸟兽、草木、虫鱼、山水、云雨等具体的物象来起兴的。而这些起兴也多与下句形成比喻的关系或意义上的联系。兹举《召南·摽有梅》为例说明之：

摽有梅，其实七兮。求我庶士，迨其今兮。

关于此诗，毛传及严粲《诗缉》均以为兴。《集传》却认为："赋也。"并云："南国披文王之化，女子知以贞信自守，惧其嫁不及时，而有强暴之辱也。故言梅落而在树者少，以见时过而太晚矣。求我之众士，其必有及此吉日而来者乎。"④ 朱氏虽然改兴为赋，但由其解说的诗义，恰能说明首句以梅落起兴与下文有明确的比拟和意义上的关联。诗以梅落而在树者渐少，喻女子惧时过而晚，求男士及早为之，正是兴而有比的例子。其他的例子仍

① 《毛诗注疏》卷一，清嘉庆二十年（1815）南昌府学重刊宋本《十三经注疏》本。

② 《毛诗注疏》卷一，清嘉庆二十年（1815）南昌府学重刊宋本《十三经注疏》本。

③ 朱熹：《诗集传》卷十，《四部丛刊》本。

④ 朱熹：《诗集传》卷一，《四部丛刊》本。

有不少，限于篇幅，不再例释。这一情形说明了孔氏所说“兴必以喻”“兴必以象”是可靠且基本准确的。

其二曰：比仅拟物，兴兼发端。

或问，既然兴也是比，那么它与比又有何异同？为何毛传又独标兴体呢？其原因就在于我们上面曾说过的，比仅为比喻，可在诗中的任一位置使用，而兴除了比喻之外，还有一个开头、引启的作用，它往往用在诗章的首句以作引领。所以兴虽多有比义，但它还具有比所不具备的兴起、引领的作用。

其三曰：比显而兴隐。

关于这个方面，刘勰、孔颖达、姚际恒等人均有论述，上文也略有论及，兹不赘述。

其四曰：兴者，取一边相似耳。

这是孔颖达论《诗》极有特点且极有创见的说法。《诗》之“兴”，以象以喻，上文已做详论。需要注意的是，兴体诗之象喻，喻体与本体之间的联系有时并非直接的关联，有时二者的关联只是一种部分的关联，这就是孔颖达所说的“取一边相似耳”。比如《螽斯》篇以蝗虫喻多子，并非蝗虫像子孙，而是众多蝗虫的聚集可比喻子孙的繁衍不绝。其意略同于民间婚礼中赠枣暗喻早生贵子，并非枣子像孩子，而是取枣的谐音而已，这就是所谓的“取一边相似耳”。兴与比的不同，除了比显兴隐外，兴之比，更虚灵，更间接，是一种联想的生发、再创造。

“兴”通“作”，“作”者，始生、制造之谓。故“兴”之为义，除了“起”的本义外，本来也含有“始生”“生发制造”的意思。所以，取其一边，再生发制造出新的意思，正是“兴”之为义的特色。故戴震论《关雎》一诗云：“后儒亦多疑猛鸷之物不可以兴淑女者，考《诗》中比兴，如《螽斯》但取于众多，雎鸠取于和鸣及有别，皆不必泥其物类也。”[①] 也有资于理解《诗经》兴体的特色。

秦风《蒹葭》是一个少有的例外，它是否为兴，其所兴有无特别的寓意，从古至今，解说纷纭，难成定谳。毛传于此诗首章标“兴也”，以为“白露凝戾为霜然后岁事成，国家待礼然后兴”[②]，所以喻体与本体之间形成比拟的关系。朱熹《诗集传》改兴为赋，其言曰：“言秋水方盛之时，所谓彼人者，乃在水之一方，上下求之而皆不可得。然不知其何所指也。”[③] 今

① 戴震：《毛郑诗考正》卷一，清戴氏遗书本。

② 《毛诗注疏》卷六，清嘉庆二十年（1815）南昌府学重刊宋本《十三经注疏》本。

③ 朱熹：《诗集传》卷六，《四部丛刊》本。

人多不采毛说，虽仍以为是兴诗，但又认为是属于喻体与下文之间没有意义关联的一类。上述说法的不一，实际上是缘于对诗义理解的不同。毛传标“兴”，是因为其对诗义的解释建立在诗的礼教功能之上，所以由白露为霜，兴起“国家待礼然后兴”，由此及彼，象喻明了，这是合乎毛诗逻辑体系的解析。朱熹以为此诗为赋，是因为他否定了毛序对诗义的解释，而诗义的解释又是毛传标“兴”的逻辑前提，失去了这个前提，自然就无法认同其为兴体，只能改兴为赋。因此，依毛诗的体系，我们很难说它标为兴体有何不妥。同理，朱熹不采纳毛诗的体系，自然也就无法认同其兴义。今天来看，即便我们不取毛序的意思，以其为兴，也无不可。“蒹葭苍苍，白露为霜”作为起兴句当无歧义，今人也多以之为兴，只是认为它只起开头的作用，与下文没有意义的勾连。但笔者认为，此句作为首句起兴，不仅起开头的作用，与下文也有比喻的意义。那么这个被比喻的本体是什么呢？就是“所谓伊人，在水一方”，以白露凝结为霜比喻站在水边的伊人。其情形与郑风《野有蔓草》相类，诗云：“野有蔓草，零露团兮。有美一人，清扬婉兮。”美人或为霜，或为露，皆取其高洁清澈之态，以此为喻，孔氏所谓“取其一边”，戴震所谓“不必泥其物类”也。

总之，“兴”之为义，在孔颖达《毛诗正义》中有集中精彩的论述，对于我们重新审视“兴”，准确理解它的含义，有很重要的参考价值。

（原载《中国文学研究》第21辑，复旦大学出版社2013年版）

“兴皆兼比”论

——兼及日本学者论“兴”

一、问题的缘起与背景

“兴”虽是文学史及文学批评史中的一个老话题，但犹有可深论者。之所以可深论，是因为“兴”这一概念自朱熹以来，其本来的意思就被淹没了。事实上，《诗经》中的“兴”，最初只是一种读诗的方法，并不是作诗的方法，这从春秋晚期孔子的相关论述中可以看得很清楚。至汉代经师逐首解《诗》时，将“兴”的义例引入对《诗》的阐释，遂渐渐演变为作诗之法。尽管如此，汉人所理解的“兴”与“比”仍是一物两面，即“兴”是另一种形式的“比”，它的上句与下文有意义上的关联。宋以后，除了固守传统的经学家外，多数《诗经》学者或文人渐渐将“兴”与“比”剥离开来。至近现代，此说成为主流。其流弊所及，无论大陆，还是日本等当今研究《诗经》的学者，仍有不少人认为“兴”与“比”没有什么意义上的关联。本文所欲辨析者，即在厘清“兴”的本来意义，为“兴诗”做还原的工作。

出自战国后期的《周礼·大师》条列“兴”为六诗之一，但没有说明什么是“兴”。西汉时期，毛传在若干诗的后面标注“兴也”，也未从概念上解释“兴”义是什么，以至于后世对此问题众说纷纭。然而毛传虽然未曾明言何者为“兴”，但在兴诗的小序中对“兴”句的含义及与后面句子的联系做了说明，实际上表达了对“兴”义的看法，这是了解毛传有关“兴”这一问题的可信资料，可惜以往的学者对这些材料未予以足够的重视。综观毛传的这些释文，可以看出毛氏认为诗的“兴”句与下文有密切的关系，同时，“兴”句与下文主旨也往往构成比喻的关系。但毕竟毛公并没有直接解释“兴”的概念，至东汉郑玄为毛诗作笺才正式说明“兴”是以“善物喻善事”，揭示了“兴”与“喻”的关系，并在笺注中对毛诗所说的“兴也”进行了具体的说明。由东汉至唐，学者均以为“兴”与“比”有关，宋以前的学者则少有疑义。

毛传的这一看法来源甚早，在“兴”字尚未使用于论《诗》之前，春秋时期已有以“比”这个字代表“兴”义的例子。如《王风·葛藟》首句毛传标“兴也”，《左传·文公七年》引乐豫言则认为此句有比义：“昭公将去群公子，乐豫曰：‘不可。公族，公室之枝叶也，若去之，则本根无所庇荫矣。葛藟犹能庇其本根，故君子以为比，况国君乎？’”① 此诗毛传以为是以葛藟起兴，言葛藟犹能庇其本根，而周室衰，平王却弃公室九族。这是兴中兼比、举此以刺彼之例。毛传之所以仅标“兴”而未言“比”，是因为“兴”中已含有比义，故不言之。我们有理由相信，《左传》所引乐豫“葛藟犹能庇其本根，故君子以为比”当是毛传之所本，只不过《左传》尚未用“兴”字来指称而已。所以，“兴诗”的概念虽晚至战国才出现，但在《左传》所记录的春秋时期说《诗》的例子中，已将后来毛传标为“兴”的句子视为含有比义的句子，说明毛传释“兴”时往往兼释其比义渊源有自。

近年来有关《诗经》“兴”的问题有一种较流行的看法，即认为“兴”只是一种单纯的起兴，起引出下文及协律的作用，前句与后面的正意之间没有必然的意义上的联系。这种看法起自朱熹的《诗集传》及其他著述，至20世纪30年代，顾颉刚先生又从江苏民歌中找出若干例子，以证明“兴”与“比”确实没有关系。

虽然朱熹对“兴诗”的这种看法在现代成为主流，但无可否认的是，《诗经》中的“兴诗”用以起兴的句子与后句之间往往有意义上的联系。关于这方面，朱熹本人也无法否认，所以他在兴诗中又特别列出一类为“兴中有比”来解决这一问题，并且将有些明显属于兴诗的例子改为比诗，以证明他有关“兴”与“比”没有关系的意见。② 还有些学者在有关“兴”的概念上采用折中的办法，指出有的兴句与后句有意义的联系，有的则没有。

后者似乎是一种较为周全的意见，也为当今不少学者所采纳，但这样的处理也有一个较明显的缺点，即不能准确地说明“兴”究竟是否含有“比”。如果说有的含“比”，有的不含“比”的话，那么何者是常，何者为变，这对于确定“兴”的概念十分重要而且很有必要。因为对一个概念

---

① 杨伯峻：《春秋左传注》，中华书局1990年版，第556－557页。

② 朱氏《诗集传》在有关“兴诗”的研究和处理上有许多不当之处，详见本文第四部分及拙文《读朱熹〈诗集传〉献疑——兼析其兴诗研究》。

的表述，当出现有常义有偶变情况的时候，既要指明其偶变的情况，更要说明其常义。对于毛诗所标识的“兴”义，今人所忽略者，也就是它基本上都是含有“比”义的，这是“兴”这一概念所包含的最基本的意思，而个别不含比的“兴”，只是微不足道的变量而已。

刘毓庆先生的《〈诗〉学之“兴”的还原与背离》[①] 是近年来对“兴”的阐释很有见地的一篇文章。他认为“兴”最初是由先秦经师所创制的解读《诗经》经典意蕴的概念，只是魏晋以后逐渐背离，演变为文学创作手法的“兴”，偏离了“兴”的本义。前者由先秦经师所创制的“兴”为“经学之兴”，后者衍生的则为“文学之兴”。作者欲“还原”的就是“经学之兴”，亦即与“比”“喻”等有密切关联的“兴”。刘文的最大贡献就在于指出了早期的“兴”是与“喻”合二为一的东西，但其关注点除了还原以外，更多的篇幅则用来辨析“文学之兴”及其后来的发展。且其指出“文学之兴”始于魏晋，容易给人以“兴”作为诗法已成为魏晋以后文人共识的错觉。事实上，魏晋至唐，虽有“比兴”合用的现象，但在“兴”的使用上，仍然认为“兴”与“比”是有关系的，典型的如刘勰和孔颖达，均指出“兴”是“比”的另一种表现形式。

先秦经师对“兴”的解释在传世文献中没有保留下来，但在汉代《诗》学中却有明确的记载。毛传标志“兴”句，虽未对“兴”进行解释，但在注文对诗义的梳理中，往往认为“兴”句与下文有意义上的关联，亦即含有“比”的成分。此后一直到唐人，这种看法并未改变。这对还原“兴”的本义，有很好的帮助。

二、毛传曾以喻释“兴”

过去的学者对毛传有关“兴”的意见较为忽视，主要是因为毛氏在“兴”句之后仅标了“兴也”二字，不像郑笺那样特意挖掘“兴”所蕴含的比义。所以后来否定毛诗的学者多攻击郑笺及小序附会说诗，但对毛传还较为客气，以其来历较久且侧重于训诂。其实，毛传在不少“兴也”的后面还写有数量不等的释文，用以解释“兴”句的含义及与下文的联系。这些文字表明郑笺及孔疏对“兴”的意见实际上就来自毛传，只不过后者在表述上更明确、更细致而已。

---

① 刘毓庆：《〈诗〉学之“兴”的还原与背离》，载《文学评论》2008 年第 4 期。

毛传标“兴”诗共116首，其中40首左右在“兴也”的后面对诗意有所解释，占到总数的三分之一以上，[①] 这是一个不小的数量。从毛传的释文，可以很清楚地看出毛氏对“兴”的意见。

从毛传“兴也”之后的释文来看，毛氏以为首章首句用来起“兴”的句子与下文均有意义上的关联，而这种关联又是以比喻的形式存在的。如《小雅·鹿鸣》：

> “呦呦鹿鸣，食野之苹。”毛传：“兴也。苹，萍也。鹿得萍呦呦然鸣而相呼，诚恳发乎中，以兴嘉乐宾客，当有恳诚相招呼以成礼也。”[②]

传文以鹿食萍而相呼，有恳诚之心发乎中，兴起下文主人待客亦应嘉乐宾客，以恳诚相招呼，始能成礼。“兴”句与下文形成相喻成文的关系，正可见出其中意义上的关联。再如《召南·草虫》：

> “喓喓草虫，趯趯阜螽。”毛传：“兴也。……卿大夫之妻待礼而行，随从君子。”

很明显，依毛传意见，前句“喓喓草虫，趯趯阜螽”作为“兴”句，与下文“未见君子，忧心忡忡”构成并行相比的关系，即以草虫、阜螽比拟妻与大夫，引申出卿大夫之妻待礼而行，随从君子之意。又如《邶风·谷风》：

> “习习谷风，以阴以雨。”毛传：“兴也。习习，和舒貌，东风谓之谷风。阴阳和而谷风至，夫妇和而室家成，室家成而继嗣生。”

---

① 为方便查阅，兹列出笔者寻获的毛传对“兴”句有所释意的篇目：《关雎》、《麟之趾》、《草虫》、《谷风》（邶风）、《旄》、《竹竿》、《芄兰》、《兔爰》、《采葛》、《萚兮》、《风雨》、《南山》、《甫田》、《山有枢》、《绸缪》、《葛生》、《采苓》、《蒹葭》、《黄鸟》（秦风）、《晨风》、《无衣》、《东门之杨》、《蜉蝣》、《尸鸠》、《鸱鸮》、《狼跋》、《鹿鸣》、《杕杜》、《菁菁者莪》、《采芑》、《沔水》、《鹤鸣》、《黄鸟》（小雅）、《小宛》、《谷风》（小雅）、《鸳鸯》、《隰桑》、《绵蛮》、《棫朴》。

② 本文所引用之《诗经》毛传、郑笺均引自孔颖达《毛诗正义》（《十三经注疏》本），中华书局1980年版，不另注。所引用之朱熹《诗集传》皆出自上海古籍出版社1980年版，不另注。

毛传在这里所阐释的逻辑是，“谷风至”表示阴阳和，阴阳和表示夫妇和，夫妇和则室家成，室家成则继嗣生。由谷风起兴，隐喻家室和睦，君子同心，正是由兴而比的例子。

在有的释文中，毛传用“如”字来表示“兴”句与下文比喻的意思。如《唐风·山有枢》：

> “山有枢，隰有榆。”毛传：“兴也。枢，荎也。国君有财货而不能用，如山隰不能自用其财。”

毛传此解与小序合，序云：“山有枢，刺晋召公也，不能修道以正其国，有财不能用，有钟鼓不能以自乐，有朝廷不能洒扫，政荒民散，将以危亡。四邻谋取其国家而不知，国人作诗以刺之也。”序传所论此诗的主旨不为今人认同，以其所指“刺晋君”及以“山有枢，隰有榆”喻“国君有财货而不能用”为穿凿无稽。此议姑且不论，即依朱熹《诗集传》之言，此诗的“兴”句与下文也可构成相比的关系。《诗集传》亦以此诗为“兴”，但弃毛传之说，认为是写良士有衣服车马而不服不乘，一旦宛然而死，他人取以为己乐矣。意此诗宣扬及时行乐。但即依《诗集传》之说，“山有枢，隰有榆”的起兴之句与下文的“子有衣裳，弗曳弗娄。子有车马，弗驰弗驱”之间，兴与比的关系也甚为明了，彼此构成相喻的关系。又如《齐风·南山》：

> “南山崔崔，雄狐绥绥。鲁道有荡，齐子由归。”毛传：“兴也。南山，齐南山也。崔崔，高大也。国君尊严如南山崔崔然，雄狐相随绥绥然，无别，失阴阳之匹。”

此诗序传笺疏及朱氏《诗集传》均以为刺齐襄公通于其妹文姜，事见《左传》“桓公十八年”：“公将有行，遂与姜氏如齐。申𦈡曰：‘女有家，男有室，无相渎也，谓之有礼，易此，必败。’公会齐侯于泺，遂及文姜如齐。齐侯通焉。”[1] 毛传采此说而以为南山、雄狐各有所喻，比拟文姜通于襄公而失阴阳之匹。今人多不采此说而径由文句直解，即便如此，“雄狐绥绥”的意象与“齐子由归”复又“怀止”的举动所造成的阴阳失匹的诗意还是

① 杨伯峻：《春秋左传注》，中华书局1990年版，第151－152页。

有一层比喻关系。毛传于此例中用“如”字表示其中的“兴”义，正可说明毛传视“兴”为比的意见。

传中又有用“喻”来表示“兴”义的，如《唐风·葛生》：

> “葛生蒙楚，蔹蔓于野。”毛传：“兴也。葛生延而蒙楚，蔹生蔓于野，喻妇人外成于他家。”

《唐风·采苓》：

> “采苓采苓，首阳之巅。”毛传：“兴也。苓，大苦也。首阳，山名也。采苓，细事也。首阳，幽辟也。细事喻小行也。幽辟喻无征也。”

按此两诗的主旨并非如毛传所述，今人也多不采纳，但无论依毛传之解，还是另辟新说，都不能否认两首诗中所用“兴”句与下文有密切的关联和比喻的关系。兹以《葛生》为例，今人于此诗或以为悼亡，或以为思夫。即以《诗集传》朱熹所说：“妇人以其夫久从征役而不归，故言葛生而蒙于楚，蔹生而蔓于野，各有所依托，而予之所美者独不在是，则谁与而独处于此乎?”显然，即依此解，首句所写葛、蔹诸物与下文也有意义上的关联，尽管朱熹曾说过“兴无巴鼻”的话，但他在释文中对其中所含有的比喻的意思说得很清楚，其间的关联也很明显。

上面所举数例已很清楚地表明毛传对“兴诗”的看法，而且此类例子甚多，毋庸一一列举。仅从上述数例，已可见毛传认为“兴”实为比喻的一种，它不仅在首句起兴发的作用，而且与下文有意义的关联，有隐喻的作用。它与“比”的区别，大概就在于“兴”除了“比”的意思外，另有发端的作用。另外，如刘勰所言“比显而兴隐”，亦即“比”和“兴”的区别，在于“兴”所蕴含的喻义更隐晦一些。毛传对“兴”的概念尽管没有明言，但其看法由上述例子已可得见。

三、汉唐人均谓兴者兼比

由汉至唐，“兴”者既指《诗》章之发端，又兼具比喻之用，是学者的共识。值得注意的是，汉代认为“兴诗”兼有比义的除毛诗外，还有今文家的鲁诗和韩诗。

鲁韩二家诗均已失传，其残篇存于其他文献者有若干，其中见于陆贾《新语·道基》篇有："《鹿鸣》以仁求其群，《关雎》以义鸣其雄。"[①]按陆贾习鲁诗，从其评语看，以为《鹿鸣》《关雎》两诗均有比义，而这两首诗在毛诗中都被列为兴诗，说明鲁诗认为毛诗所列为兴诗的《鹿鸣》《关雎》是含有比的成分的。若说《新语》表现得尚不明显的话，其后同系鲁诗的《淮南子·泰族训》中的一段文字则直接用"兴"字来表示此诗的比义："《关雎》兴于鸟而君子美之，为其雌雄之不乘（原文作"乖"，据王念孙改，乘谓匹也）居也。《鹿鸣》兴于兽，君子大之，取其见食而相呼也。"[②]毛传与鲁说同，传曰："兴也，……鹿得苹（萍），呦呦然鸣而相呼，恳诚发乎中，以兴嘉乐宾客，当有恳诚相招呼以成礼也。"魏王肃编《孔子家语·好生》复袭《淮南》之说："《鹿鸣》兴于兽，而君子大之，取其食而相呼。"[③] 鲁诗外，韩诗也有用"兴"字表示比义的。王先谦《诗三家义集疏》引《芣苢》之《韩叙》曰："《芣苢》，伤夫有恶疾也。"《韩说》曰："芣苢，泽写也。芣苢，臭恶之菜。诗人伤其君子有恶疾，人道不通，求已不得，发愤而作。以事兴芣苢虽臭恶乎，我犹采采而不已者，以兴君子虽有恶疾，我犹守而不离去也。"[④] 这些例子说明，西汉诸《诗》家——无论是古文家还是今文家——在用"兴"字评《诗》时，均认为"兴"是含有比义的。有时，"比"和"兴"甚至是混用的，如系鲁诗系统的陆贾《新语》。而此前《左传·文公七年》引乐豫语，也是以比代兴的，说明在"兴"义产生之前，指代"兴"的功能的是"比"字，而至西汉四家诗出现，始明确用"兴"字，但"兴"字含有比义仍未有改变。

这一情况可从后来论"兴"者皆谓兼有"比"义看出来。《论语·阳货》"诗可以兴"，孔安国注："兴，引譬连类。"按孔子"诗可以兴"并非指诗法之"兴"，孔安国以之为解，虽不妥，但也说明此时的学者均认为"兴"和比喻或引譬连类相关。再如《周礼·大司乐》郑玄注："兴者以善物喻善事。"[⑤]《周礼·大师》郑玄注："兴者托事于物，兴见今之美，嫌于媚谀，取善事以喻劝之。"[⑥] 又《诗序》孔疏引郑众云："司农又云，兴者

---

① 陆贾：《新语》（《诸子集成》本），中华书局1954年版，第3页。
② 高诱注：《淮南子》（《诸子集成》本），中华书局1954年版，第353页。
③ 陈士珂辑：《孔子家语疏证》，上海书店1987年版，第86页。
④ 王先谦：《诗三家义集疏》，中华书局1987年版，第47页。
⑤ 郑玄注，贾公彦疏：《周礼注疏》卷二十二，上海古籍出版社1997年版，第787页。
⑥ 郑玄注，贾公彦疏：《周礼注疏》卷二十三，上海古籍出版社1997年版，第796页。

托事于物，则兴者起也，取譬引类，起发己心。诗文举草木鸟兽以见意者皆兴辞也。”均将“兴”与“比”相联系。

在汉代，不独《诗》《礼》研究者以为“兴”与“比”相关，其他学者也持同类的看法。司马迁虽无专门文字论“兴”，但其论屈原《楚辞》，也有与“兴”义相近者：

> 若《离骚》者，……其文约，其辞微，其志絜，其行廉，其称文小，而其指极大。举类迩而见义远，其志洁，故其称物芳；其行廉，故死而不容。[①]（《史记·屈原贾生列传》）

所谓“其称文小，而其指极大”“举类迩而见义远”，不就是“兴”吗？王逸的《楚辞章句序》说得更清楚：“《离骚》之文，依《诗》取兴，引类譬喻，故善鸟香草以配忠贞，恶禽臭物以比谗佞，灵修美人以媲于君，虙妃佚女以譬贤臣，虬龙鸾凤以托君子，飘风云霓以为小人。”[②] 其中“依《诗》取兴，引类譬喻”，显然也认为《诗》之兴具有引类譬喻的特点。

南朝两位最著名的批评家也持相似意见。刘勰说：“诗文弘奥，包韫六义，毛公述传，独标兴体，岂不以风通而赋同，比显而兴隐哉！故比者，附也；兴者，起也；附理者切类以指事，起情者依微而拟义。起情故兴体以立，附理故比例以生。比则蓄愤以斥言，兴则环譬以记讽。盖随时之义不一，故诗人之志有二也。”[③] 以为“兴”乃“环譬以记讽”（按：“记”一作“讬”，一作“寄”），比和兴的区别仅在于一显一隐。钟嵘的意见也相似：“言有尽而意无穷，兴也。”（《诗品序》）照钟嵘看来，“兴”之所以可以言有尽而意无穷，也是因其含有环譬托讽的缘故，如果仅仅是兴起下文，就不会产生言有尽而意无穷的效果了。

唐人的看法依然没有变化。成伯玙说：“以美喻比，谓之为兴，叹咏尽韵，善之深也。听《关雎》声和，知后妃能谐和众妾，在河洲之阔远，喻门壸之幽深。鸳鸯于飞，陈万化得所，此之类也。”（《毛诗断章》）[④] 唐人

---

① 司马迁：《史记》，中华书局1959年版，第2482页。

② 洪兴祖：《楚辞补注》，中华书局1983年版，第2－3页。

③ 刘勰撰，范文澜注：《文心雕龙注》，人民文学出版社1958年版，第601页。

④ 此据孙诒让《周礼正义》引，见《周礼正义》第四册第四十五卷，中华书局1987年版，第9页。成氏有《毛诗指说》及《毛诗断章》二著，今本《毛诗指说》未见此文，疑出自《毛诗断章》一书，据《四库全书总目》，此书已佚。

中论述“兴”“比”关系最有力者当推孔颖达，他在《毛诗正义》中，多次阐发此义，兹举其要者如下：

> 比之与兴虽同是附托外物，比显而兴隐，当先显后隐，故比居兴先也。毛传特言兴也，为其理隐故也（按：此取资于刘勰之言）。……言篇中义多兴者以毛传于诸篇之中每言兴也，以兴在篇中，明比赋亦在篇中，故以兴显比赋也。（《诗序》孔疏）
>
> 兴必以类。睍睆是好貌，故兴颜色也；音声犹言语，故兴辞令也。（《凯风》孔疏）

《春秋左传注疏·文公七年》孔疏亦如是：

> 此引《葛藟》，王风《葛藟》之篇也。彼毛传以之为兴，此云君子以为比者，但比之隐者谓之兴，兴之显者谓之比，比之与兴，深浅为异耳。此传近取庇根，理浅，故以为比。毛意远取河润，义深，故以为兴，由意不同，故比兴异耳。[①]

由以上材料可见，由汉至唐，学者均以为“兴”含有比意，所不同者唯在比显而兴隐，比浅而兴深，这种意见完全符合《诗经》“兴”体诗的特征，也与后世诗论家有关比兴的论述相一致。

四、朱传改“兴”为“赋”驳议

在北宋，欧阳修已对毛诗序传提出过疑义，但其《诗本义》往往将“比兴”合用，或用“兴”指比义。至朱熹，开始更全面地清理毛诗序传，其于《诗经》研究用力最勤者之一即在毛传所标的“兴”方面。在这个问题上，朱熹与毛郑最大的分歧在于朱氏认为“兴”与下文没有关系，“兴者”只是“先言他物以引起所咏之词”，其间没有意义的联系，也没有比喻的成分。朱熹的这一看法，对此后有关“兴”义的解释产生了深远的影响。

根据笔者的研究，毛传标“兴”诗共116首，如依毛传郑笺的解释，

---

① 孔颖达：《春秋左传正义》卷十九，清嘉庆二十年（1815）南昌府学重刊宋本《十三经注疏》本。

都可印证“兴”者必含有比的成分。如抛开传笺，则绝大多数仍含较明显的比义，个别的较间接（如《秦风·蒹葭》《郑风·野有蔓草》），还有个别的存疑①。逐一辨明这116首“兴诗”是否含有比义洵非本文能胜任，但有一种方式可较好解决这一问题，即通过辨析朱熹《诗集传》中对毛诗标“兴”诗最有意见的部分，如将“兴”改为“赋也”，或改为“兴而不兼比者”之类，则可清楚地看见双方的意见纠葛及彼此的是非，对于了解“兴诗”的真实情形也很有必要。由于朱熹以为“兴无巴鼻”，即《诗》之“兴”与“比”完全没关系②，故其《诗集传》将毛诗116首兴诗中的17首改为“赋”，29首改为“比”。其实改为“比”的29首颇为可疑，因为置于章首兼有发端的“比”其实正是“兴而有比”的例子（如上引《王风·葛藟》）。朱氏为了印证他的“兴无巴鼻”，故将此兴而有比的兴诗强改为比，这一改动，一方面说明兴诗确与比有关，另一方面也显示出朱熹对他本人的看法也无自信。下面选部分改“兴”为“赋”的例子详做辨析。

《周南·葛覃》：“葛之覃兮，施于中谷。维叶萋萋，黄鸟于飞。集于灌木，其鸣喈喈。”《诗集传》云：“赋也。”以为此诗“盖后妃既成絺绤而赋其事，追叙初夏之时，葛叶方盛，而有黄鸟鸣于其上也。”③ 以为此章乃叙实。严粲的《诗缉》将此诗归为“兴之不兼比者”④，即此诗属兴，但不含比义。毛传标“兴也”，序云：“葛覃，后妃之本也。后妃在父母家则志在于女功之事，躬俭节用，服澣濯之衣，尊敬师傅，则可以归安父母，化天下以妇道也。”郑玄笺云：“葛者妇人之所有事也。此因葛之性以兴焉。葛延蔓于谷中，喻女在父母之家，形体浸浸日长大也。萋萋然喻其容色美盛也。”又云：“葛延蔓之时则抟黍（按指黄鸟，一名抟黍）飞鸣，亦因以兴

① 其中两首存疑，一为《王风·采葛》：“彼采葛兮，一日不见，如三月兮。”《集传》：“赋也。”“采葛所以为絺绤，盖淫奔者托以行也。故因以指其人，而言思念之深，未久而似久也。”仅就文字看，采葛与下文之间无相比拟的关系，也无发端兴起的意思。又毛传以为此诗系“惧谗也”，并以“葛”“萧”“艾”为恶草，喻小人。按：“萧”“艾”为恶草见于屈赋，“葛”为恶草见于刘向《九歌》及王逸注，但《诗》中他处用“葛”者并非皆指恶草，故存疑。二为《唐风·采苓》：“采苓采苓，首阳之巅。人之为言，苟亦无信。”后两章依次为：“采苦采苦，首阳之下。”“采葑采葑，首阳之东。”传言兴也，以采苓为细事，喻小行；首阳为幽辟之所，喻无征。今人多不信此，清代陈奂仍尊传，王先谦的《诗三家义集疏》引马瑞辰以为苓生于隰，《埤雅》以为葑生于圃，何楷以为苦生于田，三者皆非首阳山所宜有，故“兴”为不可信之言，以证谗言之不可听。兹录以存疑。

② 朱熹：《朱子语类》卷八十，中华书局1986年版，第2070页。

③ 朱熹：《诗集传》卷一，上海古籍出版社1958年版，第3页。

④ 严粲：《诗缉》卷一，《文渊阁四库全书》本。

焉。飞集丛木，兴女有嫁于君之道。和声之远闻，兴女有才美之称，达于远方。”毛诗及《诗集传》均以为此诗写后妃事，不同者唯在朱熹以为此章乃后妃追叙往事，毛、郑则以为此章乃起发端及比喻的作用。今人多以为此诗与后妃没有关系。朱熹将全诗视为后妃自作的一首叙事诗，第一章为追忆初夏，第二章写盛夏，第三章写归宁父母。朱氏推论首章为初夏，次章为盛夏，从章法上似乎很合理。但说首章只是写景，并无叙事的成分，尤其说首章是追叙之景，更乏根据。而由毛、郑之说，则首章以景起兴，兼比女子在母家成长，容颜靓丽。又以黄鸟飞集丛木，寓示女子出嫁；其鸣喈喈，表达才美达于远方。如此解诗，情景更为融畅。且以景起兴，统括全诗，此法正为《诗》所常用。故此诗首章兼具发端与比喻之用，标为“兴”句是合理的。

《周南·卷耳》：“采采卷耳，不盈顷筐。嗟我怀人，置彼周行。”《诗集传》云：“赋也。”“后妃以君子不在而思念之，故赋此诗耳。托言方采卷耳，未满顷筐，而心适念其君子，故不能复采，而置之大道之旁也。”以为后妃托言采卷耳，故为赋不为兴。但朱注自相矛盾，所谓托言者，既非亲采，亦非实采，乃借采摘以兴发下文，故标为赋并不合理。严粲的《诗缉》以为“兴之不兼比者”[①]。故此句为“兴”并无问题，关键在于是否含有比义，综合毛序、郑笺、孔疏，此诗虽写后妃之志，但采卷耳者并非如朱熹所说为后妃本人，而是借采卷耳不盈顷筐，比喻心事很重，以兴后妃志在辅佐君子、忧劳进贤之义。其中采卷耳、思故人、忧心不已是篇中本义，而所谓后妃之志在辅佐君子云云则由此及彼，是兴托之义。故此句以采卷耳不满筐比喻忧愁深重，无疑当是兴中含有比义。

《召南·行露》：“厌浥行露，岂不夙夜，谓行多露。”《诗集传》云：“赋也。”“南国之人遵召伯之教，服文王之化，有以革其前日淫乱之俗，故女子有能以礼自守，而不为强暴所污者，自述己志，作此诗以绝其人。言道间之露方湿，我岂不欲早夜而行乎？畏多露之沾濡而不敢耳。盖以女子早夜独行，或有强暴侵陵之患，故托以行多露而畏其沾濡也。”此处朱传亦自相矛盾，既标为赋，又说是女子借多露畏行表达惧怕强暴侵陵之患，而女子之托言，正是诗之托兴，可为兴而有比之明证。对于此诗，严粲的《诗缉》亦认为属“兴也。……喻违礼而行，必有污辱我，所以不从男子之侵陵也”[②]。显然认为也是兴而有比。

① 严粲：《诗缉》卷一，《文渊阁四库全书》本。
② 严粲：《诗缉》卷二，《文渊阁四库全书》本。

《召南·摽有梅》:“摽有梅，其实七兮。求我庶士，迨其今兮。”《诗集传》云:“赋也。”“南国被文王之化，女子知以贞信自守，惧其嫁不及时，而有强暴之辱也。故言梅落而在树者少，以见时过而太晚矣。求我之众士，其必有及此吉日而来者乎。”毛传及严氏《诗缉》均以之为兴①。按此为首句，以梅落而在树者渐少，喻女子惧时过而晚，盼男士及早提亲，正是兴而有比的例子。

《卫风·竹竿》:“籊籊竹竿，以钓于淇。岂不尔思，远莫致之。”《诗集传》云:“赋也。”“卫女嫁于诸侯，思归宁而不可得，故作此诗。言思以竹竿钓于淇水，而远不可至也。”按此诗主旨，毛序与《诗集传》略有不同，即以《诗集传》所说，卫女思归宁不得，故以竹竿钓于淇水、远不可至为喻，也是兴而有比之例。

《小雅·采绿》:“终朝采绿，不盈一掬。予发曲局，薄言归沐。”《诗集传》云:“赋也。”“妇人思其君子，而言终朝采绿而不盈一掬者，思念之深，不专于事也。又念其发之曲局，于是舍之归沐，以待其君子之还也。”《诗集传》以为此章是叙实，即妇人确在终朝采绿，故以为赋。按朱氏集传实采郑笺之说，此前郑笺已不同意毛传标“兴”，以为此诗所写乃寻常妇人，可自采绿，故不以为“兴”。但即便此诗所写实为田渔之妇、庶人之妻，亦未必实叙其事，从《诗经》众多的例子分析，其中涉及采摘动作的诗句基本上全是托言，并非实有其事，《关雎》《采菽》《卷耳》《采薇》《采葛》诸诗无不如此，皆托物而极言之。朱传遵郑笺以其为实采，实不谙比兴之法。此诗言终朝采绿，不盈一掬，无非极言其思夫之情，非为真的终朝采绿。故此诗为兴中有比自无可疑。

《周颂·振鹭》:“振鹭于飞，于彼西雍。我客戾止，亦有斯容。”《诗集传》云:“赋也。”“此二王之后来助祭之诗。言鹭飞于西邕之水，而我客来助祭者，其容貌修整，亦如鹭之洁白也。”此诗诗义四家诗均无异议，二王，指夏、殷，后指杞、宋两国。所异者在“雝”字，毛郑以为雝乃泽，王先谦《诗三家义集疏》据胡承珙《毛诗后笺》，以为雝指文王辟雍。如依毛郑，则振鹭于飞之“鹭”指其本物，依王先谦则鹭隐指周文王之学士。姑不论指“鹭”还是指“学士”，其与下句来自杞宋之“客”，均可构成暗比的关系。即白鹭飞集于西雝，姿容洁美；我客（指杞宋两国前来助祭者）

---

① 严粲于《诗缉·论〈关雎〉之义》中说，“凡言兴也者皆兼比，兴之不兼比者特表之”，可见严氏亦以兴兼比者为常。

西来至周，亦有斯美者。“鹭”与“客”恰恰构成比兴的关系。如依朱氏集传解之为赋，则点金成铁，变美玉为粗石了。

因篇幅关系，不能一一举证，但由上述数例，已可知朱氏改“兴”为“比”为赘举，而改“兴”为“赋”的例子除一首存疑外，其余均应还原为“兴”。由此可见，朱氏集传对“兴诗”的看法是很成问题的。

五、他山之石

在域外，日本学者对“兴”的看法也值得我们关注。近现代以来，随着文章学的兴起，修辞学的概念被引入诗学之中，日本学者多将“赋”“比”“兴”归为修辞学的范畴。值得注意的是，从日本的古代到现代，将“兴”与“喻”“比”相联系的学者较为多见。

早在平安时期，纪贯之为著名的《古今和歌集》所作的假名序中，对来自中国的“兴”和“比”虽然用了两种不同的表述方式进行翻译，但其用语均含用“借物作比”的意思。其释“兴歌”用了“たとへうた”，中文的意思是“与他物相比来抒发感情的和歌”；“比歌”是“なずらへうた”，即“借用他物来表达情感的和歌”[①]。显然，无论是“兴”还是“比”，都与借助他物有关。而且对“兴”的翻译侧重在“比”的方面，显示出纪贯之对“兴”的理解，是引用的事物与情感之间有“比”的关系。无独有偶，稍后也属平安时期的诗人壬生忠岑著有《和歌体十种》，内有“比兴体”，其论曰：“此体如毛诗者标物显心也。”[②]“标物显心”，与纪贯之所说“与他物相比来抒发感情”是一样的意思，均指“兴”所借助的事物与作者诗中所表达的情感有意义上的勾连。平安后期藤原清辅的《奥义抄》在论及“兴”义时，文字更多一些，论述也更充分。他在回答“以譬喻歌为六义之风比兴等歌，如何?”的问题时答道：

> 见于毛诗及《万叶集》，风、比、兴，皆譬喻歌也，但略有分别。于六义别之欤? 风者，无题取物成之而咏也；兴（笔者按，当为“比”）者，取物拟依之之词而咏也；兴者，取物比之现其题心也。……毛诗释

---

① ［日］纪贯之：《古今和歌集》假名序，新潮社 1978 年（昭和五十三年）发行，2004 年（平成十六年）第 12 次印刷，第 14－15 页。

② 曹顺庆主编：《东方文论选》第四编“日本文论”，四川人民出版社 1996 年版，第 682 页。

风雅颂不释赋比兴，大意相同故也。譬喻歌之趣，见于六义。①

很清楚，藤原在解释“兴”时，与“比”一样，都认为是“譬喻歌”或得“譬喻歌之趣”。虽然不能确定古代日本学者的见解由何而来，但从其引书来看，基本源自毛诗的说法是没有问题的。这也从一个侧面印证了平安时期的日本学者尊奉毛诗，与中土唐以前的学者一样，凡尊毛诗者，均认为“兴”乃“比”之一种，或“比兴”一体。

到江户时期，朱熹的《诗集传》已传入日本，日人今藏《诗集传》，最早的有元至正十二年（1352）本。相较于毛诗，朱氏集传在日流传的版本不多，早期的更少，至江户后期，陆续有近十种传世，这多少也反映了日本汉学界对《诗经》学的态度。江户后期，朱子学派中对《诗经》研究卓有影响的是中井积善的《诗雕题》。从该书论“兴”中，我们可以看到其固守的仍然是汉儒的精神：

兴，起也。诗本人情，其言易晓，而讽咏之间，优柔浸渍，又有以感人而入于其心，故诵而习正，则其或邪或下，或劝或惩，皆有以使人志意油然兴起于善而不能已也。②

所论集中在“兴”的教化功能，与郑玄所谓“兴者，以善物喻善事”的说法一脉相承，与《毛诗序》的主要精神也无二致。从中可以看出，即便是江户时期的朱子学派，对“兴”的看法也仍沿袭汉人，不采纳朱熹的说法，不将“兴”仅仅视作一种创作手法。不仅如此，对朱熹有关“兴”的看法还有一些批评意见。其中较突出的是太宰春台，他在《朱氏诗传膏肓》中说：“且如《关雎》首章，毛传曰：兴也。朱注亦曰：兴也。余谓《关雎》固兴也，然以‘关关雎鸠’，比‘窈窕淑女’，则是亦比也。雎鸠淑女，皆赋所见，则是亦赋也。《葛覃》首章，朱注曰：赋也。然葛叶萋萋，黄鸟喈喈，皆诗人所以兴感，赋是亦兴也。大抵诗多兴起，虽近体绝句之诗亦然。故毛传未尝言赋比，而间释曰兴也，实亦言其大略耳。晦庵则于每章下，偏言赋比兴，疏谬甚矣。吴鹤林曰：‘赋直而兴微，比显而兴隐也。毛公所以

---

① 曹顺庆主编：《东方文论选》第四编“日本文论”，四川人民出版社1996年版，第693页。

② ［日］中井积善：《诗雕题》，大阪大学怀德堂文库，吉川弘文馆1995年版，第9页。引文用王晓平《日本诗经学文献考释》，中华书局2012年版，第413页。

独标兴体也。'此说得之。"[①] 从太宰春台的话可以看出，他认为"兴"不仅是发端，同时也具有"比"的作用。对于《葛覃》一诗，毛传以为"兴也"，朱传以为"赋也"，太宰春台则以为，即便如朱熹所说为赋，也同时具有"兴"的意义。显然，太宰春台对"兴"的看法与朱熹大相径庭，更接近于毛传的看法。

至现代，日本学界有接受朱熹看法的，甚至有完全采纳大陆主流看法的。但也有不少固守传统的，将"兴"视作是与"比"有关联的范畴。如在日本研究《诗经》的学者中卓有影响的白川静、松本雅明二位先生虽将"兴"认作一种修辞手法，并主要采用了"兴者，起也"的意思，甚至从民间祭祀神学的角度研究其"发想"的来源[②]，但他们更经常的是明确认定"兴"就是譬喻的一种。白川静在《〈诗经〉——中国の古代歌谣》一书中说"兴，隐喻的意思"，认为《诗经》的"兴"与和歌的序词具有同样的特征[③]。松本雅明更进而指出和歌的譬喻是来自汉诗尤其是《诗经》"兴"的影响，因此和歌序词才会和"兴"一样也具有譬喻的特点。其后久保田淳在《古今和歌集·解说》一书中也认为和歌的"序词"和《诗经》的"兴"一样都具备"譬喻的、暗示的功能"[④]。

尽管松本雅明有关和歌序词是受了《诗经》"兴"的影响的结论在日本并未成为主流意见，但在中国则得到了赞同。研究日本和歌的中国学者在比较研究《诗经》与和歌的关系时发现，和歌"序词"的表现手法确实受到《诗经》比兴手法较大的影响。同时，人们也认为"兴"与比喻、暗示等有密切的关系。据清华大学硕士张芸的论文《和歌序词与〈诗经〉兴的比较研究》（日文版）一文的统计，116 首兴诗中，用作譬喻的次数是 83 次，占总数的 71.6%；用作暗示的有 27 次，占总数的 23%；两项加起来计有 110 首兴诗是与比喻或下文的词义有关联的，而完全没有关联的只有 6 次，占总

---

① ［日］太宰春台：《朱氏诗传膏肓》卷上，见［日］关仪一郎编《日本儒林丛书》续续编，解说部，卷十一，编 04，1730 年（享保 15 年）版，第 2 页。

② 可参见［日］白川静《关于诗的兴》，载《说林》1949 年第 1 卷；［日］白川静《兴的发想起源及其展开》，载《立命馆文学》1961 年第 187 卷、188 卷；［日］松本雅明《〈诗经〉中存在的兴——关于〈诗经〉的新古层》，载《古代东方研究》1952 年第 1 卷；［日］松本雅明《〈诗经〉的兴的象征性和印象性——关于诗篇展现出的思维的展开》，载《古代东方研究》1953 年第 2 卷，1954 年第 3 卷。

③ ［日］白川静：《〈诗经〉——中国の古代歌谣》，中公文库 2002 年版，第 29 页。

④ ［日］久保田淳：《古今和歌集·解说》，小学馆 1994 年版，第 535 页。

数的5.1%[①]。这个数据无疑说明，“兴”与“比”有关联的相较于没有关联的，占有绝对压倒性的优势。

最后，需要说明的是，本文研究这个问题，实乃鉴于“兴”是中国古代诗学中一个非常重要的范畴，而多年以来对此概念的主流意见愈来愈偏离其本初的含义，造成了古代诗学的一大误区。其实即便是宋学兴起以后，古代诗人和批评家在使用“兴”词时，无论是“比兴”联用，或是单独使用，“兴”的内涵和外延，都不可避免地与“比”联系在一起。常州词派讲“比兴寄托”，其中的“兴”无疑具有“比”的含义。此外，我们研究这个问题，辨清其本义，也并非为了完全否定当今的主流意见。语义的变化和使用，当然有其阶段性的特征，后世民歌创作中所使用的“兴”的手法，确有只起到协律作用的情况，相当部分民歌的“兴”，上下文之间是没有意义关联的。但这不能否认《诗经》的“兴”以及《诗经》学的“兴”是“比”的另一种形式，正如刘勰所说“比显而兴隐”，这是“兴”最初的意思，也是它的本义。至于后来衍生出的所谓“兴无巴鼻”（朱熹），兴仅起开端的作用等义项，是后起的意思，与《诗经》之兴及“兴”的本义已没有太多的关涉。

（原载《复旦学报》2015第5期、《高等学校文科学术文摘·学术卡片》2015年第6期）

① 张芸：《和歌序词与〈诗经〉兴的比较研究》（日文版）（学位论文），清华大学2009年。

读朱熹《诗集传》献疑

——兼析其“兴诗”研究

由汉至唐，《诗经》学者释《诗》多遵循毛郑，并无大的异议，至多如孔颖达对笺注进行了一定的修补。至宋欧阳修《诗本义》、程大昌《诗论》、郑樵《诗辨妄》、朱熹《诗集传》《诗序辨说》，始由怀疑，进而否定毛序，其中又以朱熹的影响最大。

在人们印象中，朱熹是宋学的代表，对毛诗持全面否定的态度。但实际上，朱熹对毛诗序传虽然有激烈的批评，甚至抱持否定的态度，但他在著述中对序传的意见却时有采纳。以往学者较多地注意朱熹反驳毛序方面的言论，而对其采纳毛诗成说的方面却注意得不够。比如现今的学者多引用朱熹在《诗集传》中所说的“兴者，先言他物以引起所咏之词也”一语，并似乎以此为“兴”义最具权威的解释。但朱熹对“兴”的意见显然要较此复杂得多。他一方面不同意毛传、郑笺、孔疏以来将兴、比视为一物两面的关系，认为“兴”句与后文没有意义上的联系，只是引起下文。但他在实际的释《诗》过程中，又多采用序传对诗句“兴”义的解释，有时甚至以为“兴”实际上也兼具有比义，这种两面性在《诗集传》中有很充分的表现。因此，理清《诗集传》在这方面的头绪，辨明其宗旨，不仅对《诗经》学史的研究是重要的，对在文学批评史上广有影响的“兴”说的研究，也具有重要的意义。

一、于小序阳违之而阴采之？

据朱熹自叙，他20岁时开始对小序有怀疑，30岁开始认定小序为汉儒伪作，并写《诗序辨说》，全面反驳之：

> 某自二十岁时读《诗》，便觉《小序》无意义。及去了《小序》，只玩味《诗》词，却又觉得道理贯彻。当初亦尝质问诸乡先生，皆云《序》不可废，而某之疑终不能释。后到三十岁，断然知《小序》之出于汉儒所作，甚为缪戾，有不可胜言。……某因作《诗传》，遂成《诗

序辨说》一册，其他缪戾，辨之颇详。①

在《诗序辨说·邶风柏舟》序下，朱熹又详尽地数落小序之非：

若为小序者，姑以其意推寻探索依约而言，则虽有不知，亦不害其为不自欺，虽有未当，人亦当恕其所不及。今乃不然，知其时者，必强以为某王某公之时，不知其人者，必强以为某甲某乙之事，于是傅会史书，依托名谥，凿空妄语，以诳后人。其所以然者，特以耻其有所不知，而唯恐人之不见信而已。且如《柏舟》，不知其出于妇人，而以为男子；不知其不得于夫，而以为不遇于君；此则失矣。然有所不及而不自欺，则亦未至于大害理也。今乃断然以为卫顷公之时，则其故为欺罔，以误后人之罪不可掩矣。盖其偶见此诗冠于三卫变风之首，是以求之春秋之前，而《史记》所书庄、桓以上诸君事皆无可考者，谥亦无甚恶者，独顷公有赂王请命之事，其谥又为甄，心动惧之名，如汉诸侯王，必其尝以罪谪，然后加以此谥，以是意其必有弃贤用佞之失，而遂以此诗予之。……故凡小序之失，以此推之，什得八九矣。又其为说必使诗无一篇不为美刺时君国政而作，固已不切于性情之自然，而又拘于时世之先后，其或诗传所载，当此之时，偶无贤君美谥，则虽有词之美者，亦例以为陈古而刺今，是使读者疑于当时之人绝无善则称君，过则称己之意。而一不得志，则扼腕切齿，嘻笑冷语对怼其上者，所在而成群，是其轻躁险薄尤有害于温柔敦厚之教，故予不可以不辨。②

读完此段引文，可以想见朱氏当时情绪之激动与愤慨。但实际上朱熹并未全废小序，在上引文字之前还有一段话，认为小序有两类不可废，一是小序直接评叙《诗》中内容的，二是小序所评可与《书》《史》相验证的：

故凡小序，唯《诗》文明白，直指其事，如《甘棠》、《定中》（按：指《定之方中》）、《南山》、《株林》之属；若证验的切，见于《书》《史》，如《载驰》《硕人》《清人》《黄鸟》之类，决无可疑者。

① 黎靖德编，王星贤点校：《朱子语类》卷八十，中华书局1986年版，第2078－2079页。
② 朱熹集撰，赵长征点校：《诗集传·诗序辨说》，中华书局2018年版，第21页。

其次则词旨大概可知必为某事，而不可知的为某时某人者，尚多有之。[①]

故在朱熹的著作中，有对小序批评的内容，也有采用小序的内容，所以信序还是疑序，废序还是用序，二者始终是并存的。在《诗序辨说》中，他在怀疑之余，也以为《诗序》其所从来也远，其间容或真有传授证验而不可废者：

《诗序》之作，说者不同。……及至毛公引以入经，乃不缀篇后，而超冠篇端；不为注文，而直作经字；不为疑辞，而遂为决辞。……故此序者遂若诗人先所命题，而诗文反为因序以作。于是读者转相尊信，无敢拟议。至于有所不通，则必为之委曲迁就穿凿而附合之，宁使经之本文缭戾破碎，不成文理，而终不忍明以《小序》为出于汉儒也。愚之病此久矣，然犹以其所从来也远，其间容或真有传授证验而不可废者。[②]

而且在《诗集传》《诗序辨说》《朱子语类》中，朱熹事实上取自小序的仍有不少，兹姑举朱氏著述数例：

《诗经·东门之墠》小序曰："刺乱也，男女有不待礼而相奔者也"。朱熹《诗序辨说》谓："此序得之。"[③]

又《朱子语类》卷十八：

《小序》如《硕人》《定之方中》等见于《左传》者，自可无疑。[④]

---

① 朱熹集撰，赵长征点校：《诗集传·诗序辨说》，中华书局2018年版，第21页。
② 朱熹集撰，赵长征点校：《诗集传·诗序辨说》，中华书局2018年版，第13－14页。
③ 朱熹集撰，赵长征点校：《诗集传·诗序辨说》，中华书局2018年版，第31页。
④ 黎靖德编，王星贤点校：《朱子语类》，中华书局1986年版，第24页。

又《诗集传》于《小雅·四牡》篇云：

> 按序言此诗所以劳使臣之来，甚协诗意，故《春秋传》亦云。[①]

由上述所引资料来看，朱熹对小序虽持否定的态度，但并非完全地抛弃小序，在《诗集传》中，朱熹采用小序说法的不在少数。

朱熹既批评小序，又兼采小序，为后世《诗经》学者所非议。如姚际恒在《诗经通论》中对之有激烈的批评，称其“时复阳违《序》而阴从之”[②]。姚氏的批评，当然有对的方面，在朱氏的著作中确实有不少地方采用了小序及毛传的说法。但姚氏用语过于尖刻，指朱氏为“阴从之”也与实不符，因《诗集传》凡用小序者，大多皆如上所引，明白地指出“此序得之”或直用小序语，并非阳违而阴采之。

事实上，《诗集传》对毛诗序传的态度及取舍颇为复杂，有摒弃者，有改造者，也有完全采用者，其间有得有失，不可一概而论。一般而言，《诗集传》对《诗经》各篇内容的判断，如果其内容有合于历史文献如《左传》《国语》诸书记载的，就依文献记载予以解说，此类解说多有与毛序相合者，如上引《硕人》小序谓“闵庄姜”，此事见于《左传·隐公三年》，《诗集传》从之。又《定之方中》小序谓“美卫文公”，此事见于《左传·僖公二年》，《诗集传》亦从之。这是完全采用小序的。如果篇中内容不见于文献记载，情形就颇为复杂，有的仍然遵毛序之说，如周南《樛木》，小序谓“后妃逮下”，集传依之，且补充说诗中的“君子”即指后妃。有的不采序说，但于诗意未能确定其何所指者，则云其不可考，如《郑风·羔裘》毛序云：“《羔裘》刺朝也，言古之君子以风其朝焉。”[③]《诗集传》不同意小序以此诗为刺，而以为美，但由于不能确定所美者为何人，故称：“盖美其大夫之词，然不知其所指矣。”[④]《诗序辨说》更云：“序以变风不应有美，故以此为言古以刺今之诗。今详诗意，恐未必然。且当时郑之大夫如子

---

① 朱熹集撰，赵长征点校：《诗集传》，中华书局2018年版，第158页。

② 姚际恒：《诗经通论·自序》，中华书局1958年版，第8页。

③ 毛亨传，郑玄笺，孔颖达正义：《毛诗正义》（《十三经注疏》本），中华书局1980年版，第340页。

④ 朱熹集撰，赵长征点校：《诗集传》，中华书局2018年版，第79页。

皮、子产之徒，岂无可以当此诗者？但今不可考耳。”[①] 表现出较为严谨的解诗态度。有的则完全离开小序，依照《诗经》本文直解其诗旨。这一类解说是《诗集传》改造毛序最多的部分，如三卫及郑、齐、陈诸国诗，朱传将毛序种种政教美刺之说改为“淫诗”说。所谓“淫诗”，其实就是《诗集传》所说的里巷歌谣一类的男女风情之诗，如《郑风·风雨》，毛序云：“思君子也。”[②]《诗集传》以为：“淫奔之女言当此之时，见其所期之人而心悦也。”[③] 将毛诗的思念贤君子改为女见男而心悦之词。又如墉风的《桑中》，小序谓：“刺奔。”[④] 但诗中文本并无刺义，《诗集传》乃谓此诗为诗人自言，摒弃了毛序美刺之说，这是朱氏《诗集传》依照文本的意思对原诗所作的最为接近本义的解释。朱氏又将此类言情之诗目为“淫诗”，带有明显的理学家痕迹，但朱氏对此类诗的解说毕竟较毛诗牵入政教美刺之说要合理得多，这是朱氏《诗集传》最有贡献的地方。

《诗集传》在明清时期同时受到遵序和废序两派人的批评[⑤]，其原因在于朱熹经常游移于两端，故遵《序》者怪其不守《序》说，废《序》者指其仍留有《序》的尾巴。而《诗集传》在有关遵序还是废序的方面确也表现出两面性，上文所引已可见端倪。再比如周南《葛覃》，小序说是“后妃之本”[⑥]，后来的读者于文本中实难明白此义，虽然其后历代毛诗注本均耗费心思予以解说，但终究滞碍难通。《诗集传》虽然不取毛序，但又以为“此诗后妃所自作”[⑦]，实际上仍难脱离毛序的樊篱。所以朱氏一方面对毛序抨击过甚，似乎毛诗序传一无可取；一方面又在解说中不得不借助于序传，造成对有些诗的解说有相互龃龉、进退失据的现象。如前引周南《樛木》，说此诗为众妾所作，已属无根，又遵从毛序以为是美“后妃”逮下，甚至说文中以君子指“后妃”，不伦不类，更为此诗解说添加烦难。此类例子甚多，限于篇幅，不再赘述。《诗集传》之所以出现这样的问题，一者可能因

---

① 朱熹集撰，赵长征点校：《诗集传·诗序辨说》，中华书局 2018 年版，第 30 页。

② 毛亨传，郑玄笺，孔颖达正义：《毛诗正义》（《十三经注疏》本），中华书局 1980 年版，第 345 页。

③ 朱熹集撰，赵长征点校：《诗集传》，中华书局 2018 年版，第 85 页。

④ 毛亨传，郑玄笺，孔颖达正义：《毛诗正义》（《十三经注疏》本），中华书局 1980 年版，第 314 页。

⑤ 可参照姚际恒《诗经通论·自序》，中华书局 1958 年版。

⑥ 毛亨传，郑玄笺，孔颖达正义：《毛诗正义》（《十三经注疏》本），中华书局 1980 年版，第 276 页。

⑦ 朱熹集撰，赵长征点校：《诗集传》，中华书局 2018 年版，第 5 页。

为其成书有一个较长的过程，其间见解自然会有前后期的变化；二是因为毛序虽经欧阳修等人的质疑和冲击，但其影响力仍然巨大，朱熹作《诗集传》时参考其说也是正常的，何况毛诗序传也并非尽无可取，问题只是在于何者可取，何者该废而已。《诗集传》的过失也多集中在这方面。

二、“兴”与“比”果无关系耶？

朱熹对“兴”的解析也表现出两面性。一方面，他一改郑笺、孔疏将兴视为比的一种的看法，以为兴只是起头：

> 《诗》之兴，全无巴鼻①。后人诗犹有此体。②

> 振录云，多是假他物举起，全不取其义。③

另一方面他又以为兴义深远：

> 比虽是较切，然兴却义深远也。有兴而不甚深远者，比而深远者，又系人之高下，有做得好底，有拙底。④

> 比意虽切而却浅，兴意虽阔而味长。⑤

这似乎是两相矛盾的说法，既说兴“全无巴鼻”，没有意义，又说兴义深远。两语同出一书，意思却迥若天壤。那么何者才是朱熹真正的意思呢？事实上，《诗集传》所标“兴也”之句，即便依朱熹自己的解释，也大多具有比义，并非“全无巴鼻”。从其开篇论《关雎》，即可见其以为兴也多具比义：

> 兴者，先言他物以引起所咏之词也。周之文王生有圣德，又得圣女姒氏以为之配。宫中之人，于其始至，见其有幽闲贞静之德，故作是

---

① “巴鼻”者，有根据、关系、来由诸义，“无巴鼻”即没有根据、没有关系之意。参见《水浒传》第45回：“这厮倒来我面前又说海南阇黎许多事，说得个没巴鼻。”

② 黎靖德编，王星贤点校：《朱子语类》卷八十，中华书局1986年版，第2070页。

③ 黎靖德编，王星贤点校：《朱子语类》卷八十，中华书局1986年版，第2070页。

④ 黎靖德编，王星贤点校：《朱子语类》卷八十，中华书局1986年版，第2069页。

⑤ 黎靖德编，王星贤点校：《朱子语类》卷八十，中华书局1986年版，第2069－2070页。

诗。言彼关关然之雎鸠，则相与和鸣于河洲之上矣，此窈窕之淑女，则岂非君子之善匹乎？言其相与和乐而恭敬，亦若雎鸠之情挚而有别也。后凡言兴者，其文意皆放此云。[①]

此处解“兴”除说“先言他物以引起所咏之词也”外，对兴诗的理解与毛传、郑笺、孔疏无根本的分别，即以为先言之他物（雎鸠和鸣）与后面所引起之词（窈窕之淑女为君子之善匹）有意义上的联系，其中如“言其相与和乐而恭敬，亦若雎鸠之情挚而有别也”不正是首句以“雎鸠之情挚而有别”兴起下面的“相与和乐而恭敬”的意思吗？尤其末句说“后凡言兴者，其文意皆放此云”，显然是以为《诗》中的“兴”例皆如《关雎》，是兴中含有比义的。《诗集传》中这样的例子甚多，如《小雅·桑扈》“交交桑扈，有莺其羽。君子乐胥，受天之祜”注云：“兴也。……此亦天子燕诸侯之诗，言交交桑扈，则有莺其羽矣，君子乐胥，则受天之祜矣。”[②] 又《小雅·沔水》“沔彼流水，朝宗于海。鴥彼飞隼，载飞载止。嗟我兄弟，邦人诸友，莫肯念乱，谁无父母”注云：“兴也。……此忧乱之诗，言流水犹朝宗于海，飞隼犹或有所止，而我之兄弟诸友乃无肯念乱者，谁独无父母乎。”[③] 皆可以说明朱注所云之兴，实与诗之主题有密切之关系。其论比亦与兴同，大概比意较显豁而已，例如：《小雅·鸿雁》首章二章曰兴也，以鸿雁喻流民；而三章大致相同的句子（不同者首句用“肃肃其羽”，二章用“集于中泽”，三章则云“哀鸣嗸嗸”）则标“比也”，但释文亦云“流民以鸿雁哀鸣自比而作此歌也”[④]。明其用比标诗时，作比之物与诗中人物或主题的联系较显豁而兴则较深隐，其联系则是共同的。再如《小雅·菁菁者莪》“泛泛杨舟，载沈载浮。既见君子，我心则休”注云：“兴也……犹言载清载浊，载驰载驱之类，以兴未见君子而心不定也。”[⑤] 故舟之载沉载浮之意象与未见君子之心理有一种隐约的联系。

在《诗集传》所标“兴”例中，大多数均为兴而有义者，也有极个别是兴而无义者，如《郑风·野有蔓草》：“野有蔓草，零露漙兮。有美一人，

① 朱熹集撰，赵长征点校：《诗集传》，中华书局2018年版，第2页。
② 朱熹集撰，赵长征点校：《诗集传》，中华书局2018年版，第247页。
③ 朱熹集撰，赵长征点校：《诗集传》，中华书局2018年版，第188页。
④ 朱熹集撰，赵长征点校：《诗集传》，中华书局2018年版，第187页。
⑤ 朱熹集撰，赵长征点校：《诗集传》，中华书局2018年版，第179页。

清扬婉兮。"《诗集传》注云："赋而兴也。"① 诗中蔓草零露与清扬婉焉之美人似乎除了情境上有一定的比拟关系外，在意义上确无联系，似可支持朱氏所谓"兴无巴鼻"的说法。但这样的例子是极为少见的，而朱熹所说的"全不取义者"的"兴诗"基本上都是有问题的。兹仅举一例，如《小雅·南有嘉鱼》，此诗四章，全部标"兴"，注文中首章"兴也"下特注明其"兴"义为："南有嘉鱼，则必烝烝然而罩罩之矣。君子有酒，则必与嘉宾共之，而式燕以乐矣。"② 二章仅标"兴"，未释其义例。三章特注明："愚谓，此兴之取义者，似比而实兴也。"③ 也就是说，朱熹至少认为四章中的"兴"有两章都是兴而有比义的，未注兴义的实则也是兴而有比的，只是承上而省略而已。唯一需要辨析的是第四章，朱氏于第四章云："兴也，此兴之全不取义者也。"④ 这是全诗四章中其唯一明确指出兴而无比的章节。但朱氏以为此章系"兴之全不取义"者并不恰当。诗第四章云："翩翩者鵻，烝然来思。君子有酒，嘉宾式燕又思。"这与朱氏所认为的第三章为兴之取义者并无明显的不同，细而言之，翩翩而来之鵻与赴宴之嘉宾正构成一组比的关系，亦即诗句是以翩翩而来之鵻来比拟象征赴宴之嘉宾，所以此章仍是兴而含有比义的例子。尽管如此，这首诗例至少说明朱熹认为兴有两种，一种是兴有义者，一种是兴而无义者，而非如其原来所说兴者全不取义。而从其标"兴"的诗例看，也是兴而有义的多，兴而无义的少。这一情况说明，尽管朱熹说兴"无巴鼻"，但在《诗集传》及其他著述中，朱熹并没有否认兴实际上是兼具有比义的，《诗集传》中许多具体的诗例都说明了这一点。

当然，这并不意味着朱熹与毛诗在有关兴的意义方面实际上完全一致，其不同的地方也很明显。第一，较之毛诗，朱传在以兴解诗有更多的变化，毛诗标"兴"，多在首章首句，至孔疏已开始有个别"兴诗"不限于首章首句，至朱注则更多。如《关雎》一诗，朱注除首章标"兴也"外，于第二章"参差荇菜，左右流之"下亦注云"兴也"⑤，他例更多，如《大雅·棫朴》共五章，其中除一章标赋也外，其余四章首句均标"兴也"⑥。此外，朱注更于同一首诗的不同章节中既标"兴也"，也标"比"，如《齐风·南

---

① 朱熹集撰，赵长征点校：《诗集传》，中华书局2018年版，第87页。
② 朱熹集撰，赵长征点校：《诗集传》，中华书局2018年版，第172页。
③ 朱熹集撰，赵长征点校：《诗集传》，中华书局2018年版，第172页。
④ 朱熹集撰，赵长征点校：《诗集传》，中华书局2018年版，第172页。
⑤ 朱熹集撰，赵长征点校：《诗集传》，中华书局2018年版，第3页。
⑥ 朱熹集撰，赵长征点校：《诗集传》，中华书局2018年版，第277－278页。

山崔崔》首章比也，二章比也，三章兴也，四章兴也。[1] 也有同一首诗不同章有标“兴也”，有标“赋”者，如《齐风·东方未明》首章标赋也，二章标赋也，三章标比也。第二，提出“兴而有比”[2]，或“赋而兴”的例子。如《唐风·椒聊》注云：“兴而比也。……椒之蕃盛则采之盈升矣，彼其之子则硕大而无朋矣。”[3] 又《卫风·氓》第三章桑之未落标“比而兴也。……言桑之润泽，以比己之容色光丽，然又念其不可恃此而从欲忘反，故遂戒鸠无食桑葚，以兴下句戒女无与士耽也”。第四章桑之落矣标为“比也，……以比己之容色凋谢”[4]，又《郑风·溱洧》《郑风·野有蔓草》各有二章，均标为“赋而兴”也。《王风·黍离》亦为“赋而兴”也。需要补充说明的是，即便如《黍离》这类被标为“赋而兴”的诗例，朱氏在释词中也说：“赋其所见黍之离离，与稷之苗，以兴行之靡靡，心之摇摇。既叹时人莫识己意，又伤所以致此者，果何人哉？追怨之深也。”[5] 这所谓“赋而兴”者，即便如朱熹的解释，诗人于叙述所见景物兴起自己心中之所感，表达感时伤己之怨，这追怨之深，显然也是“兴而取义”的。因此，在《诗集传》所标识的“比而兴”“兴而比”“赋而兴”者，均为“兴而取义”者，而真正兴“无巴鼻”者是极少数。

朱熹这种游移于两端的做法是非常有意思的，既否定小序，又部分采用小序的说法；既认为兴“无巴鼻”，又在《诗集传》大部分标“兴”的地方阐发“兴诗”背后的意义。这种现象，显示出《诗集传》一书的内在矛盾，其原因大概是朱熹并没能完全解决好否定毛传的主观意愿与毛传事实上也有许多正确的部分这一客观事实的冲突。

三、改“兴”为“赋”，是耶？非耶？

按毛传共标“兴”诗 116 首，其后郑笺增加 1 首，孔疏增加 25 首。其中，《国风》中毛传标“兴”诗 70 首，孔疏补 18 首；《小雅》中毛传标

---

① 朱熹集撰，赵长征点校：《诗集传》，中华书局 2018 年版，第 92－93 页。

② 朱熹集撰，赵长征点校：《诗集传》，中华书局 2018 年版，第 91－92 页。

③ 朱熹集撰，赵长征点校：《诗集传》，中华书局 2018 年版，第 107 页。

④ 朱熹集撰，赵长征点校：《诗集传》，中华书局 2018 年版，第 58 页。

⑤ 朱熹集撰，赵长征点校：《诗集传》，中华书局 2018 年版，第 65－66 页。按：此句云“比”而不云为“兴”，也不可解。此句的位置及在诗中所起的作用与上句基本相同，均有比而发端的意思，正与“兴”的含义相符。朱氏标比而不标兴，也许他认为此句没有发端的作用。

“兴”诗39首，郑笺补1首，孔疏补4首；《大雅》中毛传标“兴”诗4首，孔疏补3首；《周颂》毛传标2首，《鲁颂》毛传标1首（所用标识为“以兴”，非如他诗之“兴也”），郑笺及孔疏无补。传笺疏共标“兴”诗142首，约占《诗》总数的46%。[①]

至朱熹《诗集传》，将毛诗标“兴”的地方大部分继承下来，小部分或改为赋，或改为比。由于毛传标“兴”，比义已在其中，故《诗集传》虽改为比，实仍为兴，如《唐风·扬之水》：“扬之水，白石凿凿。素衣朱襮，从子于沃。既见君子，云何不乐。”注云：“比也。……言水缓弱而石巉岩，以比晋衰而沃盛。”[②] 既认同此诗含有比义，而首句“扬之水，白石凿凿”用以起兴，非“兴诗”则何？故而将此类含有比义的“兴诗”改成“比诗”实无必要，且容易造成混淆。故此处不予讨论。

《诗集传》改“兴”为“赋”的诗有《周南·葛覃》《周南·卷耳》《召南·草虫》《召南·行露》《召南·摽有梅》《卫风·竹竿》《王风·采葛》《郑风·风雨》《秦风·蒹葭》《秦风·无衣》《桧风·隰有苌楚》《小雅·杕杜》《小雅·瞻彼洛矣》《小雅·车舝》《小雅·采绿》《大雅·卷阿》《周颂·振鹭》共计17首，占毛诗所标兴诗中的13.8%（不含郑笺、孔疏所补）。这17首被朱熹标为赋的诗究竟是赋还是兴，当然是一个可以讨论的问题，在宋代几个重要的注本中，对上述诗是否是兴，或者是否为“兴而比”，理解也不一致。严粲《诗缉》后起于《诗集传》，它以为“兴多兼比”，只有少部分兴不含比的成分，《诗缉》基本上将上述诗视为兴，但以为其中有几首属于单纯的起兴，没有比义（详见下）。从对兴的判断标准来说，朱严二人有明显的差异，其中严氏的说法比较认同兴者多含比义，朱氏则如上所述呈现出复杂的形态。我们认为，这些诗除个别有待讨论外（如《王风·采葛》），基本都是含有比义的“兴诗”，兹择若干辨析如下。

《王风·采葛》：“彼采葛兮，一日不见，如三月兮。”《诗集传》：“赋也”，“采葛所以为絺绤，盖淫奔者托以行也。故因以指其人，而言思念之深，未久而似久也”[③]。此诗主旨毛传与朱熹集注也颇不同，毛传以为“惧

---

① 此系由台湾“中央研究院”《汉籍电子文库·瀚典·十三经注疏·毛诗正义》中检出，检索条件为“兴也”“兴者”“以兴”，共检出379段，去其误出，得以上资料。

② 朱熹集撰，赵长征点校：《诗集传》，中华书局2018年版，第105页。

③ 朱熹集撰，赵长征点校：《诗集传》，中华书局2018年版，第72页。

谗也”，并以葛、萧、艾为恶草，喻小人。按萧、艾为恶草见于屈赋，葛为恶草见于刘向《九歌》及王逸注，但《诗》中他处用葛者并非皆指恶草，故存疑。从诗中内容看，毛序似有穿凿之嫌，故今人多不从毛说。如不从毛序，此诗则不当为兴。集传标赋或是。[①]

《郑风·风雨》：“风雨凄凄，鸡鸣喈喈。既见君子，云胡不夷。”《诗集传》：“赋也”，“淫奔之女言当此之时，见其所期之人而心悦也”[②]。《诗集传》认为此章为“淫奔之女”叙实之作，毛传则以为“思君子也”。无论是写“淫女”，还是“思君子”，此句均应为兴句。如以“思君子”解之，则“风雨”二句如郑笺所说是“喻君子虽居乱世不改其节度也”[③]，“风雨”喻乱世，“鸡鸣”以风雨凄凄鸡犹守时喻君子于乱世而不改节操。如以“淫奔之女”思恋人解之，则“风雨”写恋人相见之时，“鸡鸣喈喈”喻恋人之守时。均为兴而有比。

《秦风·蒹葭》：“蒹葭苍苍，白露为霜。所谓伊人，在水一方。”《诗集传》：“赋也”，“言秋水方盛之时，所谓彼人者，乃在水之一方，上下求之而皆不可得。然不知其何所指也”[④]。毛序以为此诗乃“刺襄公也，未能用礼，将无以固其国焉”[⑤]。毛传并于释文中解释“兴”义说：“兴也。……白露凝戾为霜然后岁事成，国家待礼然后兴。”[⑥] 今人不采毛说，而以为是怀人或写恋情之诗。此诗是否如毛传所说是刺襄公不能用礼姑且不论，即便是怀人之诗，“蒹葭”二句也系以景起兴之句。因其所写的是深秋萧索之景，与后面求人不得的惆怅心理相吻合，对篇中主旨有喻示之用。这类兴句虽无直接的比喻关系，但兴句与后句有间接的烘托暗示关系的例子，也应当属于孔疏所说举一物以兴其余的一类，是有间接比拟关系的兴诗。故朱传标

---

① 又毛传标“兴”，他人有疑，朱传又未指出者如《唐风·采苓》：“采苓采苓，首阳之巅。人之为言，苟亦无信。”后两章依次为：“采苦采苦，首阳之下。”“采葑采葑，首阳之东。”传言兴也，以采苓为细事，喻小行；首阳为幽辟之所，喻无征。今人多不信此，清代陈奂仍尊传，王先谦《诗三家义集疏》引马瑞辰以为苓生于隰，《埤雅》以为葑生于圃，何楷以为苦生于田，三者皆非首阳山所宜有，故兴为不可信之言，以证谗言之不可听。兹录以存疑。

② 朱熹集撰，赵长征点校：《诗集传》，中华书局2018年版，第84－85页。

③ 毛亨传，郑玄笺，孔颖达正义：《毛诗正义》（《十三经注疏》本），中华书局1980年版，第345页。

④ 朱熹集撰，赵长征点校：《诗集传》，中华书局2018年版，第117页。

⑤ 毛亨传，郑玄笺，孔颖达正义：《毛诗正义》（《十三经注疏》本），中华书局1980年版，第372页。

⑥ 毛亨传，郑玄笺，孔颖达正义：《毛诗正义》（《十三经注疏》本），中华书局1980年版，第372页。

“赋”不确，而严氏《诗缉》从毛传标“兴也”是正确的。此类以景喻情，兴义较为虚灵的兴诗还有《郑风·野有蔓草》（按：此诗朱注曰：“赋而兴也。”）。

《秦风·无衣》：“岂曰无衣，与子同袍。王于兴师，修我戈矛，与子同仇。”《诗集传》：“赋也”，“秦俗强悍，乐于战斗，故其人平居而相谓曰，岂以子之无衣，而与子同袍乎。盖以王于兴师，则修我戈矛，而与子同仇也。……或曰兴也。取与子同三字为义”[①]。毛序云：“《无衣》，刺用兵也。秦人刺其君好攻战，亟用兵而不与民同欲也。”[②]《诗集传》曰：“兴也，袍，襺也。上与百姓同欲则百姓乐致其死。”[③]毛传与朱氏集传对此诗本义的解释并无大的出入，不同者唯在毛诗以为此诗有刺义，即借上与民同欲则民乐致其死，反过来讽刺今上（笺疏均以为乃刺康王）不与民同欲，故民不乐致其死，所以有兴义。《诗集传》则以为此诗只是叙述秦俗强悍，乐于战斗，与下句不形成发端的关系，所以标为赋。尊毛诗者如郑笺、孔疏及陈奂《诗毛氏传疏》均从《左传》找出数条例证，说明秦人黩武，故此诗表面是写秦人同仇敌忾，实则秦人并不喜用武，借以讽刺康王好攻战，不与民同欲。但因年代久远，此诗是否刺康王不得而知。但决定此诗是否为兴并不取决于它是否讽刺康王，而是首句与下文有无发端与比喻的关系。从诗中看，“岂曰无衣，与子同袍”显然并不是作者所要求的重点，在与子同袍的背后，作者实际上是为了表达与子同仇的意思，所以首句的“岂曰无衣，与子同袍”实际上是用来引起下文“与子同仇”这一主旨的，而且“与子同袍”与“与子同仇”之间显然存在着一种比喻的关系，所以陈奂说是“即事起兴”，以“与子同袍”来引起比喻“与子同仇”。这样，即便此诗没有讽刺康王的托义，它也是兼有起兴和比喻双重作用的。所以《诗集传》标为赋是不妥当的。

《桧风·隰有苌楚》：“隰有苌楚，猗傩其枝。夭之沃沃，乐子之无知。”《诗集传》：“赋也”，“政烦赋重，人不堪其苦，叹其不如草木之无知而无忧也”[④]。此诗无庸详加辨析，由朱传之言即知其兼有发端、比喻两重含义在

① 朱熹集撰，赵长征点校：《诗集传》，中华书局2018年版，第120页。

② 毛亨传，郑玄笺，孔颖达正义：《毛诗正义》（《十三经注疏》本），中华书局1980年版，第365页。

③ 毛亨传，郑玄笺，孔颖达正义：《毛诗正义》（《十三经注疏》本），中华书局1980年版，第366页。

④ 朱熹集撰，赵长征点校：《诗集传》，中华书局2018年版，第133页。

内。盖由苌楚于忧苦之无知无觉发端，兴起百姓不如苌楚，因其有知觉，故不堪政烦赋重之忧苦。人不如草木，兴中含比自无可疑。

《小雅·杕杜》："有杕之杜，其叶萋萋。王事靡盬，我心伤悲。"《诗集传》："赋也"，"此劳还役之诗。故追述其未还之时，室家感于时物之变而思之曰：特生之杜，有睆其实，则秋冬之交矣。而征夫以王事出，乃以日继日，而无休息之期，至于十月，可以归而犹不至，故女心悲伤，而曰征夫亦可以暇矣，曷为而不归哉？"[①] 由朱氏语中分明可见其含有兴义，盖由杕杜萋萋，悟时序之变，进而伤征夫不归。其间一则有递进发端之关系，二则杕杜与征夫之间也有相喻之关系，故毛传云："杕杜犹得其时蕃滋，役夫劳苦不得尽其天性。"[②]

《小雅·瞻彼洛矣》："瞻彼洛矣，维水泱泱。君子至止，福禄如茨。"《诗集传》："赋也"，"此天子会诸侯于东都以讲武事，而诸侯美天子之诗。言天子至此洛水之上，御戎服而起六师也"[③]。集传以为此诗乃诗作者叙述诸侯美天子至洛水兴六师事，故为赋不为兴。由诗中看，并无天子会诸侯于东都以讲武事及天子亲着戎服而兴六师之语，而是说君子至洛受君命而将六军，并以为君子能受君命，如身泽泱泱洛水，福禄如茨。诗的首句以洛水泱泱比喻天子恩泽浩大，以君子至洛水受君命比作身受天子恩泽而福禄如茨（按：茨者房如盖，形容君子受天子恩泽如房之有盖），全诗既颂美天子恩泽，又表彰君子能承天子之命，是以福禄如茨，能永葆室家、家邦万年之基。故毛传标"兴"，郑笺释曰："兴者喻古明王恩泽加于天下，爵命赏赐以成贤者。"[④] 这从诗句来看是完全可以成立的。至于毛序进一步认为此诗是由思古明王能爵命诸侯以"刺幽王"则无可考证了。

《小雅·车舝》："间关之车舝兮，思娈季女逝兮。匪饥匪渴，德音来括。虽无好友，式燕且喜。"《诗集传》："赋也"，"此燕乐其新婚之诗。故言间关然设此车舝者，盖思彼娈然之季女，故乘此车往而迎之也"[⑤]。此诗《诗集传》虽标为赋，但由其注文可知，间关之车舝与娈然之季女，显然有

---

① 朱熹集撰，赵长征点校：《诗集传》，中华书局2018年版，第169页。

② 毛亨传，郑玄笺，孔颖达正义：《毛诗正义》（《十三经注疏》本），中华书局1980年版，第416页。

③ 朱熹集撰，赵长征点校：《诗集传》，中华书局2018年版，第245页。

④ 毛亨传，郑玄笺，孔颖达正义：《毛诗正义》（《十三经注疏》本），中华书局1980年版，第479页。

⑤ 朱熹集撰，赵长征点校：《诗集传》，中华书局2018年版，第250页。

一前后相承的起兴关系，而且以车舝喻迎娶，也是兴而有比的显证。且诗的第二章与首章的章法相同，也是先举一物为兴，其言曰："依彼平林，有集维鷮。辰彼硕女，令德来教。"郑笺云："平林之木茂则耿介之鸟往集焉，喻王若有茂美之德则其时贤女来配之。"[①] 由第二章的兴比关系，亦可印证首章之兴比。

《大雅·卷阿》："有卷者阿，飘风自南。岂弟君子，来游来歌。以矢其音。"《诗集传》："赋也"，"此诗旧说亦召康公作。疑公从成王游歌于卷阿之上，因王之歌，而作此以为戒。此章总叙以发端也"[②]。《诗集传》云此诗乃召康公从成王游歌当采自《竹书纪年》，成王三十三年，"王游于卷阿，召康公从"[③]。但《纪年》系伪书不足信，故据此以为纪实之"赋"自然也不妥。毛传以为"兴也。……恶人被德化而消，犹飘风之入曲阿也"[④]。郑氏笺则以为："兴者喻王当屈体以待贤者，贤者则猥来就之，如飘风之入曲阿然。"[⑤] 毛、郑均以为此句为"兴"，但所指兴义有异。按毛、郑钻之过深，实则仅就诗句本义而言已能明其兴义。"飘风自南"之"风"，既可指自然之风，亦可隐喻歌乐之风，因"风"原亦指乐。故由飘风自南，引出君子来游来歌，以风喻歌，是顺理成章的事情。故虽不用毛、郑之曲说，也可明其旨义，而朱传据《竹书纪年》言之为赋则非。

由以上可知，毛传标"兴"而朱集传改为"赋"的 17 首诗中除了《采葛》一首有些疑问外，其他 16 首兴诗均合乎发端兼比喻的标准。而朱传改"兴"为"赋"，或因不谙比兴，或因事理不明，使得原本鲜灵活泛之兴句变为质木无文之赋，实有违于诗义。

虽然朱熹曾说兴"无巴鼻"，但他并不完全否定兴兼具比喻的效能，故《诗集传》特在兴有比义的地方标明"兴而比也"（如《汉广》《椒聊》等）或"赋而兴又比"（如《頍弁》），只不过他以为这种兼具比义的兴在《诗》中是极少的，大部分的兴是不兼具比喻作用的。所以与严粲《诗缉》相反，

---

① 毛亨传，郑玄笺，孔颖达正义：《毛诗正义》（《十三经注疏》本），中华书局 1980 年版，第 482 页。

② 朱熹集撰，赵长征点校：《诗集传》，中华书局 2018 年版，第 302 页。

③ 王国维撰，黄永年校点：《今本竹书纪年疏证》卷下，见《古本竹书纪年辑校　今本竹书纪年疏证》，辽宁教育出版社 1997 年版，第 85 页。

④ 毛亨传，郑玄笺，孔颖达正义：《毛诗正义》（《十三经注疏》本），中华书局 1980 年版，第 545 页。

⑤ 毛亨传，郑玄笺，孔颖达正义：《毛诗正义》（《十三经注疏》本），中华书局 1980 年版，第 545 页。

朱氏集传对“兴”不含比义的单标一个“兴”字，这在《诗集传》的“兴”诗中占了绝大部分。然而我们细细寻绎朱传，发现朱熹虽将这类诗单独标为“兴”，但他自己所做的注，却恰恰可以说明这类“兴”诗含有比的意思。在《关雎》一诗中，朱注曰“兴也”，按其道理，此诗之“兴”应仅是“无巴鼻”的引起下句而已，但在其后的注文中却说：“言彼关关然之雎鸠，则相与和鸣于河洲之上矣。此窈窕之淑女，则岂非君子之善匹乎。言其与和乐而恭敬，亦若雎鸠之情挚而有别也。”这话的意思不就是兴而有比吗？其后更说“后凡言兴者，其文意皆仿此云”。其他的例子还有很多，仅举数例。如《周南・樛木》：“兴也。……南有樛木，则藟垒之矣；乐只君子，则福履绥之矣。”[①]《周南・兔罝》：“兴也。……化行俗美，贤才众多，虽罝兔之野人，而其才之可用犹如此。故诗人因其所事以起兴而美之。”[②]《周南・麟之趾》：“兴也。……文王后妃德修于身，而子孙宗族皆化于善，故诗人以麟之趾兴公之子。”[③]《召南・鹊巢》：“兴也。……维鹊有巢，则鸠来居之，是以之子于归，而两迎之也。此诗之意，犹周南之有《关雎》也。”[④]《召南・何彼秾矣》：“兴也。……何彼戎戎而盛乎，乃唐棣之华也。此何不肃肃而敬，雍雍而和乎，乃王姬之车也。”[⑤]《邶风・旄丘》：“兴也。……旧说黎之臣子自言久寓于卫，时物变矣，故登旄丘之上，见其葛长大而节疏阔，因托以起兴曰：旄丘之葛，何其节之阔也；卫之诸臣，何其多日而不见救也。”[⑥]这些例子也正好说明了“兴”实际上含有比的成分。在《诗集传》的标“兴”诗中，类似的情况举不胜举，很可以说明朱熹虽曾说过“兴无巴鼻”，但在实际的诗例中还是认为“兴诗”是含有比义的。而毛传标“兴”朱氏集传将之改为“比”的地方，也从反面说明这类实际为“兴”的句子（因这些句子均是在章节的首句，且有发端的意味）是含有比的成分的。这些诗是《螽斯》《柏舟》《绿衣》《凯风》《匏有苦叶》《谷风》《北门》《有狐》《兔爰》《南山》《甫田》《敝笱》《扬之水》《鸨羽》《有杕之杜》《采苓》《蜉蝣》《鸱鸮》《鹤鸣》《黄鸟》《巷伯》《蓼蓼者莪》《青蝇》《菀柳》《白华》《绵蛮》《苕之华》《绵》《桑柔》，共29首，均应

---

① 朱熹集撰，赵长征点校：《诗集传》，中华书局2018年版，第6页。
② 朱熹集撰，赵长征点校：《诗集传》，中华书局2018年版，第8页。
③ 朱熹集撰，赵长征点校：《诗集传》，中华书局2018年版，第11页。
④ 朱熹集撰，赵长征点校：《诗集传》，中华书局2018年版，第13页。
⑤ 朱熹集撰，赵长征点校：《诗集传》，中华书局2018年版，第20页。
⑥ 朱熹集撰，赵长征点校：《诗集传》，中华书局2018年版，第34－35页。

属于朱熹所说的“兴而有比”的诗句。

因此，将朱传中有关“兴诗”的种种相互龃龉的说法做一综合考察，可以看出朱熹在《诗经》研究方面所表现出的内在矛盾，而仔细辨析这些相互龃龉的文字，始能较准确地把握朱氏的看法，做出合乎实际的结论。

（原载日本《中国文学研究》总第99辑，2002年3月）

严粲《诗缉》“兴之不兼比者”辨

过往人们对比兴的研究，多集中在毛传、孔疏、朱注上面，对宋代另一重要注本，即严粲的《诗缉》多未注意。今人对兴与比的认识，基本上采纳了朱熹的意见，否定毛诗，认为兴与比没有关系。

然则，赋比兴之说起自《周礼》，成于毛诗。研究比兴，不能完全抛开毛诗一派意见。事实上，战国以迄唐代，兴之兼比是《诗经》学者的共论。拆分兴、比，虽不始于朱熹，但成于朱熹。对这一做法，《诗经》学者并非没有异议。其中影响较大的，就是南宋末的严粲。其所著《诗缉》，在入宋以来废《序》的思潮中，体现了折中的倾向，既坚持兴多兼比，又提出兴也有不兼比的，于今不无参考意义。

一、严粲《诗缉》及其论“兴”

《诗缉》是宋代为数不多的较好的《诗经》注本，《四库全书总目》认为此书与吕祖谦的《吕氏家塾读诗记》在宋代说《诗》之家中“并称善本”。有集注的性质，其所集材料远远超过朱熹的《诗集传》，但缺点是较为碎乱，有兼综而少己断。严著《诗缉》也有缉前人《诗》说，但大多以附录的形式附在己说之后做参证，不像吕著仅是排列诸家之说。严著还长于释义，与此前的《诗经》注本较多注意字词训释不同，严氏的《诗缉》在疏通诗义的方面着力较多，这不仅在宋代《诗》说中独树一帜，在历代的《诗》注中也不多见。严著的这一特点大约与此书缉成的目的在于教授家中童蒙有关，严氏原序云：“二儿初为《周南》《召南》，受东莱义，诵之，不能习。余为缉诸家说，句析其训，章括其旨，使之了然易见。既而友朋训其子若弟者，竞传写之，困于笔札，胥命锓之木，此书便童习耳。”[①] 虽说此书非高头讲章，但作者遵循孟子“以意逆志”说，由字及词，由词及句，由句及章，由章及篇，串解《诗》义，殊觉浑融。

---

① 严粲：《诗缉》卷一，《景印文渊阁四库全书》本。本文所引用《诗缉》，均出自此本，不另注。

严粲论《诗》的倾向，上接吕祖谦《家塾读诗记》，以存《序》为主要特征。但在北宋欧阳修以来的疑古风气影响下，他对毛、郑也并未全盘接受，在某些方面甚至持怀疑及改造的态度。在有关兴的问题上，表现出折中的倾向。《诗缉》卷一《国风》下云：

> 凡言兴也者皆兼比，兴之不兼比者特表之。《诗记》曰："风之义易见，惟兴与比相近而难辨。兴多兼比，比不兼兴。意有余者兴也，直比之者比也。兴之兼比者徒以为比则失其意味矣，兴之不兼比者误以为比则失之穿凿矣。毛氏特言兴也，为其理隐故也。"

从文中看，他一方面认为"兴也者皆兼比""兴多兼比"，且同南朝钟嵘论"兴"曰"文已尽而意有余"一样，认为"意有余者兴也"。另一方面也受了朱熹一些影响，指出《诗经》中也有"兴之不兼比者"。他认为毛诗特别标识"兴"，是因为"兴"虽然"皆兼比"，但"比"的意思要隐晦一些，所以要特别标识出来。

可以肯定的是，严粲这段话首先是坚守了汉唐以来有关"兴皆兼比"的一贯主张。《樛木》小序说："《樛木》，后妃逮下也，言能逮下而无嫉妒之心焉。"[①] 笺云："兴者喻后妃能以下意逮妾。"[②] 将小序与诗的兴义相联系，指出"兴"所隐含的比义。虽说笺义并不一定合乎原诗之意，但由此我们可以明白，"兴"所写的物象并非孤立的单句，它与下文内容多有意义比拟关系。刘勰《文心雕龙·比兴》云："毛公独标兴体，岂不以比显而兴隐哉?"[③] 刘氏为何说"兴隐"呢？是兴的手法不易觉察，还是因为"兴"含有秘而不宣的意义呢？"兴者，起也。"读者并不难以发现兴句引领下文的程序，所难发现者，在于兴句与下文意义上的比拟关系。故揭示兴体，意在提醒读者，此体既为兴，引领下文以起，也含有隐秘的比义。故《诗》所谓"兴"者均含比义。

这一说法，除郑玄、刘勰外，唐孔颖达于《毛诗正义》也披露之，他说："取譬引类，起发己心，诸举草木鸟兽以见意者皆兴辞也。"[④] 并在多处

---

① 《毛诗注疏》卷一，清嘉庆二十年（1815）南昌府学重刊宋本《十三经注疏》本。
② 《毛诗注疏》卷一，清嘉庆二十年（1815）南昌府学重刊宋本《十三经注疏》本。
③ 刘勰著，范文澜注：《文心雕龙注》，人民文学出版社 1958 年版，第 601 页。
④ 孔颖达：《毛诗正义》（《十三经注疏》本），中华书局 1980 年影印本。

强调“兴必以类”“兴必取象”“兴必以喻”诸义例，说明兴多兼比的特征。此外，陆氏《经典释文》说：“兴是譬喻之名，意有不尽故题曰兴。”[①]即便到了宋代，认为兴与比有关联的仍不乏其人。吕氏《家塾读诗记》引王安石语曰：“王氏（临川王氏）曰：以其所感发而况之之谓兴，兴兼比与赋者也。”[②] 均将兴和比联系在一起。

《诗缉》在处理“兴”诗时也基本承续了汉唐以来的主流意见，凡标“兴”处，均指“兴而比者”。而且有些毛传未标“兴”的地方，严氏也标为“兴也”，所以《诗缉》在“兴诗”的总数上超过了毛传。严粲“兴多兼比”的意见是符合《诗经》“兴诗”基本情况的，毛传所标 116 首“兴诗”，只有极少数是兴不兼比的，大多为兴中有比的“兴诗”。

《诗缉》中特意标出“兴之不兼比者”的诗仅《葛覃》《卷耳》《殷其靁》《旄丘》《东门之杨》《杕杜》《大东》《鸳鸯》8 首而已，恰可印证他前面所说的“兴多兼比”一语。

那么，严粲为何又特别指出“兴之不兼比者”呢？上述 8 首被严粲视为“兴不兼比”的诗有无可商榷之处呢？这是我们需要讨论的问题。由于《殷其靁》一诗毛传并不以其为“兴诗”，可暂不予讨论。

二、“兴之不兼比者”的正确判例

在《诗经》学史上，唐以前毛诗一派往往既依托文本，又脱离文本，意在寻绎文本之外的微言大义，其渊源来自春秋断章赋诗的传统及孔门诗教。宋以来非议毛诗的朱熹一派，则力图恢复《诗经》文本的原义，他们从文本出发，意在阐释诗句的本义。前者基本上是经学的立场，后者是文学的立场，观点自然不同，这也是唐前与宋后对“比兴”有不同认识的原因。今天的《诗经》研究者应该如宋人那样立足于文本，但在解释“兴”义的时候，也应该参酌汉人的说法。因为提出“兴诗”的概念，并认为“兴”与“比”有关系的是毛诗，其目的是在于发掘诗句文字以外的意义，起到某种教育的功用。这是经学的做法，也是《诗》之所以能成为经的基础。我们研究“兴诗”不能离开这一基础，因为所谓“兴”，是汉人在继承孔门诗教的基础上总结的阅读《诗经》的方法，而不是后人所理解的作诗的方

---

① 陆德明：《毛诗音义》上，见《经典释文》卷五，上海古籍出版社 1985 影宋版。

② 吕祖谦：《吕氏家塾读诗记》卷一，《文渊阁四库全书》本。

法。但如果离开经学的范围，客观地就诗论诗，仅从文学创作的角度去研究《诗经》，那么，毛诗所揭橥的116首“兴诗”中，确有少数“兴诗”与“比”是没有关系的。我们今天研究“兴诗”，是彻底抛开提出者进行新的阐释呢，还是应该坚守其基本的理论内涵，再略加修订呢？我的答案是后者。严粲《诗缉》所持的也基本上是这样的立场。

不过严粲虽不像朱熹那样非毛，但多少受了时风的影响。他在《诗缉》中列出“兴之不兼比者”7例，说明他在研判兴与比的关系时也吸收了朱熹的部分意见。那么，这7例“兴而不兼比者”的认定是否合理呢？

先看《陈风·东门之杨》，首章：“东门之杨，其叶牂牂。昏以为期，明星煌煌。”《序》云：“刺时也。昏姻失时，男女多违，亲迎，女犹有不至者也。”[①]《序》标“兴也”，认为由树叶之盛（春夏之日）而兴婚姻失时（秋冬为婚嫁之日），由亲迎不至兴男女多违。依毛序之义，显然是兴而兼比。朱氏《诗集传》云此诗“兴也”，“男女期会而有负约不至者，故因其所见以起兴也”[②]。但并未附会毛序“昏姻失时”“男女相违”等“刺时”之说。严氏《诗缉》云：“兴之不兼比者也。秋冬为昏姻之时，今东门之杨，其叶牂牂然盛，则春莫而昏姻失时矣。亲迎以昏为期，而至明星煌煌然大明，夜已深而竟不至，淫风行而女有他志也。”严氏此解其实与毛序并无明显区别，但严氏却说是“兴之不兼比者也”，令人费解。

按，此诗确难看出“刺时”的意味，首章“东门之杨，其叶牂牂”及末章“东门之杨，其叶肺肺”与下句也无直接的比拟作用，首句之兴，只起以景起情的作用。故就诗论诗，此诗诚如严氏所说，属“兴而不兼比者也”，与《秦风·蒹葭》《郑风·野有蔓草》的兴例颇为相仿，系以景托兴，引领下句。严氏之失，在于一方面说“兴而不兼比者”，一方面又将“昏姻失时”“男女多违”扯进诗意，造成前后矛盾的状况。

相较于《东门之杨》的以景托兴，《周南·卷耳》则是以事托兴。诗云：“采采卷耳，不盈顷筐。嗟我怀人，置彼周行。”严氏注云：“兴之不兼比者也。此言使臣在途，归必劳之。后妃主酒浆之事，豫采卷耳以为曲糵，故因见采卷耳者而念使臣之劳。谓卷耳易得之草，顷筐易盈之器，今采卷耳者非难且劳之事也，采之又采尚不盈顷筐，嗟乎我矜念使臣，今在道路，其跋涉之劳当如何耶？”朱熹《诗集传》更云：“赋也。”“后妃以君子不在而

---

① 《毛诗注疏》卷七，清嘉庆二十年（1815）南昌府学重刊宋本《十三经注疏》本。

② 朱熹：《诗集传》卷七，上海古籍出版社1958年版，第82页。

思念之，故赋此诗耳。托言方采卷耳，未满顷筐，而心适念其君子，故不能复采，而寘之大道之旁也。”[①] 以为后妃（按：朱氏更指为文王后妃太姒）托言采卷耳，故为赋不为兴。但朱注自相矛盾，所谓托言者，既非亲采，亦非实采，乃借采摘以兴发下文，故标为赋并不合理。所以此诗以为严氏属“兴”是对的，说后妃采摘，甚或如朱熹所言系文王太姒采摘更属无稽。采摘卷耳也非实采于“周行”官道之旁，卷耳生于荒野，所谓“采采”云尔，实乃假想之事，作者以事托兴，这是合理的解释。分歧的关键在于这首诗的“兴”是否兼比。毛序、郑笺、孔疏均以为兴而兼比，认为作者是借采卷耳不盈顷筐，比喻心事很重（忧在进贤），以兴后妃志在辅佐君子、忧劳进贤之义。其中采卷耳，思故人，忧心不已是篇中本义，而所谓后妃之志在辅佐君子云云则由此及彼，这种解释有无问题呢？观毛诗一派解诗，所谓“兴”者，有作者“赋诗之兴”，也有释诗者“用诗之兴”。就此诗而言，毛派所说，实为“用诗之兴”，即无论毛序，还是郑孔的笺疏，引出的所谓“兴义”，均非文本所有，而是他们从诗中联想生发出来的。

再看《周南·葛覃》：“葛之覃兮，施于中谷。维叶萋萋，黄鸟于飞，集于灌木，其鸣喈喈。”毛传标“兴也”，《序》云：“葛覃，后妃之本也。后妃在父母家则志在于女功之事，躬俭节用，服瀚濯之衣，尊敬师傅，则可以归安父母，化天下以妇道也。”[②] 观毛传，诗的主人公亦为后妃，诗中所述为后妃在娘家之事。首章兴也，但兴义为何则没有明言。笺云：“葛者妇人之所有事也。此因葛之性以兴焉。葛延蔓于谷中，喻女在父母之家，形体浸浸日长大也。萋萋然喻其容色美盛也。”又云：“葛延蔓之时则抟黍（按：指黄鸟，一名抟黍）飞鸣，亦因以兴焉。飞集丛木，兴女有嫁于君之道。和声之远闻，兴女有才美之称，达于远方。”[③] 郑氏笺补足毛传，略有修正。一则指出诗中主人公仅为妇人，未如毛传所说为后妃。二则将首章分为两解，首两句喻妇人在母家长成；后四句喻妇人有嫁于君之道，才美达于远方。清马瑞辰《毛诗传笺通释》也主张此诗兴而兼比，“诗以葛之生此而延彼，兴女之自母家而适夫家”[④]。约而言之，虽然毛诗一派对所兴内容的解释有所不同，但均认为是兴而有比的。而朱熹《诗集传》注云：“赋也。”“盖后

---

① 朱熹：《诗集传》卷一，上海古籍出版社1958年版，第3页。
② 《毛诗注疏》卷一，清嘉庆二十年（1815）南昌府学重刊宋本《十三经注疏》本。
③ 《毛诗注疏》卷一，清嘉庆二十年（1815）南昌府学重刊宋本《十三经注疏》本。
④ 马辰瑞：《毛诗传笺通释》，中华书局1989年版，第36页。

妃既成絺绤而赋其事，追叙初夏之时，葛叶方盛，而有黄鸟鸣于其上也。”①故为叙实的赋法。严粲《诗缉》虽认为此诗为“兴”，但其于首章下云：

> 兴而不兼比者也。述后妃之意，若曰：葛生覃延而施移于谷中，其叶萋萋然茂盛，当是之时，有黄鸟飞集于丛生之木，闻其鸣声之和喈喈然，我女工之事将兴矣。黄鸟飞鸣乃春葛初生之时，未可刈也，而已动女工之思，见念念不忘也。先时感事乃豳民艰难之俗，今以后妃之贵而志念如此，岂复有一毫贵骄之习邪？味诗人言外之意，可以见文王齐家之道矣。

观严氏所述，其一，将诗的主人公定为文王后妃太姒；其二，认为诗中所述乃后妃出嫁以后之事；其三，言后妃见黄鸟飞鸣而动女工之思。而“先时感事”，乃豳民艰难之俗，以贵妃之尊犹志念如此，可味文王齐家之道。

上述诸家之说可概括为三派：一为毛诗派，主兴而有比；二为朱熹，判以为赋；三为严粲，主兴而不兼比。今人多以为此诗与后妃没有关系，信然。值得研判的其实只有两点，一是此诗是否为兴；其二，如果是兴，是否兼比。首章写景，意象有二，一为葛覃绵延生长，二为黄鸟鸣于灌木。单就此章而言，难以判断其是否为兴，也难断其是否兴而有比。为便于考察，移录其后两章：

> 葛之覃兮，施于中谷，维叶莫莫。是刈是濩，为絺为绤，服之无斁。
> 言告师氏，言告言归。薄污我私，薄浣我衣。害浣害否，归宁父母。

第二章开篇仍以葛覃为对象，与首章不同的是，顺而叙写收割、织布之事。至于由葛之延蔓，到刈濩，再到“为絺为绤”，是实写。全诗应该是女工将要归宁父母，由洗衣想到织布，由织布想到织布的材料葛藤，由葛藤想到其生长的形态，想到葛藤中翻飞鸣叫的黄鸟，又因黄鸟的鸣叫引起归思。诗章顺序写来，诗思却是逆向索得，顺逆相绾，浑然一体。诗之首章，当为后世诗家所言“索物以起兴”之例。毛郑严诸家均以此诗为兴，当无疑义。

毛诗一派主张兴而有比，是因为他们攀附于后妃，无论阐释的细节有何不同，均以为此诗中的后妃刈濩絺绤以及“尊敬师傅”的行为，表现出“可以归安父母，化天下以妇道”的美好本性。故葛覃之兴，由此及彼，寓

---

① 朱熹：《诗集传》，上海古籍出版社 1958 年版，第 3 页。

含比义。而严粲以为"兴不兼比"，是因为他认为此诗文本自身并不具有这样的比喻，当然他也同意诗中写了后妃见黄鸟飞鸣而动女工之思，所以断以为兴，但后文所谓"先时感事"，以贵妃之尊犹志念如此，可味文王齐家之道诸语，实际上是读诗人"味诗人言外之意"。由《葛覃》之诗核之，严粲所说，洵为有理。

综上3例，我们发现，这些兴例，兴句与下句一般都是讲同一件事情或与事情有关联的场景，兴句只起到引起的作用或衬托的作用，前后句没有意义上的比喻关系。

三、"兴之不兼比者"的错误判例

观严氏所列"兴之不兼比者"7例，除上述3例较合诗义外，余者4例尚有可辨析者。

先看《邶风·旄丘》："旄丘之葛兮，何诞之节兮？叔兮伯兮，何多日也。"严氏注云"兴之不兼比者也"。按此诗毛传以为黎人责卫伯，以卫伯不能救黎侯也，《诗缉》亦采此说。并谓："黎臣子初至卫见旄丘之上有初生葛，其节甚密，及其后也，葛长而节阔，故叹云：何其节之阔也？感寄寓之久也。尊称卫臣而问之曰：叔兮伯兮，何其多日而不见救也。君臣一体，不斥其君而责其臣，婉辞也。"鲁诗及齐诗则以为是妇不见答于夫之词[①]（见王先谦《诗三家义集疏》）。两者所指人物不一，然而所怨者虽不同，但均抱怨时日之久。所以无论黎人还是妇人，均假写其登于旄丘之上，因见葛叶蔓延节阔，而悟时移日易，遂生怨义。故前句之葛叶蔓生"何诞之节"与后句之"何多日也"既有前后相启之关系，又有比附生义之关系，朱氏集传同《诗缉》，采毛传之说，以为此诗是"黎之臣子自言久寓于卫，时物变矣，故登旄丘之上，见其葛长大而节疏阔，因托以起兴曰：旄丘之葛，何其节之阔也；卫之诸臣，何其多日而不见救也"。由朱氏集传所言，亦可见葛的长大与时日之久之间的关系，所以无论其主旨是黎人刺卫侯或者是妇人不见答于夫，都不能说是兴之不兼比者，因前后二者实有一层比喻的关系。

再看《小雅·鸳鸯》："鸳鸯于飞，毕之罗之。君子万年，福禄宜之。"此诗毛诗标为"兴也"。小序以为："刺幽王也。思古明王交于万物有道，

---

① 王先谦：《诗三家义集疏》，中华书局1987年版，第182页。

自奉养有节焉。”[①] 据郑笺、孔疏，意谓古代明王能善待万物，顺其性而取之于时，故鸳鸯待其能飞始捕之。严氏《诗缉》采毛诗之说，以为“兴之不兼比者也。先王之时，入泽设罻皆有时，杀胎覆巢皆有禁，合围掩群皆所不为，故其民渐被仁政，皆有仁心，鸳鸯之鸟，待其长大能飞乃执毕以掩之，有得有不得正，又张罗以网之，待其自入，皆不尽物之意也。德及禽兽如此，宜其寿考而受福禄也。毛氏谓之兴，孔氏谓举一物以兴其余。兴之不兼比者也”。此诗究竟于兴中是否有比，有两个考察途径。一是依毛诗及严氏之说来解析。首章两句的关系是，“鸳鸯于飞，毕之罗之”是君子“福禄宜之”之根据，先有“鸳鸯于飞，毕之罗之”，后有“君子万年，福禄宜之”，前者既兴起后者，也可喻示后者，所以如依从严氏遵从毛序之说，首章应该是兴而兼比者。二是此诗的诗义并不一定如毛序所说是“刺幽王”，也没有表达思古明王交于万物有道的意思。毛氏此说曾受到马瑞辰、黄山等人批评，以为非诗之义（见王先谦《诗三家义集疏》引）。今按，此诗实则是一首赞扬君子，并祝君子永享福禄的诗。全诗共分四章，前两章均由鸳鸯起兴，后两章由乘马起兴。而各章取兴所采用的角度各有不同，首章取“毕之罗之”意，喻示君子如被“毕之罗之”的鸳鸯一样，福禄集于一身；二章取“戢其左翼”意，戢，敛也，与首章同，以鸳鸯收敛其翅膀为喻，比拟君子福禄聚于一身；三章四章分别以乘马为喻，取“摧之秣之”意。摧，即莝之古字，莝，委也，餧之省借，餧，饲也，与下文之“秣”同意，指饲养乘马。作者以饲养乘马起兴，喻示以福禄赡养君子，即下文所谓“福禄艾（养也）之”“福禄绥（安也）之”。由此可见，四章的开头分以鸳鸯和乘马起兴，与下文的君子有起兴兼比喻的关系，是典型的兴而有比的例子。

由上面的分析可见，毛传所标为“兴也”的诗，基本上都是兴而兼比的，被严粲《诗缉》断为“兴之不兼比者”的诗，有些是正确的，有些是不妥当的。其实，除上述诗外，还有《邶风·北门》也值得推敲。

《邶风·北门》：“出自北门，忧心殷殷。终窭且贫，莫知我艰。”毛序以为“刺士不得志也。言卫之忠臣不得其志尔”。此说与诗意基本相合，三家诗及朱氏《诗集传》、严氏《诗缉》均无异议。毛传标“兴也”，以为“北门，背明向阴”，郑氏笺曰：“兴者，喻己仕于暗君，犹行而出北门，心为之忧殷殷然。”对于此说，《诗集传》及《诗缉》也无异说。又毛传以为首句乃以北门起兴，兼喻暗君。《诗集传》则以为“比也”，《诗缉》未注

---

① 《毛诗注疏》卷十四，清嘉庆二十年（1815）南昌府学重刊宋本《十三经注疏》本。

比兴。但北门是否因其背明向阴而喻暗君则为人所疑，王先谦《诗三家义集疏》："出北门者，适然之词。或所居近之，与'出其东门'同。赋也。"实际上，北门是否因所居近之的适然之词也系王氏揣测，但北门在朝向上"背明向阴"则是确然的，而"北门""北风""北山"一类与"北"相关的诗多用来表现心情的抑郁、士之不遇或环境的恶劣也是在《诗》中有迹可循的，所以将"北门"作为一种"适然之词"似失轻率。《诗》中的"东门"其实也不是一种"适然之词"，而有着一定的民俗背景①。因此，如郑笺所说以北门喻暗君似无根据，但如王先谦所说北门仅是一种因所居近之的适然之词也显轻率。我认为此诗以"北门"起兴并无问题，但不一定是比喻暗君，当解为以北门暗喻心境的抑郁难平。如此则与诗中的文句和诗意相合，也与"北"在《诗经》其他诗中的运用相一致。故此诗为兴诗，但不必如郑笺将北门喻暗君，以之喻心境就了无窒碍了。

清陈奂《诗毛氏传疏》云：

> 兴也者，诗托《关雎》以为兴也。……郑司农众注云比者比方于物，兴者托事于物。《礼记·乐记》云，人生而静，天之性也，感于物而动，性之欲也。物至知，知，然后好恶形焉。盖好恶动于中而适触于物，假以明志，谓之兴。而以言乎物则比矣，而以言乎事则赋矣。要迹其志之所自发，情之不能已者，皆出于兴。故孔子曰诗可以兴，凡托鸟兽草木以成言者皆兴也。赋显而兴隐，比直而兴曲。《传》言兴凡百十有六篇，而赋比不之及，赋比易识耳。②

依陈氏之言，考诸《诗经》，其首句所用景物，多以景起兴，既统括全诗，引发下文，又含有比义，一箭双雕，是《诗经》首句惯用之法。故一般而言，诗首章兼具发端与比喻之用，应无可疑。严氏《诗缉》虽指出《诗经》中有"兴而不兼比者"一类兴诗，有新的发现，但如就116首"兴诗"的总量来看，区区3首"兴之不兼比"的诗，并不能从根本上妨碍"兴皆兼比"的结论。

（原载《学术研究》2015年第1期，发表时有删节，此为全本）

---

① 参见拙文《诗经"东门"臆说》，载《文献》1998年第3期。

② 陈奂：《诗毛氏传疏》卷一《关雎》，中国书店1984年版。

第四编

明清诗学研究

南北文化交往与陈献章的诗论①

——兼谈其对岭南诗派的影响

谁都不能否认，岭南文化有其自身的特色。尤其近代以来，岭南文化更显示出其特有的风格和文化品位。这一特色在今日固然愈加明显，但其端倪，却可上溯至明中叶的岭南大家陈献章。他所建立的“心学”哲学体系与尚自得、主自然，推崇通脱简要的学术风格，对当时北方的闽洛之学造成强烈的冲击，更对岭南文化的形成和发展产生了不可低估的影响。陈献章的贡献，不仅在于他是一个承前继后的“心学”过渡人物，也不仅在于他开创了具有岭南文化特征的学风，还在于他为数不多的诗歌理论观点，能在明初形式主义思潮蔓延的情形下，强调“率情为之”，为明中叶以后的浪漫洪流发倡先声。同时，他的崇尚自得、风韵的诗学理论也成为后世岭南诗论的主流，产生了至为深远的影响。如果说近代以来的岭南文化，是在西学东渐中形成的话，古代的岭南文化则是在南北文化的碰撞中产生的，陈献章的思想与诗论是长期以来南北文化交互影响的产物。因此，以南北文化的交往为切入点，探究陈献章的思想与诗论，对于我们认识岭南文化与岭南诗论的特质，具有重要的意义。

一

陈献章，字公甫，别号石斋，广东新会白沙里人。生于明宣宗宣德三年（1428），卒于孝宗弘治十三年（1500），世称白沙先生。陈献章在古代哲学史上占有重要地位，其贡献主要在于他的思想导致了宋明理学由程朱向王守仁心学的转折。《明史・儒林传》对此曾有如下记述：

> 明初诸儒，皆朱子门人之支流余裔，师承有自，矩矱秩然。曹端、胡居仁笃践履，谨绳墨，守先儒证传，无敢改错。学术之分，则自陈献

① 本文所说的南方，专指岭南；北方则指岭南以外的地区。此仅为行文的方便，无其他含义。

章、王守仁始。①

说明陈献章在明初谨守朱学的风气中，能自立门户，成为一道学术的分水岭。在陈献章生平中，他先是追随程朱之学，30岁左右，师事名儒吴与弼，一年后转回乡里隐几兀坐，费十几年工夫，始悟治道在于整治人心，在当时产生了极大反响。据张翊《白沙先生行状》记载，“祭酒邢让一日试先生和杨龟山《此日不再得》诗，大惊曰：‘龟山不如也。’明日扬言于朝，以为真儒复出。由是名振京师，一时名士，如罗伦、章懋、庄昶、贺钦辈，皆乐从之游”②。先后从师于他的学生，既有江门、新会一带的广东籍学子，也有江西、福建、上海、北京一带的学子，影响遍布于各地。

在岭南，陈献章的影响也举足轻重。康有为曾说：“白沙为广东第一人……广东学术之正，人才之盛，皆出白沙。”③ 说明陈献章在岭南文化中也是一个开风气、立学宗的领军人物。据史料记载，陈在北京赢得名声之后，返回广东，四方学者致礼于门，《白沙先生行状》载：“自朝至夕，与门人宾友讲学，论天下事。”④ 在他身边形成“江门学派”，对后世岭南文化产生了很大影响。明清不少学人，其及门弟子固不论，他若叶春及、何梦瑶、屈大均、宋湘、吴石华等均受其沾溉，为学推宗陈白沙。在岭南过往的历史中，虽也曾产生过几个重要的人物，如唐有曲江张公九龄、宋有番禺梁公观国，分别以诗文、经学名世，但在学术思想及文化的传播上，影响远远不及陈献章。

陈献章之所以能异军突起，成为岭南文化的领军人物，原因固然很多，其中有政治的、社会的等各方面原因。除此以外，岭南与中原内陆长期的文化交流也是其中一个深刻的背景。岭南自汉归属版图以来，虽远离政治、文化的中心，但对中原内陆文明不断地接受、选择，在选择接受中也逐渐形成自身的文化特色。这一过程表现为两个方面：一是北方文化对岭南的输入，使岭南文北具有北方文化的传统基因；二是岭南文人在对北方文化的选择接受中，经过消化整合，又形成符合自身地域特征的文化形态。

---

① 张廷玉等撰，中华书局编辑部点校：《明史》，中华书局1974年版，第7222页。

② 陈献章著，孙通海点校：《陈献章集》，中华书局1987年版，第809－810页。下引陈献章语，均出自此书。

③ 康有为著，吴熙钊、邓中好点校：《南海康先生口说》，中山大学出版社1985年版，第67页。

④ 陈献章著，孙通海点校：《陈献章集》，中华书局1987年版，第870页。

北方文化对岭南的输入，渊源有自，据说战国时南海人高固即习《左氏春秋》，并进《铎氏微》于楚王[①]，事虽未必可信，但毕竟是岭南人研习北方文化的最早记录。自汉以后，于文献可征者更多，像东汉番禺人董伯和，“年十五通《毛诗》《三礼》《春秋》”[②]。(《太平御览》引《广州先贤传》）南海人黄子微，“年十六通《论语》《毛诗》”[③]（同上）。此后，随着北人南迁或岭南人北上做官求学，其影响更趋广泛。据《广东通志》，从南朝至唐，贬谪岭南的官员有120人，宋至明67人，安置者61人；流徙者汉至唐167人，宋至明78人。这数百名挟带着北方文化的官员南迁，以及大量的未见著录的文化人南下，无疑为当时落后的南方带来了先进的北方文明。晋陶基为交州刺史时，“始夷人不识礼仪，男女互相奔随，生子乃不知其父。基至，乃教以婚姻之道，训以父子之恩，设庠序，立学校，阖境化之”[④]。这段记载虽带有明显的北方文化优越论的色彩，但也未尝不反映了当时岭南文化相对落后的现实。北人的南迁，带来了先进的思想和礼仪，也引起了岭南人对北方学术的钦羡。韩昌黎入粤，粤人与之游，其较著者在海阳（今潮州）有赵德，在南海则有区册、区弘。宋代南海人黄洞于“经史百家以至浮屠老子之书，罔不究心焉”，东坡贬惠州时，“往来南海，洞又与轼游焉”，并“尝同轼登鉴空阁赋诗”[⑤]。稍后番禺人梁观国，屡试不第，退取经书熟诵之，“每朝廷贬谪之人至广，必求见焉”[⑥]，表现出其对北方文化的向往。在研习北方文化的同时，梁与北方文人胡寅也结成友谊，胡曾评梁文“豪劲该辩，不苟作”。梁卒后，胡寅为其撰写墓志，表现出很深的情谊。[⑦] 岭南人对北方文化的学习，一方面是循着北人南下的途径，另一方面也表现为南人北上。魏晋南北朝至隋唐期间，不少岭南人北上做官，文武官均有，免不了受到北方文化的浸淫。宋代番禺人曾槐更北上从师于北人，“从游周必大、杨万里之门”[⑧]。明人李德也数任洛阳、西安等地官员[⑨]，习《毛诗》《尚书》，究洛闽之学，受北方文化影响甚深。总之，北方文化对岭

---

① 屈大均：《广东新语·学语》，中华书局1985年版，第220页。
② 阮元修：《广东通志·列传一》，上海古籍出版社1990年版，第4641页。
③ 阮元修：《广东通志·列传一》，上海古籍出版社1990年版，第4647页。
④ 阮元修：《广东通志》，上海古籍出版社1990年版，第4648页。
⑤ 阮元修：《广东通志》，上海古籍出版社1990年版，第4663页。
⑥ 阮元修：《广东通志》，上海古籍出版社1990年版，第4663页。
⑦ 郭棐编：《粤大记》卷十四，明万历刻本。
⑧ 阮元修：《广东通志》，上海古籍出版社1990年版，第4668页。
⑨ 阮元修：《广东通志》，上海古籍出版社1990年版，第4709页。

南的输入，循着北人南迁与南人北上的途径，为岭南文化奠定了北方传统思想的内在基因，使岭南文化在基本构架上仍受着北方传统文化的制约。

岭南文人在研习北方传统文化的同时，也渐渐地由一般的接受过渡到重视内省自得，使岭南文化在接受北方文化的基础上，逐渐形成富有岭南特征的地域色彩，并对北方文人造成影响。岭南文献，宋元以前所余不多，从仅存的记载来看，从宋代开始，就有一些岭南文人对北方学术表现出一定的批判精神。《粤大记·献征类·理学正传·梁观国传》云梁始学于经书，后慨叹圣贤垂教，使人哗于口吻，诞于纸笔，小而干泽，大而迷国，未可守而不变。并取平时所作科举文，畀诸火，以自治身心。[①] 胡寅撰其墓志云："观国有特操，不为世俗所移，苏轼父子以文名天下，学者家传人诵，独观国谓其杂以禅学，饰以纵横，非有道者之言……其所遗书，真德秀、王应麟辈皆称之。"[②] 从上述记载可见，梁起初为学由研习传统经学为始，继以求变求是，潜心于自得，不为权威或时风所移，表出自立自得的治学精神，受到北方学者真德秀、王应麟的称赞。其后，南海人谭凯"读书务自得，不为纷华所动"[③]，也表现出自立门户的主体意识。这一情形到明代更演成气候，在文学上，明初南园五子标宗立派，与吴下四杰、闽中十才子同蜚声于宇内，显示出与中土抗衡的局面。其后更有越山书社、浮丘诗社、南园后五子、西园诗社等不同诗派，各领一时风骚，令北方学者刮目相看。顾亭林、朱彝尊、洪亮吉等北方著名学者有言及岭南诗家者，显示出自明代始，岭南文化由依附北方文化逐步演化为自成体系的本土文化，并与北方形成鲜明对比。屈大均说，岭南文化，"始然（燃）于汉，炽于唐于宋，至有明乃照于四方焉"[④]。说明岭南文化自明代起，进入一个自觉的时代，并开始给中土文化以一定的影响。

应该说，陈献章的思想和诗论正是在这种南北文化交汇的大趋势下结成的一个理论硕果。没有长期以来北方文化的输入，没有岭南文化自汉以来的发展，也就不会有陈献章这样的岭南大家。而陈献章思想的最终形成，也与岭南文化的历史发展趋势相一致，经历了一个由学习接受北方文化，到反省自得，再到自立门派的路径。他一生中四上京师，从师名儒，广交北方学

---

① 郭棐编：《粤大记》卷十四，明万历刻本。
② 郭棐编：《粤大记》卷十四，明万历刻本。
③ 阮元修：《广东通志》，上海古籍出版社 1990 年版，第 4668 页。
④ 屈大均：《广东新语·文语》，中华书局 1985 年版，第 316 页。

人，穷究中土文明。在学习北方传统思想的同时，融入一个岭南人的独立思考，当他觉得北方显学（朱学）不能解决其思想困惑时，便返乡隐居于岭南山明水秀之所，始悟“闻道者在自得耳”，并创立了令南北学者瞩目的“心学”体系，走上了自立的道路。陈献章的出现，从横向上看，形成了对独霸四方的闽洛之学的有力冲击。从纵向上看，他上承宋以来岭南文人治学的批判精神，下启明清岭南文化切近自然，崇尚自得自立的学风。作为“广东第一人”，他是当之无愧的。

二

陈献章创立心学方面的成就，已有专论，也超出本文的范围，不再赘述。至于他的诗论，也带有明显的南北文化交融的痕迹，传统的诗学理论与本土的文化因子在其诗论中并存，形成与当时北方诗学不同的价值取向，值得我们认真探讨。

《四库全书总目》云：“史称献章之学以静为主，其教学者但令端坐澄心，于静中养出端倪，颇近于禅，至今毁誉参半。其诗文偶然有合，或高妙不可思议。偶然率意，或粗野不可向迩，至今毁誉亦参半。王世贞集中有《书白沙集后》曰：‘公甫诗不入法，文不入体，又皆不入题，而其妙处有超出法与体与题之外者。’”[①]《四库全书总目》作者所引与王世贞所论，一方面反映了北方学者对岭南文化的某些偏见，一方面也说明了陈献章的诗文超出了北方传统诗学中的法规、体制、题材的要求，具有鲜明的岭南个性特征。对于陈献章诗文中令人耳目一新的风格，《四库全书总目》的作者又不能不承认，“虽未可谓之正宗，要未可谓非豪杰之士”[②]。此说虽然通脱，但也表现出北方文人对岭南文化既接受又拒绝的微妙心态。

确实，在陈献章的诗论中，积淀了南北文化交往的历史，其中既有传统北方儒家诗说的成分，又有自家体认的富有岭南特色的革新与改造，形成与北方诗论同中有异的独特诗论体系。陈献章曾为诗论界留下了一句名言，“诗之工，诗之衰也”[③]。这包含了他对上古《诗三百》传统的认同和对六朝以下诗风的摒弃，表现出鲜明的儒家正统诗论的观点。他认为，六朝以来

① 永瑢等：《四库全书总目》卷一百七十，《文渊阁四库全书》本。
② 永瑢等：《四库全书总目》卷一百七十，《文渊阁四库全书》本。
③ 陈献章著，孙通海点校：《陈献章集·认真子诗集序》，中华书局1987年版，第5页。

的诗歌虽然在形式上愈来愈工巧，但拘声律、工对偶，缺乏《诗三百》讽喻劝诫的功用，无补于世。所以，诗愈工，愈说明诗体的衰落。这一看法，无疑标明他对汉儒诗学传统的继承，对六朝以来北方诗歌主潮的离心。他说：

> 南朝姑置勿论，自唐以下几千（百）年于兹，唐莫若李杜、宋莫若黄陈，其余作者固多，率不过是。乌呼，工则工矣，其皆三百篇之遗意欤？率吾情盎然出之，不以赞毁欤？发乎天和，不求合于世欤？明三纲、达五常、征存亡、辨得失，不为河汾子所痛者，殆希矣。故曰：诗之工，诗之衰也。[①]

这段挽歌般的沉痛语调不仅表露出他对上古北方儒家风范的追慕，也表明他对当今诗风不古的深切痛惜。他把北方传统诗学“一分为二”，认同的是上古儒家的诗歌传统，意欲改造的是他视为“矜奇眩能，迷失本真”的近代诗作。

在他的诗论重建工作中，融入了一个岭南人对北方诗坛的观感：

> 余顷居京师二年，间从贵公卿游，入其室，见新故卷册满案，其端皆书谒者之辞。就而阅之，凡以其亲故求挽诗者，十恒八、九，而莫不与也。一或拒之，则艴然矣。惧其艴然而且为怨也而强与之，岂情也哉！噫，习俗之移人，一主于此，亦可叹也。天下之伪，其自兹可忧矣。[②]

所说虽属挽诗，也未尝不反映当时诗界的一般状况。明初诗坛，先由三杨“台阁体”主盟，应制、颂圣、应酬、题赠之诗大兴，矫情饰伪，所在多有。陈献章文中所写京师风习，正其流波余韵。对当时峰拥而起的北方诗学，陈献章深感其乃“天下之伪”，表现出深深的忧虑。尽管他其时在北方赢得很高声誉，但京师“烜赫声利之徒”与伪风极盛的学术空气使他觉得郁闷，回乡徜徉于山光水色之中，酝酿出一套与时风完全不同的诗学主张，显示出他不依附于时尚的理论勇气。

---

① 陈献章著，孙通海点校：《陈献章集·认真子诗集序》，中华书局 1987 年版，第 5 页。
② 陈献章著，孙通海点校：《陈献章集·澹斋先生挽诗序》，中华书局 1987 年版，第 9 页。

在其诗论体系中，他大力褒扬《诗三百》“征存亡，辨得失”的社会功用，把立足点建立在先秦儒家的基础之上，反对台阁体众臣视诗为酬唱赞颂之小技。他说：

> 夫诗，小用之则小，大用则大。可以动天地，感鬼神；可以和上下；可以格鸟兽；四时行焉，百物生焉；皇王帝霸之褒贬，雪月风花之品题，一而已矣。小技云乎哉?①

这段话听来并不使人感到新鲜，文中倡导的，无非仍是肇靖于孔门，是经白居易发展的先秦儒家的正统诗说。但是它重提于明初，无疑是以复古为革新，用来反对“台阁体”的形式主义思潮，其针对性是非常具体的。他认为：“诗家者流，矜奇眩能，迷失本真，乃至旬煅月炼，以求知于世，尚可谓之诗乎？”② 他要求的是：“不离乎人伦日用而见鸢飞鱼跃之机。若是者，可以辅相皇极，可以左右《六经》，而教无穷。小技云乎哉?”③ 也就是说，诗歌创作不能专事于字词的琢磨，必须“不离乎人伦日用”；而唯有不离乎人伦日用，才能显示出诗作的生机与活力；有了生机与活力，才能最大限度地发挥诗的社会功用。这种以小见大、由近及远的思维方式，继承了孔门“迩之事父，远之事君”的说诗传统，显示出他的诗论原则在根本上与上古的诗学传统相契合。

如果说上述原则更多地表现陈献章对北方传统诗学认同的话，那么，他对写诗“率情为之”的强调，对“自得”与“风韵”的重视，以及由此引发的岭南诗派切近自然、不受成法束缚的诗风，就带有更多的岭南文化的特征。

虽然岭南人自古研习北方文化，但较之北方文人，身上较少传统的重负，行为准则多取其是，不论是否权威与风行。陈献章在哲学上创立心学，不依附权威的朱学即是一例。在诗论上也是如此。北方诗坛相继出现的台阁体、茶陵诗派，或应酬唱和，或取声调法度，陈献章均以为未能探本。他认为诗歌之源应推溯于人的心灵与情感，而不是外在的形式。有了情，便无适而不可。他说：

---

① 陈献章著，孙通海点校：《陈献章集·认真子诗集序》，中华书局 1987 年版，第 5 页。

② 陈献章著，孙通海点校：《陈献章集·认真子诗集后序》，中华书局 1987 年版，第 11 页。

③ 陈献章著，孙通海点校：《陈献章集·认真子诗集后序》，中华书局 1987 年版，第 11 页。

> 言，心之声也。形交乎物、动乎中，喜怒主焉，于是乎形之声，或疾或徐、或洪或微、或为云飞、或为川驰。声之不一，情之变也。率吾情盎然出之，无适不可。[①]

文中突出强调的就是一个“情”字。他认为，诗歌的声调、风格千变万化，而导致其变化的，是诗人内心的情感。声调、风格的不同，是喜怒哀乐的情感变化所造成的。只有率情而出，不加雕凿，才会有千变万化的声调和风格。这种看法，使其诗论与台阁、茶陵等时风形成明显区别。在此基础上，他认为作诗必须要发之于情：“夫感而哀之，所谓情也。情之发而为辞，辞之所不能已者，凡以哀为之也。苟亡其哀矣，则又乌以辞为哉?”“诗之发，率情为之，是亦不可苟也已，不可伪也已。”[②] 旗帜鲜明地把情感视为诗歌创作的生命。如果我们孤立地来看这些提法，自然不算新奇，因为在陈献章之前，已有不少诗论家提及诗歌创作中“情”的地位与作用。但如果联系明初诗坛的实际，联系到后来发生在诗歌、小说、戏曲等艺术形式中的“浪漫洪流”，我们就不能不惊叹陈献章的发倡先声了。因为明清以“情”为先导的浪漫洪流正是在“心学”高扬的基础上产生的，没有陈献章在“心学”上的贡献，没有他对“情”的重申，这一洪流的到来也许会推迟若干年。李梦阳的“真诗乃在民间”比陈献章的“匹夫匹妇，胸中自有全经，此风雅之渊源也”[③] 晚几十年，正是这一状况的说明。陈献章对“情”的重申以及此后南学北渐引发的“浪漫洪流”，还有诗论家对民间文学的重视，显示出岭南学人已开始越过南岭，给内陆的中原文化以一定的影响了。

陈献章在肯定诗歌创作中情感作用的同时，又进一步提出诗要有“风韵”，要自得平易的论诗主张，这是与“情”相联系的一对派生物。他说：

> 大抵论诗当论性情，论性情先论风韵，无风韵则无诗矣。今之言诗者异于是，篇章成即谓之诗，风韵不知，甚可笑也。性情好，风韵自好，性情不真，亦难强说。[④]

---

① 陈献章著，孙通海点校：《陈献章集·认真子诗集序》，中华书局1987年版，第5页。
② 陈献章著，孙通海点校：《陈献章集·澹斋先生挽诗序》，中华书局1987年版，第9页。
③ 陈献章著，孙通海点校：《陈献章集·夕惕斋诗集后序》，中华书局1987年版，第11页。
④ 陈献章著，孙通海点校：《陈献章集·与汪提举》，中华书局1987年版，第203页。

这里有两点值得注意：一是性情决定风韵，性情好，风韵自好；二是风韵的有无，决定诗的高低优劣，有风韵的，是好诗，无风韵的，则无诗。他所说的风韵，有类于严沧浪的“兴趣说”，所谓“昔之论诗者曰：‘诗有别材，非关书也；诗有别趣，非关理也。’又曰：‘如羚羊挂角，无迹可寻。’夫诗必如是，然后可以言妙”[①]。陈献章之所以变“别材别趣”为风韵，一来是将风韵与性情相联系，变无迹可寻的“别材别趣”为可以捉摸；二来以风韵说明诗歌高妙的境界或如长风鼓动，感人深远，或如余韵袅袅，耐人玩味，比严沧浪的兴趣说更能切合品诗的实际。联系他在《论诗不易》篇中说诗之妙难言，唯在读者“反复玩味”；《次半山韵诗跋》中所说好诗“可一唱三叹，闻者便自鼓舞”[②]，可见陈献章的“风韵”已由重视作者主体之“情”，进而深入到了读者鉴赏的领域。这种由作者到读者，由性情到风韵的二层次研究，是符合文艺自身的内部规律的。

同时，陈献章还认为，诗歌创作从有性情到有风韵，靠的是“自得”和“不用意”，有了性情，“功深力到，华落实存，乃浩然自得”[③]。没有性情，日锻月炼，也是徒然。他说：“大抵诗贵平易，洞达自然，含蓄不露，不用意装缀，藏形伏影，如世间一种商度隐语，使人不可摸索为工。欲学古人诗，先理会古人性情如何，有此性情，方有此声口。”[④]追求诗的平易与自得，是从唐宋沿袭下来的通说。陈献章的贡献，在于他把自得和平易建立在性情之上，而不像前人那样只是从文字表达的层面上说。陈献章认为，诗的自得平易必须以性情为前提，有了遏制不住的性情，自然会“不用意装缀”。而只有不用意装缀，诗作才能显示出其特有的风韵。这种由性情到自得，由自得到风韵到路径，反映出陈献章对诗歌创作的一个基本构想，即，诗作必须由性情出发，以自得为准绳，达到富有风韵的境界。

应该看到，陈献章的重视“性情”与提倡“自得”“风韵”，又是建立在他的心学基础之上的。把静悟自得之心与诗人的性情、风韵相联系，是陈献章诗论的一个突出之处，也是极富陈献章个人特色的一个理论主张。他在《认真子诗集序》中认为“夫道以天为至，言诣乎天曰至言，人诣乎天曰至

---

① 陈献章著，孙通海点校：《陈献章集·跋沈氏新藏考亭真迹卷后》，中华书局1987年版，第66页。

② 陈献章著，孙通海点校：《陈献章集·次半山韵诗跋》，中华书局1987年版，第72页。

③ 陈献章著，孙通海点校：《陈献章集·李文溪文集序》，中华书局1987年版，第8页。

④ 陈献章著，孙通海点校：《陈献章集·批答张廷实诗笺》，中华书局1987年版，第74页。

人"[1]。也就是说，作为人言之一的诗，其最高境界就是要达乎天，能合乎"天"者方为至言。而"天"就是其心学体系中无古无今，通塞往来之机的自然之理。所谓："无我无人无古今，天机何处不堪寻？风霆示教皆吾性，汗马收功正此心。"[2]所谓："一生生之机，运之无穷，无我无人，无古无今，塞乎天地之间。"[3] 可见，"天"就是一种既不脱离自然之物，而又超乎单个自然物的，具有形而上性质的自然之道。其异名或曰"理"，或曰"心"，是存在于人的心性，能够主宰世间万物的"天地之本"。这一说法当然具有主观唯心主义的色彩。但在诗歌创作中，又未尝不反映出一些合乎文学创作规律的原则。陈献章所说的"天"或曰"心"均讲求不受世俗伪风熏染的"纯"和"真"。他认为，诗人只有具备了这种真性情，才能写出不假雕饰、风韵全真的作品（这点有类于后来李贽的"童心说"），所谓："诚意所发，辞不虚假"[4]，心性之真与语辞之真是联系在一起的。有了心性之真，合乎天道，才无须求假于人力雕凿。他说："受朴于天，弗凿于人；秉和以生，弗淫以习。"[5] 也就是说，诗家之作，得之于浑朴纯真之天，不靠人力；秉承的是自然之生机，而非后天补假之习。这种由纯真的心性出发，通之于性情，得之于自得，再达之于风韵的一整套诗学主张，给后人留下了深刻的印象，高简《刻白沙子集序》云：

> 先生起于南粤，独悟道妙，而非有能授之者。是故其见道明，故其体道至；其体道至，故其言论简易而弗支且多。夫其弗支且多也，故凡形诸动静，存诸多语默，播诸诗文，征诸出处，罔非道妙呈华。譬诸化工流形，万汇森布，各止其所，而其文固焕焕乎莫之绘焉。夫其雕镂缀奇，苦思模拟、役心垂后而故存之简册者哉？[6]

从陈献章的为学、体道、诗文印证了他的思想体系是由体道入手，"道妙呈华"，达到万汇森布、如化工流行的自然之妙，恰可与他的诗学主张相映照。

---

① 陈献章著，孙通海点校：《陈献章集·认真子诗集序》，中华书局 1987 年版，第 5 页。
② 陈献章著，孙通海点校：《陈献章集·示诸生》，中华书局 1987 年版，第 494 页。
③ 陈献章著，孙通海点校：《陈献章集·古蒙州学记》，中华书局 1987 年版，第 27－28 页。
④ 陈献章著，孙通海点校：《陈献章集·杂诗序》，中华书局 1987 年版，第 21 页。
⑤ 陈献章著，孙通海点校：《陈献章集·夕惕斋诗集后序》，中华书局 1987 年版，第 11 页。
⑥ 陈献章著，孙通海点校：《陈献章集·刻白沙子集序》，中华书局 1987 年版，第 893 页。

我们从陈献章自己的诗作中，也可以看到他对其诗论的具体实践。陈献章是一个理学家，但真正说理的文字不多，留下来的诗文倒是不少。他的诗大都能切近自然，发抒性灵，无论是俚词鄙语，还是妙义微言，均能应机而发，自得无碍，富有风韵。其中记游诗如：

一度一万仞，飞空本无铁。何名为飞空，道是安排绝。
夜久天宇高，霜清万籁彻。手持青琅玕，坐弄碧海月。[①]

无论是诗的意象，还是情韵、义理，均有可称道之处。而同组诗中的《下黄龙》一首，又活泼鲜灵，富有机趣：

天风吹我笠，吹下黄龙顶。两手捉笠行，不知白日暝。
赤松见我笑，却立千丈影。童子问赤松，云深各不领。[②]

于叙游、写景之中，蕴含深厚的哲理，耐人寻味。写景诗如：

种得东风柳一千，江山意思日无边。
闲遮一老青春坐，更缚孤舟白日眠。
近水云烟相隐映，他山桃李自嫣妍。
莫辞细雨频来看，争得风光在眼前。[③]

诗虽用浅白的语言写出，但心境合一，清丽可喜，是他心性的自然流露。陈献章的诗，无论是古体还是近体，除个别纯乎述理之外，大多数的诗均能由性情出发，自得流畅，不见人力，达到情味俱佳的境界。有些表达理念的作品，也能贴近自然，于物态神韵之中，见出理趣。他的写诗实践，说明直面社会人生固然能写出震撼人心的佳作，而切近自然，在体物写景之中，展现诗人瞬间的心灵感受，也能产生风韵摇曳的佳作。李东阳曾称赞他的作品

---

① 陈献章著，孙通海点校：《陈献章集·卧游罗浮四首·度铁桥》，中华书局 1987 年版，第 307 页。

② 陈献章著，孙通海点校：《陈献章集·卧游罗浮四首·下黄龙》，中华书局 1987 年版，第 307 页。

③ 陈献章著，孙通海点校：《陈献章集·陈秉常雨中看柳》，中华书局 1987 年版，第 501 页。

"极有声韵""有风致"[①]。王夫之说其作品"能以风韵写天真，使读之者如脱钩游杜蘅之沚"[②]。俞长城《题理陈白沙文稿》亦云："余诵其集，潇洒有度，顾盼生姿，腐风为之一洗。"[③] 均指出他的诗作既有内在的天真性情，又有顾盼生姿的外在风韵，自然灵动，不事雕凿，与时风别样，是其诗论的一个具体说明。

因此，陈献章的诗论与创作实践，一方面继承了《诗三百》以来北方儒家诗学的传统，一方面又表现出与当时北方诗坛截然不同的面目。而这些不同，比如强调性情，主张率情为之，追求自得与风韵的理论主张，以及贴近自然、清巧而富有韵致的诗风，恰恰代表了岭南文化的一些特征。这些特征在当时就引起了他在岭南的弟子们的注意，并意欲将之向北方推广。湛若水《滦州刻白沙先生全集序》云："柯子迁……言于刘滦州体之曰：'白沙之道，教未偏行于北，北土之憾也。若以全集刻之，俾北方学者诵其诗，读其书而知先生之道、之学，非政务士先急者乎？'"[④] 而湛若水本人也曾辑《白沙诗教》，以惠南北学者。事实上，在陈献章去世后，他的思想与诗文流传甚广，确如其弟子们所希望的那样。岭表以北地区相继出现的王守仁心学，公安三袁的"性灵说"，乃至于更广泛的产生于各种艺术领域的浪漫洪流，都或多或少，或直接或间接地与陈献章的思想发生某种联系。在岭南，他的思想被其弟子发扬光大；他的诗论也不乏继其衣钵者，对形成岭南诗论体系起了举足轻重的作用。

三

陈献章对岭南诗界的影响至为深远。有明二百余年，岭南诗坛活跃异常，诗社迭出。究其原因，一是受宋元之中土文人结社的影响，二是由陈献章及其弟子的推动所致。宋元时期，尤其是在元代，北方文人结社成风，其中有专门编写剧本的"书会才人"，也有应酬唱和的文人诗社。岭南宋元时期未见有结社记录，至明初始有"南园五子"，足见其乃元代北方结社风习的承传。"南园五子"之后，诗社活动曾一度沉寂。其间虽有越山书社，但

① 李东阳著，李庆立校释：《怀麓堂诗话校释》，人民文学出版社 2009 年版，第 191 页。
② 王夫之著，戴鸿森笺注：《薑斋诗话笺注》，人民文学出版 1981 年版，第 141 页。
③ 陈献章著，孙通海点校：《陈献章集》，中华书局 1987 年版，第 919 页。
④ 湛若水：《湛甘泉先生文集》卷十七，清康熙二十年（1681）黄楷刻本。

中坚人物王渐逵、伦以训多活动于中土，在岭南并未造成大的影响。扭转这一局面的，是陈献章及其弟子。陈献章本人虽是心学家，但多以诗文阐释其思想，弟子中也不乏对诗文有雅好者。其中著名的如湛若水、张翊、黄佐、再传弟子郭棐，以及后学叶春及等，均有大量诗作存世。尤其是黄佐，对明代岭南诗坛影响尤大，《四库全书总目》评云："在明人中，学问最有根柢。岭南自南园五子以后，风雅中坠，至佐始力为提倡，如梁有誉、黎民表等皆其弟子，广中文学复盛，论者谓佐有功焉。其诗吐属冲和，颇见研练。"①在黄佐的提倡下，梁、黎等人创立"南园后五子"，影响甚大。其后岭南相继又有其他诗社成立，蔚为大观，一时被人称为"岭南诗派"。岭南各家诗，虽风格各异，成就不一，但除少数外，大都能自抒性灵，以自然为宗，讲求风韵，带有岭南一隅的地方色彩，见出陈献章诗风的影响。

在诗论方面，陈献章所建立的一些基本原则，也为岭南后人所继承，并发展成为岭南诗论的共同特征。其一，是诗乃心声，发抒性灵。陈献章的及门弟子湛若水在《重刻白先生诗集序》中，大力弘扬了这一理论，他说：

> 夫诗文者何为者也？曰：人之言尔也。言者，心之声也，是故人不能以无心，有心不能以无言，有言不能以无音，有音不能以无章，言之有章，章而畅者，文也。言之有音，音而律者，诗也，皆心之声也。②

在这里，他把诗文创作归之于人的心灵，认为诗是由心胸流出的文字。他虽然没有像陈献章那样提出"率情为之"，但其意蕴显然是一致的。"率情为之"也好，"诗为心声"也好，都强调诗歌创作应出自诗人的真情实感。这种对作家主体精神的强调，无疑是对陈献章诗论原则的继承。其后岭南的不少诗论家继续坚持这一原则，并将之发展成为岭南诗论的一个突出特征。清乾隆年间嘉应州著名诗人宋湘《湖居后十首》之一云："中夜不能眠，起来读我诗。我诗我自作，自读还赏之。赏其写我心，非我毛与皮。人或笑我狂，或又笑我痴。狂痴亦何辞，意得还自为。"③ 精神上与陈氏及其弟子一脉相通。此外像道光嘉应人吴石华的"声音所触，感慨系之矣"④。近代梅

---

① 永瑢等：《四库全书总目》卷一百七十二，《文渊阁四库全书》本。

② 陈献章著，孙通海点校：《陈献章集》，中华书局 1987 年版，第 896 页。

③ 宋湘撰，黄国声校辑：《红杏山房集》，中山大学出版社 1988 年版，第 51 页。

④ 吴石华：《桐花阁词自序》，见陈建华主编《广州大典》第五十九辑，广州出版社 2015 年版，第 48 页。

州黄遵宪的“我手写我口”，强调诗从心性流出，都可以看作是岭南后人对先贤理论的发扬光大。

其二，诗要自得，吐属自然平易，不牵强，不雕凿。这个论诗主张也为后世的岭南诗人所继承，成为岭南诗论的一个组成部分。在这方面，湛若水首承其论，他说：

> 白沙先生之诗文，其自然之发乎自然之蕴……夫自然者，天之理也，理出于天然，故曰自然也。在勿忘勿助之间，胸中流出而沛乎，丝毫人力不存，故其诗曰：“从前欲流安排障，方古斯文看日星。”①

他把这种从胸臆流出，不加人力雕凿的文字形容为：“如日月之照，如云之行，如水之流，如天苞之发，红者自红，白者自白，形者自形，色者自色。”② 有自然灵妙的艺术境界。其后宋湘《说诗》八首更为集中地阐述这一主张。如其二：“涂脂抹粉画长眉，按拍循腔疾复迟。学过邯郸多少步，可怜挨户卖歌儿。”③ 把那些不是出于自得而靠多方模拟、粉饰辞藻以求工丽的邯郸学步比喻为卖歌的乞儿，讽刺颇为辛辣。其五：“学韩学杜学髯苏，自是排场与众殊。若使自家无曲子，等闲铙鼓与笙竽。”④ 说明一味模拟他人，自家却无曲子，虽是排场，也与一般热闹的铙鼓笙竽一样等闲。他赞赏那些“各还命脉各精神”的诗，以为不论是“豫章大木”还是“细草孤花”，只是出于自得，均可爱喜人（其四）。他还认为，诗人应取资于人伦日用，贴近自然。所谓：“丰湖一尺草，乃是劳者歌。非今亦非古，漫与聊哦哦。”⑤ “泰山之云东海水，一口吸到腰腹里。拥身散作霞满天，元气淋漓五色纸。”⑥ 均要求诗人能贴近自然，表达心之所感、身之所受。如此则虽不离人伦日用，却能超越今古，写出元气淋漓的五彩诗章。

由于岭南诗家大多受陈献章沾溉，在诗论中重视抒写性灵，切近自然，

---

① 湛若水：《甘泉文集》，资政堂藏版，卷十七。

② 湛若水：《甘泉文集》，资政堂藏版，卷十七。

③ 宋湘撰，黄国声校辑：《红杏山房集·说诗》，中山大学出版社 1988 年版，第 241 页。

④ 宋湘撰，黄国声校辑：《红杏山房集·说诗》，中山大学出版社 1988 年版，第 241 页。

⑤ 宋湘撰，黄国声校辑：《红杏山房集·答李和甫兼柬翁之峰有仪》，中山大学出版社 1988 年版，第 82 页。

⑥ 宋湘撰，黄国声校辑：《红杏山房集·答赠李绣子孝廉黼平兼柬乃兄和甫》，中山大学出版社 1988 年版，第 77 页。

崇尚自得，再加上岭南山明水秀之姿给诗家以有益的滋养，形成岭南诗派以自然为宗，追求气韵的诗风。吴石华在《剑光楼词序》中说：“吾粤百余年来，留心词学者鲜。墨农（仪墨农）以精妙之思，运清俊之才，发为倚声，大有石帚、玉田之妙。岭表词境，诚堪自成一队矣。”[①] 所说虽指词境，亦可通之于诗。岭南诗家虽风格不一，但总体上以空灵清逸为特征，大抵是不差的。从陈献章的诗，到甘泉、泰泉诸子，乃至于梁有誉、黎民表、宋湘、吴石华等人的诗作，均有一种异于中土的清灵俊逸之风，在诗法上不受成规束缚，多用口语俚词入诗。这些特征不同程度地出现在岭南作家群中，不能说是偶然的。当然，明清之际天崩地裂，岭南抗清诗人如屈大均、陈恭尹、陈子壮诸人，以诗写血性，发而为慷慨悲歌，诗风大多沉郁悲壮，又当别论。但尽管如此，他们不仅在写诗原则上以抒写血性为主，不苟作，不雕饰，与陈献章的“率吾情盎然出之”一脉相通，而且其中如屈大均、陈子壮、邝露等，在雄直磅礴之外，也有清俊秀丽之作。谭复堂评屈大均诗说：“此君与邝湛若，皆神似太白，不徒形似。”[②]，正指出其诗出语自然，毫不着力，有如“清水出芙蓉，天然去雕饰”的太白之风。其他如王邦畿《西风》《春郊》诸作，受王渔洋激赏，也属空灵清逸之作。

总之，明清岭南诗坛，不只是诗论，连诗歌创作也多受陈献章的影响。他的论诗主张、诗文中体现出的岭南地域色彩，或多或少给岭南诗家以启迪，对形成岭南诗派起了非常重要的作用。康有为所说陈献章为“广东第一人”不是空泛的溢美之词。

（原载《岭南古代文艺思想论坛》第一辑，暨南大学出版社1993年版）

---

① 仪墨农：《剑光楼集·附录》，见陈建华主编《广州大典》第五十九辑，广州出版社2015年版，第70页。

② 谭复堂：《复堂日记》四，见徐德明、吴平编《清代学术笔记丛刊》第60册，学苑出版社2016年版，第472页。

竟陵诗说析论

自从钱谦益对竟陵诗说大加挞伐之后，钟、谭二人在文坛的名声一直不好，这种情况延续到 20 世纪 80 年代初。1983 年，吴调公先生在《文学评论》杂志发表《为竟陵一辩》一文，竟陵派重新引起学界的注意，学者们对竟陵派尤其是钟、谭二人的诗论和创作进行了初步的清理和辩诬的工作。本文拟在前贤所论的基础上，对竟陵诗说的内在体系进行更为深入和全面的研讨，以就教于方家。

一、折中于七子与公安之间——竟陵派之文学史观

应该看到，无论竟陵诗说在后来受到何等猛烈的抨击，但在钟、谭二人在世及过世不久的三十余年时间里，竟陵诗说在大江南北，尤其是在江南一带是广受欢迎的，不少学者记载过这方面情况，陈子龙诗：

> 汉体昔年称北地，楚风今日遍南州。（自注：“时多作竟陵体。”）①

以写小品著称的张岱叙其学诗经历时说：

> 毅儒言予诗酷似钟、谭者，予乃始知自悔，举向所为似文长者悉烧之，而涤胃刮肠，非钟、谭一字不敢执笔。②

竟陵派后学沈春泽言及钟惺在江南的影响：

> 后进多有学为钟先生语者，大江以南更甚。③

---

① 陈子龙：《遇桐城方密之于湖上归复相方赠之以诗》，见《陈子龙诗集》卷十三，上海古籍出版社排印本。

② 张岱：《琅嬛文集》（《中国文学珍本丛书》本），上海杂志公司 1935 年版。

③ 沈春泽：《隐秀轩集序》，见钟惺《隐秀轩集》弁首，明天启二年（1622）沈春泽刻本。

张泽也说：

> 海内奉谭子之教也久矣。泽亦寝处其中者十有余年。①

顾炎武生平极厌竟陵，但也言及它的影响：

> （钟）乃选历代之诗名曰《诗归》，其书盛行于世。……天下之士，靡然从之。②

朱彝尊亦云：

> 《诗归》既出，纸贵一时。③

邹漪说：

> 当《诗归》初盛播，士以不谈竟陵为俗。④

竟陵诗说在当时能有如此众多的支持者，一方面是当时诗坛在经历了前后七子和公安派相继主盟之后，缺少新的理论主导；在实际创作中，公安派的后期也产生虚浮油滑的毛病，诗界急需一面新的旗帜。另一方面，钟、谭倡导“幽情单绪”的个人化理论非常适合明末易代前夜士人的心绪，迎合一般士大夫微妙的心理感受；再加上他们选编各类诗文选本予以推广，方便各层次士子求学问知的需要，所以在文坛得以取代公安派而成为新的盟主。

许多学者都认为竟陵是公安派的后继，从总的思想倾向，钟、谭的发迹与公安三袁，尤其是中郎、中道的关系来说，自然没有大错。但竟陵派与公安派也有多不同，比如他们对七子并不是全面否定。万历四十七年（1619），钟惺访友松江，特意去太仓游历了王世贞生前所建的弇园，并写

---

① 张泽：《谭友夏合集序》，见谭元春纂、阿英点校《谭友夏合集》（中国文学珍本丛书本），上海杂志公司 1935 年版。

② 顾炎武：《日知录》卷十，上海古籍出版社影印道光黄氏刻本，1985 年版，第 1427 页。

③ 朱彝尊：《静志居诗话》卷十八，清嘉庆二十四年（1819）扶荔山房本；另参《明诗综》卷七十一“谭元春诗二首”总评，见《影印文渊阁四库全书·集部》。

④ 邹漪：《启祯野乘》卷七，清抄本。

有《弇园忆赠王元美先生》诗4首，诗中追怀了王的“虚怀”“大度”，对他诗的成就也进行了恰当的评价，认为王的“文献非俱乏，删修或可为。有诗滋异议，无史答明时”①。其中既有批评，也有肯定，比较中肯。这一年，宏道去世已近十载，七子与公安派的势力也不如前，而钟、谭合编的《诗归》一书方如日中天，钟惺此时拜访，做出如此冷静中肯的评价，是耐人寻味的。此外，竟陵派对七子的思想也有所吸取，比如七子不屑于宋元诗，李攀龙《古今诗删》选诗从古歌谣选到明人，唯独不选宋元人的诗，钟、谭《诗归》一书选诗也止于唐人的诗（后来虽也有托名钟惺的《明诗评选》，但已被认定为伪书），相信在钟、谭的心目中，宋元诗大约也是不合标准的。此外，对复古派与公安派两家，钟、谭能在一定程度上跳出派别之争，以一种通融的眼光去对待：

> 今称诗，不排击李于麟，则人争异之；犹之嘉、隆间不步趋李于鳞，人争异之也。或以为著论驳之者自袁石公始。与李氏首难者，楚人也。夫于鳞前，无为于鳞者，则人宜步趋之。后于鳞者，人人于鳞也，世岂复有于鳞哉？势有穷而必变，物有孤而为奇。石公恶世之群为于鳞者，使于鳞之精神光焰不复见于世，李氏功臣孰有如石公者？今称诗者，遍满世界化而为石公矣，是岂石公意哉？②

在这篇序中，钟惺很明显地表达了一种意识：论诗、学诗一要避免趋同，二应跳出派别的圈子。他有意地忽略了复古与性灵何是何非的问题，认为无论何种流派，一经形成时尚，遭到众人模仿追随，便失却了“精神光焰”。比如在七子如日中天的时候，对于李于麟人人步趋之，而当公安派流行的时候，又人人排击李于麟。这种趋同跟风的做法，既埋没了当事者的“精神光焰”，也使模仿者本人难得具有“精神光焰”。值得注意的是，钟惺不像公安派那样对李于麟全面否定，他难能可贵地承认七子如李于鳞者也具有“精神光焰”，并且认为袁中郎之抨击李于鳞，是“石公恶世之群为于鳞者，使于鳞之精神光焰不复见于世”。甚至说袁中郎为“李氏功臣”，在历来的论说者中，也算是别出心裁了。这种情况表明，钟氏论诗能摆脱派别的小圈

① 钟惺：《隐秀轩集·黄集·五言律三》，明天启二年（1622）沈春泽刻本。

② 钟惺：《问山亭诗序》，见《隐秀轩集·文昃集序二（诗文集一）》，明天启二年（1622）沈春泽刻本。

子，尽管他与公安派有着密切联系，为袁中郎挚友，但他并不一味地左袒公安派，诋毁七子，也没有明人有的那种以地域分门别派的小家子习气，诚如他在序中所言："季木后于鳞起济南，予与石公皆楚人；石公驳鳞，而予推重季木，其义一也。"这种不以派别地域为是非的做法也是难能可贵的。

钟、谭由于在学术上能变通兼容，所以对贯穿明代二百年的派别之争能采取较为公允的态度，对己不回护，对人不偏执，这是一个非常正确的学术基点。钟惺在《潘稚恭诗序》中曾说：

> 稚恭之友，有戴孝廉元长者，序稚恭诗，受近时诗道之衰，历举当代名硕，而曰近得竟陵一脉，情深宛至，力追正始，竟陵不知所指。或曰：钟子，竟陵人也。予始逡巡踧踖，舌挢而不能举。近相知中有拟钟伯敬体者，予闻而省愆者至今。何则？物之有迹者必敝，有名者必穷。昔北地、信阳、历下、弇州，近之公安诸君子，所以不数传而遗义生者，以其有北地、信阳、历下、公安之目，而诸君子恋之不能舍也。夫言出于爱我誉我者之口，无心而易于警人，传之或遂为口实，元长之论是也。烦稚恭语元长，请为削此竟陵之名与迹。①

他认为，无论是前后七子，还是公安诸公，之所以为人诟病、留下口实是因其有名有迹所致。所谓名与迹者，应该说的是立门户，通声气，排斥异己，顺我者昌，逆我者亡，以名目相标榜，造成"不数传而遗义生"。这种分析是否合乎实际呢？答案是肯定的。纵观整个文学史，以明人最喜标风气，最喜分门别派，讲究学统。这种情形，既有宋代以来学统观念逐步形成的原因，也是明代讲席、结社盛行的负面因素乃至政治上党争习气的不良影响所致。在钟、谭之前，文人鲜有注意到这一因素的，钟惺在数篇文字中提及此事，说明他对这一情形的警惕，也表明他对明代文坛弊端的深刻认识。

由于钟、谭的文学史观视界较宽，不拘泥于一家一派，不以门户为是非，不以派别分正误，所以对七子和公安派均能看到其弱点：

> 大凡诗文，因袭有因袭之流弊，矫枉有矫枉之流弊。前之共趋，即今之偏；今之独响，即后之同声。此中机捩，密移暗度，贤者不免，明者不知。②

① 钟惺：《隐秀轩集·文昃集序又二（诗文集二）》，明天启二年（1622）沈春泽刻本。

② 钟惺：《与稚恭兄弟》，见《隐秀轩集·文往集·书牍一》，明天启二年（1622）沈春泽刻本。

“因袭有因袭之流弊”，指的是七子之弊；“矫枉有矫枉之流弊”，自然说的是公安派的弊端。能看到因袭与矫枉都存在着弊端，是需要一定眼力的。钟惺在写给友人蔡复一的信中，同样也表达了这样一种意识。他既反对前后七子的“自谓学古”，“徒取古人极肤极狭极套者”；也反对公安派的“何古之法，须自出眼光”，回护不学俚率之病。[1] 更重要的是他由七子与公安派的消长，看到了文学史发展的一个规律：“前之共趋，即今之偏废；今之独响，即后之同声。”这种认识，从基本精神来看，当然与公安派的反对模仿、主张性灵是一致的，但钟惺比公安派更进一层的是，他不仅看到了失却性灵、专事模仿的弊端，而且将这一现象上升成为一种规律性的认识：当文学史的发展达到一个高点时，必引致多人的共趋，共趋者走向后来的偏废冷寂；而在众人共趋的时候能不为趋势所动，发出独响者，反倒可以成为未来发展的趋势，被后人所认同。这一观点基本符合文学史的实际，眼界也比公安派更高了一层。

钟、谭不仅对宏观的文学史的发展有自己一套独特的认识，对某一个作家本身的前后发展变化也有自己的观念，如谭元春说：

> 公安袁述之，行其先中郎续集，而属予序。其言曰：“先子不可学，学先子者，辱先子者也。子不为先子者，实是先子知己。惟子可以序先子。”……予因思古今文人何处不自信？亦何常不自悔？当众波同泻，万家一习之时，而我独有所见，虽雄辩口，摇之不能夺其所信。至于众为我转，我更觉进。举世方竞写喧传，而文人灵机自检，已遁之悔中矣。此不可与钝根浮器人言也。[2]

这段话有深刻的哲理，谭氏认为，就一个作家而言，前后的审美趣味不同，自信与自悔也时常交织在一起，表明一个作家的才能和创作处在一个变化的过程，是一个复杂的结合体，今日可能对自己所从事的创作和写出的作品满意，但过一段时间又可能对其不满意，这就是自信与自悔交织的辩证过程。这一分析的深刻性在于指出了即便是一个优秀的作家，他的创作也是处在一个不断变化的过程，所以并没有一个固定的东西可以成为样板来供人模仿。他以袁中郎为例，虽然有不少追随者，但袁自己都时常对作品充满了自悔，

① 钟惺：《再报蔡敬天》，见《隐秀轩集·文往集·书牍一》，明天启二年（1622）沈春泽刻本。
② 谭元春：《袁中郎先生续集序》，见《谭友夏合集》卷八，明崇祯六年（1633）刻本。

作为后学者如何去模仿他的作品和风格呢？这种对作家作品的分析，与他的整个文学史观是一致的，一个流派是如此，一个作家是如此，文学史的发展也是如此。

二、真诗与幽情单绪——竟陵之诗歌创作观

竟陵诗说中，“幽情单绪”和“幽深孤峭”最惹人注目，因为它最特别，此前的诗人或诗论家，大多讲儒家的温厚和平，鲜有以此相号召的。钟惺在《诗归序》中提出“幽情单绪”“幽深孤峭”，在创作上也有这类风格的作品，这是毋庸讳言的。但自钱谦益以来，竟陵派被人诟病最多的也是“幽情单绪”。今天来看，“幽情单绪”或“幽深孤峭”作为诗的一种风格，是否就要不得，甚至是有害的呢？我看未必。下面举钟惺 3 首较具有“幽深孤峭”风格的作品来看一看：

山于月何与，静观忽焉通。孤烟出其外，相与成寒空。清辉所积处，余寒一以穷。万情归尽夜，动息此光中。[①]（《山月》）

明月眷幽人，夜久光不减。良夜妮佳月，月残漏愈缓。未秋已高寒，秋至更清远。逝将贵幽魂，照此梦魂浅。[②]（《六月十五夜》）

渊静息群有，孤月无声入。冥漠抱天光，吾见晦明一。寒影何默然，守此如恐失。空翠润飞潜，中宵万象湿。损益难致思，徒然勤风日。吁嗟灵昧前，钦哉久行立。[③]（《宿乌龙潭》）

这 3 首诗，在整体风格上确实体现了钟惺“幽深孤峭”的特点，包括幽深的景致、孤诣的情绪、冷涩的字眼。这类诗在诗史上应该说是有特点有个性的作品，它们反映了钟、谭对某些幽僻景致的特殊喜好。作为诗人来说，有这样特殊的喜好并不一定是什么坏事，这类“幽深孤峭”的作品作为文学风格之一种，也有其存在的价值，不能全盘否定。如果说写景过于幽

① 钟惺：《隐秀轩集·诗地集·五言古一》，明天启二年（1622）沈春泽刻本。
② 钟惺：《隐秀轩集·诗地集·五言古一》，明天启二年（1622）沈春泽刻本。
③ 钟惺：《隐秀轩集·诗地集·五言古二》，明天启二年（1622）沈春泽刻本。

深的话，月夜的清冷本来就是自然的景色之一；如果说写情过于幽独的话，情因景生，有这样的感受也无可厚非。文学史上写月夜之孤清的作品很多，对钟、谭没有必要苛求。

因此，且不说这类作品是否要不得，即便真的要不得，它在钟、谭的所有作品中，也不过是内容之一，是多样风格之一。在钟、谭的作品中，既有上述的那种“幽深孤峭”的风格，也有像《玉泉寺铁塔歌》《上白帝城望杜少陵东屯止遂有此歌》一类的“硬语盘空”，有像《江行俳体》之类的事杂而词整、体窄而响切，竹枝词一类的清新平易……而且，综观钟、谭诗论，“幽情单绪”并非其中一个重要的话题，更不是唯一的话题。钟、谭所做的，包括他们选诗、评诗、论诗，一直是在探索这样一个问题：何种诗才是“诗”，亦即诗的真正质素是什么？

提出这一问题并非孤立或偶然。中国古诗发展到明代，可说是众体兼备，如何别出心裁，是摆在后继者面前的问题。七子的拟古复古也好，公安派的主张性灵也好，争执的焦点也是何种诗为真正的好诗，如何才能写出好诗。钟、谭所思考者也如是：

> 惺与同邑谭子元春忧之。内省诸心，不敢先有所谓学古不学古者，而第求古人诗所在。真诗者，精神所为也。察其幽情单绪，孤行静寄于喧杂之中；而乃以其虚怀定力，独往冥游于寥廓之外。①

这是一段最为人熟知的名言，也是为人批评最多的一段话。“真诗”一语，见于明人文籍。“真诗”似也缺乏一个众人共尊的标准。但从李梦阳的“真诗乃在民间”及袁宏道“当代无文字，闾巷有真诗”诸语来看，他们是将“真诗”视为与文人诗相对的民间作品。钟惺所说显然与二者不同，若从字面上看，钟惺所说的“真诗”，似乎就是“独往冥游于寥廓之外”的“幽情单绪”。但如此又觉不能完全涵盖其中的意思。

首先，从文字来看，钟惺所说的诗，是由诗人的精神所为，具有“幽情单绪”和“孤行静寄”的特点。而同时，钟惺强调诗不仅是今人的精神所为，同时也是古人精神的反映。他的这种说法实际上是脚踏“两块板”，一块是古人的诗，一块是今人之精神，他用“真诗”这个概念把七子的学

---

① 钟惺：《诗归序》，见《隐秀轩集·文昃集序一（书籍一）》，明天启二年（1622）沈春泽刻本。

古与公安派的性灵经过修正后串通在了一起。其次关于“幽情单绪”，不能仅从字面上认定它只是个人一己幽僻的意绪，或远离社会、不食人间烟火的封闭心态，而是指作家独有的一种心理感受。有人可能因为钟惺曾在一封给尹孔昭的信中提到“我辈文字到极无烟火处，便是机锋”，便将“幽情单绪”与不食人间烟火画上等号，其实钟惺这里说的“无烟火处”，指的是禅家的机锋，是以禅喻诗（可参见钱锺书先生《谈艺录》中的有关论述），与“幽情单绪”指的是两回事。“幽情单绪”在很大程度上说的是作家个人的一种对自然与社会的特殊感受，它隐曲深幽，与众不同，但在精神上又与古人的精神相续接，所以又具有历时性的特征。这也就是他在一封与谭友夏的信函中所说的：“轻诋今人诗，不若细看古人诗。细看古人诗，便不暇诋今人也。思之！”[①] 说明读古人的书，续接古人的精神，是何等的重要！谭元春也有类似的意见：

> 董伯甘曰：“书无不阅也，唯不爱阅近代集耳。”呜呼，得之矣。诗之衰也，衰于读近代文集苦多，而作古体之苦少也。近代文集，势处于必降，而吾以心目受其沐浴，宁有升者？子之不阅诚是也。[②]

从钟、谭二人对读古书古诗的重视来看，真诗的构成并非只要“幽情单绪”即可，“幽情单绪”只是真诗的一个条件，而不是所有的条件，更不是唯一的条件。

钟惺在《诗归序》中，一方面强调“幽情单绪”，一方面也强调接引古人之精神，二者实际上是构成“真诗”的一个统一体。“幽情单绪”是精神所为，但它还要止于古人的真精神：

> 选古人诗，而命曰《诗归》。非谓古人之诗，以吾所选为归，庶几见吾所选者，以古人为归也。引古人之精神，以接后人之心目，使其心目有所止焉，如是而已矣。[③]

从文中看，钟惺之所以选《诗归》，并在序文中首先讲引古人之精神以接后人之目，恰恰是因为他继起七子、公安之后，清楚地知道二者的利弊，故加

---

① 钟惺：《谭友夏》，见《隐秀轩集·文往集·书牍一》，明天启二年（1622）沈春泽刻本。
② 谭元春：《操鳗草》，见《明文海》卷二十七，《文渊阁四库全书》本。
③ 钟惺：《诗归序》，见《隐秀轩集·文昃集（序一）》，明天启二年（1622）沈春泽刻本。

以综合折中，将学古与性灵统一起来。

是故在钟、谭的诗论中，所谓“真诗”是学古与性灵并重，这两种成分都见于他们平素的言论中，只不过无论是讲学古，还是讲性灵，与七子和公安相比，都起了明显的变化。如讲学古，钟惺所说的是学古人之精神，而非七子所提倡的熟语套路：

> 今非无学古者，大要取古人之极肤、极狭、极熟，便于口手者，以为古人在是。使捷者矫之，必于古人外，自为古人外，自为一人之诗以为异，要其异，又皆同乎古人之险且僻者，不则其俚者也；则何以服学古者之心！无以服古人之心，而又坚其以告人曰，千变万化不出古人。问其所为古人，则又向之极肤极狭极熟者也。世真不知有古人矣。[①]

钟在《再报蔡敬夫》一信中也有相类的意见：

> 徒取古人极肤、极狭、极套者，利其便于手口，遂以为得古人之精神。[②]

这里提出的学古与七子相同，但所学又有不同，七子的后学末流，往往取古人一二套路或字名，遂成拟古。钟氏则要学古人的精神，精神者，实则即由古以符合诗的本质特征的规律，其核心就是存在于诗人心中的性情，而非字句格调。

在这一点上，钟惺的学古实际上已向公安派的性灵靠近了。只不过公安派在强调“独抒性灵”的时候，忽略了学古的一面，而竟陵派在这个方面将之沟通了起来。

由于这种细微的变化，钟、谭在述创作主张或发表某种评论时，往往是将学古与创新综而言之，并且以此成为他们常说的“幽情单绪”的一个基础。如钟惺述其学诗经历：

> 予少于诗文本无所窥，成一帙，辄刻之，不禁人序，亦时自作序。大要取古人近似者，时亦肖之，为人所称许，辄自以为诗文而已矣。侧

---

① 钟惺：《诗归序》，见《隐秀轩集·文昃集（序一）》，明天启二年（1622）沈春泽刻本。

② 钟惺：《再报蔡敬夫》，见《隐秀轩集·文往集（书一）》，明天启二年（1622）沈春泽刻本。

> 闻近时君子有教人反古者，又有笑人泥古者，皆不求诸己，而皆舍所学以从之。庚戌以后，乃始平气精心，虚怀独往，外不敢用先入之言，而内自废其中拒之私，务求古人精神所在。[①]

序中回顾了自己学诗先由模古入手，而后变化为用自己的心思去求古人精神所在，而不再单单取与古人之近似者。谭元春论诗也是将古人之精神与今人之性灵联在一起说：

> 夫真有性灵之言，常浮出纸上，决不与众言伍。而自出眼光之人，专其力，一其思，以达于古人；觉古人亦有炯炯双眸纸上还瞩人，想亦非苟然而已。[②]

钟惺在《夜阅杜诗》一诗中也说："闲中一浏览，忽忽如未读。向所观而过，今焉惊心目。双眸灯烛下，炯炯向我瞩。"两者可以相互参证。钟、谭所言，着眼点不尽相同，但其内在的意思都认为"真诗"既不是古人对字句格调的简单模拟，也不是常人所共有的一般性情（即某种理念或饮食男女等俗性情）；而是能自出眼光，又合乎古人精神的独特的东西，用今人的话来说，就是具有历时性的性情。它既独特，又具有历史感，为古今人所共有，是古今诗人性情的汇聚。

朱之臣《寒河诗序》曾这样描述谭元春的诗：

> 其为诗，清微静笃，一以传古人之深意，而生之以变。[③]

既清微静笃，具有一己之性情，又能传古人之深意，当然就合乎"幽情单绪"的标准。

所以，"幽情单绪"不是钱谦益以来人们所理解的那种与世隔绝的幽僻的个人化情感，而是在个人的真情感中融入了一定的社会内容。它既是个人的，同时也具有社会历史的内涵，这从钟、谭的创作中应该看得清楚。先看钟惺的《桃花涧古藤歌》：

---

① 钟惺：《隐秀轩集自序》，见《隐秀轩集·文昃集（序二）》，明天启二年（1622）沈春泽刻本。
② 谭元春：《诗归序》，见《古诗归》，明万历刊本。
③ 谭元春：《谭友夏合集》卷二十四附录，明崇祯六年（1633）刻本。

吾闻藤以蔓得名，身无所依不生成。
看君偃卧如起立，雅负节目不自轻。
昂藏诘屈自为树，傍有长松义不附。
春来影落涧水中，不与桃花同其去。

这是一首言志诗。言志者，当然是个性化的东西，但同时也是历史化的。“昂藏诘屈自为树”“不与桃花同其去”，既表明自己的“幽情单绪”，同时它也是自屈原、陶渊明以来中国传统士大夫一直都坚守的节操。所以不能说因为钟、谭提到了“幽深孤峭”“幽情单绪”，就以为他们只表现不食人间烟火的幽僻情绪。除《桃花涧古藤歌》以外，钟惺的《坠蝉》《红叶》等诗，托物言情，在表达个人情感的同时，也蕴含着一定的社会认识价值和思想价值，不像钱谦益所说的“以凄声寒魄为致”。至于他直接写到社会内容的作品如《邸报》等，就更不能以“鬼趣”目之了。

其次，提倡“幽情单绪”，也是易代之际一种末世心态的反映，道光元年《天门县志》卷二十二叙及竟陵诗风时说：“故隐其抑郁激切之旨，发为幽微凄古之音。……地为之，亦时为之也。”[①] 清人朱鹤龄亦云：

《寒山集》者，愚庵叟选启、祯以来之诗，专取幽清澹远，扫尽俗荤者。……客有见而问者曰：“此诸君子之诗，乃世所嗤钟、谭体，为鬼趣、为兵征，亡国之音也，夫子何取乎尔？”叟笑曰：“不然，此乐所谓羽声者也。……然此非人之过也，声音之理，通乎世运，感乎性情。譬如焚轮扶摇之风，起于青苹之末，俄而调调，而刁刁，而翏翏，小和大和，万窍怒号，此孰使之然耶？诸君子生濡首之时，值焚巢之遇，则触物而含凄，怀清而激响，怨而怒，哀而伤，固其宜也。”[②]

这种看法能结合竟陵诗风的时代特征，殊为有见。诚然，在理论上如果一味强调“幽情单绪”，有其片面性，但如将其可能产生的弊端不加分别地只怪罪到钟、谭头上，是不妥当的。这使我们想起南宋末年的江湖诗人，《四库全书总目》的作者有如下评语：

---

① 王希琮编：《天门县志》卷二十二，清道光元年（1821）刻本。
② 朱鹤龄：《寒山集序》，见《愚庵小集》卷八，《文渊阁四库全书》本。

南宋末年，诗格日下。四灵一派，摅晚唐清巧之思；江湖一派，多五季衰飒之气。①

从文中看，评诗人对南宋末四灵、江湖诗人的看法，与对晚明竟陵派的看法在心态上多多少少有一些类似的地方。在某种程度上，它也是自毛诗以来《风》《雅》正变观念的直接延续，对乱世末世之音带有一些正统封建文人的偏见。所以，我们可以说“幽深孤峭”的诗风是一种末世精神的反映，但对之持完全否定的态度又是不甚妥当的。

此外，“幽深孤峭”的作品也不一定就不好，柳宗元的山水小品就属此路，也是很好的作品。陈伯玑曾对二者进行比较：

（钟惺）大略其所处在中晚之际，复为党论所挤，出为南仪曹，志节不舒，故文多幽抑，亦如子厚之不能望退之也。党论以“十论”呼之，与邹臣虎诸公同列，皆好学孤行，不肯逐队之士，几同子厚之见累于王叔文也。②

这说明钟惺身处的环境、不逐队而行的品格与柳子厚颇有相合之处，故其诗文均具有清冷幽深的风格。

三、厚与灵——竟陵派论诗之美

学古与性灵合一，使今人的诗与古人的诗在性灵上得以沟通；表现出既是今人个人化的情感，又合乎古来贤人志士共通的心灵，是钟、谭写诗所遵循的路径。而厚与灵，则是他们所认同的古诗较为理想的美的形态。

钟惺在给谭友夏的一封信中曾说：

其（指曹能始）言我辈诗清新而未免有痕，却是极深中微至之言，从此公慧根中出。有痕非他，觉其清新是也。……痕亦不可强融，惟起念起手时，厚之一字可以救之。如我辈数年前诗，同一妙语妙想，当其

① 永瑢等：《四库全书总目》卷一六五《苇航漫游稿》条，《文渊阁四库全书》本。

② 陈允衡：《复施愚山先生》，见周亮工编《赖古堂尺牍新钞二选》之十（《中国文学珍本丛书》本），上海杂志公司1936年版。

> 离心入手，离手入眼时，作者读者有所落然于心目，而今反觉味长；有所跃然于心目，而今反觉易尽者，何故？落然者，以其深厚，而跃然者，以其新奇。厚者易久，新奇者不易久也。此有痕无痕之原也。①

这些话透露出一点有关竟陵诗作的风格和时人对之的看法。时人批评他们的诗“清新而未免有痕”。清新，指的应该是新奇，亦即后来《四库全书总目》所说的“点逗一二新隽字句，矜为玄妙”的意思。新奇得恰当，是新颖，过当，就是“有痕”，就成为诗病。对于这一批评，钟惺是有所认识的，并认为是“极深中微至之言”。钟惺认为，救治此病的方法在于“厚”。深厚，就味长而易久，反之，如果只是新奇，当时易入读者眼目，时间一长就易尽了。由此他意识到“厚”的重要性。

此外，钟、谭提出“厚”，可能还有另一层原因。竟陵诗说中的“幽情单绪”和“幽深孤峭”是对公安油滑之弊的修正，但如若把握不好，就会虚空无物，导致新的弊端。关于这方面的问题，竟陵的后进沈春泽是看到了的。他在《隐秀轩集序》中说：

> 后进多有学为钟先生语者，大江以南更甚。然而得其形貌，遗其神情，以寂寥言精练，以寡约言清远，以俚浅言冲淡，以生涩言新裁，篇章字词之间，每多重复，稍下一二语，辄以号与人曰：吾诗空灵已极。余以为空则有之，灵则未也。②

沈的这段话就很能说明有些竟陵后学在继承钟、谭衣钵方面走偏了。出现这种情况并不奇怪，因为“幽情单绪”或钟、谭的其他言论很容易给人一种错觉，似乎他们就是要追求一种不食人间烟火的空虚之境，这虽然是误解，但毕竟在钟、谭的诗论中有这方面的论述。我的理解是，钟、谭之所以提出“厚”，另一个原因就是注意到“幽”“清”等术语可能带来新的弊端，故提出一个“厚”字来予以校正。钟、谭在多处地方提及“厚”，如《与高孩之观察》：

> 夫所谓反复于厚之一字者，心知诗中实有此境也；其下笔未能如此

---

① 钟惺：《隐秀轩集·文往集·书牍一》，明天启二年（1622）沈春泽刻本。
② 沈春泽：《隐秀轩集序》，见《隐秀轩集》，明天启二年（1622）沈春泽刻本。

> 者，则所谓知而未蹈，其而未至，望而未之见也。[①]

谭元春在《诗归序》中也叙述到他和钟惺未壮时“约为古学，冥心放怀，其在必厚”，说明二人对古学、对诗的“厚”执着已久。

“厚”不仅可以防止新奇、幽清冷僻等弊端，在钟、谭看来，它还是好诗的一个重要条件。在《古诗归》中，钟、谭多次以“厚”字推许他们心目中好的作品。如：

> 只是极真极厚，若云某句某句佳，亦无寻处。[②]
>
> 字字真，所以字字苦；字字厚，所以字字婉。[③]
>
> 此古今第一首长诗，当于乱处看其整、纤处看其厚，碎处看其完，忙处看其闲。[④]
>
> 少小时读之，不觉其细，数年前读之，不觉其厚。至细至厚至奇，英雄骚雅，可以验后人心眼。[⑤]

可见“厚”，是好诗的一个重要条件。“厚”，前人用以评诗的，如李梦阳《驳何氏论文书》中说“典厚者义也”，胡应麟《诗薮》中讲“《国风》《雅》《颂》，温厚和平”[⑥]。七子中有不用厚字，但表达相类意思的如“浑沦”“朴茂”“蕴藉”等。但前此的人在使用这些语词时的语义各有偏重，而且并不是作为一个理论范畴提出的。在这个方面，钟、谭以“厚”作为诗歌审美的一个标准，就有了独特的意义。

那么，何者为“厚”呢？钟、谭没有专门用明晰的语言进行解释，但他们用“厚”字时必与“朴茂”“浑沦”“朴厚”等词相联系，这可以部分说明“厚”与上述几词的意义相近。清人贺贻孙对钟、谭有专门的研究，《诗筏》一书也数次提及“厚”字，他有关“厚”的解说也许有助于我们理解钟、谭所说的“厚”。

---

① 钟惺：《与高孩之观察》，见《隐秀轩集·文往集·书牍一》，明天启二年（1622）沈春泽刻本。

② 《古诗归》卷三评《苏李诗》，明万历刊本。

③ 《古诗归》卷三评《苏李诗》，明万历刊本。

④ 《古诗归》卷六评《孔雀东南飞》，明万历刊本。

⑤ 《古诗归》卷七评魏武《短歌行》，明万历刊本。

⑥ 胡应麟：《诗薮·内编一》，上海古籍出版社 1958 年版，第 1 页。

> 严沧浪《诗话》大旨不出悟字，钟谭《诗归》，大旨不出厚字，二书皆足长人慧根。①
>
> 诗文之厚得之内养，非可袭而取也；博综者谓之富，不谓之厚；秾缛者谓之肥，不谓之厚；粗僿者谓之蛮，不谓之厚。②
>
> 厚之一言，可蔽《风》《雅》。《古诗十九首》，人知其淡，不知其厚。所谓厚者，以其神厚也，气厚也，味厚也。即如李太白诗歌，其神气与味皆厚，不独少陵也。……尽孟贲之目，大而无威；塑项籍之貌，猛而无气，安在其能厚哉！③

从贺贻孙所论，结合钟、谭的言论，可以说“厚”就是一种朴茂浑沦的艺术风格。这种风格，是由《国风》《雅》《颂》，以至苏李诗、《古诗十九首》、魏武、陶渊明、李白、杜甫等沿袭下来的诗学传统。在这一点上，应该说钟、谭与前后七子所倡导的精神有一致的地方。但前后七子所主张的朴茂浑沦，仅限于温厚和平之旨，钟、谭还看到了另外一种浑沦朴茂：

> 弟常谓古人诗有两派难入手处：有如元气大化，声臭已绝，此以平而厚者也，《古诗十九首》、苏李是也；有如高岩浚壑，岸壁无阶，此以险而厚者也，汉《郊祀》、《铙歌》、魏武帝乐府是也。④

其中，《铙歌》、魏武诗等险而厚者，就超出了儒家传统的温厚和平之旨。

此外，钟、谭与复古派不一致的地方还表现在，他们认为，“厚”一方面得自学，一方面也得自“灵”。还是在《与高孩之观察》一文中，钟惺说：

> 诗至于厚而无余事矣。然从古未有无灵心而能为诗者，厚出于灵，而灵者不即能厚。……非不灵也，厚之极，灵不足以言之也。然必保此

---

① 贺贻孙：《诗筏》，见郭绍虞编选《清诗话续编》第一册，上海古籍出版社1983年版，第141页。

② 贺贻孙：《诗筏》，见郭绍虞编选《清诗话续编》第一册，第135页。

③ 贺贻孙：《诗筏》，见郭绍虞编选《清诗话续编》第一册，第136页。

④ 钟惺：《与高孩之观察》，见《隐秀轩集·文往集·书牍一》，明天启二年（1622）沈春泽刻本。

> 灵心，方可读书养气以求其厚。[1]

这一段话，对“厚”“灵”“学”之间的关系说得很清楚。“厚”是诗的终极目标，“灵”与“学”是达至“厚”的先天和后天的条件。有学者认为“灵”是“着眼于一字一句的灵动神妙”[2]，从钟惺所论来看，这一说法值得商榷。钟惺上言极清楚，“灵”者，指作者的“灵心”，类似于公安派所说的先天的性灵。他认为，“从古未有无灵心而能为诗者”，诗欲达“厚”的妙境，就必先资之以灵心，所谓“厚出于灵”者谓此。当然，在钟、谭的言论中，“灵”有时也指灵句，如上引“非不灵也，厚之极，灵不足以言之也”，可以说指的是字句的灵妙。谭元春《题简远堂诗》中所说的“灵者有痕”，也可以说是指灵句，但在这种语境下使用的灵，有类于钟惺在《与谭友夏》中所说的“新奇”，它与厚灵对举时所说的灵是不同的，后者指的应是“必保此灵心”的“心”，亦即作者先天的性灵。在这个问题上，钟、谭明显是吸取了公安派的思想，他在许多地方听到了灵心、性灵、胸臆，并且在《诗归序》中多次提及“精神”“真精神”“性灵之言”，这都说明这里所说的“灵”是指性灵，而非一句一字之灵句。此外，像谭元春《汪子戊己诗序》所讲的“一情独往”：

> 夫作诗者，一情独往，万象俱开，口忽然吟，手忽然书，即手口原听我胸中之所流，手口不能测，即胸中原听我手中之所止，胸中不可强。[3]

《金正希文稿序》中赞金正希能“自尊其性灵骨体”：

> 自尊其性灵骨体，以冒乎纸墨之上，经其所往而不欲收也。[4]

凡此种种，所指都是与公安派相近的性灵。只不过钟、谭所讲的性灵是与古人精神相通的性灵，而非不加藻饰的俗性滥情。这是与公安派及其后学的

---

① 钟惺：《与高孩之观察》，见《隐秀轩集·文往集·书牍一》，明天启二年（1622）沈春泽刻本。

② 参见王运熙、顾易生主编《中国文学批评通史》（明代卷），上海古籍出版社 1996 年版。

③ 《谭友夏合集》卷九，明崇祯六年（1633）刻本。

④ 《谭友夏合集》卷九，明崇祯六年（1633）刻本。

区别。

依照竟陵派的意见，欲达至“厚”，先决条件是要具有灵心。其次，如钟惺所说，还要“书养气”，从学上下功夫，诸如“好学深思”“古学”“平以读书”“从学而入”等字眼就屡屡出现在钟惺的文章里。如钟惺《文天瑞诗义序》：

> 诗之为教，和平冲淡，使人有一唱三叹、深永不尽之趣。而奇奥工博之辞，或当别论焉。然秦诗《驷铁》《小戎》数篇，典而核，曲而精，有《长杨》《校猎》诸赋所不能赞一辞者。以是知四诗中自有此一种奇奥工博之致。学者不肯好学深思，畏难就易，概托于和平冲淡以文其短，此古学之所以废也。①

钟惺《放言小引》：

> 惟袁子平心以读书，虚怀以观理，细意定力以应世，然后发而为言，有物有则，确乎其不可夺，沛乎不穷，斯之谓放。夫言亦岂易放哉？②

钟惺《孙昙生诗序》：

> 人之为诗，所入不同，而其所成亦异。从名入才入兴入者，心躁而气浮。……从学而入者，心平而气实。③

这些引文，都不同程度地强调了“学”的重要性。“学”之为义，严沧浪以来的诗论家，尤其以前后七子说得最多。但与七子不同的是，竟陵派的“学”不是指对古人格调字句的模拟，而是另有其义：一是增加知识，使诗“奇奥工博”，显得厚重，钟惺于学究心于经、史、庄、骚，就是于“学”中求厚；二是通过“学”，克去心浮气躁，使作者能够心平而气实，有利于诗的神厚、气厚、味厚。在钟、谭的意识里，作家有先天的灵心，经过一定

---

① 钟惺：《文天瑞诗义序》，见《隐秀轩集・文昃集・序三（时义一）》，明天启二年（1622）沈春泽刻本。

② 钟惺：《放言小引》，见《隐秀轩集・文昃集・序二》，明天启二年（1622）沈春泽刻本。

③ 钟惺：《孙昙生诗序》，见《隐秀轩集・文昃集・序又二》，明天启二年（1622）沈春泽刻本。

的修正，再加上知识的积累，心气的调节，有助于创作出“厚”的作品。

但也该看到，“厚”诚如他们自己所说，是心向往之，在其创作中并没有完全达到“厚”的标准。清人高兆曾就钟、谭论诗与作诗的不一致说：“《诗归》不必定在焚弃之列。伯敬诗集无一篇佳者，而论诗颇有合处。鸟不能琴而能听琴，鱼不能歌而能听歌。”[①] 反过来说就是，钟、谭善于评诗却不善于作诗，眼高手低，这是符合他们的实际的。由于钟、谭在创作上不能很好地呼应他们的诗论，所以反过来人们诟病他们的作品，他们诗作的那种凄厉狷狂的面反倒更被人注意，这也是他们在清代以后屡受人诟病的一个重要原因。清代中期以后，像钱谦益、朱彝尊那样对竟陵派较为偏激的人少了，理智地分析竟陵诗风的人多了。从他们的言谈中，我们感觉到竟陵派虽然在讨论上突出地强调了“厚”，但在创作上却离之甚远，造成了他们在诗论和诗创作上的两面性。像道光《天门县志》引竟陵派的追随者、苏州人徐波（元叹）的话说：

> 钟如寒蝉抱叶，元夜独吟；谭如怒鹘解条，横空盘硬。[②]

指出其诗风的幽厉之气。虽然如前所述，钟、谭之诗并非完全如此，也不占主流，但毕竟这种成分是存在的，不止一人看到了这一点。如程正揆也说：

> 竟陵诗，淡远又淡远，淡远以至于无，荣生画似之。每见其作，断草荒烟，孤城古渡，辄令人动作秦月汉关之想。[③]

又如陈衍《石遗室诗话》卷三：

> 一派为清苍幽峭，自古诗十九首，苏、李、陶、谢、王、孟、韦、柳以下逮贾岛、姚合，宋之陈师道、陈与义、陈傅良、赵师秀、徐照、徐玑、翁卷、严羽，元之范椁、揭傒斯，明之钟惺、谭元春之伦，洗炼而熔铸之，体会渊微，出以精思健笔。[④]

---

① 高兆：《与汪舟次》，见周亮工辑《尺牍新钞》卷九，《丛书集成初编》本。

② 王希琮编：《天门县志》卷二十二，清道光元年（1821）刻本。

③ 程正揆：《与减斋论叶荣木书》，见周亮工《赖古堂尺牍新钞三选》卷十（《中国文学珍本丛书》本），上海杂志公司1935年版。

④ 陈衍：《石遗室诗话》，辽宁教育出版社1998年版，第30页。

所论均说明钟、谭在诗论上强调的“厚”并未落实到诗创作上，人们在习惯上还是将之归入晚唐五代、南宋末江湖、四灵一派。这种情况不是偶然的，除了竟陵诗作在意绪上与上述作品有共同点外，在诗法上也有相通的地方。比如在钟、谭的诗中，为求新奇，多用语助等虚词，如“之”“是”“而”“者”“夫”“兹”“亦”“既”“即”“于”“且”“尚”“须”“哉”等；在句法上则有散文化倾向，如“是为月之时”“名称稍以腊别之”“兹花终负梅之名”“此际情词不可言”等。在诗中用虚字虚词、句法散文化本不是竟陵一派之病，杜甫、韩愈以来直至宋明理学家诗，均有这种现象（详可参见钱锺书先生《谈艺录》），竟陵用此手法虽也有成功的，但多数不够圆通，显得生硬，缺乏诗味，与他们所倡导的诗味之“厚”有很大的距离。这种情况说明，竟陵派自身也有着很大的局限性。

（原载《中山人文学术论丛》第二辑，广东高等教育出版社1999年版）

屈大均的逃禅与明遗民的思想困境

一、屈氏逃禅之经历

顺治七年（1650），永历四年庚寅冬，屈大均（字翁山）21岁，礼函昰于番禺圆冈乡雷峰寺为僧，法名今种，字一灵。

关于屈大均此次削发为僧一事，其本人的叙述极为简略，只说是因国变而托迹为僧，自著《姓解》一文云：“吾屈为岭南望族。予弱冠以国变托迹为僧，历数年，乃弃缁服而归。”① 因国变而易服，当然是没有疑问的，但顺治七年时，国变已历经7年之久，如只是因为国变的原因，为何不于国变的当年削发，而要在7年之后呢？

可见，屈大均在国变之初未急于削发，一定是另有原因。首先，当是年龄的原因，甲申年，屈氏尚只有15岁，于世事还缺乏相关的应变能力。其次，国变后的最初几年，南明朝在粤桂立足，屈大均对反清复明仍抱有强烈的幻想。再次，屈父当时仍在世，他还要担当事父之责。这三种因素，使得屈大均并未在国变之初即逃入禅门。

但到了顺治七年，局势发生了一系列的变化。一是此后的几年，无论是本地的抗清活动还是南明政权都令明遗民沮丧。二是到了顺治七年，更发生了两件深深地刺激了屈大均的事情，先是屈大均父死，接着是十一月初三，广州再次沦陷，并惨遭屠城，死伤无数。这两件事，对屈氏的刺激至深至重。而且，随着广州城陷，不依清制剃发显然还面临着极大的生命危险（可参见下节）。父丧国乱、家愁国难，这双重的原因，直接导致了屈大均不得不在庚寅丧乱后选择了逃禅之路，这也是他本人屡次提及的“不得已”的原因所在。屈著《死庵铭》亦云：“予自庚寅丧乱，即逃于禅，而以所居为死庵。”② 也可从旁佐证此事。

屈氏逃禅之后，现存文献对其从事佛事的记载较少，其一是顺治九年

---

① 屈大均：《屈大均全集》第3册，人民文学出版社1996年版，第174页。

② 屈大均：《屈大均全集》第3册，人民文学出版社1996年版，第191页。

（1652），亦即永历六年壬辰，在遁入禅门后的第3个年头，屈大均以僧人身份首次出游，《髻人说》云："壬辰年二十三，为飘然远游之举，以城市中不可以幅巾出入，于是自首至足，遂无一而不僧。"[①] 此次出行的目的地屈氏本人未讲明，但由文中所说此行为"远游之举"，因此地点当在省外。据汪宗衍《屈大均年谱》[②]，屈氏于次年抵匡庐，从当时之交通情况及所需花费的时间看，他很可能是顺治九年年尾的时候离家远游，目的地为匡庐，因为顺治十年（1653）间屈大均在庐山写了数十首诗，而由东粤至匡庐，依当时的交通条件，需要的时间不会太短，而且由东粤至匡庐，也恰可印证"远游"一说。汪氏《年谱》引屈大均从兄士煌《送一灵上人之匡庐》，将此诗写定的时间定为顺治十年，根据是诗中"十年怀绪此宵平"一句，以为此年"盖入庐山"。其实十年当为约数，顺治九年也应在屈士煌所说的十年之数以内，如此恰可以和《髻人说》中的记载相吻合。也就是说，屈氏应该是在顺治九年（1652）年底离粤远游匡庐，数月后，可能是在顺治十年时到了庐山。

屈大均此次虽然是以僧人的身份去的庐山，但我们所知的其在庐山期间的行踪，除了患重病一次外，其余时间多是居佛寺，游山景，吟咏湖光山色，与佛事相关者几无。自离粤至庐山到返回罗浮山为止的两年多时间里，屈大均共留诗38首[③]，这38首诗中，与佛家相关者几无，几篇以佛寺为名的诗如《开先寺古梅》《开先寺楼作》《归宗寺》及《登石门怀慧远尊者》也多以写景为主，无任何禅理，其他也多为写景抒怀之作。反倒是在其离粤赴赣之初的诗中，多有语涉时事者。在途经赣州时他写有《赣州》二首，其二咏拥明之江西义师之败，"义士魂何去，沙场一放招。黄衣归朔漠，碧血满南朝。山枕孤城峻，江通百粤遥。天生形胜地，空助虎狼骄"[④]，语极沉痛；《过彭蠡》的"平陈功烈在，遗恨与神京"[⑤] 都语涉影射。但到了庐山之后，大概庐山周遭的湖光山色使他暂时忘却了亡国之痛，而佛事又不为其所喜，故而篇中所写，多为自然景致。返回罗浮一年后的顺治十三年（1656），道独和尚住广州海幢寺，选屈大均为侍者。是年为道独的《叶严宝镜》作跋，这是屈氏生平唯一的佛学著作。

---

① 屈大均：《屈大均全集》第3册，人民文学出版社1996年版，第471页。

② 参见汪宗衍《屈大均年谱》，见《屈大均全集》第8册，人民文学出版社1996年版。

③ 依据陈永正先生《屈大均诗词编年笺校》统计，中山大学出版社2000年版。

④ 陈永正：《屈大均诗词编年笺校》卷一，中山大学出版社2000年版，第7页。

⑤ 陈永正：《屈大均诗词编年笺校》卷一，中山大学出版社2000年版，第8页。

由以上所述可见，在屈大均逃禅的十多年间，他所从事的与佛教相关的事实在是微不足道。自从匡庐返乡后，他在罗浮及广州又居住了两年左右的时间，并于顺治十四年（1657），即他 28 岁那年，开始金陵、京师、关外及吴越之游，历时约 5 年。这大约 5 年间的行事，无论是在他逃禅的十多年间，还是在屈大均的生平中，都是值得大书特书的。屈氏此次出行的目的是北上沈阳探望函可禅师，函可为道独弟子，明亡因筐笥中藏有南明弘光帝答阮大铖书稿及《再变记》而被流放至沈阳，屈大均此次北上或受道独和尚委派[①]，道独在函可被流放至宁古塔后，不断派遣弟子前往问讯。屈大均于是年的秋日出发，次年春至京，到京即哭拜崇祯死社稷处。其后便一直周游于京师及吴越之地，先后拜明孝陵，哭崇祯死处，与京师及吴越等地明遗民集会设祭，拜南宋遗民谢翱墓，与魏畊谋郑成功舟师事，又与王士祯、朱彝尊、钱谦益、祁班孙、汪婉、毛奇龄等交游唱和，撰《皇明四朝成仁录》，所有这些，都显示了屈大均是一个身着禅衣的前明遗民。虽然李景新撰《屈大均传》中有“其至诸寺刹，则据上坐为徒说法”[②]，但赵园女士认为这“更像名士的表演”[③]。话虽然说得有点尖锐，但从屈氏后期相关论述来看，至少可以认为他的“说法”有点应付的味道，因为他自始至终对佛义都未信奉过。有关屈氏此间活动情况汪宗衍的《屈大均年谱》记之颇详，兹不赘述。而这些活动与屈氏此际身份的角色冲突将在下文涉及。

迄康熙元年（1662，即南明永历十六年壬寅，33 岁），屈氏始结束长达 5 年的北上之游而返粤省母。也就是从这一年开始，屈大均结束了他的逃禅生涯而蓄发返儒。《髻人说》云：“既已来归子舍，又不可以僧而事亲，于是得留发一握为小髻子，戴一偃月玉冠，人辄以罗浮道士称之。”[④] 又《广东新语》卷十七：“是时虽弃沙门服，犹称屈道人，不欲以高僧终，而以高士始。”[⑤]

愿以高士始，而不愿以高僧终，是屈大均在历经十多年的逃禅生涯后所做的选择。应该说，屈大均从逃禅的第一天起就将逃禅作为迫不得已的一种选择，他对逃禅后的前景也是茫然无知的。选择这样一条自己并不愿意的人生之路，屈大均为什么要这样做呢？

---

① 廖肇亨：《明末清初遗民逃禅之风研究》（学位论文），台湾大学中国文学研究所 1994 年，第 98 页。

② 李景新：《屈大均传》，见屈大均《翁山文钞》卷首，商务印书馆 1941 年版。

③ 赵园：《明清之际士大夫研究》，北京大学出版社 1999 年版，第 294 页。

④ 屈大均：《屈大均全集》第 3 册，人民文学出版社 1996 年版，第 471 页。

⑤ 屈大均著，李育中等注：《广东新语注》卷十七，广东人民出版社 1991 年版，第 315 页。

二、逃禅之因由与明遗民生存状态之选择

易代之际，士大夫有多种路途可供选择，或仕新朝，不仕新朝者或殉国、或战死、或隐逸、或避世、或逃禅，屈大均何以独取后者？

仕新朝，对于顺治初年的屈大均来说，这是断断不能的事情，这一点，上文已有涉及。

战死，屈大均曾经尝试过，他与族兄一起参加陈邦彦的抗清义师，说明他对死并不惧怕。其后他与魏耕一起谋划郑成功反攻清兵之事，也表明他对死之无惧。

不能战死，他本来也可选择自杀殉国。但屈大均并未走这条路。既无惧于死，为何不以殉国表达其对明朝的效忠呢？

屈大均认为，是否以身殉国，有已仕与未仕的区别。他说："嗟夫，人尽臣也，然已仕未仕则有分，已仕则急其死君，未仕则急其生父，于道乃得其宜。"①

这里说的虽然是周秋驾的情况，但内中实也有对自己未杀身殉国的辩解。以屈大均当时未仕的身份，其父也还在世，如果杀身殉国以死其君，不能事奉双亲，与儒家传统的"孝道"是不相合的。

既然未仕之人以身殉国不合孝道，做隐士高人以避世，以显示与新朝的不合作态度应该是可以的。古代这样的例子很多，屈大均对此也有相当的认知。《七子之堂记》云：

> 夫长沮、桀溺又自言其为辟世矣。嗟乎，士君子不幸生当乱世，重其身所以重道。天下无道，栖栖然思有以易之，惟圣人则可。不然者，宁为辟世，勿为辟人。至于辟人，而其失有不可言者矣。②

屈大均在这段文字里提及了"辟人"与"辟世"两个概念，其文源自《论语・微子》："滔滔者，天下皆是也，而谁其以易之？且而与其从辟人之士也，岂若从辟世之士哉？"何晏集解谓："士有辟人之法，有辟世之法。长

① 屈大均：《屈大均全集》第3册，人民文学出版社1996年版，第92页。
② 屈大均：《屈大均全集》第3册，人民文学出版社1996年版，第32页。

沮、桀溺谓孔子为士，从辟人之法；己之为士，则从辟世之法。”① 由此推及，“辟人”为避开无道之君，“辟世”则为避开所有的人与事。依此而论，孔子则为辟人，但未辟世。长沮、桀溺则为辟世，辟世亦即传统意义的栖隐，做隐士。从文中看，屈氏对于像长沮、桀溺一类的乱世隐士是认可的，因为在满人统治之下，类似孔子这样的辟人是绝对行不通的，因为现实不可能让你仅仅避开一个无道之君，辟人实际上会成为仕奉新朝的另一种说法。因此，屈大均说“其失有不可言者矣”。在这样一种不同于以往环境的情况下，屈氏认为像长沮、桀溺这样采取辟世的行为是行得通的，因为辟世者，不仅是辟世，同样也是辟人。唯有避开了所有的人和事，才能宣示不与统治者合作的姿态。在以往，隐士不做官，不从事于政务，是可以达到全身养命的目的的。屈大均对于这种通过做隐士来全身的做法是认可的，因为全身可以在乱世当中保持“道”的延续，所谓“重其身所以重道”。重身即是重道，身之不存，道将焉附？所以他倾慕古代的隐士，以其能全身存道。又《书逸民传后》：

> 南昌王猷定有言，古帝王相传之天下至宋而亡。存宋者，逸民也。大均曰：“嗟夫，逸民者，一布衣之人，曷能存宋？盖以其所持者道，道存则天下与存。”②

在屈大均看来，作为士子，如何承继道统是第一要义，道统在，治统就在。元人虽然灭宋，但历经数年后，华夏政权之治统仍能得以恢复。而恢复之由，在屈大均看来，就是因为华夏的道统未被毁灭。而未被毁灭之由，则在于遗民的存在，遗民在，道统就在，治统也在，所以宋遗民可以存宋。宋遗民可以存宋，那么明遗民当然也可以存明。所以屈氏慨叹道：“嗟夫，今之世，吾不患夫天下之亡，而患夫逸民之道不存。”③ 是故面临国变，反抗异族统治、战死殉国是可以的，是义举。但自杀殉国，舍身而无助于存道，无助于兴复故国，则为屈氏所舍弃，因为这样做既不能有利于家国，又不能全身以存道，华夏的道统、治统反而会一去不返，这反倒是一种不负责任的

---

① 何晏集解，皇侃义疏：《论语集解义疏》第1册，中华书局1985年版，第258页。
② 屈大均：《屈大均全集》第3册，人民文学出版社1996年版，第394页。
③ 屈大均：《屈大均全集》第3册，人民文学出版社1996年版，第394页。

行为[①]。

那么，屈大均何以不像“七子”那样选择避世，做隐士呢？这又是由清初独特的社会环境及清朝政府的政策所决定的。自顺治二年（1645）颁发了剃发令后，清廷统治之下，除僧侣外的所有人均须依清制剃发，无论是出仕为官、做百姓，还是归隐山林做隐士，均须剃发。剃发与否，成为是否臣服于新朝的分水岭。廖肇亨《明末清初逃禅之风研究》举出若干士人通过改换僧服得以避祸，可以参见。又黄宗羲《两异人传》中说：

> 自髡发令下，士之不忍受辱者，之死而不悔。乃有谢绝世事，托迹深山穷谷者，又有活埋土室者，不使闻于比屋者。然往往为人告变，终不得免。[②]

这些人物，于其始并不欲逃禅。但不逃禅，便要剃发，即便做遗民也不能幸免。在这样的局面下，如不愿臣服新朝，也只有逃禅这一条路了。屈大均所说的“盖有故而逃焉，予之不得已也”[③]，便是这种心境的无奈表白。

不独屈大均，易代后逃禅之士大夫绝不在少数，谢正光《明遗民传记索引》[④] 所录逃禅遗民即有160余人，而这个数目并不能包含所有在这段时间里逃禅的士人。仅陈垣先生《明季滇黔佛教考》中作为个案分析的滇黔两地的逃禅遗民就有26人[⑤]，未予搜辑的人数更多。清初岭南逃禅的士人也不少，根据李舜臣博士学位论文《清初岭南诗僧群研究》[⑥]，其中仅诗僧就有160名，不能诗的逃禅遗民当更多。据此可以想见，逃禅是异族统治下士子避世的最佳途径之一。

当然，逃避异族统治并非逃禅的唯一原因。在另外的场合，也见到逃禅的现象。陈垣《明季滇黔佛教考》卷五述及钱邦芑的逃禅，其原因是既不愿意离开南明小朝廷尚据统治权的西南一隅，又不愿屈居于孙可望之下，而不得已选择了逃禅。

接下来的问题是，无论出于何种原因，士子为何多选择逃禅呢？除了真

---

① 在清初，持这种看法的士人不少，王夫之、黄宗羲等大儒均是如此。

② 黄宗羲：《黄宗羲全集》第11册，浙江古籍出版社1993年版，第53页。

③ 屈大均：《屈大均全集》第3册，人民文学出版社1996年版，第123页。

④ 谢正光：《明遗民传记索引》，上海古籍出版社1992年版。

⑤ 陈垣：《明季滇黔佛教考》卷五，中华书局1962年版，第200页。

⑥ 李舜臣：《清初岭南诗僧群研究》（学位论文），中山大学2003年。

心皈依佛门者之外，其他士子或有所激而逃，或不得已而逃。逃禅究竟意味着什么呢？在这个问题上，我们发现，逃禅者与促使逃禅的统治者的思考角度及对逃禅意义的理解是完全不同的。在清廷看来，除剃发者外，逃禅的人也被视为臣服者，他们默许甚至有时还强迫不肯剃发的遗民逃入佛门[①]，这种情况说明，清廷是将逃禅者也视为被降服者的。这与逃禅遗民的想法和初衷显然是大相径庭的。在中国传统文化中，尤其是在政治文化的层面，佛门往往有着独特的象征意义，这就是“沙门不礼王者”（释慧远语）。遗民们选择逃禅之路，所取者也在于此。所以，钱邦芑与屈大均逃禅的原因虽有不同，但其象征的意义却是一致的，“沙门不礼王者”是他们借逃禅向统治者传达出的表示不合作的态度。但有趣的是，一方认为，逃禅是表示臣服，一方认为，逃禅是表示没有被臣服，对立的双方各取所需，竟在这个问题上达至一种令人不解的默契。所以，一方面是清廷有意无意地促成不肯剃发降服的士子皈依佛门，以显示其对士人的征服；一方面是士子通过逃禅表达他们不礼王者的反叛，形成强烈的反差。

学者在讨论明遗民逃禅问题时，多指出晚明以来士林的禅悦风气对这一波逃禅之风的影响。陈垣《明季滇黔佛教考》、廖肇亨《明末清初遗民逃禅之风研究》及赵园《明清之季士大夫研究》的若干章节均对此有不同程度的涉猎。屈大均的一篇文章也印证了易代之际，广州城内佛事隆盛的情形：“慨自庚寅变乱以来，吾广州所有书院皆毁于兵，独释氏之宫日新月盛，使吾儒者有异教充塞之悲，斯道寂寥之叹。”[②] 应该说，各家所指出的这一背景是很正确的，但也应该看到，明末遗民的逃禅，原因及动机是多方面的、复杂的，晚明以来的禅悦风气并非遗民逃禅的决定性因素。否则将会忽视或淡化逃禅行为在政治层面的独特意义，即遗民之逃禅，绝大多数的情况下是迫不得已，而此一举动的目的有着一个很显然的政治象征，亦即“沙门不礼王者”，表达对清政府的不满。所以，尽管晚明以来的禅悦风气不可否认地对屈大均有所影响，而且番禺雷峰寺函昰素喜屈氏，两人此前已有5年之交谊，其师礼函昰是“渐而非顿”，但也不能否认如果没有清人入关的事实，屈大均是绝不会祝发为僧的。粤遗民中其他的逃禅士人也多如此类。

正因为相当多的遗民逃禅是出于不得已的政治与文化的反叛，所以

---

① 廖肇亨：《明末清初遗民逃禅之风研究》（学位论文），台湾大学中国文学研究所1994年，第74－75页。

② 屈大均：《屈大均全集》第3册，人民文学出版社1996年版，第86页。

“僧服儒心”是这个阶层人物的普遍状态。屈大均在整个逃禅期间，并不服膺佛家。《书嘉兴三进士传后》云：“嗟夫，士大夫不幸而当君父之大变，僧其貌可也，而必不可僧其心，若檗庵者，僧其心之至尽，而反得罪于君父者也。”[①] 又《僧祖心诗》云：“嗟夫！圣人不作，大道失而求诸禅，大义失而求诸僧；《春秋》已亡，褒贬失而求诸《诗》。以禅为道，道之不幸；以僧为忠臣孝子，士大夫之不幸也。”[②] 像屈大均这样既不服膺佛家，却又身着僧服、入居僧门的遗民，在清初应该还有不少。上面的话很能表现出这一类逃禅遗民的无奈和内心的不平衡。

此外，在有关发型的选择上，也能体现出逃禅遗民在无奈与不平衡中对汉文化的执着。屈大均曾著有《髻发说》《秃颂》《藏发赋》《藏发冢铭》等系列文章，表达对汉人发式的执着。明清之际的其他遗民也写过此类文章。这些文章大量地出现在易代之际，原因无他，皆在于借发言志，通过对汉族发式的执着表达对汉文化及儒家理想予以坚守的信念。

因此，像屈大均这样的逃禅遗民虽然不得已走上了他们原本不愿走的路，但仍然尽可能地葆有先前的信仰和文化，在他们身上，也造成了一种奇怪的混合——僧服儒心，满汉发制。

如果说有关服饰发型的混合是思想的一种特别的外在表现的话，那么逃禅遗民在思想深处的生存状态如何，他们与僧侣的关系如何，这种僧服儒心的士人在思想观念上如何处理儒佛二家在理念上的冲突，如何平衡这种内心的冲突，是我们接下来要关注的问题。此外，我们也会适当关注其他类型的逃禅者的生存状态。

三、多重角色之交叉共存

汪宗衍氏在《屈大均年谱引言》中指出屈大均生平“忽儒，忽释，忽游侠，忽从军”[③]，说明其生平活动之复杂及身份之复合，不类一般的士子或书生。应该说，像屈大均这样集儒生、僧侣、游侠、志士于一身的读书人在此前也并不多见。除了这 4 种身份外，称其为骚人也是恰当的，这不仅由

---

① 屈大均：《屈大均全集》第 3 册，人民文学出版社 1996 年版，第 165 页。

② 屈大均著，李育中等注：《广东新语注》，广东人民出版社 1991 年版，第 313 – 314 页。

③ 汪宗衍：《屈大均年谱》，见《屈大均全集》第 8 册，人民文学出版社 1996 年版，第 1880 页。

于屈大均确实是一个杰出的诗人，而且他一向自称是屈氏后人，将屈原视为屈家的远祖。但我们注意到，屈氏本人似乎更喜欢另一种称呼——明逸民。他在66岁那年写的《翁山屈子生圹自志》中说："先君、先夫人墓右稍下，有一穴焉，大均营之，以为生圹。……遗命儿明洪等，吾死之日，以幅巾、深衣、大带、方舄敛之，棺周以松香融液而椁之，三月即葬。而书其碣曰'明之逸民'。"①

盖棺论定是中国人所讲究的。"明之逸民"这4个字，就是屈大均本人晚年对其自身的一个盖棺论定。

因此，屈大均是一个具有多重身份的人，他是遗民、志士、游侠、僧人，也是儒者和骚人。这6种身份当然因时间的推移而发生阶段性的变化，比如志士，多表现在顺治初年随陈邦彦抗清的一段时间；游侠，多表现在其游历西北的一段时间；僧人，仅限其剃发为僧的十多年间。而终其一生的，是儒者、骚人及遗民。抛开游侠与志士不论，我们特别感兴趣的是，作为一个自我期许的儒者，他在为僧的十多年间，对佛门究竟有何体认。

儒道释三教的关系，历来都是一个引起各方关注的话题。到了明代，儒道释三家似乎到了一个相对和平共处的时期。当今学者对明中叶以来儒佛甚至是儒佛道三教合流的情况有着相当的共识，文献对一般文人浸淫于佛典，僧侣喜交文人朋友也有较为真切详尽的记载。而这些记载大多是以佛教对儒家的"阑入"为视角。《四库全书总目·杂家存目九》云："隆万以后，风气日偷，道学侈称卓老，务讲禅宗。"②陈垣《明季滇黔佛教考》搜考两省佛家事迹，也指出："万历而后，禅风寖盛，士夫无不谈禅，僧亦无不欲与士夫结纳。"③ 这种儒家接纳佛门，僧侣也喜接儒者的风气一直持续到清初仍未消歇。其时，著名文人无不精熟内典，钱谦益、方以智均是如此，甚至是大儒王夫之，也撰过《相宗络索》等佛门著作，而名僧如憨山德清、真可紫柏、天然函可等大师也与文人有密切的交往和深厚的情谊。陈垣《明季滇黔佛教考》对其时滇黔两地文人僧侣的交往有颇多搜考，还特意指出平素以儒学为立身之本的道学之士，常视佛家如水火，一旦国难当头，则水之不容转而为水乳交融也④。另外，由清初之情势而言，不少名僧亦兼取儒家

① 屈大均：《屈大均全集》第3册，人民文学出版社1996年版，第154－155页。
② 永瑢等：《四库全书总目》上册，中华书局1965年版，第1124页。
③ 陈垣：《明季滇黔佛教考》卷三，中华书局1962年版，第129页。
④ 陈垣：《明季滇黔佛教考》卷五，中华书局1962年版，第240页。

节义，或因传抄携带违碍文字获罪，或以佛门庇护遗民士子。前者如天然函可因筐笥中藏有南明弘光帝答阮大铖书稿及《再变记》而被流放至沈阳，后者如函昰收纳屈大均为弟子，并教之以忠孝廉节[①]。这说明在民族大义之前，一个特定的时期，华夷之辩会超越思想义理之争。明乎此，我们就可以理解为何在明清易代之际有如此之多的遗民逃禅，也可以明白像屈大均这样一个时刻怀抱着儒家思想的人，会栖身于一个他并不信奉，甚至还有点讨厌的“异端”学说教派之中的原因。

在屈大均十余年间的逃禅生涯中，实际上一直处于一个“身在曹营心在汉”的状态。他的《归儒说》详细剖析了一部分逃禅遗民所具有的特殊心态：

> 予二十有二而学禅，既又学玄。年三十而始知其非，乃尽弃之，复从事于吾儒。盖以吾儒能兼二氏，而二氏不能兼吾儒，有二氏不可以无吾儒，而有吾儒则可以无二氏云尔。故尝谓人曰，予昔之于二氏也，盖有故而逃焉，予之不得已也。[②]

这段话说得颇为委曲，本来屈氏逃禅是迫不得已，逃禅之时应已知其非，只是为了免受剃发之辱而逃禅，而不是当时心向往之，十多年后始知其非。但从这段话中，我们还是可以读出事隔多年后，屈大均对儒释道三家关系的认识。其中关键性的文字是这么两句：“盖以吾儒能兼二氏，而二氏不能兼吾儒，有二氏不可以无吾儒，而有吾儒则可以无二氏。”这说明屈大均更加始终坚定地视释道二家为旁门左道，而将儒家视为正统。

万历以来，不少学者及士子注意到儒释道三家思想多有相合，屈大均则属于较传统的一路，更多地强调儒释道三者的相异，维护儒家之正统。《陈文恭集序》云：

> 朱子不言静而言敬，盖患人流入于禅，然惟敬而后能静。敬也者，主静之要也。盖吾儒言静，与禅学辞同而意异：吾儒以无欲而静，故为

---

① 据李景新《屈大均传》记载，函昰“虽处方外，仍以忠孝廉节垂示，以故从之游者，每于死生去就，多受其益”。见屈大均《翁山文钞》卷首，商务印书馆 1941 年版。

② 屈大均：《屈大均全集》第 3 册，人民文学出版社 1996 年版，第 123－124 页。

诚为敬；禅以无事而静，故沦于寂灭而弃伦常，不可以不察也。[①]

又说：

（有人）以为新会、余姚之言，犹似夫禅之言也。吾窃以为不然。夫新会、余姚，孔门之冢子冢孙也。新会曰致虚，余姚曰致知，夫非《大学》明德，《中庸》明善之旨耶？世之哓哓者，以为似禅，岂惟不知儒，抑且不知禅之为禅矣。嗟夫，今天下不惟无儒也，亦且无禅。禅至今日，亦且如吾儒之不能纯一矣。故夫以儒为禅，禅者学之，失其所以为禅；以禅为儒，儒者学之，失其所以为儒，皆不可也。知其不可而弃之，能知儒之精，斯知禅之精矣。禅之精，尽在于儒，欲知禅之精，求之于儒而可得矣。[②]

屈大均在这里所阐发的，一是儒禅不能相互“阑入”，所谓禅家学儒，则失其为禅；儒家学禅，则失其为儒。他认为今日之儒禅均不能保持原来纯一的品格，原因即在于儒禅的相互“阑入”。二是他认为儒家学说是最精微的，禅者无须学禅，只要学儒就可以得到最精微的东西了，这无疑是变相地取消了禅家的独立地位。

他还对禅家欲以禅易儒提出告诫，认为儒家之说不仅精微、至高至美，且能将禅家囊括其中，甚至更进一步提出应该以儒代释：

嗟夫，今天下之禅者，皆思以其禅而易吾儒矣。顾吾儒独无一人，思以儒而易其禅。……今使有一醇儒于此，能以斯道讲明庵中，使儒者不至流而为禅，而禅者亦将渐化而为儒，于以维持世道，救正人心，昌明先圣之绝学，其功将为不小。[③]

在这篇序文中，屈氏一方面一如既往地论说儒家精于禅家，儒说可以囊括禅理，而且更进一步认为维持世道，救正人心在于昌明儒学。这篇序文是赠予庞祖心的，庞氏乃居于易庵之僧侣，但屈大均在序中仍毫不客气地建议庞氏

① 屈大均：《屈大均全集》第3册，人民文学出版社1996年版，第48页。
② 屈大均：《屈大均全集》第3册，人民文学出版社1996年版，第124页。
③ 屈大均：《屈大均全集》第3册，人民文学出版社1996年版，第87页。

应该在易庵中请一“醇儒”来讲学，宣讲儒家之道，并希望有朝一日“禅者亦将渐化而为儒”。

这种近乎说梦的言语，表现出屈大均由禅归儒后一种激烈情绪的反弹，即以彻底的否定禅家思想的姿态来表示自己的“昨日之非”。所以，当他归儒受到禅林中人激烈的抨击之后，屈大均反倒表现出一种洗脱“昨日之非”的快意。《归儒说》云：

> 今以二氏以吾为叛，群而攻之，吾之幸也，使吾儒以吾为叛，群而招之，斯吾之不幸也。又使天下二氏之人皆如吾之叛之，而二氏之门无人焉，吾之幸也；使天下儒者之人皆知吾之始逃而终归之，而吾儒之门人有人焉，则又吾之幸也。[1]

这种快意还表现在他其后选编《广东文选》时的做法。《广东文选自序·凡例》即云：

> 是选以崇正学，辟异端为要。凡佛老家言，于吾儒似是而非者，在所必黜。即白沙、甘泉、复所集中，其假借禅言，若悟证顿渐之类，有伤典雅，亦皆删削勿存。务使百家辞旨，皆祖述一圣之言，纯粹中正，以为斯文之菽粟，绝学之梯航。[2]

文中展现的俨然是一个儒家卫道士的形象。当然，如果将屈大均对释道的否定仅仅看作是一种归儒后的情绪反弹，那是片面的，在这种情绪反弹的背后，还有深刻的思想背景，这就是明清之际众多的思想家对有明一朝亡国灭种的反思，他们认为明中叶以来的禅悦之风侵蚀了华夏文化的根基，使儒家传统文化的纲常伦理不复完整，最终加速了亡国的进程。顾、黄、王三大家及其他一些思想家均或多或少地指出了这一点[3]。

正是由于思想上对儒释二家的斟酌损益以及对自身逃禅经历的反思，像屈大均这一类的明遗民才会在社会稍稍安定之后，不约而同地走上了弃僧归

---

① 屈大均：《屈大均全集》第3册，人民文学出版社1996年版，第124页。

② 屈大均：《屈大均全集》第3册，人民文学出版社1996年版，第43页。

③ 可参看赵园《明清之际士大夫研究》第六章“遗民生存方式”之“士人逃禅与儒释之争”一节，北京大学出版社1999年版。

儒的道路。

> 然昔者，吾之逃也，行儒之行，而言二氏之言；今之归也，行儒之行，而言儒者之言。[①]

文中所说的昔者逃禅是“行儒之行，而言二氏之言”的矛盾状态，真实地展现了屈大均的内心世界。他在逃禅的十多年间，长期处于这样一种服膺儒术，却身着僧装的状态，可以想见其内心的苦闷和无奈，这也是当时许多像屈大均一样的逃禅遗民所共有的心态。明乎此，就能理解当屈大均之流的明遗民觉得时局已不可为，便纷纷弃僧归儒的举动了。

此后，屈大均一直以一个遗民的角色隐于乡间。他的族兄屈士煌曾在他北归弃僧返儒后写了一首《喜翁山归自辽东》的诗，全诗很好地揭示了屈大均作为一个儒者、遗民、禅僧“三位一体”的形象，录以作为结语：

> 羊裘布帽雪霜凝，几载风尘寄迹僧。
> 名姓隐交随五岳，须眉留得拜诸陵。
> 应知徐庶心徒苦，却恨留侯事未能。
> 归卧故园薇蕨长，西山同约几时登。[②]

（原载《中山大学学报》2003 年第 5 期，收录于《广府文化研究论丛》，广东人民出版社 2017 年版）

① 屈大均：《屈大均全集》第 3 册，人民文学出版社 1996 年版，第 124 页。
② 屈大均：《屈大均全集》第 8 册，人民文学出版社 1996 年版，第 2015 页。

王船山以“兴”为中心的诗歌鉴赏论

中国文学批评史中的“兴”含有多重意思，这里所说的“兴”既不同于诗歌创作理论有关自然兴发的“兴”，也不同于具体创作手法的“比兴”之“兴”。鉴赏论中的“兴”是孔子所谓“诗可以兴”的“兴”，它讨论的是文学作品和读者的兴发关系问题。

《论语·八佾》有一段记载云：

> 子夏问曰：“‘巧笑倩兮，美目盼兮，素以为绚兮。’何谓也?”子曰：“绘事后素。”曰：“礼后乎?”子曰：“起予者商也，始可与言诗已矣。”[①]

包咸注曰：“予，我也，孔子言子夏能发明我意，可与共言诗已矣。”[②] 这是对诗可以兴的形象说明。它意味着读诗者必须于诗本意有所发明，有所领悟，方能言诗。亦即朱熹注云，兴者，“感发意志”之意。孔安国注“诗可以兴”云：“兴，引譬连类。”[③] 我们既可以把它理解为创作中“托事于物”的赋比兴之“兴”，也可以理解为鉴赏过程中读者对作品的“引譬连类”。但严格地说，还是朱注更合孔子本意。王船山对“诗可以兴”的理解与朱子相类，亦指读者对诗意的生发和领悟。他说：“诗之泳游以体情，可以兴矣。”[④] 诗以表现人的情感，令读者涵吟体味而得之，并可增益读者的感发，是谓“兴”也。《世说新语·文学篇》曾云：“孙子荆除妇服，作诗以示王武子，王曰：未知文生于情，情生于文，览之悽然，增伉俪之重。”[⑤] 子荆诗为悼亡妇诗，王武子览之凄然，首先是因文而起情，悲子荆之丧妻；增伉俪之重，乃进而反及自身，增益夫妇伉俪之情，这是在原有基础上的进一步生发，是为兴。

---

① 何晏集解：《论语》卷二，《四部丛刊》景日本正平本。

② 何晏集解：《论语》卷二，《四部丛刊》景日本正平本。

③ 何晏集解：《论语》卷九，《四部丛刊》景日本正平本。

④ 王夫之：《四书训义》卷十九《论语十七》，清光绪潞河啖柘山房刻本。

⑤ 刘义庆撰，刘孝标注：《世说新语》卷上之下，《四部丛刊》景明袁氏嘉趣堂本。

兴，作为读者对作品的感发现象，被王船山上升为具有理论意义的范畴，成为他鉴赏理论的支柱。他这样看重兴：

> "诗言志，歌永言"，非志即为诗，言即为歌也。或可以兴，或不可以兴，其枢机在此。①

他认为，诗固以言志，歌固以永言，但并非志本身可以为诗，言本身可以为歌。诗与歌的评判标准在乎能不能以志和言来兴发读者，能感发读者、兴起读者情志的才为歌、为诗。故曰："或可以兴，或不可以兴，其枢机在此。"在王船山看来，诗歌价值的最终实现，关键就在于兴。

兴观群怨，是儒家一个古老的诗论命题，王船山似乎不假思索地予以重申："'诗可以兴，可以观，可以群，可以怨。'尽矣。"② 但我们发现，首先他对兴观群怨的运用并未停留在前人的基础上，他以新的眼光重新审视它们的关系和功用："可以云者，随所以而皆可也。"③ 也就是说，兴观群怨四者是相互转化的，不能孤立地说某诗为兴、某诗为群、某诗为怨。这就为他重"兴"的理论找到了突破口，因为既然不能将四者割裂言之，那么，传统的区分就有可能变为：可兴者即可观、可群、可怨，将其余三者建立在兴的基础上。他在论四者的转化时说："于所兴而可观，其兴也深；于所观而可兴，其观也审。以其群者而怨，怨愈不忘；以其怨者而群，群乃益挚。"④ 从这四者的转换关系而言，似乎各有所司，而又相互联系，互有增益，不分彼此轻重。但我们接着看下文："出于四情之外，以生起四情；游于四情之中，情无所窒。作者用一致之思，读者各以其情而自得。"⑤ 这就把重心放在读者的感发之上，诗人以其一致之思，读者各因其感而得兴观群怨。因此，不论是兴、是观、是群、是怨，一切应视读者的感发而定。有兴，才可能有观、群、怨；无兴，则后者无从谈起，兴是其余三者的根本前提。其次，我们从其他方面看，船山于兴观群怨四者，也是更重兴，而对观和怨则

---

① 王夫之：《唐诗评选》卷一，见《船山全书》第十四册《楚辞通释 古诗评选 唐诗评选 明诗评选》，岳麓书社1996年版，第897页。

② 王夫之著，夷之校点：《薑斋诗话》卷一，人民文学出版社1961年版，第139页。（按：夷之即舒芜）

③ 王夫之著，夷之校点：《薑斋诗话》卷一，第139页。

④ 王夫之著，夷之校点：《薑斋诗话》卷一，第139页。

⑤ 王夫之著，夷之校点：《薑斋诗话》卷一，第139－140页。

不大理会。就观而言，由于船山反对以史为诗、以文为诗，故将“从旁追叙”的叙事作品目之为“非言情之章”，对叙事诗“观”的价值不大重视。这大概与他对诗的本质属性的理解有关，他认为诗在于“陶冶性情，别有风旨”，与史和文的功能不同，后者才是让人考见得失，而诗则是感发人的意志，陶冶人的性情。所以他虽在《诗绎》中举出兴而可观、观而可兴的例子，但其侧重点仍在兴。这个倾向在另一处表现得更为明朗，他索性将观并入兴内，而不像往常，在谈到兴而可观时，同时也提出观而可兴。他说：“其可兴者即其可观，劝善之中而是非著；可群者即其可怨，得之乐则失之哀，失之哀则得之愈乐。”[①] 在这里，他以兴代替了观，以群代替了怨，清楚地表明，他试图在兴观群怨四者转化论诗的暗中，以兴和群来取代观和怨。这里面有其深刻的社会政治伦理思想的原因，关于这个问题，我们将另文讨论。

王船山鉴赏论的核心是“兴”，兴者，读者泳游以体情，其基本精神是强调读者在鉴赏活动中的能动性。他认为读者对作品的接受不是被动的，而是主动的，富有创造性的。这个思想见于我们前面所引的“作者用一致之思，读者各以其情而自得”，以及他后来又加以重申的“人情之游也无涯，而各以其情遇，斯所贵于有诗”[②]。这意味着，作品的意蕴在读者面前是不确定的，读者对作品的理解也不总是一致的。因为不同的读者，在不同的时代和环境下，有着不同的思想、经历、经验等。主观条件的不同，决定了“人情之游也无涯”。读者总是以其自身的眼光去发掘作品的意蕴，而作品的意蕴也总是因读者的不同而不同。我们从诗歌鉴赏的实际情况看，读者对诗的理解与诗人本旨的不符，或读者与读者对同一作品理解的不同，几乎是诗歌欣赏中一个永恒现象。据欧阳修说：

> 昔梅圣俞作诗，独以吾为知音，吾亦自谓举世之人，知梅诗者莫吾若也。吾尝问渠最得意处，渠诵数句，皆非吾赏者，以此知披图所赏，未必得秉笔之人本意也。[③]

---

① 王夫之：《四书训义》卷十九《论语十七》，清光绪潞河啖柘山房刻本。

② 王夫之著，夷之校点：《薑斋诗话》卷一，第140页。

③ 欧阳修：《唐薛稷书》，见《欧阳文忠公集·集古录·跋尾》，《四部丛刊》景元本。

白居易也有类似之语：

> 今仆之诗，人所爱者，悉不过杂律诗与《长恨歌》已下耳。时之所重，仆之所轻。[①]

这是读者的理解与诗人本旨的不符。再如苏东坡说：

> 仆尝梦见人云是杜子美，谓仆曰："世人多误会予《八阵图》诗'江流石不转，遗恨失吞吴'。世人皆以谓先主武侯皆欲与关羽复仇，故恨不能灭吴，非也。我意本谓吴蜀唇齿之国，不当相图，晋之所以能取蜀者，以蜀有吞吴之意，此为恨耳。"[②]

苏轼此处是假托杜甫而实传己意，说明他不同意其他读者对杜诗的理解。艺术欣赏中这种读者与读者、读者与作者之间意见不一致的现象是非常普遍的。我们认为，这种不一致的情况不仅是应该允许的，甚或是有益的，因为它本身并不妨碍读者对诗的兴发，相反，它可能会更增益作品的意蕴。所以，尽管世人对李义山《锦瑟》诗的解诂多至数种[③]，但并不妨碍我们对它进一步的欣赏。再如王昌龄《芙蓉楼送辛渐》的"洛阳亲友如相问，一片冰心在玉壶"，有人说是表现了情操高洁，有人说是喻宦情淡薄，有人说是"日就清虚"的修身之状，有人说是办事清廉，不为尘垢侵染。凡此种种，我们姑且听之，不是更可增益我们对作品的感受吗？读者这种对艺术作品的多重感发现象，深为船山所倾心。他认为，在艺术创作过程中，作者应是："曲写心灵，动人兴观群怨，却使陋人无从支借。"[④] 而在艺术欣赏过程中，读者则是"意在言先，亦在言后，从容涵泳，自然生其气象"[⑤]。作者"曲写心灵"，是将情感意志委婉含蓄地表现出来，以增加作品的意蕴，扩大读

---

① 白居易撰：《与元九书》，见《白氏长庆集·白氏文集卷第二十八》，《四部丛刊》景日本翻宋大字本。

② 蔡梦弼集录：《杜工部草堂诗话》卷二引，见丁福保辑《历代诗话续编》，中华书局 1983 年版，第 210 页。

③ 据刘盼遂《李义山〈锦瑟〉诗定诂》统计，有 7 种，参见朱偰等《李商隐和他的诗》，台湾学生书局 1976 年版，第 177 页。

④ 王夫之著，夷之校点：《薑斋诗话》卷二，第 158 页。

⑤ 王夫之著，夷之校点：《薑斋诗话》卷一，第 140 页。

者借以联想的空间。作品的这种多意蕴性，也就防止了“陋人支借”的可能性。而读者的“从容涵泳”则意在“使人思”，发挥主观能动性，各以其情而自得。因此，作者“曲写心灵”与读者“从容涵泳”的统一，无疑可以增益读者的感受，扩大读者兴发的层面。

对读者兴发作用的重视，我们在西方文论中也可以找到相应的论证。英人瑞恰兹说：“就科学语言而论，指称方面的一个差异本身就是失败；没有达到目的。但是就情感语言而论，指称方面再大差异也毫不重要，只要态度和情感方面进一步影响属于要求的一类。”[①] 这就是说，艺术与科学在阐释方面的不同在于，科学的阐释必须是严格的，一个命题只能有一种正确的阐释，而不允许有多种阐述，否则，就会给科学的命题带来不确定性；而对艺术来说，读者对它的联想和阐释应允许有差异，因为艺术着眼的是交流（communication），是效果（effect），是对读者的感发（inspiration），所以，不论对一首诗的阐释有多大的不同，只要能引起进一步的效果，能兴发读者的意志，都是应该允许的。瑞恰兹还在同一文中论述了艺术“真”的问题，他认为，“真”有一个最通常的意义是“可接受性”（acceptability）。在艺术中，只要能被读者所接受的，就是真的，它与科学命题必须完全符合客观实际不同。比如京剧《秋江》，表演者只凭借船翁的一支桨与少女的舞姿来表现江行的情形，观众无不以其为真。再如世传王右丞所画的《雪中芭蕉》，以科学眼光观之则谬甚，以艺术眼光观之则谓之有神韵。这就是艺术与科学对待物象的不同态度。瑞恰兹认为，艺术主要侧重于效果，侧重于读者的可接受性，因此，一部作品无论以科学法则衡量多么荒谬，但在艺术中则可能曲尽人情，有可接受性，因为读者对艺术并不拘泥于形似，他需要的是通过物象来兴发情感。所以，艺术家对物象的创造应该是不即不离，“似花还似非花”；读者对物象的理解则是各因其情而自得。问题是，艺术家所创造的形象既然是不即不离，那就不易用概念去加以确定，而读者因各人条件的不同，对作品的理解也会有所不同。因此，艺术作品的空灵蕴藉所具有的不确定性，与读者本身主观条件（时代思想、修养等）的不确定性，必然引起读者对作品鉴赏的差异。瑞恰兹在另文中说：“交流或许决不是完美的，因此第一种和最后一种经验将存在差异。……就每一首十四行诗而论，

---

① ［英］艾·阿·瑞恰兹著，杨自伍译：《文学批评原理》，百花洲文艺出版社1992年版，第244页。

有多少读者就有多少不同的诗。”[①] 这就是我国古人常说的“诗无达诂”“仁者见仁，智者见智”等习语。关于这方面，我们还可以引证 T. S. 艾略特的一段话：“一首诗对不同的读者或许具有非常不同的意蕴，而且所有这些意蕴大概也与作者原意不符。读者的阐释也许不同于作者，但同样正确有效——甚至会更好。一首诗所包含的意蕴比作者意识到的丰富。”[②] 这就与谭献之所谓“作者未必然，读者何必不然”相类。由此可见，中西理论家在此问题上有着惊人的相似之处，也说明一种艺术现象如果合乎艺术发展的实际状况，那么，由此概括出的理论也必为中西理论家之通见，而不以国界拘也。

其实，读者对一首诗的解释尽管千差万别，仍不能超越诗人所给予的大致限定，船山所谓无定文而有定质。这是他鉴赏论中特有卓见的地方。他说：“盖意伏象外，随所至而与俱流，虽今寻行墨者不测其绪，要非如苏子瞻所云‘行云流水，初无定质’也。维有定质，故可无定文。”[③] 王船山认为，诗的意蕴要靠读者品味才体现出来，所以说是“意伏象外”，即意蕴或超乎物象的表层而深藏其中，或缥缈其外，必经读者的想象才能见出，这样，诗的意蕴就非“寻行墨者”所能窥测。但即便如此，作者的意蕴仍是随着物象之“所至而与俱流”，因为，尽管诗人的表现是含蓄委婉而无定文，作者的意蕴却是遵路委蛇而有定质。这个定质就是他在另一处所说的“情”：“古人于此，乍一寻之，如蝶无定宿，亦无定飞，乃往复百歧，总为情止，卷舒独立，情依以生。”[④] 这就是说，尽管诗人的表现方式纷纭变化，但其内在的情感脉络仍贯穿于诗的首尾，读者的联想生发，也还是依乎诗的情感脉络而运动，不能也不应该超乎诗人所指向的情感区域。比如李义山的《乐游原》一诗，《诗话类编》曰：“忧唐之衰。”杨致轩认为是“迟暮之感，沉沦之痛，触绪纷来”[⑤]。虽具体所指不同，都不离乎衰败、迟暮、沉沦等相近的情感区域。所以，尽管二者的阐释不同，而对诗人所寄寓的迟暮衰败的情绪——无论是国家的还是个人的——都是基本相合的。因此，读者

---

① ［英］艾·阿·瑞恰兹著，杨自伍译：《文学批评原理》，百花洲文艺出版社 1992 年版，第 205 页。

② 译自 T. S. Eliot. *On Poetry and Poets*，Faber 1969，p. 30。

③ 王夫之著：《古诗评选》卷一，见《船山全书》第十四册《楚辞通释 古诗评选 唐诗评选 明诗评选》，岳麓书社 1996 年版，第 499 页。

④ 王夫之著：《古诗评选》卷四，见《船山全书》第十四册《楚辞通释 古诗评选 唐诗评选 明诗评选》，岳麓书社 1996 年版，第 654－655 页。

⑤ 李商隐撰，冯浩笺注：《玉溪生诗详注》卷三，清乾隆德聚堂刻本。

对诗的鉴赏，在这个意义上说又是有所限定的。

有鉴于此，王船山特拈出谢叠山、虞道园加以批评。他说：“谢叠山、虞道园之说诗，井画而根掘之，恶足知此?”[①] 谢今有《叠山评注四种》传世，其中如《文章轨范》，据王阳明序，谓其“标揭其篇章字句之法，名之曰《文章轨范》，盖古文之奥不止于是，是独为举业者设耳”[②]。可见其论文是为陋于学文者所设的方便法门。而其解诗则是穷索钩隐，船山之所谓“井画而根掘之”。我们试举一端，以窥全豹。他评韦应物《滁州西涧》云：“幽草而生于涧边，君子在野，考槃之在涧也；黄鹂而鸣于深树，小人在位，巧言之如流也；潮水本急，春潮带雨，其急可知，国家患难多也。”[③]云云。显然，谢氏之说诗，完全脱离了诗人所指向的情感区域和物象结构，而是另立一格局，然后穷索冥搜，寻绎所谓“微言大义”，其结果是将诗的意象割裂得面目全非，完全背离了诗人的基本情感区域。王船山对谢的批评，表明他在鉴赏论中，反对“井画根掘之”地寻绎诗中的所谓“影射”。他认为，读者鉴赏的立足点，与诗的构成因素一样，是情与景。读者的鉴赏尽管有其主观随意性，但又不是任意为之，可以不顾诗的情景结构而动辄牵入影射褒刺之义。这样，读者虽因主客观条件的不同，会产生某些理解上的差异，但只要从情景二者入手，通过物象结构去寻绎诗人的情感脉络，而不是超越或脱离诗人所指向的情感区域，就不会产生质的差异，即所谓大范围内的确定，小范围内的不确定。

当然，这种大范围内的确定仍是相对的，王船山主张文有定质，旨在反对说诗者完全脱离诗人所指向的情感区域而挖掘所谓“微言大义”，他的意图只在于为诗的鉴赏找到一个合适的立足点，而不在于为诗的鉴赏规定一个不变的标准，这是非常重要的一点。

推究王船山鉴赏论的核心，仍是主张读者各以其情遇的“兴”的思想。兴，就在于诗人能将其“独思”化为读者群体的“众感”。他说：“魏晋以下人诗，不著题则不知所谓，倘知所谓，则一往意尽。唯汉人不然，如此诗一行入比，反复倾倒，文外隐而文内自显，可抒独思，可授众感。”[④] 这是

---

① 王夫之著，夷之校点：《薑斋诗话》卷一，第140页。

② 王阳明：《重刻文章规范序》，见谢枋得《文章轨范》卷首，中州古籍出版社影印光绪九年（1883）刊本，1991年版。

③ 谢枋得：《章泉涧泉二先生选唐诗》卷一，清嘉庆宛委别藏本。

④ 王夫之：《古诗评选》卷四，见《船山全书》第十四册《楚辞通释 古诗评选 唐诗评选 明诗评选》，岳麓书社1996年版，第652页。

一个值得重视的思想，诗人的作用不在于把个人的“独思”直接地著题于诗中，诉诸读者的理智，而是用含蓄委婉的手法将个人的独思隐于文外，使读者思而得之于文内。这样，诗人的独思经过读者的创造，便可转换为读者的众感。那么，究竟如何转换呢？艾略特的一段话或许能启发我们思考这一问题。他认为诗有三种声音：一是诗人对他本人说的；二是诗人对某一听众说的；三是在一定范围内，诗人以一个想象的角色对另一个想象的角色（imaginary character）所说的，而不是诗人“夫子自道”。[①] 如与船山上文相发明，第一种声音即船山所说之“独思”，第二种声音即所谓“著题”，而第三种声音即以比兴手法所寄寓的独思。如船山所推许的“一行入比”的那首古诗：“橘柚垂花实，乃在深山侧；闻君好我甘，窃独自雕饰；委身玉盘中，历年冀见食；芳菲不相投，青黄忽改色；人傥欲我知，因君为羽翼。”[②] 此诗之优劣固可商议，重要的是它可以帮助我们理解欣赏过程中的一些特点。如果我们比附得不错的话，其中第一个想象的角色是“橘柚”，另一个是“君”。通过橘柚对君的声音来表达诗人的独思，亦即所谓“一行入比”。能引起我们兴趣的是，既然诗人以一个想象的角色说话，那么，在诗人想象的角色（喻体）与诗人的独思之间，就有一定的空白点，有一定的场景，可供读者“约略入景中”（况周颐语），去充当一个角色，与作者同一俯仰，领会作品的意蕴，将独思化为众感。比如一些怀才不遇者读到“橘柚垂花实”一诗，就会由橘柚之不见食而联想到自身不得志的状况，兴起“因君为羽翼”的情感。这就是“可抒独思，可授众感”的实例。再如元稹的“寥落古行宫，宫花寂寞红。白头宫女在，闲坐说玄宗”。全诗只是一段场景的描写，寂寞的宫花、白头的宫女与玄宗之间隐含着一种微妙而又未说出的关系，这就是空白点。读者通过这幅图画，不能不由宫花之寂寞，联想到宫女被遗弃而到白头，生发出同情之中又夹杂着感愤的情绪。诗的魅力正在于通过有限的篇幅，浓缩进无限的情思而使读者各以其情遇。王船山说：

> 其情贞者其言恻，其志菀者其音悲，则不期白其怀来，而依慕君父、怨悱合离之意致，自溢出而莫圉。故为就文即事，顺理诠定，不取

---

① 笔者译自 T. S. Eliot. *On Poetry and Poets*，Faber1969，p. 89。

② 王夫之评选，张国星校点：《古诗译选》，文化艺术出版社 1997 年版，第 147 页。

> 形似舛戾之说。亦令读者泳泆以遇于意言之表，得其低回沈郁之心焉。[①]

这就是读者与作者同一俯仰，由独思到众感的具体说明。作者不用以明言之理将其怀抱直接宣出，其情真者，在为文即事中顺理诠定，读者自能在泳泆咀华之间得之于意言之表。因此，一首诗的最终完成，仍要依赖读者的兴发、读者的创造，只有读者创造性的鉴赏活动，才能将作者的独思转化为读者群体的众感。当然，在王船山看来，读者的创造仍是有一定限度的，这就是要符合作者所指向的情感区域，而不能完全脱离诗的具体情况去寻绎“影射”。我们认为，诗意的既确定又不确定，读者既有创造的主观随意性，又须服从于一定的立足点，是比较合理的鉴赏思想。

（原载《古代文学理论研究丛刊》第十二辑，上海古籍出版社 1987 年版）

---

① 王夫之：《楚辞通释》卷二《九歌》，见《船山全书》第十四册《楚辞通释 古诗评选 唐诗评选 明诗评选》，岳麓书社 1996 年版，第 243 页。

王船山论情景的结构关系

——兼谈王船山的诗论倾向

从唐人开始，也许没有一个问题能像情景那样广泛地引起诗论家的兴趣。在宋明人众多的诗话一类的典籍中，情景是最热门的话题。但是，宋明人虽多言情景，仍不离乎章法句法，他们讲求诗的前以景起，后以情结，将上景下情作为律诗之宪典，使复杂的、多重的情景结构关系变为一种僵硬的、单一的句式对应。这一理论的偏向，到王船山这里，才得到彻底的纠正。王船山对情景说的贡献，在于他以变化的观念，揭示了情景的多重结构关系，给传统的情景理论注入了新的内容，使之得到更新和巩固。而他由此所表现出的艺术好尚，对于了解他的诗论倾向无疑具有重要意义，因此，笔者也兼谈这方面的问题。

一、关情者景，自与情相为珀芥也

王船山之所以能在前人的激流漩涡中挺拔而出，无疑得益于他的哲学思想。他在哲学上汲取了老庄和《周易》中具有辩证色彩的方法论，以变化的、对立统一的观点看待矛盾的事物，这种观点为他理解和处理情景关系奠定了哲学基础。

王船山对《庄子·齐物》中的“天地与我并生，而万物与我为一”一语阐发道：“道合大小、长短、天人，物我而通于一，不能分析而为言者也。”[①] 众所周知，庄子的“万物与我为一”是典型的唯心主义命题，它在本质上混淆了思维与存在、主体与客观的关系。王船山“气”一元论的唯物主义思想，在本体论上与庄子是根本对立的，所以他不可能在本体论上肯定庄子的“万物与我为一”。这里所说的大小、长短、天人、物我不能分析而为言者，主要是从处理对立事物的一般方法上着眼。他认为，对立物之间相互联系、相互依存，并在一定条件下相互转化，所以宇宙间没有截然割裂而对立的事物，在事物普遍的矛盾性中，也存在着统一性。大小、长短、物

① 王夫之：《老子衍　庄子通　庄子解》，中华书局2009年版，第96页。

我、阴阳、动静，无不处在对立统一的关系之中，而不能分析对立言之。故“夫物之不可绝，以已有物；物之不容绝也，以物有已……一眠一食皆与物俱，一动一言而必依物起”，“心无非物也，物无非心也”[①]。这是将对立统一的思想运用到认识论中。“一眠一食皆与物俱，一动一言而必依物起”说明物（客观）对我（主观）的制约性；“心无非物也，物无非心也”说明作为观念形态的东西，人们头脑中的“物”已与纯物不同，而具有观念色彩。故“物无非心”，这是我（主观）对物（客观）的能动性。对立物之间这种相互联系、相互依存的思想，在王船山的著作中比比可见，成为他的思想方法之一。在《周易外传》中，他说：“有外，则相与为两，即甚亲，而亦如父之与子也；无外，则相与为一，虽有异名，而亦若耳目之于聪明也。”[②] 又说：“天下有截然分析而必相对待之物乎？求之于天地无有此也，求之于万物无有此也，反求之于心抑未念其必然也。”[③] 这说明王船山将对立统一思想推而广之于宇宙万物，作为处理对立事物的一个准则。王船山在著述中非常喜欢用“可”或“可以”这两个字眼，他认为具体事物本身就具有矛盾性，具有其对立面，故对立的两种事物本身就是你中有我、我中有你，“互藏其宅”，所以，二者的转化是必然的。这种辩证的思想启发了他的情景交融说。

情景交融说久为人道，但在中国文学批评史上，还没有哪一个人能像王夫之那样，为它提供一个坚实的哲学基础。哲学上的万物与我为一，诗论中的情景交融，有一种对等关系，前者为后者奠定了理论基础，后者是对前者的引申和生发。王船山认为，诗中的情和景，与自然中的物和我一样，本来就是彼此联系、互相为用的。在创作中，情和景作为诗人主客观相互生发的两个原质，有在心在物之分。而情和景一旦表现在诗中，构成一个完整和谐的系统，则与创作过程中的在心在物之分不同。在诗的情与景的统一体中，情也是景，景也是情。他说：“情景名为二，而实不可离，神于诗者，妙合无垠。”[④] 也就是说，呈现在诗中的情和景发生根本的转化，它不再是情仅关乎心、景仅关乎物，而是情亦物、景亦心，情景是心物相合后更高一级的组合形态。

---

① 王夫之著，王孝鱼点校：《尚书引义》，中华书局1962年版，第5页。
② 王夫之著，王孝鱼点校：《周易外传》卷七，中华书局1977年版，第212页。
③ 王夫之著，王孝鱼点校：《周易外传》卷七，中华书局1977年版，第247页。
④ 王夫之著，戴鸿森笺注：《薑斋诗话笺注》卷二，人民文学出版社1981年版，第72页。

这首先意味着与情具有同一基调的客观外物向情的转化，表现为情景在感情基调上的一致。如杜甫诗《宿赞公房》：“相逢成夜宿，陇月向人圆。”王嗣爽评曰：“止云‘陇月向人圆’，而情好蔼然可想。”① 如《赠僧侣丘师兄》：“夜阑接软语，落月如金盆。”仇占鳌注引《杜臆》：“公诗善用借景，如‘落月如金盆’，与‘陇月向人圆’皆据一时所见之景，而倾盖欢洽之意自见。”② 王嗣奭以为杜甫所表现的倾盖欢洽之意，只是于一时所见之处，借得自然景物，而自然景物所蕴藏的意绪正令人蔼然可想。因此，在诗人眼中，自然界的月圆月缺与人们生活中的悲欢离合似乎有某种同构关系，月圆则喻示人合，月缺则喻示人离。月圆为景，表现人的聚合之喜则为情，景转化为情，与情处于同一感情基调上，景也是情，情也是景，情景浑融，妙合无垠。王船山认为，景向情的转化，与情在同一感情基调上的一致，正好可以使读者自然地领略到诗人的胸襟怀抱。他说：“‘日暮天无云，春风散微和’想见陶令当时胸次，岂夹杂铅汞人能作此语?”③ 此诗境界空阔简远，正与陶渊明萧散闲舒的心境相一致，王船山以此想见陶令当时胸次，正是把情景作为同一感情基调的表现来看待。

二、以乐景写哀，以哀景写乐，一倍增其哀乐

景向情的转化，不仅表现为情景在感情基调上的一致，王船山还特别论述了在景与情不一致的情况下，情景相反相成的现象。他说：

> 情景虽有在心在物之分，而景生情，情生景，哀乐之触，荣悴之迎，互藏其宅。天情物理，可哀而可乐，用之无穷，流而不滞，穷且滞者不知尔。④

这是一段直接论述情景关系而又十分深刻的话。他认为，天情物理，可哀者也可乐，可乐者也可哀，不能以一己之哀乐来穷尽、滞塞天下人的哀乐；对一些人来说某物是可哀的，对另一些人来说则是可乐的，或者说一个人在特

---

① 王嗣奭：《杜臆》卷三，上海古籍出版社1983年版，第104页。
② 杜甫著，仇兆鳌注：《杜诗详注》，中华书局1979年版，第767页。
③ 王夫之著，戴鸿森笺注：《薑斋诗话笺注》，人民文学出版社1981年版，第50页。
④ 王夫之著，戴鸿森笺注：《薑斋诗话笺注》，人民文学出版社1981年版，第33页。

定的时空中对某一事物感到悲哀，但换了一个时空或许觉得它又是可乐的。既然如此，可乐之景与可哀之情、可哀之景与可乐之情就不存在僵死的对应关系。既然诗人在兴发中对景生情，那么景就自然与情相结合，而景与情的结合，既可能是景与情在同一感情基调上的和谐，也可能是情与景的相反相成。如"'吴楚东南坼，乾坤日夜浮'乍读之若雄豪，然而适与'亲朋无一字，老病有孤舟'相为融浃，当知'倬彼云汉'颂作人者增其辉光，忧旱甚者益其炎赫，无适无不适也"[①]。杜诗前两句言宇宙之阔大，后两句言自身之孤独，以宇宙之大来反衬自身之孤独。从诗风上讲，前者雄豪，后者凄楚，由对比使人益加凄楚。故雄豪之景与凄楚之意虽不相侔，但经诗人摄之入诗，则与情相对之景亦能成为与情相合之景，二者相得益彰，情景实现了由相对到相合的转变。船山说："以乐景写哀，以哀景写乐，一倍增其哀乐。"[②] 这说明情景由相对到相合的诗比情景自然地相合更能激发人意。

这是船山诗论中经过深思熟虑，又颇具特色的一个论点。中国古典诗歌中情景相反相成者不在少数，恰可印证船山的这一思想。崔护的《题城南》："人面不知何处去，桃花依旧笑春风。"岑参的《山房即事》："庭树不知人去尽，春来还发旧时花。"刘禹锡的《西塞山怀古》："人世几回伤往事，山形依旧枕寒流。"以无限的自然，来反衬有限的人生，情景相反相成。

情景的相反相成，意味着景本身不具有永恒不变的意蕴，而景的意蕴又是多重的，一切视诗人的自然兴发而定。如前"倬彼云汉"，在《大雅·棫朴》中，是以云汉在天来喻文王的功德，故曰："颂作人者增其辉光。"而在《大雅·云汉》中，则以云汉之光辉来说明天旱无雨，故云："忧旱甚者益其炎赫。"所以，景的意蕴是用而无穷、流而不滞的。景不止能表现一种情感，也可以表现不同的情感。在诗人面前，景是一片未经开垦过的处女地，具有不确定的、多重的意蕴：

> 夫物其何定哉？当吾之悲，有迎吾以悲者焉；当吾之愉，有迎吾以愉者焉，浅人以其褊衷而捷于相取也。当吾之悲，有未尝不可愉者焉；当吾之愉，有未尝不可悲者焉；目营于一方者之所不见也，故吾以知不穷于情者之言矣：其悲也，不失物之可愉者焉，虽然，不失悲也；其愉

① 王夫之著，戴鸿森笺注：《薑斋诗话笺注》，人民文学出版社1981年版，第33页。

② 王夫之著，戴鸿森笺注：《薑斋诗话笺注》，人民文学出版社1981年版，第10页。

> 也，不失物之可悲者焉，虽然，不失愉也。导天下之广心，而不奔注于一情之发，是以其思不困，其言不穷，而天下之人，心和平矣。[①]

王船山认为，物（景）本身是不恒定的，且具有多重意蕴感发的可能性（所谓“不穷于情者”），其中既有“当吾之悲（情），有迎吾以悲者焉（景）”，又有“当吾之悲，有未尝不可愉者焉”。诗人只需就当前的景顺而写之，则远近正旁，情景或相合，或相对，“无适无不适也”。他反对拘泥于一情一景，而主张以活眼观物，充分考虑景物的多意性和不稳定性，考虑景物的意蕴是靠作者和读者的情感显现出来的，至于景物本身，则不具有恒定的色彩。如同枫叶，在杜牧眼中，是“停车坐爱枫林晚，霜叶红于二月花”，而在崔莺莺眼中，则是“晓来谁染霜林醉，总是离人泪”，说明景总是因人而异，具有广泛的适应性。王船山对情景关系的论述，显然要比前人深入得多。

三、参化工之妙

由情景的结构关系而产生的情景交融，是王船山所倾心的诗的理想境界。他这样描述这个五彩斑斓而又浑化如一的境界：

> 如一片云，因日成彩，光不在内，亦不在外，既无轮廓，亦无丝理，可以生无穷之情，而情了无寄。[②]

> 无端无委，如全匹成熟锦，首末一色，唯此故令读者可以其所感之端委为端委，而兴观群怨生焉。[③]

此话乍读起来显得飘忽，实指情景交融后无凑泊之痕的天然化工。它的艺术风貌是委婉含蓄、空灵剔透。情与景的相互对应和兴发，或情因景而显浑化，或景因情而显空灵，要在化尽町畦，不露圭角。这首先意味着情非径情直语，而以景转折层深，不见痕迹者为上，以引人深思也。船山说：“情语

① 王夫之著，王孝鱼点校：《诗广传》，中华书局1964年版，第75－76页。

② 王夫之评选，李中华、李利民校点：《古诗评选》，上海古籍出版社2011年版，第116页。

③ 王夫之评选，李中华、李利民校点：《古诗评选》，上海古籍出版社2011年版，第235页。

能以转折为含蓄者，唯杜陵居胜。‘清渭无情极，愁时独向东’……之类是也。”① 杜诗云：“秦州城北寺，传是隗嚣宫。苔鲜山门古，丹青野殿空。月明垂叶露，云逐渡溪风。清渭无情极，愁时独向东。”②（《秦州杂诗》）诗之末句即景言情，所谓渭水无情，且东流长安，况有情人，其自禁东悲之情邪？句意吞吐，颇有言外之致。故王船山于《唐诗评选》中誉之者再：“末一句有两转意而混成不觉，方可谓意句双收。”因此，所谓情语转折为含蓄者，实即主张诗人通过景而言情，以景代诗人立言。再如贺方回之《青玉案》：“试问闲情都几许，一川烟草，满城风絮，梅子黄时雨。”一川以下十三字由言情转入写景，虚意实作，写情而富于质感，意极沉郁浑厚，深得融景入情之妙用。

融景入情，以景助情，为王船山所倾心。他认为：“不能作景语，又何能作情语邪?”③ 主张“杂用景物入情，总不使所思者一见端绪，故知其思深也”④。至此，我们可以领悟出王船山何以特别提出景的多重适应性，正因为景具有多重适应性，诗人尽可寓目而咏，即景抒情，而不可径情直语，失于粗鄙。况且，以议论入诗，易露圭角，而以景言情，则易浑化。而从读者的鉴赏来看，又增加了由景到情的联想层次，更容易形成委婉含蓄的格调。因此，由重景到提倡委婉含蓄，实在是水到渠成，其间自由内在联系。

总之，言情则求其含蓄曲折，写景则求其兴会神到，烟水迷离，是为船山所尚。所谓“自有灵通之句，参化工之妙”，它要求诗人不涉议论，不落粗豪，将胸中浩渺之志，或因景曲而写之，或以微言点出，要在浑融，在表现形态上如人之望远山隐雾，缥缈遥映，可望而不可置于眉睫之前。

四、船山诗论倾向辨

尽管我们是浮光掠影地对船山的情景表现论做了一番剖析和巡视，但其中的消息仍然耐人寻味，由情景交融而形成的委婉含蓄、空灵蕴藉的艺术风貌，无疑涉及了中国古典抒情诗的内在奥秘。我们由此可以窥测出船山诗论在中国古典诗艺的发展轨迹中所具有的位置。

---

① 王夫之著，戴鸿森笺注：《薑斋诗话笺注》卷二，人民文学出版社 1981 年版，第 94 页。

② 杜甫撰，钱谦益笺注：《钱注杜诗》，上海古籍出版社 2009 年版，第 342 页。

③ 王夫之著，戴鸿森笺注：《薑斋诗话笺注》卷二，人民文学出版社 1981 年版，第 91 页。

④ 王夫之评选，李中华、李利民校点：《古诗评选》卷一，上海古籍出版社 2011 年版，第 8 页。

因此，我们不得不接触中国古典诗艺中温柔敦厚的比兴传统，因为这种传统对于一个力图“推故而别致其新”的理论家来说，是一个不能不予重视的问题。

比兴这个古老的范畴最早见于《周礼·春官》和《诗大序》，其原始意义或曰诗之体，或曰作诗之法。但对后世影响最为深远的，还是汉代经学家从教化观所做的诠释。汉代是一个重教化的时代，哲学和艺术无不以教化为转移。《毛诗序》之释“风”、《汉书·礼乐志》之释“乐”，皆以“主文而谲谏”的教化观为中心。“比兴”也不得不浸淫于教化的观念：

> 比见今之失，不敢斥言，取比类以言之。兴，见今之美，嫌于媚谀，取善事以喻劝之。[①]

“比兴”一经汉儒的诠释，便兼及诗的格调与诗的教化，这种观念亦因汉儒而成为儒家诗论的金科玉律。且不说这种阐释是否正确，重要的是它对中国古典抒情诗的发展起了举足轻重的作用。后世重教化的诗论家以美刺比兴言诗固无足论，即不言教化者，温厚的格调也被奉为圭臬。这种观念在古典诗论中屡见不鲜，尤其是南宋以后，随着理学的昌盛，温柔敦厚的诗教在作诗、读诗人的心目中更是根深蒂固。

如果我们拿王船山的诗论与之比勘，发现他的诗论倾向恰与《诗大序》以来正统的儒家诗论相吻合。这不仅见于他在表现论中所露出的端倪，更见于他在诗评中以明晰的语言阐述了这一思想。《诗三百》中，褒刺以立义的诗作不在少数，而船山独赞其“全用比体，不道破一句”[②]。魏晋诗人中，阮籍的作品“厥旨渊放，旧趣难求”，王船山以为“步兵咏怀，自是旷代绝作”，赞其“托体之妙，或以自安，或以自悼，或标物外之旨，或寄嫉邪之思”[③]，具有温厚蕴藉的诗风。即便魏文之诗“倾情倾度，倾色倾声”，也被船山找出“端际密窅，微情正尔动人”[④] 的温茂处。由此出发，王船山盛赞李白“题中偏不欲显，象外偏令有余”[⑤] 的《长相思》，倡言“一色用兴写

---

① 郑玄：《周礼·春官注》，见孙诒让撰，王文锦、陈玉霞点校《周礼正义》，中华书局1987年版，第1842－1843页。

② 王夫之著，戴鸿森笺注：《薑斋诗话笺注》，人民文学出版社1981年版，第127页。

③ 王夫之评选，李中华、李利民校点：《古诗评选》，上海古籍出版社2011年版，第158页。

④ 王夫之评选，张国星校点：《古诗评选》，文化艺术出版社1997年版，第18页。

⑤ 王夫之评选，陈书良校点：《唐诗评选》，上海古籍出版社2011年版，第20页。

成，藏锋不露”[1]“愈缓愈迫，笔妙之至”[2]的表现手法，而反对“以迫露苍巉削剥诗理”[3]的退之、东野之诗。

这种以温厚蕴藉为尚，强调委婉含蓄的诗学理论，无疑是对传统的儒家诗论的继承，是对传统比兴之说的进一步发扬。这一倾向不仅在他的诗论中得到体现，在他本人的作品中也能见出。王船山的诗词奇奥瑰丽，蕴藉温厚，颇饶儒家敦厚之风，可与他的诗论印证。如“故国余魂常缥渺，残灯绝笔尚峥嵘”[4]。“横风斜雨掠荒丘，十五年来老楚囚。垂死病中魂一缕，迷离唯记汉家秋。”[5]寄托遥深，悲凉无限，颇有家国身世之感。他的写景咏物诗更是别有怀抱，浸透着亡国的哀思。如“高枝第一惹春寒，低亚密藏了不安。作色瞋风凭血勇，消心经雨梦形残。三分国破楝心苦，六尺孤存梅豆酸。薄命无愁聊妩媚，东君别铸铁为肝。”[6]诗意凄苦沉郁，缠绵悱恻，有深厚的意蕴。叶恭绰先生在《广箧中词》中说：“船山词言皆有物，与并时批风抹露者迥殊。”[7]这一断语可谓有识。船山的作品正体现了他诗论的原则，在委婉含蓄、蕴藉温厚的格调中表现出作者内在的真实感受。这样一种艺术原则，无疑代表了中国古典抒情诗占主导地位的审美理想，是对孔子以来儒家诗论的一个杰出总结。

但是，王船山的成就主要还是体现在抒情诗这一方面，只有在这个领域，他的诗论才是卓越的、杰出的，而一旦他超越了疆域，以此去涵盖整个古典诗歌时，就造成了一些理论和实际的偏向。

诗与史之争，是中国文学批评史上的一大公案。它的起因是对杜诗的评价。如果把“诗史”作为补史之阙的资料性韵文，以史料为诗，它无疑与诗是对立的，这也是王船山所反对的。但双方争论的焦点在于诗能否通过白描手法来表现人生的图画，以补史之阙。我们认为，诗歌通过叙事表现诗人的情感、记录时代的风貌，只要不是史料的堆砌，就应该在诗界有一席地位。王船山固然不一概反对叙事之作，如他曾称赞《上山采蘼芜》的“妙奇天工”，但这种肯定仍是有保留的。他又附加了许多限制条件，如在诗体

① 王夫之评选，周柳燕校点：《明诗评选》，上海古籍出版社2011年版，第55页。
② 王夫之评选，李中华、李利民校点：《古诗评选》，上海古籍出版社2011年版，第16页。
③ 王夫之评选，陈书良校点：《唐诗评选》，上海古籍出版社2011年版，第34页。
④ 王夫之：《王船山诗文集·病起连雨四首》，中华书局1962年版，第264页。
⑤ 王夫之：《王船山诗文集·初度日占（辛丑）》，中华书局1962年版，第179页。
⑥ 王夫之：《王船山诗文集·落花诗》，中华书局1962年版，第406页。
⑦ 叶恭绰：《广箧中词》卷一，番禺叶氏1935年刊本。

上应以歌行为宜，在叙事内容上应“一诗止于一时一事”，在叙事方法上应“即事生情，即语绘状”，以情味风韵使读者相感于永言和声之中，反对广泛地撷取人物事件、描绘人生图画。这显然仍是以抒情短章的即目而咏、含蓄蕴藉的特点去规范洋洋大篇的叙事之作。实际上，中国古典诗歌中的叙事作品有许多是不拘此限的。如果以此而定取舍，像《孔雀东南飞》《木兰诗》之类优秀的叙事之作也将被斥之诗外。王船山这一根深蒂固的观念，果然导致了他如下的偏向：“若杜陵长篇，有历数月日事者合为一章，《大雅》有此体。后唯《焦仲卿》《木兰》二诗为然，要以从旁追叙，非言情之章也。”① 船山诗论的这一倾向，恰好印证了他的诗论是以抒情诗为范围的，一超出这个领域，他的理论便显得狭隘，导致偏差。我们反求之于他的诗作，其可取之处，也仍在记录时代悲愤的一面，读者通过其中的家国身世之感，体察到社会的离乱、人民的颠沛，不只诗风慷慨悲凉，在诗体上也具有浓厚的史的意味，仅此一点，也不能否认诗史之相通。

这种理论的狭隘性，同样表现在对含蓄与直露、温厚与雄健的关系的理解上。首先应该承认，在诗歌的创作和欣赏方面，含蓄与温厚有其存在的合理性。含蓄的诗歌，转折层深，使人思考者多，在读者群中有更广泛的可接受性，这是无可非议的。但这并不意味着所有形式的诗歌都必须拘于此格。就诗体而言，含蓄一格，于抒情短章易得，而于长篇铺叙难求，也不必求，长篇歌行，掀雷挟电，以气势胜，若以含蓄律之，则显体格卑弱；而抒情短章则宜以含蓄委婉见长，含蓄则容量大，能以较小的篇幅表现博大的内容。所以，含蓄与直露、温厚与雄健，自有其诗体方面的规范。船山的偏向，主要在于他以抒情短章的艺术标准作为唯一的标准。其次，也不能说直露和雄健之作不能感人。成功的诗作，含蓄温厚也好，直露雄健也好，都具有感人的力量，只是感人的角度、力度有所不同而已。前者以韵味胜，后者以气势胜；前者靠读者潜入而仔细品味，后者靠诗意本身力的震撼；前者如梧桐细雨，后者像长江大河；前者具阴柔之美，后者具阳刚之美。就艺术风格而言，二者不宜偏废。王船山在诗论中主含蓄而斥直露，重温厚而轻雄健，在诗评中贬斥杜甫、元、白诸人，仅就艺术原则而言，无疑亦是一偏。

进一步来说，含蓄与直露、温厚与雄健也并非水火不容，“大作手”往往寄劲予婉，寄直于曲，刚柔相济，这一层王船山没有看到。倒是后来沈德潜对此多有发明。他评刘琨《答卢谌篇》说：“拙重之中，感情激荡，准之

① 王夫之著，戴鸿森笺注：《薑斋诗话笺注》卷二，人民文学出版社 1981 年版，第 57 页。

变雅，似离而合。”[①] 刘诗“述丧乱多感恨之词”[②]（李善注）所谓：“国破家亡，亲友凋残，负杖行吟，则百忧俱至。”[③] 与变雅似离而合者，以其情感沉着，激越之中，饶有因动乱而生悲怆者。因情感本身便寓有难言之隐，所谓“达于世变而怀其旧俗”。所以既不使人觉得粗鄙直率，也不纯乎优柔善入。与变雅“刺怨相寻”暗合。再如归愚之评杜甫：“老杜以宏才卓识，盛气大力胜之，……不废议论，不弃藻缋，笼罩宇宙，铿戛韶钧，而纵横出没之中，复含蕴藉微言之致。”[④] 也点出纵横出没与蕴藉微言相统一的艺术原则，均为船山所未见。船山诗论的这些偏向，削弱了他诗论的严密性和完整性，造成了理论上的缺陷。

（原载《古代文学理论研究》第十三辑，上海古籍出版社 1988 年版）

① 沈德潜：《说诗晬语》，见《清诗话》下册，上海古籍出版社 1963 年版，第 530 页。
② 萧统编，李善等注：《六臣注文选》卷二十五，《四部丛刊》本。
③ 刘琨：《答卢谌书》，见《全晋文》卷一百八十，清光绪二十年（1894）黄冈王氏刻本。
④ 沈德潜：《说诗晬语》，见《清诗话》下册，上海古籍出版社 1963 年版，第 541 页。

王船山文学批评中的封建伦理观念

王船山是中国 17 世纪杰出的文学批评家。我们过去的研究多着眼于发掘他思想中的精华，这是十分必要的。但同时也出现了拔高的倾向，掩盖了他思想中迂腐、落后的东西，在有些领域，甚至将他的落后观念也作为精华而予以肯定。本文试图揭示王船山温厚的艺术原则背后所隐藏的封建伦理观念，以就教于方家读者。

一、由重兴群、轻观怨所引起的思考

王船山曾标举儒家兴观群怨的传统诗论，作为他诗学体系的一个重要支柱。但他对兴观群怨四者并非一视同仁，他更重视的是兴和群的价值。他不仅在诗评中屡次非议怨诗，贬低诗观的价值，而且以明晰的语言说：

> 可以云者，随所以而皆可也。①

> 其可兴者即其可观，劝善之中而是非著；可群者即其可怨，得之乐则失之哀，失之哀则得之愈乐。②

这清楚地表明，他试图在兴观群怨四者转化论诗的暗中，以兴和群来取代观和怨。

在以往众多的诗人中，王船山最为不满的是元稹、白居易。元白的讽喻诗在中国古典诗歌传统外别具一格，既不属言志一路，也不属缘情一派，它通过描绘社会的风俗画面，表现作者的愤懑不平，意在抨击黑暗、干预时政；在艺术上则以白描的手法，呈现出直率浅近的特点。这类作品，自它产生之日起，就因与传统不合而不为人所重视。白居易当年曾慨叹道："今仆

---

① 王夫之著，夷之校点：《薑斋诗话》卷一，见《四溟诗话　薑斋诗话》，人民文学出版社 1961 年版，第 139 页。

② 王夫之：《四书训义》卷十九《论语十七》，清光绪潞河啖柘山房刻本。

之诗，人所爱者，悉不过杂律诗与《长恨歌》已下耳。时之所重，仆之所轻。至于讽谕者，意激而言质……宜人之不爱也。”[①] 到了宋代，随着理学的兴盛和温厚和平的诗教立为正统，白居易的讽喻诗受到了越来越多的讥评，传统诗论家说他“直露浅近”，贬斥他“格卑”，是旁门左道。这种批评风气，到了明清两代，可说是愈演愈烈，成为当时占统治地位的批评风气。

王船山的诗论在这种背景下呈现出复杂的形态。一方面，他通过一系列的诗歌选本和诗学论著，系统地总结了中国古典诗歌在表情达意方面所具有的特点，阐明了他的诗学原则——诗歌应该通过它特有的艺术手段，来表现作者要眇低回的情感，在格调上应该含蓄委婉，一唱三叹，有余韵深长的情致。可以说，他比历史上任何一位诗论家都更加坚信并极力维护诗歌自有的艺术特点，反对把诗歌混同于哲学、历史等。这些无疑是他对中国古典诗歌理论的卓越贡献。但他错误地认为，观和怨的作品，或直质，或浅露，或粗豪，都不能“兴起”读者的情感，也就不能达到“群”的目的，只有含蓄不露、委婉曲折才能动人以“兴观群怨”。因此，一切通过诗的形式来描绘社会生活的画面，抒发作者强烈激荡情绪的作品，在王船山看来都是不合传统的，不符合诗学原则的。元白那些反映中唐时期社会矛盾的诗作固无论，即便在李杜集中那些言志之作，也被他贬为“霸气灭尽和平温厚之意者”[②]。其他如汉《乐府》中的《铙吹》《白纻》和鲍照、李白的乐府体民歌，无一不被他斥为“管急弦繁”“杂霸之风”[③]。这一偏狭的批评眼光，导致了他对诗歌史上众多的抒发牢愁不满的作品进行抨击。

王船山之所以如此竭力地排斥温厚和平之外的其他诗作，固然有艺术原则方面的原因，但更深一层的，恐怕还是社会伦理思想方面的原因。从王船山的几个诗歌选本来看，他选诗、评诗，很少对“褒刺以立义”的诗作有所肯定，即使偶尔有之，也是门面摊子语——表面上肯定，骨子里否定。如：

> 《小雅·鹤鸣》之诗，全用比体，不道破一句，《三百篇》中创调

① 白居易：《与元九书》，见《白氏长庆集·白氏文集》，《四部丛刊》景日本翻宋大字本。

② 王夫之著，夷之校点：《薑斋诗话》卷二，见《四溟诗话　薑斋诗话》，人民文学出版社1961年版，第148页。按：原书点校有误，“霸气灭尽和平温厚之意者”不应断开。

③ 王夫之著，夷之校点：《薑斋诗话》卷一，见《四溟诗话　薑斋诗话》，人民文学出版社1961年版，第143页。

> 也。要以俯仰物理，而咏叹之，用见理随物显，唯人所感，皆可类通；初非有所指斥一人一事，不敢明言，而姑为隐语也。若他诗有所指斥，则皇父、尹氏、暴公，不惮直斥其名，历数其慝，而且自显其为家父，为寺人孟子，无所规避。诗教虽云温厚，然光昭之志，无畏于天，无恤于人，揭日月而行，岂女子小人半含不吐之态乎？《离骚》虽多引喻，而直言处亦无所讳。宋人骑两头马，欲博忠直之名，又畏祸及，多作影子语，巧相弹射，然以此受祸者不少。既示人以可疑之端，则虽无所诽诮，亦可加以罗织。①

从表面看，王船山并非反对直斥君王。他认为真要对君王有所指责的话，就要“无所规避”，像《诗》《骚》那样“直言处亦无所讳”，而不能“做影子语”，巧相弹射，到了身处逆境时，反倒摇尾乞怜，歌功颂德了。这对封建士大夫色厉内荏的软弱性，应该说是针砭得入木三分。但是否就此可以说王船山十分赞赏对现行政治的批评呢？如果我们联系王船山的社会伦理思想，就会发现他不过是从反面落墨，骨子里他非常憎恶这类暴露社会黑暗的作品。如他批评《诗·相鼠》：

> 空言之褒刺，实事之赏罚也。褒而无度，滥为淫赏；刺而无余，滥为酷刑。淫赏、酷刑，礼之大禁。然则视人如鼠而诅其死，无礼之尤者也，而又何足以刺人。②

将讽刺统治者视为“无礼之尤者”而大加挞伐。他还指斥杜甫、韩愈等人描写贫苦生活的诗歌为“害道”：

> 文不悖道者，亦唯唐以上人尔。杜甫、韩愈，稂莠不除，且屈嘉谷以为其稂莠，支离汗漫，其害道也不更甚乎！③

至于元稹、白居易那些深刻揭露中唐社会矛盾的诗作，王船山更是嫉之

---

① 王夫之著，夷之校点：《薑斋诗话》卷二，见《四溟诗话　薑斋诗话》，人民文学出版社1961年版，第159页。

② 王夫之：《诗广传》卷一，清同治湘乡曾氏金陵节署刻本。

③ 王夫之：《古诗评选》卷二，见《船山全书》第十四册《楚辞通释　古诗评选　唐诗评选　明诗评选》，岳麓书社1996年版，第608页。

如仇：

> 长庆人徒用谩骂，不但诗教无存，且使生当大中后直不敢作一字。元、白辈岂敢以笔锋试颈血者？使古今无此体制，诗非侫府，则畏涂矣。安得君尽武王，相尽周公，可以歌“以暴易暴”耶？[1]

所有这些，无一不表明王船山这样的态度：诗歌绝不能用来作讥刺社会的工具。以诗来抨击社会，不仅违反了温厚和平的诗教，而且也违反了“礼”“道”的规范。所以，尽管王船山有时说得极为堂皇，实际上他对此再厌恶不过了。他知道后世并非“君尽武王，相尽周公”，容不得“以暴易暴”，故从反面落笔，来说明这种做法是如何的要不得。那么，作者路见不平、心有郁积该怎么办呢？王船山说：“善忧者以心，不善忧者以声。”[2] 依他看来，面对暴君污吏，心知之而不明言之，不示人以可疑之端，才是“善忧者”。这真是明哲保身、自欺欺人的绝妙写照，他比之杜甫、白居易来，软弱卑怯不更显而易见了吗？

王船山如此忌讳讥刺现实的作品，根源于他这样根深蒂固的观念：君权不可移易，君臣关系同于父子关系。所谓“父子君臣者，自有人道以来，与禽兽之大别者此也”[3]。他说：“以诋讦为直，以歌谣讽刺为文章之乐事，言出而递相流传，蛊斯民之忿怼以诅咒其君父，于是乎乖戾之气充塞乎两间，以干天和而奖逆叛，曾不知莠言自口而彝伦攸斁，横尸流血百年而不息，固其所必然乎！”[4] 可谓把怨诗的“流弊”提高到了吓人的地步。因此，王船山绝不允许在诗中表现对君上或时政的怨恨。他说：“信而见疑，劳而见谪，亲而见疏，不怨者鲜也。虽然，未可怨也。……夫两贤不相怨，相怨者必不肖者也。而彼已固然，奚为其怨之乎？”[5] 这种面对恶势力无可奈何，只愿听之任之，又不允许别人发出一点怨声的做法，正是封建士大夫因愚忠带来的先天性的迂腐和软弱的表现。这种天性使他无法判定国家、民族和一

---

① 王夫之：《唐诗评选》卷二，见《船山全书》第十四册《楚辞通释　古诗评选　唐诗评选　明诗评选》，岳麓书社1996年版，第976页。

② 王夫之：《诗广传》卷三，清同治湘乡曾氏金陵节署刻本。

③ 王夫之：《周易内传发例》，见《船山全书》第一册《船山全书序例　周易内传附发例　周易大象解　周易稗疏附考异　周易外传》，岳麓书社1988年版，第677页。

④ 王夫之：《读通鉴论》卷二十七，中华书局1975年版，第979页。

⑤ 王夫之：《诗广传》卷一，清同治湘乡曾氏金陵节署刻本。

个君王之间的价值关系，也无法确定怨诗的价值。明乎此，我们对他抨击元稹、白居易、杜甫就不会觉得奇怪。他们受到王船山的批评，固然有刻画见真、直露等艺术上不够温厚的原因，而在抨击时政上过多怨恨而有损于君臣之义，大概也不符合王船山的伦理标准。而后者无疑是王船山思想中的深层结构，是他无情地贬斥怨诗的更深层的意识。

与王船山相比，同时期顾炎武和黄宗羲的诗论则表现出更为磊落的精神和近代的目光。他们身上没有王船山那么沉重的因袭的负担，没有那么分明的君臣之义和君子小人庶民之别。顾炎武说："政教风俗，苟非尽善，即许庶人之议。""诗之为教，虽主于温柔敦厚，然亦有直斥其人而不讳者。"[①]黄宗羲说："美而非谄，刺而非讦，怨而非愤，哀而非私，何不正之有？夫以时而论，天下之治日少而乱日多。……韩子曰：'和平之音淡薄而愁思之声要妙，欢愉之辞难工而穷苦之言易好。'向令《风》《雅》而不变，则诗之为道，狭隘而不及情，何以感天地而动鬼神乎？"[②] 与王船山相比，在社会动荡、民族灾难深重的时候，黄宗羲大声疾呼，主张直接地表现人民的怨愤，而王船山则主张人们不要相互怨恨，即使表现怨情，也要"闲旷和怡"，低回要眇。因此，王船山的思想中有更浓厚的封建意识，这种意识无情地左右了他的文学批评观。

二、理欲性情的规范与诗的理性情感

上文我们着重分析的是王船山对诗歌外在的温厚和平格调的规范，这里我们将把视野转向内在的情感，看王船山是如何规定诗歌的情感内容的。王船山这样谈诗中的情：

> 关情是雅俗鸿沟，不关情者貌雅必俗。然关情亦大不易，钟、谭亦未尝不以关情自赏，乃以措大攒眉、市井附耳之情为情，则插入酸俗中为甚。情有非可关之情者，关焉而无当于关，又奚足贵哉！[③]

---

① 顾炎武：《日知录》卷十九《直言》，清乾隆刻本。

② 黄宗羲著，平慧善校点：《陈苇庵年伯诗序》，见《黄宗羲全集》第十册《南雷诗文集（上）》，浙江古籍出版社1993年版，第45－46页。

③ 王夫之：《明诗评选》卷六，见《船山全书》第十四册《楚辞通释　古诗评选　唐诗评选　明诗评选》，岳麓书社1996年版，第1510－1511页。

可见并非任何一种情感都合乎理性的标准。王船山认为，凡涉及个人私欲和私意的情感均是不合规范的，诗应排除这种非理性的情感。他说：

> 诗言志，非言意也。诗达情，非达欲也。……但言意，则私而已，但言欲，则小而已。[①]

他举出钟惺、谭元春、杜甫以及民歌等里巷之曲为非当关之情，属私意小欲。钟、谭之“酸俗”大概以其意绪之幽僻孤峭，牢骚满腹。至于杜甫，王船山说：“呜呼！甫之诞于言志也，将以为游乞之津也，则其诗曰：‘窃比稷与契’；迨其欲之迫而哀以鸣也，则其诗曰：‘残杯与冷炙，到处潜悲辛。’是唐虞之廷有悲辛杯炙之稷契，曾不如呼蹴之下有甘死不辱之乞人也。甫失其心，亦无足道耳。”[②] 而对于民歌，如《孔雀东南飞》，则斥之为“古人里巷所唱盲词白话，正如今市井间刊行《何文秀》《玉堂春》一类耳”[③]。

但令人置疑的是，钟、谭因时代及个人遭际的原因，在思想倾向上显得幽僻孤峭，因而受王船山指责，里巷之曲因不加矫饰地表现率真的情感，因而被斥为“非言情之章”，可是杜诗反映社会动乱给人民带来的痛苦，堂堂正正，何私意小欲之有？这就不能不使我们转向王船山对情欲内涵的规范，对他的意和欲进行一番审视。

众所周知，王船山与宋儒理欲观的最大不同在于即欲见理、以欲实理。他接受胡亦峰“天理人欲同行而异情”的说法，以为“私欲之中，天理所寓”[④]，“随处见人欲，即随处见天理”[⑤]，在一定程度上突破了宋儒的理欲观。由于此，他才能给情欲一定的肯定，在诗歌理论中多次阐述情感在诗歌创作中的作用，表明了他在这方面的进步性。

但如上文所引，王船山对情欲的肯定仍是有保留的，他以为欲有好恶，毕竟与理有所不同，并非所有的欲都是理。欲还要有个“絜矩之道”，以合乎理。他对李贽直截了当地提倡人欲大为不满：“若近世李贽、钟惺之流，

---

① 王夫之：《诗广传》卷一，清同治湘乡曾氏金陵节署刻本。

② 王夫之：《诗广传》卷一，清同治湘乡曾氏金陵节署刻本。

③ 王夫之：《古诗评选》卷一，见《船山全书》第十四册《楚辞通释　古诗评选　唐诗评选　明诗评选》，岳麓书社 1996 年版，第 508 页。

④ 王夫之：《四书训义》卷廿四《孟子二》，清光绪潞河啖柘山房刻本。

⑤ 王夫之：《读四书大全说》卷八，清船山遗书本。

导天下于邪淫，以酿中夏衣冠之祸，岂非逾于洪水、烈于猛兽者乎？”[1] 因此，王船山既反对道学家的绝欲寡欲说，又反对李贽的纵欲观。李贽过多强调放纵人的自然本能，自然有其偏邪的地方，但李贽对宋儒的冲击所带来的思想解放却有积极的一面。王船山未能看到，他在反对李贽的时候，实际上仍是以道学家的理欲义利之辨为武器，把李贽视为洪水猛兽而大加抨击。这样，他又不自觉地回到了宋儒那条道上。所谓“有公理，无公欲。私欲净尽，天理流行，则公矣”[2]。所谓“天下之公理，以私乱之，则公理夺矣”[3]。因此，理欲虽不能分割，但仍然是有分别的。即欲见理，并不意味着凡欲皆理，而是要对欲加以规范，使之合乎理。尤其当欲与统治者所谓的“理”发生冲突的时候，他毫不迟疑地将欲归为私欲并加以否定。他所谓的“公理”“天理”，无疑仍是宋儒们所津津乐道的“理”，它与统治者的利益是一致的。

为了使情欲能够合乎“理”，不流衍为非分的“私欲”，王船山特别强调君子小人立身行事的不同，强调对情欲的规范——度。他说：“饮食男女之欲，人之大共也。共而别者，别之以度乎？君子舒焉，小人劬焉，禽兽驱焉；君子宁焉，小人营焉，禽兽奔焉。”[4] 他认为，饮食男女之欲是人所共有的，而唯君子对此是宁焉、舒焉，不刻意追求，合乎度。而小人劬焉营焉；如禽兽一般驱焉、奔焉，不守本分，所以才有了不合理性的私欲。从更广的方面而言，凡违反了传统的儒家礼教，或危及了封建统治的，王船山都认为是不合度的，比如韩、柳、曾、王之文，抒发牢骚不平，被其称为“千古之淫人”[5]，《北门》抱怨劳逸不均，被斥为“诬上行私而不可止”，陶渊明也被他讥为“识量不出针线、蔬笋、数米、量盐”[6] 之类，至于元稹、白居易、杜甫，更是受到他多次抨击。而曹丕却被他冠以“诗圣”的美名（参看《古诗评选》）。以上所举的诗人或作品，尽管程度不同，但都或多或少涉及社会不平的现象，抒发了作者的牢愁不满。这种怨情，在王船山看来，都是不合性理的，因为它违反了礼教和君臣之义，危及了封建统

① 王夫之：《读通鉴论》卷末《叙论三》，中华书局1975年版，第1111页。

② 王夫之：《思问录内篇》，见《船山全书》第十二册《张子正蒙注　思问录　俟解　黄书　噩梦　识小录　搔首问　龙源夜话》，岳麓书社1996年版，第406页。

③ 王夫之：《读通鉴论》卷二十二，中华书局1975年版，第771页。

④ 王夫之：《诗广传》卷二，清同治湘乡曾氏金陵节署刻本。

⑤ 王夫之：《诗广传》卷一，清同治湘乡曾氏金陵节署刻本。

⑥ 王夫之著，夷之校点：《薑斋诗话》卷二，见《四溟诗话　薑斋诗话》，人民文学出版社1961年版，第163页。

治，所以不能容忍：

> 怨者，阴事也。阴之事，与情相当，不与性相得；与欲相用，不与理相成。①

因此，王船山批评杜甫，与其说是因为他视杜甫为通过发牢骚而别有所求的“细人”，不如说是因为他认为杜甫“诬上行私而不可止”。所谓：“《北门》之淫倍于《桑中》，杜甫之滥百于《香奁》。”② 就是说，表现男女之间情爱欢好的诗歌尚可容忍，而以私构怨，表现君臣怨忿的诗歌则必须加以制止。而恰恰是这些作品，才真正反映了社会的矛盾。这一切说明王船山所执着的伦理标准，仍未超出封建地主的基本范围，他严守的仍是宋明道学家的理欲性情之辨，尽管是经过修正的。

与王船山相比，顾炎武、黄宗羲对理性情感的规范要相对宽泛，除上面我们比勘之“怨”的情感外，顾、黄对民歌所表现出的质朴率真的情感都予以肯定。顾氏文集中有不少仿民歌仿乐府之作，如《榜人曲》一类。他非常善于吸收、改造民间口语。缪永谋说：“诗有俚语，经顾宁人笔辄典。”③ 可见他对民间俗语下过功夫。黄宗羲论诗虽仍分一时之性情（吴歈越唱，怨女逐臣之情）与万古之性情（合乎兴观群怨、思无邪者），但他对民间创作仍予以肯定。“今古之情无尽，而一人之情有至有不至。凡情之至者，其文未有不至者也，则天地间街谈巷语、邪许呻吟，无一非文，而游女、田夫、波臣、戍客，无一非文人也。”④ 与王船山诬民歌为“村黄冠盲女子所弹唱”“市井附耳之情”形成鲜明对照。究其原因，不外乎王船山比顾、黄二人在思想中有更多的理学痕迹。一涉及情，便想到用理来加以匡正，而最反对直情径行。

三、仍是儒家传统诗教的继承者

王船山在诗的社会功用方面重视兴和群，主张对情感的理性规范，恰恰

---

① 王夫之撰：《诗广传》卷三，清同治湘乡曾氏金陵节署刻本。

② 王夫之撰：《诗广传》卷一，清同治湘乡曾氏金陵节署刻本。

③ 朱彝尊编：《明诗综》卷八十二引，影印《文渊阁四库全书》本。

④ 黄宗羲著，平慧善校点：《明文案序上》，见《黄宗羲全集》第十册《南雷诗文集》上，浙江古籍出版社 1993 年版，第 18 页。

表明他的社会伦理思想和诗论倾向不能超越儒家的整体文化和儒家源远流长的诗论传统。我们考察儒家的诗学理论，可以看出，从孔子到汉儒，虽然举出兴观群怨，并多次阐述由诗乐知政的思想，但仍把重点放在兴、群之上，注意对情感的理性规范，强调通过个体内心的陶冶修养来敦化社会群体的外在风俗。王船山正是在这方面表现出向早期儒家思想复归的迹象。

王船山和先前儒家一样，既把兴和群作为诗歌社会功用的首要方面，又强调对理欲性情的分辨和规范，把诗歌一己之性情，与天下人的性情、伦理、风俗联系在一起。由兴到群，通过一己的性情，来敦化天下人的性情。下面两段引文也许最能表现他这种思想：

> 古之为诗者，原立于博通四达之途，以一性一情周人伦物理之变，而得其妙。①
>
> 可兴，可观，可群，可怨，是以有取于诗。然因此而诗，则又往往缘景，缘事，缘已往，缘未来，终年苦吟而不能自道。以追光蹑景之笔，写通天尽人之怀，是诗家正法眼藏。②

因此，诗不仅仅是一性一情的表现，它在抒发个人独思的同时，也应该能体现人情物理之变，能写通天尽人之怀。个人与社会、一性一情与通天尽人之怀，正是通过诗的桥梁，实现了和谐统一。王船山的这一诗学理论，表明他的思想框架与早期儒家的诗论有着同构关系。

由于王船山不能忘怀儒家的传统社会功利观，他在确立诗歌的艺术原则时，就自然地转向了温厚和平的传统观念，因为温厚和平的艺术原则本来就是伴随着儒家传统的社会功利观而一同产生的。儒家在倡言“哀而不伤，怨而不怒”的诗教时，正是着眼于维护社会的安定和统治者地位的。我们从文学批评发展史中可以清楚地看到，温厚和平这一艺术原则的兴衰起落，总是与一定的社会政治经济条件和社会思潮相联系的。汉儒之温柔敦厚，与确立和维护汉朝大一统的封建帝国相关联，而到了魏晋南北朝，随着社会的动荡、儒教的衰微，缘情说大畅其旨，而温柔敦厚则少有人提及。国势恢宏的盛唐为诗人提供了广施才情的天地，风雅的怨刺精神并不为诗人和诗论家

---

① 王夫之：《四书训义》卷十九《论语十七》，清光绪潞河啖柘山房刻本。

② 王夫之：《古诗评选》卷四，见《船山全书》第十四册《楚辞通释　古诗评选　唐诗评选　明诗评选》，岳麓书社 1996 年版，第 681 页。

所讳。宋代以降，由于封建统治大伤元气，国势衰落，统治者经受不起直斥痛处的怨刺之声，温柔敦厚的诗教才伴随着理学的兴盛而大行于世。关于这一点，还是《诗史》中的一句话说中了其中原委："乐天识趣最浅狭，谓诗中言甘露事处，几如幸灾，虽私仇可快，然朝廷当此不幸，臣子不当形歌咏也。"① 显然，在封建卫道者看来，作为臣子，当朝廷不幸之时，应为君父讳，不能直言指斥，有损君臣关系。这种微妙的心理，正是温柔敦厚诗教赖以生长的土壤。由宋到明清，怀此苦心的士大夫可说是绵延不绝，他们怀抱着儒家君臣父子之义，也就不能容忍有丝毫损害这种"礼义"的行为举动，尤其在国势衰微的时候，任何一点不和谐的声音，都会牵动他们脆弱的神经。这也正是元、白诸人在后世屡遭贬斥的原因之一。所以，我们完全应该注意到温厚和平背后所隐藏的封建伦理观念。

对于王船山，我们引用已故的嵇文甫先生的一句话作结："对于他不应该作过苛的要求，也不应该作过高的估计。"②

（原载《江汉论坛》1987 年第 7 期）

① 阮阅编：《增修诗话总龟》卷五，《四部丛刊》景明嘉靖本。

② 嵇文甫：《王船山学术论丛·序言》，生活·读书·新知三联书店 1962 年版，第 2 页。

船山诗论与庄子哲学

王船山是明清之际知名的儒学集大成者，但其思想却是儒、佛、道三者兼而有之。他生平对《庄子》研究精深，所著《庄子通》《庄子解》，于《庄子》颇多发明，思想也多受庄子影响。“凡庄子之说，皆可因以通君子之道。”[①]（《庄子通·叙》）就是王船山接受庄子思想的明证。王天泰《庄子解·序》也说：“今忽于读先生之解《庄》，不啻庄子自为之解，是又不知庄生之为先生，先生之为庄生矣。”[②] 船山与庄子的会心处亦可略见一斑。与此相应，王船山的诗论体系中既有儒家思想的基本内核，又有庄子思想的印记。尤其在诗歌创作理论上，他倾心于作家创作过程的随意性和自发性，追求建立在物我为一的基础上的天籁境界，更见出庄子思想的影响。本文试图通过对二者的比较，以探讨船山诗论与庄子哲学思想之间的联系。

一、天籁与人籁

天籁与人籁原是庄子阐述自然无为思想的一对哲学范畴，后为文学批评家采用，成为表述自然与人工这组对立的文学批评术语。从庄子崇尚自然的天籁，到王船山的倡导诗的天籁，可以看出王船山创作论的倾向及其与庄子哲学的内在联系。

天籁、地籁、人籁的区分，首见于《庄子·齐物论》：

> 子游曰：“地籁则众窍是已，人籁则比竹是已，敢问天籁？”子綦曰：“夫天籁者，吹万不同，而使其自已也，咸其自取，怒者其谁也。”[③]

从文中看，地籁和人籁均有所恃，地籁依凭着地窍，人籁凭借着竹箫，唯天

---

① 王夫之撰：《老子衍　庄子通　庄子解》，中华书局2009年版，第45页。

② 王夫之撰：《老子衍　庄子通　庄子解》，中华书局2009年版，第72页。

③ 庄周著，王先谦撰：《庄子集解》，中华书局1987年版，第9页。

籁不恃外力，完全是天风骀荡、无声无臭、无始无终的自然音响。三者相较，庄子更推崇天籁。天籁作为庄子哲学范畴中的一个象征符号，其所指其实就是无所依恃的自然之美，是不事人工雕凿、充溢着天地间自然灵气的粗服乱头之美。船山所谓：“百物之精、文章之色，休嘉之气，两间之美也。”① 庄子推崇天籁，是由于天籁是天机自动所形成，而非外力引起的他动。外力与人工的行为在庄子看来是不美的，他说：“有成与亏，故昭氏之鼓琴也；无成与亏，故昭氏之不鼓琴也。”（《齐物论》）照庄子看来，昭氏鼓琴，虽说技艺高妙，但鼓商则丧角，挥宫则失徵，不如置而不鼓，反倒五音自全。因此，人为的机巧，虽能巧夺天工，终不如天工本身来得自然。人籁纵使十分巧妙，能吹奏出如怨如慕的曲调，也比不上天籁的大音希声。总之，自然的东西是完美的，人工的东西总是有缺陷的，“凫胫虽短，续之则忧；鹤胫虽长，断之则悲”②，物性虽异，却各有其自然之理，人的主观活动不应破坏这种自然之理。

在艺术理想方面，庄子也推崇自然，不尚人工。他是一个天生的富有才情的艺术鉴赏家，终日逍遥于山林泽畔，流连自然风物，观赏天然美景，在他看来，自然万物本身就具有美的天性，人们只需凭借身观去欣赏，而不必刻意“创造”。人工的东西不仅不美，反而会损害原本美的东西。因此，“不师成心”，取消人的主观行为，在自然与人心的感应之中直接体验自然，而不是以“成心”去校正自然，便成为庄子艺术哲学的核心。庄子文章中屡屡描绘的“吾丧我”“形如槁木”的形象，表明他对主观行为的否定。从他漫游于山林皋壤，与飞潜动植为友，到他笔下展示的种种虚无缥缈的境界，都可以看出他对天籁自然的艺术追求。

庄子的天籁精神，曾对中国的文学艺术产生了极大的影响，中国文人所创制的“仙才”“诗仙”“天授”“化工”“羚羊挂角”“镜花水月”等赞语，无一不是对带有庄禅印记的诗人和诗作的赏誉。而中国读者所喜爱的诗人，又或多或少具有道家精神的痕迹。陶渊明虽是一个“达则兼济天下，穷则独善其身”的儒者，但我们从他“采菊东篱下，悠然见南山”的不经意举动中，从他“此中有真意，欲辨已忘言”的行为中，也隐然可见一位道者的形象。萧统说他：“不解音律，而蓄无弦琴一张，每酒适，辄抚弄以

---

① 王夫之：《诗广传》，中华书局1964年版，第172页。

② 庄周著，王先谦撰：《庄子集解》，中华书局1987年版，第78页。

寄其意。”[①] 这种飘逸自在的风神，更是道家自然无为思想的体现。陶渊明的抚琴寄意，与庄子的不由心智、率性而动颇为吻合。“不解音律”却“蓄五弦琴一张”，并在酒酣耳热之际，常常“抚弄以寄其意”，可见他对琴或音律本身倒不在意，而重在琴弦繁会之中所领略到的“真意”。它说明，诗人或艺术家通过学习掌握某种技能是无关重要的，所借以表情达意的工具也是无关重要的，重要的是撇开了主观行为或外在手段所得到的一种内心体验、一种意趣。这使我们想起道家“得鱼忘筌”“得意忘言”的名言，其根本点都在于要求主体超脱物累，不由心智，率性而动，达到天籁境界。

对于王船山这样一位欲以“庄生之说”，来“通君子之道”的思想家来说，他在诗论上追寻庄子是毫不奇怪的。他多次阐发了不用意，不攀援，追求创作的自发性和随意性的思想：

> 自《三百篇》以来，但有咏歌，其为风裁，一而已矣。故情虽充斥于古今上下之间，而修意絜篇必当有畔。盖当其天籁之发，因于俄顷，则攀援之径绝，而独至之用弘矣。[②]

他认为，《三百篇》以来，诗虽一体，作诗之法则畔然有别，因为诗是“天籁之发”，诗人只有在感兴的俄顷之间发而为诗，不事攀援，不师成法，才能弘扬诗体的“独至之用”。因此，以天籁之发来反对诗人受“成心定法”等格套的束缚，主张诗人在与自然景物猝然相迎的“兴会”状态中，表现刹那间的感触，造成情景交融的境界，是王船山所倾心的创作方法。他反对任何的刻意和格套，如“兴会不亲而谈体格，非余所知也”[③]，“不用意而物无不亲，呜呼，至矣”[④]（《古诗评选》卷四），皆以不用意为宗旨。

依他看来，天籁之发，关键就是不经意，是物我一刹那间的自由兴发。对创作主体而言，就是诗人或文学家主观的随意性和自发性：

> “池塘生春草”，“蝴蝶飞南园”，“明月照积雪”，皆心中目中与相融浃，一出语对，即得珠圆玉润，要亦各视其所怀来，而与景相迎

---

① 萧统：《陶渊明传》，见《笺注陶渊明集》卷十，《四部丛刊》本。

② 王夫之评选，李中华、李利民校点：《古诗评选》，上海古籍出版社 2011 年版，第 172 页。

③ 王夫之：《唐诗译选》卷四，文化艺术出版社 1997 年版，第 215 页。

④ 王夫之：《唐诗评选》卷四，文化艺术出版社 1997 年版，第 162 页。

者也。[1]

谢灵运的“池塘生春草”历来受诗家赞赏，各家所论也多从不经意处着眼。叶梦得说：“世多不解此语为工，盖欲以奇求之耳。此语之工，正在无所用意，猝然与景相遇，借以成章，故非常情所能到。”[2] 王若虚说：“谢灵运梦见惠连而得‘池塘生春草’之句，以为神助。”[3] 袁守定云：“诗之妙在有所感触而动于中，偶然得之，若不经意，如大谢‘池塘生春草’。”[4] 不经意，就是不强求，不雕凿，情之所至，与景融合，“随其所欲而俱至”。这种即景会心、情景交融的自然美景，是诗人不受成心束缚，天机骏发，兴会叠起的必然结果。所谓：“不资思致，不入刻画，居然为天地间说出，而景中宾主，意中融合，无不尽者。‘蝴蝶飞南园’，其不似人间得矣。谢客‘池塘生春草’盖继起者，差足旗鼓相当。笔授心传之际，殆天巧之偶发，岂数觏哉!”[5] 诗人的职责仿佛只是表述，不资思致，将直觉到的自然状态描述下来。

王船山对李白《子夜吴歌》的评价也同样发人深省。诗云：“长安一片月，万户捣衣声。秋风吹不尽，总是玉关情。何日平胡虏，良人罢远征。”王船山评曰：“前四语是天壤间生成好句，被太白拾得。”[6] 耐人寻味的是，对于整首诗，王船山独括出前四句作为“天壤间生成好句”，对后两句则避而不论。其原因就是，前四语是诗人即目而吟，将秋风月夜之景、捣衣寄远之事、思妇怀人之情，以自然的语言记录下来，仿佛不经意地拾得。后两句则露出理性活动，太显人力。他评李东阳诗亦如此。“草碧明沙际，花红试雨初。官船荡素桨，惊散一双鱼。”船山评云：“偶然所见，亦不似从人间来，言诗者辄云冥搜，何从探此。”[7] 李东阳诗本亦无惊人之处，它之所以受王船山重视，是因为它是诗人“以物观物”，偶然所见，诗中没有丝毫的理性因素和作者主观活动的痕迹。像这种化尽町畦，不见人力的自然图景，才是王船山所喜爱的艺术境界。它是诗人率性“拾得”而非“搜得”的、

---

① 王夫之撰，戴鸿森译注：《薑斋诗话笺注》，中华书局 1981 年版，第 50 页。
② 叶梦得：《石林诗话》卷中，宋百川学海本。
③ 王若虚：《滹南诗话》，人民文学出版 1983 年版，第 52－53 页。
④ 袁守定：《占毕丛谈》卷五，清乾隆十三年（1748）刻本。
⑤ 王夫之评选，李中华、李利民校点：《古诗评选》，上海古籍出版社 2011 年版，第 182 页。
⑥ 王夫之评选，陈书良校点：《唐诗评选》，上海古籍出版社 2011 年版，第 59 页。
⑦ 王夫之评选，周柳燕校点：《明诗评选》，上海古籍出版社 2011 年版。第 301 页。

自然的、充满了道家精神的、直觉的艺术世界。

这种重天籁、轻人力的创作思想，在另一处表现得更为明豁。“若即景会心，或推或敲，必居其一。因景因情，自然灵妙，何劳拟义哉？‘长河落日圆’，初无定景，‘隔水问樵夫’初非想得。”① “僧敲月下门”句，历来被人们视为锻字炼句的典范。而王船山以为如此“想得”却未必见佳。他更倾心于即景会心、物我兴发一刹那间的神悟，在直觉中来决定取舍，而不靠拟义想得。拟义想得，易著色相，变活句为死句。因景因情，则不粘不脱，自然灵妙。中国古典艺术中的至高境界，往往因自然之理，得江山之助，不费人力，兴会神到。“吴带当风”，是因了裴将军的剑器舞而起兴，不用尺度，立笔挥扫，势若风旋②。怀素妙品，因观真石而师之，“其痛快处如飞鸟出林，惊蛇入草”③。妙处皆在物我兴发一刹那间得之。如拟义想得，则事倍功半，貌合神离。《庄子·田子方》曾有一则著名的“解衣盘礴”的故事：“宋元君将画图，众史皆至。受揖而立，舐笔和墨，在外者半。有一史后至，儃儃然不趋，受揖不立，因之舍，公使人视之，则解衣盘礴，裸，君曰：‘可矣，是真画意者也。’”④ 舐笔和墨者，胸有成意，但貌合神离；受揖不立，解衣盘礴者，则心虚意闲，无所依傍，貌离而神合。一靠想得，一靠兴会，孰优孰劣，显而易见。故王船山释此语云：

> 挟其成心以求当，未当也，而貌似神离多矣。夫画以肖神者为其，迎心之新机而不用其故，于物无不肖也。此有道者所以异于循规矩，仿龙虎，喋喋多言以求当者也。⑤

所以，舐笔和墨者挟其成心以求当，其得未当；两有道者不循规矩，却是真画者。这说明艺术家应摆脱程式的束缚，以“丧我”的姿态去进行创作，才能进入自由的境界。船山诗论的这一主张无疑与庄子的思想是十分吻合的。

严格地说，在艺术创作中完全丧失“我”是不可能的，艺术创作必然是“以我观物”。庄子和船山的理论倒没有否认这种情形，所谓“丧我”

---

① 王夫之撰，戴鸿森译注：《薑斋诗话笺注》，中华书局 1981 年版，第 52 页。
② 郭若虚：《图画见闻志》卷一，《四部丛刊续编》景宋本配元钞本。
③ 黄简编选：《历代书法论文选》，上海书画出版社 1979 年版，第 283 页。
④ 庄周著，王先谦撰：《庄子集解》，上海书店 1987 年版，第 23 页。
⑤ 王夫子：《老子衍　庄子通　庄子解》，中华书局 2009 年版，第 254 页。

“拾得”，其实是要求主观不断地领会自然的神情，与道为一，与自然为一，顺乎自然的脉理而运动。适应了自然，则能如鱼之得道，而相忘乎江湖；人之得道，而相忘乎道术。艺术家如能顺乎自然而兴发，因景因情，就能相对地“丧我”“以物观物”，相忘乎艺术活动。其高超的境界，就会如庖丁解牛、轮扁斫轮，“已而不知其然”。在这个意义上，庄子及船山所倡导的天籁之发，因于俄顷；主张因景因情的自发性和随意性，对于那些雕凿刻画的“贫血症者”，未尝没有积极意义。

二、物我为一和情景交融

缘物起兴，情景交融，本是中国古诗之一格。早在《诗经》中，以比兴手法写成的作品已有先写物象、后写情致，由客观到主观、由物到我的感发形式。像《凯风》之兴：“凯风自南，吹彼棘心。棘心夭夭，母氏劬劳。”结构由物及我，由景及情，层次分明。还有另一种情况，即写物已寓情，物我有别而合一。像《蒹葭》：“蒹葭苍苍，白露为霜。所谓伊人，在水一方。”头两句的物象描写，已含有寓托。秋风瑟瑟、霜露点点的苍茫景象与诗人的怀人之情非常吻合，情景虽划界为二，意蕴却契合为一。

诗中的这种物我感发、情景交融的现象，是人类思维活动中主客体交互感兴现象在诗界的一种反映。“人禀七情，应物斯感。感物吟志，莫非自然。”① 诗人“悲落叶于劲秋，喜柔条于芳春”②，物之荣枯盛衰与心之悲喜哀乐，本来就有着异质同构的关系。诗人托物喻志，感物兴情，将主观情致寓托在客观物象之中，是哲学认识论中物我为一的认知方式在诗歌创作中的表现，是诗人以审美的方式把握世界的主要手段，它在哲学上有一定的理论基础。

中国的传统思想历来主张物我同一，孟子的“万物皆备于我”，庄子的“天地与我并生，而万物与我为一”（《齐物论》）均讲求主观与客观的同一。尤其庄子，主张齐物我，消泯物我的界限，更是这一观念的积极倡导者。对于物，他认为：“以道观之，物无贵贱。”③ 因此，庄子笔下的物有情有信，飞潜动植无不赋有人的性情气质。而人，无论是驾驭万物的神人，还

① 刘勰撰，杨明照校注：《文心雕龙校注》，中华书局 1959 年版，第 7 页。

② 陆机：《陆机集》，中华书局 1982 年版，第 1 页。

③ 庄周著，王先谦撰：《庄子集解》，中华书局 1987 年版，第 142 页。

是肢体不全的残人，都同样具有非人的气质。尤其那位美丽的姑射仙子，“不食五谷，饮风吸露，乘云气，御飞龙，而游于四海之外”①，成了与自然合一，飘然尘外的理想化身。由于庄子对待物的态度，是一面强调“圣人处物不伤物”，一面又重视“物物而不物于物”，在物我之间，寻求一种平衡与和谐，所以物在他眼中才产生一种亲和力，才生成了物我为一的思想。后代诗人游目骋怀，登高作赋，与自然同乐，皆根源于此。像陶渊明“俯仰终宇宙，弗乐复何如”，李白“相看两不厌，只有敬亭山”，苏轼“惟江上之清风，与山间之明月，是造物主之无尽藏也”，均能见出庄子“天地与我并生，而万物与我为一”的影子。

当然，物我为一的观念，在哲学领域会导致混淆主客观的唯心主义错误，扩展到人的行为实践中，无疑也是消极的。但是，摈弃其唯心主义的外壳，就会发现它的合理内核，它揭示了自然与精神的异质同构现象，尤其是诗歌创作中物我感发、情景交融这一现象的内在联系。格式塔心理学研究的结果表明，当外部事物与艺术形式的力的作用模式达到一致时，就能激起审美感受。中国古诗的讲求情景交融、追寻物我为一的化境，正是力图达到心与物结构图式的一致。而庄子的物我为一也不自觉地为情景交融的诗论奠定了哲学基础。

在中国文学批评史上，唯有王船山对情景交融的理论阐述得系统、深入。究其原因，正在于庄子哲学的影响。庄子的思想启发了他这样一种观念：宇宙间的事物都是相互联系的，我中有你，你中有我，相互依存。他评庄子的“万物与我为一”说：“道合大小、长短、天人，物我而通于一，不能分析而为言者也。”②（《庄子解·齐物论》）主张物我浑融，反对割裂。在《尚书引义》中又说：“且夫物之不可绝，以己有物，物之不容绝也，以物有己。……一眠一食皆与物俱，一动一言必依物起。”“心无非物也，物无非心也。……万物与一己而已矣。”③将物与己、物与心视为异质同构的共同体。这种对立物之间相互联系、相互依存的思想，在王船山的著作中比比可见，如：“有外，则相与为两，即甚亲，而亦如父之与子也；无外，则相与为一，虽有异名，而亦若耳目之与聪明也。”“天下有截然分析而必相对待之物乎？求之于天地无有此也，求之于万物无有此也，反求之于心抑未

① 庄周著，王先谦撰：《庄子集解》，上海书店1987年版，第4页。

② 王夫之：《庄子解》，中华书局1964年版，第22页。

③ 王夫之：《尚书引义》卷一，清同治四年（1865）湘乡曾氏金陵节署重刊船山遗书本。

念其必然也。"[1] 这种对立统一的辩证思想，为他研究情景交融理论提供了方法论基础，也使他比前人更深入地理解了情景的同一关系。

正是在此基础上，王船山提出了"情景名为二，而实不可离。神于诗者，妙合无垠"[2] 的著名论断。他认为：

> 关情者景，自与情相为珀芥也。情景虽有在心在物之分，而景生情，情生景，哀乐之触，荣悴之迎，互藏其宅。天情物理，可哀而可乐，用之无穷，流而不滞。[3]

这段分析带有明显的庄子印记。景与情虽然各自有其规定性，前者属客观的"物"，后者属主观的"心"。但诗人对景生情，"既随物以宛转……亦与心而徘徊"[4]（刘勰语）。天情物理，无不可因我而用，物象杂沓，无不可与我为一。景生情，情又生景，物之宏阔微细，皆于心目相取处，与我之荣悴哀乐互为表里，互藏其宅，相与为一，不分彼此。这种以心物合一、物我为一的思想来分析情景关系的做法，在文学批评史上尚属首次。它比宋明以来的诗论家割裂情景，强分景语、情语的习惯做法高明得多。

关于景语，他说：

> 不能作景语，又何能作情语邪？古人绝唱句多景语。如"高台多悲风""蝴蝶飞南园"……皆是也。而情寓其中矣。[5]

认为景语即情语。

关于情语，他说：

> 情语能以转折为含蓄者，唯杜陵居胜。"清渭无情极，愁时独向东……之类是也。"[6]

---

① 王夫之：《周易外传》卷七，同治四年（1865）湘乡曾氏金陵节署重刊船山遗书本。
② 王夫之撰，戴鸿森译注：《薑斋诗话笺注》，中华书局 1981 年版，第 72 页。
③ 王夫之撰，戴鸿森译注：《薑斋诗话笺注》，中华书局 1981 年版，第 33 页。
④ 范文澜：《文心雕龙注》，人民文学出版社 1958 年版，第 693 页。
⑤ 王夫之撰，戴鸿森译注：《薑斋诗话笺注》，中华书局 1981 年版，第 91 页。
⑥ 王夫之撰，戴鸿森译注：《薑斋诗话笺注》，中华书局 1981 年版，第 94 页。

所谓情语转折为含蓄者，是指情语写作景语，以景语代情语，情景合一。文中所引杜甫《秦州杂诗》两句，虽属言情，但从意象上看，仍然是景，渭水无语东流之景。作者以写景代言情，形成曲折顿挫、情景浑融的诗境。王船山非常赞赏这种情景不分的诗境，他在《唐诗评选》中再一次称赞道："末一语有两转意而浑成不觉，方可谓意句双收。"[①] 所谓两转意而浑成不觉，是说客观之景与主观之情互相转化，契合无间，令人浑然不觉。船山对情语景语相互联系的分析方法，无疑得益于庄子物我为一的观念。这一观念使他将情景视为一组对立而统一的诗论范畴。

情景相对相生，互相转化，对立而又统一，这是王船山情景理论的核心。它在某种程度上，类似于庄子的"物化"思想。王船山认为，情景称名为二，但在诗中却融合为一，就像庄周化蝶，物我两忘："昔者庄周梦为蝴蝶，栩栩然蝴蝶也，自喻适志欤！不知周也。俄然觉，则蘧蘧然周也。不知周之梦为蝴蝶欤，蝴蝶之梦为周欤？周与蝴蝶，则必有分矣。此之谓物化。"[②] 庄周与蝴蝶必定是有分别的，但庄周化蝶，物我两忘，遽然为一，这就是"物化"。情与景的关系在船山看来，也如庄周化蝶，你中有我，我中有你，浑然合一，不能分析而对待之。这种物化的妙境，王船山曾以天际飘忽的云霞来形容之：

> 如一片云，因日成彩，光不在内，亦不在外，既无轮廓，亦无思理，可以生无穷之情，而情了无寄。[③]

或说是：

> 无端无委，如全匹成熟锦，首末一色，唯此故令读者可以其所感之端委为端委，而兴观群怨生焉。[④]

这种无凑泊之痕的天然化工，略如苏轼所说"中边皆甜"[⑤]，严羽所说"羚

---

① 王夫之评选，陈书良校点：《唐诗评选》，上海古籍出版社 2011 年版，第 122 页。
② 庄周著，王先谦撰：《庄子集解》，上海书店 1987 年版，第 18 页。
③ 王夫之评选，李中华、李利民校点：《古诗评选》，上海古籍出版社 2011 年版，第 116 页。
④ 王夫之评选，李中华、李利民校点：《古诗评选》，上海古籍出版社 2011 年版，第 235 页。
⑤ 苏轼撰，施元之注：《施注苏诗》卷二九，《文渊阁四库全书》本。

羊挂角，无迹可求"[1]，均点悟出情景交融这一化境的艺术特性，它既非单纯的情语，亦非单纯的景语，也不是景语和情语生硬地相加排列，而是情景有机地结合所生成的一种新的审美意蕴。如杜诗《宿赞公房》："相逢成夜宿，陇月向人圆。"王嗣奭评曰："止云'陇月向人圆'而情好蔼然可想。"[2] 读者所想之"情好"，显然不只是"相逢""夜宿""陇月"等单个意象本身的含意，而是情景融合后所产生的综合意蕴。诗句有景有情、浑融一片，如云霞夕霏，令读者不能割裂言之。这种妙含无垠的诗境，就像老子所谓的"道"："道之为物，惟恍惟惚。惚兮恍兮，其中有象，恍兮惚兮，其中有物；窈兮冥兮，其中有精。"[3] 王船山以"一片云""成熟锦"来形容这一妙境，是形象而又准确的。

由以上分析可以看出，王船山摭取庄子哲学中的辩证法思想，深入系统地分析了情景交融的现象，使情景交融的理论有了一个坚实的哲学基础。从物我为一到情景交融，从庄生化蝶到因日成彩，说明船山的情景理论既得益于庄子，又弘扬了庄子，使得他的情景理论前承古人，后启来者，具有深远的意义。

（原载《中山大学学报》1993 年第 4 期）

① 严羽著，郭绍虞校释：《沧浪诗话校释》，人民文学出版社 1961 年版，第 26 页。
② 王嗣奭：《杜臆》，上海古籍出版社 1983 年版，第 104 页。
③ 陈鼓应：《老子注译及评介》，中华书局 1984 年版，第 148 页。

王士祯的入粤诗及清初外省诗人眼中的岭南风物[①]

康熙二十三年甲子（1684）冬，王士祯奉诏赴南海祭南海神庙，关于此行始末，王自著《南来志》及《北归志》记其行程。此行始于是年初冬十月十九，由京师出发，经河北、山东、江苏、安徽等地，第二年元旦至湖北黄梅五祖山，作《乙丑元旦雪中谒五祖山二首》。后一路南行，经江西，春二月一日抵韶关曲江，观韶石、弹子矶、观音岩（二月初三，见《南来志》）、半山亭，瞻拜张九龄祠，十日抵广州，在广州、南海等地游览浴日亭、南海神庙、粤秀山、歌舞冈、濂泉寺、浦涧寺、六榕寺、海幢寺等，四月一日离广州，赴粤西肇庆、三水等地游览，夏六月自粤北归。其在粤逗留的时间约有四个月，与岭南文人屈大均、陈恭尹、黎方回等游历唱和，又哭拜京城好友南海程周量故居。赴粤途中，王写了三百余首诗，编为《南海集》，其作于粤境者亦有十数篇，诗中对岭南风物有较为突出的描写，对岭南古来传说及当地民俗文化也有一定涉猎。

一、风物诗

岭南谓五岭以南，又称岭表或岭外，古为百粤（越）之地。其地开辟甚早，秦始皇时即已辟南海、桂林、象郡三郡，南海郡为其一，辖粤东。后龙川令赵佗自称南越王，并桂林、象郡，汉武帝派四路兵马征之。广东自此固属中土，不复有异。但岭南僻壤，山沓水匝，虽物产丰饶，但暑热愆阳、溽湿郁积，山岚草莱、毒虫恣行，瘴疠郁勃，再加上混蒙未开，与中土又相隔遥远（历来舆图史志均谓岭南距中土八千余里，实仅三千里左右），历来被中土人目为瘴疠之乡。由汉至明，岭南素来作为朝廷外放官员的蛮荒之地。即至明代万历年间，仅潮州所领海阳、潮阳、揭阳、程乡、澄海、饶

① 古代岭南指五岭以南，涵括今广东、广西、海南等地。此处所说岭南则依清代以后的习惯专指广东。又本文引文除另注明者外，均出自王士祯著、惠栋注《渔洋山人精华录训纂》，清光绪辛卯南皮张氏校刊本。

平、平远、大埔、惠来、普宁十邑之中，也仅普宁一邑无流放官员①。故历代朝廷命官多视岭南为畏途，约与王士祯同时的施闰章于顺治八年（1651）辛卯秋八月奉使赴广西，曾云："广西地险远，岁为期。……衡山以南，种火而食，人杂虎豹行。"② 诗中凡及岭南者，无论送友人之官，或叙其游历，亦数言岭南之可畏。王士祯此行南海神庙祭告之前，刚刚迁任詹事府少詹事兼翰林院侍讲学士，身居高位，一路吟哦赋诗，内容则多写山川名迹。他在诗中所显现的，与其说是一位朝廷使臣，毋宁说是一位纯粹的诗人。

王士祯对南粤的山有深刻印象，他写岭南之山，一写其奇，二写与山石相关的岭南历史传闻。他此前虽曾游历过南北众多名山，但作为初入粤境的北人，王士祯仍对粤北山势之奇与山洞之幻感到讶异。粤北诸山虽海拔高度不高，但多为丹霞地貌，山势峭拔，且多沿江壁立，山川相映，故山间景色与中土多有不同。他于二月初三游粤北英德县（今广东省英德市）的观音岩，写下如下诗句：

> 粤山无寸肤，斯岩益㕒㕒（意与崔嵬同）。其下蟠水府，其上排云霓。洞穴豁天半，十丈临江涯。骑危蹑虚空，险绝缘钩梯。白日忽昼晦，疑逢魍与魑。金兽配腰间，火铃前后随。蝙蝠如白鸦，钟乳皆倒垂。（卷四下《观音岩》）

英德观音岩壁立江边，由碧落洞拾级而上，洞中有钟乳石及大群蝙蝠寓居，洞口建有观音祠，观音像系依自然石形刻画而成，据称其神形"漆塑亦所不及"③。王氏在诗中对寸草不生、排霄直上的山岩及洞中钟乳、蝙蝠做了神肖的描写。端州（今肇庆）七星岩为南粤名胜，有小桂林之称。其神奇处在于七座形态各异的山峰突起于旷野，与周围天然镜湖美田相应照，使人有想落天外之感：

---

① 王士性《广志绎》云："潮州在唐时风气未开，去长安八千里，故韩文公以为瘴疠之地。今之潮非昔矣，闾阎殷富，士女繁华，裘马管弦，不减上国。然开云驱鳄，潮阳之名犹在，故今犹得借此以处迁客。盖起万历丙戌，十载内无邑无之。……止普宁一邑无人耳。"（《王士性地理书三种》，上海古籍出版社 1993 年版，第 362 页。）

② 施闰章撰，何庆善、杨应芹点校：《施愚山集》第 1 册，黄山书社 1992 年版，第 280 页。

③ 孙廷铨：《南征纪略》卷二，《清代诗文集汇编》第 42 册，上海古籍出版社 2010 年版，第 263 页。

北斗森魁杓，何年化为石。散落南斗旁，光芒色相射。遥填端州城，七峰张幕帘。崧台屹中央，晻霭仙灵宅。天帝觞百神，于兹互主客。岩窦鸣鼓钟，石乳乱矛戟。往往鸟兽形，奇谲荡精魄。其旁两洞天，谽岈几年辟。水声暗澎湃，时有蜿蜒迹。云此龙所宫，终古云雾积。（卷四下《七星岩》）

王氏以为此地或为北斗七星化而为石，撒落人间，对山岩、洞窟、钟乳、地下河进行了充满想象力的描绘。

韶石是粤北曲江县（今广东省韶关市曲江区）一座有着远古传说的巨石，据说舜帝曾南巡至此，并奏韶乐。《元和郡县志》云："韶石在县东北八十里，两石相对，相去一里，石高七十五丈，周回五里。"[①] 《太平寰宇记》记永和二年有飞仙衣冠分游二石上，昔舜游登此石，奏韶乐，因名[②]。王士祯《南来志》云："韶石两石对峙，曰双阙，又有凤阁、左右球门等凡三十六石。"[③] 宋人苏轼、杨万里往游此地，均写有咏韶石的诗。王士祯写道：

昔闻韶石奇，今睹韶石状。奇峰削凡体，斗绝各雄长。怪石走中流，牙角怒相向。峡迫舂湍豪，撞舂力破抗。双阙屹东西，球门始谁创。其旁有阿阁，灵凤昔来贶。传闻帝南巡，九成奏崖嶂。后夔不可作，畴与辨真妄。飘摇翠龙驾，仿佛钧陈仗。西望苍梧云，临风独惆怅。[④]

诗中将自然山川之奇与远古传说融为一体，风格之奇幻瑰丽，直追李白蜀道之诗。岭南诸山，不以高胜（多为海拔几百米左右），而以奇幻之山势、迷离之山洞及悠远的历史传说引人，王氏写岭南诸山，便常常从此二处着笔。写奇者如：

万仞束洪涛，大哉造化功。巃嵸云雷窟，黯澹蛟鼍宫。更闻溪中石，价与瑶琨同。当年贡天家，千指劳人工。凿行九地底，下与水府

① 李吉甫：《元和郡县志》卷三十五，清刻武英殿聚珍版丛书本。
② 乐史：《太平寰宇记》卷一百五十九，中华书局2007年版，第3055页。
③ 王士祯：《南来志》，见《丛书集成三编》第82册，台湾新文丰出版社1997年版，第794页。
④ 王士祯：《南来志》，见《丛书集成三编》第82册，台湾新文丰出版社1997年版，第794页。

通。(《羚羊峡》)

缭绕曲栈危，宛与蜀道似。数折得石壁，万笏摩空起。(《重游飞来寺》)

朝过大庙峡，怪石蹲渴虎。……(《大庙峡》)

峭帆入皋石，绝壁太古色。山川方出云，白日转昏黑。浩浩一水逝，苍苍两崖逼。雄雷地中奋，坤轴倏倾仄。十步一盘涡，下视窈难测。云中穴蛟蜃，呀呷择人食。牯牛尤险绝，艰虞万夫力。石栈缘秋豪，百丈牵江直。惨惨鹧鸪啼，猿猱不遑息。(《浈阳峡》)

番禺禺山因黄帝二庶子（一云轩辕氏二少子大禺、仲阳）隐居此山而为名。吴莱《南海古迹记》云：“番禺山一名禺山，或云黄帝二庶子善音律，南采昆仑竹，制黄钟宫，遂隐此山，一云采阮俞竹。”[①] 故《峡山飞来寺》写番禺禺山：“禺阳二帝子，何年此栖息？言采阮俞竹，遥应黄钟律。如何遂不还，空有湖城忆。”（卷四下）此诗与《韶石》均展现了岭南在秦开辟以前悠远的历史及与中原汉文化的联系。

山之外，王士祯还写了岭南的水。与山的奇幻壮丽相比，王士祯笔下的水则呈现出柔性之美，显得较为宁静妩媚。如《半山亭》写峡山下一汪春水：“云碓水自春，松门风为关。夙爱老坡语，几载思禺山。何意万里游，两脚堕孱颜。苔碣不可见，定水犹潺湲。宴坐半山亭，下见凝碧湾。”（卷四下）半山亭位于飞来寺东北山上，宋人苏东坡写有《峡山寺》诗咏半山亭，王氏诗中“云碓水自春，松门风为关”“凝碧湾”等均出自苏诗。写水的诗句还有：

清池浮水蕹，碧藻跃文鱼。(《与陈元孝屈介子诸公集光孝寺》)

茫茫百粤间，众水归扶胥。下汇波罗江，日夜相灌输。(卷四下《南海神祠》)

西过始兴水，浈溪增绿波。推篷春日下，高枕粤山多。前路逢泷吏，回风起蜑歌。鼻亭不可问，乱石郁嵯峨。(卷九下《始兴江口》)

扣舷聊骋望，川上浩烟波，往往奇峰出，行行松石多。人言故相宅，遥指曲江过。……(卷九下《平圃》)

众绿被山足，舟行当翠微。湛江流水远，洭口住人稀。海日临崖

---

① 王士祯著，惠栋注：《渔洋山人精华录训纂》卷四下，清光绪辛卯南皮张氏校刊本。

吐，蛮禽拍浪飞。阮俞如可采，长啸竟忘归。（卷九下《湛江》）

闲随绿萝去，忽与碧溪逢。水石微通径，烟霞独倚筇。（《浦涧寺》）

珠江犹一水，相望似秋河。（卷九下《十五夜峡口对月寄广州诸故人》）

王士祯笔下的岭南水，无论是江水、溪水、湖水、塘水，还是山涧之水，或如碧玉，或似秋河，清澈透明，均显现出水性之柔美，与岭南山石之怪异嶙峋相比，是另一副面目。

南行中，王士祯还写了岭南的花木。他是在旧历一月底到粤北，此时北方尚处隆冬，万木萧索。初过南岭，满眼的绿色令他难忘，他在归途中回忆道：

大庾连横浦，艰难此再经。鬓从五岭白，山入百蛮青。峤水流炎海，榕阴数驿亭。今宵望南斗，渐远使臣星。（卷九下《归渡大庾岭》）

除青山绿荫外，他还写了岭南春日的桃花：

二月一日春态闲，桃花欲落鸟绵蛮。回头不识中原路，人在三枫五渡间。（卷九下《将抵曲江》）

但写得更多的还是广州的花。广州地处亚热带，一年四季，姹紫嫣红。诸多花木中，似乎佛桑花、贝多花与木棉花最为其青睐。

一鸟鸣灌木，招提春雨余。偶来方外游，踪迹似闲居。清池浮水蕹，碧藻跃文鱼。轻飔散诃林，葵树交扶疏。灼灼佛桑花，红艳惊珊瑚。……（卷四下《与陈元孝屈介子诸公集光孝寺》）

佛桑花下小回廊，曲院深深牡蛎墙。细爇海沈银叶火，金笼倒挂试收香。（卷九下《广州竹枝六首》）

……迢递经寒雪，飘零惜好春。佛桑花下酒，应已北归人。（卷九下《大庙峡寄黄庭表太史》）

元戎小队到禅扉，蹋阁攀林兴不违。赋似江淹频惜别，人如楚客送将归。贝多树下花沾席。瑇瑁潮边雨溅衣。最是班骓留不得，陆郎行处

正芳菲。(卷九下《大将军孝扬弟饯别海幢寺即席有诗赋答》)

耆旧海南偏，相思二十年。来攀贝多树，别负荔枝天。江晚饶芳草，山春有杜鹃。别离无限思，都付蜑人船。(卷九下《别胡耑陈元孝屈介子黎方回》)

古寺四月中，尚有木棉花。殷红照羚羊，苔壁何纷葩。……(卷四下《羚羊寺》)

木棉千树粤江边，不及蕉花分外妍。常记五羊城畔见，一枝经压蜑人船。(卷十上《立斋相公斋中蕉花开索赋六绝句》之六)

佛桑、贝多诸花，传自东洋、西洋，落脚于南岭，为广东人所喜爱；木棉则为岭南本土最具特色之花木。蜑人乃珠江之舟人，世居水上，构成独特江上风景。这些诗多方位地展现了岭南地区的自然风物，使未到过岭南的人也可以感受到其中浓郁的南国气象。

二、览古诗与民俗诗

岭南文物虽不及中原之盛，但自秦代开辟以来，朝廷官员、文人骚客、左迁外放之人也不少，足迹所经，留下可供后人凭吊之处。故王士禛此行诗中，便有一些与览古怀古相关的内容。前述《韶石》及《峡山飞来寺》二诗，远溯往古传说，还有一些览古诗，则是以秦以来真实的历史人物和遗址为吟咏对象。这些诗显示了岭南一地自古以来与中原地区政治、文化、宗教诸方面的联系。

纥干山雀冻欲死，朱五经儿作天子。
纷纷负贩皆侯王，山牛兔丝[①]粤中起。
中原澒洞久风尘，遂使傭奴窃边鄙。
黄屋左纛历四世，坐斥洛州为刺史。
昭阳沟水流真珠，论车却笑烧沉水。
金银当日锢三泉，带剑上陵嗟已矣。
苦将肖像拟休屠，金蚕玉鱼谁料理。

① 山牛兔丝，指刘氏初开国，营构宫室，得石谶，意谓刘氏当立。事见《五代史·南汉世家》。

茂陵甲帐出人间，况尔区区安足齿。
骊山地市竟如何，银海茫茫同一轨。（卷四下《伪汉刘龑冢歌》）

刘龑，五代南汉开国皇帝，墓在今广东省广州市番禺区东二十里处。朱五经儿指五代梁太祖朱温，其父以五经教授乡里，故云。五代时期中原故国分崩离析，汉天子失却一统，作者时游番禺，见南汉刘龑之墓，痛感"纷纷负贩皆侯王，山牛兔丝粤中起"，大一统之汉江山为诸侯割据，而刘龑也竟称唐天子为洛州刺史，又建昭阳之殿，以金银为饰，水渠浸以珍珠，骄奢淫逸，远逾隋炀帝、秦始皇。王士祯此次南赴"边鄙"，面对昔日尉佗刘龑割据之地，不禁感慨系之。

在广州，他还登上西汉南越王尉佗所设越王台及歌舞冈，抚今追昔：

越王古台上，春暮复登临。割据无秦汉，沧江自古今。风吹鳌背雨，日射虎门阴。欲问呼鸾道，荒凉蔓草深。（卷九下《登粤秀山》）

歌舞冈前辇路微，昌华故苑想依稀，刘郎去作降王长，斜日红绵作絮飞。（卷九下《歌舞冈》）

据《南来志》，王士祯居广州期间，数次游览越王台及歌舞冈（址在今越秀公园内）并赋诗，其中收入《渔洋山人精华录》一首。以上两首诗感叹尉佗称霸岭南，曾风云一时，但千年云烟，故迹虽在，却物是人非。在作者脑子里浮现的，大概是对功名利禄的一番感想吧！

在粤北曲江，他凭吊了唐故相张九龄祠，对其生平遭际颇有感慨：

峡寺重云里，人瞻丞相祠。开元如夙昔，风度想当时。羽扇三秋恨，淋铃万古悲。何来双海燕，犹自入帘帷。（卷九下《张文献公祠》）

张九龄，曲江人，玄宗时为相，与李林甫有过节，诗中羽扇、海燕二语均指此。淋铃则谓安禄山事。张九龄为相忠正严明，但屡受李林甫之牵制，曾作《感遇诗》，叙其不平，王士祯着眼者亦此。

王士祯过曲江时因急于赶赴南海，沿江直下，没有游韶州南华寺。该寺为六祖惠能所主持，其肉身亦存放于此寺中。其在湖北黄梅五祖东禅寺作有一诗，叙及此：

谁识新州獦獠群，传衣夜半祖庭闻。水边孤寺半烟篆，郭外数峰空雪云。直是西来埽文字，翻令南北竞纷纭。明朝稳把江头橹，水到浔阳九派分。（卷九下《早发黄梅过东禅寺》，题注：六祖舂米处）

在广州六榕寺，他也作过一首诗，该寺原名宝庄严寺，因苏东坡当年撰“六榕”二字而改今名：

六榕不可见，地以大苏名。白社无人到，苍苔满院生。塔穷炎海目，山拥粤王城。欲假南溟翼，扶摇詄上征。（卷九下《登六榕寺浮图》，题注：旧名宝庄严寺）①

又曾游广州白云山蒲涧寺，访寺中僧人范公，并作诗一首：

忆访菖蒲涧，榕阴席屡移。泉声微雨里，江色夕阳时。空谷无残客，诸方问导师。杼山诗法好，惭负碧云期。（卷十上《寄蒲涧范公》）

三首诗均言及岭南古来寺庙及教中著名人物，其中《早发黄梅过东禅寺》记五祖传衣钵于六祖，《登六榕寺浮图》记清初六榕寺的冷清景象，《寄蒲涧范公》叙及与僧人范兴皋“榕阴席屡移”的长谈，对岭南佛教文化研究或可提供一点参照。

此外，王士祯于入粤后所叙及的与岭南历史相关的古代人物及名胜还有汉伏波将军曾咏唱的武溪、宋代苏轼曾登临赋诗的浴日亭及南海神庙。限于篇幅，这里就不一一赘引。

岭南风物，除山川胜迹及古代遗址外，还有殊于中原的岭南民俗，这类情景，自然也屡屡见于王士祯诗中。其中最集中的是他写的《广州竹枝六首》，一并引之如下：

潮来濠畔（自注：市名）接江波，鱼藻门边净绮罗。两岸画栏红照水，蜑船争唱木鱼歌。

① 王士祯《广州游览小志》：“净慧寺，旧名宝庄严寺，苏长公南迁过此，书六榕二大字，因名六榕寺。今寺额即苏书。寺有舍利塔，梁大同中沙门昙裕建塔九层，高二十丈，广六丈，凭高望远则白云粤秀诸峰皆在襟带也。”见王士祯著，惠栋注《渔洋山人精华录训纂》卷九下引，清光绪辛卯南皮张氏校刊本。

海珠石上柳阴浓，队队龙舟出浪中。一抹斜阳照金碧，齐将孔翠作船篷。

梅花已近小春开，朱槿红桃次第催。杏子枇杷都上市，玉盘三月有杨梅。

佛桑花下小回廊，曲院深深牡蛎墙。细爇海沈银叶火，金笼倒挂试收香。

鬌云盘髻簇宫鸦，一线红潮枕畔斜。夜半发香人梦醒，银丝开遍素馨花。

才到花朝似夏阑，雨纱雾縠间冰纨。洋船新买红鹦鹉，却苦羊城特地寒。

诗中所出现的鱼藻、蜑船、木鱼歌、海珠石、龙舟、朱槿、枇杷、佛桑花、牡蛎、红潮、素馨花、雨纱雾縠、洋船、红鹦鹉、羊城等语，均是当时富有岭南地域特色的名物。而记其气候如“才到花朝似夏阑”，记其与海外通商云“洋船新买红鹦鹉”，记其民间游艺云“队队龙舟出浪中”“两岸画栏红照水，蜑船争唱木鱼歌”，记其果物云“杏子枇杷都上市，玉盘三月有杨梅”，记粤女以素馨花饰头云“夜半发香人梦醒，银丝开遍素馨花”，这些描写，极生动地再现了岭南一地的民风及当时的日常生活场景，很有兴味。又《大将军孝扬弟饯别海幢寺即席有诗赋答》诗中所写“贝多树下花沾席，瑇瑁潮边雨溅衣”，也极具岭南特色。

岭南的风土民情给王士祯留下深刻的印象，临别之时，对因早归而未能品尝岭南佳果荔枝而感遗憾，对岭南的贝多树、蜑人船、珠娘也念念不忘：

耆旧海南偏，相思二十年。来攀贝多树，别负荔枝天。江晚饶芳草，山春有杜鹃。别离无限思，都付蜑人船。（卷九下《别胡耑陈元孝屈介子黎方回》）

万里南荒吊尉佗，芭蕉林里越禽多。好将延露新翻曲，乞与珠娘蹋臂歌。（卷六上《送彭十羡门游粤二首》其二）

这些诗都显现出王士祯对岭南古今风物的印象，它有着奇异的山川、秀水、花草，炎热的气候和独特的粤地民间文化。从远古舜帝启奏韶乐，到尉佗自称南越王、刘龑据广南，再到苏轼流连于浴日亭、六榕寺，或如越王台、歌舞冈、刘龑墓，一一展示了岭南古今风土与人文地理，虽然这只是诗人之笔，但对于了解诗人眼中的岭南文化，却提供了一个独特的视角。

三、清初诗人对岭南文化认知的差异

王士祯此次祭告南海，在岭南流连了四个多月。在其笔下，岭南虽不是一片富庶的地方，但也不像有些诗人所写的那样是一片蛮荒瘴疠之地。他多多少少地还带有诗人猎奇的眼光去写岭南的风物文化，所以展现在他诗中的多是诗歌或说是文化意义上的岭南，这也许是他的诗人的身份所决定的。此外，王士祯活动于康熙盛世，他还是以一个太平诗人的身份去看岭南，所以在他的诗中，便具有了一种平和恬淡的味道。

王的同道好友施闰章，早他二十余年出使到广西，间中也曾到广东的肇庆、广州、韶州等地，在他的诗文当中，岭南则是另一番情景。从两广返回北京后，他写有《使广西记》，追忆他此次行程，其中写道：

> 是时天下初定，水陆驿不备，使者裹粮，遇舟车乏绝，辄三四日不得发。衡山以南，种火而食，人杂虎豹行。[1]（《施愚山集·文集卷十四·游记一》）

虽说是天下初定，行程中的条件不如后来王士祯优裕，但施闰章所担忧的显然还不只是路途，因为在他印象中，岭南还是"种火而食，人杂虎豹行"的蛮荒之地。虽说在行程中他写出过这样悠闲的诗句：

> 野艇收鱼子，溪虫哺鸭儿。披榛茉莉出，夹道荔枝垂。（《端江旅兴》其二）

送友人赴官时说：

> 羊城碧草秋更香，梅岭寒花冬满树。南粤山川真壮游，翡翠明珠百不愁。绛襦仙人天下美，铜柱孤标万载留。（《历下送毕四世副使姚榕似运使同赴官岭南》）

---

① 施闰章撰，何庆善等点校：《施愚山集·文集卷十四》，黄山出版社 1992 年版，第 280 页。下引施闰章诗文均出此书，不另注。

当他的诗友广东南海人程周量将赴广西桂林上任时，他也写了如下赞美：

> 昔人忧瘴疠，今日美烟岚。地气喜更变，方物资搜探。四时绿叶暗，九月春华含。（《遥送程湟榛出守桂林》）

但这是他集中仅见的三处，更多的则是对岭南蛮荒的恐惧：

> 鸾凤一垂翅，孤飞多险艰。三江涉波涛，五岭阻巑岏。依依去国恋，缠绵凄肺肝。罗浮海东曲，铜柱天南端。（《送龚芝麓先生使岭南》）
>
> 丘子北海彦，今为南海行。道路缅修阻，羽檄纷纵横。（《送丘海石之任高要》）
>
> 炎海祝融雄百粤，山川郁奥仙灵宅。柳州能言不解事，岭南少人故多石。（《程周量梅花小像》）
>
> 干戈蛮洞洗，日月瘴乡开。（《端州赠别沈止岳少参》）
>
> 久别羊城路，因君忆旧游。瘴来诸岭夕，雨急百蛮秋。（《送高念侣同年之官岭南》）
>
> 入夏融风热，炎州还独游。山回蛮洞合，江黑瘴云流。（《怀王枚臣岭南》）
>
> 尊残欢未尽，路远别尤难。六月浮孤艇，全家就百蛮。（《李屺瞻之官岭南》）

在诗人笔下，由中原至岭南仍是畏途，岭南也仍是不发达的蛮荒之地，施闰章所使用的百蛮、蛮洞、蛮秋、瘴乡、瘴云诸词，颇能说明他对岭南的印象。

再早一点的顺治十三年（1656），另一著名诗人朱彝尊也到过岭南，与屈大均及其他岭南诗人如程周亮、梁佩兰、张穆、张家珍、高俨等有交往。他写有《南来草》，其中《岭外归舟杂诗》十五首，诗中多记岭南采珠女、古榕、捞虾等自然风物与土著风俗，带有少许猎奇的眼光；又写有多篇记游诗，其中如《五羊观》："瘴雨不开烟树黑，惊涛直下海门青。"《越王台怀古》："自古羁縻称外蕃。"《送王翃游粤》："烟火蛮乡少，山云驿路阴。桄榔交岭树，孔雀扰家禽。"语词中也多少带有一些蛮荒的味道。朱、施二人的诗，大约反映了清初北方文人对岭南的共同印象。

但事实上，从明代中后期开始，岭南已经不是过去百蛮聚集的瘴疠之地，而是当时中国一个仅次于苏州府、松江府的次发达地区。牛建强《明代中后期社会变迁研究》[①] 对此有较为充分的研究，而从屈大均的《广东新语》《广州府志》《潮州府志》、粤人所编诸文集及陈子龙所编《明经世文编》等资料来看，也颇可印证这一看法。不独广州府自明中后期开始成为国内较发达的地区，就是在粤东的潮汕地区，也不再是韩愈遭贬时的情景。王士性说："潮州在唐时风气未开，去长安八千里，故韩文公以为瘴疠之地。今之潮非昔矣，闾阎殷富，士女繁华，裘马管弦，不减上国。"[②] 颇能说明岭南地区自明中后期以来的繁华程度。

在文学方面，岭南也已改变过去弱势的状态，就连王士祯对此也有所注目。其为南海人程周量《海日堂集》所作的序称："当洪武之初，高侍郎雄视词场，而广南四杰崛起，岭表斐然，为初明羽翼。迨嘉靖中欧桢伯黎惟敬梁公实相继起，北游中原，与历下娄东诸贤鞭弭从事，称盛明大家。南州炎德，桂树东荣，诸君子之谓乎？"[③] 清代温汝能编《粤东文海》66 卷，《粤东诗海》100 卷、补遗 6 卷。自序云："粤自曲江以来，文献已开，荐绅解组归，往往不事家人产业，唯赋诗修岁时会，至于今日，廊庙之英，山林之彦，类能文章，娴吟咏，雄者豪者淡者雅者劲而健者，高而古者，绮丽而内则者，自然而和平者，各建其旗鼓，以驰骋于中原……余已论次桑梓之文，复遍征诗词，自甲子迄庚午凡七阅寒暑，四方缄寄者千余家，与二三同志稍加裁择，咸使雅驯，共得诗一百卷，补遗六卷，上自公卿，下片谣谚，旁及僧道，幽索鬼神，无体不有，无奇不备，书成名之曰《粤东诗海》，其亦庶几风人之渊薮矣。"[④] 温氏两序中虽不无夸大其词，但岭南诗人自明以来，渐渐在海内赢得声誉却也是不争的事实，其于全国享有盛誉的如南园五子、陈白沙、湛甘泉、黎遂球、韩上桂、岭南三大家（屈大均、陈恭尹、梁佩兰）、邝露、陈子壮等，在省内有声望的如国初七子、凤城五子、番禺黎氏一族等，均各有胜场，显示出岭南区域文学的兴盛。

但遗憾的是，岭南经济与文化的发展并未受到当时北方诗人的广泛注意

① 牛建强：《明代中后期社会变迁研究》，台湾文津出版社 1997 年版。

② 牛建强：《明代中后期社会变迁研究》，台湾文津出版社 1997 年版，第 362 页。

③ 转引自阮元修、陈昌济等纂《广东通志》卷一百九十七，《续修四库全书》第 673 册，上海古籍出版社 1996 年版，第 311 页。

④ 阮元修、陈昌济等纂：《广东通志》卷一百九十七，《续修四库全书》第 673 册，上海古籍出版社 1996 年版，第 311 页。

和重视。从上引王士祯及施闰章、朱彝尊的诗来看，王士祯由于来粤的时间较晚，在岭南寓居的时间也稍长，故对岭南地区的观感较之施、朱二人要更全面一些。虽然他的诗作关注更多的仍是岭南一带的自然风物及往古遗迹，但其竹枝诗中对岭南风物及民间文化的描述，远较朱彝尊的《岭外归舟杂诗》15 首充实、全面，更能捕捉到岭南土著文化的风韵。而在施氏的诗中，岭南则依然是未开化的蛮荒之地。朱彝尊虽也写过类似于竹枝词的《岭外归舟杂诗》15 首，对岭南的采珠女、古榕树及河中捕鱼捞虾的民俗风情有所描绘，但也还是戴了一副有色眼镜，诗中的岭南充满了蛮荒朴野的味道。此外，王、施二人均写有记录他们南行的语体文（王写有《南来志》《北归志》《广州游览小志》及若干种笔记，施写有《使广西记》），这些散文或笔记所展现的视角与诗是一致的，即多注意自然风物及古代遗迹、传说，而对明中叶以后岭南经济文化之新境则未加着意，这也许是诗家独特目光之所限吧。

（原载《学术研究》2004 年第 3 期）

第五编

域外诗学研究

面向中国的日本诗话

一、中国与日本——诗坛“二百年”之气运

在日本学界，有一个很有名的有关中国文学影响日本文学200年时差的说法，首倡者是18世纪的著名汉诗学家江村北海。其后有不少人引用这一说法，有的赞同，有的予以补正。揖斐高属于后者，他在《江户的汉诗人》这篇文章中的“诗风的变迁”一节中，引述并解析了江村北海的观点：

> 《日本诗史》（1771）的作者江村江海，回顾了一千多年来汉诗的变迁。在该书的第四卷，论述了中国本土以及日本诗风变迁的特征与关系，摘引如下：
>
> “夫诗，汉土声音也，我邦人不学诗则已，苟学之也，不能不承顺汉土也。而诗体每随气运递迁，所谓《三百篇》，汉魏六朝，唐宋元明，自今观之，秩然相别，而当时作者则不知其然而然者，其运使之非耶。我邦与汉土，相距万里，划以大海，是以气运每衰于彼而后盛于此者，亦势所不免。其后于彼，大抵200年。”
>
> 由于地理上有大海相隔，日本的诗风追随中国本土诗风存在着200年的时间差。这是北海提出的一个极其宏观的假定。
>
> 但是，从《日本诗史》的行文来看，北海的这一假定，不过是根据日本汉诗史上一个具有重大意义的历史事实而设定的。这个历史事实就是18世纪之后，给日本汉诗文坛带来了巨大的变化，在北海所生存的时代依然留有余温的，荻生徂徕（1666—1728）及其门人，亦即萱园学派所提倡的古文辞格调派诗风的流行。萱园学派的诗风是从中国盛唐时期的诗中去追寻诗的理想，他们模仿盛唐诗的格调，是一种仿古主义。萱园学派的方法、立场，直接来自中国明朝嘉靖年间（1522—1566）李于鳞、王世贞所主张，并在当时流行的古文辞学的影响。之后，北海依据其假定，认为日本萱园学派诗风能在元禄年间（1688—1704）风靡日本一代，不是别的，正是上述文学的（200年）“气运”

所带来的必然结果。因为他认为，“我们的元禄时代距离明朝的嘉靖正好是200年”。[1]

从揖斐高的分析来看，他认为，江村北海提出这样一个看法，是基于他对18世纪日本汉诗界盛行明代复古主义格调诗说的判断之上的。从明嘉靖年间（1522—1566）李攀龙、王世贞接续前七子复古主义学说，到18世纪初（1711）荻生徂徕成立萱园诗社，接受李、王的复古学说，以盛唐诗为学习对象，推行古文辞学，形成学习唐明之诗的热潮的数十年时间，其过程恰好约200年的时间。

江村北海的依据或是基于他对18世纪日本汉诗坛与明嘉靖年间文学复古主义之间关系的判断，但实际的情况应该更早。奈良时期甚或更早的白凤时代，中国的魏晋六朝文学就对日本宫廷贵族文学产生影响，这是日本文学面向中国最早的表现。如以影响的时间来计算，从中国魏晋文学传入日本，到奈良时期日本宫廷文人模仿中国文人曲水流觞、酒会赋诗，其间有400～500年的时间。如就《文选》传入日本后到发生影响，直至编成《怀风藻》，则有200余年的时间。因此，越是在早期，由于交通、交流的限制，影响的间隔越长。从400～500年，到200年，时间愈来愈短，影响越来越快捷。至江户时期，中国书籍输入日本，多而且快。这不仅表现在中国旧有书籍的输入，新刊书籍7～8年后即传入日本的情况十分常见，最快的次年就传入日本，对日本读书人接受中国“新文化”“新文学”起到了关键作用。日本汉文学也在日趋便利的文化传输中受益，在江户后期，日本汉文学几乎能与中国文学思潮同步平行发展。虽然其间中日两国政府考虑到国家安全及贸易问题，对通商进行阶段性的限制，但总体而言，江户以来，中日两国的文化交流、信息的传播远较以往方便，对日本文学思潮的世代更替起到了关键的作用。

无论是200年，还是7～8年，相较于中国文化，在明治维新以前，日本是一个文化后进国是无疑的。面向中国，是日本文学自奈良开始就形成的格局，这也是由日本文化的后进性所决定的。日本九州的长崎是中国与日本重要的通商口岸，书籍也大多由这个港口上岸。

---

① 译自［日］揖斐高《江户の汉诗人》，见［日］诹访春雄、［日］日野龙夫编《江户文学と中国》，每日新闻社1977年（昭和五十二年）版，第77－78页。

长崎镇，华夷通交转货处，故士民富饶，家给人足，治平日久，渐向文教。加之清商内（衍文）崇尚风雅，善诗若书画者，往往航来。沈燮菴，李用云，沈铨，伊孚辈，不遑揍指，故余习之所浸染，诗书画并有别致。①

这段话描述了长崎这个地方不仅经济发达，士民富饶，而且倾心于文教。于是清商中崇尚风雅者，在商货交易的同时，也夹带沈燮菴、李用云诸名家诗、书、画至长崎，通过售卖，获得额外利润，同时，使长崎人受到文教滋养。

中国文化、文学对于日本的影响和作用，在日本读书人中是有共识的。原尚贤说过：

苟学孔子之道，则当以孔子之言为断；为文辞者，苟效华人，则当以华人为法。②

因此，习汉诗者，无不以拥有汉诗集为幸，购买汉典的欲望强烈，中国汉籍也通过多种渠道流入日本。有关中国典籍在日本流传及存目的情况，多年来中日学者有专门的研究。在我国，早期的如吴枫《中国古典文献在日本的流传》（《社会科学战线》1980 年第 4 期）对其进行了初步的梳理。其后有更多的相关著作面世，如严绍璗的《中日古代文学关系史稿》（湖南文艺出版社 1987 年版），严绍璗的《中国文学在日本》（花城出版社 1990 年版），陆坚、王勇主编的《中国典籍在日本的流传与影响》（杭州大学出版社 1990 年版），汤绍璗的《汉籍在日本的流布研究》（江苏古籍出版社 1992 年版），王宝平编的《中国馆藏和刻本汉籍书目》（杭州大学出版社 1995 年版），王勇、［日］大庭修主编的《中日文化交流史大系》第九册（典籍卷）（浙江人民出版社 1996 年版），王宝平主编的《中国馆藏日人汉文书目》（杭州大学出版社 1997 年版），大庭修的《江户时代中国典籍流播日本之研究》（杭州大学出版社 1998 年版），黄仁生的《论汉籍东传日本及其回

① ［日］田能村孝宪：《竹田庄诗话》，见《日本诗话丛书》第五卷，株式会社凤出版社 1972 年（昭和四十七年）版。第 575 页。

② ［日］原尚贤：《刻斥非序》，见《日本诗话丛书》第三卷，株式会社凤出版社 1972 年（昭和四十七年）版，第 133 页。

流》（《常德师范学院学报》2002 年第 6 期），张伯伟的《清代诗话东传略论稿》（中华书局 2007 年版）等。在日本有关江户时期的著作有大庭修《江户时代における唐船持渡书の研究》（关西大学东西学术研究所 1967 年版），大庭修《江户時代における中国文化受容の研究》（同朋舍 1984 年版）等，均为重要的成果，其中也多有涉猎文学典籍的。

上述的相关研究，不再赘述。本文所关注的，是日本诗话中所记录的中国文学书籍传播及发挥影响力的情形，以与上述内容相补充。数百年以来，流入日本的汉诗集众多。在这些汉诗集中，以题名李攀龙的《唐诗选》影响最大，有人称它是“养成日本人中国文学教养与趣味的重要部分”①。但这部书实际上是伪书，并非由李攀龙所编刻，而是由李攀龙之后的明人根据李的《唐诗删》重新编辑整理而成，在日本经荻生徂徕的推荐，广受欢迎。日野龙夫在服部南郭《唐诗选国字解》的卷首《解说》中推断，服部校订的和刻本《唐诗选》，自享保九年（1724）初版以来，至万延元年（1860）的 130 余年中，最少出了 14 版，册数近 10 万。② 一本书盛行了 130 多年，而且其间还经历了宋诗派流行的数十年，可见这本诗集在日本的高度需求和受欢迎的程度。

到江户后期，日本汉诗界对唐宋诗之争日益激烈，明末清初的书籍需求很旺。加藤良白在诗话中说：“近时明末清初之书，盛行世。”③ 我们从当时文人讨论中所引用的书籍看，袁宏道的《袁中郎集》、陈子龙的《皇明诗选》、钱谦益的《列朝诗集》、王士祯的《唐贤三昧集》《渔洋诗话》以及稍后沈德潜的《国朝诗别裁集》《唐诗别裁集》《明诗别裁集》等都屡被提及，正好印证了加藤良白的说法。这说明即便是在明治维新的前夕，文人对中国文学典籍的需求仍然旺盛。从明末清初（即 17 世纪中期到 18 世纪中期）到加藤良白《柳桥诗话》的发行（1836），其相差的时间也差不多是 200 年。这里需要说明的是，这 200 年的时间差不是指书籍传至日本的时间，而是其发挥影响力的时间。因为江户以来，如仅就书籍的传播而言，是非常快捷的，有的新刻书籍，次年就传到了日本。

书籍传播的加快，当然也意味着影响力的发挥有可能突破 200 年的限

---

① ［日］服部南郭：《唐诗选国字解》卷首之日野龙夫《解说》，平凡社 1982 年版，第 1 页。

② ［日］服部南郭：《唐诗选国字解》卷首之日野龙夫《解说》，第 17 页。

③ ［日］加藤良白：《柳桥诗话》，见《日本诗话丛书》第六卷，株式会社凤出版社 1972 年（昭和四十七年）版，第 460 页。

制。在江户中后期，日本人已大致了解同时期中国诗坛的名流巨擘。并希望通过特殊的途径得到中国名诗人的青睐。加藤良白说：

> 昔者，长崎诗人高彝重赂商舶，投诗卷于沈德潜，乞求制序，德潜不许。商人计穷，遂使幺麿代“大匠”，凡德潜以下一时名士数人（王鸣盛、钱大昕、赵文哲、王昶、来殷氏、黄文蓬等，凡六人）假托赍来，大抵七古大作也。细读之，虚誉溢美，靳侮可憎，然高彝不悟，奉为拱璧。燕石之诮，人口藉藉，其事备见原温夫《诗学新论》。或曰：东里之鱼，泣于鼎镬。何独咎于彝？且近时清商所赍来诸货，何物非赝？不独诗已。①

这则资料说的是长崎诗人通过清朝商人向沈德潜求序的事情。当然，这是一件让中国人觉得不光彩、十分汗颜的事情，当时的清商为牟利，常拿一些伪造的清代名人题序或书札一类的东西蒙骗日本人。加藤说，不独诗文，连近时清商输日货物，都“何物非赝”？真令人情何以堪。这种行为当然令人不齿，但如果从另一个角度分析，它无疑也反映了日本人对中国名诗人的仰慕甚烈，希望得到引荐的心情已到了饥不择食的程度。

它说明，清中叶（相当于日本的江户中后期）以后，借由商人，日本诗人可以和中国诗人进行直接的沟通。不论沟通的结果如何，都反映出彼时中日两国在文学交流的方面，已远远突破了200年文学气运的说法。

正如揖斐高所说，200年的文学气运说依据的是18世纪的文学现象。18世纪以前，时间差或不止于200年，其后，则无需200年。因此，从宏观的、阶段性的因素考虑，200年说有道理。从微观的、全局的角度而言，则不能涵盖所有的中日文学交流与影响的现象。当然，江村北海的200年说虽然不一定完全准确，也不一定符合18世纪以后的所有状况。但这一说法有影响力就说明它有一定的道理，揭示了日本文化、文学接受中国影响的一种现象、一个局部的规律。

---

① ［日］加藤良白：《柳桥诗话》，见《日本诗话丛书》第六卷，株式会社凤出版社1972年（昭和四十七年）版，第424－425页。

二、日本诗话的前世今缘

面向中国，不仅是日本文化、文学的主动选择，也是日本诗话不得不然的选择，这就是日本诗话的前世今缘。

在中国盛唐时期，著名的日本僧人遍照金刚“留学”回国后，将他带回日本的流行于中国的诸多诗论著作重新编辑成《文镜秘府论》，这是最早对中国诗论进行关注的、由日本人编辑的诗论著作。但它对日本人的作用仍与其他中国书籍一样，只是起到了汉诗知识的传播，而无助于日本诗论的建构。

虎关师炼（1278—1346）完成于14世纪初的《济北诗话》是由日本人写作的首部诗话。师炼生活的年代相当于中国南宋末祥兴元年至元朝的至正六年（1278—1346），他阅读过不少中国宋人的诗话和笔记。在书中，他引用过梅尧臣论诗之语和欧阳修《六一诗话》的内容，提到过《古今诗话》《庚溪诗话》《苕溪渔隐丛话》《遯斋闲览》等宋人诗话和笔记。《苕溪渔隐丛话》是一部诗话丛书，虎关通过此书读到了更多的宋人诗话。可以说，从《济北诗话》的书名到内容，都可以看到其所受中国诗话的影响。如果说《文镜秘府论》还只是丛撮中国诗论话语的话，《济北诗话》则在接受中国诗话体例的同时，在内容上对中日两国的诗人、诗作也进行了独立的研究。其中对杜诗、陶诗的研究，既受到宋人重视杜、陶的影响，也有自己独到的成果。尤其是他对杜甫的推荐，开启了五山文学的一代风气。他对和韵诗的研究，在中日两国都处于领先的地位。虎关是面向中国的日本诗话家中最早的奠基者，也是在研究中最有创见的研究者之一。同时笔者也注意到，《济北诗话》主要以中国宋以前的诗人诗作为评析对象，虽然偶有涉及日本僧人诗作，但数量极少，与后世日本诗话形成差异。

日本诗话的繁荣是从江户宽文七年（1667，清康熙六年）开始的。这一年，继《济北诗话》后，出现了第二本真正意义上的日本诗话——林梅洞的《史馆茗话》。此后，直至大正二年（1913），约250年的时间里，共出版发行诗话100余部，其中辑录在《日本诗话丛书》中的有62种。如以250年为长度去衡量，似乎是两年多一部。但实际上日本诗话的撰写基本集中在江户时期，明治以后的诗话已经很少。研究日本诗话在江户时期繁荣的原因，学者指出了多种因素。如祁晓明先生据松下忠的意见，其一是在江户的元禄、享保时期，儒者生活贫困，汉诗文可以成为他们卖名的工具和生活的手段，因此以编写诗话作为一种商业手段营利；其二是认为编写诗话以教育门生弟子；其三是编写诗话以宣扬诗学主张并攻击论敌。① 以上总结的三条原因，笔者均深为赞同。

除此之外，还有两个重要的条件在此期才得以具备。一是从江户时期开始，有了专职的儒者、文人。儒学和古文辞业不仅是爱好，更是一种职业。广濑范曾忆及其父广濑建作《淡窗诗话》的情形：

> 先人壮年患眼，每夕坐暗室，置灯户外，使门生谈话，听以为乐，数十年如一日。偶有问及经义文辞，亦瞑目答之，侍坐者或笔记之，积成卷册，名曰《醒斋语录》，今抄其涉韵语者二卷，上之于梓，题曰《淡窗诗话》，顾弟子一时问答，坦率平易，无复序次，非覃思结撰如前人诗话之比。但初学读之，庶几足以窥诗道之一斑矣！②

广濑建以儒以文为业，修儒佛老三家，设家塾咸宜园讲经，号称弟子 3000 余人。从广濑范的叙述可见，即便壮年起就身患眼疾，其父依然授生如故，数十年如一日。而其诗话之作，也由门徒的听课笔记整理而成，说明江户时期的儒者以儒学、文学授徒为生，诗话成为其谋生手段的副产品。

二是江户以来，工商业发展，市民生活蓬勃，文教事业兴盛，刻印诗话以满足社会对汉诗学的需求，间中又能牟利，成为一种风雅的"生意"。加上有的诗话作者如菊池五山将源自中国的诗话"变身"为一种"新媒体"，用以发表诗人习作，更促进了这一现象的发生。

以上所说的两个条件尚属外部原因。如从诗话自身而言，日本诗话在江户中期以后的繁荣有没有内在的原因呢？中国诗话自《六一诗话》创制以来，宋元明清，代不乏作。至清代，更是繁盛。据蒋寅先生研究，清诗话有 1500 部以上③。这比宋元明三朝都多，达至中国古代的最高峰。我们回顾日本诗话的写作，从清顺治末、康熙初开始，也渐次出现繁盛局面。这是一种偶合还是有必然原因呢？由于江户时期中日文化交流的便捷，日本汉诗人非常了解中国诗坛的变化。原田东岳曾自信地说：

---

① 参见祁晓明《江户时期的日本诗话》，中国社会科学出版社 2009 年版，第 46 – 50 页。

② ［日］广濑建：《淡窗诗话》，见《日本诗话丛书》第四卷，东京文会堂书店 1920 年（大正九年）发行，第 221 页。

③ 参见蒋寅《清诗话考》，中华书局 2005 年版，第 3 页。

其最惑人者，长崎诗人，日与华客相酬和，则以为师承渊源莫真于是也（引者按：指追随宋代苏、黄诗风）。殊不知李、王后明风屡变。其荐于今者，非公安竟陵，则箕生所谓芤中佻外者已。文章之道，与气运盛衰。方今明亡而胡兴，推之前古草昧间，文气尚阂，其踵习晚明，亦犹洪永袭元余也。盛唐之道，至弘嘉始阐，亦宇宙所稀见，则王、李、袁、钟，彼未有定论者，吾虽不涉渤溟，践华域，犹指诸掌尔。①

原直对于长崎当地诗人非常鄙视，因为他们经常以能与清人接触而自傲，自以为了解中国诗坛之师承渊源。原直在叙述了中国明以来的诗风变化后说，他即便不涉重洋远渡中国，也能对中国诗坛之流变了如指掌。原因即在他能通过明清人的著述而详尽了解，其中当然不乏清人所作之诗话。小野达也叙述过类似的情况：

我曾游长崎，以所作诗质诸清人，问："可歌乎?"乃曰："可歌矣。"吾诗是经清人咀嚼者，如吾诗者，真诗也。②

这段记叙与原直温夫对长崎诗人的不屑类似。但从其叙述的场景看，长崎人以能与清人接触而有优越感是显然的。这当然不是个例，它反映出江户后期诗人对与其平行发展的清诗及清诗人的好奇和学习的心态。田能村孝宪具体记录了京城一带学子对《随园诗话》的喜爱：

近辇下子弟竞尚《随园诗话》，一时讽诵，靡然成风。书肆价直为之顿贵，至抄每卷中全篇所载者而刊布焉。盖子才选诗，字平而意巧，句淡而情褥，胚宋人之义理，谐以唐人之格调，故易入人心脾也。③

从文中看，当时江户一带的青年诗人"竞尚《随园诗话》"，直至其价格暴涨。而其所喜爱的原因非常奇怪，他们不是喜爱这部诗话中的理论和对诗的

---

① ［日］原田东岳：《诗学新论》，见《日本诗话丛书》第三卷，株式会社凤出版社 1972 年（昭和四十七年）版，第 295－296 页。

② ［日］小野达编：《社友诗律论》，见《日本诗话丛书》第十卷，株式会社凤出版社 1972 年（昭和四十七年）版，第 442－443 页。

③ ［日］田能村孝宪：《竹田庄诗话》，见《日本诗话丛书》第五卷，株式会社凤出版社 1972 年（昭和四十七年）版，第 585 页。

鉴赏或逸闻趣事，而是对书中所收录的近期清人的诗作感兴趣。有的书店因缺货，甚至将《随园诗话》中刊载有整首诗的部分重新编排刊印，然后另行出售。这段话使我们很清楚地观察到日本青年学子对诗话类著作的兴趣点，不在于其中的“话”，而在于其中引录的“诗”。这是因为日本人读最新的清人的诗不容易，还是喜欢袁枚的推荐？田能村孝宪认为是后者，因为袁枚在诗话中选评的诗“字平而意巧，句淡而情褥”，“易入人心脾”。它反映出日本青年对诗话类著作感兴趣是因为可以从中读到中国最新最好的诗作。

这是一个殊堪品味的情况，书店经营者是最知晓市场的，他知道买书的人最喜爱书中的哪个部分。选择诗话中收录全篇诗者予以重新刊布，无疑透露出诗话在日本独有的功能，即通过诗话来读诗。其中的原因，很大程度上是因为诗话所收之诗，既经过诗话名家的选择，又有名家点评，所以要读今人之新诗，选读诗话中所辑录的诗是最佳选择。而书店经营者只节取诗话之“诗”，而不录其“话”，又反映出“诗”与“话”相比，“诗”更受欢迎。日本读者的这一选择有独特性。在中国，诗话起初是“资闲谈”的，亦即给读书人一种谈资。其后加强了理论性，分析的成分增多，向专门化、理论化方向发展。但无论是作为闲谈的谈资，还是有利于诗歌理论的阐发，中国读者显然是要从诗话中获得编著者的评析、理论观点等，与日本读者将诗话作为一种类似于诗歌选本，更重视从诗话中获取新诗、阅读经名家推荐的“好诗”有很大的不同。这是我们在考虑江户时期日本诗话的繁荣，以及诗话撰写的内容和体例时不能不考虑的因素。

受此启发，我们反观江户时期的日本诗话，其在登录中国的诗作及古人论诗之语、逸闻趣事之外，大多也刊载或分析日本诗人的诗作，有的品评前代作品，有的刊载当代诗人包括诗友的作品。这一体例当然是从中国继承而来。《六一诗话》篇幅较小，对前人诗所涉及者，多为摘句点评，基本没有登载全诗的。其后的诗话，篇幅较大的，有摘句，也有整首诗全录的。袁枚的《随园诗话》除了上述内容外，还特别刊载了相当数量的随园女弟子的作品及同时代其他诗人的诗作。这在中国诗话中，是较有特色的地方。中国诗话，尤其是清以前的中国诗话，一般秉持钟嵘《诗品》“不录存者”的传统，会记录同时代人的生平逸事或文坛趣话，但较少登载及评析在世者的作品。而袁枚的《随园诗话》不同，除了品骘前代人的诗作外，对同时代的诗人也有关注。如该书卷八记天长诗人陈烛门进士在江宁拜访袁枚，袁有诗相赠。又记乾隆初“江西四子”—— 杨垕、汪轫、赵由仪、蒋士铨四人生平与诗作，并有优劣之品鉴。[①] 此外，该书还经常记录与时人之交往，尤其是其宰江宁时，与各地文人相交，或朋辈互赏，或青年才俊求见的情景。同卷记其时名家蒋心余持诗作请袁枚作序，并口述“知交遍海内，作序只托随园”，袁氏叙及此事，既有沾沾自喜之意，也有惺惺相惜之态。日本诗话作家中最喜欢袁枚的菊池五山（号称“本邦袁子才”）作《五山堂诗话》前后六卷，也多选日本今人之诗，其受袁枚影响显而易见。但菊池与袁枚又有不同，就其主观而言，有推荐新人甚至是牟利的目的；从客观而言，其刊载新人新作，起到了杂志媒体的作用，使一般读者也能从中受益。菊池五山的《五山堂诗话》与《随园诗话》在日本受欢迎的部分原因是重叠的，即二者都提供了经名家选刊评点的时人作品。明乎此，我们也可以顺理成章地理解大部分的日本诗话除评析中国古代作品外，都或多或少地摘录或全录日本诗人的诗作。相当多的日本诗话同时刊载时人的诗作，既可以举荐新人，也能使读者从诗话中及时读到最新的诗人作品。

因此，总结江户诗话之繁荣，除了上述学者所总结的外部原因和条件外，也有诗话自身创作的内在原因。江户以来的诗话，从远处说，承袭了宋以来中国诗话的基本体例和内容，为日本读者提供了汉诗学的相关知识和技巧，这是其前世远亲。从近处说，江户中后期，大量的中国诗话尤其是明清诗话传入日本，通过阅读清人诗话，了解清人的新作，并自创诗话，在记录中国汉诗的同时，也记录日本古今诗人的诗作，适应了日本汉诗爱好者的广泛需要。因此，对于一般日本读者而言，一是从诗话中可以了解汉诗的古今源流及最新变化，得到有关中国诗学的营养；二是通过这些诗话，可以阅读日本人本土的诗作，这是其今缘。

三、日本诗话的本土化

日本汉文学在接受中国文学思潮影响的同时，也在悄悄地发生变化。了解日本文学的变迁，也有利于把握日本诗话本土化的原因及特色。揖斐高说：

> 北海（引者按：指江村北海）把日本汉诗的展开过程仅仅归咎为中国汉诗发展的外在因素，而忽略了日本诗人本身内在的成熟。与和

① 参见袁枚《随园诗话》，人民文学出版社 1982 年版，第 250－251 页。

> 歌、俳句不同，汉诗本身就是一种异邦文化，确实如北海所言，不得不依从汉土。也就是说，最终一定要从中国诗中去寻找规范。但随着时代的变化，这种作为规范的约束力确实在变弱。
>
> 到了江户后期，日本汉诗史与中国汉诗史这种平行移动、替换的关系不再可能，这是当时的事实。当彼之时，作为中国诗的日本化，或者说是作为日本文学的汉诗成为一种事实，摆在了眼前。汉诗在诗情、表现、主题等方面逐渐成为日本文学的助力和臂膀，这也是汉诗在日本的文学形式大众化的一个过程。①

揖斐高的文章主要指出了日本汉文学在接受中国文学影响的同时，到了江户后期，逐步改变。中国文学从原来占据日本汉文学的主导地位，逐步下降为日本汉文学的辅助性臂膀，汉诗开始了日本化的过程。

他接着分析了江户后期汉诗人创作上的变化。作者举出六如的《六如庵诗钞》以及《葛原诗话》中收录的其本人的诗及他人诗作，认为六如的诗与中国的乐府诗如《野田黄雀行》《狂歌行》等在诗的讽刺性、狂放地抒情方面类似；但也有突出的变化，就是六如的诗虽然使用中国诗的素材，但在表现方法上有开拓，更自由。还有些日本诗人所作汉诗，在形式上反而更接近日本本土的诗体，有俳谐的、和歌的形式和风格。

该文的“文人的诗与诗社——以子琴为对象”一节，指出日本从18世纪中期以来，诗社众多。其中如赐杖堂、长啸社、幽兰社、混沌社等诗社，与当时市井生活的繁华、酒馔的丰盛、诗会谈论的关系密切。在此情形下，汉文学的作者反省格调派的失误，诗作开始出现写实的风气，这也是日本汉文学自身的变化。其中像《冬日野寺に游ぶ》、子琴的《晚秋の野望》等诗，写寂寒之物类，场面描写有写实性，风格平淡，与以往的格调派不同。在用字上，写晚秋用“紫翠”“红黄”，写冬日用“苍黄”“霜”“白”“山茶花”等，色彩感觉有新的发挥。子琴的《子明の家园の连翘》中也有类似的色彩鲜艳的表现，他不像一般儒者那样有经世的思想，而是以《庄子》“逍遥游”为榜样，追求自由的思想和文人精神。混沌社消退后，有市河宽斋、山本北山等人继起的江湖诗社。江湖中人在混沌社的基础上，强调诗的“清新”与“性灵”，与混沌社追求自由思想之“逍遥”不同，他们更喜欢

---

① 译自［日］揖斐高《中国与日本江户的汉诗人》，见诹访春雄、日野龙夫编《江户文学と中国》，每日新闻社1977年（昭和五十二年）版，第78－79页。

表现世俗的场景。像《北里歌》30首，仿之于中国的《竹枝词》，以江户的游里吉原为素材写妓楼生活。这30首作品，以汉诗的形式，写游里的素材，也是一种变化。柏木如亭又仿《北里歌》作《吉原词》30首，表现游女精巧的心性和缠绵。这些都是日本诗人在写作汉诗时，加入新的元素，是汉诗日本化的表现。①

揖斐高所叙述的江户后期日本汉文学的变化，显示出其在接受中国古体诗影响的同时，有新的变化和发展，形成了汉诗日本化的倾向。

日本江户后期汉文学的新变与本土化，提示我们也应该考察日本诗话发展过程中，有没有本土化的现象。从江户诗话的写作，我们可以看到，为适应日本汉诗界的需要，诗话也产生了一些新的因素。在上文中，我们分析过江户后期的诗话出现了更多地刊载日本诗人诗作、发布不知名青年诗人作品的特点，这实际上已经是一种本土化的表现。而日本诗话的本土化又不止于这个部分。笔者在论述日本诗话特色时，曾涉及过本土化特色的内容。② 限于篇幅，本文只以诗格、诗法、诗律类著作为例，对诗话的本土化现象做更深一层的探讨。

揖斐高论日本汉文学的本土化从江户后期谈起，但日本诗话本土化的步伐远早于江户后期，在江户初年诗话刚刚复兴之时就已开始。江户267年（1600—1867）历史中，最早的一部诗话产生于1667年，属于江户早期。直到1733年前，共撰写发行了4部诗话，分别是《史馆茗话》《诗律初学钞》《初学诗法》《诗法正义》。从这4部诗话的书名我们就可以看出其内容，除了《史馆茗话》多记古今文人逸事外，其他3种都是面向初学者的有关中国古诗作法的著作。而《史馆茗话》这部书的产生完全是作者林梅洞跟随其父编辑史书的副产品，起初他并没有撰写诗话的主观目的。其余3部是作者有意识撰写的诗话，均为诗格诗法类的著作，说明江户早期的诗话作者目的很明确，就是向日本的汉诗初学者介绍中国诗的体格诗法。那么，这样的撰写目的及成书后的体例，是否显示出本土化的倾向呢？答案是肯定的。再往后推25年，至1758年止，亦即到江户中期，又陆续有《彩岩诗则》《诸体诗则》《诗律兆》3部专门论述诗格、诗法、诗律的诗话出现，占了《日本诗话丛书》专论诗格诗法著作的70%以上。江户中期以后，这

---

① 参见［日］揖斐高《中国与日本江户的汉诗人》，见诹访春雄、日野龙夫编《江户文学と中国》，每日新闻社1977年（昭和五十二年）版，第79－100页。

② 参见拙著《日本诗话视野中的中国古代文学》第一章，北京大学出版社2012年版。

类专门的著作渐少，直到江户后期，只有《唐诗平仄考》（1786）、《诗律》（1833）两部专门的诗律著作。这一情况说明，日本诗话作者根据日本读者的需要不断地调整诗话的内容，初期讲诗格、诗法、诗律的专书多，后来渐渐减少。这就是一个明显的为适应读者需要而逐步本土化的过程。此外，即便不是专书，其他类型的日本诗话也程度不一地安排有诗格、诗法、诗律的内容。这类书籍特别喜欢引用中国诗歌选本、诗话及笔记中涉及这方面的资料，显示出其为日本读者服务的目的。中国诗话中当然也有诗格、诗法类的专书，也有偏好讲述这方面内容的诗话，但从比例上来说，远远不及日本诗话那么高。这也证明日本诗话的本土化倾向之一，即是对诗格、诗法、诗律类内容的特别重视。

再从编写体例上看，日本诗话由于后起的缘故，在论诗格、诗法、诗律时，显然编排更严谨，更讲究逻辑性，更专门化。

在早期的同类中国诗格类著作中，概念不清、体系不明、编排混乱的现象举目可见。现存唐五代诗格，即便是较集中论述诗格的著作，在这些方面也非常薄弱。如《唐朝新定诗格》，讲体格的有十体，曰形似体、气质体、情理体、直置体、雕藻体、映带体、飞动体、婉转体、清切体、菁华体。十体的概念本身就不统一，且有些并不属于体的范畴。讲声律属对的有切对、双声对、叠韵对、字对、声对、字侧对、切侧对、双声侧对、叠韵侧对。初看名称，似也具逻辑性。但细看名下的解释，就知道其中有些属于声律的范畴，有些属于用字的范畴，有的属于意象选择的范畴，其概念并不统一。题白居易的《金针诗格》影响很大，但观其条目，讲“诗有三本”“诗有四格”“诗有四得”“诗有四练”“诗有五忌”“诗有八病”，等等。如仅从总目来看，不失为诗格之专论。但看细目，多有概念混淆、逻辑不严的情况。即便到了南宋末，以擅长辨体著称的《沧浪诗话》中有关诗律诗格的部分，也存在上述不足。

日本诗话作者受元人诗法类著作影响更深，陈绎曾的《文筌》及所附《诗谱》深为日本诗话作者及汉诗爱好者所追捧。但元人的诗法类著作虽较唐五代诗格有进步，在概念和逻辑的严密方面胜出，但仍然存在碎乱不周、论述不细致的现象。譬如，旧题杨载的《诗法家数》，其“诗学正源”部分讲风、雅、颂、赋、比、兴诗六义；“作诗准绳”部分讲立意、炼句、琢对、写景、写意、书事、用事、押韵、下字；“律诗要法”讲起承转合、破题、颔联、颈联、结句诸要领，又论七言、五言之体格、诗中字眼等例释；“古诗要法”讲五言、七言古诗的体格要求，再论“绝句”要领，并论荣遇、讽谏、登临、征行、赠别、咏物、赞美、赓和、哭挽等诸体诗的要求等。从其中内容的编排来看，比唐人诗格、宋人诗话中所涉及的相关内容要丰富，体例也稍有改善，但仍有碎乱及论述不够周严细致的弱点。

比较起来，江户时期的日本诗话是在参照了众多中国相关著作后撰写的，所以在体例的方面，逻辑性更强，体例相对完整。而且为适应日本读者阅读的需要，文字一般较浅显，而且在论述要义之后，往往附列中国诗人相关的论述，以作参照。早期的诗律类诗话《诗律初学钞》篇幅不大，只有一卷，与杨仲弘的《诗法家数》相类，篇首论诗学正源，也以诗六义开篇。其后依次论五言、七言绝句、律诗之格式及诗律画、诗八病及和韵诗体式等，整部书结构清晰，层次鲜明，也相对完整，能切合初学者的需要。日本诗话的几种诗法、诗律专著中，以林义卿的《诸体诗则》规模最大，与《诗律初学钞》的精致相比，其体系相对庞杂，但内容集中而丰富。介于二者之间的是贝原笃信的《初学诗法》。该书首列“诗学纲领”，论诗之理论要义；再论各体古诗如四言、五言、七言等；次论各体律诗之诗法、体式；四论绝句之声律要求；五、六部分论杂体诗及各体句法；最后总论诗法。全书结构完整，体系分明，中国各体诗之体类多有涉猎，且附列中国古书论诗之语以做辅佐。为适应日本初学者需要，还附列有平仄声律图。该书的缺点是引征中国诗话材料过多，自己的论述过少。

尽管日本诗话中有关诗格、诗律、诗法的新见不多，但其优胜处在于浅显、集中、明晰。这样的特点，一方面是吸取了中国此类著作的经验和教训，另一方面也是为了切合读者的需要。《初学诗法》自序称“国俗之言诗者，往往以拘忌为定式，与中华近体之格律不同，又无知其规格之所由出者，盖所谓不知而妄作者也”[①]，说明其书之作，是为了纠正日本习诗者不习中华近体格律之要，避免因无知而妄作。《初学诗法》之解题说该书“平易稳妥”，为“初学正路”[②]，说明这部书能切合阅读者的需要。比照书中的内容，自序及解题都言之成理。其中自序说明了该书对日本习汉诗者的重要性，解题则说明了它适合初学者阅读。像这样内容集中、叙述浅显、纲目清晰的诗法、诗律类著作的面世，显示出诗话作者为了适应日本读者的需要，

---

① ［日］贝原笃信：《初学诗法》序，《日本诗话丛书》第三卷，株式会社凤出版社 1972 年（昭和四十七年）版，第 173 页。

② ［日］贝原笃信：《初学诗法》解题，《日本诗话丛书》第三卷，株式会社凤出版社 1972 年（昭和四十七年）版，第 171 页。

将此类著作进行更本土化编写的努力。

因此，日本诗话脱胎于中国诗话，其体例来自中国，其内容也大多涉及中国历代诗人诗作，是面向中国的日本诗话。但同时，我们也看到，日本诗话作者在撰写诗话的同时也要面向日本人，做本土化的改变，以适应日本读者的需要。两种力量的合力，成为今天我们所看到的日本诗话。它有中国诗话的外壳和内容，也有本土化的色彩与特征。

（原载《学术研究》2012 年第 1 期；中国人民大学复印报刊资料《外国文学研究》2012 年第 5 期转载；收录于《日本汉诗研究论文选》，中国社会科学出版社 2017 年版）

中国诗话之输入与日本早期自撰诗话

日本诗话缘自中国诗话的输入，日本人自撰诗话是向中国诗话学习、借镜直到自创的结果，这是与众周知的事实。但日本诗话从自撰的第一部开始，就不是完全因袭中国诗话，它是自撰诗话产生的当时当地与诗学环境需求相适应的必然产物，因而也与中国诗话既呈现出关联性，又显示出独特性的一面。那么，早期日本诗话的体制、内容有何特征？它与中国诗话有何关联？日本汉诗人自撰的诗话又有何独特性？它是因何而起，因何而用？

一、中日诗话各自的缘起及特征

在研究这一系列问题前，我们需先了解中日诗话各自的缘起及对诗话体制有何认知。在中国，最早的诗话作者欧阳修说诗话是“居士退居汝阴而集以资闲谈也”[①]，“资闲谈”是其写作诗话的初衷。其所著《六一诗话》有28则，品诗、记事兼而有之，开创诗话体例。“资闲谈”固然是欧阳修的自谦之语，但品诗与闲谈文人掌故无疑是文人茶余饭后的雅事，所以其后无论诗话的分量规模如何扩大，品诗、记事一直是诗话之体的应有之义。比如张戒《岁寒堂诗话》、严羽《沧浪诗话》增加了阐述诗理的成分，但品评诗艺、记录文坛掌故的内容依然存在。这说明诗话之体“论诗及辞”与“论诗及事”（章学诚语）为一物之两面，不可缺一，这是我们判定诗话的产生及体制的基础，也是讨论诗话缘起的前提。

讲到中国诗话的起源，章学诚将之推原到钟嵘《诗品》，谓其有论诗及辞者，又推原至唐人孟棨的《本事诗》，谓其有论诗及事者。[②] 及至何文焕编《历代诗话》、丁福保编纂《历代诗话续编》，亦在起首相继编入钟嵘《诗品》、释皎然的《诗式》、孟棨的《本事诗》等。但何、丁之编及章氏之说，更应看作推究诗话之源头，非定论南朝至唐代，诗话已然成体。诗话之成体，从名实二者而言，无疑仍以欧阳修《六一诗话》为标的，这在郭

---

① 欧阳修：《六一诗话》，人民文学出版社1962年版，第5页。

② 参见章学诚《诗话》，见叶瑛《文史通义校注》，中华书局1985年版，第559页。

绍虞先生的《宋诗话辑佚》序中，已有详细论述。

由于本文所论以中日诗话为核心，不能不考虑产自中土、又在日本产生广泛影响的诗格、诗法一类的著作。从南朝以至晚唐五代，虽无狭义之诗话，却有数量不小的诗格、诗法一类的诗学著作产生。它的繁盛期有明显的阶段性，约而言之，南朝、初唐、中唐、晚唐五代及元代，是诗格、诗法类著作集中出现的时期。起初这类著作是一个独立的系列，以研究及规定各种诗律声病及诗体诗格为主要目的，并不宜归属在诗话之列，但明以后在诗家及历代目录学家眼中，渐与狭义诗话合流，成为广义诗话的一部分。事实上，自清何文焕编辑《历代诗话》总集起，后来的多种诗话集均收录诗格、诗法类著作。日本凤出版社的《日本诗话丛书》中也有大量的此类诗话，说明将诗格、诗法类著作归属于诗话是一个虽不科学却有广泛共识的现象。因此，我们在讨论诗话问题时，会涉及狭义诗话和广义诗话的不同情况。

关于中国诗话输入日本的问题较为复杂，如从广义的诗学方面而言，输入时间甚早。由于孔子在《论语》中多有对《诗经》的评论，所以说中国诗学之输入，从弥生时代《论语》被引入日本时就开始了。其后从奈良到平安早期，随着《毛诗》《文选》的输入，中国的诗学理论（如《毛诗序》《文赋》）就开始为日本人所熟悉。编辑于公元 8 世纪中期的《怀风藻》里有一篇序言，序中说："调风化俗，莫尚于文；润德光身，孰先于学？"[①] 这样的文字与理论显然来源于两汉魏晋以来中国的诗学思想。至于诗话的输入，最早的一部是为大家熟知的释空海的《文镜秘府论》，它大约在弘仁七年亦即公元 817 年就已编辑摘抄成书，"输入"日本，其所提及的中国诗论，除了引述中国南朝以来沈约、王斌、刘善经、刘滔、皎然、元兢、王昌龄等人论述诗文声病、体势的诗格诗式类著作以外，还有孔子《论语》《毛诗》、陆机《文赋》、挚虞《文章志》、沈约《宋书·谢灵运传论》、萧子显《南齐书·文学传论》《魏书·文苑序》、梁太子《昭明文选》、钟嵘《诗品》、殷璠《河岳英灵集》等多种。另从该书序言看，他还应读过《文心雕龙》。可见日本汉诗界自平安时期以来就广泛接触了众多的中国诗学著作，尤其是被后世归入诗话类的诗格诗法型书籍。

我们拟以日本成书最早的三部诗话为例进行讨论。非常有意思的是，这三部诗话间隔均在一二百年以上，体例各不相同，一部为丛撮重编中国诗律

---

① ［日］小岛宪之校注：《怀风藻　文华秀丽集　本朝文粹》，见《日本古典文学大系》69，岩波书店 1964 年（昭和三十九年）版，第 60 页。

学著作的《文镜秘府论》、一部为日本人自撰的第一部以汉诗诗律为主要内容的诗格类诗话《作文大体》、一部是日本人自撰的第一部以论中国诗为主体的《济北诗话》。三部诗话均有典型性意义，也非常符合异域文化传播由输入到仿制，再到自创的三步曲规律。

《文镜秘府论》是一部既不被中国人视为中国诗学又不被日本人视为日本诗学的著作。盖因其书是由日本人所编辑，成书于日本，但其内容又来自中国。受当时中国类书形式的影响，空海将带回日本的中国多种诗学著作重新编排，分为天、地、东、南、西、北六卷。此书虽是辑录性质，但对日本汉诗界具有非凡的意义，日本人（尽管是少数）首次可以集中在一部书中了解汉诗格式、韵律、体势、技法等。此著另一个具标志性的意义，即显示了日本人在面对诸多中国诗学著作时，更倾向于了解汉诗的格式、韵律及声病等方面的问题，对诗格诗律方面的著述更感兴趣。这当然与日本人虽然早已接受中国文化的影响，但对汉字读音及声律较为隔膜有关。同时，它也成为此后日本自撰诗话的一个明显的走向。

虽说《文镜秘府论》昭示了日本诗话此后的走向及特质，但空海此著对日本汉诗界所发生的影响是渐进的，历时也很长。《文镜秘府论》之后的百余年间，未见日本人自撰诗话。据现存文献，仅有大江朝纲、藤原宗忠等编于天庆二年（939）的《作文大体》或可称为广义诗话著作[①]，此书有《群书类从》本及观智院本等，是迄今可见最早的日本汉诗诗律学专书。全书可分唐诗与日本汉诗两部分，第一部分分论唐代近体诗含五七绝、五七律近体的字数、句数、对仗、平仄（按：大江以“他声”指仄声）、韵律、声病等体格声律方面的问题，并引诗为证。第二部分据说由藤原宗忠所著，内容系以日本汉诗来复核唐人近体格律。虽说此书的体例与《文镜秘府论》相异，且由大江、藤原等自编，但从书中内容看，编者参考过白居易的《白氏文集》、元兢的《诗髓脑》、王叡的《炙毂子诗格》等著，对中国唐代诗律非常熟悉，且能运用这些诗律校准此前日本的汉诗人如庆宝胤、纪纳言长谷雄、菅文时等人的近体律绝，可见《作文大体》所总结的唐人近体格律至少在平安时代中期已经为日本诗人所知悉并能熟练运用。大江朝纲在该书序中说：“夫学问之道，作文为先，若只诵经书，不习诗赋，则所谓书橱子，而如无益矣。辩四声详其义，嘲风月昧其理，莫不起自此焉。备绝句

① 《群书类从·文笔部》另收有《童蒙颂韵》一书，但此类蒙学之书似不宜归入专门诗学著作，故不论。

联平声，总廿八韵，号曰倭注切韵。”① 从其序言看，编者不仅重视诗赋，而且对汉诗声律相当熟悉，并总结出日本汉诗的28韵，号为“倭注切韵”。大江朝纲等撰《作文大体》晚《文镜秘府论》122年始出，从文中引用的中国典籍来看，不排除其中诸如《诗髓脑》等文献来自《文镜秘府论》，但除此之外，从著书体例到其他内容，找不到更多证据说明大江此书受到了《文镜秘府论》的影响，二者更像是长江、黄河，各有源头。

至于《文镜秘府论》为何没有对此后两三百年的诗学著作产生影响，主要在于此著编辑完成后，限于钞本形式，流传不便，长时间内仅在寺院留存，为寺人及声韵学者阅读。到了江户时期的宽文年间，此书有刻本出现，才开始在文人中流传。小西甚一在《文镜秘府论考》的序说部分考证空海大约在弘仁七年（817）编成此书，直至江户后期，提及《文镜秘府论》的著作共有34种，其中仅有6种属于诗学著作，其他均为韵学书，说明在悠久的历史上，《文镜秘府论》并不像一般人想象的那样对诗学产生过重要影响。这6种诗学著作，多为诗律、诗格、诗法一类的书。最早的是观智院本的《作文大体》，写于平安末期，在939年左右。其次是僧印融的《文笔问答钞》，编写于室町时期的文明年代，为1469—1478年间。其他4种均写于江户时期，如明和七年（1770）的《淇园诗话》、天明六年（1786）的《诗辙》、生活在江户中期且生卒年不详的长山贯所著的《诗格集成》及天保五年（1834）赤泽一堂的《诗律》。这几种书，只是部分提及或引用了《文镜秘府论》的文字，据小西甚一的观察，现存观智院本的《作文大体》也仅在卷尾部分手抄了一点，而其他版本中未见，并猜测这仅有的文字也是后人添加的。因此，小西甚一在文中认为：“总之，平安时代《文镜秘府论》还没有广泛流传。”②小西甚一的结论当然有其道理，尤其是在《文镜秘府论》仅有抄本而无刻本的江户以前，由于流传不广的原因，未能对汉诗界产生影响，是可信的。但作者仅以后世著述中有无引述《文镜秘府论》的原文作为其影响力的唯一论据，则失之于偏狭。尤其江户以来，《文镜秘府论》有了刻本，相信有更多的人阅读了此书，其中相当多的汉诗人他们只作诗，不写诗学著作，当然也就无从考察他们是否受到过《文镜秘府论》

---

① 《作文大体序》，见［日］塙保己一、太田藤四郎等编《群书类从》卷第一百三十七之《文笔部》第十六，续群书类从完成会1959年（昭和三十四年）版。疑《作文大体》原为大江朝纲与藤原宗忠所撰的独立的两部小册子，后经人合为一书。

② ［日］小西甚一：《文镜秘府论考·序说》，见［日］遍照金刚《文镜秘府论》，人民文学出版社1980年版，第301页。

的影响。此外，室町以来，日本人西游中土更为方便，中国的书籍东渡日本也有了更多的渠道，即便对中国诗律的了解学习不从《文镜秘府论》获得，也可从众多的其他来自中国的诗学著作中取汲。这也从一个方面说明大江朝纲的《作文大体》虽说未见更多的《文镜秘府论》的内容，却也同样能较熟练地运用中国诗律学知识。

《作文大体》面世200余年后的镰仓时期，僧人虎关师炼用汉语写成的《诗话》（后称《济北诗话》，或称《虎关诗话》），成为日本人自撰狭义诗话的第一部，也成为日本诗话史中的一个标志性事件。我们前面考察了两部输入型诗话及自撰诗格型诗话，它们主要的关注点在于中国诗的声律、格式问题，而虎关的《济北诗话》在体例和内容上，更接近宋以后由欧阳修所奠定的诗话类型，即以“论诗及辞”与“论诗及事”为主要特征，并且在某种程度上超越了《六一诗话》，具有南宋以后中国诗话析理论事的特点。《文镜秘府论》及《作文大体》编者的目的主要还是方便日本人了解并学习汉诗，两位编者均以唐诗作为汉诗的标杆来崇仰，尚未有胆量和“资格”对产自异域又是自己文化母国的汉诗评头论足。

到了《济北诗话》，这一局面发生了变化。它既是日本人自撰的诗话，同时也是日本人首次在诗话中对汉诗及汉诗人进行褒贬品评，同样具有重要的标志性。

虎关生活的年代相当于中国南宋末祥兴元年至元朝的至正六年（1278—1346），在日本相当于镰仓后期到南北朝的前期。在书中，虎关没有谈及他撰写这部诗话的动机，但从背景而言，两宋以来，大量中国诗话传入日本，他阅读过不少这类著作，在《济北诗话》引述的文字中被直接提及的中国诗话著作有《六一诗话》《古今诗话》《庚溪诗话》《苕溪渔隐丛话》《遯斋闲览》等数种。但显然，仅仅这一背景并不能说明这就是他写作这部诗话的动机。在《日本诗话丛书》该书的解题中，或能看出一些他的思想背景。该题解记载，虎关曾对宋代以来大量日本人渡海西行中国的现象甚为不满，称其行为是日本人的耻辱。[①] 这样一种想法当然体现出虎关强烈的民族自立意识。宋元时期，中日文化的对比，仍以中国文化占主导优势。但随着留学制度的改变，日本学人开始更多更方便地接触中国文化。自平安时代前期（895年）日本政府就废除了已实行了260多年的遣唐使制度，自此

---

① 参见［日］虎关师炼《济北诗话题解》，见《日本诗话丛书》第六卷，株式会社凤出版社，1972年（昭和四十七年）版，第291页。

以后，接受中国文化影响的人员构成发生了变化，即由原来的遣唐使变成了僧侣和个别游学之人。当时流行僧侣到中国寺庙学习，据日本《本朝高僧传》载，镰仓、室町两朝的高僧111人，除本身就是宋元归化僧以外，剩余的五分之一以上的高僧都有留学中国的经历，其中少则两三年，多的甚至达到二三十年。这些人在中国与中国诗人交往学习，并通过他们将中国当时最好的诗人诗作快捷地传入东土，而东土的日本汉诗人对中国诗坛的认识和中国诗人也是基本同步的。这促进了日本汉诗人渐渐升起的自信心，吉川幸次郎曾说：

> 他们的著述，采用与当时的中国，即元、明文化人完全相同的体裁。其本身即表明，日本人欲与中国人在同一竞技场上比赛，并且也具备了这种能力。①

联系到虎关此前对大量日本人西渡中土的不满，恰可以说明镰仓后期至室町时代，日本文化自立的倾向开始出现。当然，这种自立倾向欲转化为一种自立的成果，必有待于具大魄力人物的出现，而虎关师炼就恰恰是这样的人。《济北诗话》的形式虽然完全沿袭中国诗话，但是其采用像空海大师那样辑录中国诗话的形式，还是采取自撰的方式，却显示了不一样的胆识。它说明在经过长时期的输入消化之后，日本也有具魄力的学者能够用文化输入国的著作形式撰写同类型的著作。对其意义更具敏感性的无疑是其本国的学者，吉川幸次郎的上述评论，无疑有一种为本民族文化自立的自豪感。事实上，《济北诗话》作为第一本日本人自撰的诗话，虽然形式与中国诗话相同，但仍具有不同寻常的标杆意义。而且，这部诗话在内容上也有不少值得称道的地方，一是有其基本的诗论系统，超出了欧阳修《六一诗话》“资闲谈”的格局。在中国诗话中，除了少数几种理论性较强的诗话外，多数诗话中作为“资闲谈”的各种文人逸事、文坛掌故占了很大分量，论述诗理的内容往往是吉光片羽。而《济北诗话》则很少有“闲谈”方面的内容，它似乎更加“严肃”。构成这部诗话的基本内容大概就是三部分，或论述诗理，或品评诗人诗作，或考证诗文悬疑。就其理论主张而言，也有一些新的提法。比如他主张诗要“适理”，讲求诗的“性情之正”与“醇美”，提出“童子之心”，这一话语系统虽然来自中国，但对诗的主张并非完全因袭当

---

① ［日］吉川幸次郎：《吉川幸次郎全集》第十七卷，筑紫书房1969年（昭和四十四年）版，第22页。

时在中国流行的理论，他提出的诗应有“童子之心”，远比明代李卓吾的“童心说”早，而且之前日本汉诗界基本没有自己的诗论体系，所有一切都来自中国，虎关的用语虽然仍是中国式的，但其理论却在糅合了理学家的思想基础上，有自己独立的诗学主张。二是他对重点讨论的诗人，包括陶渊明、杜甫、李白、王安石等，都有他自己的看法。最突出的是对陶渊明的评价。与北宋以来陶渊明在中国诗坛地位上升的情况不同，虎关很尖锐地指出陶渊明人格的缺陷，显示出他独出机杼的批评意识。三是他对杜甫的推介，使其被誉为日本杜诗研究的开山之祖，扭转了平安时代以来独尊白居易的风气。这些都表现出虎关在接受中国诗学的同时，力图与中国诗学“角力”，有新的创获和独立的评价。而这些理论、评价又直接影响甚至开创了五山文学的新局面。这一点在学界是有共识的。《济北诗话》反映出中国诗学输入日本的同时，日本汉诗界力图将之本土化的努力，也是外域文化长期输入以后出现“自创”的一种质变的开始，这在日本诗话史上是一部标志性的著作。

二、江户早期诗话体制的选择

到了江户时期，在相隔300年后，又一本日本人自撰的诗话出现，这就是林懿所编撰的《史馆茗话》，但这部篇制短小的诗话实际上是无心自得，具有一定的偶然性。

林懿的父亲是宽文年间的著名学者林鹅峰，因此，林懿自小有良好的汉学修养。说起这部诗话，其实是林氏父子二人协力的成果，也是一个偶然的情况所造成的。当时林鹅峰正在编《本朝通鉴》，林懿协助他父亲做些资料搜编的工作。搜编资料之余，林懿也留意搜集有关中国诗方面的材料，当时共辑出42条。可惜他英年早逝，在他过世后的第一年即1667年，时值康熙六年，他的父亲林鹅峰补58条凑足百则行世，使林懿成为继虎关师炼后，江户时期第一位自撰诗话的学者。

这部书与《济北诗话》最大的不同有二：一是如其书名，以茗话闲谈为主；二是主论日本汉诗而非中国诗。林鹅峰在这本书的跋中说：

> 本朝中叶以来，缙绅之徒，唯游倭歌之林，不窥唐诗之苑。故世人不知中叶以前不乏才子，其蔽至以诗文为禅林之业，可以痛恨也。[①]

① ［日］林鹅峰：《史馆茗话》，见《日本诗话丛书》第一卷，株式会社凤出版社1972年（昭和四十七年）版，第333页。

作者批评了江户以来日本汉诗界的两种弊端：一是近代文人写作汉诗只在日人的圈子钻研，不知研习唐诗；二是不了解江户以前本土诗人中已有相当杰出者，而误以为五山僧侣才会写诗。所以，林氏父子在书中摘录了不少嵯峨天皇至平安朝菅原道真、大江朝纲、桔直干等日本汉诗人的名句，记载了诸多日本汉诗人的趣闻逸事，还有历史上日本诗人、僧人与中国文人的交往并受到中国人赞赏的事例等。意在说明自嵯峨天皇以来，汉诗人阅读了大量唐诗选本，精心揣摩中国诗人的作诗技法，使得日本诗人也写出过水平不亚于中国的汉诗。

该书体例秉承欧阳修《六一诗话》，以轻松闲谈的方式记录嵯峨天皇以来历代日本汉诗人的优秀诗作及逸闻趣事，虽说理论上没有太多建树，但对江户以前日本汉诗界优秀诗作的品评讨论，以及指出这些优秀诗作与唐诗的关系，客观上起到了倡导学习唐诗纠正镰仓、室町以来五山诗僧独占诗林风气的效果。因此，该书的编撰虽无直接、强烈的主观意图，但结合林鹅峰跋语，可以看出它仍有应对现实的客观需要。

《史馆茗话》在日本诗话编撰史上跟《济北诗话》一样具有标志性意义，它在日本诗话史上系第一部专论日本汉诗人的诗话著作，而后者虽属第一部日本人自撰的诗话，但内容上仍以中国诗人为评述对象。在《史馆茗话》中，林氏父子在叙述中日诗人诗学交往时，常常表现出大和汉诗人可与中土诗人角力的自立意识，与《济北诗话》一脉相承。其开创性在于用诗话之体来论述本土诗人，同样表现了日本早期诗话在经过输入、仿制以后，自主创作本土新诗话的努力。

《史馆茗话》之后未几，相继出现了几部专论诗格诗法的诗话。如果说《史馆茗话》的出现有些偶然的话，后几部诗格类诗话的编撰发行，却有一定的必然性。这个必然性，即指此类诗话面向的是汉诗初学者，满足的是这个时期大批涌现的汉诗习作者的需求。

首先是《诗法正义》，由石川凹（丈山）用日文撰写，它见著于1684年，晚于《史馆茗话》（1667）发行，但考虑到石川丈山卒于1672年，此书的编撰年代应该更早。石川这部书的分量不大，中文与日文参半，特别有意思的是在同一段文字中也会出现中日文各半的情况，这是否反映了日本汉诗人在接受中国诗话过程中所出现的奇特现象呢？该书的性质与贝原益轩的《初学诗法》类似，先论作诗大要，次举律体平仄格式，再谈作诗之法，并泛举前人论诗之语。这部书虽然篇幅不大，但其内容及汉日文参半的体例形式，无疑具有标志性的意义。笔者揣摩，编者之所以掺入日文，是为了方便汉语水平低的读者学习汉诗。其后，这类书籍渐渐多了起来，编写及出版时间也变得密集起来。比如梅室云洞的《诗律初学钞》，出版于 1678 年，也是一部谈诗律格式声病的书，从内容看，它受晚唐五代及元代诗法诗格类书的影响很大，每种体式均论其意格、句法上虚实的起承转合等。值得注意的是，这是一部完全用日文写成的诗话，从石川的汉日兼半到全由日文写成，似乎完成了诗话由中转日的脱胎换骨。而且内容多系梅室云洞自撰，从体制到内容，都受了晚唐五代以来诗法诗格一类著作的影响。一年后，贝原益轩作于 1679 年的《初学诗法》也出版了。从这本诗话的书名我们即可知道，这也是一部面向初学者的书，从内容上看，同上述两种诗话相类，也是专论诗法诗格。贝原益轩是一个儒学者，与名儒木下顺庵、伊藤仁斋等人同时。此书除个别段落为贝原自撰外，多数内容系辑录中国诗话的论诗之语，面向的读者也是汉诗的初学者，虽没有太多个人的创见，但该书在辑录中国历代论诗之语时，所涉及的语料既有宋元以来的各种诗话，也有大量的史籍、笔记、文集序跋、文人书信。作为日本人所编写的诗话，这是江户时期第一部较全面论作诗纲领、诗体格式、作诗技法的书。其意义在于全面开启了日本汉诗人撰写有关诗格、诗法类型诗话的大门，奠定了日本本土诗话多以诗法、诗格为主要内容的基本特色。这以后，江户汉诗人撰写了十数部有关诗法方面的著作，对象亦以汉诗的初学者为主。

如果说在平安后期大江朝纲编撰以诗律声病为主的《作文大体》尚具偶然性的话，那么江户早期百年间陆续面世数种诗法、格律类的诗话就有一定的必然性。

首先从宏观方面考察，在“关原之战”德川家康取胜后，实施幕藩体制，对外锁国，对内实行身份制度。这些铁腕政策获得了较长时间的政治稳定，经济也在稳定的形势下有了较大发展。原本处于社会底层从事商业活动的“町人阶级”渐渐富裕起来，形成了所谓的“町人文学”，社会中的多数人摆脱文盲状态，具备了基本的写作能力，使得其中不少人有了从事汉诗写作的环境及条件。

从文化方面来看，江户早期已开始有新的气象，随着德川家康执政理念的实行，开始改变织田、丰臣两代马上得天下而无暇于建设文化的局面，形成江村绶在《日本诗史》中所说的“广募遗书以润色鸿业”的文化盛世出现，儒学尤其是朱子学开始兴盛，诗文、小说、绘画也如雨后春笋般涌现。在印刷出版界，虽然早在 16 世纪传教士已将印刷机械引入日本，丰臣秀吉又从朝鲜带回活字印刷技术，但这些设备技术的真正光大还是从德川时代嵯峨版、骏河版的印刷发行开始的。大量和刻本书籍的印行，对著作人的诱惑巨大，对促进此期学者著书不能不具有重要的引领作用。进入江户以来，相继出现数种诗法诗格类著作，一方面是因为社会文化下移，能识字读书的人多了，学习写诗的人多了，因此有了阅读诗法、诗格书籍的需要，另外也跟出版技术的飞跃发展不无关系。

再从这几部诗话作者的经历来看，其多有一段较长的隐居并专业学习汉诗的时间。这几位诗话作者本身就是日本汉诗史上有名的人物，如编写《诗法正义》的石川丈山人称“日东李杜”，他本属德川家康部下的谱牒之家，亦武亦文，后因战中轻举妄动而失去官位，成为浪人。自 1641 年失职至 1672 年去世长达 30 余年内，石川均在京都一乘寺过着隐居的生活，日以汉诗为娱，并与过往名士谈论唱和。他编写《诗法正义》，除了与友人交流外，给习诗者提供读本也当是目的之一。《初学诗法》的编写者贝原益轩与石川一样为儒学者，先习朱子学，后改换门庭，除哲学外，擅植物学、地理学、诗学。贝原长寿，早年游历各地，70 岁时隐居京都，直至过世，隐居时间也长达 14 年。江村绶《日本诗史》称“其所撰，不为名高，勤益后人”[①]。江村所称能勤益后人者，当也包括教人作诗的《初学诗法》一书。从这些历史的和诗话作者个人的情形看，此期诗话偏于诗格、诗法类形式，无疑有其内在的必然性。

从以上我们选择的江户早期日本诗话来看，在文化的输入与选择接受中，它们各具特色。《史馆茗话》最大的特点在于它论述的对象是日本汉诗。从《济北诗话》的用汉语论汉诗，到《史馆茗话》的用汉语论日本汉诗，体现了一种飞跃。而这两部诗话都体现了日本诗话的自立倾向。《诗法正义》的出现，显示出日本诗学者不再满足于通过阅读中国唐五代以来的诗法、诗格类的著作来学习汉诗，而是自编一本更适合日本人需要的同类型著作。为此，编撰者在形式上也予以创新，采用了日汉兼半的语言形式，其目的也是为了迎合文化水准低、汉语能力差的日本普通读者的需要。稍后一年梅室云洞的《诗律初学钞》，更是完全由日文撰写，说明这已成为较普遍的市场需求。

因此，日本自撰诗话，一方面脱胎于中国诗话，从早期的《文镜秘府论》到镰仓晚期的《济北诗话》，再到《史馆茗话》《诗法正义》《诗律初

---

① ［日］江村绶：《日本诗史》，见《日本诗话丛书》第一卷，株式会社凤出版社 1972 年（昭和四十七年）版，第 221 页。

学钞》《初学诗法》，从内容到形式，有与中国诗格类诗话同质化的色彩；另一方面，如果细细考察，日本诗话在接受中国诗话的同时，也在一步步地图谋自立和更新。这在上述诗话的演进当中，有比较清晰的轨迹。

三、日本诗话家对诗话的认知

日本早期自撰诗话多为诗格类，上文论述过出现这一现象有其必然性。为了探讨这一必然性背后的原因，我们还可以通过日本诗话家对诗话的认知及汉诗习作者的需求两方面来做进一步的观察。

首先，作为域外人，日本的汉诗爱好者对诗话有特殊的需求。

原尚贤在《刻斥非序》中说：

> 苟学孔子之道，则当以孔子之言为断；为文辞者，苟效华人，则当以华人为法。①

《斥非》一书乃江户早期儒学及诗学家太宰纯针对日本汉诗学者在一些文书、经说、诗作、画作中的称呼、署名、题识、拓印等格式方面的不规范，以及使用文字、音韵、格律方面的错误而写。他在书中对上述问题逐项予以说明举证，以告知学者正确的用法及格式。其中在论述诗韵格律时说：

> 唐诗法，五言第二字、第四字、异平仄；七言第二字、第四字，异平仄；第二字、第六字，同平仄；此不易之法也。后之作诗者，莫不遵守此法。唯五言平起有韵句第一字，与七言仄起有韵句第三字必须平声。五言如“金尊对绮筵，晴光转绿苹”，七言如“万古千秋对洛城，不似湘江水北注”，金、晴、千、湘字，皆平声。此亦唐律一定之法，诗人所慎守也。倭人不知，往往用仄声字在是位，五言如“晚霞落赤域，鸟啼竹树间”，七言如“万户捣衣欲暮秋，倾倒百壶夜未央”，句非不佳，晚、鸟、捣、百字皆仄，是为声病。余尝检唐以后诸家诗，五

① ［日］原尚贤：《刻斥非序》，见《日本诗话丛书》第三卷，株式会社凤出版社 1972 年（昭和四十七年）版，第 133 页。

言句犯所云法者，未之见也。[①]

作者以唐人诗法为定法，以唐人诗句为例证，较之以日人诗中之违例，说明习汉诗者必以唐人为法，遵循唐人平仄之规，否则即非正途。他还说："此方诗人，多不知此法，大儒先生尚犯之，况初学乎？"[②] 这说明在江户初期，无论鸿学大儒，还是初学者，在掌握诗法方面仍多有不足。

林义卿在该书序言中也说：

操觚华之业也，不可不取式于彼也。岂徒古也哉？因之又因，所损益可知也。[③]

这说明对日本人以汉语著述，无论是文书也好，诗作也好，均应以来自本土的中国诗书作为范本。如果不重视这个问题，其始不正，"因之又因"，以讹传讹，离诗文之本体规范，就会愈行愈远，"损益可知"。这样的认识，在江户时期的汉诗人群体中是有共识的。贝原益轩是江户早期诗话《初学诗法》的作者，他对当时日本汉诗界的情况非常了解，所以指出的问题更有针对性，在该书序中他有如下陈述：

国俗之言诗者，往往以拘忌为定式，与中华近体之格律不同，又无知其规格之所由出者，盖所谓不知而妄作者也。……然则学者之于诗，不学则已。苟欲学之，不知其法度而妄作，可乎？古人论诗者凡若干家，倭汉印行之书亦多矣，学者之于诗法也，岂匮其书乎？然而倭俗诗法之谬旧矣，学者终身由之而不知其道者众也，不可亦叹乎？予固不知诗，且不揣僭妄，辑古来诗法之切要者，约以为一书，庶觉俗之间初学之习而不察者而已。[④]

---

① ［日］太宰纯：《斥非》，见《日本诗话丛书》第三卷，株式会社凤出版社 1972 年（昭和四十七年）版，第 160 – 161 页。

② ［日］太宰纯：《斥非》，见《日本诗话丛书》第三卷，株式会社凤出版社 1972 年（昭和四十七年）版，第 163 页。

③ ［日］太宰纯：《斥非》，见《日本诗话丛书》第三卷，株式会社凤出版社 1972 年（昭和四十七年）版，第 135 页。

④ ［日］贝原益轩：《初学诗法序》，见《日本诗话丛书》第三卷，株式会社凤出版社 1972 年（昭和四十七年）版，第 173 页。

从这段引文可以清楚看到江户初期汉诗坛存在的问题：一是当时在汉诗人中所流行的所谓汉诗的“定式”不正确，与中国人习用的格律不同；二是当时流行的论诗之语，无论是来自中国的汉籍，还是日本人所撰写的著作，虽然不少，但由于流行的“定式”惯性强大，不能有效地纠正流俗之势，以至于习焉不察。从这段话来看，大约在贝原以前，虽然言诗之人众多，但并无一种简约切要，而且便于掌握的专论格律的书流传，所以他“约以为一书”，希望能使这些人警觉。

此后诗话、诗评一类的书渐渐多起来了，尽管如此，诗格、诗法类的书仍然受人追捧。日尾约的《诗格刊误》出版前由宇都野撰序，他在序文中说：“盖我邦振古诗者不乏其人，而论格律音韵，特纵其美，未有如此书者详且尽也。”[①] 特别指出此类书的价值在于论格律音韵详细而且周全。类似的著作还有《沧溟近体声律考》，较之于《初学诗法》，此书更为专门，表现出即便是到了江户后期，在日本的性灵派及宋诗派占据主流的情况下，诗格声律类诗话仍有广泛的需求。东饱赖在《沧溟近体声律考》序中说：

> 我东人之赋西雅，有类此者（按：指上文所述江民操舟与山民操舟之别，说明中国人赋诗如江民操舟，而日本人习诗则如山民操舟），如句心单平，西人所忌，而我以为小疵，置诸正格间，以累一篇。犹平澜稳波不禁欹侧而苟且以倾其舟也。如变调拗体，西人有时用之，而我以为大扰，犹山束石出不知大变常法，以随其波澜，而畏惮以沈其舟也。此岂非习之不熟，察之不精也哉？[②]

此序的要点在于指出中国人写汉诗，犹如江河中的渔民，习于水性。日本人写汉诗，犹如山民操舟，终非本色。故中国诗人运用诗法、诗格，有正有变，有常法，偶尔也不拘于常法。日人则只知死守常法，不知变化。这是由于“习之不熟，察之不精”所造成的，因此，熟悉汉诗诗法，并能灵活运用，才是高明所为。

除了声韵格律，诗话多方面的价值也被人肯定。船津富彦曾在《关于

---

① ［日］日尾约：《诗格刊误》，见《日本诗话丛书》第一卷，株式会社凤出版社 1972 年（昭和四十七年）版，第 415 页。

② ［日］东饱赖：《沧溟近体声律考序》，见《日本诗话丛书》第六卷，株式会社凤出版社 1972 年（昭和四十七年）版，第 233－234 页。

日本的诗话》[①] 一文中将日本诗话分为七类，即汉文与日文、狭义诗话、广义诗话、辞语的诠明、文学史性质、书信类、音韵类七种。这个分类虽说在逻辑上有问题，但毕竟指出了日本诗话所具有的不同功用。这里面特别提出的“辞语的诠明”，是日本诗话中较独特的存在。这不是说中国诗话中没有这部分内容，是它远不如在日本诗话中那么重要，占的比重那么多。淡海竺常在为释慈周原的《葛原诗话》所著序中说：

> 考明字义，学之始也。况倭而学华者乎？及检字书，止曰某某也某某也，苟非博览而究之，旁引而例之，安得而尽诸乎？[②]

他认为诗话类的书不仅有助于了解诗格诗法，还可以为异邦人提供更多的名物、字词方面的借鉴。考明字义，本是辞书功能，但日本各类诗话中或多或少都有解释汉字词语的内容，与一般辞书相比，诗话中的析辞往往结合诗例及用法，因此就诗学而言，比一般的辞书更具实用性。太宰纯在其所作《斥非》一书中，即包含了大量有关字词、习语用法的内容。又如东条耕著《幼学诗话》，其实并非为幼儿写，而是为汉诗初学者所写的。书中讲汉字之奇语、剩语、生字、近义词、熟语之活用之类，显然也是为了帮助异邦的日本人更准确地在诗中运用汉字。相类的意思在平信好为源孝衡《诗学还丹》一书所作序言中也有表示。他认为，近世“诗材之书”刊行于世者繁多，“诗材”即包括了中日两国的文字、名物、格律等内容。平信认为，这类书籍的价值有如工匠之有精铁、良木之选，它既可以教人“摹拟古人之诗”，又可以学习如何运用“国歌”（即和歌）为诗句，以和言为诗语之事，容易使习诗者“入于学诗之境”[③]。这说明诗话类文献可以为日本汉诗作者提供其他书籍所没有的“诗材”，有的诗话涉及日文或和歌的，还可以教汉诗学者借鉴利用日本本土的诗歌资源。

此外，也有人指出诗话在品鉴方面的作用：

---

① 此文原载日本大修馆《中国文化丛书》第九卷，后编入船津富彦《中国诗话之研究》一书，八云书院 1977 年版。此用张寅彭译文，载《中国文学研究》1990 年第 4 期。

② ［日］淡海竺常：《葛原诗话序》，见［日］释慈周《葛原诗话》，载《日本诗话丛书》第四卷，株式会社凤出版社 1972 年（昭和四十七年）版，第 3 页。

③ ［日］平信好撰：《诗学还丹序》，见［日］源孝衡《诗学还丹》，载《日本诗话丛书》第二卷，株式会社凤出版社 1972 年（昭和四十七年）版，第 161 页。

> 品藻之难也，衔卖者，其声远播，而其实未副焉。韬晦者，其文足征，而其名每湮焉。生其土，而商榷其土文艺，犹且称难得其要领，何况他邦人士，所谓隔靴搔痒不啻也。[①]

显然，诗格类著作从江户早期到中期的繁盛，与日本习汉诗者的需求有很密切的关系。而且相关人士在论述这一问题时，多从中日语言、音韵乃至文化相异、熟习不易方面着眼，显示出诗格类著作对日本人的作用远比对中国人更为重要。

其次，诗格类诗话的多产还与明代复古主义渗入日本以后引起日本的文学论争有较显著的关系。

前述数种日本自撰诗话，多产自江户前期，明代复古主义思潮影响着汉诗坛，所以以格律声韵为主的诗格类诗话集中出现并不奇怪。江户中后期尤其是天明、宽政以后，伴随着性灵说的输入日本，日本汉诗也开始介入复古与性灵的论争。虽说以市河宽斋、菊池五山、山本北山为代表的诗人受晚明性灵派乃至清袁枚及《随园诗话》的影响，写了一些诸如《北里歌》、舒亭吉原词、娱菴深川的竹枝词一类以民间“风情”“性灵”见长的作品，但主张唐明诗派的汉诗人仍有众多的坚守者。[②] 从当时出版的诗话来看，也仍以主唐、明格律之说者为众，因此，诗学者对当时及早前所印行的诗格一类的书多有肯定。对于这批抱持传统的人而言，专言格律的书籍非常切用，他们坚定地认为，诗是可以通过学与教以达至高水平，亦即有“格调”的。《诗辙》由三浦晋撰于江户天明年间，这是江户文学中期受明代复古诗学影响仍较显著的时期。该书详论近体诗的体制、变法、异体、篇法、韵法、句法、字法等问题，其条目之细致及所涉及的诗格诗律非常详尽，显示了明人在精研唐诗方面对日本的影响。乔维岳在为该书所写的序说：

> 诗可教欤？可教也。世有不用其教而为之者，或直情径行，或索隐行怪，有韵而文，其为君子言何辨焉？然推椎轮之始……步趋有式，轩轾得所，是为大辂之全矣。于是后君子不能变其轨，乃范吾艺苑。……曰：生斯世为斯世，何世无情，何世无言，吾有真性情，吾有活手段，

---

① ［日］江村绶：《日本诗史》，见《日本诗话丛书》第一卷，株式会社凤出版社 1972 年（昭和四十七年）版，第 285 页。

② 详参拙著《日本诗话中的中国古代诗学研究》第三、四章，北京大学出版社 2012 年版。

> 吾不欲浇淳散朴，吾自我作，椎轮之始而已。夫椎轮之始，岂有成轨可守，文饰可尚者乎？……是无他焉，徒知大辂之质，而未知大辂之全也。乃不分处（按：应为“虎”）豹之鞟与犬羊之鞟异。易豆屦以璧珪，有君子彬彬之言，独拾其竬者、瓻者、蔹者、柞者、挚者、材不完者、肉不称者、毂不眼者、帱不廉者、蚤不正者，自为珍焉耳。一何陋也！……辙乎辙乎！其始可与教诗已矣！①

这段序文有很强的针对性，从文中即知作者的论争对手就是主性灵一派的诗人。他认为主性灵者不入高格，无涉正路，非君子言。而学诗当“步趋有式，轩轾得所”，始为“大辂之全”。而其所谓正路高格、有式有所，当然指的就是由唐人所确立、由明人推衍的诗格、诗法。因此，为论争的需要，这类诗格类的诗话虽然面临主性灵者的冲击，仍代有所出。

山本要在为赤泽一《诗律》所作的序中说：“诗之有律，如国之有律也。……故作诗者，得律以行之，则所造之巧拙，虽在其人而不一，而所执之规律，皆符于唐宋古人之纪纲，始可免乱作胡行之弊。”② 尽管此著发行的时间已是宽政以后，性灵派及主宋诗者渐成主流，对诗的格律的重视远不如前时。但对于外邦人而言，学习异域文化，研习异邦之诗，就应该遵照对方的规范，这仍是当时不少汉诗学者的共识。

最后，再谈日本人对诗话的反思。

在日本汉诗界，对来自中国诗话评价最高的是《沧浪诗话》。江户后期，伴随着性灵派的崛起，日本汉诗学者对诗话开始有了一些批评意见。如芥焕彦章说：“欧阳公《六一诗话》《司马温公诗话》之类，率皆资一时谈柄耳，于诗学实没干涉，初学略之而可也。”③ 认为类似《六一诗话》这样“资闲谈”的诗话对作诗没什么帮助。

日本人的这种看法，其实在明代以来中国诗学家那里已有先声。兹录以备参：

---

① ［日］乔维岳：《诗辙序》，见《日本诗话丛书》第六卷，株式会社凤出版社 1972 年（昭和四十七年）版，第 49 – 51 页。

② ［日］山本要：《诗律序》，见［日］赤泽一《诗律》，载《日本诗话丛书》第四卷，株式会社凤出版社 1972 年（昭和四十七年）版，第 449 页。

③ ［日］芥焕彦章：《丹丘诗话》卷下，见《日本诗话丛书》第二卷，株式会社凤出版社 1972 年（昭和四十七年）版，第 606 页。

> 唐人不言诗法，诗法多出宋，而宋人于诗无所得。所谓法者，不过一字一句，对偶雕琢之工，而天真兴致，则未可与道。①
>
> 近世所传诗话，杂出蔓辞，殊不强人意。惟严沧浪诗谈，深得诗家三昧。②
>
> 诗话必具史笔，宋人之过论也。玄辞冷语，用以博见闻资谈笑而已，奚史哉？③

上录中国数家批评诗话者，多从唐宋诗兴衰之对比着眼，以为诗话并不能促进诗歌创作的繁荣。它们或着眼于一字一句、对偶雕琢之法，不解诗家三昧；或杂出蔓辞、以玄辞冷语述博谈闻见，不仅与诗学无与，与史也相距甚远。

至江户后期，日本诗话中最引人注目的一部诗话是以反诗话面目出现的《侗庵非诗话》（发行于文化甲戌年，即1814年），该书皇皇十卷，分述诗话15种病。作者刘煜季晔如明以来中国部分诗家那样，先论诗话无益于诗：

> 诗莫盛于唐，而诗话未出。莫衰于宋，而诗话无数。就唐之中，中晚诸子，论诗寖评，诗式、诗格等书，相继出，而诗远不及盛唐。太白、少陵足以雄视一代，凌厉千古，而未尝有一篇论诗之书。学者盍以是察之。④

指出唐中晚期诗格类诗话相继出现，但其时之诗远不及盛唐，是故诗话并无益于诗。在此基础上，刘煜季晔似乎走得更远，他认为诗话不仅无益，且有害，甚至是诗的罪人。该书自序说：

> 唐宋以来，诗随世降，如江河之就下，其所以致此，良非一端，而诗话实与有罪焉。⑤

① 李东阳：《麓堂诗话》，见《历代诗话续编》，中华书局1983年版，第1369页。

② 王铎：《麓堂诗话序》，见《历代诗话续编》，中华书局1983年版，第1368页。

③ 文璧：《南濠居士诗话序》，见《历代诗话续编》，中华书局1983年版，第1341页。

④ ［日］刘煜季晔：《侗庵非诗话》，崇文院1927年（昭和二年）版，见蔡镇楚编《域外诗话珍本丛书》第六册，北京图书馆出版社2006年版，第60－61页。

⑤ ［日］刘煜季晔：《侗庵非诗话》，崇文院1927年（昭和二年）版，第51页。

他还举过一个例子，说明诗话对学诗者有害无益：

> 有一措大，忘其名姓，好读诗话，而未始读古人之诗。听其言也，摘诗句之瑕疵，评作者之优劣，滔滔不穷，一座尽倾。及观其所自作诗，则卑弱陋俗，使人呕哕。既而颇自觉其非，来请教于予。予告之曰："子之疾，已入膏肓，不可医已。"①

此虽类小说家言，但确实指出了诗话易对初学者造成具夸夸其谈之资而无操觚成章之实的毛病。刘煜指出的诗话15种病分别为：一曰说诗失之于太深，二曰矜该博以误解诗意，三曰论诗必指所本，四曰评诗优劣失当，五曰稍工诗则自负太甚，六曰好点窜古人诗，七曰以正理晦诗人之情，八曰妄驳诗句之瑕疵，九曰擅改诗中文字，十曰不能记诗出典，十一曰以僻见错解诗，十二曰以诗为贡谀之资，十三曰不识诗之正法门，十四曰解诗错引事实，十五曰好谈谶纬鬼怪女色。从刘煜摘出的这15种毛病来看，多指记事析辞品鉴类的狭义诗话。平心而论，这些毛病或不足事实上在诗话著作中确有不同程度的存在，但诗者见仁见智，一些涉及品鉴话题的诗话，很难说就一定会构成诗话之病。但对于诗学修养不深，本身又不擅作诗的初学者来说，这类诗话除了广见闻以外，对于写诗确实没有具体的帮助。文中所记"措大"，即善夸夸其谈，显然指他十分熟悉清谈一类的诗话，有许多可谈之资。但刘煜认为，对这类诗话的熟悉，并无助于个人习诗，还使初学者眼高手低，反而有害于习诗。正像他在书中所言："予历观诗话，举全诗者綦少，好摘一二句以为谈助话柄，或指一二字以为神品妙境，其有损于学诗者不少矣。"②

除了对狭义的清谈类诗话不满外，刘煜对诗格类诗话也非常不满。一般认为，记事析辞类诗话是诗人圈中的清谈之资，以交诗友、广见闻、益赏鉴而已；诗格类诗话面向的则是初学者，它可以为初学者提供诗法、诗格及音韵范本。但刘煜认为，诗格类诗话对初学者也是有害无益的。他说：

> 学者有志于诗，必先使其心中正无邪，然后从事于音韵声律，此入诗之正法门路也。若乃其心未能中正无邪，而徒屑屑然音韵声律之为

① ［日］刘煜季晔：《侗庵非诗话》，崇文院1927年（昭和二年）版，第72－73页。
② ［日］刘煜季晔：《侗庵非诗话》，崇文院1927年（昭和二年）版，第76页。

尚，是无源之水，无根之木。①

《诗学大成》《唐诗金粉》《卓氏藻林》《圆机活法》《珠联诗格》《三体诗学》等书，皆诗道之悬疣附赘，旁门邪径，诗人由此而入者，难与言诗矣。②

他认为，诗人苟有意于作诗，先须涵养并具备诗人之心，此为学诗之基础，诗格、诗法应位于性情之后。如若不具诗人温厚之心，徒习诗格诗法，则为无基之楼台，甚至为旁门邪径。他甚至认为《诗学大成》一类的诗格书直如悬疣附赘，于诗学有害无益。因此，即便具备了温厚之心，也无须径学诗法，而应反复讽咏古来优秀诗作以默识于心，自然格律具备：

或问学诗之要，予谓之曰，谨勿读诗话。请益，曰用读诗话之力，熟读十九首建安诸子陶谢李杜之诗，庶乎其可也。③

初学既笃信性情之说，其学诗之序，则首三百篇，次《楚辞》、《十九首》，次汉魏诸家、《文选》、李杜，以渐及初盛中晚诸名家，反复讽咏，循循不倦，则学声律格调，体裁结构，自然通晓。……初学尤不可观诗话，初学之时，识见未定，一耽嗜诗话，则沾沾然以字句之间见巧，以奇新之语惊人，安于小成，而不能大达。④

这些话，总体而言，尚属持平之论。但愚以为，涵养诗人之心、熟参前人诗作、默识诗格律法，与研读诗格类诗话，可并行不悖。所忌者，乃在抛弃前者而仅读各类诗话，以作诗学之养。但一味地指责诗话之有害，而无视其诗学精华之凝结，也是偏颇之论。

刘煜对历代中国诗话也有品评，所批评的有：

诗话诗品为古，其病在好识别源流，分析宗派，使人爱憎多端，固滞难通。唐之诗话，如《本事诗》《云溪友议》等书，其病在数数录《桑中》《溱洧》赠答之诗，以为美谈。使人心荡神惑，丧其所守。宋

① ［日］刘煜季晔：《侗庵非诗话》，崇文院1927年（昭和二年）版，第65－66页。
② ［日］刘煜季晔：《侗庵非诗话》，崇文院1927年（昭和二年）版，第95－96页。
③ ［日］刘煜季晔：《侗庵非诗话》，崇文院1927年（昭和二年）版，第60页。
④ ［日］刘煜季晔：《侗庵非诗话》，崇文院1927年（昭和二年）版，第67－68页。

> 之诗话，如《巩溪》《彦周》《禁脔》《韵语》等书，其病在怪僻穿凿之见。[①]

作者将宋以前历代诗话按历史分期划为三类：魏晋六朝的缺点在于好识别源流，分析宗派，所指似为钟嵘《诗品》；唐人《本事诗》一类以记事为主，所失在记录淫荡史实，使人心荡神惑，丧其所守；宋人诗话则怪僻穿凿，似责其喜用怪僻史实并曲解诗例。《侗庵非诗话》的这些指责，多责其一点，不及其余，偏狭自然难免。他所赞扬的有：

> 诗话中，惟钟嵘《诗品》《严沧浪诗话》、李西涯《怀麓堂诗话》、徐昌穀《谈艺录》可以供消闲之具。盖四子于诗，实有所独得，非如他人之影撰。舍其短而取其长，不为无少补，自馀诗话，则以覆酱瓿可也。[②]

其中钟嵘《诗品》已在上文有所批评，此处赞扬者，当指其对各家诗的品鉴精到。这四部诗话能获刘煜褒赞，很大程度上是因为它们比较多地从诗艺方面品鉴诗作，有独得之见。但他对其余诗话一概否定，看不到各类诗话的丰富性及多方面的价值，也显示出其偏狭的眼光。

（原载《安徽师范大学学报》2016年第1期；收录于陈广宏、侯仁川编《古典诗话新诠论》，中华书局2018年版，以及查清华主编《东亚唐诗学论集》第2辑，上海辞书出版社2022年版）

---

① ［日］刘煜季晔：《侗庵非诗话》，崇文院1927年（昭和二年）版，第79页。
② ［日］刘煜季晔：《侗庵非诗话》，崇文院1927年（昭和二年）版，第93－94页。

民国—明治时期中日诗话的古今之变

一、西方文化的输入与旧体诗学的回光返照

19 世纪下半叶至 20 世纪上半叶的近百年时间，在中国是晚清与民国时期，在日本是明治大正时期，中日传统文化都面临着西方文化的冲击，也经历了类似的过程。

晚清以至民国，数十年的时间，面对西方文化的全面进入，中国传统文化并没有即刻呈现出退缩乃至溃败的状态。这时期中国的文化实际上呈现出三种状态：一是固守中国传统的完全中式的形态，二是部分接受西学影响的中西各具的形态，三是完全接受西学的文化形态。依本人观察，这三种形态随着时间推移，呈现动态的渐变。20 世纪 30 年代以前，以第一类占主流；40 年代以前，中西各据半壁江山；40 年代以后，西式文化占据了主流话语权。

这一情况与诗话领域的状态也非常吻合。张寅彭编辑的《民国诗话丛编》收入 40 余种民国诗话，除 4 种编撰年代不详外，编撰于 20 世纪 20 年代以前的有 8 种，30 年代的有 15 种，40 年代的有 4 种，其中以 30 年代之前的最多，占了总数的 90%。而 40 年代以后，随着新文化逐步占领主流地位，诗话撰写渐显颓势。至 50 年代以后，渐次绝迹。这反映出在中西对立、新旧文化碰撞中，代表传统文化的诗话呈现出一种逐步退缩，以至近乎消亡的状态。

以上仅是从概貌而言，如欲细致考察这种变化，民国诗话自身就提供了许多更具细节的材料。我们从中可以看到西方文化侵入中国后所带来的情形各异的应对和变化，此中不唯可以考见诗话自身的盛衰，也可以看到中国文化的古今之变。

就国家局势而言，甲午以来，王朝的颓势已遮掩不住。而此前数年，许多人还生活在天朝上国的梦幻中，一些研究中国近代史的著作曾提及晚清政府官员面见西方国家使节时的“故事”，细数当局者如何不明世势，如何愚蠢颟顸。诗话中也有类似记载，孙雄的《诗史阁诗话》曾记同治年间外国使节觐见事，并有许瑶光诗记之：

> 余闻都中耆旧言，同治十二年时，穆宗御紫光阁，受外夷觐礼，彼时以国书至者，凡有五国。自称陪臣。入觐礼成，皆惊惕无敢仰视者。顷读许雪门观察《瑶光诗草》，曾纪其事，题为《暮泊马杜书感》，诗云："风卷云开霄汉青，水迴村出一舟停。红墙远见西山寺，紫气高悬北极星。闻道岛夷成觐礼，欣传朝宁重仪型。天威咫尺天恩渥，寄语江南父老听。"①

记载中的"觐礼"、外人"自称陪臣"、外国使节"皆惊惕无敢仰视"，许诗称外国为"岛夷"、清国之"朝宁"，在在显示出天朝上国飘飘然的自我感觉。但好景不长，历甲午海战、庚子国变，沧海桑田。此时的国人完全换了另外一种语式来称呼外国人，夏敬观《学山诗话》录袁爽秋《庚子日记》称八国联军为"犬羊异族，罪恶滔天"②。面对庚子之变，国人对以往视若夷狄的外国人开始有了各种激进的、颓丧的、懊恼的、幻灭的复杂情绪。40余年后，当夏敬观在诗话中反思当年时局时，承认当时初与洋交通，不谙洋务，应付不当，"惜其时在朝诸公，类多蔽固之流，而民气亦只知以仇洋为事，舆论挟持，虽有能者，莫之相救也"③。这种天壤之别的变化，从一极转向另一极，仿佛只是瞬间的事情。

伴随着因国势剧变引起的各种极端情绪，文化人对西方文化的入侵有更虐心的心理惨痛，表现出更复杂的心态。一方面是对异域文化入侵的不满和无奈的承受，1907（丁未）年，日本岩崎氏静嘉堂购陆氏之书4000部共4.4万余册，国人闻之，太息者颇不乏人。有王志盦作长诗云："世界学说趋鼎新，天意宁忍丧斯文？……安得尔我比户陈诗书，销尽大地干戈不详气。"④ 他将贩书给外国人这一偶然的事情，绝望地看作是天丧斯文的寓示。杨香池的《偷闲庐诗话》也描绘"五四"以后，"文学屡经革命，而旧日所号为富有诗书之士，大受排击，难以谋生，甚且流为自乞儿者多矣"⑤。更

---

① 孙雄：《诗史阁诗话》，见张寅彭主编《民国诗话丛编》第二册，上海书店出版社2002年版，第166页。

② 夏敬观：《学山诗话》，见张寅彭主编《民国诗话丛编》第三册，上海书店出版社2002年版，第33页。

③ 夏敬观：《学山诗话》，见张寅彭主编《民国诗话丛编》第三册，上海书店出版社2002年版，第52页。

④ 王逸塘：《今传是楼诗话》，见张寅彭主编《民国诗话丛编》第三册，上海书店出版社2002年版，第460页。

⑤ 杨香池：《偷闲庐诗话》，见张寅彭主编《民国诗话丛编》第三册，上海书店出版社2002年版，第677页。

早一些的魏元旷在1922年刊印的《蕉庵诗话》中说："欧风扇中国，古学绝尘响。"[①] 这一系列的描述，表明在国势衰败的同时，一部分文化人的文化心理也处于一个极脆弱、缺乏自信的状态。吴宓是一个接受过西方教育的旧式文人，按道理他的看法应该较为通脱，但实际上他对传统文化的消解也持一种悲观的态度："呜呼！我中国国家社会之危乱，文化精神之消亡，至今而极！""汉文正遭破毁，旧诗已经灭绝。此后吾侪将如何而兴国，如何而救亡？如何以全生？如何以自慰乎？吾侪欲为杜工部，欲为顾亭林，欲为但丁，欲为雪莱等等，其可得乎？是故旧诗之不作，文言之堕废，尤其汉文文字系统之全部毁灭，乃吾侪所认为国家民族全体永久最不幸之事，亦宓个人情志中最悲伤最痛苦之事。"[②] 这种危机感在长期醉心于旧文化体制的人中相信是普遍存在的，但他们脆弱的神经有时也会因为一件小事而重新激起信心和期待。

1913年国会期间，孙雄作《诗史阁图》，来自偏远的云南省议员杨琼等人为《诗史阁图》题诗多首，其中杨氏题诗云："百年世事驹过隙，风雅正变足分析。岂独盛晚形妍媸，还可治乱参消息。况今国粹都消亡，大雅之轮畴扶将。幸君骚坛执牛耳，鹏飞万鸟鸣归昌。"诗中既有对国粹消亡的隐忧，也有对孙雄扶将"大雅之轮"的期望。当时，有多位议员为之题诗，孙雄对此深表欣慰，云："他日当汇刻之，以见癸丑中未尝无风雅之士，非尽黄茅白苇，以国学为土苴也。"[③] 这件事情无疑反映了在新旧之交、东西之争、古今之变中，处于弱势地位的旧式文人仍在坚守普罗米修斯殉难式的理想。

类似悲壮的情怀亦见于孙的同乡袁嘉穀的一段表白：

> 士生末世，既未能一一显达，使天下共赏斯人。仅以声律字句之微，若隐若现，又适为区区闻见。余不传之，谁为传之？……余著诗话，厥志久矣。壮志有在，成且焚之，今则非复壮志矣。道之将废，予

① 魏元旷：《蕉庵诗话》续编卷二，见张寅彭主编《民国诗话丛编》第二册，上海书店出版社2002年版，第42页。

② 吴宓：《空轩诗话》，见张寅彭主编《民国诗话丛编》第六册，上海书店出版社2002年版，第89页。

③ 孙雄：《诗史阁诗话》，见张寅彭主编《民国诗话丛编》第二册，上海书店出版社2002年版，第192页。

如命何？掉笔自乐，命如予何？[1]

从其行文中，可以感受到其对继承传统的期待和使命感，又对能否担当起这一责任的不自信和无奈。而这些当然都建立在面对新文化的冲击，其对传统文化能否持续的疑虑和不安之上。

如果仅就上面所罗列的现象来看，似乎旧文化在新文化的冲击下已至绝境。但这与我们翻阅当时的报刊及各种诗话所看到的情况并不完全一致，事实上，辛亥以后相当长的一段时间，旧体诗的写作及诗社的活动仍如火如荼。我们同时也观察到，面对西方文化的进入，除了灰心绝望，或以一种飞蛾扑火的精神面对之外，也有一部分人是以积极心态张开双臂迎接的，还有更多的是在经历了初期的不适应后迅速调整心态的旧式文人。

这些人中，有一部分人既心存危机感，但作为旧文化的拥有者，似乎又存在着一种莫名的优越感，使得他们在面对本民族那些较快接受西式文化的人表现出一种不屑的态度。孙雄《诗史阁诗话》批评近世留学生"率于国学未窥门径。'弄璋'不解，'蹲鸱'不知，比比皆是"[2]。杨香池《偷闲庐诗话》嘲弄今人之新体诗："然则今之新诗有'亲爱的，把我的性灵和心都给你了'，又'月亮呀，我亲爱的月亮呀'等类，将更谓之何哉！"[3] 林庚白《孑楼诗词话》更称："晚近新体诗，摹拟欧美，终嫌太肖，大类'洋试帖'。"[4] 这些话语多少都体现出对洋文化迹近轻蔑的口气，大有枪炮不如文化优越的感觉。

经历了甲午战争、庚子国变、辛亥革命、五四运动的剧烈冲击后，旧式文人似乎喘定了口气。进入20世纪20年代后，他们中有的人甚至认为传统文化的低迷只是暂时的，假以时日，东方文化仍将主导世界。典型的如王逸塘《今传是楼诗话》所称：

---

① 袁嘉穀：《卧雪诗话》，见张寅彭主编《民国诗话丛编》第二册，上海书店出版社2002年版，第295页。

② 孙雄：《诗史阁诗话》，见张寅彭主编《民国诗话丛编》第二册，上海书店出版社2002年版，第158页。

③ 杨香池：《偷闲庐诗话》，见张寅彭主编《民国诗话丛编》第三册，上海书店出版社2002年版，第679页。

④ 林庚白：《孑楼诗词话》，见张寅彭主编《民国诗话丛编》第六册，上海书店出版社2002年版，第128页。

盖余素主世界大同论，所谓同轨同文同伦，必有四海一家之日。衡以中日文化同源，尤应携手而肩此责。且按之学术真理，亦惟东方圣哲之精神学理，乃可以剂西方偏得物理之平。持之有年，今更笃信。[①]

郭则沄也说：

今泰西诸邦，渐谂科学流弊，方盛倡东方哲学，尊尼父而黜卢梭，息壤在兹，请以觇诸异日！[②]

正因为一部分文人在文化心理上仍自认占据优势地位，所以他们渐渐从最初的当头棒喝中慢慢回过神来。事实上，尽管甲午、庚子、辛亥以来旧文化轮番遭受了前所未有的冲击，但百足之虫死而不僵。两千多年来形成的优厚基础并非一日间就能击垮，旧体诗的写作、诗社活动和诗话编撰，无论在京畿还是边陲，仍显示出强大的生命力。

我们先看民国前后的诗社活动，兹依诗话中所记录的时间先后择要胪列于后。

秋梦《绮霞轩诗话》记庚子暮春，“余与诸同志结社海棠社于羊城”[③]。

辛亥光复前武昌即有摅怀诗社，以文字联知交“一时社中，健者如鲫”[④]。

高巢于1912年秋在上海创立希社，并赋五古一首云：“吾爱东林贤，气节激弥奋。绝学冀其复，结社罗英俊。”[⑤] 同卷又记施琴南《希社缘起卮言》云：“以鱼（虞）山复社之誓誓我同人，且为诗记之。若未敢遽谓绝学之可复，而第希冀其有兴复绝学之几。”[⑥]

---

① 王逸塘：《今传是楼诗话》，见张寅彭主编《民国诗话丛编》第三册，上海书店出版社2002年版，第462页。

② 郭则沄：《十朝诗乘》，见张寅彭主编《民国诗话丛编》第四册，上海书店出版社2002年版，第846页。

③ 秋梦：《绮霞轩诗话》，载蒋抱玄辑《民权素诗话》，见张寅彭主编《民国诗话丛编》第五册，上海书店出版社2002年版，第240页。

④ 蒋抱玄：《民权素诗话》，见张寅彭主编《民国诗话丛编》第五册，上海书店出版社2002年版，第218页。

⑤ 孙雄：《诗史阁诗话》，见张寅彭主编《民国诗话丛编》第二册，上海书店出版社2002年版，第169页。

⑥ 孙雄：《诗史阁诗话》，见张寅彭主编《民国诗话丛编》第二册，上海书店出版社2002年版，第171页。

徐世昌任职总统时（1918—1922），倡晚晴簃诗社。①

壬癸（1922）之际，士大夫留滞京邸，贫无所归。如皋冒鹤亭自命遗老，饮酒结社，相约以不受民国官职为高。其名刺犹署前清四品京堂。②

袁嘉穀《卧雪诗话》记粤东六榕寺牡丹重华会，觞咏流传，人数十，诗数百，成一时之盛。并采用糊名易书，为方便外埠人参加，可寄邮属选。③

赵元礼《藏斋诗话》记载天津城南诗社持续 10 余年，至 1937 年仍有社员 15 人之多。该书还记载同时另有星二社、俦社等。④

王逸塘《今传是楼诗话》亦言及津门城南诗社，称"吟侣甚盛"，时报载《城南十子歌》。并于丙寅九日集寱盦宅，分韵赋诗，有句"世外聊容小隐身"。⑤

王逸塘《今传是楼诗话》记载："近来海内沸腾，几无宁宇。辽沈一隅，弦诵不辍。旧京侪辈，多应弓招。……曩多都中钟社，首推寒山稊园，月必数集。"⑥

由云龙《定庵诗话》记昆明有南雅社，王逸塘在津创采风社。⑦

又陈诗《尊瓠室诗话》载冒鹤亭戊寅年（1938）三月二十五日为巢民作寿，各省 40 余人与会，各有赠作。其中李园主人诗云："适怀同物感，遗孑殆有命。暂宽陆沉忧，为子以地庆。"并云："沪渎自丁丑（1937）秋兵燹后，百事寂寥，今得此盛会，虽山肴野蔌，犹令人想见水绘余风也。"⑧

---

① 汪国垣：《光宣以来诗坛旁记》，见张寅彭主编《民国诗话丛编》第五册，上海书店出版社 2002 年版，第 443 页。

② 陈锐：《袌碧斋诗话》，见张寅彭主编《民国诗话丛编》第二册，上海书店出版社 2002 年版，第 69 页。

③ 袁嘉穀：《卧雪诗话》，见张寅彭主编《民国诗话丛编》第二册，上海书店出版社 2002 年版，第 432 页。

④ 赵元礼：《藏斋诗话》，见张寅彭主编《民国诗话丛编》第二册，上海书店出版社 2002 年版，第 235 页。

⑤ 王逸塘：《今传是楼诗话》，见张寅彭主编《民国诗话丛编》第三册，上海书店出版社 2002 年版，第 360 页。

⑥ 王逸塘：《今传是楼诗话》，见张寅彭主编《民国诗话丛编》第三册，上海书店出版社 2002 年版，第 464 页。

⑦ 由云龙：《定庵诗话》，见张寅彭主编《民国诗话丛编》第三册，上海书店出版社 2002 年版，第 638、643 页。

⑧ 陈诗：《尊瓠室诗话》，见张寅彭主编《民国诗话丛编》第二册，上海书店出版社 2002 年版，第 141 页。

可见，从辛亥前后到抗战初年，京沪津等中心城市乃至广州、昆明等边远城市中，都有数量不等的诗社活动，其中尤以20世纪40年代以前最为兴盛，此后则因战乱逐渐消沉。沈其光（按，沈为上海青浦人）在成书于40年代末期的《瓶粟斋诗话》续编中称："我邑诗社，极盛于民国之初。二十年来，旧时吟侣，疾病乱离，凋零殆尽，里中谈诗者绝鲜。"[①] 可以想见，如若不是战乱，时局不稳，兴盛数十年的诗社活动还是会持续一段时间的。

再看此期的诗话编撰。据《民国诗话丛编》主编张寅彭序，民国时期的传统诗学著作有百数十种。查检丛书所收诗话，其来源多样：一是诗话专书，二是报刊连载（如《忍古楼诗话》《学山诗话》《今传是楼诗话》《陈石遗先生谈艺录》《民权素诗话》《尊瓠室诗话》《孑楼诗词话》《梦苕盦诗话》等），三是辑自诗文集（如《空轩诗话》《褒碧斋诗话》《丽白楼诗话》《谪星说诗》《名山诗话》等），四是选自笔记（如《藏斋诗话》），五实为诗学讲稿（如黄节《诗学》、范罕《蜗牛舍说诗新语》）。从民国仅数十年的时间来看，百数十种这样的数量是相当惊人的，应该说，它完全超越了宋以来历代诗话的年代平均数。

从民国诗话作者对其编撰诗话目的的陈述来看，多有记录诗史、裨补时阙、救亡图存的使命感，如蒋抱玄在《民权素诗话》中所录《摅怀斋诗话》作者所说："乌能与寻常文字一例作娱乐玩观哉。"[②] 这反映出面临着内忧外患，民国时期的诗话作者不再将诗话视为资闲谈的载体，而是有着传承旧文化的象征意义。

可与民国旧体诗坛相比较的，是明治以来日本汉诗坛的情况。巧合的是，日本汉诗界与民国诗坛有相当类似的情形，起初受冲击，之后又有一段活跃期。

黄遵宪在《日本杂事诗》中指出，明治时期在变法之初"唾弃汉学，以为无用"[③]，可以印证这一判断的史事有：一是明治十年（1877）前后，伴随着原幕府汉学鼎盛时期的诸位优秀的汉学家相继去世，以松崎慊堂、安井息轩为代表的幕府末期的汉学鼎盛期已经过去。随着明治开化，此时的潮

---

① 沈其光：《瓶粟斋诗话》，见张寅彭主编《民国诗话丛编》第五册，上海书店出版社2002年版，第600页。

② 蒋抱玄辑：《民权素诗话》，见张寅彭主编《民国诗话丛编》第五册，上海书店出版社2002年版，第214页。

③ 黄遵宪：《日本杂事诗》，见钱仲联《人境庐诗草笺注》下册，上海古籍出版社1981年版，第1123页。

流是抵制汉学，追捧欧风。二是明治十五年（1882），井上哲次郎、矢田部良吉、外山正一三位东京大学教授编辑出版了《新体诗抄》，在其前言中说：“夫明治之歌，须为明治之歌，而非古歌；日本之诗，须为日本之诗，而非汉诗。”① 这说明此期的日本文化界在脱亚入欧的洪流中，最初较主流的选择就是抛弃影响了他们千余年的中国传统文化，使汉学处于一个接近边缘化的尴尬境地。

但这仅是短暂现象，稍后就有变化。其实明治前期，虽有欧风劲吹，但受汉文化影响千余年的日本文化界并非那么不堪一击。明治十三年(1880)，在神田的学习院成立了斯文学会，其目的就是为了抵制西欧，兴复汉学。川田刚在《斯文会记》中这样说：

> 我邦文学传自汉土。人智由是开，伦理由是明，工艺由是兴，文物制度由是立，则其学为必用，固不待论。而学者往往胶柱刻舟，不达时务，是以中兴以还，采用洋学，海内靡然，舍鸟迹而讲蟹文。然一利所在，一弊随生。道德变为功利，敦厚化为轻薄，检素移为华奢。语政体，则不曰立君而曰共和；语教法，则不曰孔孟而曰耶稣；语伦理，则不曰夫唱妇随，而曰男女同权。呜呼！彼不辨国体土俗之同异，唯新是趋，与夫愚儒泥古者，均非圣贤贯学之旨也。②

川田的话代表了明治时期汉学界同人在欧风东渐的情形下力图兴复汉学的努力。在文学界也有类似的意见，大町桂月（1869—1925）在其《明治文坛之奇现象》一文中说：“及明治之世，西洋文学思想突入而来，是未足为奇；小说面目一新而勃兴，是未足为奇；新诗兴盛，亦未足为奇；惟其势当减之汉诗，反而兴盛，且见其佳，不得不视为不可思议之事。”③ 在日著名学者蔡毅先生也说：“日本汉诗发展到明治时期，并未因西方文学的影响日巨而专趋衰落一途，相反一时呈现空前盛况。”④ 蔡先生还历数明治前期汉诗坛三大家的汉诗创作，森春涛在东京结茉莉吟社，主办《新文诗》等

---

① ［日］山田敬三著，刘雨珍译：《日本近代文学的形成与因缘》，见严绍璗、［日］中西进主编《中日文化交流史大系·文学卷》，浙江人民出版社1996年版，第385页。

② ［日］町田三郎著，马振方、马小立译：《明治汉文学纪要》，载《中国典籍与文化》1999年第2期。

③ ［日］猪口笃志：《日本汉文学史》，东京角川书店1984年版，第507页。

④ 参见蔡毅著《明治填词与中国词学》，见《日本汉诗论稿》，中华书局2007年版，第119页。

情况。其后，森槐南等三人又于明治二十三年（1890）九月结星社，仍专注于汉诗词的写作。还可以说明这种情况的是1877年至1882年（明治十年至十五年）间，黄遵宪任驻日公使，其间颇受东京汉学界的欢迎，前往请益求教的日人络绎不绝。石川英在《日本杂事诗跋》中说“入境以来，执经者、问字者、乞诗者、户外屦满，肩趾相接，果人人得其意而去”[①]。此外，黄也经常参加东京当地各种汉诗诗社的活动，说明即便欧化思潮盛行，明治时期在经过了初期迅猛的西方文化冲击后，坚守中华文化传统的学者和喜爱中国文化的普通人仍在研习汉文化。可以支撑这一判断的是在明治维新的初期，大沼枕山（1818—1891）在1869年还出版了明治时期第一部汉诗集《东京诗三十首》（《明治诗话》著录为《东京词三十首》，书中引津田全跋又称《东京词三十绝》），说明即便是明治前期，仍有文化保守主义者在坚持写作汉诗。明乎此，我们就不奇怪其后汉学及汉诗写作慢慢又恢复起来，并有过一段较活跃的时期。

我们从中国的角度去观察，也可以发现一些堪称标志性的事件。其一是俞樾应日人之约编辑《东瀛诗选》40卷、补遗4卷，从明治十五年（1882）9月开始，至明治十六年（1883）1月编成。编辑这部日本汉诗选，其起因也许与日方倡议此事的岸田吟香有商业牟利的动机有关，但既然日方判断有商业价值，就说明当时日本的汉诗市场还是有一定的需求。而且，与稍后中国所面临的局势一样，日本在明治以后，西方文化成为主导，但也有一些受中国传统文化浸染较深的文人对此心存不满。俞樾曾记录了他们当年联系此事时的情形。最初与俞樾搭上关系的是一个名叫竹添进一郎的日本汉学家，来华访问时曾到苏州拜会俞樾。据事后俞樾记载，竹添对明治以来日本“西风之逼人”“孔孟之道几乎扫地”的情形极为痛心。其后也是他将岸田吟香介绍给俞樾，成为俞樾编辑《东瀛诗选》的主要日方合作者。这部日本汉诗选规模宏大，入选数量众多。虽说由于俞樾选诗主要依赖岸田吟香所提供的底本，造成一些选诗不当的情况，面世后，也有一些批评意见，但它多多少少给日本汉诗界注入了一些新的活力，也在一定范围内对推广日本汉诗产生了积极的影响。[②]

---

① ［日］石川英：《日本杂事诗跋》，见黄遵宪《日本杂事诗》（广注），湖南岳麓书社1985年版，第793页。

② 关于这方面的情况，可参见蔡毅《俞樾与〈东瀛诗选〉》，见《日本汉诗论稿》，中华书局2007年版，第273－301页。

其二，明治以来，日本汉诗人来华游历习诗者众多，他们在中国游历期间，与中国诗人交流诗艺的情况较前普遍，也使中国诗人对日本汉诗人及日本汉诗水平有了更直接的接触。沈其光《瓶粟斋诗话》记录了多条与日本汉诗有关的资料，一是评论日本人写汉诗，虽平仄不谐，但古直刚劲。又记游日时发现日人多读唐人诗，又因日人喜歌诗舞剑，所以咏唱唐诗以乐府出塞为多。其所识水岛先生来华面见沈氏时，曾在席间抽刀起舞，歌“黄河远上”一绝，沈其光评曰“令人蔚跂有容”[①]。有的诗话则记录了中土诗人至东瀛与日本汉诗人交流的情况，如王逸塘《今传是楼诗话》记吴挚圃在“甲午后东游，多与彼邦朝野士夫投赠唱酬之窗，文采风流，照耀瀛海，至今东人犹乐道之”[②]。在民国诗话中，类似的记载颇多，说明当时中日诗人交往的频繁，也从一个侧面反映了日本汉诗在明治时期仍较活跃的状况。

其三是日本诗话的编撰。江户是日本诗话最为盛产的时期，但近 300 年间，也仅留存了百十种诗话。比较起来，明治、大正以来为时数十年，且受到西学冲击，此期所撰写的诗话据不完全统计也有近 20 种，其中影响较大的是木下彪的《明治诗话》。这从一个侧面表明日本汉诗虽然也受到西学的冲击及日本知识界抛弃儒学的影响，但在明治中期以后，汉诗仍有一段较为兴盛的时期，诗话的编撰出版即是其标志之一。稍后在大正八年（1919）由池田胤编辑的卷帙浩大的《日本诗话丛书》出版，也说明这一情况还在持续中。

我们也许可以将中（晚清民国）日（明治大正）受西方冲击以来中华文化短暂的“繁荣”视为一种回光返照，因为昭和以后，随着中日战争开始，这种所谓的“繁荣”确实渐渐消退，终至几乎消亡。但从西方文化的输入到本土文明的抵制，从初期的沉寂到短暂的复兴，说明一种文化的存亡有一种惯性的力量，并不一定即刻随政治及文化强权的变换而实现即刻完全的逆转。从一种外来文化的输入，到其完全占领阵地，需要数十年的时间，其间经历对立、摩擦、融合等一系列过程。

---

① 沈其光：《瓶粟斋诗话》，见张寅彭主编《民国诗话丛编》第五册，上海书店出版社 2002 年版，第 605 页。

② 王逸塘：《今传是楼诗话》，见张寅彭主编《民国诗话丛编》第三册，上海书店出版社 2002 年版，第 357 – 358 页。

二、民国诗话的旧瓶新酒

民国诗话与日本明治诗话的短暂繁荣，一方面是面对新文化输入的文化抵抗，一方面是文化惯性发展的回光返照。尽管诗话作者都力图在旧轨道里运行，但他们自觉或不自觉地也会受到时代的熏染，在诗话里头表现出时代的印记和一些不同惯常的内容，我们姑且将之称为旧瓶装新酒式的“改造”。

这种“改造”有些也许是无意识的，有些是自觉的。无论何种情况，民国诗话和日本的明治诗话都表现出了与其他时代不同的东西，比如对时事的关注，多记录社会新出现的事物、在诗话中展现新旧文化之争，出现了类似于西方体系的诗论，等等。下面我们分类予以观察剖析。

其一，对时事的关注。和以往传统诗话不同的是，民国诗话中记录时事的内容非常多。自甲午以来，社会动荡，中国及周边国家的时局如白云苍狗，热点不断，诗话对这类时事表现出异乎寻常的关注，与传统诗话只关心古今文坛及文人逸事形成非常明显的差异。因此类内容在民国诗话中非常多见，兹举数例较为特别者予以说明。

魏元旷《蕉庵诗话》卷一记载甲午战争前后朝中时事：

> 日本一役，阻和之章，日满枢署。予谓吴钫伯琴曰：“谏者但极言后日之祸，朝廷岂不知之？盖以京城孤注为患，不知天津陆道至京三百余里，关内外兵不下二十万。寇果敢于登陵，惟横截海口，绝其后援，可不战而困。不然，其兵轮已至乐亭，并无防戍，可以上岸疾驰，岂必由大沽口耶？”因代伯琴作书，上其座师翁尚书同龢。①

这条诗话比较特别者，在于它不仅记录了与日本一役后，每天阻和的章奏都积满枢署的事件，而且发表了诗话作者对时局的看法和评论。通过诗话来谈论朝政，这在诗话史上恐怕也是头一例。同卷还记载了光绪八年（1882）朝鲜兵乱，“朝鲜织造主事全中基来华求救兵”，一再受困直至被清都察院送入狱、放出狱，最终饿死于寺中的事情。虽然后来有朝鲜诗人就此事写了“他时归话茅檐下，为道中朝有此人”的诗句，但全条内容的重点显然还是

---

① 魏元旷：《蕉庵诗话》，见张寅彭主编《民国诗话丛编》第二册，上海书店出版社 2002 年版，第 4 页。

在记述全中基的事情上。这种以记载时事、评论时局为内容的诗话，已与旧诗话的体例有了很大的差异。

又陈诗《尊瓠室诗话》卷一亦记光绪八年（1882）朝鲜兵乱，吴武壮率师援朝事[①]。宣统年间日本吞并朝鲜也为民国诗话作者所关注，而且由于朝鲜与中国的特殊关系，多本诗话中都记载了这件事情。而孙雄的《诗史阁诗话》别出心裁，在记载日本吞并朝鲜一事时，特将其与越南被法占为殖民地相提并论，显示出庚子乱后中国文人对时局的敏感和对国家民族存亡的担忧。文中并记越南阮尚贤有《南枝集》，认为“亡国之臣，每于文字之间寄其哀怨”，赞其诗“诗笔超旷，中含郁愤”[②]，反映了民国文人对有相同命运的弱邻且为原来中国属国的朝鲜、越南国事的关注。当然，对这些往日属国的关心，除同情之外，更大程度上是出于对自身命运的担忧。

记录时事，在过往的诗话中也有，但除了易代之际的诗话记录遗民事迹、诗作的内容外，其他多是记录过往的事情。比如有关杜甫的诗话，会提及安史之乱。但这种对历史事件的记录并非即时的，而且记录这些事件往往是为了叙录诗人诗作的背景，与民国诗话的即时性时事记载有明显区别。

民国诗话多有记录时事的内容，谈及最多的是甲午海战、庚子国变、辛亥光复等。其他如《诗史阁诗话》《柏岩感旧诗话》所记戊戌变法事、《诗史阁诗话》诗记朝鲜安重根击日本伊藤博文事、《柏岩感旧诗话》记袁世凯退位事（按：袁世凯在晚清民国时期的言行举动亦是众多诗话热衷记载的内容），还有《名山诗话》《诗史阁诗话》记录民国后以遗民自居的几位官员文人自颈殉身事，等等，不一而足。

民国诗话喜言时事，一方面是此期的诗话作者多关心时局；另一方面，一个更为重要的原因或在于民国诗话中有多部都原刊于报章杂志，如《忍古楼诗话》《学山诗话》《今传是楼诗话》《陈石遗先生谈艺录》《民权素诗话》《尊瓠室诗话》《孑楼诗词话》《梦苕盦诗话》等都原载于报刊，后汇辑成书。报章杂志出版周期短，读者阅读此类媒介，目的之一即为获知近期的新闻时事，同时看看作者对时局的看法。因此，报刊文章需要时效性。与此相应，刊登在报章上的诗话也应该适应读者的需要，这也决定了民国诗话

---

① 陈诗：《尊瓠室诗话》，见张寅彭主编《民国诗话丛编》第二册，上海书店出版社 2002 年版，第 98 页。

② 孙雄：《诗史阁诗话》，见张寅彭主编《民国诗话丛编》第二册，上海书店出版社 2002 年版，第 160－161 页。

多包含时事内容的特点。

其二，描绘新景象，记载新事物。辛亥以来，国家沧桑巨变，一方面是政局混乱，内政外交都有许多不堪的印记。但民国后国家也出现许多正面的新变化，包括西方科技带来新的器物和新生活方式，这些内容在诗话中都有反映。孙雄的《诗史阁诗话》记述都门景象日新，有《北京新竹枝词》数十首，其一云："一从庚子议和成，中外联欢两不惊。试向东交民巷看，今年各国又添兵。"此外，还记述了新器物如雪茄、飞艇等。[①] 这些词汇都是民国新气象为诗话带来的新内容。

沈其光的《瓶粟斋诗话》刊于1940年，作者有机会看到更多新的气象和事物，对旧体诗中出现新的事物新的名词开始有了新的观察。他说："自西人研求声光化电之学，于是舟车日用之不知所措无不巧夺天工，而诗文家集中亦因而拓一异境。"对之持肯定的态度。此外，文中还特别记载了庐江刘锡之的《咏火轮车二十二韵》，中有句云："奇肱驾飞车，驭风行海外。"这是一首咏京汉铁路的诗，诗中将火车称为"火轮车"，描摹了火车速度之快、行走地域之广。沈氏非常喜欢，赞其诗风"甚奇伟"。除火车外，诗话中还记录了叶行百诗咏"电车""电扇""电话"等内容[②]，显示了作者对旧体诗融入新词汇的接受甚至是喜爱。在该书中，沈氏对一些奇异的事物也很敏感，他还记录了刚从国外引进的"宰牛公司"如何使用电子机械宰牛。[③] 书中充满对这些新事物的好奇与惊讶。相类的还有夏敬观的《忍古楼诗话》记载的清黄海华的《寄侍郎诗》里有"飞轮火舶早归来，援古证今诱徒党"等句[④]。

新事物、新语词的进入，也引发诗话作者的讨论。有对这种现象否定的意见，但更多的是像上引沈其光那样，对旧体诗引入新词语持肯定的态度。王逸塘《今传是楼诗话》云：

---

① 孙雄：《诗史阁诗话》，见张寅彭主编《民国诗话丛编》第二册，上海书店出版社2002年版，第193页。

② 沈其光：《瓶粟斋诗话》，见张寅彭主编《民国诗话丛编》第五册，上海书店出版社2002年版，第532页。

③ 沈其光：《瓶粟斋诗话》，见张寅彭主编《民国诗话丛编》第五册，上海书店出版社2002年版，第533页。

④ 夏敬观：《忍古楼诗话》，见张寅彭主编《民国诗话丛编》第三册，上海书店出版社2002年版，第52页。

> 滥用新名词入诗，每为雅人所病。然亦有万不能不用者，概从禁避，似亦非宜。[①]

他对是否该用新名词的态度非常明确，认为那些在旧体诗中使用新名词应“概从标避”的意见并不合适，因为对有些事物的指称不借助新名词是不可能的。文中以陈石遗《匹园落成》诗句“檐霤聚成双瀑长，雨中月色电灯光”为例，说明用“电灯光”没什么不妥。又说：

> 电灯、啤酒，固皆新名词也。果善用之，何伤诗格？况生今之世，万国棣通，事物繁赜，必欲求之载籍，比附有时而穷。与其泥古而失真，无宁自我而作古。新文学家谓时代性者，吾人又安可一笔抹杀乎？余近以“墨雨”“欧风”入诗，亦是此意。[②]

应该说王逸塘的看法是符合实际的，比起那些守旧的胶柱鼓瑟者要通脱得多。

吴宓则从另一个角度仔细辨析了因时代变迁，旧词语在描绘新事物时会遇到的困难。《空轩诗话》说：“王子安诗，用‘朱轮’‘翠盖’；苏小小诗，用‘油壁’‘青骢’，义山之‘车走雷声语未通’，后主之‘车如流水马如龙’，皆刻画当时车马之盛，而各肖其声音情状也。然求之今日，则朱轮、油壁之车，且不可得见；而所谓雷声者，亦仅电车相仿佛，其他则车之旧者如傭工所乘之手车，车之新者如达官、巨贾所据之汽车，绝不似雷声也。”[③] 唐人用雷声描摹车轮之声既合乎实际又有诗意，但如仍用雷声描绘今天的汽车，显然就不合适了。说明古今环境不同，如仍坚持使用旧语词来描摹相同的事物，就会出现语不达意的困局。同样的，对于当时新出现的火车、轮船，如果仍用旧语词指称，也会不伦不类：“乘火车、轮船，而犹作‘扁舟容与’‘驱车古原’之感，旅居于通都大邑之旅馆，而犹发‘鸡声茅

① 王逸塘：《今传是楼诗话》，见张寅彭主编《民国诗话丛编》第三册，上海书店出版社 2002 年版，第 504 页。

② 王逸塘《今传是楼诗话》，见张寅彭主编《民国诗话丛编》第三册，上海书店出版社 2002 年版，第 504 页。

③ 吴宓：《空轩诗话》，见张寅彭主编《民国诗话丛编》第六册，上海书店出版社 2002 年版，第 97 页。

店月，人迹板桥霜'之咏，岂唯不类，直是懵然无所觉。"[1] 这些分析，当然是非常有道理的。

在这个问题上，杨香池在《偷闲庐诗话》中概括得最为得体。他说，对于新旧文学"只宜辨美恶，不宜分新旧"[2]。这一见解在今天来看十分平常，但在当年旧体诗阵营中，在如何处理新事物与旧词语的论争中，就显得特别有见识了。

其三，新旧诗体之争。"五四"以后，在胡适倡导下，出现了新体诗。新体诗与旧体诗之争，是当时诗界一场重要的论争，这在学术界已有较充分的讨论。就民国诗话而言，也有论及对新体诗看法的。其中有比较开明的，如范罕认为诗之根本在发挥情趣，不在诗体。无论新体旧体，能发挥情趣者即为真诗。他在《蜗牛舍说诗新语》中说："总之作诗不拘何体，皆能见谛，但不可无体，新诗亦诗体也。"[3] 并指出新体诗并非起自胡适，"当清末时，士夫已有醉心欧制者"，这里所说的士夫醉心欧制者，指的就是黄公度所作的乐府新曲。[4]

钝剑在《愿无尽庐诗话》所说的一段话可作为范罕上述言论的注脚，他说："世界日新，文界、诗界当造出一新天地，此一定公例也。黄公度诗独僻异境，不愧中国诗界之哥仑布矣，近世询无第二人。"钝剑与范罕一样，对黄遵宪《日本杂事诗》一类的新乐府诗也持欣赏的态度。但实际上，钝剑的思想比起范罕来仍是保守的。他在说完上面那段话后接着说："然新意境、新理想、新感情的词，终不若守国粹的、用陈旧语句为愈有味也。"[5] 完整地看，后面这段话才是钝剑的真实思想。他虽然能接受新乐府体的变化，但对代表正宗古诗地位的旧体诗，仍然坚守固有的立场。这与杨香池在《偷闲庐诗话》中所表达的看法是一致的。杨氏说："'水牛浮鼻渡，沙鸟点头行。'此取眼前景物成诗，何等真切自然。而李西涯《麓堂诗话》评为

---

① 吴宓：《空轩诗话》，见张寅彭主编《民国诗话丛编》第六册，上海书店出版社 2002 年版，第 97 页。

② 杨香池：《偷闲庐诗话》，见张寅彭主编《民国诗话丛编》第三册，上海书店出版社 2002 年版，第 715 页。

③ 范罕：《蜗牛舍说诗新语》，见张寅彭主编《民国诗话丛编》第二册，上海书店出版社 2002 年版，第 556 页。

④ 范罕：《蜗牛舍说诗新语》，见张寅彭主编《民国诗话丛编》第二册，上海书店出版社 2002 年版，第 558 页。

⑤ 钝剑：《愿无尽庐诗话》，载蒋抱玄辑《民权素诗话》，见张寅彭主编《民国诗话丛编》第五册，上海书店出版社 2002 年版，第 197 页。

‘下净优人口中语，乃唐诗之恶劣者’。然则今之新诗有‘亲爱的，把我的性灵和心都给你了’，又‘月亮呀，我亲爱的月亮呀’等类，将更谓之何哉！”① 也就是说，对于表现传统题材的诗而言，旧的体制和语词也许更为本色当行、更有味道。

其实，在坚守传统者的背后，往往也有其他因素的考量。钝剑在该诗话的同一卷中引林少泉书信云：

> 国事日亟，吾党中才足以作为文章、鼓吹政治活动者，已如凤毛麟角。而近犹复盛持文界革命、诗界革命之说。下走以为此亦季世之一妖孽，关于世道人心靡浅也。吾国文章，实足称雄世界。日本固无文字，虽国势甚至今日，而彼中学子谈文学者，犹当事事丐于汉土。今我顾自弃国粹，而规仿文词最简单之籍，单词片语，奉若邱索，此真可异者矣。②

看得出来，林少泉的话除了纯粹地讨论诗体以外，在对传统文化的坚守上明显还夹杂着政治的考量。

正因为新旧之争，有时会超出诗的本身，因此，双方的讨论有时会显得意气用事。王逸塘《今传是楼诗话》云：“白话诗者，昔贤集中，时有其例。……然非如近日号称为新文学者所标举也。余谓能为文言诗者，殆无不工为白话。”③ 王氏并录陈石遗《白话诗》十八韵以证明只要文言诗写得好，白话也一定可以。然陈石遗之“白话诗”实乃乐府体，并非真正的新体白话诗。所以王逸塘极端地认为能写文言诗的人，就能写好白话诗的看法是偏激的。有趣的是，林庚白《孑楼诗词话》中所登载的一则逸事，很能说明白话体诗并非那么容易写。

林氏在该书中首先批评“新体诗人，喜拾欧美牙慧，而不知其远于创作”，指新体诗人只是抄袭欧美诗人，但并不真的懂得作诗。话说到这里，应该是没有问题的。但接着他说：“曩见徐志摩译哈代所作《一个星期》，

---

① 杨香池：《偷闲庐诗话》，见张寅彭主编《民国诗话丛编》第三册，上海书店出版社2002年版，第679页。

② 钝剑：《愿无尽庐诗话》，载蒋抱玄辑《民权素诗话》，见张寅彭主编《民国诗话丛编》第五册，上海书店出版社2002年版，第197页。

③ 王逸塘：《今传是楼诗话》，见张寅彭主编《民国诗话丛编》第三册，上海书店出版社2002年版，第294页。

辞意并美，为之技痒，遂亦踵成一首，颇自矜以为突过哈代。”[①] 下面将徐译哈代诗与林氏所自称“突过哈代”的诗录之如下：

> 星期一那晚上，我关上了我的门。心想你满不是我心里的人，此后见不见面，都不关要紧。到了星期二那晚上，我又想到，你的心思，你的心肠，你的面貌，到底比不得平常，有点儿妙。星期三那晚上，我又想起了你。想你我要合成一体，总是不易，就说机会又叫你我凑在一起。星期四中午，我思想又换了样。我还是喜欢你，我俩正不妨亲近的住着，管他是短是长。星期五那天，我感到一阵心震。常我望着你住的那个乡村，说来你还是我亲爱的，我自认。到了星期六，你充满了我的思想。整个的你，在我的心里发亮。女性的美，哪样不在你的身上？像是只顺风的海鸥，向着海飞。到了星期日的晚上，我简直发了迷，还做什么人，这辈子要没有你！[②]

林氏评云：“婉而有致，故是佳构。”接着他又附上自己拟作的一首：

> 星期一：我在梳妆台上，拣着了两三瓣的鲜花。我又是想她，又是恨她。只怕我虽然在惦记，她已经 KISS 了别人家。星期二：我到橱柜里找熨斗。她常穿的一件玫瑰色衬衣，还没有带走。想起了肉的颤动，我简直像喝醉了酒。星期三：我晚上回来，把书桌的抽屉拉开。剩下些什么？她给我的情书一大堆。星期四：我决计不再想她，一个人静静地坐在家。可又挨不过爱的饥饿，我真成了小孩子离不开妈妈。星期五：我想她还是可爱，可恨我的脾气不能够耐。难道女性真是男的永远占有物吗？现在是什么时代！星期六：我恍然大悟，我发现了我的出路。社会上不少女性，再试试求爱的初步。到了星期日，我心上的一块石头落下地。请太太小姐们注意，别再来诅骂男性，一样把你们性的需要，当做常事。[③]

---

① 林庚白：《孑楼诗词话》，见张寅彭主编《民国诗话丛编》第六册，上海书店出版社 2002 年版，第 120 页。

② 林庚白：《孑楼诗词话》，见张寅彭主编《民国诗话丛编》第六册，上海书店出版社 2002 年版，第 120 页。

③ 林庚白：《孑楼诗词话》，见张寅彭主编《民国诗话丛编》第六册，上海书店出版社 2002 年版，第 121 页。

林庚白自评云："似较哈氏深刻。"林氏的"自信"实在让人捧腹，客观地说，林氏拟作相较于徐氏所译哈代的原作，意思、味道、语词之美相差不可以道里计。

这个"故事"告诉我们的是，在新旧体诗较量的过程中，旧体诗人中的顽固派有时幼稚得厉害，其背后反映的当然是不愿退出历史舞台的心理。所以，一方面无奈地接受新文化的"入侵"，一方面心理上又不愿接受，怀抱着阿Q式的心理，以一种盲目自大的优越感去对待新文化。这样一种心态也预示着旧体诗的阵营一定会随着整套话语系统的消解而退出主流舞台。

其四，使用新体系、新概念论诗。比起传统诗话，民国诗话中有一部从内容到体例都更具西学范式的著作，即黄节的《诗学》。该书在民国众多诗话中刊行得也比较早，其第一版印行于1921年，1922年由北京大学出版部出版铅印本。从内容而言，这部诗话更像是简明版的中国诗史，虽然冠以"诗学"之名。从体例上说，此书突破了此前诗话较随意的堆垛式体制，按历史分期，设诗学之起源、汉魏诗学、六朝诗学、唐至五代诗学、宋代诗学、金元诗学、明代诗学共七章。谨严的风格、严整的体系，显示了这部诗话受到了西式著作的影响。

黄节的《诗学》主要是在体例上显示了新的倾向，内容及用语仍是传统的。范罕《蜗牛舍说诗新语》则是在旧体例中加入了新的概念和诗学理论。这部书编成于1936年，晚于黄著。虽然他在文中曾批评新文学家论诗"亦不过集古人成语，借科学方法分析，次第之而已。学说欲多，去诗愈远"，但他自己在书中又多引用西人理论，如以音乐、绘画喻诗之美感，又从时间、空间的角度论诗，并专论科学与诗、政治与诗，等等。这显示出其既想坚持传统，又不自觉地吸收新文化的概念术语的矛盾性。①

又杨香池《偷闲庐诗话》有1934年铅印本。该书介绍了当时新文学家在评陶、杜、白等古代诗人时，用语时新："今之新文学家称陶渊明为隐逸诗人或田园诗人，杜甫为社会诗人，白居易为革命诗人，王孟柳韦为田园诗人，高岑为边塞诗人，刘长卿、孟郊、贾岛、韩愈为苦吟诗人，李贺、温庭筠、李商隐为唯美诗人，此即由诗中得其生平之信事而拟称之也。"② 在旧

① 参见范罕《蜗牛舍说诗新语》，见张寅彭主编《民国诗话丛编》第二册，上海书店出版社2002年版，第559－561页。

② 杨香池：《偷闲庐诗话》，见张寅彭主编《民国诗话丛编》第三册，上海书店出版社2002年版，第706页。

诗话体系中介绍新文学家的诗学批评，这也是一种新的气象。而从杨氏的语气可知，对这种新方法的运用并非一概排斥。

刘衍文的《雕虫诗话》作于1946年前，这部诗话也较多地引入新概念论诗。如他将宋代理学家的诗称为“哲理诗”，且按西人体系将之分为六类[①]。他还用“诗学观”“重要思想家”“文学史道”等词语[②]，说明他的诗话已相当自觉地使用西来理论体系和概念范畴来评述中国旧体诗。此外，这部诗话还显示了重分析方法的特点，也与中国传统诗学著作有较明显的差异。如他分析王仲瞿的《项王庙》诗说：“按此亦咏史怀古之类，但已化客观叙写为主观抒发，是以议为叙，而非夹叙夹议也。”[③] 这种方法和用语已基本脱离了中国旧诗话的感悟式、印象式、描摹式批评的套路，而向西式批评靠近。

三、《明治诗话》的新格局

类似于民国诗话的旧瓶装新酒，日本明治时期的诗话也显露了这一特点。但下面我们以一部特别的诗话为例，与之前的诗话相比，它更像是一樽新瓶装的新酒，这就是木下彪的《明治诗话》。

《明治诗话》的作者木下彪（字周南）于明治三十五年（1902）生，昭和九年（1934）始任宫内省职员兼图书寮管理员，是大正、昭和时期的汉学家。《明治诗话》于昭和十八年（1943）在东京文中堂出版。这部书是记录明治时期汉诗史的一部重要著作，全书分上、中、下三卷。依书前凡例，上卷主要记有关明治初年时世与人情物态的汉诗；中卷主要记录明治初年至明治十七、十八年（1884、1885）间关乎文化、世情、风俗之类的诗及诗话；下卷主要记录明治年间中日两国间文人雅士交流的情况。整体来说，书中记录了大量幕府末年至明治、大正时期汉诗人的诗作、逸事，兼录小呗等日本歌谣，表现了西风东渐引致的日本明治时期社会状况及人情风俗的变化，记载了此期东京一带的汉诗社的活动及汉诗创作。可贵的是，明治

---

① 刘衍文：《雕虫诗话》，见张寅彭主编《民国诗话丛编》第六册，上海书店出版社2002年版，第425页。

② 刘衍文：《雕虫诗话》，见张寅彭主编《民国诗话丛编》第六册，上海书店出版社2002年版，第529页。

③ 刘衍文：《雕虫诗话》，见张寅彭主编《民国诗话丛编》第六册，上海书店出版社2002年版，第494页。

早期出版的多种汉诗集如菊池三溪的《东京写真镜》（明治七年，1874）、原田道义的《东京开化繁昌诗选》（明治八年，1875）、松本万年的《东京日日新文》（明治九年，1876）、宫内贯一的《日本开化诗选》（明治九年，1876）等也在书中有登载，从中反映了明治以来汉诗盛况及维新以来的新气象。值得一提的是，有名的大沼枕山的《东京诗三十首》也是有赖这部诗话才得以保存面世。

这部书体现了明治时期的新气象，是因为它就是一部全新的诗话，在体例、版式和内容上都有完全不同于历史上其他诗话的特点。

首先，给我们第一个崭新印象的是这部书的体例和版式设计，该书为插图本，采用图文结合的形式，这大概是中日诗话史上第一部。

其次，这部诗话的内容有许多新气象。它和民国诗话一样，随着洋风移入，与明治时期汉诗出现的新内容相适应，出现了许多新式词语。例如，“火舶”“铁车”即出现在诗中。另外，由于日本受西方影响更早，西化更彻底，也更进步，所以有关西方科技、器物的新式语词要比中国民国时期的旧体诗和诗话有成倍的增长。“汽船”“蒸汽车”“自动车”“电线杆”“邮筒”“时辰仪”“写真机”“普鲁士”“佛兰士”在旧体汉诗及诗话中随处可见，形成一种很奇异的感觉。

如果说这些新词语是对西风东渐后出现的新事物的自然客观的反映，那么，在诗话中对相关语词的详细解释、说明就带有一种特别的目的了（详见下文论述）。譬如“电信机”（中国人称为“电报机”），木下周南花了许多篇幅对“电信机”神奇的功能、传说及涉及“电信机”的相关诗作进行了周详的解释和登载。他将电信喻为“飞脚”，称其“一分钟时间可绕世界七周”；电信机可以将两万言的文字在一小时内传至千里之外；又说白天坐在伦动（即伦敦）府可与晚间睡卧在华盛顿的人谈即时新闻；早上发生在长崎的事情，晚上在东京即可知云云。[①] 详述了现代科技产品的威力强大。不唯如此，作者还记其在歌楼曾听客人演唱有关“电信机”的诗云：

> 倩马车欤倩汽船，章台花信自何便？春宵犹是不堪待，愿系电丝容易传。[②]

---

① ［日］木下彪：《明治诗话》，文中堂出版发行1943年（昭和十八年）版，第210页。

② ［日］木下彪：《明治诗话》，文中堂出版发行1943年（昭和十八年）版，第210页。

诗中“章台”“花信”“春宵”数语来自中国旧典，而“马车”（此马车非中国旧时马车，乃指明治后在东京、横滨贵族中流行的交通兼观光用马车，详见后说）、“汽船”、“电丝”则属新词新物。这首诗的风格亦古亦今、亦庄亦谐，有典有则，看似互不搭调的古今事物在诗中形成了奇异的和谐，堪称新竹枝词。待客人唱罢，座妓则应歌道：

一片玻璃万绪丝，抱君真影独眠时。相逢相见难交语，花上愿悬电线丝。[①]

文中特别注出“玻璃”乃西洋镜。谓男子不在身边，女子顾镜自怜，遂生万般愁绪，无奈抱着男子“真影”（即照片）独自空眠。前两句倒也不见新奇，唯后两句又翻一层，谓相见又能如何？即便相见也难交语，还不如悬接两地的电线，将两地相思，诉诸“电信”。书中更增记《繁昌新诗》云：“电线恰如蜘网牵，天涯消息片时传。却怜当年苏武恨，空绝音尘十九年。”以今说古，别见新意。又记《东京新咏》：“电信之机太自由，片时万里可周游。长房竹杖真儿戏，一线缩来全地球。”[②] 作者惊讶于电信机的“自由”，“片时万里可周游”，“天涯消息片时传”，相较于电信的“全球化”，顿觉“长房竹杖”的通信方式真是儿戏了。

阅读这则有关电信机的诗话，可见作者对新事物的敏感和有意识地通过诗话向读者予以介绍的主观目的。文中有对电信机功能的解释，有民间有关电信机的传说，有酒楼客妓以电信机为内容对歌，也有文人专门为电信机写的诗，这样全面地介绍一种物事的写法，本不类旧诗话以诗为中心的体制和记事析诗的惯常方法。作者这样写，显然是对新事物的兴趣远远超过对诗的兴趣，将传统诗话的以“诗”为中心变成了以“事”为中心。

类似的情况还见于涉及“马车”诗的记载。马车是明治时期东京周边新兴的一个新物件，它的出现与当时政府的一个新举措有关。过去，外国人来日本只限在港口附近居住和活动，比如在横滨和其他一些指定的港口周边。但从1868年开始，外国人被允许上陆了，在东京，他们可以在筑地居住。但往来横滨和东京毕竟不便利，于是有外国人开始进口来自欧洲的马车，政府在两地间新修了道路，一时间，外国人在新修道路上招摇而过，新

---

① ［日］木下彪：《明治诗话》，文中堂出版发行1943年（昭和十八年）版，第211页。
② ［日］木下彪：《明治诗话》，文中堂出版发行1943年（昭和十八年）版，第210－211页。

派而时髦，吸引了大量新进日本人的羡慕和富豪权贵的模仿。于是，一个旧有的语词——马车，有了新的意义，成为明治维新、欧陆风尚的代名词。在《明治诗话》中，有大量篇幅涉及马车，并有大量有关马车的配图，还有一些记载马车的汉诗。大沼枕山有《东京诗三十首》，其中一首记载了马车及其主人的事情：

> 双马驾车载钜公，大都片刻往来通。无由潘岳望尘拜，星电突过一瞬中。[①]

木下解释这首诗说，当幕府解散，藩主专制下的书生为了利禄纷纷移居东京，他们羡慕那些乘坐着双马拉的豪华马车中的钜公，争相尘拜，像当年西晋潘岳谄媚贾谧那样，但不料这些马车速度奇快，一瞬间如“星电突过”。大沼的诗一方面讥讽了这些书生，另一方面对钜公达官贵人们仿效洋人做派在街市呼啸招摇也非常不满。木下在书中介绍了明治元年（1868）开放外国人登陆，明治三年（1870）外国人开始使用进口马车行走于京滨间，其始用于洋人，继风行于“大官贵人”。至明治五年（1872），京滨间铁路开通，马车开始零落。[②] 木下对马车风行的背景及大沼诗讥讽的内涵予以详细的解析，其意在记述明治以来新气象、新事物的目的非常明显。

与马车相类的，书中还介绍了当年在东京流行的另一种交通工具——人力车。作者引述了描述人力车诗云：“金轮铁轴小雷轰，辗破红尘十丈轻。一带长堤花柳晚，无人复著竹舆声。”在解说诗歌背景时说，明治以来，原在吉原一带风俗场流连的客人主要乘坐“肩舆”，现在客人更喜欢坐新起的人力车，旨在说明明治以来世情的变化。[③]

另有瓦斯灯。据《明治诗话》，瓦斯灯始用于明治五年（1872），最早出现在横滨。有诗云：“万点华灯向晚明，天边何问月轮生。谁知一管煤烟气，幻成人间不夜城。”[④] 这首写瓦斯灯的诗，虽说出现了以往旧体诗所没有出现过的洋物件，但不能否认的是，它将古今事物变化结合得非常融洽。与上引写电信机的诗相同，新与旧、中与洋在诗中融化无迹，与前引晚清诗

① ［日］木下彪：《明治诗话》，文中堂出版发行 1943 年（昭和十八年）版，第 6 页。

② 参见［日］木下彪《明治诗话》，文中堂出版发行 1943 年（昭和十八年）版，第 6、221 页。

③ ［日］木下彪：《明治诗话》，日本文中堂出版发行 1943 年（昭和十八年）版，第 216 页。

④ ［日］木下彪：《明治诗话》，日本文中堂出版发行 1943 年（昭和十八年）版，第 230 页。

人黄海华《寄侍郎诗》里所写的“飞轮火舶早归来，援古证今诱徒党”的句子相比，不能不称赞日本汉诗人在接受外来文化并与本邦文化结合时的功力强大。

由于《明治诗话》的作者偏于记载世情风俗，以“事”为中心而非以“诗”为中心，所以该书内容丰富，可读性很强。它的配图、图片包括各种新事物、器物的图片，也包括各类广告图片，如物品、书籍、诗社活动等。它收录汉诗，所收诗既以日本汉诗为主，也兼收中国诗人的诗，如黄遵宪的《日本杂事诗》，并附有该书广告。此外，它广泛介绍东京明治以来街市的变化，记录花街、茶店、酒楼、妓院等消费场所，对记载这部分内容特别详细的《东京新繁昌记》也广泛征引。明治早期，著名的新桥建成，书中引录大量图片及相关诗作予以介绍，展现东京新兴繁华都市的风貌。另外，对美国前总统来东京观剧、游人赏樱春社等市民活动也有专门介绍，可见其内容的丰富多样。

作为诗话，《明治诗话》当然对明治时期汉学家及喜爱中国传统文化的市民的各类诗社文会活动也做了详略不一的记载。该书第162页记述了明治五年（1872）东京成立的旧雨社，这个诗社由藤野海南为盟主，成员中著名的有重野成斋、冈鹿门、阪谷郎庐、小野湖山等。该社的活动固定，每月一次在上野公园不忍池聚会，各作诗文，并交由社中有威望并兼擅诗文的人来评定。其中文由成斋评审，诗由湖山审阅，并于明治十年（1877）编成《旧雨诗钞》二卷出版。此外，像明治七年（1874）成立的回澜社、明治十二年（1879）成立的丽泽社以及大沼枕山的下谷吟社、鲈松堂的七曲吟社、森春涛的茉莉吟社、向山黄村的晚翠吟社等都在书中有所记载，有些重要的诗社如大沼枕山的下谷吟社，其后有诸多变化发展，且印有社员诗集，因此做了更详尽的记录。

《明治诗话》的新格局还体现在它的时代性方面，它有很强的市民性和风俗化的特征。

1869年，东京开设了第一间新理发店。一开始，先是有些观念新潮的年轻东京人开始改变过往那种剃顶结髻的传统发式，木下认为他们那种“总发者颇多”的洋发型“与医祝无辨”，不以为然。此外，他们中的一些人除了发型的改变，还学习西方人那样戴礼帽、拿着洋伞。甚至后来连武士也不再穿和服而穿西装，长发披肩。木下周南引用了大沼枕山的一首讥讽这种奇装异服的诗：

浑头漆黑发蒙肩，下马店门垂柳边。小女惯看先一笑，伞如蝙蝠帔如鸢。[1]

大沼嘲笑这些人的发型披散垂肩，十分难看。又说他们手里拿的伞像蝙蝠，肩上披的披风像鸢翅。木下在《明治诗话》中摘引这首诗时还相应配了一幅漫画，图文相得益彰，对这些“新进时人”的讥讽之意明显。大沼是一个保守主义者，胸中横亘着来自中国的“华夷之辨”，木下还引了他的那首有名的诗“满世夷装士志迁，力人妓女服依然。可知至健至柔者，其德利贞坤与乾”[2]，认为明治以后，人们不再穿和服而改穿的西服是“夷装”，而只有苦力、妓女那样最低阶层的人才没有改穿“夷装”。力士（即苦力）有至健的乾之德，妓女有至柔之坤之德，所以他们才是最有德性的。这些颠覆性的话自然是大沼的愤激之言，但无疑展示了在西风入侵之时，像大沼这类文化保守主义者鲜明的抵制态度。《明治诗话》在记录大沼的这些诗时，还深挖其背景，指出明治六年（1873）版的《鲁文珍报》所刊载的种种时新发型的样式及其变化，反映了王政的衰败及新时代的象征。而“鸢衣”“蝙蝠伞”似乎也成为“斜狭官员”或“得意官员”流连风月场所、为妓女拥戴的特征。[3]《明治诗话》中的这些文字一方面记录了时代，展现了作者的批判态度；另一方面从读者阅读感受而言，图文并茂，活色生香，既介绍了相关诗作和诗句评析，又展现了新时代的世俗风情，体现了强烈的时代感、市民化、风俗性的特征，这大概也是《明治诗话》所谓新格局的另一表征。

最后，《明治诗话》在著述形式上也体现了新的特点。这部书的条目基本不以引诗为线索，而是以事件、事物为线索，诗只是事件、事物的旁证材料。比如卷中的“电信”“邮便”条，以叙述“电信”“邮便”为主，间中引到相关诗例作为旁证。再比如“洋风移入”条，主要以“人力车”为解说对象，所引数首“狂诗”则以是否写及“人力车”为标准。这样一种形式显然与传统的中日诗话以诗及诗人、诗坛掌故、逸事为中心不同，更像是近现代人文科学“以诗证史”的研究方法。此外，各个条目的内容体现了

---

① 这方面的情况，可详参［日］木下彪《明治诗话》，文中堂出版发行1943年（昭和十八年）版，第9页。

② 这方面的情况，可详参［日］木下彪《明治诗话》，文中堂出版发行1943年（昭和十八年）版，第13页。

③ 这方面的情况，可详参［日］木下彪《明治诗话》，文中堂出版发行1943年（昭和十八年）版，第9－13页。

解说型的特点，对每项事件或每个事物，先介绍其出处，然后详解其内容，再配以相关汉诗或图片进行旁证。如卷中的“太阳历”条，日本自明治五年（1872）开始使用公历即太阳历，文中介绍了使用太阳历的时间及其给国民生活所带来的影响，接着才介绍《咏太阳历》的诗。再如“瓦斯灯”“写真机”等条目的编排，大皆类此。偶有以诗为条目的，这些诗也多围绕此前述及的某事件事物。如新桥的开通是明治时期东京的一件大事，诗话用了多个条目进行记载，其中也有以咏新桥为条目的，但它总体上仍属于新桥这一大类。这种著述形式，突破了传统诗话的格局，以新事物为中心，既方便记事，又能以热点吸引读者注意，使得诗话读者可以超出汉诗爱好者的小格局。这对于吸引读者，扩大影响，是有好处的。

总之，《明治诗话》是明治时期汉诗话的一个缩影，从中我们可以看出日本诗话作者在西风东渐，新时代来临之际，主动适应时代、做出变化，力图以全新的格局和架构使诗话这一传统的形式获取新生，做出了相当突出的努力。比较于民国时期的中国诗话，应该说明治诗话更有创意，更具时代性。

四、余论：无法挽回的颓势——对诗话古今之变的思考

上文剖析了世纪之变中民国—明治诗话的变革新局，无论是民国诗话，还是明治诗话，在西方文化进入之际，都对时代变化有反应，有应对，有革新。这些变化和革新，有些是自然的反应，有些是专门的设计，使得民国、明治诗话这一传统的诗论形式有了新的面貌。但当时间过去了数十年后，我们发现，诗话这一古老的形式尽管经过前辈的努力改造和革新，它终究还是消亡了。对此现象，笔者有以下粗浅的感想。

其一，诗话的存亡依于母体——旧体诗的存亡。在中国近现代诗话中，尤其是由民国进入中华人民共和国之初，我们发现个别旧时代的文人在诗话中摘录了一些有关描写赞美工商业改造、公私合营的旧体诗，诗话作者将其称为“赞美体”，作为进入新世代的旧体诗人的自我改造。但随着政治语境的变化，这类旧体“赞美体”也基本不存在了。而作为根植于旧体诗之上的诗话，失去了它生长的土壤。旧体诗尤如诗话的母体，母体不存在了，诗话自然也就不存在了。所以，民国、明治时期的诗话之所以还能回光返照，是因为那个时候旧体诗（汉诗）仍然存在。如果旧体诗不存在了，诗话就会绝迹，这不是改革、改造所能实现的救赎。

其二，文化的存亡依托于语言。不唯诗话，19 世纪 40 年代以来，随着新文化运动的成功，不仅诗话越来越少，旧体诗的写作也渐趋衰竭。即便是保留传统文化较多的港台地区，旧体诗与诗话也处于式微状态。这不仅是旧体诗和旧体诗话的衰亡，也是旧文化的整体衰亡。而旧文化的衰亡，究其因是旧文化的载体——文言文的衰亡。自新式语体文流行以来，原来的文言文因不适社会的需要，渐渐退出主流，话语权的丧失，必然导致与其共生的旧文化的衰亡。这是无奈的现实，旧文化的边缘化也是时代的必然。尽管现今有不少人在倡导复兴"国诗"（亦即旧体诗），但其前景并不乐观。

（原载《中山大学学报》2015 年第 3 期，收录于《今古奇观——中国文学中的古典与现代》上册，香港中文大学 2016 年版）

赖山阳对中国古代文章的师法及其跨文化意义

赖山阳是江户末期日本重要的史家与文学家，有东邦司马迁、日本苏轼和近世随园之称，也是少数为中国人熟悉的日本近世文人之一。在文学领域，他的贡献主要体现在汉诗、汉文的撰述方面。此外，他在中国古代文章学与日本汉文写作方面也发表了不少重要的意见，有自撰文章学著作两种，评点《孟子》《唐宋八家文读本》等中国著名文章集三种，还有大量存在于书信序跋中有关文章学的理论文字。关于赖山阳的汉诗研究，在中日两国都有相当丰富的研究成果。关于其汉文及汉文理论，近年有少量著述问世，但与其汉文创作及理论的丰富性相比，仍存在明显不足。赖山阳作为日本幕末重要的汉学家，生当政治易帜、文化更生的换代之际，其思想在其本国自然有其时代的价值。从中日两国文化的视界看，他是“此方”的“彼方”和“他者”，在新旧文化更迭之际，也有对其观察和定位的标本价值。本文拟从自我与他者的立场，考察其对待两国文化尤其是文章的态度，研究日本的中国古代文章学在江户末期的理论及其跨文化意义。

一、赖山阳心目中的中国古代好文章

在日本江户晚期的汉文写作和汉文研究领域，赖山阳无疑是一个夺目的存在。他的夺目当然有其创作成就的支撑，同时，他独树一帜的理论倡导，也是引人注目的原因。

据赖山阳门人江木戢在《山阳先生行状》中的记载，赖山阳少有奇才，初有志于文，年十三，其父春水先生好友柴野读其所作诗，惊为天人，但劝其勿以写诗作文的文人为志业，所谓“千秋有子，不教之为实材，乃欲使为词人乎？”① 遂教赖山阳读史，初读《通鉴》《纲目》，后扩至《左》《国》《史》及诸子书。但读中国书，不懂其文也不行，所以赖山阳读子史之部以外，于汉文也颇有用力，而后更以其写汉诗汉文的高水平，名声渐起。虽然

① ［日］江木戢：《山阳先生行状》，见《山阳遗稿》卷末附，五玉堂刊1841年（天保十二年）版。

他因强烈的尊王思想而与藩府不和，加上个性桀骜不驯，与家族关系也颇为紧张，导致他20岁过后的近10年间先后历经脱藩、禁闭、废嫡、家变等事件，在人生经历中遭遇大挫折，但他在屏居的10年间，反而能够专心阅读钻研汉籍，奠定了他优厚的汉学底子。尤其是在被禁闭的文化初年，他还选编并评点了两种集子，分别是《古文典刑》（1805）和《小文规则》（1806），既以教授塾子，也显示了他的汉文主张。

赖山阳编写两部书的时间是1805年至1806年，分别是在25岁和26岁，基本反映的是他早期的文章偏好。从内容看，两部书虽然篇幅不长，但涵括范围大，既有济世类的文章，也有与人情物态有关的文章，篇制一般都比较短小，是赖山阳的“自选自读”，力图编出和中国不一样的适合日本人阅读和模习的选本。从书名看，“典刑”是样板的意思，从书名和入选篇目可以看出，赖山阳早年是以周秦两汉古文为中国文章标杆的。而《小文规则》以“小文”为书名，显然与“典刑”有重大的程度差异。其选文以唐宋叙游、题纪、简牍等小品为主，韩、柳、欧、苏等人的史论政论尚未被编入，说明早期的赖山阳相比唐宋文更看重的是这类“轻型”的文章。值得注意的是，《古文典刑》中还有数篇选自《檀弓》《考工记》《庄子》《列子》，说明彼时赖山阳所喜之中国文章，除作为“典刑”的史论史传文外，小文的趣味也为他所重视。

文政三年（1820）冬至翌年春，赖山阳对《唐宋八家读本》施以点评，后陆续有增补，并于安政二年（1855）出版，名为《增评唐宋八家文读本》。这使我们可以从另一个维度，即从其中年时期，从文章评点的角度来观察赖山阳的文章喜好。他在给村濑季德编次（柴田清熙增评）的《续八家文读本序》中说：

> 夫文，莫善于汉。汉人善用之，而八家其最善者也。譬之金铁刀剑，彼同有之，而不及我之利，用之亦不及我之妙，而我击刺矫捷，人人皆然，然必有专门传法焉者。彼其辨是非，别利害，历代所记载，皆有可观，而以八家为法，亦犹此尔。盖选于八家者，沈氏最晚出称精当，季德又折中宋元明清诸选，以补其不足，合此二者，而后其法大备。……剑有此法，而期于方己制敌而已，文有此法，而期于辨是非，

别利害而已。[①]

我们可以明显地看到，赖山阳对来自中土汉文的等级判断，跟早期相比，发生了显著变化。他提出了汉文“八家其最善者也”，要“以八家为法”。而他增评沈德潜的这部选本，是因为“选于八家者，沈氏最晚出，称精当”，这就与他十几年前编选《古文典刑》时有了比较大的区别。在写给门人村濑士锦的信中，赖山阳也有类似的表述：“文各有体，体昉于八家，涉读八家文选，会所结构，自不失格焉，否则不成文字。”[②] 两相对照，可以清楚地看出赖山阳的文章好尚由周秦到唐宋的扩展。至于为何注目唐宋文，赖山阳在写给门人甲斐国干的《经说文话十则》中说：

> 文宗秦汉，而韩、柳、欧、苏其梯也。四家去陈言，以达意为主。其弊至明，化为冗易。北地、信阳其志则可，其文则不可。至历城、大（太）仓，欲掩前人，遂陷魔道。是等小家数，不可与前四家比。……不多诵先秦书，则其文弱矣；不多诵四家文，则其文涩矣。[③]

他认为，秦汉文虽为宗源，但可由韩、柳、欧、苏为阶梯，以进秦汉之境。这一看法当然也是此前明代唐宋派文人的主张。赖氏认为，韩、柳、欧、苏四家之长，在于他们的文章以达意为主，不因袭前人陈言。而明人（特指复古派）则文辞冗易，遂陷魔道。这一看法与明代唐宋派在取径上有相合的一面。他所总结的不读先秦书则文弱，不读四家文则文涩，亦为有得之见。

赖山阳在对八家的取舍上，与他人有显著不同。其一是在八家文中，他以韩、柳、欧、苏为一档，在这一档中，更推崇韩、苏；其二是他对茅坤所选八家不大认同，对曾、王有异议；其三是他对沈德潜选录的一些篇目有不满。早在《小文规则》中，赖山阳即选编多篇二人的文章，可见其对韩、苏文早有倾心。在对唐宋八家文的增评中，他屡屡点评韩、苏二人在文体的创新性、文法的波澜起伏、描写的生动性方面的贡献，称其文为“大将麾

---

① ［日］赖山阳：《续八大家读本序》，见《山阳遗稿》卷九，五玉堂刊 1841 年（天保十二年）版，第 11 页。

② ［日］赖山阳：《赖山阳文集》，见《赖山阳全书》，国书刊行会 1931 年版，第 219 页。

③ ［日］赖山阳：《经说文话十则》，见《赖山阳全书·赖山阳文集·山阳先生书后》，国书刊行会 1931 年版，第 665－666 页。

阵”“草蛇灰线”“笔力雄大”“笔锋悬绝”“姿致波澜”“画家施彩”，对韩、苏的文章情有独钟。赖山阳对茅编《唐宋八大家文钞》的八家人选有不同意见。他在眉批中说：

> 八家之称，昉于茅顺甫，在此方徂徕先生亦议其不公。……余所不满于茅者，以曾、王列焉是已。盖茅师王遵岩，遵岩喜曾，故收之也。大抵明嘉、万间，世多厌宋习，颇倡秦汉。而王与唐荆川树帜敌之，以欧、苏易流淡泊，而曾差丰缛，王差峭洁，足以相救，于是取用之。而茅亦依其绳尺焉耳。要之，曾、王岂可列为大家哉?①

文中对唐宋派的王慎中、唐顺之能树帜以抗宋习颇为赞赏，但又对他们抬高曾巩、王安石的地位感到不妥，认为曾、王二人不够资格入选八家，其中曾巩只是文字上较丰缛，而王安石的语言较峭拔，责怪选家只着眼于文字的优劣。赖山阳对《唐宋八大家文读本》总体上是肯定的，但对沈选的篇目多有诟病。其中包括多种情况，有的是认为所选篇目不妥，如批评沈氏选了韩愈《上宰相书》的第一篇，但赖山阳认为三篇《上宰相书》中，第一篇最差，“其体破碎，其气脆弱”，“沈叟故取此遗彼，何哉?”② 有的是批评入选文章本身就不好，如对沈选韩愈《潮州刺史谢上表》，“尊韩公者必为韩公焚此一表可也。丑丑！准西事宜状见公实才，文亦不减西京，此选不收取此等，何哉?”③ 类似的还有对韩愈的《请封禅》的批评，认为是“昌黎氏之大玷也”④，批评沈选不该收入该文。此外，还有批评《原毁》“乃熟之甚者，何以收之?”“如《上宰相第二书》《代张籍与李浙东书》虽属请乞，其气不馁，读之凛凛，何以不收?”⑤ 所有这些，虽见仁见智，但明显可以看出赖山阳所批评者，乃这些文章流露出文人缺乏气骨的倾向。他对韩文的批评、对沈德潜选文不当的指摘，也多在这一方面。

---

① ［日］赖山阳：《增评唐宋八家文读本·沈德潜序》赖山阳眉批，内藤书屋刊1875年（明治八年）版。

② ［日］赖山阳：《上宰相书》，见《增评唐宋八家文读本》卷三，东京内藤书屋刊1875年（明治八年）版，第1页。

③ ［日］赖山阳：《潮州刺史谢上表》，见《增评唐宋八家文读本》卷二，东京内藤书屋刊1875年（明治八年）版，第6页。

④ ［日］赖山阳：《请封禅》，见《增评唐宋八家文读本》卷二，内藤书屋刊1875年（明治八年）版，第8页。

⑤ ［日］赖山阳：《增评唐宋八家文读本·凡例》赖氏眉批，内藤书屋刊1875年（明治八年）版。

从以上所述可以看出，赖山阳对于中国古代文章，偏好先秦西汉及唐宋文。细分起来，从内容上说，重视经世的内容；从文体上说，重视史传与论策；从作家来说，重视先秦及西汉的诸子和史家；在唐宋文章家里，重视韩、柳、欧、苏；从作家人品来说，重视文人气骨。这些体现了赖山阳对中国古代文章和文章家的基本判断和好尚。

二、他山之石，可以攻玉

作为一个外国人，赖山阳对中国文章的论述是“不隔”的。他是可以作为中国文章界之一员来评述中国作家的。他的评判标准、所用语汇完全融入了中国文章的语境，与中国文章家并无二致。这种无障碍的适应交融现象，大概是古代东亚地区跨文化交流中“异国同文”现象的突出特征。但从深一层来看，作为一个外国人，虽以汉文写作为主，但作为以中国文章为学习对象的文化后进者，从逻辑上说，他对中国文章的观察和好尚、他的选择都不可避免地会带有本国“自我”的立场。

那么，这个本国的立场是什么？又如何左右他的文章好尚？我们先从他下面的一段话看：

> 论文于三代后，二篇而已。贾生之论秦也，论事者莫以尚焉。司马子长之纪项也，纪事者，莫以尚焉。秦之事伟矣，非贾生孰能论之？项之事奇矣，非子长孰能纪之？盖为奇伟之事于世，必有力者而论焉纪焉，则文士也。曰论曰纪，文之体尽焉。士之学文学诗，二篇足矣。余一文士耳，每酒酣，出二篇读之，以自快云。[①]

“士之学文学诗，二篇足矣”当然是极而言之，但无疑这两篇是他最喜爱的篇目。那么，这两篇是什么体裁呢？一史论，一史传。什么内容呢？一论秦，一纪项，均为经世之文。在赖山阳看来，文士之可贵不在其能否写出绚烂的文字，而在于能否经国治世，史论、史传，述往事、知来者，不仅对中国，对日本也有经世之用。他是从是否对日本有用的角度来选择来自中土的文章家和文章的。这个选择也是由他的本国立场、“自我”本位所决定的。

---

① ［日］赖山阳：《读贾马二子文》，见《山阳文稿》卷下，浪华书肆，1878 年（明治十一年）版。

这一立场和本位是一以贯之的。赖山阳早年编选《古文典刑》和《小文规则》，两书自序将前者称为“大文”，后者为“小文”，前者多涉政经治策，后者以抒写文人情性的小品文为主，一大一小的不同称呼，已可见这两种文类在其心中的地位和重要程度的差异。赖山阳文章好尚的背后，是基于他本国立场的济世情怀。基于这一立场，对“文人”“文士”也有不一样的评价。在《读东坡论策》中，他说：

世之论苏子瞻文，必称《赤壁赋》，不则其小品诸文。予独谓不然，苏氏父子兄弟，常不以文士居也。若其文则祖《国策》、贾、晁，非屈、宋、班、扬之流也。而子瞻为最焉。子瞻心胸之间，常有天下二字，文辞特其游戏，不如他人刻骨镂心也。然亦有刻骨镂心而作者，进策是也。彼以旷世之识，绝人之才，而不得一施之事业，独其执笔为人主指画天下大事者，纵横雄阔，变幻自恣，殆不可知其端倪。唯夫不知，是以世之论子瞻者，不及于此也。[①]

他注意到苏轼虽以文章名天下，但他不是一个单纯的文人，他认为苏轼“常有天下二字”“常不以文士居也”，故其文能“为人主指画天下大事”，而非视文辞为游戏。所以，他在论及日本当世学者时，批评喜好苏轼的人多称《赤壁赋》，他本人却不是这样。原因即在苏文祖述的是《国策》、贾、晁这类史论性的著作，而不是屈、宋、班、扬一流纯文人的作品。在非典型文人与纯文人之间，赖山阳选择的是前者而非后者。这种喜好缘于他作为文士，虽不能施治术于天下，却和苏轼一样，希望以文章为国效力。在《答古贺溥卿书》中，赖山阳自陈弱冠之年即有志于经世之学，好谈兵，后因病体弱，只好放弃，但“病废以来，以文墨自遣，最慕贾生司马子长所为”[②]。他喜好贾生、司马子长一类史著，与喜爱苏轼一样，也在于贾、马有经世致用之心，非一般“文人”“诗人”所能比。与此相应，他喜欢三苏的策论也是这方面的原因：

此方学者被束高阁，上书表奏属无益，然余喜经世之文，如三苏论

① ［日］赖山阳：《读东坡论策》，见《山阳文稿》卷下，浪华书肆1878年（明治十一年）版。

② ［日］赖山阳：《答古贺溥卿书》，见《山阳遗稿》卷之一《书》，五玉堂刊1841年（天保十二年）版。

策，读万反（“反”应为“番”）不厌。虽性所爱，不可强之他人。而少年才子，亦宜勉读，长其才气。①

从这些论述来看，赖山阳将贾、马、三苏列为文章大家，将其史论策论目为日本人学习汉文的取径，很自然地是从“此方”立场，怀抱着对日本的济世情怀。

他在评论中国古代文人时，也时常与日本的读书人进行比较。比如，他称赞韩愈的《论今年停举选状》为“汉土儒生有实才实见如此，非如此间无益措大”②。在《近世丛语序》一文中，则对比日本近世以来的人物，认为虽有所谓君子人，善为文，但“终不免于轻薄猥琐”，缺乏“方刚之夫”，是“衰候见焉”。最后说：“忧世者，不当留心邪！士之气概，议论如无关系于世，而有大不然者，是可与知者道。”③ 关注的是文士应有气概，议论应该与世相关。把这两段文字放在一起对照，自然可以看出赖山阳论文时的内在驱动，就是儒生文士，不在于能驱使丽辞为情思缠绵之文章，而在于能否写出用世之文。这种情怀和立场在他幼年所作的《立志论》里已表现得很清楚：“以古贤为目标，欲成有志之人，不做寻章摘句之人。”④ 这说明他从小就倾心于做一个有经世之心的儒士甚或是史家，而不愿做一个传统意义上只懂写诗作文的“文人”，这在他后来陆续写出的《日本外史》《日本政纪》诸书中也得到了印证。而他不愿做“文人”，专注于中国文章典籍中的经史子论，将“有用”的文章作为选择推荐的对象，则显示其不满足于仅仅学其文，更要学习其思想、历史、治国谋略的倾向，这无疑也是立足于日本的立场和取向，也左右了他对中国文章的选择。

三、作为汉文化“他者”的赖山阳

赖山阳对中国文章的取舍好尚，背后隐含的是济世情怀与本国立场，这

---

① ［日］赖山阳：《增评唐宋八家文读本·凡例》赖氏眉批，东京内藤书屋刊1875年（明治八年）版。

② ［日］赖山阳：《增评唐宋八家文读本·论今年停举选状》赖氏眉批，东京内藤书屋刊1875年（明治八年）版，第14页。

③ ［日］赖山阳：《近世丛语序》，见《山阳遗稿》卷之九《序》，五玉堂刊1841年（天保十二年）版。

④ ［日］赖山阳：《立志论》，见《山阳文稿》卷下，浪华书肆1878年（明治十一年）版。

应该是一个合乎逻辑的自然结果。当我们以更宽的视野，从跨文化的角度去考察这一对象时，又会发现其中有更微妙复杂的情况。在世界文化交流史上，作为文化后进国和接受方，面对居优势的输出方，是要选择拒绝还是接受？是全盘接受还是部分接受？具体到赖山阳，处在江户末期荻生徂徕的儒学日渐式微，本居宣长倡导国学（和文化）骤兴的特殊时期，是像荻生徂徕那样坚守汉文化的本位，还是像本居宣长那样以日本的“国学”及和语言为本位呢？

在给本居宣长弟子桥本的《紫文制锦》一书所写的序中，赖山阳说：

> 吾所衣，和之衣也。吾所食，和之食也。和衣食而汉言语，问之和言语，则曰不知。不知本哉若人？予持此说，未有合焉。今得桥本子，盖从伊势本居子而学和言语云。乃抵掌而语，恨相得晚。一日谓我曰：《源》语，和言语之尤美者，吾制而撮之，将资彼学和言语者，子为我序焉。吁！襄也，有志于和言语，而未能也。负于和衣食久矣。今安序焉哉？特喜桥本子之勤于和言语也，乃复以汉言语，言其志之合者而应之。①

这段文字显示出当年有关和汉之争错杂的舆论环境和赖山阳对汉语的复杂心态。桥本作为本居的学生，倡导本土化的“和语言”很正常，他编辑《源氏物语》中的锦词丽句亦旨在推广“和语言”。桥本写成此书，邀赖山阳撰序，一定与赖山阳对和文的立场有关。首先，赖山阳认为，食“和食”，衣“和衣”，却对“和语言”一无所长是忘本。其次，他感叹他的这个认识在当时没有响应者。所以，当桥本邀其作序时，他内心是高兴的。这与他既信奉中国儒家思想，又秉持日本文化本位的思想是一致的。赖氏是能写和文的，但其不写和文，而刻意以汉文撰写，意在显示其在和、汉语言之争上持中的立场，“和人”应有“和文”，但又不斥汉文，显示出其卓越的史识和独立性。

关于这一点，他的好友筱崎弼也有过表述。他在《赖山阳诗文遗稿》序中说：

---

① ［日］赖山阳：《紫文制锦序》，见《山阳文稿》卷下《诗》卷之一，浪华书肆 1878 年（明治十一年）版。

> 人皆称君以才学，仆则最服君之识也。子成问其故，曰：从来学者，非无志于史学，然多详于汉，而略于我矣。君乃全力于国史，诛奸发德，使人耳目一新。不能不传诵焉，非是识超于人哉？子成欣然。因论曰：士君子处世，不可无识。[①]

这个“识”，即在世人主张“和文”主体意识的时候，他不忘汉文的优长；当举世以汉学为宗之时，他又倾心于和史。其所撰《日本外史》22卷，虽以汉字书写，但内容则是叙述源平之乱至德川幕府末期的日本历史，作为汉语言的“他者”，体现的却是日本历史叙述的自我主体性。其内在精神与《紫文制锦序》中表达的思想一致。

倡导日本语言文字的自我性和日本民族文化的主体性是赖山阳和本居宣长一致的看法，但本居一派在倡导日本语言文字的过程中，体现出了一定的“抑汉扬和”的倾向，赖山阳又不以为然。他在《读本居氏家言》中对本居等人的观念有更为深刻的分析和认识：

> 余尝谓王迹熄而神道兴，当其盛时，谁敢举祖宗之富，哓哓树门户哉？如近时本居氏，尤甚者也。余尝谓其徒弟曰：“子之师，幸不出八九百年前耳。若然，必不免议王宪之诛。”又谓之曰：“子等小视我邦，故介介然抑汉扬和为务，如余以为我邦至大，取四外所贡文籍，以为我用，何敢以汉为对。”其人爽然。[②]

他认为日本人不应将和汉二者对立起来，不应言和则排汉、言汉则排和；并指出本居一派的致命缺点在于表面上倡导和语言，似乎是将和语放在强势一方，实则恰恰显露出和语言的劣势，本居宣长们的倡导和语言而排斥汉语言，正是因和语言的弱小而导致的自卑表现。从赖山阳无奈的姿态可以看出，他比任何人都更在意和语言的壮大，但和语言的壮大，并非建构在对汉语言的排斥之上。这无疑是透过表层、更为深刻的洞见。

在《续八大家读本序》中，赖山阳对这一问题还有更充分的说明。

---

① ［日］筱崎弼：《赖山阳诗文遗稿·序》，见赖山阳《山阳文稿》卷首，浪华书肆1878年（明治十一年）版。

② ［日］赖山阳：《山阳先生书后》，见《赖山阳全书·赖山阳文集》，国书刊行会1931年版，第76－77页。

余尝私修国史，至丰臣氏事，盖有投笔而叹者，丰臣公之出师海外也，或说宜以能汉文者从，公笑曰："恶用汉文为？吾直将使彼用我文耳。"呜呼，此言也，可以警文士之陋矣。今季德此编（按：指《续八大家读本》），亦得非丰公所笑耶？且季德仁系武籍，不以长枪大剑，效力国家，而顾费精于此区区者，何乎？夫我自有文，无须于彼，犹我自有谷帛，无须于彼。须于彼者，止于药物，其它杂货，有无益，无无损。至如书籍，累累而来，布满海内者，亦舍经史，概属无益之尤者。为文章家言，则沈氏八家之选，既已无用于我，而又在我附益之乎？吾反复考之，而后知其有不然也。……夫我非无文也，而终不及彼，资于彼，用于我，何为不可。苟以我所自有为足乎，虽所谓药物，不必须彼之参、芪、硝、黄，参、耆（芪）、硝、黄之必须于彼，可以知文亦必须于彼也。要以其辩是非，别利害，言之简明，传之不谬者，汉文之用，宁可废哉？[①]

显然，在赖山阳内心深处，虽然和语言、和文化具有独立的价值，但和文毕竟"终不及彼"，汉文的水准要远远高于和语言，他曾不无遗憾地说："近代声诗之盛，几乎抗衡西土，而较其胜负，则于此终输一筹。"[②] 在这种情况下，"资于彼，用于我，何为不可？""汉文之用，宁可废哉？"他以中药材作比方，相较于其他物产，对于日本人来说，中药材是独特的、优胜的，除非不用汉方，如果要用，就必须采用来自中土的药材。同理，在文章语言方面，汉语言优胜于和语言。因此，除非不写文章，如果写文章，就不能不用汉文。所以，以我为主，并不意味着要排斥他方，不能因为提倡和语言就废止汉语言。正因为有这样一种宏通的视野，赖山阳对汉文表现出兼收并取的态度。

既然汉文不可弃，那么，用什么、如何用是接下来的另一个问题。对此，赖山阳倒是有明确的态度："生于日东之儒，其职分在于较量和汉时势人情，所谓西土之圣训应合我邦之时宜，为此君民之理所当然也。"[③] 说的虽然是儒家之"圣训"，但其精神也适用于其他领域。如果说在儒家思想所

---

① ［日］赖山阳：《续八大家读本序》，见《山阳遗稿》卷之九《序》，五玉堂刊1841年（天保十二年）版，第10–11页。

② ［日］赖山阳：《古诗韵范序》，见《山阳遗稿》卷之八《序》，五玉堂刊1841年（天保十二年）版。

③ ［日］德富猪一郎：《赖山阳》，民友社1926年（大正十五年）版，第15页。

涉及的社会历史和政治思想的领域，应主要依据和汉的时势人情，选取合乎“和邦”之时宜的话，延展到文章学的领域，就是要从汉文的义理、文字、声韵方面进行斟酌，看汉文中的哪些要素对日本人是重要的，哪些是不重要的。

日本人学习汉语，字形字义的问题容易解决，但读音较难。对于诗文作家来说，根据字形词义选择文字比较容易，但根据诗的声韵和文章的抑扬顿挫选择字词就比较难。一些诗论家、文论家在写有关理论著作时头头是道，但具体到写诗用韵，时常手足无措，即便是赖山阳这样的汉诗、汉文大家，他的诗不合律者也随处可见。因此，赖山阳在论述到“华声”时，提出应该因应时势，灵活对待。在《答小野泉藏论诗律书》中，他谈及汉诗由于已失去歌唱的功能，所以不必拘守八病声律之说。对于声律，一应本于自然，二要因应发展变化，因势而为，汉和皆应如此。他提出“音节谐否，不待华音者”[①]，并详述其缘由：

> 大抵言语声调，古简而今繁，古疏而今密，随世运之自然。其变，势也，其不变，亦势也。知其所以可变，则知其所以不可变。使天地间，本无此律，而人忽造之，则其传必不能如是之久也。……势也者，一成而不复可移者也。夫以李杜韩苏之才，自我作古，何所不可？乃不能不俯首就休文沈宋之束缚，唯有古风一体，可以拓裂尺幅，纵横自快，而其用韵排句，亦有古来传承之法存焉，虽数公，必奉以周旋。可见此事非才力所能强变也。在汉土人且然，况在此方？用彼之言语，以叙我之性情，模其声调于仿佛影响之间，不得不依准基一定之矩矱，但就其矩矱中，必避其病之最可忌者。其故设险艰者，不必学可也。今之诗人，或泥其不必可学者，而犯其必可避者，是为可笑耳。[②]

这里主要讲述了两个重要问题，一是声律必有一定之法，二是声律必依一定之势。无法则不成其为律，但律能行之久远，一成而不复可移，是其合乎一定之势。声律不能违背势而强行制定推行，不能故设险艰。他认为，在汉土

---

① ［日］赖山阳：《答小野泉藏论诗律书》，见《山阳遗稿》卷之一《书》，五玉堂刊1841年（天保十二年）版，第9页。

② ［日］赖山阳：《答小野泉藏论诗律书》，见《山阳遗稿》卷之一《书》，五玉堂刊1841年（天保十二年）版，第7页。

尚且如此，在日本更应如此，不必“泥其不必可学者”，赖山阳还说道：“要之，诗本永言，押韵协声，婉言而不直叙，故诵而不歌，亦可以陶写性情自娱娱人，歌行近体，无施不可。……至于填词，虽华人苦其拘，不作可也。”“是故诗之惊心动魄，总在吟诵之际，不必待细绎其义而涕已坠之。是知声音之道，和汉无大异也。”① 在这个问题上，赖山阳显然坚持日本文化本位的立场，宁可牺牲汉诗的声韵之美，也应根据日本人阅读理解的方便去处理，反对采取荻生徂徕固守汉音的做法。

总而言之，赖山阳作为汉文化的接受者，他是汉文化的“自我”与和文化的“他者”；作为日本人，他是和文化的“自我”与汉文化的“他者”。这两种身份融合在他的身上，交织着和、汉两种文化的兼容和变异。作为汉文化的接受者，他完全融入汉语世界，成为汉文化的“自我”。作为汉文化的“他者”，他一方面选择以汉人为师，一方面又立足于日本立场，喜好有经世之用的文章；在以和音还是汉音读诗文的取舍上，他选择和音。这种取舍与好尚反映的是两种立场互为补充的姿态，既以日本本位为主导，又吸收汉文化有益的成分，显示出与荻生徂徕和本居宣长各居一端不同的中间姿态，成为一个跨文化现象的标本。

（原载《学术研究》2020 年第 10 期）

---

① ［日］赖山阳：《答小野泉藏论诗律书》，见《山阳遗稿》卷之一《书》，五玉堂刊 1841 年（天保十二年）版，第 7 – 9 页。

第六编

短论四篇

诗语的超常性

清人冯班《钝吟杂录》卷五说:“诗者,言也。但言微,不与常同。”指出了诗语应有的超常性。

中外诗人都重视诗语的超常性甚至反常性,西语有“诗的破格”(poetic licence),中国古诗讲究“诗眼”锤炼,变正为奇,变软为硬,化熟为生,以文入诗,以俗语入诗,以赋为诗,甚至改变语言正常的语法结构,都是为了追求诗语的超常性与反常性。

“诗眼”的锤炼就是诗人鬼斧神工、创造超常语的一个方面。“诗眼”犹如文中之“警策”,是一句诗中最为醒目超常的地方。为人熟知的宋祁“红杏枝头春意闹”的“闹”字、张先“云破月来花弄影”的“弄”字,就是俗称之“诗眼”,也是语言的超常使用。红杏不会“闹”,花也不会“弄”,但这拟人化的超常使用,却很能体现物的神态。“闹”和“弄”本是常语,但用在红杏、花等不会产生自主动作的植物身上,就会产生超常的效果。但也有人对这种超常用法不理解,李渔的《窥词管见》就说:“若红杏之在枝头,忽然加一闹字,此语殊难著解。争斗有声之谓闹,桃李争春则有之,红杏闹春,予实未见也。”这就是此公的迂腐之处,殊不知桃李争春乃诗家习语,“闹春”才是宋祁自家机杼,出奇制胜,富有创意。

诗家语的超常性还常常表现在诗人巧妙地运用通感,打破人正常的五官体验,造成出人意表的妙喻。像李贺《天上谣》的“天河夜转漂回星,银浦流云学水声”,以听觉效果写视觉形象;柳开《塞上》的“鸣骹直上一千尺,天静无风声更干”,以听觉写视觉;刘驾《秘夕》的“促织灯下吟,灯光冷于水”,以触觉写视觉。这些诗句将人的五官体验混淆,正常的变为非正常,其中的“学水声”三字、“干”字、“冷”字,都是具有超常使用效果的“诗眼”。从一般语汇而言,它们并不生僻,但由于搭配巧妙,就造成了超常的效果,给人耳目一新的感觉。这是诗人化熟为生、由俗入雅、变正为奇的妙例。

李贺推敲诗句喜以金石等硬性的事物作比,选择动词、形容词,辄取质感坚实深固者。像“骨”“死”“寒”“冷”“黑”“漆”“老”“磨”“割”“压”诸词,就常见于李贺诗中。李贺诗境,多学杜、韩,以沉雄谲怪为主，所以他笔下多有变软为硬一类的诗句。像《李凭箜篌引》中的“昆山玉碎凤凰叫”“石破天惊逗秋雨”，就与白居易《琵琶行》描写音乐诸语有软硬清浊之分，《马诗》之“向前敲马骨，犹自带铜声”“夜来霜压栈，骏骨折西风”诸句，也能在陈言套语中，锤炼出超人意想的诗句。韩愈开一代诗风，尤善于诗语的超常使用。他的《咏雪赠张籍》一诗被朱彝尊称为“只凿空形容，更不用套语，真是妙手”（《批韩诗》）。不用套语，即不用常语，而是用超常语。蒋抱玄也说此诗“确为韩公一家法，他人莫能语也”（《评注韩昌黎诗集》）。其诗中咏雪数顺，为李东阳所摘评：“韩退之《雪诗》，冠绝古今。其取譬曰：‘随风翻缟带，逐马散银杯。’未为奇特。其模写曰：‘穿细时双透，乘危忽半摧。’则意象超脱，直到人不能道处耳。”（《怀麓堂诗话》）可见，“随风”一联之不佳，是因为它“未为奇特”，从用字到意象均无创造，是诗家习用的手法和套语。而“穿细”一联拗突雅健，“透”字与“摧”字均有千钧笔力，摹写飞雪无孔不入及乘危半摧的态势非常罕见生动，为他人所未道。李贺的《南山田中行》之“鬼灯如漆照松花”，简直就不但超常，而近乎反常了。“鬼灯如漆”这类反常语在他人的诗中也有所见，像清人冯明期《滹沱秋兴》之“平沙落日光如漆”，徐兰《磷火》之“别有火光黑比漆”，均由李贺句化出，犹如镂金刻玉，石坚刃利，非同平常，近人撰写书名，为警惊醒止，也有摭取反常语的，如《黑的雪》之类即是。

总之，诗家语不仅要不同于文语，还要突破诗家语自身的陈言套语，写出超常性，化腐朽为神奇，方为有益。宋无名氏《诗眼》云：“退之谓‘惟陈言之务去’者，非必尘俗之言，止为无益之语耳。”说明诗语应超越诗家种种熟语、套语等无益之语。历来的诗论家、诗人常科并尝试做的“语要警策”“语不可熟”“诗家不妨间用俗语”“一回拈出一回新”等，就是在这方面做的努力。

诗语的超常性不仅体现在选词、锤炼“诗眼”方面，改变正常的语法结构也是其中一例。改变文法的如杜甫著名的“香稻啄余鹦鹉粒，碧梧栖老凤凰枝”，按通常的语法结构，应为“鹦鹉啄余香稻粒，凤凰栖老碧梧枝”，但杜甫用在诗里，却偏偏打破通常习用的语法结构，造成反常的文法，形成曲折顿挫的独特节奏。改变文法，本不合于人们的交际习惯，也容易给人造成不和谐的感觉，但这种反常在艺术里有时反而易于产生张力，使清轻者变为凝重，使流易者具有锋芒。书法作品里讲究力的“无垂不缩”“无往不收”，就是另一种形式的反常，但其目的与诗语的改变文法是一致的，都是为了在超常的行为中寻求一种特殊的艺术效果。《诗人玉屑》卷六“倒一字语乃健”条说：“王仲至召试馆中，试罢，作一绝题云：‘古木森森白玉堂，长年来此试文章。日斜奏罢《长杨赋》，闲拂尘埃看画墙。’荆公见之，甚欢爱，为改作‘奏赋《长杨》罢’，且云：诗家语，如此乃健。”可见，诗的改变文法是为了使诗语更为雄健有力。适当地采用这种超常的手法，可以使诗句超伏回旋，有曲折顿挫之美。“文似看山不喜平”，诗也是这样，过于平常，就会流于轻易俗滑。而改变文法，顿挫有致，给人一种“陌生化”的感觉，也未尝不是一种化腐朽为神奇的途径。

杜甫较为多用这种手法，像“听猿实下三声泪”，正常的语序应为“听猿三声实下泪”。为了与下句“奉使虚随八月槎”相对这一改动不仅对仗工稳，而且“三声”修饰“泪”，悲伤的情绪得到加强[①]，节奏也更胜一筹。再如郑谷的“林下听经秋苑鹿，江过扫叶夕阳僧”，后一句正常的语序应为“夕阳江边僧扫叶”，但如此不仅不能与上句相对，在语感上也觉得流易平淡。其他像“暂止飞鸟将数子，频来语燕定新巢”“乱云低薄暮，急雪舞回风”“柳色春山映，梨花夕鸟藏”，都对正常的语法结构稍稍做了变动。其变与不变，优劣也显而易见。因此，根据需要适当地改变诗句的语法结构，能够使诗语更像“诗家语”，这也是诗语具有超常性的一个方面。

诗语的超常性还有种种表现，像以文为诗、以赋入诗等。诗语不同于文语、赋语之处在于诗语对文语、赋语的超常；而以文为诗、以赋入诗，又是诗语对诗体自身的超常，其间有较多的内容，当另文予以说明，兹不赘述。

值得注意的是，诗语的超常一方面增加了诗意的丰富性，扩大了诗的表现手段，丰富了诗的风格；另一方面，这种超常应有一个限度，如超常变至怪诞就不足为训了。李渔在《窥词管见》中说得好：“琢字炼句，虽贵新奇，亦须新而妥，奇而确，总不越一理字。欲望句之惊人，先求理之服众。”超常而又合理，才是我们所需要的。

（原载《广州日报》1992 年 8 月 21 日第 10 版，收录于广州日报编委会、广州诗社选编《艺苑撷菁——广州日报〈艺苑〉专栏文选》，广东高等教育出版社 1993 年版，第 203－207 页）

---

① 参见［美］高友工、梅祖麟著，李世耀译《唐诗的魅力》，上海古籍出版社 1989 年版，第 12 页。

妙在猜不着与读者的阅读期待

文学的鉴赏活动，是读者与作者所创造的文本双向运动的过程。作者在文本中，或隐或显地蕴含着某种欲传达给读者的信息；读者在阅读文本、接受作者所传达信息的过程中，也自觉或不自觉地接受或是修正作者所要传达的信息。作者的传达与读者的接受，有时是一致的，有时是不一致的。本文所要研究的是作者的传达与读者的接受不一致的一种现象，即读者的期待视野与文本的导向性结构不一致的现象。关于这种现象，中国古人称之为"妙在猜不着"，西方人称之为作品文本的导向性结构与读者期待视野的不一致。"妙在猜不着"语出毛宗岗评《三国演义》：

> 文章之妙，妙在猜不着。若观前事便知其后事，则必非妙事；观前文便知其有后文，则必非妙文。①

引文中之所谓"猜"，亦即读者在阅读过程中对作品发展方向一种预测，西人所谓读者的期待视野。毛宗岗认为，好的文章应该让读者猜不着，作品情节的设置超出读者的预测方是好文章。这里涉及的就是文学作品文本的导向性结构与读者的期待视野不一致的问题。

在西方，较早研究作品文本的导向性结构与读者参与活动的是波兰现象学、美学家英伽登，但他对作品文本所出现的空白与读者的期待预测不符合文本实际的现象，抱否定态度。其后，德国的沃尔夫岗·伊塞尔做了进一步研究，他认为作者在创作时应注意兼顾读者的反应，不能将一切东西都明明白白地告诉读者，而应该留有空白，以诱导读者的想象力。他说："文学作品犹如一座舞台，在这个舞台上，作者和读者一齐玩着想象的游戏。如果毫无保留地让读者知晓每一细节，他就会无所事事，因而他的想象也难以进入角色。如一切都在我们面前被暴露分析和穷尽，那么其结果将是难以避免的厌倦。因此，构思一部文学作品时，要兼顾诱导读者，利用其想象力，使他

① 毛宗岗：《第一才子书》之《读〈三国志〉法》。

自己领悟一切，因为只有主动性和创造性的阅读才是一种享受。”①

伊塞尔这里所说的“作者和读者一齐玩着想象游戏”，就是毛宗岗所说的“猜”。不同的是，毛宗岗主要指情节的设置要使读者猜不到，伊塞尔说的是读者利用想象去填充作者有意在文本中留下的空白。但不论猜也好，留下空白让读者填充也好，都是倡导读者主动地参与活动，要求作者在文本中要顾及读者的阅读创造。在中国古代诗论中类似的理论不胜枚举，像“意在言外，使人自悟”（杨慎《升庵诗话》卷十一）、“善言情者，吞吐深浅，欲露还藏”（陆时雍《诗镜总论》）、“古人为诗，贵于意在言外，使人思而得之”（《温公续诗话》），说的都是差不多的意思。

由于读者的参与，作品文本的导向性与读者的期待性会产生或相合、或相偏或相悖的客观现象。按照西方当代接受理论，读者在阅读之前，脑子里并非一片空白，德国哲学家海格尔曾提出阐释是以先有、先见、先把握为基础的。这种先结构包括了读者原有的各种历史因素（知识、思想、情操、审美观念、道德修养、趣味等），因此，读者是用自己的“意”去逆作者之“志”。英伽登更进而分析阅读活动，认为读者在逐字逐句读一篇作品时，他的头脑里也流动着一连串的“语句思维”，与作品文本的语句并行，这种语句和先结构在阅读过程中表现为读者对文本有一种期待性，读者试图通过已写的部分去猜测预计未写的部分。比如我们读王维的《山居秋暝》：

> 空山新雨后，天气晚来秋。明月松间照，清泉石上流。
> 竹喧归浣女，莲动下渔舟。随意春芳歇，王孙自可留。

在阅读过程中，诗的第一句首先将读者引入到一个秋天雨后山间静谧的境界。读者在阅读这一诗句的时候，一方面是文字符号所带来的诱导信息，另一方面读者的脑子里也会经由往日积淀的知识而浮现一幅与文字符号相合的画面。这一由文字描绘的山间图画诱发了读者的阅读兴趣：雨后傍晚的山间究竟会有些什么迷人的景致呢？或者它会发生些什么事情呢？这就是读者的阅读期待和“语句思维”。《山居秋暝》作为一首小诗，当然不具备情节，但读者的阅读期待依然是存在的。至于叙事作品，这种情况就更为明显，其中波诡云谲的故事往往更能引发读者的想象和期待，读者的“语句思维”

---

① ［德］沃尔夫岗·伊塞尔：《阅读过程：一种现象学方法探讨》，引自胡经之等编《西方二十世纪文论选》第三卷，中国社会科学出版社 1989 年版，第 185－186 页。

会更活跃、更充满戏剧性。

对于读者的期待性，伊塞尔称这为“预测”或“期待”，并认为“在真正的文学作品中，期待很少能被实现”。而大量的是预测与文本导向的不一致。他说：“文学作品却偏偏充满难以捉摸的波折和受挫的预测，即使在最简单的故事中，也不免出现某种障碍，这是因为一篇故事不可能被叙述得完整无缺，面面俱到。的确，一篇故事正是由于必要的省略才获得其精妙之处。故此，只要句流受阻，我们就被引向陌生的方向，同时，有机会开动脑筋，建立各种联系以弥补作品中的缝隙。”① 又说：“再创造活动并不是顺利、持续的过程。实际上，它依赖思路的受阻生效。”②

很明显，伊塞尔所赞赏的正是这种读者期望受阻，与作品的导向不一致的效果，也认为这是读者再创造的契机。如果作者已写部分在读者面前展露无尽，不能激发期望和悬念，读者也就失去了阅读的兴味。而唯有“陌生”，才能激起读者的再创造活动，同时也能给读者提供无限的乐趣和艺术享受。比如《西游记》，唐僧师徒西天取经，历经八十难取到经书，读者或以为万事大吉，可松一口气。殊不料所取者乃无字之书，于是又重历一番磨难，凑成九九八十一难，方大功告成。这一顿挫，超出读者想象，充满了戏剧性，正是伊塞尔所说的“陌生化”或阅读“句流受阻”的效果。

梁启超在《论小说与群治之关系》一文中有一段名言，以往人们多注意到其中对小说作用的肯定。其实，这一段话也可以印证伊塞尔所说的上述两种阅读的效果，其文云：

> 小说者，常导人游于他境界，而变其常触常受之空气者也，此其一。人之恒情，于其所怀抱之想象，所经阅之境界，往往有行之不知，习矣未察者：无论为哀为乐，为怨为怒，为恋为骇，为忧为惭，常知其然而不知其所以然。欲摹写其情状，而心不能自喻，口不能自宣，笔不能自传。有人焉，和盘托出，澈底而发露之，则拍案叫绝曰：善哉善哉，如是如是。所谓夫子之言，于我心有戚戚焉。感人之深，莫此为甚。③

---

① ［德］沃尔夫岗·伊塞尔：《阅读过程：一种现象学方法探讨》，引自胡经之等编《西方二十世纪文论选》第三卷，中国社会科学出版社1989年版，第190页。

② ［德］沃尔夫岗·伊塞尔：《阅读过程：一种现象学方法探讨》，引自胡经之等编《西方二十世纪文论选》第三卷，中国社会科学出版社1989年版，第190页。

③ 引自《中国近代文论选》上册，人民文学出版社1959年版，第158页。

这段话原来是说小说对人的感染力量，但无疑也描绘了两种阅读的效果：一是小说“常导人游于他境界”，超乎读者之所知所想者，即伊塞尔所谓“陌生”的境界；二是与读者的期待预测相吻合者。对于这两种情况，梁启超似更倾心于读者的期待与文本导向的契合，认为它更能感人。这也许反映了中国传统的审美理想，即作者所表现的内容符合读者的期待，能说出读者欲说而未说的东西、欲达而未达的境界。在中国文学批评史上，赞同这一观点的人为数不少。像脂砚斋评点《石头记》，当脂砚斋读到第三回凤姐出场时，写道：“如见如闻，活现于纸上之笔，好看煞。”在十九回又评道：“叠二语，活见从纸上走下一宝玉下来，如闻其呼，见其笑。”指出了文本形象契合于读者期待视野的现象，读者在阅读过程中之所以能“如见如闻”“如闻其呼，见其笑”，一方面是由于作者的形象刻画鲜明生动，一方面也是由于读者在阅读这些文句时，脑子里浮现的图景与作品句子所描绘的景象达成一致，产生愉悦的阅读效果。从中国古代理论家的言论及中国人的阅读欣赏习惯来看，大多数人还是倾心于这类读者的预测与作品的实际相合或同向发展的作品。戏曲的大团圆结局，诗中那些“只平叙去，可广通诸情”（王夫之《唐诗评选》卷四）的作品，在文本与读者的预测之间画上一个完满的等号，所谓“夫子之言，于我心有戚戚焉”，在中国的传统审美心理中占有相当大的比重。

但也有一些人对“陌生”的境界大为赞赏，表现出对文本的导向性结构与读者期待视野不一致现象的认同，像前引毛宗岗评《三国演义》即属此类。从具体的作品来看，如《三国演义》第三十九回写“诸葛亮破曹兵于博望”，情节跌宕起伏，使读者的预测想象屡次受挫，形成文章之妙。文中写到，当赵云诱敌之时，有韩浩谏追，使诱敌未果，此为一折；玄德继而诱之，于禁、李典却中途疑沮，是为二折；当人马已发，拦阻不住，又有夏侯猛然省悟，传令勿追。这一波三折，令读者乍急乍疑，“几疑计之不成，烧之不果”，至“功且终就，敌且终破”之际，又非读者猜测之所能及，像这样的情节设置，既在人意料之中，又超出人意想之外，就颇具文章之妙。

相类的还有李渔论戏剧，他认为“使人想不到，猜不着便是好戏”：

上半部之末出，暂摄情形宜紧，略收锣鼓，名为“小收煞”。宜紧，忌宽；宜热，忌冷；宜作郑五歇后，令人揣摩下文，不知此事如何结果。如做把戏者，暗藏一物于盆、盎、衣袖之中，做定而令人射覆，此正坐定之际，令人射覆之时也。戏法无真假，戏文无工拙，只是使人想不到猜不着，便是好戏法，好戏文。猜破而后出之，则观者索然，作者赧然，不如藏拙之为妙矣。[①]

李渔将写戏文比之于变戏法，语虽不伦，道理却是对的。戏文所写的如果尽是读者意料中的事，没有乍惊乍喜的效果，作者也赧然自愧。所以要有收煞，要善于变化、卖关子，让读者或观众受骗上当于前，愉悦惊喜在后，如此才是好戏法、好戏文。金圣叹亦有此论：

文章最妙是目注彼处，手写此处；若有时必欲目注此处，则必手写彼处。一部《左传》都用此法。若不解其意，而目亦注此处，手亦写此处，便一览已尽。《西厢记》最是解此意。[②]

所谓有“目注”者，指的是读者之目，“手写”者，作者之手。“目注”与“手写”的差异，就是为了让读者猜不着，让文本的导向与读者的期待视野不一致。金圣叹以为从《左传》《史记》到《西厢记》，使用的都是这同一种手法。所以翻阅金评《西厢记》，随处可见他对一些关目出人意想之处的好评。其实不独小说戏曲这种具有情节的叙事作品如此，诗歌等抒情性作品也同样有这样的妙处。

中外诗人都很重视诗语的超常性甚至反常性，这种超常或反常，在鉴赏学中，实际上就是文本所展示的内容超出了读者所习惯的常规。以文为诗，以赋入词，以俗代雅，甚至改变正常的语法结构，都是为了追求诗语的超常性与反常性，达到印象鲜明的效果。从阅读过程看，诗中所用的超常与反常的话语或结构恰恰是读者阅读受阻的关节（伊塞尔所谓“句流受阻”），是备受读者注目的地方，这类打破通常习用的语法结构，造成反常的文法，往往能够形成曲折顿挫的独特节奏；有些诗句使用超常的语词形成“陌生化”阅读现象，也能带来所谓“句流受阻”的语感，形成独特的阅读美感。王东溆《柳南随笔》卷二云：“吾邑冯窦伯武诗，有‘张圆花上露，玉碎草头箱’之句，一友叹为工绝，余以为不然。友请其说，予曰：‘律诗对偶固须铢两悉称，然必看了上句使人想不出下句，方见变化不测。’”这也从另一个方面说明了诗语须变化而出新义，以令人猜不出、想不到为佳。因此，诗

① 李渔：《闲情偶寄·词曲部·小收煞》。
② 金圣叹：《读第六才子书〈西厢记〉法》。

家语与叙事作品的戏剧性情节一样，都追求一种超乎寻常的运作方式，以给读者一种意想不到的效果。古诗中除了上述巧用文法、句法以达到出人意表外，袭故用新、改换常人习惯的题义也是一种手法。像杜牧的绝句《赤壁》《乌江项羽庙》就是其中之较著者。谢枋得评《乌江项羽庙》云：

> 众人题项羽庙，只言项羽有速亡之罪耳。牧之题项羽庙，独言项羽有可兴之机，此等意思，亦死中求活，非浅识所到。①

这种写法，旧题翻新，也超出一般读者的想象，从而达到出奇制胜的艺术效果。

因此，“妙在猜不着”不仅是一个艺术鉴赏学的问题，同时也是一个艺术创作的问题。它的能指虽然是艺术的鉴赏，所指涉及的却是整个艺术的流程。比较研究中西阅读鉴赏理论，一方面可以促使我们进一步挖掘整理古代文学批评中这方面的理论，另一方面，也可以使我们更加注意艺术鉴赏和艺术创作之间的沟通问题。而后者，恰恰是我们目前所欠缺的。

（原载管林主编《岭南文论》第三辑，学术研究杂志社 1999 年版）

① 谢枋得：《叠山评注四种》之《唐诗注》。

对两种“文德说”的考索

文学批评史上曾出现过两种不同的“文德说”，以往人们所论，较少关注此问题，因此有考辨之必要。

“文德”一说，于后世影响较著者约有两家，一是王充《论衡·书解篇》所论：“人无文德，不为圣贤。”一是章学诚《文史通义·文德》篇专论。章太炎先生《国故论衡·文学总略》云：“文德之论，发诸王充《论衡》，杨遵彦依用之，而章学诚窃焉。”言下之意，二者有一脉相承之意。其后刘咸炘、程千帆先生均指出其不同，谓非所谓窃之者。[①] 惜乎言之过简，兹予以补辨，以助成其说。

“文德”一语，发源甚早。《书·大禹谟》曰：“帝乃诞敷文德。”《易·大畜·象传》曰：“君子以懿文德。”《论语·季氏》曰：“故远人不服，则修文德以来之。”上说种种均指道德教化与文章或文章与道德风气，未指出文章与作家道德品格有关。以“文德”论文，始乎王充。王充论文德，除上引一段文字外，尚有其他，引之如下：

> 文人宜遵五经六艺为文，诸子传书为文，造论著说为文，上书奏记为文，文德之操为文。(《佚文篇》)
>
> 夫文德，世服也。空书为文，实行为德，著之于衣为服。(《书解篇》)

《佚文篇》所列五种文人所宜遵行之范本，排列殊为奇怪，前四种为各种文体，唯后一种例外，是“文德之操”。所谓“文德之操”，当指作者为文的道德操守。王充将“文德之操”与其他五经六艺一起列为作文的样板，语虽不伦，但说明他对作家道德操守的重视。联系《书解篇》所论，所谓文德，概指道德与文章之合一。其中道德为体，文章、文采为用。他认为，圣贤既有内在美好的品德，又有外在的文饰，所谓“人无文德，不为圣贤”，亦即孔子所言“有德者必有言”之意。具体到文学活动中，认为作者须有

---

① 参见章学诚撰，叶瑛校注《文史通义校注》，中华书局1985年版，第279－280页。

好的道德操守，才能写出好的文章。章学诚指出："今云未见论文德者，以古人所言，皆兼本末，包内外，犹合道德文章而一之。"[①] 可见，道德文章合一，乃王充文德说的核心。

基于这样一个出发点，王充对董仲舒评价颇高，认为其道德文章均可称道。"仲舒之言道德政治，可嘉美也"（《案书篇》），言其道德政治之好。"孝武之时，诏百官对策，董仲舒策文最善。王莽时，使郎吏上奏，刘子骏章尤美。美善不空，才高知深之验也"（《佚文篇》），称其文章之美。以道德文章合一之论去评价一个作家，并由此确定其价值地位，应始于王充。

先秦孔子曾以"文质彬彬"、尽善尽美去衡量一部作品，固然已启端倪；至《礼记·乐记》，荀子《乐论》以人之性情面目申论艺术之风格，又补其遗缺。但二者所论，只言片语，尚明而未融，也未成一个集中的价值判断标准。到王充，拈出"文德"二字做旗帜，辅以道德才情、文章辞采，并以某一具体作家作例，有立论，有评议，析论分明，方成完整一说。

"文德说"形成于东汉，缘于汉代选拔官吏的制度。汉人选取官员，一方面是以士人的对策来做才识的鉴别，一方面是自下而上地举荐人选以供朝廷挑选。这二者都离不开对人物的品评赏鉴，所以有汉一代，人物品鉴之风非常盛行（有关这个方面的情况，在汉魏六朝的多种文献中都有记载，今人也对此颇多论述，故不做多余的引证和说明）。而人物的品评赏鉴，不外乎对品行操守、风神情采的评价。这种风气的介入，导致对作家评判中的道德才性的要求和道德文章合而为一的价值标准的确立。

道德与文章，还有个孰先孰后、孰重孰轻的问题。在王充的意识中，文辞是作家内在道德才性的外现，所以说："'圣人之情见乎辞'，文辞美恶，足以观才。"（《佚文篇》）但在道德与文辞中，毕竟道德是内在的、根本性的，它决定文辞的美恶高下，所以又说："德弥盛者文弥缛，德弥彰者人弥明。"（《书解篇》）道德与文章合一，道德才性才是第一位的、决定性的。这一看法是王充文德说中核心的核心，也由此构成中国文学批评史上文品与人品关系论的主流。

以往人们不甚注意王充在这个方面的作用，几种批评史著作都未能为文德说立专论。其实，在有关文品与人品、人品决定文品的传统理论中，王充实是一个关键性的人物。文评史上，虽然孔子在这方面首倡其说，但自从王充《论衡·文德篇》以后，才陆续有此专论，像北齐杨遵彦《文德论》（残

---

① 章学诚撰，叶瑛校注：《文史通义校注》，中华书局1985年版，第278页。

篇收入严可均辑《全齐文》卷二），无疑是受王充《文德篇》的影响，也就是自此以后，言及人品与文品关系的论者和文章才逐渐多了起来。而其中的关捩，即在王充的《文德篇》。

再说章学诚的“文德”论。章氏“文德”之说见于下列文字：

> 今云未见论文德者，以古人所言，皆兼本末，包内外，犹合道德文章而一之；未尝就文辞之中言其有才，有学，有识，又有文之德也。凡为古文辞者，必敬以恕。临文必敬，非修德之谓也。论古必恕，非宽容之谓也。敬非修德之谓者，气摄而不纵，纵必不能中节也。恕非宽容之谓者，能为古人设身而处地也。嗟乎！知德者鲜，知临文之不可无敬恕，则知文德矣。[①]

可见，章氏之文德说，义有二端，一曰敬，二曰恕。敬指作者援笔要修养心性，使文气不浮不躁。其说与刘勰《文心雕龙·养气篇》之所谓：“率志委和，则理融而情畅，钻砺过分，则神疲而气衰：此性情之数也。”与苏辙《上枢密韩太尉书》中“文者，气之所形。然文不可学而能，气可养而致。”的说法是一致的。所谓“为古人设身而处地也”者，即孟子所谓“知人论世”说。章氏认为，不同时代的作者对同一历史事件的认识与处理不同，是由于历史条件发生变化所致。是故：“昔者陈寿《三国志》，纪魏而传吴、蜀，习凿齿为《汉晋春秋》，正其统矣。司马《通鉴》仍陈氏之说，朱子《纲目》又起而正之。‘是非之心，人皆有之’，不应陈氏误于先，而司马再误于其后，而习氏与朱子之识力，偏居于优也。……陈氏生于西晋，司马生于北宋，敬黜曹魏之禅让，将置君父于何地？而习与朱子，则固江东南渡之人也，唯恐中原之争天统也。诸贤易地则皆然，未必识逊今之学究也。是则不知古人之世，不可妄论古人之文辞也。知其世矣，不知古人之身处，亦不可以遽论其文也。”（《文德》）希冀今人不要妄以才识斧凿古人，而要知人论世，先考察古人所生之环境，然后再论述古人之作品。引文中章氏对陈寿、习凿齿、司马光、朱熹四人有关魏、蜀何为正统的不同处理分析得十分精到，是知人论世的典范之作。这一说法虽然远绍孟子之论，但言之更细，析之更详。

由是而言，章学诚的“文德说”，实际上是兼创作心态和读书方法二

---

① 章学诚撰，叶瑛校注：《文史通义校注》，中华书局1985年版，第278页。

者。前者是为文之德，后者是观文之德。为文之德，就是要修身养性，保持不愠不躁的创作心态，此为刘勰以来“养气”“虚静”之说的延续；观文之德，即“知人论世”，孟子之所倡者。二者合而言之，一指创作，一指鉴赏，与王充之所谓“文德”自非一路。

两种“文德”之说，固然不同。但王充“文德”所言及的道德文章合一、人品文品合一的思想，在章学诚的著作中也有表现，这就要参看他的《史德》篇。其中论及人品操守与写史著说的关系，与王充并无二致，章氏不过是换种说法罢了。

（原载《广州师院学报》1997 年第 5 期）

刘熙载论“本位”与“养气”

刘熙载（融斋）的《艺概》虽不甚有系统，但吉光片羽，随处可见。其论文、论诗、论词，创言本位之说，新颖独到，堪称一家之言。其论养气，力矫气盛之弊，也为其他论者所少见。今择其要述之如下。

一、本位

融斋论文、论诗、论词，均言本位。其论文曰：

> 文有本位。孟子于本位毅然不避，至昌黎则渐避本位矣。永叔则避之更甚矣。凡避本位易窈眇，亦易巽懦。文至永叔以后，方以避本位为独得之传，盖说颇矣。（《艺概·文概》）

论诗曰：

> 太白诗虽若升天乘云，无所不之，然自不离本位。故放言实是法言，非李赤之徒所以托也。（《艺概·诗概》）

论词曰：

> 词以不犯本位为高。东坡《满庭芳》老去君恩未报，空回首，弹铗悲歌。语诚慷慨，然不若《水调歌头》“我欲乘风归去，又恐琼楼玉宇，高处不胜寒”尤空灵蕴藉。（《艺概·词曲概》）

融斋认为，文、诗、词均有本位，而以不避、不离、不犯本位为高。本位者，谓文、诗、词之题目、意旨也。盖一篇之中，有一定的本意，即作者所要表达的基本思想或要评述的事理，这种意和事，就是本位。不避、不离、不犯本位，即无论直言之还是回言之，正写之还是侧写之，都必须围绕作品的基本意旨。直言正写于切合本位不难理解，回言、侧写是否就犯了本位呢？孟子之文，以析理透辟见长，融斋以为他于本位毅然不避。不避，即能直言事理。而韩欧之文则稍避本位，避本位，即溯且回之，低回要眇以达其理。以字面观之，融斋所论似有抵牾，一方面认为不避本位为高，一方面又说避本位也能切合事理。细绎其意，所谓不避本位实在避与不避之间。孟子之文，虽多以直言正写为之，实则也有回言侧写之变化，其文中多见寓言譬喻即是一例。故融斋认为“孟子之文，百变不离其宗”。所谓宗，即本位“百变不离其宗”，就是说孟子的文章不论直言还是回言、正写还是侧写，都能切合文之题旨。韩愈为“文人之雄”（王阳明《传习录》语），其为文，“雄辞远致”（唐斐度《与李翱书》）、“横骛别驱，汪洋恣肆”（《新唐书·韩愈传赞》），以雄怪见长，自然是避。但融斋论曰：“昌黎论文惟其是尔，余谓是字注脚有二：曰正，曰真。”《艺概·文概》故韩文之避，实则亦正、亦真，亦不避本位。故避与不避，读者宜自会于心，不得胶柱鼓瑟。孟子不避本位，实亦有避之处，韩子之避本位，实亦有不避之处，观融斋所论，此义明矣。

因此，避与不避，离与不离，犯与不犯，是辩证之统一。融斋论李白诗最为显豁。李白为浪漫派诗人，其诗升天乘云，无所不之，离则离矣，然终又不离。“西上莲花山”虽放言游仙，似与人世无涉，终“俯视洛阳川，茫茫走胡兵”。由游仙转而愤世与《离骚》同一机杼，故“放言实是法言”（《艺概·诗概》），以离始而以不离终。由离到不离，是文人常用的手段，《诗概》所谓“山之精神写不出，以烟霞写之；喜之精神写不出，以草树写之”就是明例。

再者，文体之不同，于本位的要求亦不同。文之用，在于明事理，故重直言正写；诗词不仅明理，且言情，故重回言侧写。为文者如不以扶干为务，着意于枝条的繁茂，则文意湮没不彰。诗词不同，重言情而不重言理，作诗填词，如能寄理于情、寄情于景，回言侧写，低回要眇，则更能感人。融斋分举东坡之《满庭芳》与《水调歌头》做对比，两首词均言忠君与怨君的矛盾心情，都不犯本位。前者“老去君恩未报，空回首，弹铗悲歌”，直言本旨，但慷慨有余含蓄不足，不若《水调歌头》低回委婉，更符合词以婉约为宗的标准。融斋赞赏后者，说明他于词更主张回言侧写的手法，也表明他对本位的要求视文体不同而不同。

二、养气

自曹丕倡“文以气为主”以来，论文者大都以气盛为尚。韩昌黎以为“气盛则言之短长与声之高下皆宜”，是力主气盛者之一。其余主养气者，如刘勰、苏辙、宋濂、桐城派等，也都以气盛为标格，一时成为风气。现今的研究者，亦鲜有注意到气盛之弊。融斋在《文概》中说：“柳州自言为文章未尝敢以昏气出之，未尝敢以矜气作之。余尝以一语断之曰：柳文无耗气。凡昏气、矜气，皆耗气也；惟昏之为耗也易知，矜之为耗也难知耳。”昏气为耗气不难理解，因气昏则关不通，神思不畅，发而为文则振采失鲜，负声无力，这是气衰的征兆。但意矜浮躁，不能气定神闲，捉笔为文，则易流于粗率，这是气盛之弊。融斋特以矜气出，并归为耗气一类，确为灼见。

融斋认为，文要与气相配，无气则不能成文。但气有刚柔，若柔气过之，则为昏气之耗，刚气过之，则为矜气之耗。他说：“余谓文气当如《乐记》二语曰：刚气不怒，柔气不慑。刚柔相济，矜昏之气相消相长，方为文气之至。”《艺概·文概》故融斋又说：“文要与元气相合，戒与尽气相寻。翕聚、偾张，其大较矣。”《艺概·文概》只有将气之聚散、开合、张弛调和适中，养气而不矜气，才能真正“与元气相合”。融斋将气之盛衰矜昏的关系说得如此明白辩证，实有助于我们理解气在文学创作中的作用。

融斋之前也有少数人注意到气盛之弊，但没有造成很大影响。颜之推在《颜氏家训·文章篇》中认为“凡为文章，犹人乘骐骥，虽有逸气，当以衔勒制之，勿使流乱轨躅，放意填坑岸也”，钟嵘《诗品》评刘桢“气过其文，雕润恨少”，皎然《诗式》主张“气高而不怒”“气足而不怒张”，都是对气盛之弊的告诫，值得我们重视。但他们对气如何保持适中，如何解决矜气、昏气之关系，则没有融斋说得显豁。因此，融斋之论更显得珍贵。

（原载《广州日报》1992年4月2日第10版，收录于广州日报编委会、广州诗社选编《艺苑掇菁——广州日报〈艺苑〉专栏文选》，广东高等教育出版社1993年版，第165－168页）

后　记

整理完稿件，看微信朋友圈，得知今天是中国恢复高考44周年的纪念日，顿觉时势造化，妙不可言。44年前的今天，我进入考场，跟千万个磋砣了岁月、历经磨难的一代年轻或不再年轻的人一起，为改变自身的命运在考场搏杀。44年过去了，一切又云淡风清，进入退休倒计时，为自己的“荣休”文集写后记。

数十年间，本人的研究屡有转移，虽基本限于诗学领域，但专著之外的论文，更像是残章碎简，不成片断。我本不欲将之收集起来献丑，但今届中文系领导为每位退休教师出一本集子，作为中文系“荣休文库”之一种。盛感此厚意，勉而献芹，供大方一哂。

集中收录的论文发表的时间不一，最早的在1985年。近40年间，中国的学术规范和出版体例有很大变化，引文与注释的体例经历了一个由简至繁、由“不规范”到规范的过程。自改革开放至21世纪初，学术论文尤其是文史领域的论文，尚保持着早期的形态，注释形式不统一，多数采用文中注的形式，即在引文后用括号将出处随文注出，注文也非常简略，只标注作者、篇（书）名和卷册数，对版本和页码极少著录。少数注文较多的，才采用脚注或尾注的方式。这与后来引入的西方及理工科论文的引文、资料的注释方式有很大区别。所以整理这批论文，最大的工作就是尽可能地统一为现今规范的体例，将原来的文中注、简注，基本改为今注的体例。除第六编的短论保持原状，个别引文因时间的限制，查找原版困难而沿用原注外，能找到原用版本的，就使用原来的版本，注释项按古籍体例只录作者、书名和卷册。找不到原版的，就用现在的常见版本，并按现在的规范将注释义项补足；有些不得已，则核校于电子数据库。另需说明的是，因有多篇文章经多次多人核校，每位核校者因在不同单位，受条件限制，很难使用同一版本进行核校，因此，极个别文章的注释存在同一种书名不同版本的情况。少数引文引自外文原版著作，因当时国内没有译本，所以由鄙人翻译，因数十年前使用的原版外文书很难找回，核校时，对已有译本的外文引文改用译本文字和版次注释，至今仍无译本的，仍用原著引文及注释。在此次编辑工作中，本人承担了选目、部分篇目的录入和初编、三校、终校的环节。由于2000年前发表的论文多数没有电子版，所以我的学生杨华、王勇、黄文彬、李经纬、王娜等人承担了其中大部分篇目的录入和一校工作，这些成为书稿的基础。从一校到三校，主要的工作是统一补充注文缺失、注文不齐、体例不统一等。其间找书，逐条核校，有时为了一条注释，要花上几天时间，十分烦难，且极为乏味。此中辛苦，鄙人深有体会。感谢他们！

孙　立

2021年12月8日于康乐园